CB127850

Crônicas de Atlântida

O olho de Agarta

Antonio Luiz M. C. Costa

1ª edição

Editora Draco

São Paulo
2016

Antonio Luiz M. C. Costa

sempre gostou de literatura em geral e de fantasia e ficção científica em especial, mas formou-se em engenharia de produção e filosofia, fez pós-graduação em economia e trabalhou como analista de investimentos e assessor econômico-financeiro antes de reencontrar sua vocação na escrita, no jornalismo e na ficção. Hoje escreve sobre a realidade na revista CartaCapital e sobre a imaginação em outras partes, publicou a primeira antologia *Eclipse ao pôr do sol e outros contos fantásticos* (2010), e no seu universo ficcional o romance *Crônicas de Atlântida - o tabuleiro dos deuses* (2011) e *Crônicas de Atlântida - damas notáveis* (2016), diversos contos em e-book ou coletâneas, além de colaborar com os meios a seu alcance para o desenvolvimento da ficção especulativa no Brasil.

© 2016 by Antonio Luiz M. C. da Costa

Todos os direitos reservados à Editora Draco

Publisher: Erick Santos Cardoso
Edição: Cirilo S. Lemos
Produção editorial: Janaina Chervezan
Revisão: Allana Dilene
Arte e capa: Ericksama
Mapas: Marcelo Rodrigo Pereira

Dados Internacionais de Catalogação na Publicação (CIP)
Ana Lúcia Merege 4667/CRB7

C 837

Costa, Antonio Luiz M. C. da
Crônicas de Atlântida: o olho de Agarta / Antonio Luiz M. C. Costa. – São Paulo : Draco, 2016.

ISBN 978-85-8243-076-7

1. Ficção brasileira I. Título.

CDD-869.93

Índices para catálogo sistemático:
1. Ficção : Literatura brasileira 869.93

1ª edição, 2016.

Editora Draco
R. César Beccaria, 27 - casa 1
Jd. da Glória - São Paulo - SP
CEP 01547-060
draco@editoradraco.com
www.editoradraco.com
www.facebook.com/editoradraco
Twitter e Instagram: @editoradraco

Sumário

Agradecimentos

Aos colegas que leram as primeiras versões deste livro e ajudaram a melhorá-lo com suas críticas e sugestões:

Alliah Art
Cirilo Lemos
Fernando Salvaterra
Jim Anotsu
Kyanja Lee

Aos autores dos mapas:
Marcelo "Mushi" Rodrigo
Mariana Lopes Fogo

A Berenice, por tudo o mais.

PARA JANAINA

Crônicas de Atlântida
O olho de Agarta

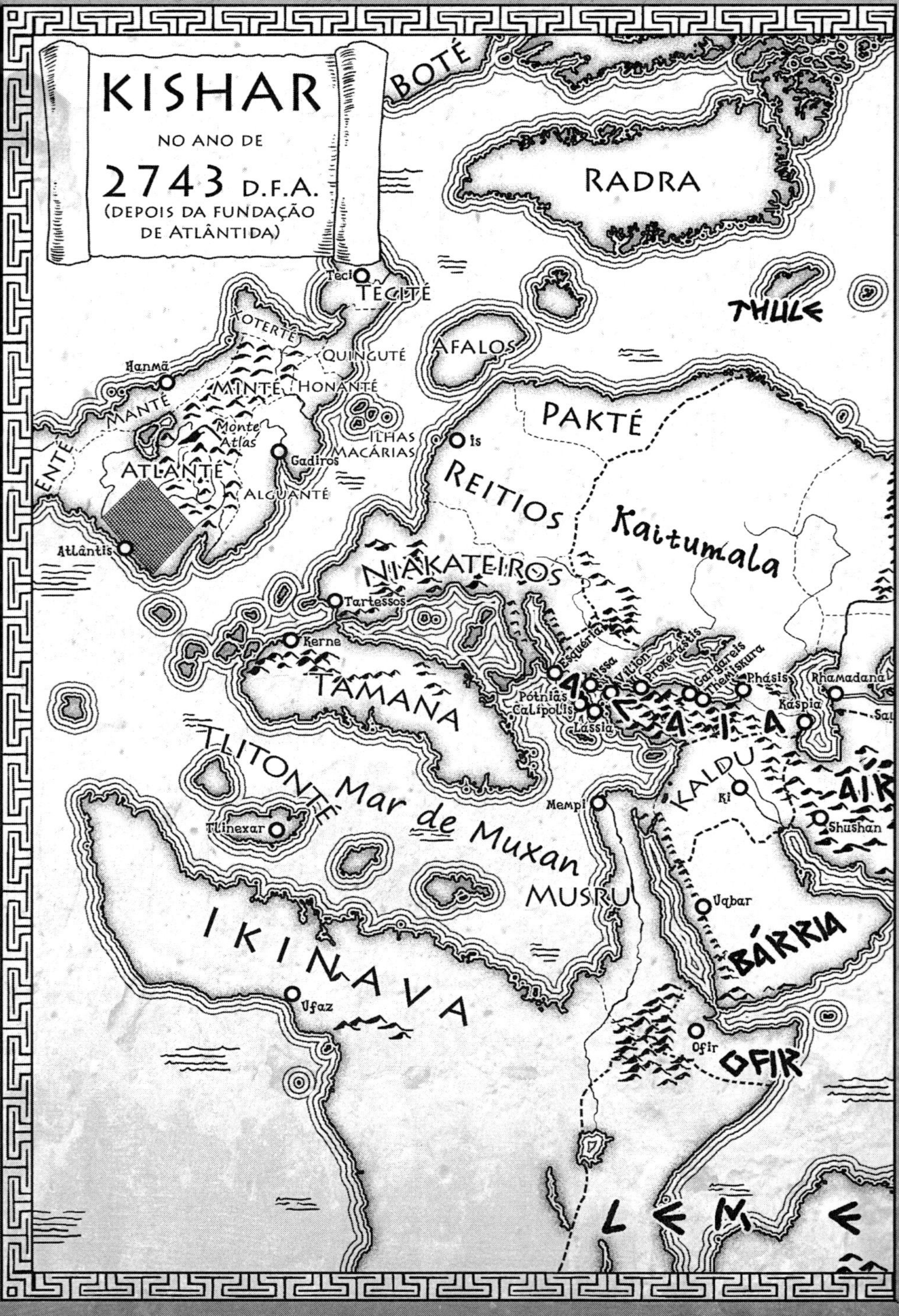
KISHAR
NO ANO DE
2743 D.F.A.
(DEPOIS DA FUNDAÇÃO DE ATLÂNTIDA)
BOTÉ
RADRA
Teci
TECITÉ
THULE
TOTERTÉ
QUINGUTÉ
AFALOS
Hanmã
MINTÉ
HONANTÉ
MANTÉ
Monte Atlas
ILHAS MACÁRIAS
PAKTÉ
Is
Gadiros
ATLANTÉ
ALGUANTÉ
REITIOS
Kaitumala
Atlântis
NIAKATEIROS
Tartessos
Kerne
Esquéria
Vilion
Prokerastis
Gargareis
Themiskura
Phásis
Rhamadana
Pótnias
Calípolis
Lássia
Kaspia
TAMANA
TLITONTÉ
Mar de Muxan
KALDU
Ki
Mempi
Tlinexar
Shushan
MUSRU
Uqbar
BÁRRIA
IKINAVA
Ufaz
Ofir
OFIR

LEGENDA:
IMPÉRIO ATLANTE
Império Agarti
OUTROS ESTADOS
E NAÇÕES
HELCARIANOS
IMPÉRIO
MUGAL
Zhyaungtô
Kurû
Mandara
(Vhapoey)
Ramanaka
(Zjoey)
Kintjur
Uttarâdhana
(Poeykeng)
Hurushulkin
Ariranga
(Alilong)
Mar de
Helcar
Xambala
Manova
Vale dos
Arabayas
Hirut
Monte
Mairu
Sakundaram
Bhalkhana
BHĀRATA
Aiúdia
Bhadrasva
Duaraka
DUARAKA
JAMBU
Muror
Mahalanka
ZIAANS

Aonde vou sou marcado
Aos olhos dos possuidores, mas os despossuídos
Lêem a ordem de prisão
E me oferecem abrigo. Você, dizem
Foi expulso por bom motivo.

Bertolt Brecht

Acredito que haverá um confronto entre os que querem liberdade, justiça e igualdade para todos e aqueles que querem dar continuidade ao sistema de exploração. Acredito que haverá esse tipo de conflito, mas não acho que será baseado na cor da pele.

Malcolm X

Capítulo 1

Isto é Agarta

O instrutor era jovem. Com certeza, passara pelo mesmo tormento poucos anos antes, mas nem por isso deixou de descompor os rapazes em altos brados:

– O que vocês pensam, que são bichinhas yavanas representando alguma comédia? Vocês são tautas, ou serão guerreiros ou cadáveres! Quero ver determinação! Isto é Agarta!

Mandou-os repetir tudo, pela nona vez naquela tarde:

– Pelotão, em forma!

Vasu reprimiu um suspiro. Ele e seus camaradas outra vez formaram fileiras, com as pontas dos pés e das armas alinhadas em retas perfeitas, afastados mais ou menos um cúbito entre os ombros para que pudessem virar sem esbarrar nos mosquetes uns dos outros. Todos feitos como de um mesmo molde, altos, fortes, espadaúdos, de cabelos curtos, loiros ou alourados e de olhos azuis, produto de dois mil anos de cruzamentos seletivos promovidos pelos sindhus para produzir os melhores guerreiros. E mesmo assim não satisfaziam o instrutor que, mais uma vez, olhou-os com desgosto e gritou para alguém corrigir um desvio infinitesimal de postura. Não era com ele, mas Vasu era o monitor do grupo e se o jovem padika entendesse que os erros ultrapassavam o aceitável, sua pontuação sofreria.

– Passo de martelo, mover!

Marcharam, tão sincronizados quanto possível, pernas retas e duras, pés elevados até a altura do joelho. Desta vez, por algum milagre do deus da guerra Parkunas, o instrutor não encontrou o que criticar, apesar do olhar feroz. Deram uns cinquenta ou sessenta passos e então veio a nova ordem:

– Girar ao escudo!

Agora era que a javalina torcia o rabo. A manobra tinha de ser perfeita: o guerreiro na ponta esquerda da linha (dita "mão do escudo", mesmo se há gerações os escudos só eram usados em raras cerimônias) marcava passo e girava devagar, sem perder a cadência, enquanto o da ponta oposta ou mão da espada, posto de Vasu, controlava a velocidade. Os demais deviam manter um alinhamento perfeito ao marchar entre ele e o guerreiro parado que servia de eixo. Desta vez o giro saiu menos incorreto ou o instrutor estava tão farto quanto eles, pois os deixou terminar sem soltar mais impropérios. Ordenou mais alguns exercícios de ordem unida e manejo de armas e os dispensou após uma formação final em atitude rigorosamente correta.

O pelotão de Vasu recolheu-se ao quartel. Guardaram as armas, despiram-se e tomaram uma ducha de água gelada da montanha, trazida por um aqueduto rústico. Vestiram de novo o uniforme, mais leve do que o desejável, mas espantaram o frio da noite sorvendo o ensopado negro e fumegante e o tédio dos exercícios militares com o kumis aguado e morno que o acompanhava. O humor do grupo melhorou.

– Qual a diferença entre uma mulher mugal e uma galinha assada? – propôs o vizinho de mesa.

– Essa é velha. A galinha não grita quando é comida – respondeu outro. – Eu sei uma melhor: por que os deuses criaram o orgasmo?

Ninguém tinha uma resposta. Vasu ia ingenuamente arriscar algo sobre comunhão com o divino, mas o próprio instrutor respondeu:

– Para que os atlantes saibam quando parar de foder!

Vasu riu, como todos os outros, pela fantasia proibida que lhe saltou, incontrolável, ao olho da mente: Atlântida como um antro de lascívia sem fim, uma orgia interminável. Mais imaginativo do que a maioria dos companheiros de mesa, talvez tenha sido o único a se perguntar se aquela imagem seria mesmo verdadeira.

Uma vez, vira um embaixador de Atlântida escoltado por guerreiros agartis chegar a Manova, com seus trajes vistosos e joias cintilantes, antes de ser conduzido ao gueto dos estrangeiros. Se não fosse proibido até aos adultos, Vasu gostaria de lhe perguntar, em particular, como era viver naquela terra e se lá se nadava mesmo em luxo, excessos e perversões, como advertiam os sacerdotes ao profetizar a queda próxima daquele império decadente. Pois não reinava uma completa anarquia na sua própria capital?

Mas aos jovens era vedado até conversar com os mercadores de Acaia, Bárria, Aíria e Bárata, vistos mais amiúde nas ruas e em teoria não estrangeiros. Antes de passar pelo Festival do Fogo Sagrado e demais ritos de maioridade, eram considerados influenciáveis demais para ter contato com esses vassalos, descendentes de colonos da Grande Pátria cujas raças, costumes e religião estavam parcialmente corrompidos, mas um dia retornariam ao justo caminho com a ajuda dos deuses, dos ensinamentos dos sindhus e da liderança do Manu Sarata, o imperial soberano de Agarta. Apenas adultos com negócios a tratar ou ordens a transmitir podiam dirigir-se a eles, sem confraternizar ou falar mais que o necessário. Qualquer suspeita de infração dessa norma resultaria, no mínimo, num longo interrogatório por agentes da Kraukura, a polícia secreta encarregada de vigiar hilotas, estrangeiros e possíveis traidores.

Não que ansiasse por luxúrias inconfessáveis. Era mera curiosidade, assegurava a si mesmo. Nas noites em que custava a dormir, precisava apenas imaginar o dia em que os sacerdotes o uniriam com uma esposa, prazer e dever em plena harmonia e aliviar-se. Mas preferiu não naquela véspera de feriado que, apesar das frustrações de ocasiões anteriores, despertava-lhe vagas esperanças de realizar suas modestas fantasias libidinosas e românticas.

Em vez disso, pensou que o ano que estava por iniciar seria o da sua maioridade. Ao fim dele, deixaria de ser siksu, aluno de escola militar avançada, para ser um guerreiro pleno. Orgulho dos pais, seu bom desempenho o pouparia de passar por ser mero bata, soldado, e yaudha, cabo de esquadra, como a maioria dos colegas. Começaria como padika, comandante de *patti* ou grupo ou mesmo mughaneta, responsável por uma *mugha* ou pelotão. Depois, chefiaria uma *gulma* ou companhia como gulmika e lideraria uma *gana* ou batalhão como gananayaka. Seria nayaka para comandar uma *vahini* ou regimento ou ocupar um cargo honroso num Estado-Maior, como seu pai. Subiria ainda mais para chegar a pritanapati, chefe de uma *pritana* ou brigada; kyamupati, chefe de uma *kyamu*, equivalente à legião dos atlantes; sainapati, responsável por uma *saina* ou exército; e talvez até mahasainapati, comandante de uma das sete *aksas* ou regiões militares do Império de Agarta. Nada disso lhe seria tão difícil de conseguir quanto a mulher que desejava para sua companheira, nem tão emocionante. Quando era criança, hierarquias e dragonas o fascinavam. Agora serviam para chamar o sono.

Ao toque de alvorada, assim como os demais, vestiu o uniforme de gala de algodão tingido com garança que nos dias festivos substituía as rústicas e gastas calça e túnica de rami bege, com faixa e lenço vermelhos, dos dias comuns. Tomou um desjejum de caldo de carne, cobriu o uniforme de gala com uma capa de encerado para protegê-lo da lama da estrada e pôs-se a caminho antes da alvorada. Havia um caminho que descia para a estrada larga e bem pavimentada às margens do rio Dhauta, pela qual se chegava à entrada principal da cidade. Mas se esperava dos guerreiros que seguissem a trilha difícil, que subia a cadeia de colinas que separa o Vale dos Tautas da metrópole de Manova. O grupo, animado com a quebra da rotina, cantava uma marcha militar:

Seguir, lutar e marchar
Ouvir do inimigo o pranto
Só Agarta irá brilhar
De todo o mundo o espanto

Ao chegarem ao alto do morro, o sol trazido aos céus pelos dedos rosados de Hauasa, a Aurora, revelaram de repente uma paisagem tão grandiosa que os rudes aprendizes de guerreiros se detiveram em admirado silêncio. Na maioria das vezes, as brumas matinais limitavam o alcance da visão, mas aquele dia fora premiado com um céu de clareza excepcional, que fazia daquele recôncavo no mar de Helcar um espetáculo incomum.

A cidade de Manova e as colinas que a limitavam formavam um imenso arco em torno da orla, mas o olhar era irresistivelmente guiado de suas construções baixas e uniformes para o centro brilhante no meio da baía para o qual todas as avenidas apontavam. Quase à frente, a ilha sagrada de Xambala, toda branca das construções de mármore que a cobriam: arcos e torres esguias, templos, monastérios, palácios e monumentos pareciam subir em procissão pelas avenidas que ascendiam as encostas da ilha até o topo. Ali, a uma distância de duas parasangas, erguia-se a enorme cúpula do Templo do Fogo Sagrado. Toda incrustada em ouro, resplandecia como uma irmã gêmea do sol que nascia à mão da espada dos caminhantes.

Se havia emoções que os jovens tautas eram incentivados a exprimir eram o orgulho patriótico e o fervor religioso. Vasu foi o primeiro a cair em lágrimas e os outros o seguiram. Um deles começou espontaneamente a cantar um hino a Mavrit, o sempre jovem ancião dos dias e os outros, piedosamente, o acompanharam, braços abertos na direção da cúpula que era o centro do seu universo. Voltaram-se então para o leste e fizeram uma breve oração ao sol e a Hauasa – seria perigoso saudar Mavrit e esquecer a ciumenta esposa e irmã –, antes de seguirem seu caminho.

Como toda cidade de Agarta, Manova não tinha muralhas. Esperava-se que a coragem de seus guerreiros bastasse para protegê-la. Na entrada do perímetro urbano havia um arco simbólico e uma guarita onde se apresentaram em formação, com o braço erguido. O chefe da sentinela, um oficial veterano, saiu do posto para inspecioná-los simbolicamente e os dispensou, autorizando-os a entrar na cidade.

O grupo se dispersou, pois suas famílias moravam em diferentes bairros. Aquele ao qual Vasu e três de seus colegas se dirigiram, era perto do centro, alojava boa parte do estado-maior da região militar da capital, mas pouco se distinguia dos demais. Separado dos distritos vizinhos por largas avenidas, dividia-se em cinco setores, destinados às cinco castas – os sacerdotes sindhus, os guerreiros tautas, os administradores pardhavas, os trabalhadores arabayas e os artistas yavanas, em ordem decrescente de prestígio. Passou pela praça central do bairro rumo ao setor de sua casta, onde as moradas eram espaçosas e arejadas, mas severas. Nenhuma decoração além de colunas de pórfiro vermelho e símbolos religiosos em relevo.

Um alojamento com cocheira, refeitório, cozinha, banhos, salões e apartamentos pessoais ou familiares para os oficiais. Vasu procurou o de seus pais, o de número doze no corredor do andar superior, e bateu a aldrava de ferro fundido.

Dos arquivos da Kraukura: recepção ao embaixador de Agarta

Turakavasyaya Balapriyaputra, Embaixador de Agarta no Paço de Atlântida, Saúda Vossa Potência, o Manu Sarata.

Hari!

No primeiro dia do Festival das Sementes, que os atlantes comemoram nos dias da nossa *Haulaka*, compareci diante de Zandi e Tuzin, o assim chamado Casal Imperial de Atlântida, incestuoso e monstruoso conúbio que governa este Estado bicéfalo. Homem e mulher de olhos e cabelos negros como a asa de um corvo e pele parda como terra suja, lábios grossos, olhos pequenos e encovados enfeados por testas fugidias e maçãs do rosto demasiado afastadas, características de gente pérfida, materialista e grosseira. Enfeitavam-se de ostentosos trajes dourados, joias de ouro, escamas de dragão e plumas de fênix, como os bárbaros que são. Poderiam ser confundidos com desprezíveis mugais, não fosse a pele escura como a dos disformes lemurianos. Poderiam ser tomados por lemurianos abrutalhados, não tivessem os olhos oblíquos e dissimulados dos mugais.

Uma multidão copiosa de gente de castas embaralhadas e raças misturadas, alguns negros como o piche, uns poucos que quase se poderiam chamar brancos, apinhava-se para receber e louvar Zandi e Tuzin no caminho do palácio imperial ao templo de seu grotesco deus Varjá, formando quase um muro, ataviado com plumas, tecidos e joias de desordenadas cores e feitios, sem nenhum senso de adequação ou harmonia. Acrescente-se a esse horrível espetáculo que a maior parte dos dignitários dos dois sexos vinha aclamá-los com peitos, braços e pernas nuas, como se estivéssemos na selva.

A ceia torpe e desagradável era sobrecarregada de condimentos ardentes como o chumbo derretido que nossos carrascos fazem beber os condenados por perjúrio, mas de nada serviria tentar apagar o fogo com as bebidas atlantes de frutas e cereais fermentados, para nós intragáveis. À guisa de espetáculo, rapazes e moças pardos e pretos se esmeravam em requebros indecorosos ou exibiam saltos e acrobacias dignos de macacos enlouquecidos em meio à cacofonia de toscos instrumentos bárbaros. Enquanto isso, altos funcionários de ambos os sexos se convidavam abertamente para orgias e jogos indecentes após o banquete na frente dos próprios esposos, sem medir palavras.

Durante o suplício, um ministro algo embriagado acercou-se de nós e me perguntou sobre Vossa Potência, o império e seus guerreiros. E enquanto eu respondia com sinceridade, ele ria: "estás mentindo, os guerreiros do Manu mal podem atirar com seus pesados arcabuzes e vossas espadas e couraças de aço são como brinquedos diante de nossas armas e armaduras de oricalco. Só nós somos os senhores dos mares, que percorremos e sobrevoamos em todas as direções e no qual mergulhamos à nossa vontade. Se assim quiséssemos, arrasaríamos vossas cidades litorâneas e reduziríamos a cinzas as que ficam às margens dos rios".

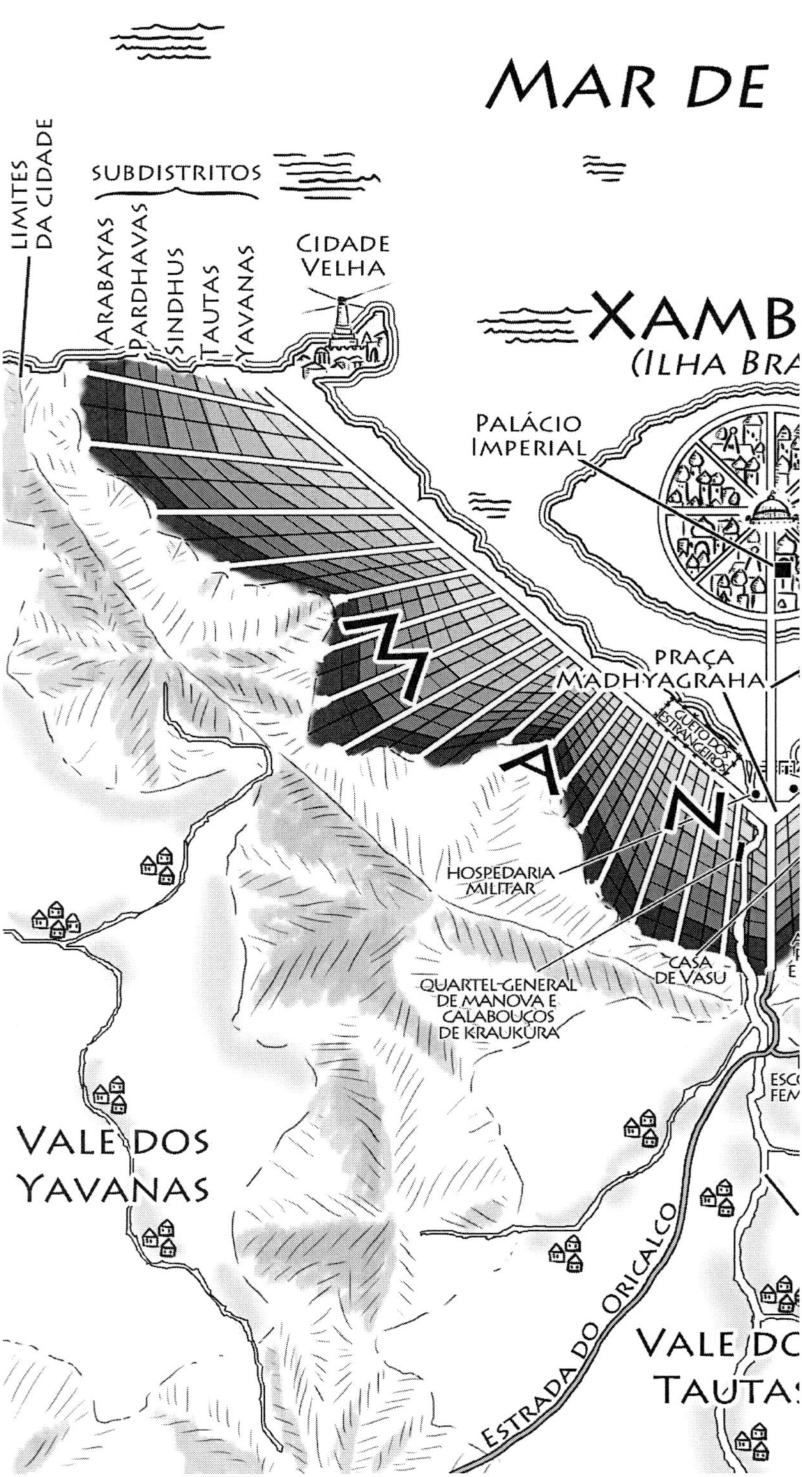

MAR DE
LIMITES DA CIDADE
SUBDISTRITOS
ARABAYAS
PARDHAVAS
SINDHUS
TAUTAS
YAVANAS
CIDADE VELHA
XAMB
(ILHA BRA
PALÁCIO IMPERIAL
PRAÇA MADHYAGRAHA
GUETO DOS ESTRANGEIROS
M A N I
HOSPEDARIA MILITAR
CASA DE VASU
QUARTEL-GENERAL DE MANOVA E CALABOUÇOS DE KRAUKURA
VALE DOS YAVANAS
ESTRADA DO ORICALCO
VALE DO
TAUTAS

Helcar
Limites da cidade
Avenidas principais
BALA
RANCA)
Templo do Fogo Sagrado
Ponte Bifarasta
Arpão
Porto
Cassino e Bordel Luar Vermelho
Templo de Hauasa do Trono de Ouro
Armazém principal e praça do distrito
Vale dos Arabayas
Estrada do Aço
Escola Militar Masculina
scola Militar eminina
Rio Dhauta
Vale dos Pardhavas
os
as

Capítulo 2 Uma conversa embaraçosa

Uma hilota mugal baixinha, vestida com uma libré preta, cabelo puxado para trás e atado com duas fitas num longo rabo de cavalo, abriu a dupla porta e o atendeu com uma profunda reverência, mantendo depois os olhos baixos e os braços caídos. Vasu a conhecia pelo apelido de Bakri, "cabrita", desde quando ele era um bebê de colo e ela uma aia adolescente, mas isso não a dispensava do temeroso respeito devido por uma serva.

– Muito bom dia, jovem siksu – usou o título devido a um aluno da Escola Militar.

– Meus pais estão?

– O senhor nayaka saiu para inspecionar os preparativos para o plantão da Guarda durante a festa, a senhora gulmika está. Permita-me anunciá-lo.

– Está bem – estava habituado às formalidades da casa, que enrijeceram à medida que os filhos cresciam. Ainda mais agora que os dois irmãos mais velhos serviam o Manu em terras distantes e a irmã mais velha morava com o marido em outro bairro.

Com outra reverência, a serva o deixou na sala de visitas, perfumada com incenso. Como sempre, limpa e organizada com rigor, almofadas, mesas e jarras alinhadas como guerreiras à espera da inspeção dos comandantes. O simbólico fogo sagrado queimava num braseiro sobre o altar doméstico, montado sobre a lareira apagada.

Bakri voltou em momentos, com outra vênia.

– A senhora gulmika receberá o jovem siksu no escritório.

Ladali era uma loira alta cujo cabelo longo de oficial já estava visivelmente grisalho. Nariz afilado e queixo saliente sugeriam ambição e sagacidade. Sentada em posição de lótus num tapete e recostada a uma almofada cilíndrica, fechou o caderno onde estivera escrevendo – rascunho de algum relatório, talvez – e o recebeu com um leve sorriso. Ele fez a saudação militar, de braço estendido:

– Pelotão, descansar! – riu ela. – Não exagere, filho, sou sua superior, mas estamos a sós e ainda sou sua mãe. Venha cá, sente-se e me dê um abraço, faz um mês que não nos vemos... Veja só, este ano você vai conhecer o Fogo Sagrado, vai se graduar e parece que foi ontem que o tive no meu colo!

Ele ficou intrigado com a atitude da mãe, que raramente era tão calorosa. Sentou-se na frente dela na mesma posição e começaram a falar de trivialidades, mas a mãe insistiu, em especial, em saber se no seu pelotão havia flertes com as garotas Vasu ficou embaraçado.

– Sim, alguns falam disso e de coisas mais atrevidas...

– E você, querido, não teve vontade de fazer isso?

Ele corou. Voltou a pensar na siksi Madhavi, a vizinha atraente que estava na escola militar feminina. Debaixo das cobertas do quartel, Vasu fantasiava que ele e ela eram designados para gerar filhos para a pátria e cumpriam alegremente o dever. Improvável, é claro. Os critérios misteriosos dos sindhus, encarregados de formar casais com o propósito de cruzar e cultivar linhagens tidas como promissoras, geralmente uniam completos desconhecidos.

– Sempre me ensinaram que devia esperar até os sacerdotes me unirem a uma esposa...

– Para ter filhos e uma família, sim, mas a vida não é só isso. Nem tudo que não é obrigatório é proibido, mesmo para um tauta, entende? Mesmo um bom guerreiro precisa de um pouco de prazer e alegria de vez em quando, até para não perder a vontade de viver e lutar pela Raça, pela Pátria, pelos deuses e por Sua Potência, o Manu. Eu já fui jovem e sei que as meninas também esperam por isso, é só chegar a elas com um pouco de jeito...

– Eu, hã... – não soube o que dizer e mesmo que soubesse, não conseguiria. Sentiu o rosto quente e desejou incendiar-se, transformar-se em pó e fumaça até desaparecer para sempre da face da terra.

Com uma expressão terna – ou apenas compadecida? – ela encarou o rosto corado e perplexo do filho, tocou-lhe a mão e continuou.

– Talvez eu e seu pai devêssemos ter focado menos o rigor e a disciplina na sua educação, quando você não precisava tanto... quanto sua irmã, digamos... e encorajado você um pouco mais a apreciar a vida social, dar-lhe mais oportunidade de adquirir traquejo nessas coisas. Mas ainda é tempo e se tem receio de fazer feio com uma garota agarti, até uma hilota pode ensinar uma ou duas coisas sobre o trato com as mulheres. É tempo de superar essa timidez, que não cai bem num futuro comandante.

Para alívio de Vasu, o inesperado discurso foi interrompido pela chegada de Ahalya da escola preparatória. A mãe os deixou a sós e ela e disparou um monte de perguntas ao irmão mais velho, do qual tinha o mesmo tom dourado de cabelo, alguns dedos mais longo que o corte rente dos meninos, e os mesmos olhos da cor do céu no fim de uma tarde serena. Estava cada vez mais ansiosa por ouvir pormenores da vida já quase militar de siksi, que em mais um ano teria de enfrentar. O treinamento dos rapazes não era inteiramente igual ao das moças, mas preferia ouvir as histórias do irmão que as da mãe, sobrecarregadas de conselhos e lições. Vasu estava disposto a ser franco, mas a chegada do pai interrompeu o desabafo.

Os dois se apressaram a se pôr de pé e receber o nayaka Parusya com a saudação devida. Vestido com o uniforme de garança de oficial superior em dia de gala, barba e cabelo longos e encanecidos, capacete de chifres debaixo do braço, dragonas de prata no ombro, cicatrizes na testa e rosto, venda negra tapando a órbita do olho esquerdo perdido. Cobrou um relatório sobre o último mês, Vasu primeiro. Ele respondeu da forma concisa e objetiva exigida pelo pai, mas sem deixar de observar que seu desempenho fora o melhor do pelotão. Parusya pareceu satisfeito:

– Precisa continuar assim, filho, se quer chegar a nayaka com a minha idade. Espero que continue a mostrar o mesmo valor quando se formar. E você, kanya Ahalya?

O desempenho da kanya – como eram chamados os filhos de militares nas escolas preparatórias – era mediano e isso aborrecia imensamente o senhor nayaka, para o qual os filhos desperdiçariam a semente que lhes dera caso se mostrassem menos do que excepcionais. Como mínimo, queria que a filha fosse aceita no corpo das valquírias, a tropa feminina de elite do Império Agarti. Ela o confessou com voz firme, porém, o que valia algum crédito. Talvez por isso, o pai foi relativamente condescendente:

– Eu deveria ser mais severo, mas esta noite começa a *Haulaka* e quem entra nela com castigos e aborrecimentos está fadado a repeti-los por todo o ano. Suspendo a punição, kanya Ahalya, mas ela virá em dobro da próxima vez, se não tiver notícias melhores a dar. Não é isso que se espera de uma valquíria nascida de linhagens de oficiais superiores. Dispensados!

Ela esperou ter o pai a uma distância segura para dar um bufo ostensivo de impaciência, que provocou em Vasu um riso nervoso. A irmãzinha despertava nele impulsos de rebeldia que tentava, a todo custo, domesticar.

Trocaram os uniformes, que jamais deveriam ser desonrados por comportamento desregrado, pelos trajes civis festivos de sua casta, túnica de garança sobre calças de tartã, e correram para a festa que começava na praça principal do bairro. No calendário cerimonial dos agartis, a Haulaka, no equinócio da primavera, era o momento de maior descontração e o único no qual as castas se misturavam com relativa liberdade – exceto os sindhus, que se retiravam para praticar ritos secretos. Era o caos ao fim do qual a ordem cósmica devia renascer renovada por mais um ano, durante o qual certos excessos eram tolerados. Os agartis trocavam o dia pela noite e o toque de recolher normalmente imposto aos jovens era suspenso.

Do caderno secreto de Tlalpan: mudança de planos

Lúsia me levou aos jogos, concursos e danças do primeiro dia das Antestérias, a festa da primavera de Acaia dedicada a Oraios, deus da música e da harmonia e Nisa, deusa da dança e da embriaguez. Eu adorei ela me exibir por ali como uma conquista, mas quando ela começou a acompanhar seus camaradas na bebedeira, eu a avisei de que voltaria para casa sozinha se ela exagerasse, porque bebo pouco e não suporto gente embriagada. Apesar dos protestos dos amigos, ela se despediu depois de dois ou três copos de vinho misturado com água e acabamos a noite no meu apartamentinho alugado no bairro Cerâmico. Dei o melhor de mim para ela não se arrepender do sacrifício, que sei ter sido difícil para ela.

– Tlalpan querida, o que é isso na sua parede? – quis saber Lúsia, ao admirar de pé meu afresco em cores vivas, de pirâmides, mercados e gente se divertindo nas ruas. – Foi você quem pintou?

– Sim, são cenas de Atlântis, a minha terra – respondi, reclinada na cama.

– Atlântis ou Atlântida?

– Chamamos a capital de Atlântis e o país de Atlântida.

Eu me divertia com a curiosidade dela tanto quanto admirava sua beleza na força da idade, imponente e vigorosa. Tomara que eu seja assim bela quando chegar à sua idade. Não que eu exija perfeição física dos meus amores de qualquer sexo, mas quando ela existe, sei apreciá-la. Admiro também belezas mais jovens ou voluptuosas, mas o dela é um tipo mais incomum e interessante. À luz da manhã filtrada pela janela do quarto, seu corpo parecia a estátua de ouro de uma deusa da guerra e da sabedoria como a própria Pótnia, padroeira da cidade.

– E esse caderno cheio de garranchinhos? – debruçou-se sobre a mesa.

– Está escrito em senzar, a minha língua. São anotações sobre minhas observações e experiências aqui. Eu quero escrever um livro sobre esta cidade – como ela não conhece quase nada da nossa escrita, não achei necessário explicar que estava em código.

– Vai contar tudo o que fizemos juntas? – ela ficou corada.

Achei graça do embaraço dela. Os guardiães acaios copulam tanto quanto nós e eu até diria que são menos seletivos, mas têm regras muito rígidas sobre o comportamento apropriado entre amantes. Pode homem com mulher, homem com homem e mulher com mulher, mas cara a cara, nada de boca, cu ou brinquedos e nada de penetração, salvo do pênis na vagina quando se quer crianças, é claro. Noves fora, duas mulheres só podem trocar beijos, carícias e esfregação. Dois homens, se entendi bem, só podem fazer nas coxas. Na prática, não é tão a ferro e fogo, mas é preciso uma intimidade muito antiga ou muita paixão para se violar uma ou outra dessas normas. Eu a fiz quebrar todas desde o primeiro encontro.

– Em Atlântis, ninguém vai nem piscar pra isso, minha linda. Em matéria de safadeza, você ainda tem muito a aprender. Mas só vou citar as pessoas que conheci por nomes falsos.

– Não, use meu nome verdadeiro, qualquer falsidade é contra os meus princípios. Uma guardiã assume tudo o que faz.

– Seu desejo é uma ordem. Não é assim que você trata o meu?

Ela também riu, deixou de lado o caderno, olhou para mim e pôs as mãos na cintura. Uma visão bem agradável.

– Sabe, Tlalpan, quando terminarem as Antestérias, vou ter de partir com minha caravana para voltar só depois de seis ou sete meses.

– Que pena! Queria ter mais tempo para nos conhecermos melhor. Daqui a seis meses preciso embarcar de volta para Atlântis.

– Você é uma ótima lutadora e uma atiradora fantástica, *Máurula* – Lúsia me pôs esse apelido, "pretinha" em acaio. Achei carinhoso. *Phaiaka*, "escura", que é como os acaios costumam chamar as mulheres de nosso povo, tem um quê de pejorativo. – Ontem você venceu a melhor arqueira de Calípolis com um arco que nem era o seu e abiscoitou a coroa de louros. Sabe cavalgar?

– Sei, minha tia é uma amazona e me levou muitas vezes para cavalgar com ela – sentei-me na cama, para melhor encará-la. Acho fascinantes aqueles olhos azuis e mais ainda o modo como brilham ao me ver. É o elogio mais sincero que existe.

– Então por que não vem comigo? Sou capitã da caravana, posso contratar quem eu quiser. Para participar da empreitada, uma mercenária iniciante ganha cem minas, mais do que você pode ganhar em três anos pintando ânforas no Cerâmico!

– Não vim aqui por dinheiro, mas por experiência e conhecimento. Me basta ganhar o suficiente para a comida e o aluguel. Além disso, eu gosto de trabalhar com pincéis de pelo de camelo, mas não sei lidar com os bichos de onde os tiram.

– Isso não tem importância, quem cuida dos camelos e da carga são os mercadores, a nós cabe protegê-los e guiá-los. E se você quer ver e aprender coisas novas, garanto que essa viagem vai ser mais fascinante do que seis meses nesta cidade ou em qualquer outra de Acaia. Vamos ver o Mar Nereu, o Mar Akseinos, o canal de Kuros, as estepes do Oriente, dentes-de-sabre, grifos, bárbaros helcarianos, o monte Mairu... E claro, os agartis e Manova, sua capital.

Disso eu ainda não sabia. Inclinei-me para frente e afastei o cabelo do rosto.

– Manova? Sua caravana vai para Agarta?

– Sim – respondeu Lúsia, orgulhosa –, é a única caravana anual de Pótnias Calípolis para Manova e eu comando a escolta há onze anos.

Era uma oportunidade rara. O império de Agarta é muito fechado a atlantes. Mesmo os diplomatas enviados pelo Casal Imperial de Atlântida só entram em seu território sob uma guarda cerrada de guerreiros agartis, sem poder escolher seu caminho. Uma vez na capital, ficam confinados no gueto dos estrangeiros e só têm contatos muito controlados com as autoridades superiores. E nem sequer com esse tipo de relato o Instituto de Kisharografia e História pôde contar desde que a Comuna de Atlântis ganhou autonomia do poder imperial, antes de eu nascer. Qualquer observação que eu leve lhes será de muito proveito e fará de meu livro uma obra única.

– Que *legal*! Me conte mais! – deixei-a ver que estava tentada pela ideia. É gostoso vê-la feliz.

Entusiasmada com meu interesse, Lúsia explicou-me os pormenores da viagem e como poderiam dividir uma barraca só para as duas. Eu seria sua aprendiz amada, ou *erômena*, de acordo com os costumes acaios. Sei que ela minimizou os perigos e desconfortos para apresentar a aventura da maneira mais atraente possível, mas minha curiosidade por Agarta e meu desejo de passar mais tempo com Lúsia levaram a melhor sobre minhas dúvidas.

– Você me convenceu, Lúsia, vou falar com meu patrão e minha senhoria e te acompanho.

– Que maravilha, Máurula! – ela me abraçou e beijou. Correspondi à sua ternura e a puxei de volta para os lençóis. O segundo dia das Antestérias que esperasse por nós.

Pótnias Calípolis, capital de Acaia

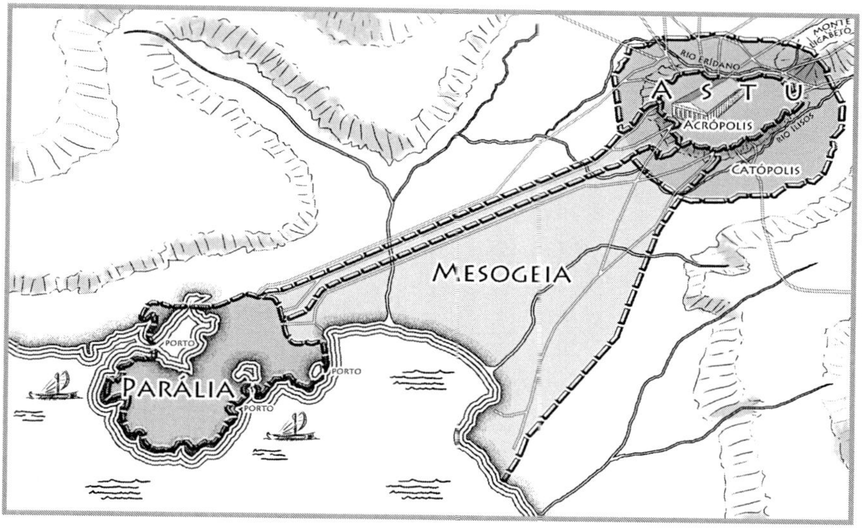

Capítulo 3 Com muita sede ao pote

Kyandra, a lua branca, estava cheia e acabava de nascer e o crescente de Indu, a lua vermelha, ia alto. A praça estava decorada com lanternas de papel coloridas, como se fazia nas noites de festa. Jovens yavanas em esvoaçantes túnicas curtas verde-água, que deixavam ver pernas bonitas, penduraram-lhes colares de flores ao pescoço. Músicos da mesma casta tocavam e cantavam no pavilhão erguido no centro da praça, decorado de fitas de seda multicoloridas. Senhores e senhoras com as túnicas e calças cor de açafrão dos arabayas abasteciam barracas de comidas, bebidas, brinquedos e flores enquanto pessoas de todas as castas circulavam, dançavam em torno das quatro fogueiras da praça ou conversavam ao redor. Crianças jogavam água perfumada e grãos coloridos de arroz e outros cereais nos passantes, brincadeira que as divertia e que se acreditava trazer boa sorte e abundância aos seus alvos.

Ahalya despediu-se do irmão com um beijo no rosto e se juntou a um grupo de pré-adolescentes da mesma idade, empenhados em uma brincadeira de centopeia que, como Vasu bem se lembrava, era uma oportunidade de meninos e meninas de diferentes castas trocarem, de brincadeira, toques e abraços proibidos sem receio de castigos.

A conversa com a mãe reavivara em Vasu uma vaga expectativa de emoções mais fortes, tais como alguns colegas mais velhos se vangloriavam de ter experimentado no ano anterior. Ao ver Madhavi desacompanhada, animou-se. Escolheu uma tulipa cor de fogo e uma castanha cristalizada e, esperançoso, ofereceu-as a ela. Alta, loira, ágil e atlética como devia ser uma tauta, rosto jovial e olhos vivazes que faziam pensar num céu azul cortado por relâmpagos. Ela sorriu, aceitou o doce, prendeu a flor no cabelo curto e lhe deu o braço para acompanhá-lo numa dança folclórica, como se esperava de uma moça bem educada. Mas foi só: o costume não lhe exigia que continuasse a segui-lo depois de terminada uma música. Fugiu de seu beijo e de suas mãos ansiosas e se despediu com uma reverência.

Ele tentou segui-la em busca de uma segunda chance e a viu tomar a iniciativa de convidar um rapaz recém-chegado, um que ele conhecia como dos mais incompetentes do pelotão, filho de pais sem brilho, mas com muita sorte com as mulheres e em particular Madhavi, com a qual já o vira no feriado anterior. Sentiu-se humilhado, mortificado. Que diabos podia ter o babaca do Pandu que ele não tinha? Sequer era especialmente bonito, ao menos na opinião de Vasu.

Desacorçoado, ele caminhou a esmo pela praça, observando o movimento e foi abordado por uma moça sorridente de longos cabelos cor de mel e um longo vestido azul de pardhava, que lhe ofereceu algumas cerejas confeitadas. Além de ela ser de uma casta inferior, era magra demais para seu gosto, mas depois da esnobada de Madhavi, não se sentia muito exigente. Contente, aceitou, as pôs na boca e só então a reconheceu como Balamani, filha do casal responsável pelo armazém de secos e molhados do bairro. Ela pareceu feliz quando ele lhe deu o braço e sentiu seu doce perfume floral. De repente, ele se ruborizou ao se lembrar que iam vê-lo dançar com uma pardhava. Paciência, não podia mais voltar atrás e afinal, era *Haulaka*, nem o pai faria objeções. No máximo, aturaria algumas piadinhas dos camaradas, mais tarde.

As danças agartis não eram propícias ao contato íntimo, mas eram animadas e ressaltavam a graça e agilidade dos parceiros. Balamani era boa bailarina, a luz da fogueira lhe dava um toque de mistério e nenhum dos dois teve pressa de trocar de par. Continuaram as farândolas até ela dizer que tinha sede. Foram a uma barraca e uma arabaya lhes serviu canecas de kumis, uma bebida espumosa e refrescante, à base de leite de égua fermentado.

– Cansada? – perguntou ele, depois de tomar o primeiro gole.

– Não, imagine! Só preciso me refrescar e descansar um momentinho – bebericou devagar da caneca grande.

– Você dança bem.

– Você também – deu mais um pequeno sorvo. – Puxa, fazia tempo que não o via, você está forte... – a segunda observação soava mais sincera que a primeira.

– É, os exercícios estão cada vez mais puxados – disse ele, exibindo, orgulhoso, o muque. – Mês passado marchamos nove parasangas e meia num só dia.

– Setenta e seis mil passos! – ela o surpreendeu ao fazer a conta num piscar de olhos e desculpou-se com um sorriso embaraçado. – É que nós não conseguimos parar de fazer nossos exercícios da cabeça, as contas e registros. Os rapazes não têm tempo para mais e não gostam muito de esporte, ficam meio magrelos...

"Ela está a fim de mim", pensou Vasu, enquanto emborcava o kumis.

– Quer dar uma volta por aí e conversar num lugar mais tranquilo, ou voltar à dança?

– Vamos passear um pouco, sim, me conte das suas aventuras...

Caminharam na direção do mar, enquanto ele contava casos da escola militar. Quando já estavam fora do alcance das luzes da praça, ele lhe passou o braço pelos ombros e ela não o recusou. Ao chegarem à avenida beira-mar, os braços iam pela cintura. Havia outros casais por ali, cada qual com seus próprios assuntos. Encorajado, ele a levou para junto de uma árvore, passou o outro braço pela cintura e a puxou para um beijo. Ela relutou um pouco, mas o abraçou e acabou por corresponder, sem o deixar se aprofundar. A moça parecia admirar seus músculos e ele abriu a túnica, levando-lhe a mão aos seus peitorais, mas ela a afastou.

Impaciente, Vasu avançou e a abraçou com mais força, apertando-a junto a seu corpo e fazendo-a sentir sua excitação. Acariciou-lhe as costas através do vestido sedoso, até as nádegas e ela suspirou e encostou o rosto no seu peito. Então, as mãos trêmulas e hesitantes de Vasu tentaram lhe tocar as partes mais íntimas e fazer carícias, como seus camaradas tinham se gabado de trocar com as garotas, quando se quebrou o encanto:

– Não! – disse ela, desvencilhando-se. – Chega, vou voltar!

– Desculpe, se você não quer, não faço mais... Vamos só nos abraçar.

– Não. Olhe, sou eu quem pede desculpas. Me deixei levar pela fantasia de ser uma tauta e perdi a cabeça, não devia ter vindo aqui. Você foi muito bom para mim, mas não quero mais, sério! Por favor, me deixe ir, até mais ver!

Chegou a passar pela cabeça do frustrado Vasu a ideia de agarrá-la à força, mas se conteve, constrangido. Até o Haulaka tinha limites. Deixou-a voltar apressada, quase correndo.

Decepcionado, Vasu caminhou pelo calçadão, sem ânimo de voltar à festa e uma mulher o alcançou e lhe pegou a mão. Usava o vestido curto de uma yavana, como também sugeriam os cabelos escuros, a estatura baixa para uma adulta e o perfume forte e provocante. Não a conhecia, devia ser de outro bairro.

– Vi sua garota ir embora, siksu. Mas eu topo uma foda de verdade, vamos?

– Ei... Você é uma prostituta? – era ousada demais para ser outra coisa.

– Sim, mas hoje é Haulaka e não quero paga, só o prazer de pegar um homem novo e bonito. Só cobro um beijo atlante... Vamos ali, onde ninguém nos vê – apontou com um movimento de cabeça para uma ponta rochosa irregular que dividia a praia, conhecida como o Arpão.

Ele recuou, pálido de nojo. Sabia do que ela falava de ouvir piadas sujas, mas lhe parecia tão repugnante que não imaginara que se fizesse de verdade. Não em Agarta, pelo menos. Ela riu.

– Pensei que um tauta tão forte seria mais corajoso... Brincadeira, você é só um garotão, eu entendo. Olhe, se quiser, lá no Luar Vermelho, junto do porto, eu e minhas colegas aceitamos dez dharanans em vez do beijo atlante! Até... – foi-se rebolando, como para lhe jogar na cara o que estava perdendo.

Dos arquivos da Kraukura: quem governa a Comuna de Atlântis?

Cônsul Abhisyanta Kuruvahiniputra Saúda Vossa Prosperidade, o Mahakyauhan Atiratha

Hari!

Lamentamos ser impossível apontar quem realmente governa a Comuna de Atlântis conforme Vossa

Prosperidade nos solicitou. É contrário às expectativas da Kraukura e ao senso comum, mas as primeiras crianças nascidas após a Revolução já chegaram à idade adulta e a cidade de Atlântis continua na anarquia. Os costumes tornaram-se ainda mais desregrados do que eram antes e o Casal Imperial mal ousa pôr os pés em sua hoje impropriamente chamada capital, mas a turba segue sua vida. Com isto me refiro à ralé mais gigantesca e desordenada jamais vista debaixo do céu, na maior parte constituída pelas mais feias, escuras e degeneradas das raças ditas humanas (dignas apenas de servir como hilotas em nossas colônias mais atrasadas), ou por aberrações animalescas que jamais toleraríamos vivas em Agarta, nem mesmo como curiosidades de jardim zoológico. Antes da revolução, quase todos haviam sido devidamente reduzidos à servidão, à escravidão ou a ainda menos do que isso pelo crime, estupidez, covardia ou preguiça, próprios ou de seus ancestrais. Hoje, estes decaídos e suas crias não só andam à solta pelas ruas como podem exercer funções públicas, falar nas assembleias populares e persuadi-las a fazer sua vontade.

Os milhares de distritos da cidade e seus subúrbios são governados diretamente pela massa, que escolhe os responsáveis pelos serviços públicos por eleições e sorteios, dá-lhes ordens ao se reunir em assembleias e os destitui se não lhes agrada. Seu único limite são as leis válidas para toda a Comuna, necessariamente aprovadas ou revogadas por plebiscito e a autoridade dos juízes, que devem obediência apenas à lei comunal e não podem ser afastados antes do fim do mandato, salvo em casos especiais.

As massas dos cinquenta e dois setores nos quais se agrupam os distritos elegem anualmente uma Assembleia de quinhentos e vinte membros que dirige a Comuna e, por sua vez, escolhe os nove membros do Conselho Supremo, o órgão executivo. É fútil listar essa multidão cambiante. Mais útil é registrar aqueles que nem sempre sentam no Conselho ou na Assembleia, mas podem persuadi-los e às massas pela posição, prestígio e carisma:

chefes das maiores guildas (cerca de vinte, incluindo Portuários, Mensageiros, Gondoleiros e Prostitutas), duas dúzias de oradores e sofistas amados pela populaça, a suma-sacerdotisa de Chiuknawat, a comandante da Guarda Popular, o reitor do Instituto de Kisharografia e História e em especial três aberrações reverenciadas como libertadores e semideuses – uma xamã negra, um vira-peles pardo e uma feiticeira voadora mugal. Como Vossa Prosperidade pode deduzir, seria difícil convencer a qualquer deles a colaborar por meio de argumentos, riquezas, promessas ou chantagem e mesmo se algum cedesse, seria uma voz entre muitas. Assim mesmo, encaminhamos em anexo uma relação dos nomes relevantes.

Capítulo 4 Professora de amor

Humilhado por uma tauta, uma pardhava e uma yavana na mesma noite, Vasu desistiu de mais aventuras e caminhou, cabisbaixo, para casa. A criada custou um pouco para abrir a porta e ele voltou a bater a aldrava com mais força, impaciente. Ouviu então abrir a tranca.

– Boa noite, esta serva pede perdão pela demora – depois de fechar a porta, Bakri curvou-se ainda mais que de costume, praticamente em ângulo reto, com uma lanterna de vela nas mãos. – O jovem siksu quer repousar?

– A Ahalya e meus pais voltaram?

– Não. Os amos não eram esperados antes do amanhecer e a preguiçosa servidora descansava na enxerga da copa. Por isso ela tardou em atender e implora o perdão – a postura que mantinha podia ser inocente, mas ressaltava sua submissão e seus contornos. Pela pressa de atender, vestira apenas a libré externa, deixando percebê-los melhor.

De repente, Vasu deu-se conta de que apesar de ser uma hilota de olhos rasgados, cabelo grosso e pele amarelada, ela era uma mulher e ele era seu senhor. Alguns de seus camaradas contavam ter feito de tudo com hilotas, servas de suas casas ou camponesas das aldeias, forçadas a atendê-los. Não era para se gabar ou mesmo comentar em voz alta, mas não era ilegal se não fosse com servas de estranhos. E sua própria mãe insinuara...

– Bakri... – calou-se, incerto sobre se podia haver uma maneira apropriada de pedir algo tão impróprio. Ou deveria apenas mandar?

Ela permanecia à espera, pronta para acatar qualquer ordem ou castigo, com ou sem razão.

Os sentimentos dele eram ambivalentes. Poderia impunemente descontar na serva as afrontas reais e imaginárias que recebera de outras mulheres naquela noite. Mas também fora sua aia, protetora e companheira de brincadeiras da primeira infância, antes de ele tomar consciência do abismo social que os separava. Seu lado menos mesquinho prevaleceu.

– Bakri... – repetiu, tocando-lhe o rosto, pela primeira vez desde a infância. – Sinto-me triste e só, quero sua companhia esta noite. Se quiser vir comigo ao meu quarto, serei gentil.

Ela estremeceu. Vasu ergueu-lhe o queixo e viu um rosto corado e ansioso. Um rosto que ele se acostumara a ver como de raça inferior, mas não desagradável. Beijou-lhe os lábios mudos e trêmulos. Só então lhe ocorreu que ela talvez não pudesse.

– Por acaso minha mãe a proibiu de...?

– Não – balbuciou com voz sumida. – A senhora gulmika preveniu a serva que o jovem siksu poderia manifestar esse desejo e a serva deveria atendê-lo e ensiná-lo. A serva está pronta, mas implora humildemente que o jovem siksu não a emprenhe – fez um movimento para se prostrar no chão, mas Vasu a segurou pelo braço.

– Não é preciso, farei como quiser. Venha comigo.

De qualquer modo, pensou ele, seria assim com as outras. Engravidar uma agarti sem permissão dos sindhus era grave. E ainda que isso lhe ocorresse em segundo lugar, não queria que ela sofresse. Era absolutamente proibido que filhos de servas domésticas, ainda mais mestiços, vivessem: se ela engravidasse, teria de abortar – e se por qualquer razão isso não acontecesse, o bebê seria morto ao nascer.

– É preciso avisar Gadhi para ficar atenta – referiu-se à outra hilota da casa. – O combinado era esta serva cuidar da porta nesta noite.

– Está bem, espero no meu quarto.

Sentou-se na cama e em momentos ela trouxe a lâmpada, uma toalha e uma jarrinha de gui para massagens, manteiga clarificada aromatizada com zimbro, alecrim e lavanda, que pousou na mesinha de cabeceira.

– O jovem siksu quer uma massagem? – ela fizera isso muitas vezes, principalmente quando ele era menor e voltava cansado ou machucado da escola e do treino.

– Boa ideia. Mas quero ver o seu corpo – ela se aproximou e ele desfez o laço e lhe abriu a libré à luz suave da lâmpada de vela. Como imaginou, não havia mais nada sobre o corpo franzino de seios pequenos, cintura pouco marcada, pernas e braços curtos. Formas pouco atraentes pelos padrões de beleza agarti, mas ela ainda parecia jovem, tinha uma pele suave e era bem tratada e alimentada para uma mugal.

Ela continuava trêmula e muito corada, mas não parecia relutante. Sem esperar ordens, ela acabou de se despir, soltou o cabelo e o ajudou a descalçar as cáligas de tauta e despir-se, como se ele fosse uma criança. Ele se estendeu de bruços na cama. As mãos eram pequenas e carinhosas e o gui suavizava as asperezas deixadas pelas tarefas domésticas. Recordou-se com sentimentos ternos de como ela o cuidava na infância e se virou, visivelmente excitado. Ela continuou a tarefa no seu peito e barriga, como se não notasse, até ele mandá-la parar.

– Venha cá, deite-se a meu lado. Me mostre como fazer uma mulher feliz – ela entregou a boca ao beijo e lhe levou as mãos, no ritmo que lhe agradava, pelos seios, flancos, coxas e bunda e depois à intimidade da vulva. Ele se deixou conduzir.

– O jovem siksu pode tocar bem aqui... de leve, depois pode ser mais rápido, assim... – Sentiu que ela se abria como uma porta secreta para uma terra misteriosa. Cheirou os dedos, curioso, e continuou, alternando entre movimentos suaves e fortes, experimentando beijos, carícias e beliscões leves em diferentes partes do corpo com a outra mão. Ela deixou-o explorar-lhe o corpo, vez por outra o encaminhando ou sussurrando uma sugestão. Ele achou divertido descobrir como fazê-la suspirar, contorcer-se e gemer baixinho, até senti-la estremecer.

– Isso foi gozo? – abraçou-a, enquanto lhe cobria o púbis com a outra mão, sentindo-se dono.

– Sim... – ofegava, sorridente, de olhos fechados.

– Você já tinha feito isso antes?

– Sim... Quero dizer, não! Só tinha feito sozinha, não com um homem.

– Gostou de fazer comigo?

– Sim, o jovem siksu foi gentil, como disse que seria. Agora a serva quer retribuir.

Beijou-o no peito, mamilos e barriga, ajoelhou-se entre as pernas dele, beijou-as também, admirou com curiosidade o falo ereto, tocou-o e o acarinhou contra os seios pequenos e macios, brilhantes de gui. Testou suas reações de alto a baixo, como quem tenta descobrir exatamente como se faz com um brinquedo novo. Aquilo o deixou arrepiado.

– Bakri, me olhe nos olhos – pediu-lhe.

Ela parou e o atendeu, com um sorriso espantado.

– Me chame de Vasu, não de jovem siksu. Você gosta de mim?

– Sim! Sim, Vasu querido – os olhos dela brilharam.

– Qual é o seu nome mugal, pequena?

– Há tantos anos não o ouço... é Yay Hoengseng, Vasu querido.

– *Iai Humsaim*? Que esquisito...

– Vasu querido chama esta mulher do jeito que quiser, mas pode chamá-la de Bakri.

– Bakri querida, agora faça assim – encaminhou-lhe as mãos e mostrou como lhe dar mais prazer, com ela tinha feito com ele –, que eu quero me acabar com você!

Ela o atendeu com entusiasmo e riu ao senti-lo vibrar cada vez mais forte, gemer e ejacular. Limpou-o carinhosamente com a toalha e deitou-se de novo a seu lado, com a esperança de que ele descesse das nuvens disposto a brincar mais um pouco.

Vasu acordou quando o sol já ia alto no céu, coisa possível só naqueles feriados. Acordou só, é claro. Bakri voltou a seu catre assim que ele adormeceu, ai dela se fosse apanhada dormindo na cama de um amo. O pai saíra mais cedo, a irmã ainda dormia. Foi à copa tomar um desjejum tardio e encontrou a mãe em uniforme de valquíria. Lembrou-se de que ela disse que prestaria serviço a partir do meio-dia. Mesmo num dia de festa como aquele, partes da guarda da capital permaneciam de prontidão em rodízio.

A hilota os serviu com a presteza, os olhos baixos e o jeito tímido de sempre, como se nada tivesse acontecido. Só a atitude dele, ao olhar mais insistentemente para a serva e esbarrar a mão na dela como por acaso, poderia ter alertado a mãe de que houvera algo.

– Filho – disse, largando o copo de refresco quando a serva saiu de sua presença –, é bom aprender um pouco sobre as mulheres em casa para não se embaraçar ao lidar com estranhas, mas você é um tauta, é nosso filho e ela é nossa serva, não uma noiva. Faça-a servi-lo e ensiná-lo com discrição, mas respeite a nós e a você mesmo, não a mime e não se rebaixe.

A mãe, séria, acabou a beber do copo de iogurte com água de flor de laranjeiras, pegou o capacete de asas de corvo e saiu sem dizer mais nada. Obviamente, seria inútil fingir que não sabia do que ela estava falando.

Na noite, despreocupado, Vasu foi mais relaxado à continuação da festa e se divertiu conversando e dançando, sem ansiedade, com garotas, inclusive Madhavi. Teve até a impressão de que desta vez ela parecia mais interessada em sua companhia, mas ele tinha outros planos. Sumiu das vistas dela, encheu a algibeira de doces e voltou cedo.

Desta vez, Bakri abriu a porta ao primeiro golpe, como se estivesse de prontidão. Saudou-o não com uma reverência, mas com um beijo tímido. Ele retribuiu de forma apaixonada, em alegre desobediência à mãe. Fechou a porta, levantou-a do chão, levou-a para o quarto com a lâmpada e se despiram. Ele abriu a algibeira e lhe ofereceu as guloseimas. Curiosa, ela mordiscou um doce de mel, figos e pistaches, maravilhou-se e bateu palmas feito criança.

– Que delícia! Nunca provei coisa tão gostosa!

As servas raramente tinham mais que insossos cereais e legumes cozidos para comer, mesmo se preparavam a comida dos amos. Mas ela não foi avara com seu tesouro. Entregou a metade da iguaria a Vasu com os lábios para que a tomasse com um beijo e lhe lambesse o melado. Depois pôs outro sobre o umbigo. Ele o pescou com a boca e retribuiu a gentileza. Alternaram as ofertas de maneira cada vez mais atrevida. Ao dividir o último, Vasu se deu conta de estar à beira de um beijo atlante que, naquele estado de excitação mútua, parecia menos repugnante do que atraente, quando menos por transgredir os limites postos pela mãe. Esqueceu-se de ser tauta e entregou-se ao deleite de fazer a mugal se contorcer e balbuciar bobagens.

Do caderno secreto de Tlalpan: a *Politeia* de Calípolis

Em território, Pótnias Calípolis, "a bela cidade da deusa Pótnia", a cidade-estado líder da Confederação Acaia, é quase duas vezes maior que a Comuna de Atlântis, mas sua população é quinze vezes menor. Pouco mais de quatrocentas mil pessoas, contando estrangeiros e escravos. Cerca de um terço vive no interior, em vilas como Mégara, Oropos, Elêusis, Sôunion e Kissos, para citar as que cheguei a visitar. Outro terço vive em Parália, o porto mais importante. O terço restante vive na Astu, a cidade propriamente dita. Ao se passar pela muralha que cerca, entra-se na cidade baixa ou Catópolis, morada da classe dos produtores ou *demiourgoi*. Dois estádios adiante, eleva-se uma pequena chapada protegida por uma segunda muralha: a cidade alta ou Acrópolis, da classe dos guardiães ou *phulakoi*.

Na Catópolis, veem-se casas pequenas, lojas e oficinas e ruas estreitas nas quais os produtores livres circulam de túnicas coloridas ou bordadas, longas ou curtas, mas com pouca variação de valor e qualidade. Como as restrições à herança impedem o acúmulo de riqueza por mais de uma geração, camponeses, comerciantes, artesãos, marinheiros, pescadores e feiticeiros podem ganhar mais que a média graças à sorte ou ao talento e se gabar disso, mas não a ponto de se destacarem da multidão por suas casas, roupas e banquetes. E nenhum deles ousa palpitar sobre os negócios públicos em voz alta.

A Acrópolis é pouco frequentada por produtores e estrangeiros, mas pude conhecê-la a fundo em companhia da minha namorada. É mais espaçosa, com grandes jardins, praças e parques para lazer e ao atletismo entre escolas, ginásios, teatros, odeões, órgãos públicos e templos. Entre estes, se destacam os de Pótnia e de Prômato, padroeiros da cidade, que ficam no ponto mais alto e são rodeados por uma única cerca, como se fosse o jardim de uma só casa. No conjunto a cidade alta é muito mais bela, mas os alojamentos dos guardiães são austeros. Cada um tem uma cela simples, embora limpa, sólida e arejada, com espaço para livros e mesa de trabalho, onde pode repousar ou estudar a sós, receber visitas ou copular em paz. Fora da cela, os guardiães fazem tudo em grupo e em público.

Abastecidas por uma fonte única e abundante, cuja temperatura é a mesma no verão e no inverno, as casas de banhos e latrinas são coletivas, como também o são todas as refeições e o cuidado e amamentação de bebês. Quando estes nascem, são recolhidos ao berçário comunitário antes que as mães possam vê-los. São cuidados pelas aposentadas e amamentados em rodízio pelas recém-paridas, ensinadas a não tentar identificar seus rebentos e amar a todos os bebês por igual. Todos os guardiães se tratam como pais, irmãos e filhos conforme as idades relativas. Incestos entre irmãos de nome e mesmo de sangue são inevitáveis, por mais que isso soe aflitivo a nós, atlantes.

Uma breve explicação sobre a *Politeia*, "República" ou "Constituição", como chamam a seu sistema de governo atribuído a um legislador chamado Arístokles, que reformou as leis e os costumes acaios, originalmente mais semelhantes aos dos agartis. Todas as crianças recebem *paideia*, "educação", até chegar à idade de receber os primeiros testes morais, físicos e mentais para determinar suas capacidades. Os reprovados, grande maioria, são destinados a serem produtores e autorizados a possuir dinheiro, escravos e propriedades pessoais, com a obrigação de se casar com alguém da própria classe e fazer filhos. Após um período de aprendizado com um trabalhador experiente, que pode ser o pai biológico, recebem um imóvel e as primeiras ferramentas de trabalho.

Os aprovados tornam-se guardiães, uma classe privilegiada em termos de prestígio e autoridade, mas sem direito a bens pessoais. Se passam nos exames e aceitam a responsabilidade, celebram um casamento coletivo com todos os demais guardiães da cidade, com os quais terão filhos e posses em comum. Na prática, a maioria dos guardiães são filhos de guardiães, embora a cada ano alguns jovens subam ou caiam de classe. Ao contrário dos *demiourgoi*, os *phulakoi* discutem assuntos públicos com frequência. São incentivados a fazê-lo informalmente mesmo se são jovens ou não têm cargos oficiais.

Passam em seguida por outro ciclo de educação e outro processo de seleção. Desta vez, se falham tornam-se meros guerreiros *(stratiotai)*. Se bem-sucedidos, tornam-se futuros arcontes (*arkhontes*) e fazem estudos adicionais de filosofia. Depois retornam à vida militar até surgir uma vaga no conselho dos arcontes, a *Boula*, formado por trezentos e sessenta governantes, o que costuma acontecer na meia-idade. Todos se reúnem quando é preciso votar leis. A cada mês, trinta formam o conselho executivo ou *Pritania* e a cada dia, um destes o preside. Assim, cada arconte é o Epístata, Chefe de Estado de Pótnias Calípolis, um dia por ano e isso o faz, por extensão, chefe de toda a Confederação Acaia. Pótnias Calípolis mantém representantes de cada uma das cinquenta eparquias, estas formadas por muitas cidades-estados menores, e os reúne quando se trata de decidir em relação à confederação.

Assisti a uma das reuniões da *Boula* na galeria, ao lado de minha *stratiota*. Tratava de normas sobre navios estrangeiros nos portos e chamou-me a atenção o silêncio com o qual as falas dos arcontes são ouvidas. Ninguém aplaude, vaia, protesta ou sequer murmura. Impressiona a diferença em relação à agitação ruidosa e aos lemas e bandeiras que acompanham cada votação da Assembleia de Atlântis. Aliás, não há voto propriamente dito. O Epístata de turno expõe a questão, a proposta e a justificativa e pede aos arcontes para se manifestarem. Cada um que julga ter algo a acrescentar ou corrigir sobe à tribuna e recebe o caduceu, um cetro que representa o direito à palavra. No final, o Epístata expõe o que julga ser a conclusão final. Se ninguém tem mais nada a acrescentar, ela é considerada aprovada.

Para nós, atlantes, as discussões políticas partem do pressuposto de que vontades e crenças são diversas e muitas vezes inconciliáveis. Busca-se *inventar* soluções, propor acordos e concessões mútuas capazes de obter o respaldo da maioria, porque nunca se satisfaz completamente a todos. Já os acaios encaram o debate como um esforço para reunir e corrigir informações e desfazer equívocos de observação, interpretação ou raciocínio para *descobrir* a solução. Trata-se de demonstrar e esclarecer um teorema sobre o bem universal, sobre o qual se presume haver uma só verdade. Claro que isso só é possível porque existe concordância absoluta quanto aos valores e crenças fundamentais. A aceitação sincera destes é, no fundo, a principal condição para ingressar na classe dos guardiães. Se minha *erasta* não passou, foi por ser ousada e independente demais nas suas ideias, pois de corpo e mente ela não é inferior a nenhum arconte que eu tenha conhecido, nem mesmo Diotima.

Esse pressuposto de que para tudo existe uma só solução correta e natural se reflete, por exemplo, nas roupas. Nós, atlantes, variamos de trajes conforme nossos costumes e caprichos, mas todos os guardiães usam a mesma cor, material e estilo porque seria "a melhor" para tal estação e ocasião. Nossos banhos públicos têm água fria e quente, para se escolher ou misturar conforme a preferência; os deles, apenas a temperatura tépida ideal. A comida é pouco variada e quase sem tempero, porque se acredita que estes falsificam os alimentos e corrompem o paladar. Nos meses que morei aqui, eu costumava caminhar os cinquenta estádios até o porto de Parália para comprar pimentas e especiarias, ali um pouco menos caras, para acrescentar aos insossos assados e cozidos que se faz aqui e matar as saudades dos sabores atlantes. Até o sexo tem de ser apreciado sem temperos. Horrorizei acaios e acaias ao propor variações para nós banais antes de encontrar uma namorada apaixonada o suficiente para esquecer o medo de ser pervertida por uma meteca atlante.

Capítulo 5

Cavalgada da valquíria

Na terceira noite, mal Vasu chegou à festa, Madhavi o abordou e ele, encantado e envaidecido, deu-lhe mais atenção. Envolveram--se e aproveitaram a primeira oportunidade de se afastar do burburinho sem dar na vista e ele perguntou, curioso, enquanto conversavam sobre novidades a respeito deles e dos amigos, andando de mãos dadas por ruas mais tranquilas:

– Você não andava com o Pandu? – perguntou ele de repente.

– Nós brigamos, anteontem – ela baixou a cabeça, aborrecida. – Eu queria estar com ele e ele queria deixar para depois, aproveitar a festa até tarde. Como se eu fosse uma sobremesa.

– Que bom! Quero dizer, se foi isso que me deu minha chance – apressou-se a emendar.

– Vasu! – voltou-se para ele, entre divertida e admirada. Ele riu e ela riu junto. – Tá certo, eu devia ter-lhe dado mais atenção antes, mas às vezes é preciso uma ducha de água fria para acordar. Eu achava você meio rígido, chato... Mas ontem vi você diferente, me lembrei de quando brincávamos juntos e achei que poderíamos voltar a nos falar mais, sei lá. Você gosta um pouco de mim, não é? – aproximou-se dele, que lhe sentiu o leve perfume cítrico dos cabelos.

– Um pouco, não, muito. – enlaçou-a pela cintura e a beijou. Sentiu que o coração dela também pulsava forte. – Madhavi, quer ir comigo à praia?

– Já? – ela arregalou os olhos, mas não o afastou. – Quero dizer, acabamos de nos reencontrar...

– É que nossa licença é tão curta! A festa de Valnas é só daqui a um mês e não teremos muitas oportunidades para ficarmos a sós. Mas se você tem medo, está bem...

– Medo, eu?! – ela bufou pelo nariz e sorriu. – Uma valquíria não tem medo de nada, muito menos de homem! Se você quer tanto, vamos, vou lhe mostrar se tenho medo! – enlaçou-o por sua vez e lhe apertou o traseiro enquanto mordia o lábio.

Vasu riu. Acertara em cheio. Continuaram se provocando até chegar à avenida da praia. Não se viam outros casais por ali, era cedo e estava mais escuro que na outra noite, pois Kyandra começava a fase minguante e ainda não surgira. Ele a abraçou, ela procurou e aceitou um beijo profundo sem hesitar e ele sentiu a cabeça rodar. Meteram as mãos sob as túnicas e começaram a se acariciar de pé. Ele tocou um seio empinado, pulsante e quente e ela respondeu apertando-o mais contra seu corpo.

– Vamos tirar a roupa? – pediu ele.

– Hein? – Madhavi o olhou, preocupada. – Não é meio demais? Nunca fiz isso...

– Você disse que não tinha medo...

– Não é medo, é pudor! – protestou. – Ainda mais ao ar livre, na frente de toda a cidade e de Xambala? – olhou com respeito para o perfil da ilha sagrada no horizonte e fez um gesto meio religioso, meio supersticioso, de beijar a própria mão em saudação.

– Todos nós já nos banhamos nus muitas vezes por aqui.

– De dia, para nadar e fazer exercícios. Isto é bem diferente.

– Entre aquelas pedras. Mesmo que passe alguém, não perceberá nada.

Ela hesitou, olhou para a ponta do Arpão, olhou para ele e se decidiu.

– Se alguém nos pegar, eu mato. E isso inclui você!

Acharam um espaço de areia úmida e macia entre rochas altas. Despiram-se e ele juntou as roupas em um canto seco e seguro, debaixo de uma pedra.

– Não se preocupe, elas não vão criar vida e fugir – brincou Vasu, porque ela ainda parecia ressabiada.

– Não importa, eu sei que corro mais do que elas – riu ela, de mão à cintura.

Vasu ia abraçá-la, mas parou embasbacado ao vê-la nua e

sorridente. A luz suave do crescente vermelho fazia dela uma aparição divina de formas harmoniosas, seios pontudos, coxas fortes, pelos púbicos suaves e loiros. Divertida com a expressão de seu rosto e demais sinais de interesse, ela assumiu a postura de saudação militar, de braço estendido.

– Respondo a seu gesto, apesar de você me saudar com um meio não regulamentar e que não consta no meu equipamento – troçou ela. – Passei na inspeção, senhor instrutor?

– Com louvor. Descansar, querida siksi, não precisa ficar de braço erguido, até porque não vou baixar minha saudação sem sua ajuda...

Ela riu de novo e ele a abraçou. Estava arrepiada, embora não fizesse frio.

– Você é muito legal, eu devia ter descoberto isso há mais tempo.

– Você ainda não viu nada. Vem cá – sentou-se sobre uma pedra, acomodou-a sobre suas coxas e afastou-lhe a mão apressada. – Ainda não, agora só aproveite – aplicou as lições de Bakri, com bons resultados. O gozo de Madhavi foi mais agitado e violento, pois era mais vigorosa e menos contida. Largou-se, tonta e derretida, nos seus braços.

– Você me dá vontade de fazer uma loucura... – sussurrou ela, quando abriu os olhos.

– É bom saber! Mãos à obra!

– Só mãos? Não, eu todinha! – deitou-se no chão. – Venha, amor, quero você em cima de mim. Mas cuidado, tá? Goze fora, não vá nos meter numa enrascada...

Ela o incentivou a passear o falo por seu corpo, para a diversão de ambos. Demoraram-no umbigo, atreveram-se até a encostá-lo no rosto para um beijo rápido. Depois, desceu de novo, acomodou-se entre as coxas e ela o abraçou com pernas e braços, corpo e alma. Resistiu à tentação de penetrar a vulva úmida e macia, mas refestelou-se. Ficaram longos momentos lambuzados e colados antes de ela o convidar a um banho de mar. Brincaram um pouco nas ondas e voltaram de mãos dadas.

– Quer mais? – perguntou ele.

– Hã... – ela olhou sobre as pedras – Não. Tem gente na praia. Vamos nos vestir.

Havia apenas dois casais namorando que não ligariam a mínima, mas ele não insistiu.

– Quer voltar à festa?

– Não, vou para casa – ele a olhou, desapontado, e ela o beijou enquanto se vestia. – Não me entenda mal, mas estou muito mexida. Não dá para voltar, brincar e fazer como se não tivesse acontecido nada, quero me recolher um pouco e pensar.

Acompanhou-a até o conjunto onde viviam os pais dela e se despediram com um beijo.

Havia outra mulher à sua espera, lembrou Vasu, com uma ponta de remorso. Passou apressado pela festa para conseguir um pedaço de bolo para lhe levar. Gostaria de dar algo diferente, mas comida tinha a vantagem de desaparecer em seguida. Se a presenteasse com qualquer outro tipo de mimo, a mãe descobriria e ficaria furiosa.

Ela voltou a abrir rapidamente a porta, mas pareceu menos entusiasmada desta vez. Ainda assim, sorriu delicadamente e correspondeu quando ele a beijou com ternura. Mesmo depois de ter tido Madhavi, continuava seduzido pela simplicidade de Bakri. Mulheres tão diferentes e ainda assim tão encantadoras, cada uma à sua maneira.

– Me desculpe, sei que demorei, é que... – hesitou ele, sem saber como se explicar.

– O jovem siksu compartilhou leite e mel com uma moça na praia.

– Como você sabe? – admirou-se. Ela disfarçou um sorriso com a mão.

– Cheiro de praia, jeito de chegar, conhecimento desde pequeno do jovem siksu, que nunca aprendeu a mentir. A serva só não sabe o nome da sortuda, mas não precisa saber. Está contente por tê-lo ensinado a agradar sua companhia.

– Estive com Madhavi. Esteve aqui na festa da promoção do pai, não sei se você lembra dela.

– Ahá, a jovem siksi, filha do yaudha Yayati. Todos gostaram dela, é muito linda e simpática.

– Mas não esqueci você. Olhe, eu trouxe isto – entregou o embrulho de folha de lótus.

– A serva agradece muito a bondade do amo e deseja boa noite – fez uma reverência.

– Não! Por favor, eu a quero. E não me chame mais de siksu e nem se chame de serva quando estamos a sós. Neste momento, você é minha amiga e meu amor...

Ela o fitou de olhinhos arregalados.

– Quer compartilhar leite e mel com esta mulher velha e feia depois de Madhavi? Não é troça?

– Você é linda, não é velha e eu a quero muito. Vem comigo, por favor?

Ela tremeu, porque ele era um rapaz que não sabia mentir.

– Isso pode começar a ficar perigoso para Vasu... E não só para ele.

– Tomarei cuidado.

Na cama, ela fez questão de partir o pedaço de bolo e pôr metade na boca de Vasu.

– Não tenho fome – protestou ele. – Trouxe só para você.

– As mugais dizem: *"keu bhyn kong, ed bhyn whayn, aoy zheg phaong"*, quer dizer, "nove porções de partilha e uma porção de ilusão é a receita do amor". Vasu quer aprendê-la, não é?

Ela lhe perguntou pela sua noite como uma professora pela lição de casa. Ele explicou.

– Madhavi deve ter gostado demais de Vasu – concluiu ela. – E tautas, homens e mulheres, conciliam mal os sentimentos com o dever e por isso às vezes os rejeitam.

– Como assim?

– Os tautas jovens têm que casar com quem os sindhus mandam, não é? Se Madhavi sente que queria estar sempre com Vasu, mas não pode fazer nada a respeito, pode querer se afastar dele para não sofrer.

– Então eu devia ter sido menos caloroso? – disse ele, arrasado. Não tinha pensado em nada disso, só no aqui e agora de suas paixões.

– Se Vasu queria um caso ligeiro e sem consequências, sim. Mas é homem de mergulhar nos abismos do amor sem pensar se as águas são rasas. Esta tola entende, porque também sente desse jeito. Ser assim custa muito sofrimento... Como será Madhavi? Esta mulher não a conhece bem, não sabe dizer. Amanhã, pode ser que Vasu não a veja, como pode ser que fique com ela até o sol nascer – ela suspirou. – Se Madhavi não o quiser, tente outra moça, não será difícil para um rapaz bonito e terno, agora que sabe do que é capaz. Ou se divirta de outra maneira, mas volte só de manhã. Esta noite é a última lição, Vasu.

– Por quê, Bakri? – estava muito desapontado.

– Porque – respondeu, triste e séria – se com Madhavi a esperança de um grande amor é pouca, com Bakri é nenhuma. Se continuar, a senhora gulmika decidirá que a hilota é má influência e a expulsará de volta para a aldeia de onde a trouxe quando menina, onde ela não viverá muito, se conseguir chegar lá, pois não será bem aceita e não saberá mais ser camponesa... – soluçou e as lágrimas lhe escorreram pelo rosto, sem controle.

– Bakri, me perdoe! – abraçou-a, com força. – Não quis seu mal, de jeito nenhum!

– A chorona sabe – disse ela, enxugando o rosto. – Mas se deixar esta história acabar hoje, não terá feito mal nenhum. Terá dado a uma pobre serva momentos de alegria e ilusão, que serão lembrados com muitas saudades. Recordações como essas são mais do que a maioria das mulheres de minha raça terá para se consolar quando sua vida triste estiver no fim.

Ele sentiu um nó na garganta e também chorou, pela primeira vez em anos. Comovida, ela o consolou, enxugando suas lágrimas com beijos. A excitação aumentou, começaram a se acariciar mais intensamente e ela sussurrou:

– Ba-Bakri quer se despedir como mulher, co-com um presente que a moça não pode dar...

– Como assim, Bakri?

– Convidar Vasu a entrar bem fundo, como faz um marido com a mulher. Como a senhora gulmika mandou a serva ensinar tudo que pudesse...

– Mas você não tinha tanto medo de emprenhar? Não quero que sofra.

– Eu falei com Hikka, uma velha hilota do Estado que sabe ler e escrever e já serviu no cassino Luar Vermelho, onde preenchia livros. Agora trabalha no armazém do bairro e hoje, quando a senhora gulmika me mandou trazer farinha, aproveitei para passar lá e lhe perguntar. Ela me contou como as mulheres de lá fazem para não emprenhar. É segredo, porque os sindhus não querem que a prática se espalhe sem seu controle. Ela fazia as contas a partir das regras de cada uma e diz quem deve trabalhar na cama e quem só no palco ou nas mesas. É complicado, mas ela fez o favor de calcular e hoje esta mulher pode se dar.

Ainda assim, Vasu se conteve e procurou prolongar ao máximo a despedida. Ao ouvir a primeira cotovia cantar, Bakri alertou:

– Vasu, o senhor nayaka chega logo antes do sol nascer...

– Está pronta?

– Faz tempo! Aqui... Assim, assim. Aí, é bom. Deve meter bem fundo, bem forte, sem dó... Ai! – ela estremeceu, mas o apertou mais forte.

– Dói? – parou um momento.

– Sim, mas não, digo, está bom, isso, assim, ai, ah, uh! – ela gritou com vontade, como nunca fizera antes e lhe fincou as unhas nas costas. Vasu, excitado, respondeu com mais vigor. Ele chegou ao clímax uivando como um lobo e largou-se, meio desmaiado, sobre ela.

Passou-se o tempo mal definido de um sonho confuso com muitas mulheres nuas antes que voltasse inteiramente a si e rolasse para o lado. Olhou para o rosto de Bakr., mais bonito do que ele jamais tinha notado.

– Você está mesmo bem, não a machuquei?

– Doeu um pouquinho porque a mulher é pequena, nunca fez antes e o homem é grande. Mas foi bom ter recebido o Vasu querido com a ilusão de ser sua mulher, será uma lembrança boa para guardar até a morte. Mas agora é preciso a separação, o senhor nayaka chega a qualquer momento – beijou-o uma última vez e vestiu-se, com pressa. Ao sair do quarto, parou como se esquecesse de algo e completou: – Boa sorte com Madhavi, que ela queira o amor de Vasu e que os dois saibam encontrar os meios de cultivá-lo, apesar de tudo.

– Você quer mesmo que eu seja feliz com Madhavi e não a procure mais? – insistiu ele.

– Nove porções de partilha e uma porção de ilusão é a receita do amor. Tem mais de um sentido, jovem siksu.

Dos arquivos da Kraukura: ata secreta da Pritania de Calípolis

Embaixador Mukyukunda Mandhapulumiputra saúda Vossa Potência, o Manu Sarata

Hari!

Submeto à consideração de Vossa Potência os trechos mais relevantes da ata de uma reunião secreta da Pritania em Pótnias Calípolis, cujo tema foi as relações de Acaia com Atlântida e Agarta. A cópia completa, em anexo, foi obtida por meu secretário Sikhandi, que mantém uma relação íntima com o arconte Erusíkhthon, epístata nessa ocasião.

SOBRE O IMPÉRIO ATLANTE

(...) À parte as relações difíceis com a capital rebelde, o Império continua sólido, sem sinais evidentes de que a subversão vinda da Comuna esteja em vias de se apossar de alguma outra de suas muitas províncias, colônias, protetorados e federados. Sua marinha continua, de longe, a mais poderosa do mundo e seus domínios somam quase dois terços dos nossos mercados externos (...) Para a Federação Acaia, cuja prosperidade e paz interna dependem do comércio marítimo mais do que desejaríamos, manter boas relações com o Casal Imperial é necessariamente a prioridade da política externa. (...)

SOBRE A COMUNA DE ATLÂNTIS

(...) É como se um navio continuasse a navegar com os marinheiros amotinados e sempre em luta uns contra os outros pelo leme, entendendo cada um deles que é piloto, sem ter jamais aprendido a arte de navegar. Não percebem que o verdadeiro piloto precisa saber tudo sobre o ano, as estações, os céus, os astros e os ventos para chegar ao destino. Tomaram conta do navio, apoderaram-se da sua carga, bebem, regalam-se a comer e navegam como é natural a gente dessa espécie, sem saber para onde vão. A quem assim não faz e se preocupa apenas com os próprios negócios ou com a busca da verdade, chamam-no inútil e idiota (...)

Apesar disso, a nau flutua, o almirante não parece mais perto de recobrar o governo de sua capitânia do que estava no início da revolução e tolera essa situação (...)

Muito de nosso comércio passa por seus portos e navios e os contatos com nossos mercadores e marinheiros são inevitáveis. É preciso, porém, evitar a contaminação de nosso povo por seus erros e ensinar que os atlantes podem parecer belos e felizes, mas deixaram de lado a honra e estão impregnados de arrogância perigosa. Quando for imprescindível discutir seus progressos, há que fazê-lo em segredo, perante o menor número possível de ouvintes (...)

SOBRE AGARTA

(...) O Império de Agarta representa um quarto de nossas exportações e importações (...) no que tange a nossas fronteiras, seu exército é comparável ao de Atlântida, suas máquinas voadoras são superiores e seus canhões mais eficazes, mas sua marinha e seus recursos mágicos são claramente inferiores (...). Qual deveria ser nossa posição numa guerra entre as duas potências maiores? A honra nos impeliria a lutar ao lado da nossa suserana, mas reflitamos, há valores mais altos. Nossos filósofos se elevaram a uma compreensão do Bem, do Belo e do Verdadeiro mais exata e sublime que a dos nossos pais agartis e temos o dever de preservá-la. Devemos muito a eles, mas não o que nos é mais sagrado. No caso de uma guerra capaz de ameaçar a própria existência da Politeia, é nosso dever medir as forças em jogo e, caso o prognóstico seja desfavorável a Agarta, considerar todas as alternativas (...)

Capítulo 6

O nobre destino do homem

No quarto dia da Haulaka, Bakri foi encarregada de serviços de lavagem e limpeza e sua colega mais jovem serviu as refeições à família, invertendo a rotina habitual. Parecia que a mãe queria afastar a mugal dos olhos e do coração do filho e fazê-lo entender que o papel dela como iniciadora acabara e ele devia voltar a vê-la como serva da casa e nada mais, sem ter de dar uma ordem direta. Chegou a lhe perguntar em tom carinhoso sobre Madhavi – "faz tempo que não falo com o pai dela, por acaso a viu ontem?" –, como para deixar claro que a serva lhe dera um relatório completo sobre a véspera. Vasu, embaraçado, não soube o que responder além de um anódino "estive com ela, sim, vai bem".

Em compensação, a mãe parecia mais alegre e tranquila do que de costume. Seria por ter o dia livre depois de prestar serviço na Guarda ou por estar satisfeita com o resultado de seu plano para Vasu? Ele não encontrava outra explicação, apesar de algo lhe dizer que devia haver mais algum motivo. Quanto ao pai, parecia alheio a esse assunto. Além de contar um caso da sua guarnição que achava instrutivo aos filhos, queixou-se da falta de jeito de Gadhi e pediu à esposa que voltasse ao arranjo anterior, "Bakri é menos desleixada". Ela concordou, mas "Gadhi precisa aprender, não podemos depender tanto de Bakri. E quando tivermos de nos desfazer dela?". Aquilo preocupou Vasu, mas não se atreveu a dizer nada.

Quando saiu para a festa, já não pensava nisso, mas em se Madhavi ainda o queria. Ao chegar à praça, levou um baque ao vê-la conversar com Pandu, que lhe trazia flores. Confuso, humilhado e furioso ao mesmo tempo, deu meia-volta pensando em conhecer a festa de outro bairro e beber kumis até esquecer da existência da valquíria, mas ela o alcançou na rua e o agarrou pelo braço:

– Ei, aonde você pensa que vai, mocinho?

– Ué – virou-se – pensei que você queria ficar à vontade com o Pandu!

–Tá maluco? – zangou-se ela. – Eu precisei falar com ele porque ele veio me pedir desculpas e me convidar para dançar e tive que deixar claro que não queria e por quê. É com você que quero estar, mas se vai começar com cenas de ciúmes...

– Não, sinto muito, entendi tudo errado – desculpou-se ele, abraçando-a. Ela não se fez de rogada, devolveu o abraço e riu, satisfeita. – Vamos voltar para a festa, então?

– Se você quiser mesmo... – duvidou ela. – Por mim, preferia conversar a sós e tudo o mais. Esta é a última noite para isso. Na festa de Valnas também vamos poder dançar juntos, mas não teremos oportunidade para tantas outras coisas...

Claro que ele também preferia. Saíram pelas ruas escuras conversando sobre eles mesmos, suas amizades e antipatias e as coisas que gostavam e não gostavam na vida que estavam levando. E quando a conversa se tornou mais franca e íntima, Vasu falou, sem pensar, das noites de inquietação nas quais fantasiava se casar com ela. Ela se apoiou no ombro dele e riu tanto que ele se zangou.

– Penso em você! Que tem isso de tão engraçado?

– É tão bom saber que você pensa em mim, Vasu! – pegou o rosto dele entre as mãos e o encarou de perto, mas ainda assim mal se enxergavam na escuridão. – Mas achei graça do casamento. Ontem à noite, eu me virava na cama e só conseguia pensar em você, meu faz-de-conta era ser casada com outro cara e dar um jeito de escapar para encontrar você...

– Por que isso? – estava pasmo. – Por que imaginar tamanho problema?

– Por que me parecia mais real, é assim que minha vida poderia ser! – gesticulou, impaciente com a ingenuidade dele. – É bobagem sonhar que os sindhus vão me dar o marido que eu quero. Vou ter de aceitar o que eles decidirem, assim como aceito o pai e a mãe que tenho. Mas ter você como amigo e amante, isso sim eu poderia escolher...

– Não sei... – murmurou, aturdido e de cabeça baixa. Ela tinha razão, esperar ganhar de presente a esposa de seus sonhos era inútil. Seria aquela uma alternativa?

– Hum... Promete guardar um segredo? – ela sussurrou, segurando seus ombros.

– Prometo.

– Minha mãe tem um amante, ela me confessou, faz tempo. É o pai do Pandu. Meu pai sabe e aceita, desde que ela o deixe procurar a sua, que não sei quem é.

– Mas isso é tão louco...

– Pois é assim que a vida é, meu querido – soava como outra professora explicando a lição.

– É assim para seus pais, talvez, mas...

– E os seus? Eu não os vi na Haulaka do bairro, em nenhuma das noites.

Vasu levou um choque, tão inesperado quanto o de a mãe o incitar a conseguir uma garota. Mas se fosse verdade, explicaria muitas coisas, pensou.

– Seja! – deu de ombros. – Se tiver de ser assim, veremos na hora. Por enquanto, vamos aproveitar os momentos reais que temos – voltou a sorrir e a beijou.

– Assim é que se fala! Não nos ensinam a estar sempre prontos para morrer? Que o importante não é quanto tempo a vida dura, mas se a fazemos brilhar em cada momento? O amor é igual. Claro, não faz mal nenhum pensar em como viver para mais uma batalha. Me dê mais material para minha fantasia. O que você gostaria de fazer quando se graduar?

– Bem, ainda não decidi, mas meu pai me aconselha a me apresentar como voluntário para a aksa de Kuru. Quando ele era jovem, serviu em Ramanaka, mas ele diz que hoje é no norte que estão os melhores comandantes e as promoções são mais rápidas.

– Dizem que lá é frio pra caralho no inverno! – resmungou ela. – Mas se decidir ir mesmo, me avise, para eu me apresentar também.

– Você seria capaz de ir para lá? – duvidou ele.

– Disso e de muito mais, se você não me decepcionar. Não que fique encantada com isso, por mim ficaria por aqui. Não na reserva, quero ser uma valquíria porque adoro cavalgar e sou boa na lança, mas gosto de Manova e sei que não adianta forçar a barra, que minha genealogia não vai me deixar ir muito longe na carreira. Mas se isso é importante para você, posso ir para poder encontrar você nas escapadas, por que não?

– Se ficar em Manova faz você mais feliz, é melhor eu repensar. Não tenho certeza se isso é mesmo tão importante para mim quanto é para meu pai.

– Ah, Vasu, você me faz me sentir tão importante! Você é meio ingênuo, mas é sincero, se esforça por me entender, me dá prioridade no prazer... Minha vontade é seguir você aonde for... – abraçou-o e beijaram-se. – Estou derretida, pronta para tudo, meu amor.

– Vamos à praia, então.

Ela abriu os olhos de repente, sorriu e o olhou com uma expressão enigmática.

– Tenho uma ideia melhor – sussurrou ela, provocante.

– Como assim?

– Venha comigo – ele se deixou conduzir, intrigado. Dobraram uma esquina, percorreram dois quarteirões a passos rápidos, dobraram outra esquina, seguiram por uma rua ladeada de lojas fechadas e se viram em frente ao portão do único templo do bairro fora da praça central.

– Aqui é o templo de Hauasa do Trono de Ouro! – ele assinalou o óbvio, sem entender.

– Você não contou que sua fantasia comigo é uma cerimônia de casamento? – abraçou-o mais forte. – Pois agora estou morrendo de vontade de participar dela em carne e osso!

– Mas isso é sacrilégio! – protestou. – É um lugar sagrado, não podemos entrar aí sem mais nem menos! E se estiverem...

– Psiu! Dentro não tem ninguém, o templo fica fechado até o fim da Haulaka, mas pode ter alguém nas ruas por perto. Ouça, se formos respeitosos, Hauasa compreenderá, pois é a deusa do amor. Mas se você tem medo, está bem... – usou o mesmo tom que ele usara na véspera.

Vasu riu ao compreender que tinha caído no próprio ardil.

– Está bem, nem vou dizer que se alguém nos pegar eu mato...

O portão estava trancado, mas pularam o muro sem dificuldade depois de tirar as cáligas e amarrá-las ao pescoço, pois era obrigatório se descalçar ao pisar o recinto sagrado. Era um templo pequeno, no meio de um espaço arborizado. Havia outros semelhantes em outros bairros, dedicados a outros epítetos de Hauasa, mas aquele era um dos mais bonitos.

Atrás de uma arcada de três arcos, cada um com cinco lóbulos, a porta estava fechada com um laço de corda simbólico, fácil de desatar. Não tinha tranca: tão sagrados eram os templos e tão devotos os agartis que era impensável roubar ou profanar um templo. O ambiente era levemente cálido, pois no centro da nave ardia um fogo sagrado alimentado por óleo que fluía lentamente por um conduto interno ao altar. Madhavi fechou a porta e Vasu acendeu as lamparinas penduradas dos lados da porta com o pedernal que tinha na algibeira.

Na plataforma ao fundo da nave, viu-se melhor a imagem de Hauasa. Como de costume, tinha o cabelo platinado preso em coque e vestia uma túnica longa de sacerdotisa com mangas, decorada com símbolos sagrados. A peculiaridade dessa bela estátua era mostrar a deusa não de pé, mas sentada num trono dourado de respaldar em semicírculo, que representava o sol nascente. A maioria das imagens de Hauasa parecia mais severa, mas aquela, com seu leve sorriso, parecia aprovar o plano. Ou pensava como punir quem brincava com seus mistérios?

Ambos saudaram a deusa beijando a ponta dos dedos e estendendo os dois braços. Então se deram as mãos.

– Como você se sente? – perguntou ela.

Era estranho se ver na situação em que tantas vezes se imaginara. Quase igual, só que os convidados e sacerdotisa não estavam lá.

– Como se eu tivesse um monte de peixinhos gelados saltitando na barriga.

– Que bom! – ela lhe apertou a mão. – Assim eu me senti quando você me fez tirar a roupa na praia. Não é gostoso? Vamos.

Atravessaram o piso de mármore da nave e subiram os três degraus para a plataforma. Normalmente, era um espaço reservado aos sacerdotes ou melhor, sacerdotisa e acólitas, no caso de Hauasa. As oferendas lhes eram entregues fora, para que as levassem à deusa. Mas nos casamentos, os noivos eram admitidos, pois eram considerados oficiantes.

Com a segurança de quem sabia o que fazia e se sentia no direito de fazê-lo, Madhavi foi ao sacrário onde se guardavam os objetos litúrgicos. Tinha chave, mas a fechadura era simples e ela não teve dificuldade em abri-la com o canivete multiuso que todo tauta carregava em sua algibeira. Examinou os objetos, sacou aqueles que achou necessários e os organizou nas mesas junto ao altar e jogou um punhado de incenso no fogo sagrado no meio da plataforma, lançando um forte perfume no ambiente.

Desnudaram-se e deixaram as roupas cair na plataforma, ao costume agarti. Era a oportunidade para os noivos se verem inteiramente, caso ainda não o tivessem feito. Os casamentos arranjados pelos sindhus podiam ser recusados e essa era a última oportunidade para fazê-lo. Viraram-se um para o outro e se examinaram, como se fosse necessário.

– Vasu, você aceita receber esta mulher cujo corpo agora contempla como sua esposa? – Madhavi assumiu a que seria a fala da sacerdotisa.

– Aceito, com certeza! – a boca estava seca, mas o desejo era sincero. Devolveu a pergunta e teve a mesma resposta.

– Que seja então partilhado o sangue e os noivos sejam um só para sempre pela vontade – citou ela, mostrando conhecer bem o rito. – Que o noivo empunhe a adaga.

Vasu pegou a arma de bronze, passou-a pelo fogo sagrado em frente ao altar, fez um leve corte em sua palma da mão do escudo e outro na mão da espada de Madhavi, para então uni-las e misturar seus sangues. Levaram então as mãos juntas ao altar de pedra ao pé da imagem, para oferecer as gotas à deusa. Sentiu uma ardência partir das mãos para lhe percorrer o corpo. Madhavi também sentiu algo e levou a outra mão ao peito. Não era parte do ritual.

Ele lutou para se lembrar das palavras da liturgia. Suas fantasias costumavam pular as frases e abreviar os gestos para chegar mais prontamente à conclusão.

– Nós oferecemos – sussurrou ela, e ele a acompanhou – nossos esforços conjuntos, em completa união e confiança até a morte para criar súditos que sejam maiores e melhores que nós, em prol da glória dos deuses, da honra de Sua Potência, o Manu, e da prosperidade de seu povo.

Vasu olhou fixamente para a deusa, como se esperasse dela alguma reação, talvez até uma gargalhada. Mas ela permaneceu sorridente e impassível. Que vinha depois?

– Que sejam então partilhados o leite e o mel e os noivos se unam sem retorno pelo sentimento – lembrou-se. – Que a noiva faça uso do cálice.

Madhavi pegou uma grande taça de bronze, pegou mel de um pote com uma colher e o aqueceu no fogo sagrado, para deixá-lo mais fluido e o mostrou a Vasu. Ele abriu uma garrafa de faiança contendo "leite" ritual, na verdade sauma, ou seja, kumis aquecido com ervas aromáticas e afrodisíacas e depois resfriado e selado para conservação. Verteu o conteúdo na taça. Ela mexeu a mistura com a colher, voltou a aquecê-la ao fogo e a ofereceu a Vasu, que segurou na haste e bebeu quase a metade. O era gosto doce e forte, aquecia o coração.

– Este mel... – soprou ela, baixinho.

– Este mel é o mais doce e o melhor. Possa eu sempre ter comida e bebida tão doces e salutares e ser capaz de saboreá-las! – devia estar certo, pois ela sorriu. Virou a taça para o lado dela, que também bebeu, deixando umas poucas gotas.

– Este leite é o mais perfumado. Que para nós a brisa sempre traga o seu aroma e nossas noites sejam assim doces e quentes! – ela tremeu ao dizer isso e ele ao ouvir.

Derramaram as últimas gotas também no altar, como segunda oferta à deusa e lançaram a garrafa ao chão para quebrá-la, representando a irreversibilidade do juramento.

– Que seja enfim feita a partilha dos corpos e os noivos se consubstanciem por toda a vida pelo desejo – sussurraram juntos. – Que o noivo e a noiva procedam à união dos corpos.

Essa era a parte que Vasu sempre antecipava nos mais ínfimos pormenores. Ele e Madhavi acenderam juntos uma tocha no fogo. Ele então a ergueu nos braços enquanto ela segurava a tocha com um braço estendido, trazendo no outro o lençol novo e imaculado a ser usado na parte final do ritual, rumando à alcova sagrada atrás da imagem de Hauasa. Normalmente, nesse momento os convidados estariam aplaudindo o casal e se retirando, para a sacerdotisa e suas acólitas fecharem o templo por fora até o sol nascer, para o casal completar a cerimônia na intimidade. O silêncio deixou tudo mais misterioso e emocionante.

Ao entrar na câmara, Vasu pousou Madhavi e juntos acenderam a pira nupcial, que já continha pedaços de lenha aromática. O ambiente clareou: a câmara era quadrada, coberta por uma cúpula e tinha no centro um leito. As paredes e a cúpula eram decoradas com relevos e pinturas de Hauasa nua, de cabelos soltos, copulando com seus cinco maridos. Foi um deslumbramento: o que havia na alcova era segredo nunca comentado pelos casais.

– Nunca imaginei coisa assim! – admirou Vasu, fechando a porta. Aquilo ultrapassava seus devaneios. Ele sentia-se inflamado como nunca.

– Que lindo! – aprovou Madhavi, olhando em volta. – Gostaria de fazer tudo!

Cobriram o leito com o lençol e Vasu lançou-se sobre ela, que a deixou que a derrubasse na cama, rindo. Trocaram um beijo apaixonado e ele o levou gradualmente da boca para outras partes do corpo até chegar perto... da Atlântida, como diziam maldosamente os agartis.

– Ai, você não vai fazer isso, vai? – perguntou ela, entre temerosa e esperançosa, sem ter resposta. – Pior que vai, pronto! – agarrou-lhe a cabeça, mas não o tirou de lá. – Seu tarado doido, só você mesmo, vem, me esculacha, me come!

Ele sentia-se como bêbado, só que com mais tesão. Devia ser o diabo do leite com mel. Mas não tinha a mesma vontade de falar besteiras, só de fazê-las.

– Põe tudo, senão eu morro de decepção!

– Mas e se... – estava grogue, mas nem tanto.

– Põe! Depois tira e goza fora, minha mãe faz assim. Quero dizer, o...

– Eu nunca fiz assim antes, e se...

– Se der errado, eu vou amar você igual, mas não perdoo se não me foder de verdade!

Do caderno secreto de Tlalpan: escravidão em Acaia

Me chama a atenção a quantidade de escravos em Acaia. São muito mais comuns do que nas cidades imperiais atlantes, quase tantos quanto os cidadãos livres. Usam tangas ou túnicas grosseiras de lã sem tingir e cabelo mais curto, mas não as coleiras que os identificam na Atlântida imperial. Muitos escravos, se não todos, falam mal dos patrões pelos cantos, mas não encontrei um que considerasse a sério a possibilidade de um movimento abolicionista. Não seria fácil, pois os governantes desta cidade são atentos e astutos e embora não façam eles mesmos uso de escravos pessoais (há escravos do Estado, usados em obras públicas), consideram seu dever proteger o direito dos produtores livres de os possuírem.

Num dos meus primeiros dias aqui, cruzei caminho com uma idosa de cetro na mão e manto de puro branco – cor que aqui é a insígnia dos *arkhontes*, os filósofos que dirigem a República – escoltada por dois homens e duas mulheres armados de lança e vestidos de puro azul, cor que em Atlântida é de luto, mas aqui é reservada aos guardiães ou *phulakai* ainda não selecionados como arcontes ou reprovados, os *stratiotai*. Os aprovados ainda não admitidos no conselho dos arcontes, chamados *mathetai*, usam azul com uma faixa branca.

Os trajes dos arcontes são austeros, sem joias ou enfeites, mas inspiram o mesmo respeito receoso que um aristocrata carregado de ouro e pedras na Atlântis de antes da revolução. Os produtores, os escravos e os *metekoi*, estrangeiros, abriam-lhes caminho e os cumprimentavam com uma vênia. Eu ia fazer o mesmo, mas ela fez um sinal para seus guardas de honra, que me dirigiram a palavra em acaio:

– *Diotima árkhousa thélei na soi homileésoo!* "Diotima, a arconte, quer falar com você!"

A chefa então me interpelou em senzar clássico, com a entonação musical dos acaios:

– *Khairein*, meteca, quem és tu e o que buscas em Pótnias Calípolis? Sei que não és mercadora, nem diplomata imperial.

– *Khairein*, Diotima-*tar* – na dúvida sobre o tratamento adequado a uma arconte em senzar, usei o sufixo adequado a uma chefa de Estado –, meu nome é Tlalpan e não vim por negócios políticos ou comerciais, mas pelos do espírito. Sou cidadã de Atlântis e quero aprender sobre a filosofia e a vida dos acaios.

– Ou seja, espiã da Comuna? Do Instituto? Bem, não nos importa, nada temos a esconder. Pelo contrário, quanto mais nos imitarem, melhor para o mundo. Vai em paz, estrangeira, contanto que não violes nossas leis enquanto aqui estiver, em especial quanto à autoridade dos guardiães e à propriedade de semoventes – fez um sinal à sua escolta para se porem novamente a caminho, mas então se interrompeu e acrescentou: – Deverias ter-me tratado em sua língua como Diotima-*kal,* pois não estou na chefia hoje. O governante de turno leva o Cetro do Estado, com a insígnia da Medusa. Este, com a figura da coruja, é um simples cetro de autoridade delegada para a supervisão da ordem urbana.

Entendi o recado: há guardiães que falam senzar perfeitamente, conhecem as instituições e política da Comuna e desconfiam de minha missão. Assim, tive de ser cautelosa. Sondei entre os escravos o interesse, se não por um movimento de libertação, pelo menos pelo culto de Chiuknawat como deusa da liberdade, mas senti muito medo e pouca receptividade. Entendo, é natural que não confiem numa jovem estrangeira que poderia metê-los em problemas e desaparecer de um dia para o outro sem avisar.

Seria preciso planejamento e o apoio de uma organização local, com participação de acaios livres comprometidos com um movimento abolicionista. Encontrei pessoas simpáticas em princípio à ideia, inclusive minha namorada *stratiota.* Quero levar algumas delas à Comuna para mostrar-lhes uma cidade democrática e livre, convencê-los de que isso é possível e animá-los, quem sabe, a passar da teoria à prática. Que a deusa me ajude!

Capítulo 7

Idílio em Agarta

Exausto e meio atordoado ao fim da madrugada, Vasu cochilou e levou um susto ao ver luz na claraboia no alto da cúpula. Com alguma dificuldade, acordou Madhavi, que também saltou da cama. Puseram-se a arrumar a bagunça e se preparar para sair de fininho. Guardaram os objetos usados e só quando já iam fechar a alcova se lembraram de apagar a pira nupcial, recolher as cinzas e colocar madeira nova. Tradicionalmente, o fogo seria levado para acender e abençoar a lareira da moradia dos recém-casados, mas seria impossível cumprir essa parte acessória do ritual. Mas não se esqueceram de queimar o lençol manchado por sêmen e gotinhas de sangue no fogo sagrado, em oferenda a Hauasa, antes de se vestirem. Não era preciso que a deusa se enfurecesse com eles por não receber o que lhe era devido.

Por fim, Madhavi reatou o laço da porta e puseram-se na rua. Felizmente, era mais cedo do que Vasu pensara a princípio, ainda não chegava à metade da manhã. Poderia haver caras feias nas casas de ambos, mas poderiam lidar com isso. O importante era chegar antes do meio-dia. A tarde e noite do último dia da Haulaka eram dedicadas à restauração simbólica da ordem e à expiação coletiva dos excessos cometidos nos dias anteriores por meio de jejuns e sacrifícios e esperava-se que todos participassem.

– Será que vão notar? – perguntou Madhavi, ao ver Vasu jogar os cacos num bueiro.

– Não se preocupe – virou para ela. – Duvido que confiram diariamente os estoques e tinha muitas garrafas e muitos lençóis. Quando derem pela falta, terá passado tempo demais para investigar. O que me inquieta é não ter certeza de ter feito o suficiente para evitar...

– Eu estava louca – ela corou, mas sem desviar o olhar. – Quero dizer, mais que o de costume. Se acontecer, eu assumo toda a responsabilidade, fui eu quem pediu, não esqueci isso. Nem vou esquecer nenhum momento desta noite, nunca! – encostou-se nele.

– Nem pense nisso. Fizemos juntos, se tiver consequências, enfrentaremos juntos – abraçou-a de novo.

– Pense bem. Foi assim com minha mãe e...

– Hem? Como assim? – arregalou os olhos.

– Minha mãe engravidou quando estava na Escola Militar. O namorado admitiu a culpa e foram os dois expulsos e presos. Quando o bebê nasceu, os sindhus o consideraram digno de viver, mas aos três meses o deram a um casal adulto e os dois, minha mãe e o namorado dela, foram vergastados, nus, em praça pública. Por isso, os dois não completaram a formação e nunca passaram de soldados rasos. Mas se gostam ainda hoje e ela diz que valeu a pena. Meu pai entende, acho que a mãe do Pandu também.

– Nunca ouvi falar disso.

– Foi antes de você nascer. Não sei onde vive esse meu meio-irmão, mas ele tem hoje a idade de seu irmão mais velho. Seus pais não devem ser do tipo que gosta de fofocar sobre a vida alheia, que bom!

– Você quis repetir a história da sua mãe? – franziu o cenho.

– Não nessa parte. Só quis um amor tão grande ou maior que o dela na minha vida. Será que consigo?

Como responder outra coisa àquele olhar, àquele sorriso?

– Claro que já conseguiu.

– Se Hauasa quiser, vai ser diferente – deu-lhe um beijo não muito demorado e seguiram caminho. Já havia problemas suficientes sem se atrasarem mais. Quando se separaram, Vasu suspirou fundo, pensando nas responsabilidades inesperadas que desabavam sobre ele e no que teria de enfrentar se as coisas corressem como para a mãe de Madhavi e seu par. E tudo que queria, quando aquela festa começou, era uma pequena aventura com algumas emoções fortes. Mas também sorriu. As alegrias também tinham sido grandes.

Nos primeiros dias depois da Haulaka, as emoções de Vasu tiveram altos e baixos. Ora se enlevava com as lembranças – tanto as de Madhavi quanto as de Bakri – e se considerava num patamar acima dos seus camaradas e de suas banais façanhas com as garotas, ora se perguntava se tinha feito uma grande besteira.

Todos sabiam que ele "roubara" Madhavi e passara duas noites do Haulaka com ela, mas isso era banal. O próprio Pandu fez questão de dizer a todos que aquilo não tinha para ele nenhuma importância e que pegara duas garotas melhores que ela naquelas mesmas noites. Madhavi era atraente, mas de estirpe inferior, como atestava o fato de ser filha única – seus pais não tinham sido considerados dignos de mais filhos – e era tido por certo que toda garota buscava um rapaz de linhagem superior. Não viam nada errado, nem grande mérito, em tirar proveito disso para uma diversão passageira.

A única razão para tantas brincadeiras era Vasu, cadete exemplar de boa família, com quatro irmãos e bem-apessoado, mas tímido com as garotas, só agora ter feito isso pela primeira vez e dar tanta importância a ela. Ele recusou pormenores do que tinham feito juntos, mas não resistiu à tentação de escrever para ela. Havia trocas periódicas de mensagens entre as escolas militares e entre estas e as famílias na cidade, mesmo se tinham de ser ponderadas com cuidado, pois a correspondência em Agarta, principalmente a de militares, estava sempre sujeita a controle e censura dos superiores. E no caso do jovem siksu, também à curiosidade dos camaradas de dormitório, pois escrever para uma garota era pouco comum.

Tentou escrever uma carta afetuosa o bastante para dar a entender a Madhavi que não a esquecia, sem citar nada muito específico, com um resultado um tanto formal e desajeitado:

Querida Madhavi, espero que nosso encontro tenha dado tanta felicidade a você quanto a mim. Qualquer momento livre me faz sentir saudades e ter vontade de escrever alguma coisa para ter a impressão de estar com você e amenizar sua falta. Sonho com seus beijos.

Causou um certo rebuliço, risotas e piadinhas, mas nada comparado com a resposta recebida poucos dias depois, que em compensação o tranquilizou quanto ao amor dela e as consequências de sua aventura:

Vasu lindo, como fiquei feliz ao receber sua carta! Nunca duvidei do seu amor, mas é tão bom ter comigo tantas palavras carinhosas escritas com a mesma mão que me acariciou! Eu guardo o papel dobrado no travesseiro, assim posso lê-lo de novo todas as noites antes de dormir e sentir que você quer me fazer feliz de todos os jeitos possíveis. Você se tornou o único morador dos meus sonhos e delírios, todos os outros que já os visitaram foram expulsos a pontapés. Ah! Preciso dizer também que vi a lua vermelha nascer forte e bonita e me lembrei de como desejamos vê-la quando nos despedimos...

Ele custou um pouco a entender. Não passara pela cabeça deles falar de Indu naquele momento, até porque já era dia e tinha se posto há muito tempo. Leu duas vezes antes de dar-se conta. Ah, claro, os ciclos da lua vermelha duravam 28 dias. Suspirou de alívio.

Além das trocas de cartas, não houve no resto do mês da Haulaka maiores quebras da cansativa rotina da Escola Militar, que incluíam, além de exercícios e aulas sobre temas militares e afins, também lições sobre história, leis e religião de Agarta. Mas numa destas últimas, o idoso palestrante sindhu despertou a atenção de Vasu:

– Ao contrário de povos degenerados como os atlantes, que só conhecem variedades de concubinato com efeitos legais, nós, agartis, praticamos o casamento propriamente dito, um sacramento. Não uma mera convenção da lei e do costume, mas uma união espiritual real entre marido e mulher, criada por Hauasa quando os noivos procedem aos ritos sagrados. Os noivos, repito: neste sacrifício, os noivos são os verdadeiros oficiantes. A sacerdotisa está presente apenas para atestar que o casamento é lícito e orientar os noivos sobre os pormenores dos juramentos e sacrifícios. A rigor, poderia ser dispensada. A lei e o costume não fazem mais do que reconhecer o laço sobrenatural criado por Hauasa. Perguntas?

Na maioria, os rapazes pouco se interessaram pela teoria de um assunto que não lhes diria respeito antes de completarem a Escola Militar e sobre o qual, de qualquer forma, teriam pouco poder de decisão. Mas Vasu, intrigado, não se conteve e ergueu a mão:

– Perdão, mestre. Isso significa que se um casal de noivos comparecesse em segredo a um altar de Hauasa e executasse os ritos, isso valeria como casamento?

O sindhu o olhou, coçou a careca com suas unhas longas e respondeu:

– Hum... Pergunta estranha. Mas interessante para ilustrar a questão. Sim, com efeito. Se os passos essenciais fossem completados e não houvesse nenhum impedimento terminante, tais como incesto ou coação, Hauasa os casaria, mesmo sem sacerdotes ou testemunhas presentes. A eficácia dos sacrifícios e do poder divino é superior até mesmo à lei de Sua Potência. Mas por que alguém faria isso? Bem, digamos que um casal quisesse desafiar o Conselho Matrimonial com um casamento não autorizado. Neste caso, a união contrariaria a lei e mereceria punição, mas nem por isso deixaria de ser válida. Assim como quando um casal engravida sem permissão: comete um ilícito, mas nem por isso a gravidez deixa de existir.

– E que punição receberia?

– Como em qualquer delito de pequena ou média gravidade, um Conselho Penal decidiria com base nas circunstâncias e nas linhagens envolvidas. Como sempre, linhagens com um mau histórico são julgadas com maior severidade. Mas isso não vem ao caso e nos leva longe demais do tema de hoje, que é o casamento e não os processos penais.

O resto da palestra, sobre as obrigações dos casados para com os deuses, o soberano, a Raça e a Pátria, foi como se não existisse. Vasu ficou obcecado pelo fato de estar casado a sério e não de brincadeira, como pensava. Gostaria de poder escrever a Madhavi, mas era um assunto complicado demais para alusões cifradas. Seria preciso esperar pela oportunidade de vê-la a sós. Contou os dias que faltavam: sete.

Do caderno secreto de Tlalpan: chegada a Agarta

Mamãe se preocupou quando eu a avisei da minha mudança de planos. Como assim eu ia correr para a bocarra do tigre, depois de ela tanto ter sofrido para escapar de suas garras? Assegurei-lhe com toda a firmeza que eu sei me defender e estarei o tempo todo entre guerreiros amigos e experientes, que têm boas relações com Agarta. E até aqui, tudo correu melhor do que eu esperava.

Não sei se me acostumei ou estes mares são mesmo muito mais calmos, mas desta vez enjoei bem menos no navio, apesar de menor e menos bonito do que aquele que me levou de Atlântis a Calípolis. A comida, apesar de não ser de todo ruim, pouco parava no meu estômago e fiquei cansada de ver céu e mar. Só em duas escalas, Tartessos e Esquéria, deu para pisar em terra. Dessa viagem, a única lembrança boa é Harla, o marinheiro gentil e gostoso que me fazia companhia nas horas vagas.

Desta vez, o percurso durou vinte dias, mas com várias paradas para recolher mercadorias. Vi muitas paisagens interessantes e conheci sete das cidades menores da Federação Acaia: Lássia e Issa, que são duas das inúmeras illhas que coalham o mar Nereu; Vílion, na entrada do canal de Helle; Prokerástis, no canal das Sumplégades; Themiskura, na margem sul do mar Akseinos; Phásis, na entrada do canal de Kuros; e Káspia, na saída; depois três dias para atravessar o mar Hircânio. Dessas cidades, Themiskura é a mais curiosa, pois é só de mulheres e os rapazes da nossa frota não puderam pôr os pés nela quando acompanhei as guardiãs e mercadoras que desembarcaram para negociar. Não muito longe, há uma cidade só de homens, Gargareis, que as encontram apenas para a reprodução.

Não houve contratempos. Vimos piratas ao longe no Akseinos, mas eles se afastaram ao nos perceber. Sabem que é perigoso desafiar navios com a insígnia da Medusa, protegida pelos guardiães de Pótnias Calípolis. Agora, eis-me aqui, por incrível que pareça, no Império de Agarta. Rhamadana, onde aportamos, é um empório acaio supervisionado por agartis da casta militar, os tão temidos tautas, que me impressionaram menos pelo porte do que pela uniformidade.

Quando cheguei a Pótnias Calípolis, achei os acaios, todos mais ou menos brancos e com o mesmo tipo de rosto, muito parecidos, mas comparados aos agartis são bem variados. Testas e narizes, rostos e queixos variam de formato e tamanho relativo. Alguns são muito altos e de membros longos, como Lúsia, outros baixos e atarracados, como seu imediato Kaineus, que é da minha altura, tem cabelos e olhos escuros, é bem peludo até nos pés e mãos e, pensando bem, me lembra Prômato, o deus acaio do engenho, da construção e da metalurgia, tanto quanto Lúsia me lembra Pótnia: só falta ser manco como o deus. Feio, mas generoso e dono de um sorriso maroto que me dá tesão. Outros acaios são quase glabros. A maioria tem cabelos negros ou castanhos, mas há louros e uma das guardiãs mais jovens e gostosas, Íphis, tem cabelos cor de fogo. A pele pode ser pálida, rosada, sardenta ou amorenada.

Já os tautas têm todos olhos azuis, cabelos louros ondulados, pele rosada, narizes retos, testa alta, rosto quadrado, queixo forte, cabeça comprida e eu os acho completamente insossos como homens ou mulheres. São altos e fortes, com pouca variação: a maioria das mulheres um pouco mais baixas que Lúsia e a maioria dos homens, um pouco mais altos, sem chegar a ser tão altos quanto o meu pai. São tão parecidos uns com os outros que, sem brincadeira, não sei como eles mesmos não se confundem. Não são exatamente gêmeos, mas se parecem mais entre si do que a maioria dos irmãos de mãe e pai que eu conheço. Durante a viagem, Lúsia me ensinou um pouco de agarti e o experimentei, mas eles são bem lacônicos, ao menos com estrangeiros. Serviu para começar a corrigir a pronúncia.

Quando aceitei vir, Lúsia me avisou que eu precisaria de arco, adaga, espada e cavalo que custariam, ao todo, de dez a vinte minas (uma mina são dois ases e quatro ticais). A caravana podia fornecê-los, mas seriam descontados de meu soldo de cem minas, além das duas minas e um quarto por roupas, botas, comida e ração para o cavalo. Respondi que não precisava de armas, porque trouxera de Atlântis as minhas, presentes de minha tia amazona, e ela me pediu para vê-las e conferir se eram de qualidade suficiente para a expedição. Quando abri meu baú e lhe mostrei minha *quantal* atlante ela quase caiu de costas. Uma lâmina de oricalco como essa vale em Acaia mais que as cem minas que a caravana me pagaria. A adaga de oricalco vale um terço disso e outro tanto o meu arco compósito de chifre de búfalo, imunizado contra umidade e calor por alquimia e mais potente que o dela, apesar de menor. Com isso, ela acabou de se convencer de que eu não estava atrás de dinheiro.

Quanto ao cavalo, porém, não tinha jeito, eu precisaria de adiantamento pra arranjar um em Rhamadana. Ou melhor, uma. Machos são bons para a cavalaria pesada, por serem um pouco maiores e mais fortes e agressivos, mas para escoltas, batedores, exploradores e quem mais precise ser discreto, uma égua é muito melhor, pois não relincha à toa ao perceber outros da sua espécie e não chama a atenção do inimigo.

Como eu nunca havia feito esse tipo de negócio, Lúsia me acompanhou a uma coudelaria acaia para me ajudar a escolher e negociar. Quando chegamos, o dono estava aflito. A esposa anterior dele tinha morrido de parto e sua nova mulher, muito jovem, estava para ter o primeiro filho. Klúmena gritava de dor, eles não tinham parentes na vila e a parteira do lugar estava atendendo longe dali. Ofereci ajuda e mostrei meu bracelete de parteira. A insígnia atlante não significava nada para ele, mas acreditou em mim. Pus mãos à obra e encarreguei o marido e Lúsia de arranjarem água fervida e panos limpos.

Eu era uma menininha curiosa quando a madrinha, parteira da família, me deixou ver e ajudar no nascimento de minha irmã. Daí em diante, eu pedia para participar sempre que ela tinha um parto para fazer. Qualifiquei-me como parteira e se não tivesse tantas outras coisas a fazer e aprender seria capaz de viver disso, é fascinante e compensador, mesmo quando dá tanto trabalho quanto desta vez. Precisei ajudar a bebê a sair, tirar os restos de placenta e estancar a hemorragia com uma massagem abdominal, mas o importante é que acabou bem para ela e para a mãe.

Iasos, o pai, ficou tão feliz que me ofereceu de graça o cavalo que eu quisesse. Não quis abusar da euforia dele, pois em Atlântida se pode conseguir a melhor parteira por dois ases. Ficamos assim: ele me venderia um animal pela metade do preço e em minha homenagem, deu à menina o nome de Atalanta. Lúsia me recomendou uma alazã chamada Podarkes, "pés ligeiros", pela qual pagamos seis minas. Não só tinha o mesmo porte e atitude da égua favorita dela, uma baia de crina branca também comprada de Iasos e chamada Argó, "ágil", como era sua irmã de pai e mãe apesar da diferença de cor, o que minha *erasta* considerava de bom augúrio. Essas éguas combinam conosco, diz ela.

Quando voltávamos ao acampamento, Lúsia me pareceu macambúzia. Eu lhe disse:

– Você está pensando nas crianças que teve.

– Sou tão transparente assim?

– Não, eu é que sou boa em adivinhar pensamentos. Gostaria de tê-las conhecido?

– Sim e não. Se eu tivesse me dedicado a criar filhos, como as mães *demiourgai*, não seria quem sou e gosto de ser quem sou. Mas às vezes penso como seria.

– Nunca tentou saber quem são?

– Hum... Há na Acrópolis uma menina parecida comigo e um garoto com traços meus e de Kaineus, que têm as idades certas para ser as crianças que pari, já me mostraram. Muitos guardiães brincam uns com os outros sobre semelhanças como essas, que podem ou não significar algo, mas somos chamados à atenção e podemos ser punidos se mostramos algum tipo de favoritismo ou interesse especial por alguma criança. Quanto a mim e Kaineus, não buscamos aproximação com elas e nunca trabalhamos com os pequenos. Fiz minha parte na amamentação dos bebês e prefiro não pensar mais nisso.

Não toquei mais no assunto. Senti que meu interesse a incomodava.

Mar Nereu e Confederação Acaia

Capítulo 8

O pau de sebo

Ao voltar na véspera da festa de Valnas e cruzar a praça do bairro, Vasu topou com um espetáculo sinistro: em meio aos preparativos da festa, o cadáver maltratado de uma mulher estava sendo retirado do mastro ensanguentado, já desmontado, onde fora empalada, enquanto curiosos observavam. Uma hilota mugal, pelo corpo franzino e pelos restos de libré negra que ainda lhe cobriam parte do corpo. Ficou branco e sentiu o mundo balançar. Sem coragem para aproximar-se o suficiente para tentar reconhecê-la, correu dali e na primeira esquina, apoiou-se na parede e vomitou na sarjeta, provocando um grito de indignação de uma arabaya idosa que passava por ali e risos de crianças que brincavam na rua.

Com o coração pulando pela boca, Vasu correu para casa, esbaforido. Quando a porta se abriu e viu Bakri, abraçou-a e chorou antes que ela tivesse tempo de curvar-se, para horror da hilota:

– Jovem siksu! Não faça isso, pelo amor de Koynim! Se a senhora gulmika visse, o que seria da pobre serva? – implorou, trêmula, enquanto ele a apertava contra o peito.

Voltando à razão, Vasu soltou a hilota assustada e gaguejou uma pergunta:

– Tem mais alguém em casa?

– Só a outra serva, que está lavando roupa – disse ela, fechando a porta de olhos baixos. – Os senhores foram convidados a almoçar na casa do mahasainapati. A jovem kanya foi ensaiar a apresentação de amanhã e também só voltará no fim da tarde.

– Me desculpe, Bakri, perdi a cabeça! – ela olhou espantada, sem saber o que responder. – Vi uma mulher mugal empalada na praça e cheguei a pensar que poderia ser você, sei lá por que motivo. Fiquei tão feliz em vê-la bem que me esqueci de tudo.

– A hilota não tem o que desculpar... – lágrimas lhe corriam pelo rosto. – Mas deve aconselhar o jovem siksu a esquecer esta serva, para seu próprio bem e também o dela.

"Como esquecer?", pensou, cabisbaixo. Tantos anos de cuidado e convivência e depois as revelações do Haulaka... Podia se conformar, mas não esquecer. Nem mesmo depois de Madhavi, por mais que também a amasse.

– O que aconteceu com aquela mulher? – perguntou, para mudar de assunto.

– Pobre Edi! – exclamou Bakri, de olhos arregalados, tremendo como se revivesse a cena. – Foi ontem de manhã. Horrível! Forçaram todos os hilotas do bairro a assistir, distribuindo chibatadas a quem virava a cara ou tapava os olhos. Toda machucada da tortura, ela teve de carregar o mastro do depósito até a praça enquanto contavam piadas horríveis sobre o que iam fazer com ela. Fizeram-na passar o sebo no mastro. Então, os dois carrascos lhe amarraram os braços às costas, a derrubaram no chão de bruços, amarraram as pernas abertas em duas estacas no chão e então um lhe enfiou o mastro entre as pernas e outro o cravou com golpes de marreta. Ela gritou e chorou de partir o coração! Então lhe amarraram os pés, a ergueram e com o peso e o sangue ela escorregou até a ponta do mastro lhe sair do outro lado. Deixaram-na gemer e agonizar o dia todo, deve ter morrido só tarde da noite...

Vasu sentiu de novo a bile lhe subir à garganta, mas engoliu.

– Mas por quê? O que ela fez?

– Nada! – Vasu se alarmou: era a primeira vez que via Bakri expressar raiva, de punhos cerrados. Não era mais de horror que ela tremia. – A injustamente acusada era inocente! Nada teve a ver com o que houve no templo de Hauasa do Trono de Ouro!

– Hauasa do Trono de Ouro? – a espinha lhe gelou. – Mas do que a hilota foi acusada?

– De ter furtado sauma para fins profanos. Deram pela falta numa averiguação quinzenal e acusaram Edi, porque quando a sacerdotisa se recolheu para o retiro espiritual do Haulaka, guardou a chave do sacrário na sua casa, onde só Edi sabia onde estava guardada.

– Mas qualquer um poderia ter arrombado a fechadura... – balbuciou ele.

– Claro! Como no dia em que a jovem kanya perdeu a chave da arca e a senhora gulmika a abriu com um grampo. Mas nem se falou disso. Os sindhus estão obcecados pela ideia de que hilotas conspiram para usar magia negra contra o Manu Sarata e têm um véu mágico capaz de protegê-los dos clarividentes e dos próprios oráculos divinos. O inquisidor cismou que Edi tinha um ar suspeito e mandou torturá-la. Após não sei quantos dias de tormentos seguidos, a pobre mulher confessou o que exigiam para que acabassem com aquilo e a matassem de uma vez. Abençoada seja por não ter inventado cúmplices! A nobre alma declarou que foi inspirada por um gênio mugal a roubar o sauma para não sei que absurdo sem ajuda de ninguém. Devem ter acreditado porque, graças a Koynim, nenhum outro hilota foi levado à tortura.

Como nunca desde que Vasu se tinha por gente, Bakri tinha perdido a cabeça. Era inaudito uma hilota demonstrar ódio ou desprezo pela justiça de Agarta na frente de um agarti. A própria convicção da inocência de Edi bastava para fazer de Bakri uma suspeita. Um inquisidor perguntaria como poderia ela saber de tantos detalhes se não tivesse parte com os supostos conspiradores ou seus gênios malignos e sua vida estaria por um fio.

Mas a Vasu, sufocado pela culpa e por sua própria perturbação, não ocorreu que a outros ouvidos a atitude dela soaria perigosamente insolente e equívoca. Consciente de ter provocado a morte horrível de uma inocente, caiu sobre o tapete e chorou, desconsolado. Bakri, pensando tratar-se de pura compaixão pela mugal morta, acalmou-se, comoveu-se e ajoelhou-se para abraçá-lo, esquecida da determinação de manter tanta reserva quanto possível entre eles. Consolou-o como fazia como quando ele era uma criança e ela sua aia:

– Não chore mais, Vasu é bom, não foi culpa dele. Vem para o colo da Bakri, vem... – o tom de voz o fez se lembrar das mesmas palavras sendo ditas quando ele era um menino pequeno e caiu no choro após o gato de estimação quebrar um vaso durante uma brincadeira, pensando que a mãe ficaria furiosa com ele. Mas agora era muito mais sério.

A noite foi dedicada a sacrifício familiar de uma ovelha a Valnas, preparatório da festa coletiva. Só na manhã seguinte Vasu foi à praça, onde mais nada restava do horror da véspera e começava a se formar a procissão dançante ao lado do templo do deus das artes, da música e dos yavanas. Tratou de procurar Madhavi. Pensara em tentar poupá-la do inferno pelo qual estava passando e não lhe contar da execução da mugal, mas se deu conta que seria inútil. Mais cedo ou mais tarde alguém a informaria – e era melhor que fosse ele, para evitar que ela dissesse algo comprometedor na frente de terceiros.

Antes que a visse, foi ela quem se atirou às suas costas, toda contente.

– Surpresa, meu amor! Senti tanto sua falta!

Virou-se. Ela estava linda. Perfumada, em roupas de gala e coroada de flores, como pedia a ocasião.

– Eu precisava muito ver você! Senti muito sua falta também – mas o sorriso era triste e o abraço foi menos entusiasmado do que ela esperava.

– Que houve? – respondeu ela, preocupada. – Algo errado? Foi alguma coisa que eu fiz?

– Aconteceram coisas ruins, mas só vou poder explicar quando pudermos ficar a sós.

– Mas seja lá o que for, você ainda me ama? – ela apertava seus braços como se tivesse medo de que ele fugisse.

– Sim, com isso você não precisa se afligir.

– Então, fico menos preocupada – sorriu, timidamente. – Qualquer outra coisa será menos dura de enfrentar.

A procissão dançou em volta de todo o bairro, oferendas foram sacrificadas, obras de arte doadas ao templo de Valnas e a tarde foi dedicada às homenagens ao deus na forma de apresentações de música, poesia e teatro das diferentes castas, inclusive o bailado das kanyas do qual participou a irmã de Vasu. Ahalya foi muito aplaudida: podia não ser a melhor aluna da sua turma, mas como dançarina não tinha rival em sua casta.

Entre o fim das principais apresentações e o toque de recolher, Vasu e Madhavi encontraram sua oportunidade de escapulir para um canto tranquilo. Quando se sentaram numa pedra junto a um riacho, ele lhe contou, da maneira mais suave possível, o que acontecera com a mugal da sacerdotisa de Hauasa.

Madhavi tinha ouvido falar do empalamento, mas não chegara a tempo de ver nada e evitara as conversas sobre o assunto, que a desagradavam. Quando soube do motivo, ficou pálida e tapou o rosto com as mãos.

– Ah, não! – foi a única coisa que conseguiu dizer antes da crise de choro. Vasu a abraçou pelos ombros e esperou que se acalmasse.

– Sou uma cretina! – lamentou ela, chorosa, socando a testa com o punho. – Pobre da hilota, eu é que devia ter sido empalada no lugar dela!

– Calma, não exagere. Não se empalam agartis. Agora não adianta, o mal está feito e confessar não vai trazer a coitada de volta, mas se me tivessem contado o que estava acontecendo, eu teria ido ao inquisidor e assumido toda a culpa. Inventaria algo para deixar você de fora, que eu cismei de experimentar o sauma, sei lá. Sendo eu, seria só vergastado ou coisa assim.

– Empalado não digo, mas você poderia ser jogado no poço da Caverna Naraka por sacrilégio. Você não iria sozinho, eu não aceitaria! Pensa que eu sou covarde? Posso ser uma louca imbecil, mas pelo menos tenho caráter! Nunca deixaria alguém pagar sozinho por meus erros, se pudesse evitar. Muito menos você, meu amor!

Vasu engoliu em seco, percebendo que ela talvez tivesse razão. Como esperar que os sindhus fossem tão lenientes com esse tipo de crime, mesmo de um jovem de boa linhagem? O mal menor teria sido dizer toda a verdade, mesmo que a envolvesse.

– Eu pensei em assumir sozinho porque você sabe, as leis são menos severas para as linhagens com históricos melhores... Mas tem razão, teria sido preferível dizer toda a verdade e mostrar que não foi um sacrilégio.

– Para nós não foi, mas...

– Para eles também não, deixe-me contar o que ouvi de um mestre sindhu...

Explicou o que aprendera na aula. Aquela aula ainda não lhe tinha sido dada, ou se o fora, ela não dera atenção suficiente para perceber as implicações. Ela abriu a boca, espantada.

– Então estamos casados? – fez uma careta e a tapou a boca com a mão, meio envergonhada do que ia dizer em circunstâncias tão sérias. – Eu sinceramente queria que fosse de verdade, mas nunca imaginei... – não aguentou mais e riu. – Ah, deixe-me sentir melhor, ao menos é uma notícia boa depois da outra tão ruim, meu marido.

– Também acho, minha esposa – riu, também, com certa tristeza. – O problema é não poder contar a ninguém, especialmente depois do que aconteceu com a hilota.

– É a desforra de Hauasa, será? – especulou ela, assustada. – Ela nos deixou fazer como queríamos, mas nos forçará a pagar caro por isso? Será que virão coisas piores?

– A deusa não pode ser tão cruel. Foi só o nosso azar e nossa estupidez.

Despediram-se sem dizer muito mais, porque a Guarda Noturna já fazia soar o toque de recolher. No dia seguinte, tiveram oportunidade para mais um encontro no fim da tarde, mas neste, debaixo de uma pontezinha, houve menos conversa e mais ação, com ainda menos cuidado do que na noite no templo de Hauasa. Pensando nisso ao voltar à Escola Militar, Vasu pensou sobre se ambos, no fundo, queriam ser punidos, ainda que pelos motivos errados.

Dos arquivos da Kraukura: máquinas voadoras de Atlântis

Cônsul Abhisyanta Kuruvahiniputra Saúda o Sainapati Viduravirya Vyasadasiputra, Coordenador-Geral da Kraukura.

Hari!

Pelo caráter não solicitado, inesperado e delicado destas informações, pareceu-me necessário encaminhá-las em código e sem cópia.

Estou em condições de confirmar em parte os boatos sobre novas máquinas voadoras criadas para a Comuna de Atlântis, informalmente chamadas *vailxis*. São totalmente fechadas e têm formato fusiforme, sem velas, cauda, hélices ou superestruturas visíveis. Há dois tamanhos, um comparável a uma *firem* leve, a mais comum das aeronaves de patrulha e reconhecimento usadas pela Comuna e pelo Império e o outro maior. Ambos são muito menores do que qualquer vimana agarti. O notável é sua velocidade e manobrabilidade, que pude ver com meus próprios olhos. Deixam muito para trás as aeronaves atlantes tradicionais e receio que também as nossas vimanas.

Com ajuda de um guia local, pude observar voos de provas na zona rural chamada *Xinmon Lam*. Vi duas delas atravessarem a distância do mar ao Grande Canal, quatro parasangas, em menos de vinte respirações e fazerem curvas e piruetas inimagináveis com qualquer outro veículo aéreo. Não presenciei uso de armas, mas deve-se presumir que usam foguetes ou raios de calor, como as vimanas. Meu guia as viu mergulhar e emergir do mar, como se fossem veículos submarinos. Constatei uma de maior porte e duas menores. Testemunhas dizem ter visto até seis. Não pude obter informações confiáveis sobre sua construção, embora só possa ter sido realizada em oficinas da própria cidade ou das imediações.

Por ser essa informação preocupante para nossos sacerdotes, ministros e mesmo alguns dos comandantes militares, já relutantes em desafiar a máquina militar atlante, preferi deixar a critério do excelente coordenador-geral determinar a forma e a oportunidade adequadas para comunicar estes dados às instâncias superiores e a Sua Potência.

A Comuna não deve ter recursos para construir uma grande frota e sua prioridade é defender sua insurreição de uma reconquista imperial. Portanto, os *vailxis* não representam uma ameaça imediata, mas virão a sê-la no longo prazo. Ou o Império retomará Atlântis, ou a subversão se espalhará, ou o segredo vazará, assim como certos modelos de armas de fogo surgidos na Comuna durante a revolução são hoje copiados pelo Império.

Trata-se, portanto, de uma questão da maior seriedade. Se não for possível desvendar o segredo dessas máquinas e emulá-las, restará a alternativa de declarar guerra antes que elas se difundam. Se elas se tornarem numerosas nas mãos do inimigo, a superioridade aérea crucial para Agarta será anulada e Atlântida será quase invencível.

Capítulo 9

A Kraukura precisa de você

Apesar da imprudência cometida durante o encerramento da festa de Valnas, dias depois a lua vermelha nasceu pontual, informou a carta de Madhavi a Vasu. De resto os dias correram sem muitas novidades até Vasu, ao formar fileiras após o desjejum, ser avisado pelo instrutor de que devia apresentar-se ao subcomandante. Deixou a ponta da mão da espada da formação, enquanto seus camaradas se aqueciam para o exercício cantando uma velha marcha:

Atlanteco, morre de paúra
Porque uma noite escura
Na tua casa entrarei,
Teu pescoço cortarei,
Teu sangue beberei,
Tua viúva estuprarei,
As calças de teus filhos
Federão nos fundilhos...

Apreensivo, Vasu caminhou à sala do subcomandante, um nayaka mais velho que o seu pai, perguntando-se se alguma de suas terríveis imprudências poderia ter sido descoberta. Parecia não haver como, a menos que Madhavi tivesse deixado escapar alguma coisa. Ficou perturbado ao perceber quão pouco, na verdade, conhecia a moça pela qual cometera tantos desatinos. Não duvidava do amor dela, nem acreditava que ela o colocaria em apuros por capricho, mas saberia segurar a língua? O pior era que ele tinha de admitir que o atrevimento dela o fascinava e era ingênuo pensar que ela fosse mais cautelosa e sensata quando não estava com ele. Bem, não adiantava lamentar. Tinha que enfrentar o que viesse.

– Hari, senhor nayaka! – saudou o subcomandante, que estava em sua mesa de trabalho.

– Descansar, jovem siksu. Feche a porta e sente-se. Tenho ordens especiais a lhe dar.

Obedeceu e esperou, intrigado, enquanto o oficial retirava um documento de sua pilha e pigarreava.

– Vasukhya Parusyaladaliputra, siksu da quarta turma da primeira seção da Escola Militar de Manova. Tudo que for dito aqui é secreto, assim como as ordens a cumprir. Nada deve ser comunicado a terceiros sem autorização expressa do oficial da Kraukura a quem deverá se apresentar e prestar serviços conforme determinado por este memorando do gabinete do mahasainapati Dhrista, a quem o senhor foi recomendado.

Vasu engoliu em seco. Qualquer tauta podia ser convocado a servir na Kraukura, mas isso devia acontecer só após completar a formação básica. E a ordem partia do comando supremo da região militar, a três degraus do próprio Manu. Sabia que se esperava que obedecesse sem piscar, mas não resistiu ao impulso de ponderar de forma respeitosa e em voz firme, como era seu direito conforme a lei.

– Senhor nayaka, o serviço à Kraukura não deveria ser prestado apenas após a formatura?

O comandante ergueu uma sobrancelha, mas respondeu de forma didática e paciente. Era um oficial agarti, mas também era um professor e o via mais como aluno que como subordinado.

– Isto é incomum, mas o regulamento é claro: ninguém pode negar-se a assumir cargos, mesmo que inerentes a graduação superior. Nesse caso, sua responsabilidade fica limitada pela sua habilitação. Se cometer erros ao cumprir missão para a qual não foi preparado, quem o tiver nomeado responderá por isso. Mas o jovem não foi designado para ser um agente pleno da Kraukura e sim um auxiliar especial. Isto deve significar tarefas que um bom cadete poderia executar. O importante é o manter segredo absoluto sobre o serviço da Kraukura e para isso creio que o preparamos bem. Ninguém que não seja seu superior direto na cadeia de comando pode lhe fazer perguntas e nada se pode contar a terceiros, mesmo a pais, amigos ou amantes. Só podem saber que está prestando serviços confidenciais. Entendido?

A menção de "amantes" quase sobressaltou Vasu, mas se conteve. Não significava que o nayaka se referisse em especial à sua relação. Respondeu, com voz viva e clara:

– Entendido, senhor!

– Pois bem. Está dispensado da rotina da Escola Militar até ser dispensado pela Kraukura, sem prejuízo de sua pontuação e de sua graduação na data prevista. Isto será consignado como missão secreta e extraordinária na folha de serviço, o que deverá contar a seu favor em futuras indicações. Dispensado, siksu. Sua Potência espera que cumpra o seu dever!

Ninguém imaginaria que a sede da Kraukura fosse vistosa, mas Vasu ficou surpreso ao descobrir o quanto era soturna. Apresentou-se com a carta com o selo do mahasainapati ao quartel-general do grupo de exércitos Mairu, perto do centro de Manova, e o encaminharam para um canto no fundo do complexo, aonde um yaudha o conduziu por uma escadaria em espiral a um subterrâneo iluminado por escassas lamparinas. Sem ajuda, seria difícil se orientar. Era um labirinto e não havia indicações óbvias de direção, apenas sinais misteriosos nas portas e esquinas. "Para dificultar a fuga de prisioneiros", compreendeu Vasu num estalo.

O local não parecia sujo, mas um cheiro sutil de sangue e morte evocou a Vasu a ocasião em que um de seus amigos foi morto por acidente num exercício longe da cidade e foi preciso carregar o corpo estropiado por três dias para que fosse cremado na presença dos pais e tivesse as cinzas jogadas no mar sagrado. A reminiscência foi interrompida por um berro de agonia no fundo de um dos corredores laterais. Arrepiou-se e quase tropeçou.

– Uma das salas de interrogatórios – comentou o taciturno yaudha, com um meio sorriso –, mas não se anime, não vão treiná-lo nisso por enquanto.

Vasu não respondeu. Entraram por um corredor mais largo e deram com uma porta dupla, guardada por dois sentinelas.

– O traidor boia na banheira dos vermes – disse o yadhu ao

sentinela. Vasu teve outro sobressalto antes de compreender que aquela era apenas a senha do dia. Os sentinelas os saudaram e abriram a porta.

A sala grande, melhor iluminada que os corredores, parecia escavada na rocha. Havia uma mesa comprida no meio e de pé, à sua cabeceira, estava o sainapati Vidura, que conhecia de vista como um subordinado importante do mahasainapati sem saber exatamente qual a sua função. Mas sua postura de dono da situação não deixava dúvidas: era o chefe da Kraukura na capital.

Quatro oficiais igualmente uniformizados e grisalhos, de postos semelhantes ou pouco inferiores o ladeavam. O menos graduado era o nayaka Parusya, seu pai. Dois outros eram vagamente conhecidos, o terceiro, não. Conteve a surpresa e saudou o comandante com o braço estendido: *hari*!

– Descansar, siksu! – ordenou o sainapati. – Ouça com atenção: está para começar uma reunião secreta de representantes dos sete mahasainapatis do Império. Nem mesmo os membros do nosso estado-maior estão a par, com exceção do próprio Dhrista e dos camaradas aqui presentes. Das outras seis aksas, também só os respectivos comandantes e três ou quatro homens de confiança estão informados. Ocorrerá em local discreto e nenhum oficial ou guerreiro não envolvido na operação saberá do evento. É absolutamente fundamental preservar o segredo e o nayaka Parusya nos selecionou um auxiliar de confiança para escoltar e atender um dos participantes. Ele nos deu a certeza de que o jovem está à altura e se responsabiliza por sua escolha, como por todas as outras. Tem algo a dizer, siksu?

– Estou às ordens, senhor sainapati!

– Então, jure por Parkunas que preservará segredo absoluto sobre o que vir, ouvir ou vier a saber enquanto estiver a serviço da Kraukura. Apenas eu e o oficial a quem prestar serviços terá direito de lhe fazer perguntas. Suponho que saiba qual a pena por violar um juramento.

Sabia, é claro. O poço da Caverna Naraka. Mas jurou sem hesitar e recebeu o anel de bronze que atestava estar a serviço da Kraukura, com a sílaba *krau* em agarti. Aquilo lhe permitiria contornar muitos regulamentos, mas a punição por abusar dele era severa.

– Muito bem. Eu o designo para ordenança do kyamupati Iravan, representante do mahasainapati Virata, da aksa Kuru – o oficial desconhecido inclinou ligeiramente a cabeça. – Esteja certo de que esta missão será uma oportunidade incomum de servir a Sua Potência e à pátria.

– Entendido, senhor.

– Creio que nos daremos bem – disse Iravan, ao se levantar. – Certamente hei de me lembrar do jovem e requisitá-lo para serviço em nossa unidade quando se graduar.

– Não poderia haver melhor começo para a carreira de um jovem oficial que o estado-maior de Kuru – assinalou Parusya enquanto o acompanhava a buscar em casa os trajes civis e o uniforme de gala, para qualquer eventualidade. Tivera tempo apenas de rabiscar uma carta breve a Madhavi, para avisá-la.

– Foi por isso que me indicou? – perguntou Vasu.

– Eu o apontei porque o julgo a melhor escolha para a tarefa – respondeu o pai, um pouco ríspido. – Para não chamar a atenção, os emissários das aksas vieram sem comitiva e cada um trouxe apenas um auxiliar. Mas o ordenança de Iravan morreu envenenado pela cusparada de um verme khorkhoi a caminho de Manova e não há tempo de mandar vir outro. O kyamupati precisa de um ajudante atilado, discreto e desconhecido. Não ponho a mão no fogo pelos yaudhas e padikas que conheço e se eu indicasse alguém de patente elevada, poderia inspirar perguntas sobre o que está acontecendo, mas confio em você o suficiente para saber que não vai me envergonhar nem se desgraçar.

Baixou a cabeça sem responder. "Melhor seria se não confiassem tanto em mim", pensou consigo mesmo, sentindo o peso de mais segredos se acumularem nos ombros.

– Mas nem por isso deixa de ser um presente dos deuses – disse o pai, mudando de tom e segurando seu ombro, gesto raro nele. – Ah, se eu tivesse tido essa oportunidade no começo da carreira... Seria um kyamupati, pelo menos – o tom era sonhador. – Em vez disso, tive a má sorte de servir em Ramanaka e ser apanhado de surpresa pelo levante dos mugais ao ganhar meu primeiro comando. Isso atrasou minha carreira em mais de dez anos...

Foi uma agonia ouvir o pai contar pela enésima vez a história de como sua mugha foi dizimada e ele mesmo escapou por um triz da horda de hilotas enfurecidos. A unidade que comandava foi apenas uma entre milhares a serem apanhadas de surpresa e esteve longe de ser a que se saiu pior. Muitas foram completamente aniquiladas. Os espiões da Kraukura e os sensitivos sindhus que falharam em prever a revolta deveriam ter arcado com o ônus, mas a derrota e fuga de um oficial tauta ante adversários infinitamente inferiores ficou como uma séria mancha na sua folha de serviço. Para apagá-la, foram precisos anos de dedicação impecável. Sua carreira acabou por entrar nos eixos e conseguira praticamente o melhor cargo possível para seu posto, mas não havia como recuperar o tempo perdido.

Essa história, ocorreu de repente a Vasu, explicava a rigidez acima do comum do pai e também seu incômodo com as servas mugais. Jamais as olhava no rosto ou se dirigia a elas, tratava-as como mobília e as deixava totalmente a cargo da esposa. Só as tolerava porque a esposa tinha sua própria carreira, precisava delas para cuidar da casa e das crianças e em Manova era muito difícil conseguir servas de outra raça.

Bakri e Gadhi eram tímidas e inofensivas, vinham de aldeias ao sul da capital, região pacificada e sem registro de rebeliões sérias há quase dois mil anos. E em nenhum lugar a vigilância da Kraukura era tão cerrada quanto em Manova. Mas Vasu entendia o ponto de vista do pai. Como voltar a ver os mugais do mesmo jeito depois de ser acordado numa madrugada fria pelos gritos de comandados estripados à força de foices e enxadas?

Do caderno secreto de Tlalpan: no meio da estepe

Depois de um mês de marcha acelerada, a ideia de conhecer Agarta não parece mais tão atraente quanto no começo. Para cumprir as etapas programadas, não é possível descansar mais durante o dia do que o necessário para não matar os animais. É o dia todo sobre a sela, não sei como ainda não tenho as pernas tortas. Podarkes tem sido uma égua exemplar e não é culpa dela que minha bunda esteja em petição de miséria, mas vou dar graças a Chiuknawat quando ela e eu nos livrarmos uma da outra.

Quando possível, descansamos em caravançarás. São como cercados grandes para proteger camelos e caravaneiros, com espaço para armar as tendas, água (suja) e venda de forragem e comida ruim, mesmo junto a cidades relativamente grandes, como Saugarya, Hirut e Sakundaram. Mas na falta deles, é preciso acampar na estepe, onde as condições são ainda piores e é preciso fazer turnos de guarda.

Vimos, sim, os dentes-de-sabre e os grifos que Lúsia me prometeu, mas se eu soubesse quanto trabalho me dariam, eu teria preferido conhecê-los só de livros e jardins zoológicos. Principalmente os grifos. São como um cruzamento de leão com águia, têm a força de oito leões e deixam as éguas em pânico só de vê-los ao longe. Fica difícil contê-las quando se aproximam, porque elas tentam disparar para todos os lados. Dizem meus companheiros que os grifos atacam as manadas selvagens e roubam os potros de suas mães, daí o terror instintivo das éguas. Há até um provérbio em acaio, *adunatoteros apo to hippogruphon*, "mais impossível do que um hipogrifo". Se já é inconcebível uma égua deixar um bicho desses chegar perto, imagine ter um filho dele! Era assim que eu entendia o ditado até Lúsia me explicar que a impossibilidade é dupla. Todos os grifos são fêmeas. Os machos, chamados *kitsungas* pelos agartis, raramente são vistos. Desprovidos de asas, permanecem de guarda nos ninhos, escondidos em cavernas nas montanhas.

Quando elas, os grifos, aparecem, fazemos o possível para afastá-los com tiros de arcabuz, que às vezes as assustam, mesmo que não os atinjam. Consegui flechar uma mais atrevida, mas ela se afastou voando, como se fosse pouca coisa. Os dentes-de-sabre são menos difíceis de lidar quando se é rápida no arco. Enriqueci a caravana com meia dúzia de peles dos que insistiram em emboscar nossos *megakameloi,* que é como os acaios chamam os animais que para nós são *terma* e para os agartis, *ustra*. Já com os salteadores helcarianos, prefiro atirar nos cavalos para não ter de matar gente. De um jeito ou de outro, provei aos fofoqueiros que não estou aqui só para esquentar a cama de Lúsia. Pouco a pouco eu os estou conquistando. Acho que já posso dizer que todos me respeitam, muitos me admiram e alguns me adoram.

Também estou gostando deles. Esses guardiães ficaram bem menos certinhos quando puseram os pés fora de Acaia. Há muita solidariedade e cumplicidade dentro da equipe de Lúsia, bem como um certo desdém por seus governantes. O que se faz em Agarta fica em Agarta e jamais chega a ouvidos de arcontes. Contam piadas sobre a feiura da velha Diotima ("outro dia, a Medusa desceu à Acrópole para trazer uma mensagem da deusa à Epístata, a viu e caiu dura de susto", brincou Lúsia), riam às gargalhadas das trapalhadas de Erusíkhthon, o homem mais chato e santarrão da Acrópole ("abri a porta, estava nu e de quatro no chão debaixo do agarti e ainda quis me convencer de que estavam praticando pancrácio", revelou Kaineus) e flertam às claras, coisa que não vi ninguém fazer em Calípolis.

Aproveitei o clima para convencer Lúsia a experimentar uma prática terrivelmente imoral para os acaios, o trio. O primeiro foi com Kaineus, que não me decepcionou. Mais complicado foi com Íphis. Ela me queria e eu estava interessada nela, mas a tradição acaia não admite terceira pessoa do mesmo sexo numa relação de *erasta* e *erômena*. Ontem, caiu o tabu. Não foi o primeiro que convenci Lúsia a quebrar e não há de ser o último, mas precisei gastar mais saliva antes do que durante. O próximo desafio é um quarteto. Se não antes de Manova, na volta. Para mim, é unir o útil ao agradável, em mais de um sentido. Depois de questionar essas regras, estarão dispostos a duvidar de outras e estarão mais próximos de se libertar e ajudarem seus compatriotas a fazer o mesmo. Pelo menos, assim espero.

Capítulo 10

A serviço da Kraukura

Por razões de sigilo, os representantes das aksas, todos com posto de pritanapati ou superior compareciam à paisana – quer dizer, com os inconfundíveis trajes civis de tauta, túnica vermelha sobre calças de tartã. Não adiantaria tentar disfarçar demais, pois sua postura e tipo físico eram típicos de oficiais militares, mas a Vasu a pretensão de segredo parecia um tanto teatral. Qualquer militar perceberia que algo importante estava acontecendo por ali se reconhecesse dois ou três daqueles figurões. Em todo caso, não lhe cabia questionar.

As reuniões aconteciam num salão de uma hospedaria militar perto do porto, em torno de uma mesa em U, onde cabiam dois representantes de cada uma das sete aksas e seus respectivos ordenanças. O sainapati Vidura presidia a reunião na mesinha do centro, com um empertigado jovem oficial a seu lado, seu sobrinho, se Vasu bem se lembrava. Parusya não participava, o que surpreendeu Vasu, mas o deixava menos desconfortável

Após uma rodada de apresentações, saudações e cumprimentos anódinos, Iravan aproveitou a vez para disparar a primeira salva do debate propriamente dito em nome de seu comando:

– O Império Atlante está em franca decomposição, mas é necessário um golpe decisivo e nós estamos preparados para a luta. Se este não é o momento de agir, quando será? Alguns maus conselheiros de Sua Potência descuidam do dever máximo do povo agarti, proclamado desde o reinado de Rudhra, levar a paz de Sua Potência a todo o mundo habitado...

– Camaradas do norte, do coração sagrado do Império e dos novos territórios! – interveio Krita, representante de outra região, num soporífero tom monocórdio. – Vossos anseios de glória e de cumprimento do dever são também nossos, bem como o sonho de purificar todas as terras hoje escravizadas a tiranos indignos. É nosso dever, porém, considerar se sindhus e os ministros não têm razão ao julgar essa visão menos perto de se realizar do que gostaríamos. Em Kaitumala, os inimigos ocidentais não são uma abstração, mas a realidade quotidiana. Fomos os únicos a enfrentá-los nesta geração e é nosso dever advertir que, por mais que tenham se agravado a corrupção e a devassidão de seus governantes, o exército do inimigo continua tão eficaz em combate quanto no tempo de nossos avós e não temos navios que bastem para desafiá-los no mar.

– Nossos irmãos de Kaitumala – interferiu o kyamupati Santanu, porta-voz de Mairu, já que Vidura, como presidente da reunião, não devia intervir abertamente –, vós subestimais o poder de nossa raça, ora inibido pelos corações pusilânimes que se interpõem entre Sua Potência e as forças vivas da nação. Uma vez livres de peias, a força de nossa vontade se juntará à vossa e varreremos as aberrações estrangeiras da face da terra. Suas hordas de gente escura e disforme se dissolverão em pânico quando nossos guerreiros de ouro assomarem em peso aos seus horizontes e nosso povo heroico construir uma marinha à altura de nossas necessidades!

– Belos são vossos sonhos, belas as vossas palavras – retrucou Krita. – Considerai, porém, os passos necessários para pô-los em prática. Com vossa ajuda, a proteção dos deuses e uma bem concebida guerra relâmpago, podemos derrotar as guarnições atlantes da fronteira e alcançar os mares do Ocidente em poucos meses. Julgais, porém, que isso encerrará a guerra? A maior parte dos recursos do inimigo está do outro lado do Oceano e não temos como levar nossos guerreiros para lá. Construir uma frota como a deles levará anos e enquanto isso eles nos fustigarão por todos os meios. Precisaremos contar com a lealdade, pouco testada, de todos os nossos aliados. Sobretudo, a concentração de todas as nossas forças nessa empreitada significa desguarnecer nossas comunidades e não podemos ignorar os riscos. Muitos de nós perdemos parentes ou camaradas na revolta de Ramanaka...

A menção produziu tossidelas, pigarros e gestos de desconforto simultâneos em quase todos os presentes, o que chocou Vasu e lhe inspirou um pensamento perturbador. Seriam os mugais uma ameaça maior que os atlantes? Ditos inferiores e pérfidos, mas no fundo indizivelmente temidos? O motivo de os invencíveis conquistadores agartis, apesar de ridicularizar os atlantes nas marchas aprendidas desde a infância, não fazerem mais do que marcar passo há quase quatrocentos anos, desde a conquista do Império Mugal?

Sequer agiam para submeter seus vassalos tradicionais, embora os atlantes dificilmente protestassem se o fizessem, por uma questão de reciprocidade. Até na escola militar se ouvia dizer que Bárria era cada vez mais independente e Acaia vassala de Agarta só de nome, a ponto de que ninguém saberia prever qual partido tomaria no caso de guerra com Atlântida.

A continuação do debate perturbou ainda mais Vasu. Muito do que se discutia ali era referido por alusões, metáforas e linguagem cifrada, mas bastava para se depreender o sentido geral de menosprezo de Iravan e dos superiores de seu pai tanto pelo Mahaguru, sumo-sacerdote de Agarta quanto pelo Mahakyauhan, o grão-vizir. Sempre fora ensinado a respeitá-los e reverenciá-los. Deveria agora vê-los como obstáculos à glória da pátria e do Manu?

Ao avançarem as discussões, os de Kaitumala, a região mais ocidental e antiga do Império, soavam mais temerosos e pediam cautela e respeito às instituições, enquanto os de Kuru e Mairu beiravam cada vez mais a linguagem da conspiração. Os representantes das demais regiões militares mais ouviam que falavam, evitando se comprometer com um dos lados.

Além de trazer chá para Iravan, a principal função de Vasu, como a dos demais ordenanças, era tomar notas e levar e trazer recados confidenciais entre os participantes. Não era difícil: as aulas de códigos e taquigrafia da escola militar estavam frescas em sua mente e ele era bom nisso. Era tão ágil ao usar o estilo de ferro nas folhas escuras usadas no Exército quanto claro e limpo nas transcrições. O kyamupati estava visivelmente satisfeito com seu trabalho. Vasu é que não sabia se devia se orgulhar: estava participando de uma traição?

Durante um intervalo, Vasu aproximou-se respeitosamente do ordenança de Santanu, um jovem padika conhecido de sua família e perguntou o que pensava da discussão, num momento em que ninguém poderia escutar a conversa.

– Não estou aqui para pensar, mas para obedecer – o oficial desviou o olhar, contrafeito.

– Não tem nenhuma opinião sobre as divergências entre os comandos, as críticas ao governo do Mahakyauhan, a insubordinação dos vassalos, a ameaça mugal, os atlantes...?

– Ouvi apenas considerações sobre doutrina e ideais militares e não sei de conflitos. Todos são leais a Sua Potência, como poderiam divergir? – afastou-se, cortando a conversa. Pelo tom, Vasu se convenceu que o padika de fato não queria saber do que se passava. Esforçava-se por não entender, embora tivesse mais experiência. Ou talvez por isso mesmo.

À noite, os oficiais saíram para espairecer no Luar Vermelho, o melhor cassino da zona do porto. Os ordenanças, armados com espadim e pistola, acompanharam-nos como guarda-costas, mas deviam manter uma distância discreta quando os chefes se reuniam em pequenos grupos para conversar em voz baixa enquanto jogavam dados e bebiam kumis, ou apostavam em rinhas de faisões. Vasu imaginava que nesses momentos aconteciam os diálogos mais francos, mas nada podia ouvir. A não ser nos raros momentos em que algum deles se alterava, para logo se conter. Eram homens disciplinados.

– Por acaso já se viram frente a frente com uma legião atlante equipada com as novas armas de pederneira? A setecentas parasangas, é fácil falar! – bradou, indignado, o velho Krita.

– Que pederneira, nem meia perderneira! Trata-se de raça e culhão! Nossos canhões são melhores e nossas vimanas mais poderosas que as aeronaves deles! – respondeu Iravan.

– Psiu! – interveio um oficial de Ramanaka e os dois, para a frustração de Vasu, baixaram o tom. Seria mortalmente entediante, não fossem as yavanas bonitas que apresentavam suas danças, canções e malabarismos no palco ou ofereciam bebidas e guloseimas com um sorriso malicioso. Não tinha dinheiro para pagar, mas sorria de volta.

Quando se cansaram, a maioria dos oficiais voltou à hospedaria para dormir, mas para embaraço do jovem ordenança, Iravan, que não era dos mais idosos, nem dos mais severos, decidiu terminar a noitada com uma prostituta e insistiu para que o acompanhasse. O siksu relutou.

– Não posso, senhor... – omitiu o kyamupati, oficialmente seus postos deviam ser mantidos em segredo. – Meu dever é guardá-lo até retornarmos à hospedaria. Posso ficar na porta...

– Bobagem, rapaz. Não corro risco nenhum com uma pequena dessas e você merece um pouco de diversão depois deste dia cansativo. Escolha uma por minha conta, é uma ordem!

As garotas riram e se assanharam, pois um jovem bonito era coisa rara por ali. Normalmente, só as autoridades de certa idade eram admitidas naquele cassino. Vasu encolheu os ombros e meteu as mãos nos bolsos enquanto elas se apinhavam à sua frente. Todas jovens, miúdas, carnudas, descalças, risonhas, de cabelos longos e escuros, vestidas com túnicas de gaze transparente... De repente, se interessou e chamou uma delas.

– Você! Como se chama?

– Tila, jovem tauta.

– Não se lembra de mim?

Ela o olhou com atenção e sussurrou.

– O moço do Haulaka... Está zangado comigo?

– Não mais, aquilo não teve importância. Vamos?

Usava o mesmo perfume forte da outra vez. Ela acendeu um castiçal de duas velas, lhe deu a mão e o levou a um quartinho com a mesma largura do comprimento da cama, tudo castanho-avermelhado como o interior de uma caixinha de joias. Sobre uma pequena cômoda, havia uma imagem em bronze de uma ninfa, uma *laukika* do cortejo de Hauasa. Tila acendeu um incenso floral com sua vela e a homenageou beijando os próprios dedos e estendendo-os em sua direção, antes de se virar para ajudá-lo a tirar as cáligas e o resto.

A intenção de Vasu era provar-lhe que não era apenas um garotão e achava que faria isso se mostrando altivo e indiferente, mas a carne não o deixou mentir. Ela tinha exatamente o que Bakri e Madhavi não podiam oferecer: seios e bunda bem redondos e fartos, mãos macias como a de uma criança – tanto a serva quanto a guerreira as tinham mais ásperas – e muita experiência para usar tudo isso da maneira mais prazerosa. Prazer e tesão em estado puro, sem as paixões e angústias do amor, mas não sem carinho. Foi um gozo intenso, profundo e relaxado como não conseguira ter com as mulheres que amava.

Ela lhe trouxe um copo de kumis para refrescá-lo e se aninhou a seu lado, suada e corada.

– Olha, foi minha melhor trepada em meses. Não digo isso pra qualquer um, acredite.

– Então não me acha só um garotão?

Ela riu.

– Eu disse isso da outra vez, foi? Desculpe, não foi por mal, mas você tinha todo o jeito de garoto virgem. Alguma professora ensinou você nestes meses, não é? Parabéns, aprendeu rápido! Considere-se graduado. Estou à disposição para você continuar com os cursos de aperfeiçoamento.

Falou de maneira tão cúmplice e espirituosa que ele riu e admitiu que ela tinha razão.

– Mas agora é melhor eu ir, meu chefe pode estar à minha espera...

– Não se apresse. O kyamupati Iravan é freguês antigo da casa e vem aqui quase todo mês, eu o conheço bem. Ele sempre quer dar duas, pelo menos, mas *demoooora* pra conseguir a segunda – olhou para o alto e fez um gesto de quem ordenha uma cabra –, dá para queimar metade de uma vela, pelo menos. E pelo que vejo, você já está pronto para outra, olha só! Não se preocupe, a despesa é por conta do velho e ele não é muquirana... Alguma mulher já deu um beijo atlante em você? Não? Ah, então você ainda é meio virgem. Resolvo isso já!

Assim se passaram sete dias, ou melhor, sete dias e quatro noites, pois o kyamupati ficava com as garotas noite sim, noite não, porque "já não sou mais tão jovem", lamentava. Depois dessas noitadas, sempre voltava apoiado em Vasu, exausto e trôpego – longe dos olhares de seus pares, bebia em dobro. Serviu para Vasu ganhar sua amizade e aprender algumas artes que gostaria de um dia praticar com Madhavi.

A rotina foi quebrada numa manhã, pela chegada da grande caravana de Pótnias Calípolis, no final do almoço. Os comandantes adiaram a retomada dos trabalhos para assistir ao espetáculo da sacada da hospedaria, no terceiro andar.

– Chegam sempre nesta época do ano – comentou Krita. – São mais de três meses desde Acaia. Levam toda a primavera para vir e o verão para voltar.

– Precisamos encontrar uma maneira de dispensar isso

– resmungou Iravan. – Não fosse a necessidade desse comércio, já teríamos chamado os acaios à ordem.

– O que eles trazem de que necessitamos? – perguntou Vasu.

– Na maior parte, artigos de luxo cuja revenda é importante para a prosperidade dos pandhavas: coral, fármacos, âmbar, perfumes... Sem isso, teríamos alguma insatisfação, mas poderíamos passar. Mas há também cristais de energia e outros produtos necessários para as artes ocultas dos sindhus e para nossas armas de guerra. Principalmente o oricalco de Atlântida, que não sabemos produzir e precisamos importar do oeste na forma de sucata. Por isso, a estrada que vem de lá é conhecida como Estrada do Oricalco.

Camelos gigantes, chamados *ustras* pelos agartis, serviam de bestas de carga. Os acaios os escoltavam a pé ou a cavalo, gritavam e sopravam cornetas para dirigi-los. Há muito haviam abandonado a segregação de castas e haviam se mestiçado ligeiramente com outros povos do Oeste, de modo que apresentavam muita variação casual de tipos físicos e cores de olhos e cabelos dentro de um tipo geral não tão diferente dos agartis. Usavam capas escuras sobre túnicas semelhantes às dos yavanas, mas azuis.

– Triste decadência – comentou Iravan. – Compare essa bagunça com nossa sociedade tão bem ordenada: sindhus altos e claros de testas altas e cabelos de platina, tautas atléticos e louros, pardhavas médios e de cabelos cor de mel, arabayas troncudos e trigueiros, yavanas de cabelos negros e corpos delicados. Um dia teremos de reconquistar Acaia e lhe pôr ordem de novo, selecionar e separar cada grupo por suas qualidades e...

– E a negra? – perguntou Vasu. Uma cavaleira bem diferente das outras, cor de bronze escuro, aproximava-se e lhe chamou a atenção.

– Ah, não, não pode ser acaia! Não se mestiçariam a esse ponto, quero crer! Mas com tais roupas e armas, também não deve ser escrava... Uma amazona expulsa do exército atlante, que ganha a vida como mercenária. Ou coisa assim.

– As amazonas são como as valquírias dos atlantes...

– Ah! Ah! Ah! Queria ouvir o que sua mãe diria dessa comparação! Não, as amazonas combatem de longe, com arco ou carabina. Nossas valquírias usam lança, sabre ou pistola, são muito mais corajosas, superiores de corpo e alma!

A mercenária atlante virou-se e olhou para cima, exatamente para

Vasu. Sorriu e encarou-o longamente, enquanto a égua alazã continuava seu passo firme e tranquilo. Ele se sobressaltou. Era como se ela ouvisse tudo, apesar do barulho da caravana e como se ele visse seus olhos e rosto nas menores minúcias apesar da distância. Ao acabar de passar pela hospedaria, ela virou para a frente e passou a sensação de perigo, de ter topado com um abismo profundo e quase despencado nele. Mas ficou abalado a ponto de ter naquela noite um sonho estranho e angustiado, que o fez acordar com maus pressentimentos.

Dos arquivos da Kraukura: reformas no Governo

Coordenador-Geral da Kraukura, Sainapati Viduravirya Vyasadasiputra Saúda o Chefe da Kraukura em Kuru, Sainapati Gaurakhanatha Kirtililaputra.

Hari!

Sainapati Gaura, nosso camarada! Esta carta em código chega a vossas mãos por meio de uma vimana, no dia seguinte ao do encerramento da Havyavahana Utsava. É preciso destruí-la imediatamente após a leitura e comunicar seu conteúdo apenas ao Mahasainapati e aos integrantes de confiança de seu estado-maior para as providências necessárias para preparar o estado de alerta. Mensagens seladas semelhantes estão sendo entregues aos demais chefes da Kraukura, exceto o de Kaitumala.

Visto terem sido em vão nossos esforços para persuadir Sua Serenidade, o Mahaguru Drauna, a apoiar um programa de mobilização capaz de pôr Agarta em condições de mover a guerra a Atlântida em tempo hábil, decidimos pôr em ação o plano alternativo. Dos sete comandantes de aksas, só o de Kaitumala é surdo aos nossos argumentos e terá de ser afastado após as medidas saneadoras. Por sua própria natureza cautelosa e temerosa, não acredito que o Mahasainapati Satya tente resistir pelas armas.

O Mahaguru é o obstáculo mais sério. Visto que uma intervenção militar no Grande Monastério poderia ser vista como um excesso pelas demais castas e por muitos de nossos próprios guerreiros, confiaremos em nossos aliados entre os sindhus para a ação decisiva. Para todos os efeitos, Sua Serenidade e certos outros elementos chaves entre os conservadores serão assassinados por traidores, que serão identificados como outros sindhus que nos oferecem resistência e executados de imediato, como exigem as circunstâncias. Nosso partidário, o Guru Krupa, do Monastério de Mairu, será rapidamente eleito para substituí-lo pelos mestres remanescentes do Grande Monastério. Esta operação será posta em marcha ao terceiro dia do recebimento desta mensagem.

Quanto a Sua Potência, estamos certos de que é sua intenção restaurar a plena glória de Agarta e só um excessivo respeito religioso pelas facções timoratas, corrompidas e envelhecidas do clero que hoje controlam o Grande Monastério o impede de tomar ele mesmo as medidas necessárias para pôr as forças vivas da Grande Raça a serviço do engrandecimento da Grande Pátria. Ele sabe que, ao contrário do que pretendem os pusilânimes, o risco de rebeliões dos hilotas aumenta a cada ano em que o Império de Agarta se mostra apático e abúlico ante seus inimigos e se reduzirá a nada quando nos virem impor nossa vontade e energia ao resto do mundo.

Capítulo 11

O Festival do Fogo Sagrado

As reuniões foram pouco depois suspensas para o *Havyavahana Utsava*, o Festival do Fogo Sagrado. Era a festa mais importante do ano, o suficiente para interromper até as mais cruciais reuniões conspiratórias. Na véspera, todos os fogos sagrados dos lares e templos foram apagados para a vigília e os altares limpos e preparados com lenha nova e perfumada.

Na alvorada do Solstício de Verão, bandeiras agartis de púrpura e prata ondeavam em todos os edifícios, flâmulas e colgaduras decoradas com suásticas e outros símbolos sagrados engalanavam todas as janelas, flores juncavam as ruas e grandes braseiros expeliam nuvens de incenso nas esquinas. Adornado com coroas e grinaldas de flores, o povo saiu à rua com suas melhores roupas e joias. Os mais ricos e vaidosos usavam ornamentos de coral, particularmente valorizados pelos agartis. De cada bairro, pequenas procissões organizadas por castas e bairros, tocando pratos de metal e buzinas de chifre, convergiram para o centro.

Vasu vestiu uniforme de gala, deixou os comandantes e se juntou a um grupo de jovens de sua categoria, rumo à concentração na praça à cabeça da ponte que unia Manova à ilha sagrada de Xambala, chamada de Asbru, ponte dos deuses ou Bifarasta, arco-íris, pela decoração de pedras coloridas. Os lugares no Grande Préstito que sairia dali eram sorteados entre a população adulta, mas as autoridades e os jovens no último ano de formação – caso de Vasu e Madhavi – tinham lugar garantido, os primeiros como representantes do povo e os segundos por ser sua participação uma iniciação fundamental para quem estava prestes a ser reconhecido como adulto. Ao chegar à Madhyagraha, Lugar do Meio, uma enorme praça em meia-lua com mil e duzentos passos de diâmetro, Vasu procurou Madhavi e logo a encontrou. Ela também estava à sua procura. Muita gente, música e barulho para dizer algo coerente, mas bastaram os sorrisos.

Um longo toque de trombetas se sobrepôs ao rumor da multidão e se ouviu o som de grandes tambores. Era o sinal para os participantes do Préstito tomarem posição. A de Vasu e Madhavi era na rabeira da seção vermelha dos tautas, posicionado logo atrás da branca comissão de frente dos sindhus. Mais atrás, formavam-se o bloco azul dos pardhavas, o amarelo dos arabayas e o verde dos yavanas, ocupando toda a seção central da praça. Os demais se retiraram para as pontas laterais e aplaudiram quando novo toque das trombetas deu o sinal de avançar para a Bifarasta.

Era uma construção decorada por relevos em arabescos e grupos de estatuária que representavam gênios, imperadores e animais simbólicos ao longo de seus dois terços de parasanga. Cada pedra da calçada, apoiada em imensos pilares sobre o mar azul, media cento e sessenta pés de comprimento e a metade de largura. Quando sacerdotes que puxavam o Préstito, formado em dezesseis colunas cujo passo era marcado por hinos religiosos, puseram os pés na ilha sagrada, os últimos yavanas ainda estavam saindo do continente. A partir desse momento, fez-se silêncio em respeito ao solo sagrado da ilha de Xambala. As colunas continuaram a marcha pela avenida ladeada de templos, monastérios e palácios que subia até o centro da ilha, onde se erguia o Templo do Fogo Sagrado. A meio caminho, os participantes erguiam os braços em saudação ao Palácio do Manu, apesar de Sarata não estar à vista.

Devia ser perto de meio-dia quando toda a procissão se acomodou em cinco faixas coloridas na nave do enorme templo à meia-luz, o imenso salão conhecido como o Valahala Mesmo atrás das linhas de sindhus e tautas, Vasu e Madhavi viam bem o trono do fundo, erguido bem acima da multidão, talhado na rocha viva, incrustado de ouro, adornado de joias e símbolos dourados e coberto pelo arco-íris que representava as castas de Agarta. Acima do assento de dimensões sobre-humanas, um grande Sol de ouro, uma meia esfera, projetava-se da parede com um brilho suave. À frente, madeiras fragrantes se amontoavam sobre um altar. No alto da abóbada, uma lâmpada brilhante pendia do ar para representar Sukra, a estrela d'alva.

Ao cessar de vez o movimento da multidão, um coro de sacerdotes de ambos os sexos anunciou os supremos dignitários. O Manu em primeiro lugar, o Mahaguru a seguir e atrás dele o Mahakyauhan e os vinte e dois ministros menores, com seus mantos brancos de oficiantes e tiaras de ouro. Foram saudados por duzentos e cinquenta mil brados de *hari* e duzentos e cinquenta mil braços esticados. Sarata se postou na tribuna abaixo do trono, com o sumo sacerdote à sua mão da espada, o grão vizir à mão do escudo, os ministros de ambos os lados.

O coro recitou uma oração e cantou um longo hino aos deuses até se realizar o milagre esperado por todos. No ar acima da multidão, os deuses menores começaram a surgir como estrelas ao anoitecer. Vestidos de púrpura e prata, coruscantes, formaram um semicírculo bem ordenado, voltado para o trono.

Ressoou um novo canto, desta vez com a participação do próprio Manu e ministros, invocando aos Senhores Supremos para que descessem entre os seus. Ao terminar o hino, soou um agudo golpe de gongo, o hemisfério de ouro flamejou como se o verdadeiro sol acabasse de nascer. A seguir cintilou sobre o trono uma estrela tão resplandecente que o suplantou como se o astro-rei fosse um mero reflexo. A multidão, ofuscada, prostrou-se e escondeu a vista, gesto que os agartis só admitiam nesse momento e na presença real dos grandes deuses.

Aos poucos, o brilho se suavizou para permitir a todos erguerem o olhar e contemplar o Supremo em seu trono, Mavrit em toda a beleza de sua eterna juventude. Nos degraus a seus pés, reclinava-se sua irmã e esposa, Hauasa, que a Vasu pareceu encará-lo de forma perturbadora. De pé à mão da espada, Parkunas, o padroeiro dos tautas e Napatas, dos arabayas; à mão do escudo, Pahusan dos pardhavas e Valnas dos yavanas, os outros quatro irmãos e maridos da deusa. Todos pareciam mais altos que dez homens. Um certo transluzimento deixava ver que não eram corpos materiais e sim uma projeção astral, mas ainda assim eram os próprios deuses e eles estavam lá.

Mavrit respondeu com um sorriso luminoso ao unânime suspiro de espanto, estendeu as mãos para o altar fronteiro, sobre o qual se acenderam altas labaredas. Logo em seguida, os deuses desapareceram no ar. O trono estava vazio e o hemisfério solar exibia apenas o reflexo das chamas. Os sacerdotes de Xambala e chefes de distritos de Manova se enfileiraram para recolher carvões incandescentes em seus braseiros. Vasu e Madhavi, de mãos dadas e olhos rasos d'água, tentavam retomar o fôlego e a firmeza das pernas.

Organizou-se de novo a procissão, que saiu da nave pelas laterais e dirigiu-se de volta a Manova, onde caía a tarde e o povo entoava canções alegres. De mãos entrelaçadas, os milhares de jovens que retornaram de Xambala, Vasu entre eles, receberam os aplausos das crianças e as congratulações e bênçãos dos mais velhos. Enquanto isso, os pais de famílias acendiam suas tochas nos braseiros trazidos pelos chefes de distritos e corriam a atear fogo aos altares domésticos. Deveriam conservá-los acesos durante todo o ano para garantir a proteção divina, pois até a próxima cerimônia não seria permitido adquirir fogo sagrado.

A noite se passou entre músicas, danças e convites, dos quais Vasu e Madhavi não precisavam. Ao verem a praia movimentada demais, optaram por um dos bosques nas encostas das colinas circundantes à cidade. Depois de matarem as saudades, Madhavi virou o rosto para ele, beijou-o e sussurrou, com um toque de melancolia:

– Você esteve com outra mulher, que eu sei.

– Hem? – surpreendeu-se Vasu, sentindo o rosto em fogo. – Como...

– Você está diferente, me pegou de outro jeito e com uma segurança que não tinha antes.

– Eu, eu... – ele adoraria conseguir fazer qualquer coisa que não gaguejar nesses momentos.

– Sei como é a vida, não vou ser a única. Eu tinha uma esperança bobinha de que isso não ia acontecer tão cedo, mas tudo bem. Se você me escolheu hoje ainda me quer, eu acho...

Não parecia realmente zangada, só um pouco desapontada. Mas mesmo isso era doloroso para ele, ansioso que era por não decepcioná-la. Todo atrapalhado, Vasu começou a se explicar e balbuciar sobre as reuniões secretas e como Iravan literalmente lhe ordenou escolher uma das garotas do Luar Vermelho. À medida que entrava nos detalhes, o rosto dela se desanuviou e ela riu pra valer.

– Ah, eu também gostaria de receber ordens como essa, confesso!

Será que vou descobrir que as valquírias também fazem coisas assim? Você caiu mesmo nas boas graças deles. Me conte mais!

Atendeu-a e só então se deu conta do que havia feito.

– Por Parkunas! – imprecou. – Falei demais, tudo isso estava sob o segredo da Kraukura!

– Sério? Ah, é! Caralho, nem me dei conta... Mas espera aí, sou sua esposa, esqueceu? Não tem problema. Somos um só! – abraçou-o e passou a mão por seus cabelos curtíssimos. – A lei diz que você pode e deve confiar em mim e que seus juramentos também me obrigam, é só me avisar deles!

Vasu não estava muito certo disso, mas entre ver a si próprio como perjuro e traidor e se agarrar ao argumento dela, ficou com a segunda alternativa. E como tinha aceitado essa lógica, não viu mal em falar-lhe das outras preocupações que aquelas reuniões lhe inspiravam.

– É, tudo isso é esquisito... – concordou ela. – Mas só devemos nos preocupar com aquilo de que podemos nos ocupar. Você é um dos mahasainapatas? Não. Então não há nada a fazer. Se você conseguisse falar ao Manu e contar o que está acontecendo, ele poderia até acreditar e intervir, mas condenaria você à morte por quebrar a cadeia de comando. Capaz até de ele saber e resolver deixar para agir na hora certa e se você fizer alguma coisa vai atrapalhar.

– O que você acha que eu deveria fazer? – perguntou, com seriedade.

– Em relação a isso? Nada. Obedeça e desabafe comigo, se precisar. Há coisas que não estão em nosso poder, para que nos angustiarmos com elas? Não serve de nada. Precisamos da coragem de fazer o que está ao nosso alcance, mas também da sabedoria de não lutar pelo impossível. Agora esqueça essa história, vamos fazer essa merda de vida valer a pena por mais uma noite. Mostre o que mais você aprendeu com a talzinha. Faz de conta que sou a puta!

Do caderno secreto de Tlalpan: chegada a Manova

Nunca uma paisagem me impressionou tanto quanto o monte Mairu, no bom e no mau sentido.

Primeiro, as coisas boas. Com tempo limpo e seco, o pico

é visível a uma distância de dois mil estádios ou sessenta e seis parasangas agartis (uma parasanga são oito mil passos ou vinte mil pés agartis, equivale a trinta estádios atlantes). Ao nos aproximarmos, ele domina o horizonte como uma massa branco-azulada coberta de neve que parece se elevar até o infinito. Monastérios de sindhus cobrem suas encostas sagradas. Dizem ser a montanha mais alta do mundo, a morada dos deuses e dos dhvaras, misteriosos seres subterrâneos que vivem no seu interior e também no de outras montanhas agartis. Lúsia nunca os viu, mas me garante que não são demônios, como pensam os caravaneiros mais supersticiosos, e sim seres corpóreos. Em suas viagens ela viu em Manova preciosos artefatos dhvaras, de material e estilo bem diferente do agarti, mas certamente feitos por mãos corpóreas. Ela me confidenciou que são eles que fazem as joias de *sanzigil*, um metal misterioso, muito leve e resistente que intriga os alquimistas atlantes e é uma das obsessões do meu irmão. Há anos ele tenta descobrir o segredo da sua fabricação porque, diz ele, seria o material ideal para construir máquinas voadoras se pudesse ser produzido em grande escala. Descobrir de onde vem não basta para esclarecer o mistério, mas é uma das informações mais importantes que já consegui nesta viagem.

Agora as más notícias. Tenho me perguntado, nos últimos dias: será que mamãe tinha razão e vir para cá foi um erro terrível? Acontece que esta região tão mística e de paisagem tão majestosa vive de agricultura e criação de gado e a maior parte do trabalho braçal é feita por não agartis, servos do Estado que os acaios chamam de hilotas, nesta área quase todos helcarianos. Esses hilotas são distribuídos entre os membros das castas superiores para que cuidem de suas terras e rebanhos e numa das vilas pelas quais passamos, chamada Bhalkhana, notei que muitos estavam mutilados. Faltava-lhes um olho, uma mão, um seio ou um pé. Perguntei a meus companheiros o motivo e ouvi muitos pigarros embaraçados até Kaineus me chamar à parte e contar a história.

Há dois anos, Kerim, um hilota de uma propriedade vizinha ao povoado matou seu mestre pardhava, liderou uma rebelião e roubou cavalos e camelos para tentar se juntar aos salteadores ou às tribos livres do norte, mas foi alcançado, cercado e capturado. Os acaios passaram quando as execuções acabavam de ser realizadas. O líder teve seu corpo cortado em pedaços em vida – primeiro dedos, nariz, orelhas, lábios, depois mãos, pés, braços, pernas, sexo, mamilos – e os viu serem dados como comida a porcos antes que sua barriga fosse aberta, as tripas arrancadas e o que sobrou exposto aos corvos para que acabassem o serviço. Alguns seguidores foram sorteados para serem esquartejados, serrados de cabeça para baixo ou esfolados vivos e os restantes tiveram de sortear uma parte do corpo para ser amputada e dá-la de comer aos porcos antes de serem "perdoados" e voltarem ao trabalho como hilotas.

Só então entendi o perigo em que me meti! Mamãe me contou histórias como essa desde que eu tive idade para entendê-las, mas ver de perto é outra coisa. Tremi de raiva, queria sacar a espada e cortar a cabeça do primeiro agarti que me cruzasse o caminho. É como diz a madrinha quando está zangada, "que a deusa me dê amor e sabedoria, porque se me der só coragem, eu mato". Minhas instruções e minha disposição eram para ser discreta, buscar informações e procurar possíveis simpatizantes da causa da Comuna e de Chiuknawat. Mas se eu vir uma barbaridade dessas na minha frente, não respondo por mim. Receio pôr tudo a perder, a começar por minha vida e de meus companheiros. Não quero ser movida pelo ódio e vingança, são maus conselheiros mesmo quando são justos. Como diz meu pai, tenho que me dominar.

Agora, estou encarando a fera olho no olho, como mamãe temia. Sou a primeira cidadã da Comuna a ver a capital de Agarta, ou pelo menos o que deu pra ver no caminho para o gueto dos estrangeiros. É uma cidade dupla: Manova (*Manava*, na pronúncia agarti) no continente e Xambala (*Syambhala*) na ilha em frente, ligadas pela maior ponte do mundo, ou pelo menos a maior que já vi. Em extensão e em população, esta cidade é quase tão grande quanto Atlântis. Construções e avenidas são amplas, regulares e claramente planejadas. Mais do que nas vilas pelas quais passamos, onde havia menos ordem e mais informalidade, aqui as castas são rigorosamente identificadas pelo estilo dos trajes e pelas cores características destes e de suas moradias, agrupadas em conjuntos segregados.

Como se fosse preciso! Dentro de cada uma das cinco castas, as pessoas são muito parecidas umas às outras e claramente diferentes das demais castas. Seria fácil identificá-las mesmo se estivessem nus. A rigor, não posso garantir quanto aos sindhus. Também se diz que são parecidos entre si, mas são reclusos e não os vi de perto. O que é bom, porque pelo menos alguns deles são telepatas e clarividentes e poderiam descobrir quem eu sou e minhas reais intenções se eu lhes chamasse a atenção.

Também mais do que nas vilas, inclusive a dos mutilados, percebo aqui um clima de vigilância e opressão, mas sinto entre os hilotas, na maioria mugais, menos medo e desesperança que indignação e ansiedade por algo grande prestes a acontecer. Sinto também tensão e rancor extremos entre as castas superiores. Alguma coisa muito séria está fermentando por aqui e não é kumis. Quando estávamos quase chegando ao gueto, senti uma atmosfera especialmente ruim emanar de um grupo de tautas de alto escalão que nos observava de um balcão. No meio deles, um rapaz, talvez um cadete, me olhava de maneira tão curiosa e admirativa que sorri para ele, mas era um cachorrinho ingênuo no meio dos lobos.

Desvendar o que se passa aqui é mais importante do que minha missão original, mas confinada no gueto não vou conseguir nada. Pedi para Lúsia solicitar ao responsável uma permissão especial para conhecer mais da cidade. Ela relutou, disse que é muito raro tal autorização ser concedida e o próprio fato de pedi-la pode suscitar suspeitas e interrogatórios importunos. Mas ela se lembra de ter me prometido mostrar Manova e vai arriscar. Espero que não se perca nada por tentar. E que, se o salvo-conduto sair, que Chiuknawat me ilumine para que eu não faça alguma tolice irreparável. Se eu tiver de me sacrificar, que não seja em vão, mas para trazer algo de bom ao mundo.

Capítulo 12

As estrangeiras

Vasu voltou à hospedaria pensando em rever Madhavi, pois as festividades durariam mais quatro dias, mas de manhã o sainapati Vidura mandou chamá-lo. Atendeu apreensivo, sem conseguir se livrar da sensação de que iam descobrir algo do que tinha feito de errado.

– Hari, senhor sainapati!

– Descansar, siksu. Que achou da cerimônia? – o interesse parecia genuíno.

– Emocionante, senhor. Tremi dos pés à cabeça e chorei.

– Aprovo sua sinceridade. Estive no Préstito dezenas de vezes e ainda me sinto assim, mas nada se compara à primeira – gesticulou erguendo a mão para o alto, de olhos úmidos. – Nesse dia não precisamos mais confiar em que somos uma raça escolhida, privilegiada pela companhia dos deuses. Nós vemos com nossos próprios olhos!

– Sim, senhor! – Vasu estava surpreso. – O senhor tem toda a razão!

– Muito bem, mas não foi só para cumprimentá-lo pelo primeiro *Havyavahana* que o mandei chamar. O kyamupati não precisará de seus serviços até o fim do Festival, mas receio não poder dispensá-lo. Nestes dias, tenho uma missão peculiar a ser cumprida sob o segredo da Kraukura e pelo seu desempenho ultimamente, creio ser o siksu a pessoa certa para cumpri-la.

– Entendido.

– É o seguinte: duas pessoas da caravana pediram autorização para sair do gueto dos estrangeiros e "conhecer um pouco da grandeza desta nação e desta cidade", palavras exatas da solicitação

– ergueu um papel de sua mesa. – Nem sempre atendemos a tais pedidos, porque receamos a bisbilhotice e a má influência dos estrangeiros. Não temos, porém, manobras militares a serem espionadas nestes dias e nosso povo está em seus dias de mais fé, vigor e espírito. Basta vê-lo para desencorajar qualquer inimigo de tentar influenciá-lo para o mal. Que levem à sua terra notícias de nossa pujança e inspirem o temor de Agarta! – ergueu um punho cerrado. – Mesmo assim, não podemos deixar estrangeiros à solta sem supervisão. Essas criaturas são matreiras, não merecem confiança! É preciso um agente de confiança da Kraukura a vigiá-las. Não só isso, também para obter inteligência sobre seus países e seu comércio, se possível sobre movimentos militares – baixou a voz, como quem conta um segredo. – Não me refiro a interrogatório direto. O jogo é estimulá-las a falar e tomar nota de tudo de interessante que digam, sem revelar nada importante. Compreende a tarefa?

– Sim senhor, mas devo preveni-lo de que não tenho experiência no trato com estrangeiros.

– Estou ciente, mas meus elementos mais capacitados cumprem missões longe daqui – sorriu. – Neste momento, só tenho agentes carrancudos e endurecidos, acostumados a lidar com prisioneiros, que não sabem extrair uma informação sem levar junto algumas unhas, dentes e pedaços de carne, ah! ah! ah! – gargalhou, certo de ter feito uma boa piada.

– Ah! Ah! – forçou-se Vasu a rir.

– Não conto com a descoberta de grandes segredos, siksu, o mais certo é que só entendam de caravanas. O importante é dar a um cadete promissor a oportunidade de ganhar experiência com uma missão de baixo risco, ainda que exija sutileza. Pelo que vi de seu trabalho e ouvi de Iravan, sua vocação pode ser a inteligência. Não me refiro a vigiar hilotas insubordinados, mas a missões vitais em potências estrangeiras. Será preciso capacitá-lo pouco a pouco, mas para tudo há um primeiro passo. Que lhe parece?

– Obrigado por mais esta oportunidade de servir a Sua Potência, senhor.

– Creio que não será uma tarefa demasiado penosa para um cadete cortês e bem-apessoado, pois as pessoas em questão são duas mulheres jovens – olhou de novo para o papel –, uma acaia, Lúsia de Calípolis e uma atlante, Zi Sismau Tlalpan...

Vasu teve um leve sobressalto e o vago pressentimento de que aquilo não ia terminar bem.

– Ah, sim – continuou o sainapati –, antes que eu me esqueça: normalmente não é permitida a confraternização com estrangeiros, muito menos os contatos íntimos, mas se acaso tais atividades lhe parecerem úteis ao cumprimento da missão, considere a lei suspensa, sob minha responsabilidade. Execute, faça-me um relatório diário do próprio punho e me encaminhe sem cópia, selado e sem mostrar a mais ninguém. Alguma pergunta, siksu?

– Uma consulta, senhor. Ocorreu-me que pode ser útil ir acompanhado de uma amiga sociável e faladora. Sendo mulheres, suponho que assim se sentirão mais à vontade para conversar.

O sainapati lhe dirigiu um olhar... Admirado?

– Bem pensado, siksu, creio que seu talento e dedicação não me decepcionarão. Será a amiga que o acompanhou no *Havyavahana,* suponho. Autorizo, mas lembre-se de que ela não jurou segredo à Kraukura e não deve saber mais que o absolutamente necessário. Diga-lhe que foi indicado para ciceronear as visitas como um gesto de boa vontade para facilitar negociações comerciais e ela está convidada a participar, mas deve ser discreta. É o que constará do alvará.

Vasu deixou o escritório do comandante com três documentos: o pedido original, uma avaliação do burocrata da Kraukura que a encaminhou à atenção do escritório do sainapati e a licença para circular com as estrangeiras. O curioso é que a solicitação delas tinha de longe a melhor redação e caligrafia. Frente a isso, era supérfluo o único dado útil da Kraukura: o de que as duas falavam agarti com fluência. Foi ver Madhavi, contou-lhe da nova tarefa e de como dera um jeito de incluí-la. Ela pulou de alegria.

– Que bom que se lembrou de mim! Eu sempre quis conhecer gente de fora!

– Então me ajude a entretê-las e a fazê-las falar. Quero descobrir o que puder sobre as terras de onde vêm e o que fazem. Mas não conte a mais ninguém o que ouvir, a Kraukura não quer informações divulgadas sem controle.

– Nem precisa pedir!

O gueto onde ficavam os caravançarás e as embaixadas era cercado por um muro alto e tinha uma única porta, onde as estrangeiras estavam à espera na hora combinada. Lúsia era uma mulher bem alta de olhos azuis que bem poderia ser uma tauta, não fossem os cabelos negros e a roupa e os modos acaios. Passara da primeira juventude, mas era bela e viçosa.

Apesar de não ser especialmente bonita – os traços eram mais vigorosos do que lhe parecia o ideal para uma moça –, Tlalpan era uma figura mais exótica e perturbadora, de gestos, olhares e expressões vivazes e sedutoras. Não deveria se lembrar tão bem de seu rosto, pois a vira de uma distância bem considerável, mas reconhecia a expressão desabusada, a boca grande e carnuda, o queixo decidido, as sobrancelhas bem marcadas e o brilho dos olhos negros, misteriosos como uma noite estrelada. Não castanhos muito escuros como os de Bakri, mas pretos a ponto de não se distinguir pupila da íris.

Tinha o cabelo negro e liso como uma mugal, mas olhos rasgados maiores, nariz mais saliente, rosto mais longo e oval, com maçãs menos marcadas, pele muito mais escura e braços e pernas bem mais longos. Era dois dedos mais baixa que Madhavi, por sua vez meia cabeça menos alta do que Lúsia ou Vasu. Trocara as roupas de mercenária acaia pelo que ele supunha serem trajes civis atlantes: calças bufantes vermelhas decoradas de dourado, amarradas pouco abaixo dos seios pequenos e redondos como romãs, de mamilos bem negros. Fora isso, usava apenas sandálias e bijuterias de turquesa e oricalco. Parecia mais jovem que Lúsia, da mesma idade dele ou pouco mais. "Se esteve no exército, foi por pouco tempo", pensou Vasu.

– Gostaríamos de ver a praia, pode ser? – perguntou Lúsia, com o sotaque cantado dos acaios. Ele assentiu e se puseram a caminho. – Sou bicho d'água, nasci à beira-mar e há meses não o vejo. *Máurula* também...

– *Máurula*? – perguntou ele.

– "Pretinha" em acaio – disse Tlalpan, sem sotaque perceptível. – É como Lúsia me chama. Eu acho engraçado, porque em Atlântis *ninguém* me chamaria de preta – tinha um jeito peculiar de falar, enfatizando certas palavras e frases como se as grifasse com a voz. – Lá eu sou *senred*, "cor certa", a cor dos senzares. Dizem que quando Karmó quis criar a humanidade, primeiro fez um boneco de sangue, sêmen, leite e tudo o mais, experimentou pôr no forno e ficou queimado demais, preto que nem carvão. Mesmo assim, lhe deu vida e assim apareceram os tlavatlis. Tentou de novo e para não passar do ponto, tirou muito cedo e ficou meio branco: nasceram os caris e fomoris, talvez também os mugais, que não são citados na lenda. Aí experimentou mais uma vez e dessa vez acertou: *criou os senzares*.

– Já viu que pretensiosa? – brincou Lúsia, fazendo bico.

– E nós, agartis? – perguntou Madhavi, curiosa?

– A lenda não diz, deve ser de uma época em que ainda não os conhecíamos. Mas conta também que Karmó tinha feito mais um boneco do qual só lembrou quando já tinha apagado e limpado o forno. Ficou com preguiça de cortar mais lenha e começar tudo de novo e ia jogá-lo fora, mas ao apanhá-lo ficou com pena, resolveu lhe dar vida assim mesmo e assim se originaram os nossos dengus, que são *da mesma cor branquela de vocês*...

Os quatro riram, embora Vasu não achasse tanta graça na história quanto na cara que imaginou que Iravan faria se a ouvisse. Curiosas essas crenças primitivas!

– Você fala agarti muito bem, Tlalpan... – cumprimentou.

– É impressionante! – interrompeu Lúsia. – Há quatro meses eu lhe ensinava as primeiras palavras de agarti e agora ela fala e escreve melhor que eu, que faço esta rota há dez anos!

– Tenho muito jeito pra usar a língua – admitiu Tlalpan. Esticou a dela, fez um movimento significativo e olhou para Lúsia, de um jeito que a deixou vermelha e fez todos rirem.

– Podemos tirar a roupa e nadar? – perguntou Lúsia, ao ver jovens se exercitarem nus na praia.

– Claro, por que não? – disse Madhavi. – Vamos deixar as roupas aqui e vamos!

Passaram um bom tempo entre as ondas, se lavaram na água doce de um braço do rio Dhauta que ali desaguava e se sentaram para descansar um momento.

– Agora sim, sou gente de novo! – exclamou a atlante, penteando o cabelo grosso, agora limpo e brilhante. – Meu primeiro banho *de verdade* em três meses! Pena não ter sabonete. Esses caravançarás, vou te contar... morri de saudades dos banhos públicos de Atlântis!

– Que são esses cordões com dentes que vocês usam na cintura? – bisbilhotou Madhavi. Tlalpan e Lúsia haviam deixado até joias, adagas e algibeiras junto com as roupas, pois Vasu garantiu que em Agarta ninguém jamais furtaria nada, mas aquilo elas não tinham tirado.

– Em senzar, se chama *pekenan* – disse Tlalpan. – Tem uma magia capaz de matar qualquer homem que tente trepar conosco sem nossa permissão. Toda atlante que se preze usa um.

Gargalharam Madhavi e Vasu.

– Ela está falando sério – interveio Lúsia. – Não brinquem com isso, principalmente você, Vasu. Este que eu uso já funcionou *u*ma vez. O sujeito que me atacou agonizou de um jeito tão terrível que fiquei condoída. A barriga, onde ele encostou na coisa, apodrecia em vida. Cortei-lhe a garganta para lhe abreviar o sofrimento.

– Os acaios estão começando a importar esse produto – explicou a escurinha – e os que chegam lá são caros, mas produzidos em série, sem muito capricho. O meu foi feito pela feiticeira *mais poderosa de Atlântida*. Espero muito jamais ter de ver como funciona.

Vasu não soube se devia acreditar, mas não tinha a menor intenção de testar a tal feitiçaria, nem curiosidade pelos pormenores. Preferiu mudar de assunto.

– Que está achando da nossa cidade?

– Os templos são muito bonitos, especialmente aqueles – apontou a ilha de Xambala. – Gostaria muito de conhecê-los.

– Infelizmente é impossível – lamentou ele. – O alvará não nos autoriza. A ilha é sagrada e mesmo nós só podemos visitá-la em ocasiões muito especiais. Mas há templos menores deste lado, que podemos ver mais de perto.

– Entendo, Atlântis tem algo assim, a Cidade Proibida. Mas mesmo vistos daqui, esses arcos, minaretes e cúpulas em botão de lótus são fascinantes. Têm uma leveza que não se vê nos nossos templos...

Vasu inflou-se de orgulho patriótico, do tórax ao sexo.

– ... porque vocês não têm terremotos, suponho. Nossas construções maiores têm que ser *muito sólidas* para suportá-los. São pirâmides ou têm paredes grossas e pilares imensos.

– E o resto? – perguntou Madhavi. – Que achou das ruas pelas quais passamos?

– Ah, vão me desculpar, mas acho monótonas – fez um muxoxo. – Cada conjunto parece igual ao outro, a mesma arquitetura, as mesmas cores, as mesmas praças, os mesmos jardins...

– É a beleza da ordem... – ia protestar Vasu, mas se interrompeu. Não estava lá para contrariar as estrangeiras, mas para ouvi-las.

– Prefiro a beleza da diversidade – respondeu ela. – Na minha cidade, cada casa é um pouco diferente da outra, *mesmo quando são da mesma época, bairro e povo*. E há muita variedade de estilos históricos, desde pirâmides de mais de dois mil anos até os prédios mais modernos. E tem construções em estilos senzares, tlavatlis, caris, fomoris, dengus, acaios, mugais...

– Há mugais em Atlântis? – surpreendeu-se Vasu. – E são livres?

– Claro! – ela se pôs de pé de repente, zangada, agitando o dedo. – Na Comuna a servidão foi abolida! Mas mesmo antes da Revolução, poucos deles eram escravos e seu bairro já se chamava *Dzezyo*, "Liberdade" em mugal! – de repente, estacou, agachou-se e pegou-lhe o braço. – Desculpe, eu me exaltei à toa. Sei que sua história e seus costumes são diferentes e não vim para criticá-los, mas para conhecê-los melhor.

– Não, eu é que peço desculpas se por qualquer razão a aborreci – respondeu Vasu, diplomaticamente. – Também quero aproveitar a oportunidade de aprender. Poderia me ensinar alguma coisa sobre essa Revolução e essa Comuna?

– Ouçam – interrompeu Lúsia –, não tenho nada contra falar de política, mas será que podemos fazer isso almoçando em algum lugar? Esse banho de mar me deu fome.

Foram a uma estalagem que normalmente não servia estrangeiros, mas lhes abriu as portas ante o anel e o salvo-conduto de Vasu.

– Arre! – Lúsia fez careta e estremeceu ao engolir o kumis. – A Máurula tem saudades dos banhos atlantes, mas eu sinto falta é do vinho acaio! Este troço parece porra!

A escurinha sorriu.

– É mesmo! Mas não acho tão ruim. Deve ser porque também gosto da porra de verdade.

Sem conseguir segurar o ataque de riso, Madhavi espirrou meio copo de kumis na mesa.

– Olhem só! – Lúsia balançou a cabeça. – Ela nem cora. Sabem todas as histórias que contam dos atlantes? Até conhecê-la, eu achava exagero. Mas não é nem metade da verdade!

– Mas você gosta de mim assim mesmo, ou vai dizer que não? – Tlalpan piscou para ela.

– Como vocês se conheceram? – perguntou Madhavi ao recobrar o fôlego.

– Foi num ginásio – disse Tlalpan. – Eu morava em Pótnias Calípolis há algum tempo e me sentia meio enferrujada. Então comecei a ir lá para me exercitar. Acontece que o aquecimento lá se faz com dança e naquele dia tocaram uma música acaia como eu nunca tinha ouvido antes. Fiquei *toda atrapalhada*, feito pata choca fora d'água. E esta desgraçada ria da meteca como se nunca tivesse visto coisa mais ridícula.

– Meteca? – interrompeu Vasu.

– Estrangeira, em acaio. Fiquei louca da vida, mas me segurei, eu ia mostrar pra ela no momento certo. Vieram depois os exercícios e ela foi pro arremesso de adaga. Fui também, *de propósito*. Tem cinco adagas em miniatura e um alvo redondo pintado a vinte passos. Se faz mais pontos quanto mais perto do centro se acerta. Vocês têm algo parecido?

– Sim, mas com adagas de verdade em bonecos de tamanho natural... – explicou Madhavi.

– Então, cada mulher joga e uma senhorinha marca os pontos. Depois a atiradora recolhe as adagas e passa pra seguinte. Teve uma que jogou quatro adagas na parede e ficou toda contente quando conseguiu dar com uma no alvo. Outra tinha mais jeito, acertou todas no alvo e fez oito pontos. Aí foi a vez da Lúsia, com toda a pose de grande capitã das estradas. Acertou uma na mosca, as outras bem perto, fez dezoito pontos e me passou as adagas com a maior cara de pouco caso... – fez suspense. Lúsia ficou roxa.

– E então? – perguntou Vasu.

– Eu não podia acreditar – disse Lúsia, ainda corada. – Ela acertou as cinco na mosca, uma atrás da outra! Vinte e cinco pontos, placar perfeito! É incrível, onde ela põe o olho, põe a faca! Ou a flecha. Na viagem pra cá, era a mesma coisa. Ela acerta o olho de um dente-de-sabre a quarenta, sessenta passos! Pôs pra correr um bando de salteadores helcarianos quase sozinha, flechou os cavalos e derrubou três ou quatro antes que eu acertasse o primeiro!

– Salteadores? Em Agarta, na Estrada do Oricalco? – espantou-se ele.

– É perigoso para eles, mas são grandes extensões desertas, às vezes se passa dias sem se ver uma patrulha agarti. Se dão sorte, pegam uma caravana de jeito, conseguem capturar meia dúzia de ustras carregados e garantem um ano de fartura para a tribo. Esses deram azar...

– Mas e a história do ginásio? – insistiu Madhavi. – Que foi que aconteceu depois?

– Ah, eu não me conformei, eu a desafiei para o pancrácio, achei que ia salvar a honra das guerreiras de Pótnias Calípolis – tapou a cara. – E passei o vexame da minha vida.

– Mas não foi nada fácil – comentou a atlante, sorvendo mais um gole de kumis. – Sabem como é essa luta? A gente fica toda pelada, passa azeite no corpo e manda ver. Só não vale mordida e dedo no olho. Acaba quando uma das lutadoras se rende ou desmaia, ou quando a árbitra decide que basta. A Lúsia é maior e mais forte, num confronto direto eu estava *ferrada.* Passei quase todo o tempo fugindo e fintando, pra quem via devia parecer ridículo...

– Essa diaba é um azougue! – resmungou Lúsia, olhando entre os dedos da mão.

– ... escapei de dois ou três socos e chutes e de uma chave de pulso que ia me quebrar o braço, pulei por cima, escorreguei entre as pernas dela, fintei uma meia-lua, ela me agarrou para me jogar no chão com toda a força, mas dei uma pirueta de macaca e a prendi numa *chave de pescoço* com as pernas. Ela não se rendia, mas começou a ficar roxa.

– E aí? – insistiu Madhavi.

– Aí eu apaguei – suspirou Lúsia – e quando acordei dei com ela e a árbitra aflitas, com medo de que eu estivesse morta ou aleijada. Quando a Máurula me viu inteira, me abraçou, deu um beijo e me pediu desculpas antes de me deixar aos cuidados da enfermeira. Aí sim, fui derrotada e rendida sem revanche possível. Não consegui mais tirar essa garota da cabeça e não descansei enquanto não descobri quem era. Ela alugava um quarto no bairro Cerâmico e pintava ânforas, vê se pode! Fui atrás, implorei pra ela me ouvir. Tanto insisti que ela acabou por me dar atenção e a oportunidade de nos conhecermos melhor. Eu lhe disse que estava desperdiçando seu talento de guerreira e com seis meses na estrada ganharia mais que em vinte anos no Cerâmico. Ela disse que não precisava de dinheiro, mas quando soube que era a Rota do Oricalco, se interessou. Estava curiosa por conhecer Agarta. Conversa vai, conversa vem, acabou por aceitar dividir meu quarto e ser minha *erômena* por um tempo.

– Que é isso? – perguntou Vasu.

– Um costume acaio – explicou a atlante. – A Lúsia me corrija se eu disser besteira, mas se entendi bem é um vínculo entre duas pessoas do mesmo sexo e idades diferentes sem compromisso rígido, para durar o tempo que mereça. A mais velha, a *erasta,* ensina as coisas da vida à *erômena*, a apresenta a seus círculos e assim por diante. A união é primeira e última enquanto dura, mas não limita relações com o sexo oposto. Rapazes não têm importância, fazem parte dos prazeres da vida a serem partilhados. Falei certo, professora?

– Certo na teoria. Na prática, não tem sido bem assim, a Máurula cria suas próprias regras e me fez aprender bem mais do que eu tinha para lhe ensinar.

– Eu aprendi muito com você, minha *erasta* – Tlalpan sorriu para Lúsia, que se derreteu toda. Entrelaçaram as mãos sobre a mesa.

À tarde, Vasu as levou a conhecer o bairro onde morava que, Tlalpan tinha razão, era bem parecido com qualquer outro. Ela observava tudo e todos com curiosidade, pediu para ver o mercado, as escolas, os parques e tudo que não fosse proibido – não podia deixá-la entrar, por exemplo, no interior dos templos, que não podiam ser profanados por estrangeiros –, mas fazia poucas perguntas diretas. Uma delas, Vasu achou particularmente curiosa:

– Vejo muitas crianças agartis, mas nenhuma mugal. Onde estão?

– Na cidade, não há. Aqui há só servos e servas domésticas e eles não podem casar ou ter filhos. São escolhidos nas aldeias na puberdade e liberados quando envelhecem.

Ela assentiu, com um olhar sombrio.

Madhavi, por outro lado, fazia mil perguntas às duas sobre sua vida e suas terras, que elas não recusavam responder. Com frequência, a conversa tomava rumos inesperados, mas não porque se desviassem deliberadamente de algum assunto, ou pelo menos não foi o que pareceu a Vasu. Pelo contrário, essas digressões muitas vezes lhe permitiam vislumbrar aspectos inesperados da realidade de Atlântida e de Acaia.

Salvo as crianças menores e mais curiosas, os agartis, como era de se esperar, as tratavam com reserva e uma cortesia fria e formal. Só as toleravam por estarem acompanhadas por um tauta com a insígnia da Kraukura. Elas pareciam não se importar.

A atlante pediu para conhecer uma casa por dentro antes de retornar ao gueto. O pedido era só um pouco menos impossível do que conhecer o interior de um templo: embora não houvesse proibição legal, nenhum agarti admitiria um estrangeiro em seu lar. No máximo, se tivesse negócios importantes a tratar, o receberia no pátio externo. Mas Vasu não viu problema em lhe mostrar a própria morada.

Seus pais e irmã, como de hábito nos dias de festa, saíam durante o dia e só voltavam tarde da noite, ou na manhã seguinte. Bakri, que atendeu à porta, sobressaltou-se ao ver Vasu com o anel da Kraukura, acompanhado por Madhavi e duas estranhas. Ele a acalmou, explicando estar encarregado de mostrar a cidade a elas e fez as convidadas entrarem. Mostrou-lhes seu quarto, as salas, o altar doméstico e lhes explicou a cerimônia da véspera. Não causou a impressão que esperava.

– Nossa relação com os deuses é bem diferente – Tlalpan pareceu quase compadecida.

Ficou surpreso e pensou em como lhe pedir para explicar, mas Gadhi chegou com chá e doces, sentaram-se nas almofadas para tomá-lo e perdeu o fio da meada. Falavam de decoração.

– Salas grandes e bem arejadas – elogiou Tlalpan –, vasos, tapetes e almofadas são bonitos e bem arrumados. Iluminam à noite com lamparinas, pelo que vejo. Me diga uma coisa, não vejo nesta casa nem livros, nem... hum, *zutá*, como se dirá isso em agarti? Lúsia, será que você sabe? Falo daquilo que chamam *ephemerides* e *periodikoi* em acaio.

Lúsia também não sabia. Explicou que se tratava de um impresso de poucas páginas em papel barato, escrito e publicado periodicamente, no qual vários autores relatavam acontecimentos recentes, defendiam propostas, anunciavam mercadorias ou divulgavam contos e poemas. Em Atlântis havia centenas, sobre diferentes assuntos e com diversas opiniões e a maioria das famílias os comprava, para se entreter e ficar a par do que se passava na cidade e no mundo. Em Calípolis eram menos numerosos e mais comerciais.

– Não existem aqui – entendeu, por fim, Vasu –, mas cada bairro tem um escritório de informação geral onde os cidadãos podem pedir as notícias sobre as quais tenham interesse legítimo. Por exemplo, um pardhava pode querer saber dos itens trazidos por uma caravana, um tauta sobre a necessidade de guerreiros em outra região. E nossos livros, eles estão nas escolas e os dos sindhus nos templos, mas nunca em casa.

– Interessante – comentou Tlalpan. – Também *não vejo* pinturas fora essas suásticas ao lado do altar e o olho dentro do triângulo acima. Em Atlântis, a maioria das casas e lugares públicos tem pinturas murais, geralmente com cenas alegres e sensuais. Quase não se vê jarros ou ânforas que não sejam decorados dessa maneira.

Em Acaia, preferem cenas de guerra e histórias dos deuses, mas as pinturas também são comuns. Vocês não gostam?

– São belas – disse Madhavi –, mas só nos templos. Numa casa ficariam... esquisitas, sei lá.

– Aprendemos que não se deve abusar das imagens – explicou Vasu, subitamente inspirado –, elas devem ser usadas apenas no lugar e hora de transmitir ensinamentos importantes. A suástica, por exemplo, nos lembra de manter a ordem cósmica e por isso está nos altares, ao lado do fogo sagrado; o olho representa a vigilância e providência dos deuses sobre nossas vidas e isso faz deste nicho um lugar sagrado. Onde vivemos o dia a dia e nos distraímos com assuntos profanos, não deve haver imagens nem símbolos. As coisas não devem representar nada além de suas funções. Jarras são para levar água, não para contar histórias.

Tlalpan sorriu, sem dizer nada. Pediu então licença para usar a casinha.

– No pátio do fundo, depois da copa e da cozinha – disse Vasu.

Lúsia aproveitou a ausência da companheira para contar casos da juventude que interessaram Vasu e Madhavi menos pelas aventuras dela com sua *erasta* do que pelas minúcias da *agoge*, o regime de treinamento das guerreiras acaias. A conversa foi longe antes de Vasu se dar conta de que estava ficando tarde e Tlalpan demorava demais. Intrigado, pediu licença às duas e foi à área de serviço. Deu com Tlalpan na cozinha, ajudando Bakri e Gadhi a lavar louça enquanto tagarelava com ambas numa língua estranha e ao mesmo tempo familiar. Ante sua cara de espanto, ela disse algo às servas, enxugou as mãos e sorriu para ele:

– Desculpa, me distraí com elas e nem senti o tempo passar. Acho que já é hora de voltar, né?

Antes de sair, Vasu disse que tinha esquecido algo e voltou à cozinha para falar com Bakri. Chamou-a à parte.

– Bakri, isso que vocês falavam era mesmo mugal?

– Sim, jovem siksu... – respondeu ela, assustada. – Ela nos cumprimentou em mugal e se ofereceu para nos ajudar...

– Sobre o quê vocês falavam?

– Ela nos perguntou sobre nossas vidas, nosso trabalho...

Por que demônios isso interessaria à atlante? Depois pediria pormenores, agora estavam à sua espera. Levou-as de volta ao gueto e combinaram o dia seguinte.

Capítulo 13 O espião aprendiz

Depois de se despedir de Madhavi, Vasu foi à hospedaria e redigiu o primeiro relatório para o sainapati. Pegou o estilo de ferro, molhou ligeiramente a ponta na tinta preta a cada duas ou três palavras e caligrafou com cuidado para não borrar, nem ter de retocar. Condensou ao máximo, imaginava que ele não teria tempo de ler mais que uma página e imitou o estilo dos comunicados militares com os quais já estava familiarizado.

Siksu Vasukhya Parusyaladaliputra Saúda o Sainapati Viduravirya Vyasadasiputra

Hari!

Conforme instruções, conduzi as estrangeiras Lúsia de Calípolis, acaia, e Zi Sismau Tlalpan, atlante, em companhia da siksi Madhumadhavi Banvarikitraputri, pela praia da foz do Dhauta, bodega Saravana e distrito de Narela. Itens de inteligência julgados relevantes:

1. Ambas as estrangeiras levam à cintura cordões denominados *pekenan* que alegam ser artefatos mágicos capazes de matar homens que tentem violá-las.

2. A acaia diz ser capitã da tropa de cavalaria que protege a caravana anual de Calípolis há dez anos. A atlante, artesã naquela cidade, foi por ela recrutada por motivos pelo menos em parte afetivos e sexuais, mas teria

se mostrado muito proficiente em arremesso de adagas, combate desarmado e arqueiria montada.

3. Não houve oportunidade de comprovar tais alegações. O que pude verificar que a atlante é boa nadadora e tem um corpo de atleta. Pareceu-me jovem demais para uma guerreira experiente, deve ser poucos anos mais velha do que eu, mas talvez eu me engane por não estar familiarizado com sua raça. Domina nosso idioma melhor que a acaia. Também conhece acaio, senzar...

Vasu ia acrescentar "e mugal". Hesitou e ergueu o estilo. O sainapati poderia perguntar em que circunstâncias ela demonstrou esse conhecimento. Se soubesse que conversou com suas servas, poderia querer inquiri-las da maneira como a Kraukura costumava lidar com hilotas. Balançou por um átimo entre o dever para com a pátria e a raça, a lealdade para com o comandante e o amor por sua serva antes de se decidir.

... e talvez outras línguas.

Não tinha como saber, mas aquela escolha tão simples, tomada de ânimo leve, decidiria o destino de impérios inteiros. Continuou com o relatório.

4. A atlante fez poucas perguntas sobre nosso governo e religião e nenhuma de interesse militar. Seus focos de interesse foram arte, informação, educação e hilotas. Elogiou nossos templos, criticou a uniformidade de nossas habitações.

5. A atlante aludiu à relação conflituosa entre o governo imperial de Atlântida e a Comuna de Atlântis, da qual se diz nativa, e se alinha com a segunda. Mencionou com aprovação o governo popular e a abolição da servidão.

6. Apesar de insinuar a superioridade de sua própria raça senzar, a atlante orgulha-se da convivência de raças em pé de igualdade em sua cidade e mencionou, em especial, a existência de uma comunidade de mugais livres.

7. A atlante aludiu a uma feiticeira tida como a mais poderosa de Atlântida como se a conhecesse pessoalmente.

8. A acaia mostra intimidade com a casta dos *phulakai*, os guardiães que governam sua cidade e país, mas não demonstra sentimentos fortes sobre seu governo.

9. A atlante relatou incidentes de Atlântis sugestivos sobre sua política interna e externa, bem como a acaia quanto a Calípolis. Não caberia relatá-los aqui, mas posso redigir um relatório mais completo se houver interesse.

Selou o documento e entregou-o a um servo da hospedaria, antes de dormir. Na manhã seguinte, ao se levantar antes do sol nascer, o mesmo servo bateu à porta e lhe entregou uma resposta também selada. O sainapati, ou pelo menos algum de seus assessores, se dera ao trabalho de ler e responder na mesma noite. Sentiu-se muito importante.

Sainapati Viduravirya Vyasadasiputra Saúda Siksu Vasukhya Parusyaladaliputra

Hari!

Complemento sua missão com as seguintes instruções:

1. Temos acompanhamento satisfatório sobre Calípolis e Acaia por outras fontes, mas nossas informações sobre a Comuna de Atlântis carecem de pormenores e atualidade. Solicitamos priorizar inteligência sobre esse tema.

2. Importa esclarecer as inconsistências da atlante. Se apoia os rebeldes de sua cidade e é proficiente em combate, por que estava em Calípolis como artesã? A aparente juventude pode ser um disfarce ou ilusão mágica. Os focos de interesse declarados não sugerem uma agente da inteligência atlante, mas esteja atento. Se isso parecer possível, consideraremos capturá-la para uma inquisição completa.

3. Os registros confirmam que a acaia Lúsia chefia regularmente a guarda das caravanas de Acaia há onze anos e a atlante Tlalpan participa pela primeira vez.

4. A informação sobre o *pekenan* é correta, mas a existência dessa magia atlante é classificada como secreta. Idem a presença de mugais livres em Atlântis. A siksi deve ser alertada. No momento oportuno, será convocada a jurar segredo.

5. Seu relatório foi conciso e objetivo como convém. Mantenha o padrão. Mais tarde, um especialista o interrogará para elaborar um relatório completo para os arquivos.

6. Destrua este memorando imediatamente após a leitura.

Orgulhoso da importância dada a seu relato, Vasu queimou o papel no fogo sagrado da hospedaria, buscou Madhavi e reforçou o aviso para manter segredo.

– Que coisa, por que o tal *pekenan* deveria ser segredo? – estranhou ela.

– Acho que não nos cabe questionar – deu-lhe o braço para caminharem juntos.

– Tudo bem, mas acho estranho. E Tlalpan ser uma velha disfarçada por magia? Com aquele fogo todo?

– Velha mesmo não digo, mas e se fosse da idade de Lúsia, digamos? – a ideia também lhe parecia estranha, mas não tinha ideia do que era ou não possível em termos de magia. Isso era segredo dos sindhus e da alta hierarquia militar.

– Ah, duvido, o sainapati não a viu com os próprios olhos, não de perto... Mas seja como for, vou dar um jeito de assuntar a vida dela. Ah, sabe de uma coisa?

– O quê?

– Sonhei que eu dava pra ela e ficava grávida. E que eu estava louca para ter o filho.

Vasu tropeçou e se Madhavi não o tivesse pelo braço, talvez até caísse.

– Por Mavrit! Você é doida?

– Um pouco mais que a média, eu acho, mas não por isso. Sonho é sonho, ora, não respeita lei nenhuma, nem as naturais. E vai me dizer que nunca transou com outro garoto?

– Faz tempo! É proibido depois que se entra na escola militar, você sabe! E isso é pior... – "por ser com uma negra", ia dizer, mas lembrou-se de Bakri e se calou.

– E você nunca fez nada proibido, não é? – a ironia soou mais ácida que brincalhona.

– Só para agradar você! – quando percebeu que não era boa ideia, já tinha dito.

– Isso é que é fazer uma mulher se sentir especial – o tom de voz não mudou, nem a cara fechada.

Ele a fez parar, segurou-a pelos ombros e a encarou.

– Desculpe, Madhavi. A imagem me chocou, ainda mais que ela é... Mas você tem toda razão, sonho é sonho. Uma vez eu sonhei que comia a minha mãe... – calou-se, pensando que tinha dito outra besteira. Mas dessa vez ela deu um meio sorriso.

– Melhorou. Não se assuste, não vou perguntar detalhes de como foi com sua mãe. E também não vou trair você e Agarta por causa de uma atlante, se essa é a sua preocupação.

Capítulo 14

Mundos em colisão

Encontraram as estrangeiras no mesmo lugar. Mal chegaram, a atlante deu um enorme bocejo.

– Desculpem. Eu não dormi bem esta noite.

Lúsia a olhou com cara preocupada. Teria acontecido algo?

– Se não está disposta, podemos deixar para amanhã, ainda é feriado – lembrou Vasu.

– Não, imagine! – sorriu. – Caminhar e tomar sol vai me fazer bem. Alguma sugestão para o passeio de hoje?

– Podemos ir à Cidade Velha. É um lugar bem diferente.

Tratava-se do lugar, num alto promontório no noroeste da baía, onde o Manu Rudhra e seu séquito instalaram-se de início ao conquistar a região, quase dois mil anos antes, antes de Manova ser construída. Só mil anos depois seus descendentes se mudaram para Xambala. A caminhada de duas parasangas não bastava para cansar quatro guerreiros vigorosos, mas era suficientemente longa para dar pretexto a mais do que dois dedos de prosa. Ainda mais que – era preciso concordar com a atlante – havia pouco de notável no caminho para distrair a atenção, apenas bairros muito parecidos uns com os outros e a vista do mar e da ilha sagrada.

– Tlalpan, como era a sua casa em Atlântis? – perguntou Madhavi.

– Ah, eu acho muito bonita. É bem antiga, mas minha família a comprou e começou a reformá-la um pouco antes de eu nascer. São quatro blocos em torno de um jardim interno lindo e dá para um canal bem largo, onde passam navios. Tem muitos afrescos, eu mesma pintei alguns.

– Quantas pessoas moram lá? – quis saber Madhavi,

– Hum, deixe ver... – fez as contas mentalmente. – Se ainda não nasceu o bebê que estava a caminho, são cinquenta e cinco.

– Hauasa amada! – exclamou a agarti. – Tudo isso é da sua família?

– Nós chamamos de família todo mundo que mora debaixo de um mesmo teto, geralmente vários casais de várias gerações. E nesse sentido sim, a casa é de todos.

– Comigo é ainda mais complicado – interveio Lúsia, que parecia preocupada e falava pouco, embora fosse Tlalpan quem não parava de bocejar –, todos os guardiães e guardiãs de Calípolis são meus avós, mães, pais, irmãs, irmãos, filhas, filhos... Trinta e cinco mil na família.

– Hein? – Vasu arregalou os olhos e se esqueceu de que a prioridade era a atlante. – E com quem vocês se casam?

– Não casamos. Não nós, as guardiãs. Trepamos com os irmãos e os bebês que parimos são criados como filhos de todo mundo, sem distinção e se tratam, por sua vez, como irmãos. Já os produtores têm famílias de mãe, pai e filhos, como vocês.

– Ouçam só – piscou a escurinha, sorrindo. – E nós é que somos os promíscuos, os pervertidos e o escambau! Lá em Atlântida acham isso um horror! Irmãos, nunca, jamais, nem em sonho!

– É quase a única proibição de vocês, *Máurula* – Lúsia apertou a bochecha saliente da companheira. – Incestos, estupros e crianças, segundo você me conta. De resto todos fazem com qualquer combinação, quantidade e apetrechos, mais e melhor que todo mundo.

– Ah, não é tanto assim, nem todo mundo faz tudo e gosta de tudo. Cada um tem seu jeito. Papai, por exemplo, prefere só com mulheres. Mamãe também prefere as mulheres, mas *faz exceção* pra meu pai de vez em quando. A outra esposa do meu pai, que é minha madrinha, joga *nos dois times*, como ela diz. E a terceira prefere os homens, mas não desgosta das mulheres. Eu a chamo Iaiá, porque era meu jeito de pequena de pronunciar Siassiá, que é o apelido dela para meus pais e minha madrinha. Ela e minha madrinha também foram minhas mães-de-leite, mamãe precisou de ajuda, tinha pouco leite e eu tenho um irmão gêmeo.

– Então seu pai tem três esposas? – interessou-se Madhavi.

– Legalmente duas, a lei não reconhece mais que isso. Iaiá é solteira no papel, mas como fica muito com meu pai e tem dois filhos dele, todos a tratam como esposa. Não é só uma amizade colorida ou um lance passageiro, como ele e elas também têm – bocejou de novo.

A ideia de ter duas esposas tomou de assalto a fantasia de Vasu sem pedir licença e deixou-o perturbado e corado. Não que isso fosse impensável em Agarta. Homens com linhagem considerada valiosa eram muitas vezes autorizados ou mesmo obrigados pelos sindhus a tomar uma segunda esposa, principalmente se a primeira se revelasse estéril. O problema é que ele se imaginou com Madhavi e Bakri. Sacudiu a cabeça para afastar o devaneio absurdo e doloroso e a atlante o olhou intrigado.

– Ninguém fica com ciúmes? Ninguém esconde nada? – perguntou Madhavi, com um interesse muito autêntico.

– Esconder, não, isso é feio. E ciúmes, mais ainda. A maioria aprende a não ser egoísta. Teve uma moça que foi embora de nossa casa quando eu era pequena porque o marido dela se encantou por outra e ela não queria mais vê-los, mas *em geral* as coisas se arranjam melhor.

– Mas o que faz sua família? Qual a profissão deles? – Vasu achava aquilo mais importante.

– Tem muitas. Iaiá, a irmã dela e a mamãe são sócias de um teatro, uma taverna e uma escola, daí é que vem mais dinheiro pra casa. Mamãe e uma amiga são também sócias numa oficina de mecânica, nela trabalha meu irmão gêmeo como engenheiro e outros da casa como mecânicos. Madrinha é feiticeira. Os irmãos dela trabalham numa cooperativa de navegação. Tem professores, como o papai, gráficos, artesãos e bibliotecários. Minha tia, o marido dela e uns outros são da Guarda Popular.

– Não são todos da mesma casta? – estranhou Vasu.

– Não temos castas. Cada um ganha a vida conforme seu gosto e talento. Nas famílias mais tradicionais, a maioria se dedica a um mesmo ramo, mas mesmo nessas sempre foi possível alguém resolver fazer outra coisa, ou se fazer adotar por outra família. A minha é mais eclética que a maioria, porque foi formada por amigos que se juntaram depois da Revolução.

– E por que não está com eles? – perguntou Madhavi. Vasu prestou mais atenção.

– Estou com eles em espírito! – riu ela. – Em todos os sentidos e de todo coração. Esta é a minha maneira de colaborar com minha família e minha cidade.

– Como assim? – insistiu a siksi.

– Meu negócio é pintar e escrever. Em Atlântis pintei murais e ilustrações e publiquei alguns contos em *zutás*, mas me conhecem mais por uma série de crônicas sobre as origens de minha família depois reunidas num livro chamado *Sanbehrté*, "O Tabuleiro dos Deuses". Mas eu precisava ampliar o repertório, conhecer outras realidades. Resolvi viajar pelo mundo. Meu pai queria muito fazer isso quando jovem, mas abriu mão ao se comprometer com a Revolução, a Comuna, a família e tudo o mais. Vou realizar o sonho dele e escrever e pintar sobre tudo que vi e aprendi quando voltar. Comecei por Acaia e agora estou aqui.

– Mas quem vai pagar por isso? – perguntou Vasu, desconfiado. Só conhecia três formas de escrita: os textos sagrados e didáticos dos sindhus, os relatórios dos tautas e as contas dos pardhavas. Não sabia onde encaixar aquilo a não ser como uma espécie de inteligência militar.

– Todos que quiserem saber. Quem comprar os *zutás* com minhas histórias, encomendar meus murais, me pedirem para dar aulas...

"Talvez seja mesmo uma espécie de agente da inteligência", pensou Vasu. "Mas valeria a pena prendê-la e levá-la aos inquisidores? Como essas coisas poderiam ameaçar Agarta? E o que ela pode saber de útil para nós? Bem, não me cabe decidir."

– Mas como você virou uma guerreira? – Madhavi insistiu. – Você não é uma amazona?

– Não, mas minha família tem tradição em artes marciais. Quando era jovem, papai foi campeão de esgrima e *derkesgon*, a luta desarmada ao estilo atlante. Mamãe é boa no arco e a madrinha no varapau. Minha tia, sim, é amazona e me ensinou a cavalgar e atirar. Eles me ensinaram desde pequena e ganhei troféus na escola, mas tudo isso era só esporte para mim até conhecer a Lúsia. Se é que eu virei guerreira, é a ela que devo isso – sorriu para ela.

Lúsia sorriu em resposta, sem muita convicção.

– Quem me dera! A Máurula é uma guerreira nata, seja lá o que for que ela queira fazer da vida. Se eu tivesse umas vinte como ela, fundaria um império!

"Não sei se acredito", pensou Vasu. "Mas imagino o que diria o sainapati se ouvisse isso."

Chegaram, enfim, à Cidade Velha, um complexo cercado por

uma antiga e grossa muralha, coisa pouco vista em Agarta, que se erguia sobre uma península cujas falésias caíam quase a pique sobre o mar. Um farol e alguns arquivos e armazéns de utensílios e materiais funcionavam lá, mas tudo de importante se transferira há séculos para Xambala. Não havia maiores precauções de segurança e naqueles dias de festa apenas um par de sentinelas tautas guardava a entrada do conjunto. Puderam passear sem empecilhos.

Em contraste com a cidade ou a ilha sagrada, as construções estavam dispostas de maneira pouco ordenada e eram de estilos estranhos e variados, datados, provavelmente de eras diferentes. A maior parte delas servia de depósito de pedras decorativas para obras: jade verde, ônix amarelo, calcedônia azulada, pórfiro vermelho e mármore branco, cada tipo destinado a adornar as moradias de uma diferente casta. Mas as velhas paredes que as abrigavam pareciam ignorar esse código e combinar cores por puro efeito estético.

Após visitar algumas construções periféricas, a atlante buscou a parte mais central e antiga, onde funcionavam escritórios que não trabalhavam naquele dia. Disse a Vasu e Madhavi que ali deviam ter sido salas de recepção e Estado de antigos imperadores ou de seus cortesãos e apontou os velhos afrescos, apagados e danificados. Na maioria, cenas bem mundanas: banquetes, caçadas, danças e cenas bucólicas e românticas.

– Parece que seu povo nem sempre foi tão avesso à arte figurativa. Estes murais não estariam fora de lugar nas paredes de Atlântis! Meu pai adoraria estar aqui e ver tudo isto...

– Devem ter algum simbolismo oculto – Vasu franziu a testa. – Não imagino que tudo isso estivesse aqui só para entretenimento.

– Qualquer arte pode ter muitos significados – respondeu ela. – Mas esta foi feita também, ou principalmente, para dar prazer a quem morava aqui. Se você comparar com as construções menos antigas, vai ver que a arte fica mais séria e rígida com o passar do tempo, até desaparecer. É como se seu império fosse *perdendo a alegria* à medida que crescia e se consolidava, se a necessidade de controlar os hilotas os deixasse cada vez mais tensos... Desculpe, não foi gentil da minha parte. Mania de especular em voz alta.

– Não, achei sua ideia... Curiosa – Vasu ficou mais perturbado que ofendido. Seria ela capaz de descobrir os segredos de Agarta olhando para suas paredes velhas, conversando com suas servas, provando sua comida? – Na verdade, temos um ditado, "é preciso se dominar para dominar". Mas se é assim, como Atlântida construiu um império? Pelo que sei e você me conta, seu povo é bem libertino e desregrado... Quero dizer...

Ela deu um sorriso triste.

– Quer dizer isso mesmo, não é? Olha, há muitos navios que levam a Atlântis... Ou como vocês dizem, há mais de um jeito de esfolar um lobo. Ou de manter um império. O Casal Imperial de Atlântida se apoia na ganância e na ambição, mais do que na força bruta. O chicote está lá por via das dúvidas, mas prefere tocar a carroça com a cenoura. A maioria dos súditos, de qualquer raça, se submete *não pelo medo, mas pela esperança* de subir à nobreza e ter acesso a todos os luxos. Uns poucos conseguem, a maioria morre tentando. Os escravos, mesmo entre os imperiais, são minoria, servem de cenoura pra elite e chicote para os destituídos: "se têm preguiça de disputar privilégios, então trabalhem para não virarem escravos", porque é o destino de quem viola a lei ou não paga suas dívidas.

– Você é inimiga do seu Império? – surpreendeu-se Madhavi.

– É mais complicado do que isso... sou da Comuna, temos nossas próprias leis e não gostamos da política imperial. O Casal Imperial não ousa retomar nossa cidade à força, mas nós também não conseguimos que o interior se junte à Revolução e precisamos do comércio com as colônias e as províncias para sobreviver. Então, coexistimos. Assinamos um pacto de não agressão, pagamos tributo e continuamos a ser a capital. O Casal Imperial agora passa a maior parte do tempo no Palácio de Verão que mandou construir do outro lado da Grande Planície, mas a maior parte da sua burocracia continua na Cidade Proibida de Atlântis, porque é só de lá que é possível controlar e tarifar as rotas marítimas. A Comuna e o Império não se suportam, mas não podem viver um sem o outro, essa é que é a verdade, infelizmente – fez um silêncio e completou, com um suspiro. – Mas mesmo no Império vejo mais cultura e alegria que aqui. E na Comuna, não tem nem comparação. Em Acaia, escravos à parte, também se respira bem melhor. Este país vive mal, tenho de dizer.

– Nós somos felizes! – protestou Vasu. – Servir a Sua Potência, o Manu, e obedecer às leis de nossa pátria é a nossa alegria! E os hilotas também são felizes, à sua maneira. Somos severos, mas não cruéis!

– Repita isso olhando bem para a minha cara – desafiou a atlante.

Encarou os olhos de noite estrelada e teve a mesma assustadora sensação de abismo do outro dia. O mesmo pressentimento de um fim indizível. Abriu a boca sem conseguir dizer nada e desviou a vista. Lúsia se interessou subitamente pelo que restava da pintura do teto. Madhavi o fitou, surpresa, olhou para a atlante e não se arriscou. Mudou de assunto.

– Vamos ao farol? Dizem que a vista lá é linda!

Impressionante teria sido a palavra certa. Vista dali, a ilha de Xambala, com seus mármores azulados pela distância e pelo reflexo do mar, parecia um enorme olho azul. A íris eram as avenidas irradiadas do Templo do Fogo Sagrado, a esclerótica as pontas de calcário a leste e oeste, que davam à ilha uma forma de mandorla. As avenidas de Manova, na baía semicircular, apontavam para o centro da ilha e os setores de cada distrito que delimitavam, com suas cores características bem alinhadas, cercavam o olho como um arco-íris de raios de glória.

– Me faz pensar num ciclope – comentou Lúsia. – Com certeza, a cidade não foi construída assim por acaso!

– O Olho da Providência – sussurrou Vasu, reverente. – Vocês o viram sobre o altar da minha casa e nas fachadas de muitos prédios. Toda a capital de Agarta é o olho de Mavrit!

– Um olho que tudo vê, mas não se enxerga – sentenciou a atlante, irônica.

A refeição dessa tarde foi menos animada, embora Madhavi e Lúsia fizessem um esforço para desanuviar o ambiente com histórias engraçadas. O siksu, sufocado por dúvidas e responsabilidades, estava ainda menos inspirado que de hábito e Tlalpan parecia estar com a cabeça longe dali. Seu rosto antes tão expressivo se tornara inescrutável.

Capítulo 15

O lado avesso da vida

Vasu se despediu de Madhavi com um beijo rápido, preocupado com o relatório. Escrevê-lo foi uma batalha, uma tortura. Dividia-se entre o dever de informar tudo o que pudesse interessar ao sainapati e à defesa de Agarta e o horror a ter na consciência a tortura e morte de Lúsia e ainda mais de Tlalpan, que o fascinava. Era como andar sobre o fio de uma navalha. A brevidade era um bom pretexto para omitir as críticas corrosivas da atlante a seu país, mas não podia entregar uma folha em branco, não se atrevia a mentir e não sabia ao certo que indício poderia ser decisivo para levar Vidura a decidir capturar as duas. Entregou o papel ao servo e deitou-se exausto, cansado de tanto lutar consigo mesmo.

Um conflito inútil, pois os dados já estavam lançados. Era tarde para alterar o rumo dos acontecimentos. Após um sono inquieto, encontrou-se em sua cama metamorfoseado num traidor monstruoso.

Foi arrancado dos lençóis com violência e coração quase lhe saiu da boca de susto. Criaturas monstruosas urravam de ódio enquanto o sacudiam. Custou a entender que aquilo não era um pesadelo e ainda mais para compreender os berros que ouvia.

– Levante-se, traidor! Você está preso! – vociferavam dois yaudhas, armados com adagas, pistolas e os temíveis azorragues da Kraukura, muito mais cruéis que as chibatas normalmente usadas para castigar agartis. Ergueram-no, arrancaram-lhe o anel da Kraukura e acorrentaram-lhe os pulsos com gestos bruscos.

– O que houve? Não pode ser, deve ser um mal-entendido...

– Cale a boca, moleque, guarde a língua para os inquisidores!

– deu-lhe duas vibrantes chibatadas com o azorrague de ponta dura e afiada, que lhe lanhou as costas nuas e o fez urinar nas coxas. – Mais uma palavra e lhe arranco o couro antes da hora!

Nu, descalço e aterrorizado, Vasu foi arrastado com pressa para fora da hospedaria, a caminho do quartel-general e das labirínticas masmorras da Kraukura, a pouco mais de um quarteirão. No caminho, ao tropeçar pela rua ainda escura e fria, ouviu gritos e entreviu clarões vermelhos de incêndios à distância, mas não se atreveu a perguntar o que estava acontecendo.

Sem que ninguém lhe explicasse nada, o cadete foi jogado em uma cela fria e malcheirosa, trancada por uma grossa porta de madeira que tinha apenas uma pequena grade de ventilação, pela qual mal se entrevia a penumbra do corredor. Os captores o prenderam com mais uma corrente, nos pés, afastaram-se a passos rápidos e o deixaram no escuro, trêmulo e atônito.

Concluiu que alguém tinha cometido um erro absurdo e tinha de se preparar para se explicar de modo convincente. Mas como, se não sabia o que tinha a esclarecer? Pelo que ouvira falar, os inquisidores sequer ouviam alegações antes de a tortura começar. E nunca soubera de alguém ser inocentado depois que ela acabasse.

Sentou-se trêmulo, a boca seca de terror, por um tempo impossível de calcular. Torturou-se ao imaginar não os suplícios em seu corpo, mas o horror de seus pais e irmãos ao sabê-lo condenado como traidor, desonra capaz de macular e humilhar uma família por gerações. Seu nome seria execrado por todos que o ouvissem.

Nada mais fazia sentido. De que valia a glória de ser um súdito de Agarta? Para que servia a devoção à pátria, ao Manu, aos deuses e à linhagem se uma acusação sem fundamento ou algum pequeno deslize seu, nem conseguia imaginar qual, podia enviar alguém aos calabouços da Kraukura, sem apelação?

De chofre, lembrou-se da garota empalada e sentiu-se na pele dela. Pensar que podia ter causado a morte de Bakri fora terrível, descobrir ter sido uma mugal desconhecida o aliviara. Agora se desprezava por isso. Recordou o desespero de Madhavi ao saber do caso – "eu é que devia ter sido empalada no lugar dela!" – e envergonhou-se por tal sentimento nunca ter passado por sua cabeça. Fora preciso o azorrague cair-lhe no couro para entender que não valia mais que uma hilota mugal.

Havia certa justiça em estar naquele buraco, afinal. Se alguém merecia aquilo, era um colaborador da Kraukura. Não tivera escolha, mas... Por dias fizera isso com ingênua dedicação e vagas expectativas de ser premiado com mais privilégios Não, sua culpa ia além. Sempre se dispusera a qualquer coisa para agradar pais e mestres e conquistar para si e sua linhagem o que chamavam de honra e glória. Cuja matéria-prima, acabava de descobrir, eram a desonra e humilhação dos derrotados e escravizados.

Gritos de agonia o arrepiaram e interromperam a melancólica reflexão. Seguiram-se passos rápidos, decididos, no corredor. Sua vez tinha chegado? O primeiro impulso foi encolher-se, mas um resto de orgulho o fez se por de pé. Afinal, era um guerreiro, tinha de pelo menos tentar erguer a cabeça ante seu destino.

Com um som metálico, ouviu abrir uma porta que não era sua. Não, ainda não era o momento. Devia se sentir aliviado? Então ouviu um brado de alegria e uma rápida troca de frases numa língua estranha, o que o deixou perplexo. Outra porta, mais próxima, se abriu e ouviu outra voz... Madhavi? Ela estava ali também? Por quê? Seria culpa sua? Ouviu pés descalços correrem para longe.

Então, por fim, foi a sua porta que se abriu. E o que se recortou contra a penumbra não era a sombra de um yaudha da Kraukura, mas a silhueta de uma mulher vestida de mercenária acaia e armada com uma espada curva e dourada, suja de sangue.

– Não tenha medo, vim libertá-lo. Vire-se, rápido! – mandou Tlalpan. – Vou tirar as correntes!

Não viu chaves na mão dela e se perguntou se ela não ia simplesmente decapitá-lo. Mas não adiantava desconfiar, estava indefeso. Seria um fim mais humano do que ele estava esperando até aquele momento. Suspirou, virou-se e sentiu as algemas das mãos e os grilhões dos pés se abrirem, sem ela sequer as tocar com o dedo.

– Vamos, não temos nem um momento a perder!

– Que houve?

– Depois! – puxou-o pela mão pelos corredores escuros, sem hesitar. Pularam sobre dois corpos antes de chegar à escada de saída, onde o largou.

O quartel-general estava um caos. Guerreiros e guerreiras agartis, servos e servas mugais estavam jogados pelos cantos, mortos ou agonizantes. Outros mugais esvaziavam escrivaninhas e armários arrebentados, em busca do que fosse útil. Uns poucos estavam nus e pasmos como ele. E do nada apareceu Madhavi que o abraçou em lágrimas, ainda nua.

– Vasu! Eu tive tanto medo! Por mim e por você!

– Mas o que...

– Depois! – repetiu a atlante, imperativa, ao lhes entregar dois pacotes de roupas e pares de cáligas. – Vistam-se rápido, estas devem ser do tamanho certo.

– Esse é um uniforme de padika... – comentou Vasu, ao meter as calças.

– Tinha até de gulmika, mas estava empapado de sangue – avisou ela, sardônica. – Mas vai por mim, isso *não tem mais a menor importância*. Prontos? Vamos!

Desconcertados, ambos seguiram a guerreira escura para fora, em meio a uma cidade conflagrada. A um quarteirão dali, pequenos mugais em librés pretas mantinham uma tropa de tautas taludos à distância à força de granadas e mosquetes bem ou mal mirados. Vislumbrou-os por apenas um momento, pois Tlalpan os fazia correr no sentido oposto.

Por onde passavam, encontravam barricadas guarnecidas por mugais que os miravam com desconfiança, mas baixavam as armas e abriam caminho ao aceno da espada de oricalco.

Chegaram ao armazém de seu bairro e Vasu percebeu, com a sensação de um soco na boca do estômago, que era quase o único prédio inteiro na área. Um pouco adiante, os alojamentos dos tautas, onde morava, não passavam de ruínas fumegantes. Lá dentro, pouco restava das mercadorias. Mugais apressados corriam de um lado para o outro, empacotando e carregando coisas. Todos pareciam armados, nem que fosse só com uma faca mal pendurada à cintura.

Lúsia estava lá e recebeu a companheira com alívio e um abraço apertado. As duas os levaram a uma sala grande. E ali, reunidos em torno de uma mesa longa, sentavam-se nove mugais, homens e mulheres. Uma delas era sua conhecida.

– Bakri! – exclamou.

– Psiu! – sussurrou a atlante. – Espere que o mandem falar. E não a chamem mais de Bakri. Ela pode nem se importar, mas seus companheiros *vão se indignar* se vocês lhes faltarem com o respeito. De agora em diante, chame-a em público apenas pelo nome verdadeiro,

Hoengseng. – E então subiu o tom de voz – Madhavi e Vasu, este é o Conselho Supremo da rebelião mugal de Manova. Lúsia e eu somos parte do estado-maior, ou coisa parecida. Sentem-se, por favor.

Embasbacados, Vasu e Madhavi sentaram-se nos bancos que Lúsia lhes ofereceu. Estavam calados menos por obediência a Tlalpan do que por não saberem o que dizer. Bakri, ou melhor, Hoengseng, tinha que se lembrar disso, levantou-se para falar, sem fazer a reverência habitual.

– Esta mulher muito se alegra ao ver que o jovem siksu e sua namorada foram encontrados sãos e salvos. A porta-voz da rebelião nunca se perdoaria se algo de irreparável houvesse acontecido por sua culpa ao moço que nela confiava. Por isso, ficou muito aliviada quando o Conselho votou a favor do ataque ao calabouço da Kraukura sugerido pela mulher de Atlântis e desejou muito que o tauta que ajudou a criar estivesse entre os prisioneiros libertados. O siksu deve ter muitas perguntas, mas deve ser breve. Há muito a fazer.

Vasu levantou-se.

– Ba... – engasgou.

– Hoengseng – soprou a atlante.

– Hoengseng – esforçou-se por pronunciar corretamente. – O que aconteceu?

– O que tinha que acontecer, mais cedo ou mais tarde. Os mugais se revoltaram contra a tirania. Muitos agartis morreram na luta ou envenenados por seus servos, muitos recuaram para as colinas ou para a ilha de Xambala, mas a luta continua em várias partes da cidade.

– A minha família está viva?

– A porta-voz sabe informar que a kanya Ahalya estava num grupo de adolescentes cercados e capturados em meio a uma festa ao ar livre perto daqui. Foram libertados por ordem deste conselho e fugiram para os morros do sul, levando consigo os pequenos conforme o Conselho pediu. Há um apelo a todos os rebelados para não matarem ou maltratarem crianças e não se portarem como as bestas louras... Desculpem, mas são esses os termos exatos. Sobre os pais do siksu e da siksi, nenhuma informação chegou ao Conselho.

Vasu sentiu-se melhor. Adorava a irmã, era importante saber se ela estava bem. Os pais, mais os respeitava que os amava. Se estivessem mortos, isso lhe doeria, mas muito menos que a vergonha de ter-se tornado um traidor a seus olhos.

– O que vocês pretendem fazer com Madhavi e comigo?

– Oferecer uma alternativa. O povo mugal precisa de ajuda. O siksu e a siksi podem ser bem-vindos ao lado da atlante e dos acaios que decidiram ajudar o Conselho ou podem deixá-los e cruzar as barricadas em qualquer direção, com os votos de boa sorte do Conselho. Nesse caso, não haverá volta e a rebelião não se responsabiliza pelo que acontecer depois.

Os valores de Vasu estavam em pedaços, mas era difícil esquecer o treinamento de toda uma vida. Ele realmente hesitou sobre o que deveria fazer.

– Pedem que traiamos Sua Potência e Agarta? – soou menos como um desafio do que como um pedido para ser convencido e aplacar sua confusa consciência.

– A porta-voz precisará lembrá-lo de que Agarta não só já condenou os dois como traidores como os traíram ao não julgá-los como seria o direito de súditos de sangue agarti? Mas para os dois decidirem de plena consciência, esta mulher deve esclarecer a situação. Infelizmente, cedo se soube que a porta-voz da rebelião fora serva da família de Vasu e que a atlante e a acaia lutavam pelos mugais rebelados. O corajoso servo da hospedaria militar, ao qual Vasu entregou um relatório, apunhalou o sainapati Vidura e tentou fugir para se juntar à rebelião, mas foi morto. A Kraukura ligou os pontos, viu no siksu um elo e concluiu que o jovem agente e a siksi participavam da conspiração. Será muito difícil convencer os agartis do contrário.

Vasu desabou no banquinho, assimilando o que tinha sido dito. Olhou para Madhavi e ela respondeu à pergunta muda com a voz alta e embargada do desespero.

– Meu amor, se você quiser voltar e tentar convencer a Kraukura que essa corda não é cobra, sua esposa não vai deixá-lo só. Mas, olha, ficou ainda mais impossível depois que os mugais derramaram sangue para nos salvar. Quer saber? Como agartis, já morremos, da pior maneira. Mais vale assumir que hoje nascemos de novo e somos outra coisa. Sei lá se vamos viver muito assim, acho que não, mas é melhor que nada. Estaremos juntos, nem que seja só mais um dia!

Hoengseng ergueu as sobrancelhas ao ouvir Madhavi se apresentar como esposa de Vasu, mas ficou à espera da resposta. Ele levou um susto, mas entendeu. Acabavam-se as farsas, ele era a única coisa que restava a ela e só o que podia lhe dar era mais um dia e talvez mais outro depois daquele. Não podia lhe negar aquilo. Levantou-se.

– Aceitamos. Precisam de um juramento?

A porta-voz mugal olhou para a atlante.

– Não faz sentido pedir um juramento. É claro que não podem jurar pelos deuses agartis e não podemos pedir que jurem por deuses mugais que sequer conhecem. Mas ambos têm intenção de manter o compromisso, Hoengseng.

– Então, está resolvido. É preciso agora deixar o Conselho deliberar a sós e creio que os nossos assessores necessitam de um inadiável e merecido repouso. Muito obrigada.

As estrangeiras os levaram para uma saleta escurecida onde havia alguns colchões e se estenderam com a intenção de dormir, mas Vasu disparou, ansioso:

– Tlalpan, sei que você salvou nossas peles e nos ajudou lá dentro, mas Madhavi e eu precisamos saber: foi você quem causou tudo isto? Você virou os mugais contra nós?

Ela sentou-se e o encarou com um sorriso triste, iluminado por uma fresta na veneziana fechada. Ele notou as olheiras fundas, embora disfarçadas pela pele escura.

– Você me acha poderosa a ponto de virar Agarta de cabeça para baixo num par de dias? Vasu, nem uma deusa conseguiria isso tão rápido. Minha intenção era conhecer o país, levar informações para minha terra e só. Dei a sorte, ou o azar, ainda não sei, de chegar no momento em que tudo ia desabar e não pude me omitir, mas isso estava cozinhando há muito tempo. Eu senti a tensão no ar assim que pus os pés nesta cidade.

– Sentiu, como? – questionou ele.

– *Eu sou telepata*, vocês ainda não se deram conta? Eu soube assim que os vi que vocês dois tinham ordem de nos espionar. Me custou segurar o riso! Gente, o que os seus comandantes tinham na cabeça? Dois cadetes inexperientes para investigar uma possível espiã?

– Não posso acreditar – reagiu, melindrado. – Se você não sabia de nada antes de chegar, como é que de repente virou a mulher de confiança do tal Conselho? Como é que uma serva simples e humilde aderiu à revolta logo após falar com você?

A atlante abafou o riso em consideração a Lúsia, que se virara para dormir, agachou-se perto dos dois e sussurrou:

– *Ainda* subestimam Hoengseng, depois de tudo que viram e ouviram? Vasu, ela enganou vocês *direitinho*! Há anos ela era um nó central da rede clandestina da resistência. Só entendi o que se passava no momento em que entrei na sua casa e captei as preocupações dela. Aproveitei para lhe falar, explicar quem eu era e oferecer ajuda. Ela me propôs um encontro secreto à noite. Pulei o muro do gueto, encontrei o pessoal dela no lugar marcado, me vendaram e me trouxeram para cá. Expliquei como podia ser útil e me aceitaram. Pensava ir sozinha, mas quando contei a Lúsia o que ia fazer ela se recusou a me deixar. O pessoal dela resolveu segui-la e agora estamos todas e todos nisto.

– Como posso crer nisso? – perguntou Vasu, chocado. – Que uma estrangeira de passagem se jogou sem mais nem menos numa revolta da qual acabava de ouvir falar?

A atlante tremeu, socou a palma da mão, bufou, cobriu o rosto com as mãos. Parecia se esforçar para se conter. Choro de raiva? Uivo de dor? Gemido de culpa?

– Me joguei, sim, mas não sem mais nem menos, não sou totalmente estrangeira! Tudo que contei a vocês é verdade, mas incompleta. Tlalpan é meu pseudônimo literário, mas meu nome civil é Maav Tjeypin e minha mãe Maav Tjurmyen é uma refugiada, sobrevivente da revolta mugal de Zjoey, que vocês chamam Ramanaka. Eu me pareço mais com meu pai senzar, Sistu, mas pela lei de Atlântis sou da raça de minha mãe e o mugal é minha língua materna. Me entendem? Não quero odiar vocês dois, mas detesto o horror que Agarta fez a todos nós. Nestes dias, eu, que nunca tinha matado ninguém, matei dezenas. Gostaria de poder dizer que foi só por justiça, mas também foi ódio e vingança, confesso! Desculpem, mas tive de ajudar meu povo a matar muitos dos seus, foi preciso.

Madhavi, reclinada a seu lado, segurou a mão úmida de lágrimas da mugal de Atlântis, disposta a perdoar o que quer que houvesse para ser perdoado. Vasu, confuso, imitou seu gesto, por compaixão instintiva. Sua salvadora pareceu aliviada e emocionada.

– Obrigada. Isso foi muito bom.

Olhou para trás, certificou-se de que Lúsia ressonava e completou, em sussurros.

– Pude ver outra coisa: como foi o casamento de vocês. Não se preocupem, o segredo fica comigo. Mas tomem cuidado, principalmente você, Madhavi, não alardeie que Vasu é seu marido. Pelo que percebi, foi o empalamento de uma serva, há dois meses, que acirrou os ânimos a ponto de os lançarem nesta aventura de liberdade ou morte, depois de muitos anos de indecisão. Não sei como reagiriam se soubessem que vocês tiveram algo a ver com isso, mesmo sem querer. Agora vamos dormir um pouco e recuperar as forças que vamos precisar, tá? Eu não prego o olho há três dias e vocês tiveram uma noite horrorosa.

Foi deitar-se com Lúsia. Madhavi abraçou o torso nu de Vasu, que reprimiu um movimento brusco. Ela sentiu as feridas nas costas:

– Eles machucaram você, meu amor?

– Foram só duas chibatadas. A humilhação doeu muito mais.

Ela fez silêncio e o abraçou mais forte, mas com cuidado de não tocar suas feridas.

– E com você... Fizeram alguma coisa? – perguntou ele.

– Prefiro não falar disso. Hoje, não – ela sussurrou.

Vasu pensou que não conseguiria dormir depois disso, mas se enganou. Seu corpo exausto pela ansiedade não deu a menor atenção aos protestos de sua consciência e a arrastou para um grato estupor.

Capítulo 16

A vida recomeça

Ouviu uma voz chamá-lo, abriu os olhos e levou alguns momentos para aceitar que aquilo tudo não tinha sido um pesadelo. De cadete exemplar e favorito do sainapati, tornara-se um traidor digno do pior fim que a Kraukura conseguisse inventar. Ele bem sabia o quanto ela podia ser criativa nesse aspecto. A banheira dos vermes, na qual o condenado era acorrentado e alimentado com leite e mel por um funil até ser devorado por vermes e insetos criados ou atraídos pela própria diarreia, era o padrão para despachar traidores, mas haveriam de inventar algo pior para ele. Madhavi tinha razão, era melhor se considerar morto e aproveitar o que quer que sua nova vida tivesse a oferecer, por pouco tempo que fosse.

– Nós vamos partir – avisou Tlalpan, ou melhor, Tjeypin. – Vou lhes arranjar armas e vocês vêm comigo, vamos tomar um navio. Quero vocês sempre sob a minha vista, ou da Lúsia.

– Não confia em nós? – reclamou Madhavi, ainda estremunhada.

– Confio em vocês, pelo menos por enquanto. Mas não confio em todos os do meu povo. Alguns odeiam tanto e tão indiscriminadamente os agartis que podem tentar matá-los se os pilharem sozinhos. Vocês não viram, mas o Conselho quase enfrentou um motim ao mandar libertar a garotada. Hoengseng falou muito bem, tinham de ouvi-la. Ela inspira sensatez e confiança, parece minha mãe... Ei, tive uma ideia, esperem aí.

Foi num pé e voltou noutro com um par de túnicas e uma cumbuca de graxa preta, usada para lubrificar rodas de carroças. Começou a passar no cabelo dele sem pedir licença:

– Ei, por que isso? – protestou.

– Questão de hábitos mentais. Ver uma *kemphat zhw*, "besta loura", como dizem, desperta impulsos assassinos em alguns mugais. Se vocês pintarem os cabelos e se vestirem como acaios, isso os ajudará a controlar a fúria. Vocês deixam de parecer tautas iguais aos outros.

– Que cheiro esquisito! – disse Madhavi. – De que é feito isso?

– Acho que você não vai gostar de saber...

– Caralho, eu ainda sou uma guerreira! – resmungou ela.

– Tá bom. É feito de *lesmas negras amassadas*.

– Eca!

– Eu avisei.

Enquanto Madhavi ajudava o pessoal de Lúsia a encher uma carroça de armas saqueadas pelos mugais dos arsenais agartis, Vasu, que trabalhava com Tjeypin em outra, sussurrou:

– Você que lê mentes, me diga: o que B... Hoengseng pensa de mim?

– Ela gosta muito de você. Acha que não é um agarti como os outros, que sente compaixão pelos oprimidos. Isso, aliás, me parece verdade e deve ser por mérito dela. Você receia que ela conte o que houve entre vocês? Não se preocupe com que Madhavi saiba, ela não vai se zangar por isso, mas se resolver lhe contar, diga-lhe para não falar a mais ninguém. Seria muito constrangedor para Hoengseng, poderia fazê-la perder a confiança do Conselho.

Foi um choque para Vasu, nunca lhe passara pela cabeça que o caso poderia embaraçar mais a ela do que a ele. Antes que assimilasse mais essa revolução, a atlante mudou de assunto.

– Ter uma pessoa completamente apaixonada pela gente é emocionante, mas também dá trabalho, dá medo de decepcionar. É muita responsabilidade, né?

– Fala da Madhavi?

– Dela e da Lúsia. Mas para mim é menos difícil. A Lúsia é madura, é equilibrada, é vivida, teve histórias com homens e mulheres, sabe o que está fazendo. Madhavi se jogou de cabeça sem nunca ter amado a sério, certa de que nunca encontrará alguém como você. Sei que você a ama, mas tome um cuidado especial para evitar mal-entendidos nestes dias, tá? Ela é forte, mas está ferida e vulnerável e se ela se sentir desprezada, pode fazer uma besteira.

A caminho do cais, Tjeypin contou-lhes que alguns dos chefes da revolta defendiam manter a insurreição em Manova e esperar por um levante em todo o império. Tjeypin lhes resumiu a experiência de Atlântis e lhes mostrou que ali isso seria ainda mais difícil. As distâncias eram maiores, as estradas e comunicações muito controladas e a cidade não tinha muralhas. Os agartis trariam exércitos de todos os lados e os rebeldes não conseguiriam resistir. A melhor aposta era um êxodo em massa. Tomariam animais de carga, carroças, armas e suprimentos e com habilidade, coragem e sorte, talvez pudessem abrir caminho para o norte, para o que restava do Império Mugal independente em Zhyaungtô antes do inverno. Era longe, mas não tanto quanto Acaia a oeste, e não havia entre os mugais de Manova velhos ou crianças, só gente rija e acostumada com privações e maus tratos, que nada tinha a perder.

A primeira etapa margearia o mar de Helcar pelo sul. Alguns navegariam de modo a servir de batedores à vanguarda da marcha por terra e prevenir eventuais ataques por mar. Alguns dos acaios liderariam a flotilha por ter mais noção de navegação que os mugais de Manova, a maioria dos quais jamais pusera os pés numa embarcação e Tjeypin iria com eles. Lúsia ia por terra para organizar a marcha dos mugais e ensiná-los a atirar durante os intervalos, mas disse a Tjeypin que a queria no mar. Seus talentos seriam mais úteis ali.

Tomaram os melhores navios disponíveis no cais de Agarta, galeotas a remo que, segundo Tjeypin, eram primitivas em comparação com as *zemréns* atlantes ou mesmo as trirremes acaias, mas possuíam armas de razoável calibre. Com pouca prática e muita disposição, trabalhadores mugais tomaram os remos ao lado de acaios, que lhes mostravam como se faz. Kaineus, subordinado de Lúsia fluente em agarti, fazia as vezes de mestre do navio e orientava a tripulação mista a lidar com a vela triangular. Os restantes, preparados para um eventual combate, guarneciam os canhões e as amuradas e entre eles iam Tjeypin, Vasu e Madhavi. O pequeno navio ia lotado como a barca do inferno, mas a confusão era aparente: todos sabiam o que estavam fazendo e a pequena galera avançava no ritmo que o mestre desejava.

Para dificultar uma possível perseguição pelos agartis, os armazéns, o cais e os demais navios tinham sido incendiados, sob os urros impotentes dos tautas que ameaçaram e dispararam tiros de mosquetes e arcabuzes da ponte de Xambala. Tjeypin disse algo em acaio ao mestre Kaineus, que mandou um ajudante fazer sinais com bandeiras aos outros navios. A flotilha circundou em meia-lua um dos graciosos pilares da ponte gigante a quatrocentos passos, distância à qual os mosquetes agartis eram inúteis, e preparou os canhões.

Vasu e Madhavi seguiram as instruções de Tjeypin. Primeiro se metia a carga de pólvora pela boca do canhão, com um colherão de madeira. Depois se compactava com um pilão e se deixava uma bucha de pano para mantê-la comprimida. Colocava-se a granada explosiva dentro e mais uma bucha para comprimi-lo. Aí Tjeypin os ajudava a ajustar a posição da arma, fixava com cordas, travava, punha pólvora na concha com o polvorinho, acendia com o botafogo, um pau com uma mecha de corda. E bum! O canhão recuava e a granada voava direitinho para o alvo. Outros tiros davam n'água, mas não os de Tjeypin. Repetida a operação três vezes com seu canhão e dezenas com os outros, o pilar se via danificado, mas não cedia.

– Assim não dá – Vasu ouviu Tjeypin, apesar dos ouvidos zumbirem de tantas explosões –, nossa munição não vai dar conta. Tem de ser de outro jeito.

Disse a Vasu e Madhavi para descansarem. Foi de novo a Kaineus falar algo em acaio. Ele concordou e mandou baixar um escaler com dois remadores. Ela pegou um barril de pólvora, se juntou a eles e remaram para perto do pilar, enquanto os marinheiros armados abriam fogo para manter ocupados os atiradores no alto da ponte.

Quando chegou perto do pilar, sem que os agartis pudessem vê-la de cima, Tjeypin abraçou o barril de pólvora e subiu com ele o equivalente a vários andares com um salto lento e estranho, quase um voo até uma cavidade aberta no pilar por um dos petardos que chegara mais alto. Ali ela deu um jeito de encaixar e amarrar o barril no oco antes de pular de novo para o barco, numa queda impossivelmente lenta e suave. O escaler sequer balançou. Vasu e Madhavi olharam um para o outro, sem entender. Remaram de volta e assim que eles subiram a bordo ela pegou seu arco e lançou uma flecha incendiária no barril.

A explosão foi espetacular. O pilar veio abaixo junto com toda uma seção da ponte, que caiu com um estrondo e levantou ondas que sacudiram os pequenos navios, sem chegar a pô-los em risco.

Tjeypin tirou a túnica e a guardou dobrada num canto, expondo à brisa os seios brilhantes de suor. Muitos acaios e acaias nos remos e nos canhões já tinham feito o mesmo, como todos já tinham feito com suas cáligas e sandálias ao entrar no navio. Apesar do calor e do esforço, os mugais relutavam em seguir o exemplo, Vasu e Madhavi também. Era contrário demais aos seus costumes.

Os guerreiros agartis que haviam recuado para Xambala estavam ilhados por algum tempo. Outros se reagrupavam, porém, nas colinas. Um contra-ataque era questão de tempo, mas os mugais não ficariam à espera. A massa humana trajada de negro, armada e equipada de forma improvisada, mas respeitável, já seguia para o Oriente pela avenida à beira-mar, ao som de desafinadas canções folclóricas e satíricas.

Na grande maioria mugais, uma minoria de helcarianos, o punhado de acaios junto a Lúsia e algumas centenas de hilotas lemurianos, gigantes e pigmeus antes mantidos por alguns agartis ricos como mascotes exóticas. Ao fundo, a visão enfumaçada de uma cidade meio arrasada, com várias construções em chamas. Não era uma marcha tão bela e disciplinada quanto o Grande Préstito, mas era três ou quatro vezes maior, estimou Vasu. Mesmo assim, seriam capazes de dar trabalho aos trezentos e cinquenta mil guerreiros treinados de uma aksa agarti? Duvidava do sucesso do plano de Tjeypin, mesmo que a comida não acabasse antes.

– Vejam! – apontou Madhavi.

Três enormes formas cônicas voadoras vieram do sul e sobrevoaram a cidade, como para conferir os estragos.

– Sim, são rukmas – disse Tjeypin. – Sua arma mais perigosa para nós é o raio de calor, dois em cada uma, mas terão que se aproximar mais para usá-la. Aí não estaremos indefesos.

– Você as conhece tão bem? – surpreendeu-se Vasu.

– Uma delas caiu em Atlântis e mamãe e sua equipe estudaram os destroços. Eu mesma ajudei a resgatar uma peça que caiu no mar. O museu do Instituto tem uma maquete e muitos diagramas explicativos.

Uma delas passou pelo êxodo mugal a caminho dos navios, voando baixo. Em resposta, Tjeypin destravou uma alavanca e tomou o assento do único canhão de cristal da galeota, no meio da proa, que se inclinou para cima e para estibordo enquanto ela manejava um par de manivelas. Vasu, treinado na infantaria, não fazia ideia dos detalhes de como funcionava aquele equipamento complicado que exigia um mago sindhu e dois auxiliares experientes, mas ela parecia saber o que fazer. Olhou por uma luneta acoplada à máquina e deu ordens:

– Vasu, vê essa série de chaves à mão da espada? Prepare-se para baixá-las uma por uma, mas só baixe a última quando eu estalar os dedos, de jeito nenhum antes. Confio em seus nervos e reflexos. Madhavi, gire essa roda com perseverança, num ritmo rápido e firme... Assim...

As hélices da rukma roncavam enquanto ela se aproximava com uma velocidade assustadora, mas Vasu manteve os olhos pregados na mão de Tjeypin à espera do sinal enquanto a rosácea de cristal virava-se para a máquina voadora e mudava de rosada para vermelha flamejante.

Vasu sentiu um calor repentino quando um raio passou perto da proa e fez explodir uma coluna de vapor uns quarenta a sessenta passos a bombordo, mas ficou firme. Então Tjeypin estalou os dedos – mais viu do que ouviu o gesto, ainda estava meio surdo do estrondo –, ele baixou a chave e ela disparou o gatilho no instante seguinte. O cristal resplandeceu com um clarão avermelhado e um grito de metais distorcidos veio da rukma. Vasu olhou bem a tempo de ver a máquina voadora passar descontrolada sobre o navio, com um lado incendiado e acompanhá-la a cair na água, meia parasanga a bombordo. O rombo a fez afundar num instante.

– Boa, Vasu, muito bem, Madhavi! A bombordo, mestre Kaineus! – pediu Tjeypin. – Precisamos chegar mais perto para ajudar o pessoal!

Em voos rasantes, outras rukmas disparavam contra a marcha. Disparos àquela velocidade eram imprecisos, mas era fácil incendiar um carroção ou carbonizar algumas vítimas naquele povaréu imenso. O dano real era limitado e os cristais de calor precisavam de algum tempo para esfriar e disparar de novo. O problema era o risco de o pânico dominar e dispersar a multidão. Os mugais procuravam ignorar o perigo e manter o avanço com bravura, enquanto alguns deles tentavam responder com foguetes, mais por uma questão de princípio do que por acreditar que pudessem fazer algum dano àquelas coisas imensas.

– Têm canhões de cristal na marcha, mas precisariam parar para montar, do jeito que estão nos carroções não dá pra atirar. Dependem de nós – explicou Tjeypin. – Esta coisa já está quase pronta para atirar, mas preciso chegar mais perto. Mão na roda, Madhavi! Ao meu sinal, Vasu!

Outra das galeotas disparou antes, pois uma bola de fogo se ergueu do flanco superior de uma das rukmas, mas o golpe não foi decisivo. A geringonça continuou a voar, mas deixava um rastro de fumaça e faíscas e tomava o rumo sul, afastando-se da cena. A terceira fez uma ampla curva e investiu na direção da galeota que tinha disparado e estava temporariamente indefesa. Apesar da distância, Tjeypin girou freneticamente suas manivelas e baixou a chave. Dessa vez, Vasu viu a explosão arrancar uma hélice na base da máquina que, desgovernada, corcoveou no ar e arrebentou-se numa formação de rochedos a alguma distância da praia. Uma bola de fogo se ergueu e criou uma coluna de fumaça, formando um cogumelo gigante.

Tjeypin suspirou e relaxou, respirando fundo de cabeça baixa sobre os controles, o corpo de novo brilhante de suor.

– Ufa! Estava com medo de fazer uma besteira, era um tiro longo demais. A sorte nos ajudou. Se a gente errasse, estavam os dois navios *ferrados*, o deles e o nosso.

Não tiveram de reagir a outros ataques agartis naquela tarde. Navios foram vistos ao longe, mas não se aproximaram o suficiente para combater. Dava para ouvir tiros, gritos e sinais de conflito na retaguarda e na vanguarda da marcha, mas a flotilha pouco pôde contribuir.

Capítulo 17

Primeiro acampamento

Ao fim da tarde, os refugiados formaram um vasto acampamento logo após ultrapassar o desfiladeiro entre o mar e a encosta do morro que fechava a cidade a leste. As galeotas de Kaineus se prepararam para atracar na praia mais próxima e se juntar a eles.

– Diga-lhes para tomar cuidado com os khorkhois ao descer – Vasu avisou Tjeypin. – Eles não aparecem na baía de Xambala, mas a leste e ao norte se escondem na areia úmida. São vermes com o formato e o tamanho de um intestino que cospem um veneno paralisante a passos de distância. Quando a vítima cai, eles brotam do chão em magotes e a devoram, viva ou morta.

– Nunca os vi, mas já ouvi falar! Como se faz para evitá-los?

– Bem, pode-se desembarcar em lugar pedregoso, onde eles não vão.

– Ou fazer grandes fogueiras na areia, porque eles fogem do calor – acrescentou Madhavi.

– Ah, já *sei* o que fazer. Madhavi, mão na roda...

"Eu devia ter pensado nisso", admitiu Vasu.

Quando se dissipou a nuvem de vapor que o disparo levantou da praia, um caminho escurecido se estendia da beira d'água ao início do matagal e a água que lambia a margem ainda fervia. Qualquer verme que houvesse lá fora carbonizado. Foi necessário mais algum tempo para ancorar as galeotas e caminhar pela água rasa. Quando Vasu pisou, a areia vitrificada estava incômoda de tão quente, mas caminhável.

Com exceção de algumas sentinelas, os tripulantes das galeotas se juntaram à vasta cidade de tendas que os mugais acabavam de levantar, com ruas, armazéns, paliçadas, cozinhas e fossas. Na maioria eram barracas padrão de campanha, saqueadas dos almoxarifados agartis, de couro de ustra ou iaque. Com trinta por doze pés, haviam sido pensadas para abrigar oito tautas, mas em cada uma se ajeitavam dez ou mais mugais. Lúsia acenou ao vê-los chegar à praça central e recebeu Tjeypin com um longo beijo.

– Esta é a nossa – mostrou a barraca. – É pequena, mas será só para nós quatro. Aquela grandona, do outro lado da praça, é a barraca do Conselho. E antes que eu me esqueça, parabéns! Vocês fizeram um belo trabalho com os navios!

– Ah, teve momentos tensos, mas a maior parte do tempo foi bem tranquilo. Para você, deve ter sido muito mais puxado. Vi que teve uma refrega feia na passagem do morro.

– Nem me fale. A gente precisou tomar esse morro de trás, que fecha a cidade a leste, para garantir a passagem pelo desfiladeiro entre a encosta e o mar e estava tomado por milhares de guerreiros, muitos da idade de vocês – olhou para Vasu e Madhavi –, bradando que nos impediriam a passagem ou morreriam pela honra de Agarta. Foi terrível, mas eu não podia deixar a marcha ser encurralada. A maioria deles morreu mesmo, sinto dizer, como também uns cinco mil mugais e dois dos meus melhores guardiães e amigos, Kékrops e Erekhtheus. Foi o problema mais sério. Teve também uns grupos de tautas que desceram das colinas lá atrás para fustigar nossa retaguarda, mas não fizeram grande estrago. Os incêndios e barricadas os atrapalharam, como imaginávamos.

"Nossos colegas", pensou Vasu ao entrar na barraca e deixar-se cair sentado sobre um catre. Despencou no vazio aberto de súbito dentro dele mesmo. Madhavi sentou a seu lado e se abraçaram em silêncio cabisbaixo, provavelmente sentindo o mesmo. Pandu, Kanaka, Abhaya, Daksya, Gauranga, Dhruva... Quantos de sua turma teriam morrido naquele dia? Algum, por acaso, teria sobrevivido? E seus pais? E seus vizinhos, e os amigos e amigas dele e da família? E a família e as amizades de Madhavi? Não faziam ideia, talvez nunca soubessem, mas para ele e para sua mulher, os vivos estavam tão perdidos quanto os mortos. Se algo ou alguém os deuses ou o acaso tinham poupado do mundo onde haviam crescido, não fora para eles. Não havia retorno possível, nada podia voltar a ser como antes. Só lhe restava aprender a sobreviver num mundo virado de cabeça para baixo, onde os hilotas governavam, os guerreiros agartis não passavam de bestas louras e os estrangeiros eram as únicas pessoas com quem podiam falar e das quais podiam esperar amizade ou solidariedade...

– Com licença – pediu uma voz conhecida, interrompendo sua melancolia –, o Conselho manda dizer que ficará muito honrado se os aliados estrangeiros participarem da refeição da noite.

– Gadhi! – exclamou Vasu.

A jovenzinha mugal olhou para ele, muito séria.

– A mensageira da porta-voz – falou sem hostilidade, mas com firmeza – tem o dever de lembrar que os falsos nomes impostos aos servos pelos senhores agartis foram abolidos. Se precisar chamar por esta mulher, convém usar seu nome verdadeiro, Wen Zhothaey.

– O nome do clã Wen significa "jardim" e Zhothaey "modos compassivos" – explicou Tjeypin. – O de nossa amiga Hoengseng quer dizer "estrela flamejante" e o nome do clã Yay é "noite". Seria bom vocês aprenderem um pouco de mugal, ficará mais fácil conviver. Vamos?

– Claro... – respondeu Vasu, vexado.

– E o seu nome, Tjeypin? – perguntou Madhavi, já a caminho.

– "Caráter decidido". E o nome do clã, Maav, é "gato".

– Tjeypin – perguntou Vasu –, você nos disse ontem que Tlalpan era um pseudo não sei o quê. Na hora não me ocorreu perguntar, mas o que é isso?

– Pseudônimo literário. Um nome criado para assinar crônicas e livros. Tlalpan é a tradução de Tjeypin para o senzar. Já que mesmo em Atlântis muitos me confundem com senzar...

– Mas por que criar um nome falso? – insistiu ele.

– Quando comecei a escrever era novinha e minha família é conhecida. Muitos participaram da revolução e continuam influentes. Eu queria que me lessem por minha escrita, não por ser de uma menina de pais famosos. Preferi inventar um nome e fazer minhas crônicas chegarem a um *zutá* por um amigo que guardou segredo. Depois, ao iniciar uma nova série, revelei quem eu era, mas continuei a usar o pseudônimo. Os leitores já estavam acostumados e eu gosto, me sinto tanto Tjeypin quanto Tlalpan ou Máurula. Me chamem como quiserem.

"Conversa de mãe e filha"

De Zi Sismau Tlalpan, para *O Farol de Atlântis*

– Vivemos num tempo em que deuses andam *sobre a terra*.

Assim falava Maav Tjeypin, deitada de bruços sobre o peito negro do namorado, Miston Tikitini. Ele se escarrapachava de costas sobre a esteira no meio da bagunça do quarto, cheio dos modelos, badulaques e brinquedos que ele mesmo fazia. Ele estranhou:

– Como assim? Por causa da Tiakat, você diz? – espantou-se o namorado tlavatli.

Ela riu e lhe beijou os lábios grossos. O rapaz era bonito, tinha boa cabeça, bom coração e mãos hábeis para lidar com máquinas e meninas, mas levava metáforas muito ao pé da letra.

– Madrinha ser a portadora de Chiuknawat não deixa de ser um exemplo, mas eu queria dizer é que nos coube viver numa época em que acontecem coisas *muito importantes*. Como vamos participar delas?

– Parece o seu pai falando. Não que isso seja ruim – apressou-se em explicar –, ele é um cara legal, mas são as palavras dele.

– É que você entende melhor as palavras *dele* que as minhas, Jomar-xin – usou o apelido carinhoso que ela lhe dera, "aroma de especiaria", por gostar do cheiro do corpo dele. – Por falar nele, vou descer, que ele está chegando – adorava pegá-lo de surpresa.

– Tá, e o teu irmão deve estar impaciente para que eu o ajude com o Vailxi. Ele estava louco para poder trabalhar dia e noite nesse projeto.

O rapaz ajeitava a tanga, ela se vestiu e de repente, disparou, enquanto amarrava as sandálias:

– Jomar-xin, você transaria com o Jen-ar?

– Que pergunta! Eu gosto é de garotas. Além disso, ele é muito criança!

– Como, criança? Ele nasceu no mesmo dia que eu!

– Ah, mas você é diferente!

Sim, Zangzhen, Jen-ar para ela, saíra tímido e perfeccionista como a mãe, enquanto ela saíra mais ao pai, tanto na aparência quanto no temperamento. Mas os gêmeos se entendiam muito bem e ela sentia como o irmão desejava Tikitini. Também nisso saíra à mãe: era mais atraído pelo próprio sexo.

– É que você é o melhor amigo dele e eu gostaria que ele tivesse alguém para...– ia lhe segurar a mão, mas ele torceu o nariz, não estava gostando da conversa. – Bom, se não é do seu gosto, tudo bem, meu lindo. Mas se mudar de ideia, não se acanhe por minha causa. – encarou-o, seus olhinhos sorridentes e rasgados nos olhos grandes e redondos do garoto. – Não vou te querer menos por isso.

Foi a vez de Tikitini rir, do jeito aberto que ela adorava:

– Quem, eu, me acanhar? – abraçou-a e apertou-a contra si. Ela se entregou ao beijo e ao carinho dele, mas queria mesmo ver o pai. Largou-o e se apressou.

Passou pelo seu quarto para uma escovada nos cabelos lisos e negros que Tikitini adorava despentear. Na pressa, esbarrou na mesa e derrubou um monte de folhas de papel, parte das *Crônicas de Atlântida* que escrevia fazia um ano e pouco. Xingando a si mesma de anta desastrada, recolheu-as do chão e ajeitou-as num gesto rápido. Desceu então as escadas da galó, a casa comunitária da família, correu para o portão e abaixou-se junto ao murinho. O pai não tinha clarividência suficiente para pressenti-la se viesse distraído por seus pensamentos, como costumava estar ao voltar das reuniões no Instituto de Kisharografia e História da Comuna de Atlântis. A mãe, que o acompanhara, a perceberia, mas não haveria de querer estragar a brincadeira.

Assim que ele pôs o pé no limiar, ela lhe pulou nos braços, com um salto de acrobata de circo:

– Surpresa!

Foi inesperado, mas os reflexos de Sistu eram um

relâmpago. Apanhou a primogênita e lançou-a para cima, como fazia quando era pequena, mas ainda mais alto, três ou quatro braças. Deliciada, ela deu uma pirueta no ar, fechou os olhos, e deixou-se cair maciamente nos braços poderosos do pai. Trocaram beijos. Muitas meninas viam no pai o homem mais forte, bonito e inteligente do mundo, mas ela *sabia* que no seu caso era verdade.

– Pin-ar, minha linda! Está com a corda toda! É pra comemorar as férias, ou tem mais alguma coisa para contar?

– Não, pai, é só que te amo – ficou vermelha. – Como foi a reunião?

Sistu suspirou.

– Não foi das melhores. Muitas disputas de cargos, acusações mútuas de servilismo à causa imperial e pouca atenção para questões mais reais e urgentes.

– Como a falta de acesso dos trabalhadores aos cursos do Instituto – completou Tjurmyen.

O pai pousou a menina no chão, para que cumprimentasse a mãe. Já estava quase da altura dela, notou.

A mãe, telepata, sorriu e comentou em voz alta:

– Pensei a mesma coisa. Sentirei saudades de você pequena. Mas crescer é preciso.

Virou-se para que a filha cumprimentasse o caçulinha às suas costas. Meio adormecido, Gnenphong, ou Fon-ar, como o chamavam em casa, acordou, deu um gritinho de alegria ao ver a irmã e a chamou:

– Pin! Pin!

Ela o tirou do porta-bebê de pano, beijou-o e sentiu um cheirinho característico.

– Posso trocar a fralda? – não gostava da maioria das tarefas domésticas, mas cuidar de crianças era outra coisa, mesmo que não fosse seu irmãozinho.

– A mãe pede licença para acompanhar a filha – respondeu Tjurmyen, passando da língua senzar para a mugal, sinal de querer lhe falar em particular. O tom levou Tjeypin a se perguntar se tinha feito algo errado. Sistu era um dos raríssimos senzares fluentes naquela língua exótica e complexa, mas entendeu o recado e as deixou a sós, dizendo que ia ver Jen-ar.

– Será que o nome Maav continuará entre os mugais por meio deste bebê? – perguntou Tjurmyen, pensativa, enquanto a filha o limpava.

Tjeypin torceu o nariz. Ela não entendia muito bem essa preocupação. Seu irmão Zangzhen, o Jen-ar, talvez nunca fosse pai, dada a sua preferência declarada pelo mesmo sexo. Mas ela os pretendia ter algum dia e ainda havia a irmãzinha do meio, Dzengnen, a Nen-ar.

– A mãe não deve se preocupar – respondeu ela, enquanto prendia a fralda limpa com um broche –, os netos que a primogênita um dia lhe trará terão o nome Maav.

– Não é que a mãe duvide – replicou Tjurmyen –, mas esses Maav terão algo de mugais? Se forem filhos do atual namorado, serão crianças bonitas e muito amadas, mas serão negras e de cabelos crespos, criadas nos costumes atlantes. Será que o povo do qual herdarão o nome os aceitará como irmãos?

– Esta filha já é cor de mel e meio senzar – observou Tjeypin, mordaz. – Se a mãe queria mugais puros-sangues como netos, devia ter se casado com outro marido...

– Também a mãe pôs a felicidade acima do dever para com os antepassados, é verdade – admitiu Tjurmyen, com um sorriso triste, enquanto amassava a papinha. – Já lhe é difícil dar-se para um homem e teria sido impossível com outro menos amigo que Sistu. E se a mãe fizesse das tripas coração, qual homem mugal teria aceitado ser pai dos filhos de uma esposa que prefere outra mulher a ele?

– E por que uma mulher deveria insistir em dar descendentes a um povo que não a aceita como é e não aceitará seus netos como são? Os Maav bem podem continuar a existir como um clã atlante. Se o irmãozinho se casar com uma senzar, daria para oficializar um novo clã. Mau, o clã do Gato! Ainda não existe um com esse nome! Basta escolher as cores...

E para provocar a mãe, falou ao bebê em senzar, enquanto o alimentava:

– Que acha, Fon-ar? Você quer fundar um clã chamado Mau? Como o gato que faz *miaaau*?

– Miaaau! – repetiu o bebê, com a boca cheia e lambuzada.

– O gatinho gosta da ideia – brincou ela, voltando à língua mugal.

A mãe abanou a cabeça.

– Ah – suspirou Tjurmyen – é muito bom que a filha querida não tenha precisado passar por tudo que a mãe viveu, mas sem isso é difícil entender como se sente uma mulher nascida em Zjoey. São quase três mil anos de história dos Maav entre os mugais, mais de trezentos de opressão agarti, quase todo o clã e milhões e milhões de vidas sacrificadas à esperança de liberdade e o compromisso desta sobrevivente de não deixar essa luta cair no esquecimento. Esta mulher será solidária com seu povo até o último suspiro, por retrógrado e ingrato que seja. E sonha com que um dia os mugais de todo o mundo voltem a ser livres e que em seu seio haja alguns Maavs.

Tjeypin arrependeu-se das alfinetadas.

– A filha ignorante e grosseira pede perdão, ela não queria fazer a mãe sofrer.

– Não há o que perdoar. É preciso ouvir outros pontos de vista. Tem razão, a mãe não deve deixar aspirações incoerentes roubarem tempo e energia do mais importante, evitar que seu povo adotivo sofra o mesmo destino dos mugais de Zjoey.

Capítulo 18

No olho de Agarta

O jantar com os membros do Conselho, mais alguns ajudantes, Tjeypin, Lúsia e alguns dos acaios, foi tranquilo e frugal. Uma sopa de macarrão de trigo cozida com pedaços de carne seca e cogumelos, chá e algumas beterrabas e abricós frescos, saqueados de pomares e hortas pelo caminho, à luz de lamparinas. Os conselheiros às vezes comentavam algo entre si em mugal, mas a maior parte do tempo falavam agarti para que os acaios pudessem entendê-los. Conversavam sobre a marcha do dia seguinte. Tjeypin fez os agartis participarem.

– Vasu, poderia nos contar alguma coisa sobre esta região?

– Isto é o Vale dos Arabayas. Toda a região em torno de Manova é uma espécie de coudelaria, uma fazenda-modelo de criação de gente. Este é o setor de criação de arabayas.

– O jovem siksu poderia explicar um pouco mais? – pediu Hoengseng. – As informações deste Conselho sobre a história de Agarta às vezes são incompletas ou contraditórias, principalmente nessa questão.

– Bem, há dois mil anos, quando o Manu Rudhra conquistou a região, estabeleceu súditos escolhidos nos vales para os sacerdotes promoverem sua reprodução seletiva e estabelecer os tipos ideais das castas tauta, pardhava, arabaya e yavana, cada qual com os atributos físicos e mentais adequados à sua função. O povo destes vales foi incentivado a se reproduzir ao máximo e migrar para todas as partes do império para servir de exemplo e referência para a seleção das castas em outras regiões. São considerados especialmente nobres e puros e os casais autorizados podem ter praticamente quantos filhos quiserem. Também é uma região para seleção e criação experimental de animais, árvores e colheitas.

– Então só arabayas vivem aqui? – perguntou Lúsia.

– Há sindhus que mantêm o culto e supervisionam a reprodução, mas muito poucos de outras castas. Com certeza nenhum mugal, porque hilotas aqui são proibidos.

– Madhavi, o que vamos encontrar ao continuar a marcha nesta direção? – voltou Tjeypin.

– São quase cinco parasangas de pomares, granjas e cultivos e quatro aldeias na estrada do litoral, mas devem estar sendo evacuadas, ou já o foram. Depois há outra cadeia de morros e um desfiladeiro parecido com este que acabamos de passar. Mais adiante, são centenas de parasangas de planícies de estepe com aldeias e vilas bem mais espaçadas. É uma região de criação de gado, principalmente, mas também tem agricultura nas margens dos rios. Mas falo pelo que me lembro dos mapas que vi, nunca fui além deste vale nessa direção.

– O Conselho tem mapas minuciosos, encontrados quando o quartel-general foi revistado – disse Hoengseng –, mas gostaria de contar com a ajuda do siksu e da siksi para interpretá-los, pois não tem experiência nisso.

Pediu a Zhothaey para buscar um dos mapas e o abriu sobre a mesa. Detalhava a Estrada do Aço, nome dado ao caminho entre Manova e Mandara, onde havia minas de ferro, carvão de boa qualidade e forjas que abasteciam os armeiros arabayas da capital. Vasu e Madhavi lhes explicaram as convenções e os pontos mais importantes, debaixo de muitos olhos atentos.

Terminada a reunião, os quatro foram para a sua barraca. Media dezoito por doze pés, mais que o suficiente para acomodá-los e suas posses sem apertos. Vasu admirou-se ao ver Tjeypin iluminá-la toda por dentro, com um cristal tirado de sua bagagem que brilhava mais que uma lamparina. Depois fez anotações rápidas em um caderno no que provavelmente era senzar. Ficou intrigado ao vê-la escrever caracteres bem pretos e nítidos, com uma varetinha que parecia um pedaço de junco e não precisava ser molhada em tinta.

– São produtos comuns e baratos de alquimia – explicou ela, ante sua curiosidade. – Esta é uma pedra de luz e isto um duracálamo. Em Atlântida, todo mundo usa.

Nunca vira nada assim. Se havia algo parecido em Agarta, era segredo dos sindhus, ou do palácio do Manu.

Quando ela apagou a luz, Vasu deitou-se para dormir. Os ruídos e sussurros abafados vindos do outro lado da barraca revelavam, porém, que Tjeypin e Lúsia estavam menos cansadas do que ele imaginava. Excitado e esquecido da dor nas costas, começou a acariciar Madhavi, que riu baixinho e o beijou. Ele desceu a mão pelas costas dela e então sentiu algo estranho.

– Que é isso? – sussurrou.

– O *pekenan* da Tjeypin. Ela me deu e disse que se pusesse logo não precisaria me preocupar.

– Não tem problema nenhum nessa coisa para mim?

– Não tem perigo quando eu quero. Mas, para dizer a verdade, agora não, desculpe, só um abraço, por favor. Ainda não estou boa.

Acordou com um ruído que fez Tjeypin ao se levantar. Ainda estava escuro. Ele se aproximou, com cuidado para não despertar Madhavi.

– Vai sair? – sussurrou para ela, esperando que ela lesse em sua mente o que o preocupava.

– Vou subir o morro e dar uma olhada antes de o sol nascer – respondeu-lhe ao ouvido. – Era para Lúsia ir, mas ela se exauriu muito ontem, vou cuidar disso para ela. A gente foi de navio e se cansou menos. Venha comigo que conversaremos no caminho.

Vestiu-se e acompanhou-a, Madhavi e Lúsia ficaram. A noite estava tranquila e escura, ainda não havia sinal da alvorada e só se ouviam grilos, corujas e guinchos de morcegos. O morro não era muito íngreme daquele lado, mas a subida tinha pontos traiçoeiros. Ele estava acostumado a se orientar no escuro: era justamente para acostumar os agartis a não depender de lamparinas na guerra que Manova não era iluminada à noite, salvo nos dias de festa. Mas ela escalava com ainda mais confiança e quando ele hesitava, ela lhe dava a mão.

– Você deu o *pekenan* para ela?

– Madhavi precisa muito mais do que eu.

– Por quê, exatamente?

– Você deduziu certo, mas se precisa ouvir de mim... Ela foi estuprada por agentes da Kraukura. Ameaçaram lhe cortar fora o nariz e as orelhas, para começar, se não cooperasse. Acho melhor te poupar as minúcias, não? Mais tarde, talvez ela queira te contar. Esteja preparado para ouvir e apoiá-la, *por favor*.

– Mas para que isso? Ela nem tinha relação direta com Bakri ou com vocês!

– Só vejo o que está na cabeça dela. Ela pensa ser o costume com as inquiridas, uma maneira de começar a quebrá-las e dar um *benefício colateral* aos agentes. Não sei se é mesmo assim, aqueles que eu encontrei pelo caminho tinham outras coisas para pensar antes de morrer.

– E o *pekenan* faz o quê, se isso já aconteceu?

– Além daquilo que eu já tinha contado, barra prenhez e várias doenças, já expliquei a ela. De preferência deve ser usado desde antes do coito, mas até três dias depois ainda funciona. E já que vocês são *meio descuidados*, eu achei melhor deixá-lo com ela de vez. Não daria certo ela emprenhar durante a marcha, entende? Não se preocupe comigo, tenho de reserva um cordão do tipo *xedli*, "desdentado", que tem menos poderes, mas basta para não ter filhos.

Chegaram a uma sentinela mugal, que exigiu:

– *Xhulayng*!

– *Dzezyo nhej by nowzyo dsyng xaow* – respondeu Tjeypin.

– *Key*!

Fez sinal para que se aproximassem e ela falou com ele em mugal. Depois prosseguiram.

– O que falaram? – perguntou Vasu.

– Ele pediu a senha e eu respondi: "melhor o perigo da liberdade que a paz da escravidão". Ele mandou prosseguir e eu perguntei como passou a noite. Ele disse que não aconteceu nada. Vê como precisa aprender mugal? Mesmo que lhe dissessem, seria difícil lembrar sem entender.

Quando chegaram ao alto, as cigarras estridulavam e surgia às suas costas o primeiro lusco-fusco da madrugada, mas Manova continuava imersa nas trevas, salvo pelos focos de incêndio ainda não apagados. Sentaram-se na beira de um precipício para observar em silêncio. Vasu se lembrou da alegria com que numa manhã de sua vida anterior saudara a aurora, símbolo de Hauasa dos dedos rosados. Agora preferia lhe dar as costas. E quando o clarear do céu revelou a calamidade a seus pés, suas emoções foram muito diferentes do orgulho daqueles dias.

Tjeypin tirou de sua bolsa um canudo de metal dourado que cabia na palma da mão e o esticou até o triplo do comprimento para examinar os detalhes. Quando ela lhe emprestou o aparelho, viu com aumento e campo de visão bem superiores ao das lunetas menos portáteis por ele experimentadas no treinamento militar. Infortunadamente.

Em imagens demasiado nítidas e claras, a cidade era um caos, cores e jardins na maior parte obliterados pelo negro e cinza da fumaça e das ruínas carbonizadas. A agitação dos sobreviventes, lutando para apagar os incêndios, desobstruir as ruas e improvisar abrigos, lembrava um formigueiro pisoteado. Mesmo a ilha branca de Xambala, intocada, estava turva da neblina enfumaçada que a cobria pela metade. Como do alto do promontório do lado oposto, o ângulo de visão a fazia se parecer com um olho, mas não mais radiante e glorioso e sim preto, pisado, contundido. A pequenina Bakri dera um soco medonho no olho de Agarta, pensou com uma careta. Tudo por uma fantasia e um gole de sauma.

– Sente-se mal, Vasu? – perguntou Tjeypin, que passou o braço pelos seus ombros ao sentir seu abatimento.

– Penso no sofrimento das pessoas lá embaixo, que ajudei a causar – sua voz fraquejou. – Nos meus pais, que podem estar mortos.

Ela suspirou.

– Muitos milhões causaram isso por muitas gerações, a começar pelo Manu Rudhra e sua corte. O sofrimento já estava lá *há milênios* e os mugais o suportavam. Ontem devolveram um pouco. Havia pólvora demais no paiol, só faltava a primeira faísca para voar tudo pelos ares.

– Sei, muitas coisas precisavam mudar, não sei como, mas não queria que fosse desse jeito. Seria melhor estar morto, ou nem ter nascido.

– Pelo contrário, é importante você *viver* e mostrar que seu povo *pode* mudar. É o melhor serviço que você e Madhavi podem prestar a Agarta e à humanidade, daqui em diante.

Ficaram mais alguns momentos observando o movimento. Uma ponte suspensa acabava de ser estendida sobre o trecho destruído da ponte de Xambala.

– Sim, claro que foi uma espécie de magia – confirmou Tjeypin, quando Vasu pensou na sua proeza da véspera. – Você vai entender quando me conhecer melhor.

Muitos tautas vindos da ilha atravessaram com pressa a obra

improvisada de cordas e madeira, mas não havia sinais de estarem se organizando para perseguir os mugais. A prioridade ainda era atender à emergência e abrigar os sobreviventes.

– Vamos levar as informações – Tjeypin levantou-se, espanando a poeira da túnica.

– Tjeypin – levantou-se, também. – Você acha mesmo que eu merecia ser salvo?

Ela se virou, sorriu e lhe afagou o rosto áspero. Há dias não fazia a barba.

– Não sei se alguém, algum dia, mereceu acabar no calabouço da Kraukura, mas não era o seu caso, *com certeza*. E sinto você hoje como uma pessoa melhor do que há três dias. Estou muito feliz com o que fiz.

Ele sentiu os olhos rasos d'água, um nó na garganta e uma súbita ternura pela atlante.

– Quer me beijar? – perguntou ela. – Vem, *eu* também quero.

Ela o abraçou. Foi diferente. Não era o beijo didático de Bakri, nem o sôfrego de Madhavi, nem o profissional de Tila. Não era parte ou sinal de outra coisa: calmo, sensual e concentrado, era um universo em si mesmo que apagava tudo ao redor enquanto surgia, evoluía e se desfazia. Vasu voltou ao mundo exterior acalorado, atordoado e perplexo.

– Não se complique – disse ela –, foi um beijo gostoso, nem mais, nem menos. Não é como se estivéssemos tendo um caso... Se um dia tivermos, você não terá dúvidas.

Ela seguiu o caminho e de repente comentou:

– Sabe o quê? Este morro me lembrou de repente o lugar onde minha madrinha me ensinou os fundamentos da magia. A vegetação é outra, mas... também tem algo de mágico.

"Iniciação de uma xamã relutante" (fragmento II)

De Zi Sismau Tlalpan, para *O Farol de Atlântis*

O bota-fora de Tjeypin serviu de pretexto para uma festa que acabou tarde, mas no dia seguinte Tiakat a acordou bem antes de o sol nascer. Tjeypin piscou os olhos meio grudados e viu que ela estava diferente.

– Madrinha, você mudou o cabelo? – tinha trocado as trancinhas por um penteado volumoso, com o qual nunca a vira. – E essa pintura diferente no rosto? E essas correntes? – era ainda mais inusitado nela, pois ninguém na família as usava. Todos aderiam à facção dos igualitaristas, pela ruptura total com o velho sistema de estatutos simbolizados pelas cadeias de metal, em oposição aos meritistas, que julgavam suficiente abolir a servidão e a hereditariedade da hierarquia.

– Não quero que me reconheçam – sussurrou. – Se não, os curiosos podem atrapalhar nosso trabalho. Minha cara é meio conhecida, você sabe... – esticou a língua e arregalou os olhos, irônica. – Na presença de estranhos, me chame de mestra e se perguntarem, me chamo Xinachti Chitalmina. É o nome de uma amiga que ficou em Kaltlor. Também não mencione o nome de seus pais, use os apelidos que nós sabemos. Use também estas correntes e ponha esse bracelete de aprendiz no braço esquerdo, para que esteja tudo nos conformes.

– Está bem – obedeceu.

– Ah, e deixe eu te avisar: daqui pra frente, até terminar o treinamento, vou xeretar sua mente tão fundo quanto puder quando você menos esperar, faz parte. Talvez mais fundo do que você mesma pode ver. Não se zangue por isso, ficará entre nós – palavra de mestra e de Tiakat.

Tjeypin vestiu-se, pegou a mochila e acompanhou a madrinha até uma gôndola, que as levou por canais ainda escuros até uma grande praça no bairro da Sopora, onde pegaram uma diligência de seis lugares, puxada por termás. Desceriam em Ofar, uma cidadezinha a duzentos e tantos estádios, ao fim do primeiro dia de viagem de quem partisse de Atlântis para o leste por terra. Ficava dentro da jurisdição da Comuna, mas perto de seus limites.

O passo lento e firme da parelha de termás e o caminho de pedra bem conservado deixavam a viagem monótona e tranquila e a suspensão fazia o carro balançar como um berço. Meio grogue, Tjeypin recostou-se ao ombro da madrinha e retomou o sono antes mesmo de atravessar o portal do Leste.

Quando acordou de vez, com um enorme bocejo, Tiakat lhe deu bom-dia e abriu a cortina, deixando entrar a brisa. Iam pelo meio da manhã e atravessavam uma floresta, ouvindo o canto de cigarras e de aves aqui e ali vislumbradas entre ramagens. De quando em quando, via saltar um caxinguelê ou sagui apressado. Arrepiou-se. Não era a primeira vez que Tjeypin cruzava as muralhas da capital, já outras vezes tinha estado com a família e amigos na praia, nas colinas, na Grande Planície e até nas montanhas. Mas dessa vez era diferente, uma misteriosa jornada para o desconhecido.

– Gostou da festa, minha aprendiz? – perguntou a madrinha.

– Ah, gostei muito, ma... Mestra – ela se lembrou, embora os recém-casados do banco oposto estivessem muito ocupados um com o outro para prestar atenção nelas. – Principalmente porque Tikitini desta vez quis ficar comigo. Estava com saudades do meu primeiro *nenxin*.

– Na idade em que vocês começaram, eu ainda era virgem, acredita? Foi só depois de meu primeiro sangue que *Mistonti* e eu nos descabaçamos juntos. Mas depois de uns meses nos desencontramos e passamos anos e anos com outros parceiros até descobrirmos que somos inseparáveis. Mesmo quando estamos juntos de mais alguém.

– Ei, será que eu posso pôr *isso* no meu livro?

Tiakat deu uma de suas inconfundíveis gargalhadas. Qualquer um que já a tivesse ouvido a reconheceria sob qualquer disfarce. Por sorte, não era o caso dos companheiros de diligência.

– Claro que pode! Quando estivermos a sós, te conto as minúcias, se quiser! *Mistonti* não vai achar ruim.

– Me conta uma coisa, mestra? Você ficou com *Mistonti*, depois da festa? – começou a achar divertido se referir ao pai daquela maneira, como um mero conhecido.

– Não, com *Sissã* – ela lhe piscou ao mencionar o apelido

da mãe. – E *Mistonti* com *Siassiá* – apelido de Beletsunu. – Não se preocupe, nossos homens estarão em muito boas mãos na nossa ausência.

A moça riu.

– Por falar nisso, tomara que a noite tenha sido boa pro Jen-ar... – comentou casualmente Tiakat sobre seu irmão. – Foi a primeira vez dele e do...

– Hein? – cortou Tjeypin, de olhos arregalados. – Como assim?

– Ué, você não notou? Ele e o Bel-bã foram juntos pro quarto. Meio encabulados, mas foram.

Ela estivera tão contente por ficar com Tikitini, que deixara Amata às voltas com um rapaz sedutor que a encantara naquela noite, que não teria notado nem se o irmão e o amigo se agarrassem na frente dela. Mas ainda parecia difícil de acreditar.

– Com o *Bel-xin*? Eu pensava que ele só gostava de garotas! Transamos tantas vezes...

– Ele é como nós, quer dizer, espada de dois gumes. Pra te dizer a verdade, ele procurou você em parte como maneira de se aproximar mais de teu irmão. E pelo jeito, conseguiu.

– E essa agora! Preciso entender melhor as pessoas.

– Pra tanto, precisa conhecer mais de você mesma. Estamos aqui pra isso mesmo!

Pararam para almoçar e esticar as pernas num povoado a meio caminho. O casal senzar que os acompanhava puxou conversa com Tiakat. Como a menina imaginara, estavam em lua-de-mel. "Xinachti Chitalmina, zorciós" as apresentou como mestra e aprendiz xamãs. Isso os deixou admirados, por ser incomum que uma metropolitana se interessasse por essa tradição de magia. Ainda mais uma senzar, como pensaram que Tjeypin fosse: referiram-se a ela como "Zi-bin", pois usava duas correntes de bronze e um saiote de cintura alta com o vermelho e dourado do clã Zi e ela se apresentou como Zi Sismau Tlalpan. Para sua decepção, não deram sinal de reconhecer o pseudônimo com o qual assinava suas crônicas, que já começavam a sair. Não eram leitores do *Farol de Atlântis,* que pena.

O casal desembarcou um pouco depois que a diligência retomou a estrada, num povoado de onde se dirigiriam a uma pousada na praia. Tiakat aproveitou para fazer perguntas mais pessoais a Tjeypin.

– Você não tem sentido nenhuma manifestação diferente de magia nos últimos meses? Como coisas se mexendo sozinhas perto de você, auras brilhando em torno das pessoas, animais fazendo coisas estranhas quando pensa neles, visões do futuro, pensamentos alheios passando por sua cabeça?

– Não, nada disso. Meu irmão, sim, tem essas coisas desde criança. Sei acelerar e retardar funções vitais e controlar a respiração, o pulso e as emoções, como papai me ensinou. Mas é o tipo de magia que quase todo mundo pode aprender, não é?

– Estranho para alguém com uma aura tão forte. Quando você era bem pequena e estava com vontade de mamar, eu sentia seus puxões telecinéticos nos peitos. Sissã-xin, Siassiá-xin e eu alternávamos as mamadas de você e seu irmão, lembra? Você também levitava brinquedos e respondia a pensamentos de outros, depois isso parou. Algumas crianças de axé forte têm uma fase de latência, mas já era para ter passado... – pôs a mão no queixo, pensativa. – Isso não é bom. O poder está aí e é grande, não tem dúvida nenhuma, de vez em quando sua aura solta faíscas feito fogos de artifício do aniversário da Comuna. Você reprime tanto que seu poder não aparece. Vamos ter de lidar com isso com cuidado.

A menina, assustada, não disse nada. Até onde sabia, não estava segurando nada, só não sentia o que os outros achavam que devia estar sentindo.

Tjeypin e Tiakat chegaram a Ofar no final da tarde. Ao descer na praça principal, a menina olhou em volta. Apesar de o cenário ser dominado por uma típica pirâmide senzar, dedicada a Fontis e Kedlon a julgar pela decoração, a maioria das construções exibia o leve, curvilíneo e colorido estilo fomori, do qual ela gostava mais do que da sobriedade reta e majestosa dos senzares. Pessoas de roupas coloridas, na maioria fomoris e senzares, convergiam ruidosamente dos campos para as tavernas e divertimentos da praça. Era bem ampla, mais do que a maioria dos espaços públicos de Atlântis fora do centro monumental. Assim como as avenidas e os parques arborizados, parecia destinada a uma cidade maior.

– Cidadezinha pequena, mas é bonitinha... – comentou Tjeypin.

– Você acha tão pequena? É que você foi criada na maior cidade do mundo. Para mim, é de tamanho bem razoável, muito maior do que a vila onde cresci. Uns vinte mil habitantes, se não me engano. Opa, sua mochila está mais pesada do que devia! – sacou-a do alto do carro. – Que foi que você trouxe, além do que eu pedi?

– Alguns livros... E também dois cadernos e material pra escrever.

– É, se não trouxesse, não seria você. Não sei se foi uma boa ideia, você não vai ter muito tempo pra isso e temos uma boa caminhada pela frente. Se quiser, posso pôr alguma coisa de peso na minha, ainda tem um pouco de espaço.

– Pode deixar, eu me viro.

– Você é quem sabe, mas se mudar de ideia me avise. Vamos lá pra cima – enquanto ajeitava a carga apontou com o queixo para uma cadeia de morros ao sul, a uns vinte ou trinta estádios.

Não eram tão altos, mas para uma garota criada numa cidade toda plana... Tjeypin acomodou o peso e deu de ombros. Decidira levar os livros e aceitava a responsabilidade. Só tinha o direito de se rebelar contra as cargas que não escolhesse, pensou.

Ao atravessar a praça, reparou na grande flâmula da Comuna que ondulava sobre a Câmara Municipal. “Mamãe a desenhou”, pensou, vaidosa. Viu Tiakar captar seu pensamento e sorrir. Também a ela a tricolor lembrava Tjurmyen, tanto quanto a Revolução. Então a menina notou também os vigias da Guarda Popular à frente ao prédio. "A tia Artás os comanda", pensou quase com o mesmo orgulho. E riu ao ver que Tiakat torcia o nariz de brincadeira. As duas agora se respeitavam e se davam melhor do que nos tempos de Raltlor, mas ainda restava um pouco da rivalidade de antes de Tjeypin nascer.

Seguiram a rua do sul e a seu final, tomaram uma trilha que se embrenhava na mata, agora agitada pelos ruídos de insetos e pássaros do entardecer. Assim que perderam a cidade de vista, Tiakat parou por um momento e tirou as sandálias e a tanga para pôr na mochila.

– Ué, por quê? – perguntou Tjeypin.

– Saudades. Em Raltlor, eu andava assim, só com o pekenan e meus balangandãs, como fazem no verão os tlavatlis do interior. Estava sentindo falta disso, do vento na xoxota e a terra na sola dos pés, feita o bicho do mato que sou! – ergueu os braços e girou num pé só, com um gritinho. – Uhuuuu!

– Ah, também quero!

– Não recomendo agora a você, que tem pés macios de menina da cidade e não os meus cascões. Depois que chegarmos, você experimenta – e pôs-se a caminho, a passos de gazela.

Capítulo 19

Encontro com a deusa

Quando desceram, Lúsia e Madhavi já tinham desmontado e dobrado a barraca para guardá-la, junto com outras bagagens, num dos carroções de carga dos mugais e o mesmo se fizera com quase toda a cidade temporária. Tjeypin passou a Lúsia e ao Conselho o que tinha visto. Como parecia não haver risco de ataque vindo de trás, não era preciso reforçar a retaguarda.

Hoengseng distribuiu instruções por um método curioso, que Vasu ouvia pela primeira vez. Como era impossível falar diretamente a uma multidão tão grande e a grande maioria dos mugais eram analfabetos, reunia cerca de mil representantes de grupos e recitava ordens em versos, que eles deviam memorizar e repetir para seu pessoal. Assim, mugais de pés e mãos ágeis foram autorizados a se afastar em pequenos grupos e fazer uma razia nos rebanhos e plantações, pois qualquer coisa que pudessem trazer a seu povo, mesmo perecível, poderia ajudar evitar a fome mais adiante. Os estoques de alimentos estavam longe de serem fartos.

Tjeypin, Vasu e Madhavi voltaram à galeota, cujo nome agarti não sabiam, mas mestre Kaineus rebatizara *Enareta*, "Justiceira" em acaio. A viagem por terra mostrou-se mais tranquila que na véspera, mas os marinheiros tiveram algum trabalho. Uma flotilha agarti vinda de alto mar, três vezes maior, atacou-os.

Dessa vez, a pontaria de Tjeypin não daria conta do serviço. Precisaria pedir socorro à sua habilidade como nadadora. Como os raios de calor precisavam de certo tempo entre os disparos, ela disparava, nadava para a galeota vizinha, *Áphoba*, "Destemida", disparava o canhão de lá e voltava para a *Enareta*, pulando para o assento do controle e jogando para trás os cabelos molhados no momento certo para o próximo tiro. Essa técnica nada usual deu certo. Os agartis bateram em retirada após metade de seus doze navios serem incendiados a mais de meia parasanga de distância. As galeotas mugais estavam ilesas, salvo por uma vela furada.

Então levaram um susto:

– Socorro! – gritou Tjeypin, que vinha da *Áphoba*.

Vasu e Madhavi pularam n'água e conseguiram ajudar Tjeypin, travada por dores e convulsões repentinas e com ajuda de outros, içaram-na para a *Enareta*. Fizeram-na vomitar água e a massagearam e deitaram. Uma acaia trouxe um cobertor seco para envolvê-la.

– Obrigada, vocês me salvaram a vida! – trêmula, segurou o braço da atônita Madhavi.

– Tá bom! – tentou brincar Vasu, apesar de estar assustado e de suas feridas arderem com a água salgada. – Depois de você salvar a nossa sei lá quantas vezes. Diga a verdade, você fez que ia se afogar para nos dar a chance de fingir que servimos pra alguma coisa!

– Não vá pensar assim, senão na próxima eu me ferro *de verdade*! Não sei o que aconteceu, eu gosto de nadar e nem estava tão puxado...

– Não, imagine – disse Vasu –, só deve ter subido e descido pelas cordas, manejado as manivelas e alavancas e nadado de cá pra lá e de volta umas vinte e poucas vezes com os navios em movimento a uns cem passos um do outro. Eu via e não acreditava!

– E não sei se você notou, mas acaba de enviar para o Hades ou pôr para correr mil e duzentos tautas em doze navios, literalmente sozinha – disse o mestre Kaineus, que viera ver como ela estava. – Quando lemos sobre proezas como essas nas epopeias antigas, os professores chamam de hipérbole, figura de linguagem...

– Olhem! – disse Tjeypin, preocupada e tentando erguer o braço crispado para apontar.

Viraram-se. Uma dúzia de grandes naves voadoras, escoltadas por outras menores, atravessava o céu na direção do leste, bem no alto.

– Pela altura e velocidade, não têm intenção de nos atacar, nem de observar de perto – avaliou Madhavi. – Relaxe, Tjeypin, pode descansar.

– Mas que podem estar fazendo? – o acaio franziu a testa, enquanto protegia os olhos do sol com a mão.

– Transporte de tropas – deduziu Vasu. – Cada uma das rukmas leva trezentos guerreiros e as vimanas menores, até vinte. Devem estar concentrando forças em algum ponto à nossa frente.

Quando voltaram a se juntar à grande marcha no segundo acampamento, a nova façanha eletrizou a multidão, que saudou os recém-chegados com um estribilho de "*Day Maav Tjeypin Kemtaov Vhauzyag*". Pela primeira vez, Vasu viu a atlante ruborizada.

– Que significa isso? – perguntou ao chegarem à tenda, depois do abraço de Lúsia.

– "Grande Maav Tjeypin do Sabre de Ouro e da Pedra de Fogo". Já me chamavam de *Tjeypin Kemtaov* por causa do que eu fiz no dia da rebelião com a *quantal*, a espada de oricalco... – o tom era constrangido.

– Isso não agrada você? – admirou-se Madhavi.

– Não é como uma máquina de matar que eu gostaria de ser lembrada! – jogou-se sobre o catre. Parecia exausta.

– Eu disse que você nasceu para ser a maior das guerreiras! – disse Lúsia.

– Já me disseram que nasci para ser a maior das guerreiras, das governantes, das feiticeiras, das sem-teto, das putas... *Não quero* ter esse tipo de importância. Prefiro até que se lembrem de mim como uma cronista e artista mais ou menos. Posso não ser *a melhor* nisso, mas é o que gosto de fazer.

– Sem-teto? Putas? – admirou-se Madhavi. – Alguém disse isso e ainda está vivo?

– Hum, preciso traduzir melhor. Em senzar não soa como xingamento. Como explico...?

A chegada de Zhothaey com o convite para jantar com o Conselho a interrompeu e então a conversa foi sobre temas mais prementes.

– O que pensa o amigo da porta-voz, haverá mais batalhas navais amanhã? – perguntou um dos membros do Conselho, Tshengxhy, que parecia ser o mais amigável para com o casal agarti depois de Hoengseng.

– Não posso garantir – opinou Vasu –, mas não esperaria enfrentar frotas muito maiores que a de hoje. Este mar é como um enorme lago salgado no coração de Agarta, nós o chamamos *Daishiya Sagara*, "Mar Interior". O que havia aqui de navios de guerra serve apenas para fins cerimoniais e para treinamento de tautas do interior antes de serem enviados para a marinha oceânica. Não deve ter sobrado muitos, pois a maior parte estava em Manova e foi queimada, ou está conosco.

– E quanto às vimanas? – perguntou Hoengseng, preocupada. – É possível prever algo?

– Vasu acha que estão sendo usadas para concentrar tropas contra nós em algum lugar mais à frente – respondeu Madhavi. – Um esquadrão como aquele que vimos passar pode carregar quatro mil guerreiros e pode haver outros, voando de outras regiões. Pela altura e velocidade com que passaram, não deve ser um local muito próximo.

– Para mim, *eles têm razão* – avaliou Tjeypin. – Se estudarmos os mapas, talvez consigamos deduzir qual o lugar mais lógico. Sabemos que será aproximadamente a oés-noroeste e em algum ponto da rota para Zhyaungtô.

Abriram seu melhor mapa. Depois de compararem algumas possibilidades, Vasu, Tjeypin e Madhavi concordaram no lugar mais provável: Uttaradhana, uma capital regional para além da margem oriental do mar de Helcar. Não era muito grande, mas tinha uma posição estratégica em relação ao caminho para Zhyaungtô e ficava em área fértil com acesso fácil a rotas marítimas, fluviais e terrestres. Ali seria viável reunir e abastecer um grande exército. Por ser o quartel-general da aksa Mandara, que dominava dali até a fronteira de Zhyaungtô, tinha amplas instalações militares, arsenais e armazéns. Tshengxhy acrescentou que a cidade outrora fora capital de um dos reinos do Império Mugal e ainda era conhecida por seu povo pelo nome antigo de Poeykeng.

– Isso está a quatro meses de marcha? Tanto assim? – surpreendeu-se Hoengseng.

– Como vimos as vimanas passarem uma só vez, faz sentido – argumentou Tjeypin. – São muito rápidas e se o destino fosse mais próximo, nós a teríamos visto voltar mais cedo. Significa que eles nos veem como ameaça séria e vão se preparar.

– Nesse caso, a boa nova é que a grande marcha não será incomodada por quatro meses – ironizou Tshengxhy. – A má é que ao cabo todo o exército agarti estará à espera.

– Nem tanto – expôs Lúsia. – Por um lado, tenho certeza de que não nos deixarão em paz até lá. Tentarão nos fustigar e enfraquecer, criar armadilhas, como aquela do kumis...

– Que história é essa? – perguntou Tjeypin.

– Foi na última aldeia arabaya pela qual passamos. Foi evacuada e destruíram tudo o que não puderam levar, jogaram lixo e merda das fossas sépticas nos poços. Incendiaram as casas, os silos, até o templo de Napatas. Restou apenas uma construção intacta: a taverna. E dentro dela havia tonéis e tonéis de kumis, inteiros e cheios. Um batedor me avisou e achei suspeito, mandei ninguém tocar neles e fui conferir. Não deu outra, tinha veneno. É de ação lenta, mas eu reconheci o cheiro nos restos de ânforas que achei lá: mel de azálea. Quem tivesse bebido aquele negócio morreria durante a noite.

– Isso será incluído nos avisos da manhã – comentou Hoengseng.

– Mas me deixe continuar – continuou Lúsia. – Também tenho certeza que não encontraremos todo o exército agarti, não ao pé da letra. Eles precisam de tropas em toda parte para prevenir novas rebeliões.

– A aksa Mandara é relativamente fraca e não tem boa reputação – informou Vasu. – E não é muito numerosa, conta com cinco sainas, metade das aksas plenas.

– Então é isso, vão reforçar essa aksa, mas o contingente talvez não seja muito maior que o nosso. O problema é que terão bombardas, raios de calor, vimanas, bombas de gás e armas pesadas, além de unidades de elite e guerreiros treinados. Quero organizar treinamentos diários reforçados para todo mundo, a cada parada, mesmo que isso nos custe um pouco mais de tempo e alimentos. Não só uso de adagas, espadas e mosquetes, mas também manobras e exercícios de combate.

– Com isso a grande marcha terá condições de enfrentá-los? – perguntou um conselheiro cujo nome Vasu ainda não memorizara.

– Não sei. Só posso afirmar que sem isso não temos a menor chance – concluiu Lúsia.

– É preciso pensar com cuidado em como comunicar essas informações, avisar e motivar sem causar desânimo. Um dia ou dois para considerar não será demais – ponderou Hoengseng.

O Conselho aceitou a avaliação do seu Estado-Maior e os conselhos de Lúsia, mas decidiu adiar por pelo menos um dia o início dos exercícios para pensar na melhor maneira de expor a situação, antes de encerrar o jantar e a reunião.

Ao sair, Vasu sentiu um enorme contraste entre o clima tenso da barraca do Conselho e o ambiente alegre, até eufórico do lado de fora. Muitos mugais cantavam, outros acompanhavam com flautas de bambu e outros instrumentos improvisados. Os mais jovens e menos cansados chegavam a dançar. Depois de verem os poderosos agartis em fuga e derrotados por dois dias seguidos, estavam ficando confiantes. Talvez demais.

Tjeypin disse aos camaradas de tenda:

– Queridos, não vou me deitar ainda – ela parecia um pouco preocupada. – Mamãe e madrinha querem falar comigo, vou vê-las.

– Máurula, você está bem? – estranhou Lúsia. – Estamos em Agarta, sua família está em Atlântis... Certo?

– Sim, mas elas vieram me ver. Aqui não, num lugar tranquilo... Ah... Mamãe pede que vocês venham comigo, se puderem fazer o favor.

Intrigados e curiosos, Lúsia, Vasu e Madhavi aceitaram. Passaram pelos sentinelas que guardavam a saída do acampamento – que mesmo depois de reconhecer e cumprimentar Lúsia e Tjeypin pediram a senha – e se embrenharam num bosque de carvalhos e nogueiras até encontrar uma clareira junto a um olho d'água, iluminada pelo luar. Ali Tjeypin estacou e esperou.

Então, duas formas femininas nuas surgiram da noite. Uma delas magra e alta, era apenas uma sombra na noite, quase só se via o sorriso. A outra era uma figura fosforescente de mugal de traços delicados, baixinha como Bakri, com o corpo todo coberto de figuras coloridas – um tigre, uma fênix, folhas, flores, animais, personagens, ideogramas...

Tjeypin sorriu e elas se aproximaram. A baixinha a abraçou como se fosse sólida e depois voltou-se para os demais e os saudou:

– *Khairein*, Lúsia. *Hari*, Vasu e Madhavi, muito obrigada – ela falava agarti sem sotaque, com uma voz melodiosa, doce como mel. – Sou Tjurmyen, mãe de Tjeypin. Minha esposa Tiakat não fala agarti, mas agradeço também em seu nome, de meu marido Sistu e de toda a família pelo apoio à minha filha. E muito obrigada também pela ajuda ao meu povo. Tentaremos recompensá-los.

– Minha recompensa é estar ao lado de Tjeypin, senhora! – Lúsia fez uma reverência.

Enquanto Tiakat falava com Tjeypin numa língua desconhecida de Vasu, Tjurmyen abraçou Lúsia. Para surpresa de Vasu, veio abraçá-lo também e a sentiu sólida e humana. Cada fio de cabelo, cada poro, cada pormenor das tatuagens parecia verdadeiro. Só o brilho feérico sugeria algo sobrenatural. Depois abraçou Madhavi.

Tiakat aproximou-se em seguida. Era diferente. Ela parecia estar e não estar ali ao mesmo tempo. Podia ver através dela e quando lhe acariciou a barba nascente, foi como ser tocado por uma pluma.

Ela disse algo incompreensível, com uma voz quente e grave. Tjeypin traduziu.

– Ela diz que suas feridas estão inflamadas e pede licença para curá-las. Avisa que vai doer, mas só por alguns momentos. Se aceitar, tire a túnica para facilitar.

– Se ela pode, sim, faça, por favor – despiu-se.

A sombra negra passou às suas costas e sentiu algo roçar muito de leve nas costelas. De repente, sem nenhum aviso, sentiu uma nova chibatada nas costas e rilhou os dentes. Mais uma e os olhos lacrimejaram. Quando a ardência passou, foi-se com ela o latejar e o incômodo persistente que o afligiam há dias. Passou a mão nas costas e as sentiu ilesas, como se os lanhos nunca tivessem existido.

Viu Tiakat e Tjeypin se aproximarem de Madhavi e fazerem a mesma proposta. Ela concordou com um aceno de cabeça e deixou cair a túnica. A sombra de feiticeira se ajoelhou à sua frente, pôs uma mão em seu púbis e outra nas nádegas. A agarti estremeceu, crispou as mãos e o rosto e resfolegou por um tempo que a Vasu pareceu uma eternidade, mas chegou ao fim.

Enquanto Tiakat examinava Lúsia, aproximou-se de Madhavi, que cobria o rosto com as mãos.

– Você está bem?

– Que vergonha, Vasu, eu me senti como se estivesse acontecendo tudo de novo, na sua frente! Me ameaçaram com adagas e eu indefesa! Fui covarde, fiz do jeito que eles quiseram...

– A culpa é minha, por ter envolvido você, sem ter como protegê-la disso tudo. Me perdoe, eu não tinha como saber! Nunca devia ter mencionado você ao sainapati...

– Não! – ela descobriu o rosto. – Você fez bem, se não me tivesse chamado, não estaríamos juntos agora. Não há nada a perdoar, só me ajude a deixar isso pra trás, por favor. Me abrace.

Sentiu o rosto dela molhado, ou era o seu? Ou ambos? Não importa, foi um momento que fez muita coisa valer a pena e deveria ter durado mais.

– Desculpem – interrompeu Tjurmyen, em voz baixa –, mas o tempo é escasso e temos mais coisas a dizer. Vasu e Madhavi, por favor, cuidem da minha filha.

– Nós? – surpreendeu-se Madhavi. – Senhora, é como pedir aos cachorrinhos para tomar conta da leoa – Vasu sorriu, contente. Era a primeira brincadeira dela desde aquele dia.

– É sério – disse ela. – Tjeypin não é tão forte quanto gosta de aparentar. Hoje ela quase morreu e vocês a salvaram. O irmão gêmeo tem um laço telepático forte com ela e nos avisou que ela precisava de ajuda. Agora Tiakat a tratou e ela está bem, mas não foi uma simples cãibra, o coração dela quase parou. Para nadar mais rápido, ela usou uma magia de acelerar as funções vitais que o pai ensinou, mas forçou por tempo demais. Lembrem-na de que é humana, de que vale muito mais viva do que morta, tanto para nós quanto para vocês. E ela é sensível, confortem-na quando for preciso, por favor. Ela gosta muito de vocês.

Admirados, eles prometeram fazer o que pudessem. Então Tjurmyen afastou-se um pouco e pediu atenção em voz alta.

– Por favor, ouçam-me todos, é importante – Tiakat pôs-se ao seu lado, os outros silenciaram e voltaram-se para ela. – Isso que vocês começaram não tem efeitos só no mundo corpóreo. Está balançando o Elísio e o Érebo, também. As entidades beneficiadas farão o possível para ajudá-los, procurem fortalecê-las, lembrem-se delas, cantem para elas, façam oferendas. Vocês vão precisar também de ajuda divina, porque os deuses agartis estão furiosos.

– Explique como vocês sabem disso, mamãe – disse Tjeypin.

– Claro. Minha amada é a representante e portadora de Chiuknawat, deusa tlavatli da liberdade. A libertação de centenas de milhares de mugais de uma só vez a fortaleceu tremendamente, mais do que precisava. Ela dividiu o axé com duas amigas necessitadas. Uma é Samya, uma deusa da equidade outrora cultuada em Agarta, lembrada em Thule e pelas acaias de Themiskura, "glória de Samya" em sua língua, mas esquecida por aqui há mais de dois mil anos. A outra é Mui, a deusa da solidariedade de uma tribo lemuriana. Nos primórdios da humanidade, ela sacrificou-se para salvar a tribo de uma erupção vulcânica, foi cultuada pelos sobreviventes e se tornou uma divindade, talvez a primeira do mundo. Quando Agarta conquistou suas terras desses lemurianos, alguns deles vieram parar em Manova como hilotas e falaram de sua deusa aos mugais.

Fez uma pausa para assimilarem as informações. E continuou.

– Além disso, eu tenho um pé no Theenclaung, o Elísio mugal. Eu sou metade gênia, metade humana, por razões que Tjeypin pode lhes explicar mais tarde. Assim, fui uma das primeiras a conhecer a entidade que nasceu da comoção de centenas de milhares de corações por uma mulher que mentiu para sozinha suportar um castigo terrível e injusto sem prejudicar ninguém. Mui quis dividir sua parcela de axé com o espírito injustiçado e resgatá-lo do Hades, um raro milagre, que só tem acontecido uma vez a cada geração, no máximo. O nome com que era conhecida dos agartis era Edi, "ovelha", o verdadeiro era Keong Tshengis, "Intenção Pura" do clã "Gengibre", mas agora quer ser chamada Vhakiet, "União Florida".

A seu lado, materializou-se outra mugal fosforescente, vestida e coroada de rosas cor de sangue. Vasu não vira o cadáver com clareza, mas não duvidou que era ela. Tremeu nas bases e fez a única coisa que lhe restava: jogou-se aos pés dela e prostrou-se como só fizera na presença dos deuses agartis no Templo do Fogo Sagrado. Madhavi o imitou.

– Eu os perdoo – disse ela, com voz e expressão tranquila –, sei que não me quiseram mal e sofreram por mim. Levantem-se, por favor, e tenham a paz de espírito de que precisam para nos ajudar melhor. Em troca, façam do compromisso que assumiram com o Conselho não um trato, mas um gesto de fraternidade com minha gente e o dediquem a Mui. Se possível, lembrem-se de dar uma flor vermelha a ela ou a mim, tanto faz, de vez em quando.

Estendeu-lhes as mãozinhas que, assim como a voz dela, eram quase infantis, mas pareciam reais. Vasu sentiu-se aliviado de uma carga que julgara ter de carregar pelo resto da vida. Ainda de mãos dadas a eles, ela prosseguiu:

– Avisem meu povo que cada gesto de união e simpatia nos revigora...

Um ruído vindo das árvores às costas de Vasu a interrompeu e Tjurmyen anunciou:

– Amigos, apresento-lhes Sbhika, a gênia mensageiro de Samya!

Empoleirava-se sobre uma árvore uma leoa branca alada com cabeça de mulher, de cabelos platinados e olhos azuis. Saltou e desceu suavemente, com as asas abertas.

– O que é, o que é? – a voz era curiosamente macia. – Quando não se sabe o que é, então é alguma coisa, mas quando se sabe o que é, então não é nada.

Vasu ficou confuso. Ele e Madhavi olharam um para o outro sem entender. Até Vhakiet pareceu perplexa.

– Um enigma! – respondeu Tjeypin.

A entidade caminhou com graça felina entre os presentes, olhando-os com curiosidade.

– Não existe para nenhum ser vivo, quando existir, não será preciso se preocupar, mas ainda assim, se faz de tudo para evitar mesmo sabendo que não se vai conseguir. O que é?

Mais um momento de silêncio.

– A morte! – arriscou Lúsia.

Ela colocou-se numa posição central e espreguiçou-se, com as patas estendidas.

– O que algumas pessoas quase não têm, ninguém tem o suficiente e mesmo assim não há quem se queixe de ter pouco?

– Bom senso! – matou Madhavi, na hora.

Sbhika lhe deu um sorriso indecifrável.

– O que os mais poderosos entre os poderosos temem, os mais fracos entre os fracos defendem, mas nem uns, nem outros acreditam que exista?

Dessa vez, foi Vasu quem deu com a resposta:

– A igualdade!

– Ótimo, trato com humanos capazes. Querem que eu responda suas perguntas?

– Sbhika – perguntou Vasu –, o que os deuses de Agarta nos fizeram?

Até então relaxada, ela firmou-se numa postura rígida para responder.

– Você e Madhavi foram joguetes deles, especialmente de Hauasa. Eles se aborreciam com os conflitos entre sindhus e tautas, as intrigas da corte, a insubordinação dos vassalos, as fanfarronadas vazias sobre glórias passadas. Esconderam dos clarividentes sindhus e dos espiões da Kraukura a conspiração dos hilotas e incitaram a revolta pensando sacudir os agartis, tirá-los da sua apatia e lhes despertar de novo o gosto pela guerra, mas subestimaram os hilotas. Não esperavam ver Manova em chamas, servos dizimarem guerreiros e deuses esquecidos serem reerguidos. Sabem que cometeram um erro e tentarão corrigi-lo. Minha deusa e eu estamos dispostas a lutar ao lado de Chiuknawat contra eles, mas precisamos que nos fortaleçam com símbolos e gestos de justiça. Uma velha tradição era oferecer a Samya pares de coisas brancas e iguais, mas mais valioso é corrigir a iniquidade em sua intenção.

– Sbhika – chamou Tjeypin –, isso quer dizer que Madhavi e Vasu correm perigo?

– Não mais que os outros. Gênios às vezes são tomados de ódio ou amor por humanos incomuns, os deuses não. Usam-nos e os esquecem, assim como um viajante faz com uma vara que encontra e usa para colher uma manga que achou no seu caminho. Não importa se a fruta estava boa ou bichada ou se atingiu um ninho de vespas sem querer, não vai amar ou odiar o pedaço de bambu por isso. Se é que há exceções, não é o caso de Hauasa.

Uma sonora gargalhada tomou conta da clareira e surpreendeu Vasu, que se virou e viu no lugar da madrinha de Tjeypin uma mulher quase azul de tão negra que parecia não só mais real que a sombra de Tiakat, mas também mais real que os humanos à sua volta e mais fulgurante que os gênios. Estava nua, mas coberta de pinturas e berloques.

– A exceção somos nós! – a voz profunda falava agarti. – Somos a deusa que não gosta de templos, não aceita juramentos, não quer gênios que a sirvam e para a qual cada indivíduo é importante, para o bem ou para o mal. E alguns deles, nós adoramos...

– Chiuknawat! Que bom te ver! – Tjeypin exclamou e lhe fez um gesto curioso, mão direita com o polegar e o mindinho esticados e os outros dedos encolhidos, respondido por sinal igual.

Ela e a deusa se abraçaram. Ela e a deusa se abraçaram!

– O prazer é nosso, Pin-bã, e não falamos por falar. Você e seus amigos nos propiciaram o maior sacrifício que já recebemos desde a revolução de Atlântis.

Olhou para Vasu, que teve o impulso de se prostrar, mas se conteve. Intuiu que com aquela deusa, seria uma tremenda gafe. Ela se aproximou dele e de Madhavi, pôs-lhes as mãos nos ombros e os fitou, alternadamente. Tinha olhos de noite estrelada, como Tjeypin.

– Vocês são os primeiros agartis a nos conhecer nesta geração. Esperamos muito que continuem a explorar as dores e alegrias dos nossos caminhos e não sejam os últimos a fazê-lo.

Virou-se depois para Lúsia, também a encarou e olhou nos olhos e lhe falou, mas em acaio. Fosse o que fosse, a guerreira sorriu e concordou com a cabeça.

– Chiuknawat – atreveu-se Madhavi –, que podemos fazer para lhe dar mais força?

– Para nós? – ela lhe deu um sorriso aberto. – Muito agradecidas, mas não é preciso nada especial além de procurarem ser livres e ajudarem os que desejam o mesmo e isso já estão fazendo. Caso se lembrem de nós ao romperem mais um grilhão, tanto melhor. Se tiverem tempo para rituais, dediquem-nos a Samya e Mui, que os apreciam e necessitam deles. Nós preferimos o gesto espontâneo – e despediu-se com aquele gesto característico.

Então, os traços do rosto se modificaram sutilmente, as tranças se soltaram, as pinturas e berloques desapareceram, o brilho se apagou. Voltou a ser Tiakat.

– Bem – falou Tjurmyen –, filha querida e amigos, acho que é hora de irmos para casa. Vocês todos precisam descansar e as gênias precisam voltar ao Elísio. Voltaremos quando for preciso.

Apagaram-se Tjurmyen, Tiakat, Vhakhiet e Sbhika, uma a uma. Ficaram os humanos de carne e osso.

– Vamos – disse Tjeypin. – Quero ver se ainda encontro Hoengseng acordada.

Ela foi à tenda do Conselho e os outros se recolheram à sua, bem a tempo de escapar da chuva que começava a cair.

– Essa Máurula não para de me surpreender – comentou Lúsia ao se despir. – Tinha coisa que ela me contava que eu achava brincadeira, que queria me fazer de boba. Agora não duvido de mais nada. Se ela me contar que deu uma sova nos demônios do Tártaro, eu acredito...

– Eu não – disse a atlante, chegando à tenda de repente –, até porque não sou muito adepta de viagem astral. Mas mamãe e madrinha já fizeram isso. Se de repente for preciso...

– Tjeypin! – chamou Madhavi. – Conseguiu falar com Hoengseng?

– Não, ela já dormia e achei melhor deixá-la descansar. Vou levantar cedo para lhe contar.

Tirou a roupa molhada, estendeu-a num cordão e se deitou, quando Vasu perguntou:

– Tjeypin, me diga uma coisa, você é uma feiticeira?

– Hum... Sou em agarti, mas não em senzar.

– Como assim?

– Na língua de vocês, *kartyaka* significa "estrangeiro com poderes mágicos" e isso eu sou. Mas em senzar, isso não faz muito sentido. Em Atlântida quase todo mundo tem algum poder, o bastante para fazer funcionar uma simpatia caseira de vez em quando. Aqueles que não têm nada chamamos de *xeih*, "sem axé", que é como dizer *xehen*, "sem vista", "cego", ou *xedli*, "banguela", uma deficiência. A palavra mais próxima de "feiticeiro" é *ihan*, quem usa magia profissionalmente, como madrinha e mamãe. Isso eu nunca quis ser, custei muito a aceitar que tinha poderes acima da média e precisava aprender a lidar com isso... Mas outro dia me peçam para contar essa história. Agora quero dormir, ou pelo menos relaxar um pouco.

"Iniciação de uma xamã relutante" (fragmento I)

De Zi Sismau Tlalpan, para *O Farol de Atlântis*

Tjurmyen chamou a filha à salinha conjugada ao quarto da mãe e convidou-a a sentar-se na esteira para conversar. Pegou o seu alaúde e tocou acordes relaxantes. Era sua maneira de desarmar tensões e preparar o ambiente para uma conversa séria.

À luz suave da sala, Tjeypin sorriu ao ver a mãe gênia surgir, sentada ao lado da mãe corpórea. Não era um fantasma, nem um corpo astral, mas uma entidade *sui generis*. Sua história estava na boca do povo, nos livros da escola e nos murais que Tjeypin pintava por toda a casa. Mais de um ano antes de Tjeypin nascer, a gênia dupla Kintjur unira-se a Tjurmyen conferindo-lhe a habilidade de se dividir em duas, mas seu primeiro corpo fora brutalmente destruído na luta pela salvação de Atlântis. Restou do alter-ego, Tjurmyen-Kinzhyn, aquela forma ambígua que nem se juntava aos ancestrais, nem a Tjurmyen-Tjurtsi, mas flutuava entre o Elísio, o Hades e o mundo corpóreo. Nua e coberta de tatuagens coloridas, era uma presença extravagante, mas querida.

– As mães são responsáveis – começou Tjurmyen-Tjurtsi,

no ritmo lento e cuidadoso que era característico de sua língua nativa – por orientarem a amada filha que descuida do que é mais importante e se arrisca a tomar um mau caminho.

– A jovem cumpre os deveres em dia – protestou, educadamente, Tjeypin –, é desajeitada como um tapir nas labutas da casa, mas se esforça pelo bem da família. E a estudante tem a segunda melhor classificação da série na escola.

– As preocupadas mas orgulhosas mães – sorriu Tjurmyen-Kinzhyn – desejam exprimir os fatos com mais precisão. Em toda Atlântis, a estudante aplicada só fica atrás do irmão igualmente inteligente e benquisto e um pouco mais disciplinado. Mas o descuido da jovem brilhante não é para com a casa e os estudos e sim para com o desabrochar da vida.

– A filha também põe o pekenan quando desfruta a vida junto aos rapazes, como as veneradas mães sabem... – mas falou por falar, já percebia aonde a conversa levava.

– A dileta jovem deve saber que esse não é o único cuidado para uma feiticeira na puberdade. As mães e a filha estimada já falaram sobre o assunto – interrompeu o espectro, com tanta delicadeza quanto possível. – A filha querida é tão madura e precoce em alguns aspectos, mas tão criança em outros...

Uma conversa que Tjeypin insistia em esquecer, pois era um passo que receava dar, uma escolha que queria adiar enquanto fosse possível. Mas agora não tinha mais para onde fugir. Ouviu em silêncio.

– Nunca se viu uma menina de axé tão poderoso ficar sem mestra até tão tarde – insistiu a mãe corpórea. – Bem antes dessa idade, a mãe já tinha uma mestra, por muito perigoso que isso fosse sob a tirania agarti. A primeira coisa que o bisavô e a madrinha da mãe fizeram em Atlântis foi procurar outra, apesar das dificuldades da vida de imigrantes desamparados.

– As mães compreendem a relutância da adorada filha

– acrescentou o espectro –, a aceitar outra autoridade, depois de ensinada a cultivar a independência. Mas quem é mais livre que a amada esposa das mães e madrinha da filha, hospedeira da deusa da liberdade? Pois a grande xamã teve uma mestra desde idade muito mais tenra e a recorda com muito carinho.

Era enorme a admiração de Tjeypin pela madrinha Tiakat, mas...

– O primeiro fluxo da querida filha – voltou Tjurmyen-Tjurtsi – é questão de pouco tempo. É preciso estar preparada, pois é um momento em que o axé de uma maga se descontrola. Maior o poder, maior o perigo para uma jovem e todos os próximos. Se a magia não for disciplinada e ganhar forma até esse momento, depois é quase impossível.

– A filha pede perdão pela negligência – manifestou-se a menina, por fim, com uma embaraçada vênia –, mas hesita sobre esse passo. Prender-se a um caminho e uma mestra de magia é uma decisão que *não gostaria* de tomar.

– Mesmo assim – respondeu a mãe espectral – a graciosa filha precisa optar já. As mães apoiarão qualquer escolha, mas hoje, até uma decisão errada é melhor do que a indecisão. E a futura aprendiz deve saber que meses de treinamento intensivo serão precisos para recuperar o tempo perdido.

– A filha amada precisa aceitar um prazo – acrescentou a outra mãe, corpórea. – A querida flor em botão está dispensada desde já das tarefas de rotina para pensar com seriedade por três dias e dar uma resposta.

Tjeypin não teve remédio senão prometer uma resposta. Mas não estava conformada e foi ao pai explicar sua inquietação. Talvez ele a entendesse melhor. Cruzou o pátio ajardinado da galó rumo à oficina, onde sabia que o encontraria. No caminho, encontrou Beletsunu lendo um caderno num banco de um canto da galeria que rodeava o jardim. Um roteiro para uma nova peça de teatro? Ou a contabilidade da escola? Fosse o que fosse, não era tão importante que ela não pudesse interromper para cumprimentá-la.

– Oi, Pin-ar. Por que essas rugas na testa, minha flor? Será que eu posso ajudar?

Tjeypin sorriu. Ela gostava de Beletsunu, sócia da mãe, amiga íntima de Tiakat e esposa extraoficial do pai, como uma segunda madrinha. Mas era uma situação na qual não valia a pena envolvê-la.

– Obrigada, Iaiá-ar, mas é com papai que preciso falar.

– Bem, mas conte comigo, quando quiser.

Tiakat, Sistu e Tjurmyen eram os moradores mais conhecidos, mas o casarão onde viviam era conhecido na cidade como *Beletsunuló*, "Teto de Beletsunu". Era merecido, pois fora dela a ideia de fundar a comunidade, comprara o casarão para doá-lo ao grupo e era uma das pessoas que mais se dedicava à sua felicidade e harmonia. Havia lá um galpão comprido que servira aos antigos proprietários, traficantes de escravos, para manter os cativos antes de levá-los ao mercado. No início, servira só para guardar tralhas, mas agora estava ocupado, na maior parte do comprimento, por uma máquina dourada. Tikitini o batizara Vailxi, "charuto" em tlavatli, pelo seu formato.

A ideia de Zangzhen, irmão de Tjeyipin, era agora um projeto secreto da Comuna de Atlântis cuja construção ia bem avançada. Além da família, apenas ajudantes escolhidos a dedo e os membros do comitê executivo do Conselho sabiam do segredo, mantido sob juramento e vital para proteger sua independência das pretensões do Casal Imperial de recuperar o controle pleno de sua capital. Ajudavam a financiar o projeto a Comuna, o Instituto de Kisharografia e História, o Teatro Nova Atlântis, a Taverna Nova das Enguias, o ginásio Abismo do Prazer e a cooperativa de navegação Palácio das Águas.

Sistu debruçava-se com Zangzhen e Tikitini sobre um complicado mecanismo, ajudando a instalar peças que exigiam força. Ele percebeu sua ansiedade, antes que ela abrisse a boca.

– Que foi, Pin-ar? A conversa foi difícil?

– Queria falar com você, papai. Quando tiver tempo – sua voz saiu tensa, embora ela tentasse parecer tranquila.

– Claro, vamos já, isto não é tão urgente. Vocês podem ir ajustando as peças menores...

O irmão, preocupado com alguma coisa no mecanismo, não deu muita atenção, mas Tikitini ergueu a cabeça e franziu a testa.

– Algum problema, Pin-xin? Posso ajudar?

Ela sorriu:

– Agora não, mas obrigada por perguntar – aproximou-se e beijou a boca do rapaz, que não a abraçou para não sujá-la de graxa.

Ela saiu de mãos dadas com o pai. Iam passar por Beletsunu, que continuava no pátio.

– Fiquem, eu já ia entrar! – chamou ela. –Vocês querem conversar em particular, não é?

– Obrigado, Siassiá-xin – respondeu Sistu.

Enquanto ela entrava e os deixava a sós, Tjeypin sentou-se tensa, curvada, na beirada, e ele recostou-se de pernas cruzadas, abraçando-a pelos ombros, com cuidado para não sujá-la. Ela contou-lhe a conversa com as mães e acrescentou:

– Elas falam como se eu tivesse obrigação de me dedicar à magia pelo resto da vida e eu não quero... Eu não quero ser uma feiticeira, caramba!

– Você lhes disse isso?

– Não sei como dizer, e fica ainda mais difícil em mugal, é tentar pregar um prego com uma flor! E não devia ser preciso, ora bolas! Elas *sabem*, são telepatas!

– Minha capacidade nesse campo é bem limitada, mas não é bem assim que funciona. Sempre temos desejos contraditórios e se você não se compromete com a própria boca, finca pé e põe o selo no documento, por assim dizer, ela... Quero dizer, elas se sentem no dever de tentar reforçar a tendência que lhes parece mais acertada.

– Eu não tenho dificuldade em dizer a *você* que não quero!

– Não quer mesmo? Não te atrai nadinha a ideia de encantar pessoas como sua mãe, curar doenças como sua madrinha, transmutar substâncias como o mestre de seu irmão?

– Não! Talvez atraísse se viesse assim, ó! – estalou os dedos. – Mas eu sei que precisa de muitos e muitos anos para chegar a esse ponto e eu prefiro me dedicar a outras coisas. Gosto muito de aprender sobre as pessoas e de *escrever*, por exemplo! E de pintar!

Sistu coçou a barba com as costas da mão e olhou, pensativo, para a galeria. Na parede, sob os arcos, Tjeypin criara murais das cenas da batalha entre os deuses da qual Tiakat participara, incorporada em Chiuknawat. Na mais próxima, a deusa tlavatli, de varapau na mão, enfrentava a lança flamejante de Mavrit, o deus supremo agarti. No fundo vermelho, erguia-se uma versão estilizada da pirâmide de Sanin e Kaltlan, símbolo do bairro do Mercado onde agora moravam. Não se comparava com a delicadeza das obras maduras de sua mãe, mas ela gostava assim, com alegria e vigor. Um estilo muito próprio, que outros artistas tinham dito ser mais do que promissor para uma menina da sua idade.

– Pin-ar, eu posso entender. Quando eu tinha sua idade, eu já me angustiava com a pressão de minha família para seguir a carreira militar e sonhava conhecer o mundo de outra maneira – Tjeypin sorriu, sentindo-se compreendida. – Mas pelo que sei, é verdade que um axé como o seu é perigoso ao se chegar à puberdade – ela fez uma careta e se arrepiou. – Segundo entendo, você precisa mesmo de quem a oriente nessa fase. O que não vejo é por que precisaria se dedicar a isso pelo resto da juventude ou de sua vida, se não quiser. E se combinarmos que alguém vai te ensinar o indispensável para controlar seus poderes, por uns meses, digamos, e depois a deixe livre para seguir o seu caminho?

– Seria bom! Mas mamãe sempre diz que será preciso persistir até terminar o aprendizado.

– Isso me parece mais desejo da Sissã-xin do que uma necessidade absoluta. Ponha-se no lugar dela. Quando menina, desenvolver seu axé não era uma obrigação. Pelo contrário, se os agartis desconfiassem de que ela tinha esse poder, a matariam no mesmo instante. Para ela, a magia era um tesouro a ser protegido e escondido. No meio da miséria e humilhação que sofria, era o que lhe dava a esperança de um dia vingar a morte do pai, conquistar a liberdade de seu povo e reerguer o clã Maav. Esses sonhos ela não concretizou e talvez nunca realize em vida, mas gostaria que seus descendentes continuassem a luta. Ela não entende que alguém, ainda mais sua filha, desperdice um dom tão raro.

– Mas eu não sou ela! Eu não sou de Zjoey, sou daqui! Se tiver de lutar, será por outros motivos e de outro jeito! – disse ela, segurando-se para não chorar ao enfrentar o afeto e a culpa que conspiravam para submetê-la à vontade da mãe.

– Entendo suas razões, mas quero que também compreenda nossa Tjurmyen. Eu amo as duas por igual e não quero que fiquem mal-entendidos entre vocês. Vou falar com ela e fazê-la entender seu ponto de vista, assim como fiz com você. Não se aflija, vai dar tudo certo.

Passou o fim de tarde a torcer as mãos no mesmo banco até o pai vir chamá-la, com uma expressão que a fez sorrir. Acompanhou-o à sala onde a esperavam a mãe dupla e foi surpreendia pela sorridente presença da madrinha, acomodada sobre a esteira. Tjeypin e Sistu sentaram-se da mesma maneira e Tjurmyen-Tjurtsi, a mãe de carne e osso, falou em senzar, como sempre fazia quando Tiakat, que tinha dificuldades com o mugal, estava presente.

– Pin-ar – disse ela de olhos baixos, pegando-lhe a mão – me desculpe por ter sido tão rígida. Mistonti-xin me fez ver que eu estava errada, ao querer dividir a carga de uma história que não é a sua e impor obrigações que só podem ser assumidas de livre vontade.

Ela ia responder, mas Tjurmyen-Kinzhyn, a mãe tatuada, interrompeu-a, juntando sua mão semitransparente à de seu alter-ego.

– Mas a orientação é necessária. Como resta pouco tempo, é

preciso se dedicar a ela de corpo e alma, pelo seu próprio bem, até que a iniciação esteja completa. Isso exige alguns meses.

– Isso eu entendo, mães.

– E isso cria uma dificuldade – retomou Tjurmyen-Tjurtsi – pois não há mestra que queira iniciar uma pupila que não vá continuar os estudos em sua escola. As normas das guildas não permitem aceitar outra paga que não o terço dos ganhos da aprendiz com sua magia e o prestígio de ter sido a orientadora de uma feiticeira hábil e poderosa.

– O que nos deixa só uma solução – continuou a outra mãe. – Recorrer à sua madrinha e nossa esposa, Dayphong-xin.

– Tiakat-ar? – Tjeypin arregalou os olhos. – Mas pensei que não podia ser uma parenta!

– Sim, é irregular – sorriu, embaraçada, a Tjurmyen corpórea –, e não só por isso, pois ela tampouco tem habilitação formal como mestra, apesar de ser a xamã mais poderosa de Atlântida. Mas tudo isto já começou fora dos costumes estabelecidos, como é hábito nesta família. É uma solução improvisada para um problema incomum.

– O que sempre foi a especialidade da Lelonzinha aqui! – riu Tiakat, levantando a mão e chacoalhando as pulseiras. – Ao seu dispor, Pin-ar! – e pôs sua mão negra sobre as das mães.

– Mas claro que aceito! – entusiasmou-se Tjeypin.

– Então, de acordo! – completou Sistu, cobrindo as quatro mãozinhas com sua manzorra, como para selar o pacto.

Capítulo 20

Um dia de paz

Madhavi e Vasu acordaram contentes. Além de curar feridas, o tratamento de Tiakat lhes dera novas energias, experimentadas durante a noite com repercussões do outro lado da barraca. Desmontaram-na e acompanharam Tjeypin aos navios.

– O que disse Hoengseng, Tjeypin? – perguntou Vasu.

– Vai falar com os outros do Conselho para decidirem como fazer. Vai ser preciso parar um dia para explicar todas as novas instruções, mas acharam melhor deixar pra amanhã ou depois. Além de ainda estar perto de Manova, este lugar não é bom para ficar parado, por causa do risco de ciladas. Tem muitas colinas e bosques difíceis de devassar.

No caminho, Madhavi viu o jardim florido de uma quinta arabaya abandonada e se lembrou de colher peônias vermelhas para oferecer a Mui e ásteres brancas para Samya. Tjeypin e Vasu a ajudaram e ao chegar à beira-mar, improvisaram um ritual, lançando as folhas ao mar num barquinho de folha de bambu antes de subir ao seu navio.

Galeotas agartis foram avistadas do alto do mastro, mas não tentaram se aproximar e as vimanas, como na véspera, passaram a grande altura. Ao que parecia, não queriam arriscar veículos em combate quando a prioridade era o transporte, ao menos naquele dia. O desfiladeiro que fechava o vale dos Arabayas foi cruzado sem surpresas desagradáveis e a grande marcha entrou em campo aberto, vastas pastagens onde o inimigo seria avistado à distância com razoável facilidade, caso decidisse se mostrar.

A relativa tranquilidade deixou aos artilheiros tempo para

conversar, recostados à amurada do navio. Madhavi lembrou-se do diálogo interrompido do dia anterior.

– Tjeypin, você nos explicou a diferença entre feiticeiras na sua e na nossa língua, mas ficou nos devendo aquela história das putas e sem-tetos. Você disse que também tinha aí uma dificuldade de tradução.

– É, pensando bem, sempre que falamos de costumes e cultura, é preciso explicar. Atlântida e Agarta são tão diferentes que qualquer tradução nessas áreas é uma aproximação e às vezes pode dar uma ideia bem errada. Agora que tocaram no assunto, lembro que falei também de "governante" e não era realmente o que queria dizer. Não era a ideia de ser nomeado pelo imperador ou coisa que o valha para governar alguma coisa, mas de representar interesses populares e conduzir debates públicos sobre assuntos da Comuna. Não tem uma palavra exata em agarti, a nossa é *dloxi*, a dos acaios é *politikos*...

– E as prostitutas? – insistiu Vasu.

– Já ia chegar lá. A palavra senzar é *ahrké*. Em acaio tem *hetaira*, com sentido quase igual, mas em agarti não tem nada parecido. Suas *ganika*, "prostitutas", se parecem mais com *dlohké*, mas as *dlohké* são livres, podem casar e ter filhos e têm ganhos e prestígio medianos, enquanto suas *ganika* são quase servas. E *ahrké* é um homem ou mulher versada nas artes do prazer que atende na própria casa. Sexo é o principal, mas acompanhado de massagens, banhos, conversa, música, bebidas, guloseimas, o que agradar mais o cliente ou a cliente em particular, pelo tempo que quiser. É uma carreira prestigiosa e que dá muito dinheiro. Iaiá foi *ahrké* na juventude, quando morava no interior. Largou quando se mudou para Atlântis para viver com papai e organizar nossa casa e o negócio do teatro. A maior parte do dinheiro veio dela, o resto da irmã e de mamãe. Papai e madrinha não tinham mais um *tical* furado.

– Eu ainda estou curiosa por saber em que situação alguém disse que você seria uma boa *ganika*, *ahrké* ou o que seja – cobrou Madhavi, maliciosa.

– Bem, depois que o teatro começou mesmo a funcionar, Iaiá e a irmã viram que não tinham tanto jeito e gosto para a coisa quanto pensavam. Continuaram sócias, ajudam em muitas coisas, mas é a mamãe quem realmente toca a parte artística. Aí a irmã de Iaiá resolveu investir sua parte do ganho numa taverna como a que ela tinha no interior. Iaiá pensou em voltar à sua profissão, mas aí teve uma ideia melhor. Achou que estava mais no espírito da Comuna e dos novos tempos uma escola popular de artes eróticas e convidou alguns *ahrké* e *dlohké* de ambos os sexos para trabalhar com ela. Deu uma confusão na época, porque as guildas se queixaram de que era concorrência desleal, ela ia revelar segredos profissionais aos leigos, um monte de bobagem. Mas a escola pegou e quando eu tive idade, fiz o curso. Aliás, eu o recomendo, se um dia tiverem a oportunidade. E quem disse que eu daria a melhor das *ahrkés* foi um mestre entusiasmado com a minha criatividade. Eu até cheguei a pensar em experimentar como aprendiz por um ano para depois escrever sobre isso, mas é difícil, nenhuma mestra quer uma discípula que não quer seguir a profissão de verdade. Mas ainda tenho planos de passar uma temporada como monitora.

– Caralho, é isso mesmo o que eu entendi? – Madhavi arregalou os olhos. – Vocês fodem de verdade, nessa escola?

– Claro. A teoria a gente aprende desde a escola infantil e existem rituais tradicionais de iniciação sexual para os jovens. A novidade era ensinar técnicas avançadas a adultos.

– E foi ela quem ensinou você...

– Não, isso não! Com minha mãe de leite, de jeito nenhum! A gente transa com mestres, mestras e outros alunos, mas jamais com parentes. Minha meia-irmã, filha da Iaiá, fez o curso comigo, mas nunca juntas, claro. Ela sim, quis seguir a carreira da mãe.

– Acho que entendi. E como seria ser a melhor sem-teto? – voltou Madhavi.

– Outra palavra difícil de traduzir. Para vocês, um sem-teto, *asvaga*, é um vagabundo, proscrito, fora-da-lei. Mas o nome senzar da deusa Chiuknawat é *Xeló*, sem-teto, porque recusa templos ou barreiras e suas sacerdotisas são também chamadas *xeló* porque fazem o voto de serem completamente despossuídas de bens materiais e de moradia fixa e pedem abrigo nas casas de adeptos. Teve uma época em que eu quis ser *xeló* e cheguei a ser noviça por quase um ano, mas depois desisti, ou melhor...

O mugal que estava com o odre distribuindo água aos remadores aproximou-se dos artilheiros da proa. Vasu arriscou:

– *Ao shoi kheb kiet tek tjai jnh.*

Tjeypin e o aguadeiro riram, mas ele encheu o copo e o deu a Vasu, que bebeu. Madhavi pediu água em agarti, a seguir; depois Tjeypin pediu em mugal. Quando o aguadeiro seguiu em frente, Vasu perguntou:

– Eu disse algo errado?

– Levemente. Você quis dizer *Ao shoi kheb kiet tek tjay jn,* "Bom é água dar à sede deste homem". Só que você pronunciou quase todas as palavras com tom médio e ficou *tjai jnh*, em vez de baixo e alto, *tjay jn*. Assim ficou "Bom é água dar à sede do tagarela fracote". Ficou engraçado, ainda mais partindo de você.

– Parece impossível a um agarti falar mugal certo, uma batalha perdida...

– Não, mas preste atenção aos tons e não se acanhe de cantar o tom certo. O agarti é uma língua seca e "cantar" nela sugere futilidade, moleza, casta inferior, mas deixe disso e solte a voz. Vale a pena, só de tentar você ganha pontos comigo e com o aguadeiro.

– *Nui se daem yah!* – tentou Madhavi, pausadamente.

– Opa, boa pronúncia! – aprovou Tjeypin –. "A mulher deseja falar também".

– Ele está tentando me ensinar um pouquinho.

– Vasu – estranhou Tjeypin –, você *nunca* tinha falado mugal antes? Percebo bem mais conhecimento na sua cabeça do que seria de esperar de dois dias no meio do meu povo.

– Ora, se você viu isso, deve ter visto também de onde veio – aborreceu-se ele.

– Não, só sei o que você pensa ativamente, quando você está perto e presto atenção. Você tentava se lembrar das palavras, mas não de quando você as ouviu. Agora, sim, você pensou no assunto. Que interessante... Que *bonito*, também! – aprovou Tjeypin, comovida.

– E de onde veio? – perguntou Madhavi, curiosa.

– De Bakri – confessou ele, corado. – Quando eu era pequeno e estávamos sozinhos, ela me cantava canções de ninar ou falava alguma coisa em mugal e eu perguntava como se dizia alguma coisa nessa língua. Há muitos anos que não fazia mais isso, mas ao ouvir os mugais falarem nestes dias, comecei a lembrar palavras que tinha esquecido.

– Isso é ótimo, assim você vai falar bem mais rápido do que eu esperava! E não se preocupe, Vasu, nada que você tenha pensado desde que eu o conheço me magoou ou escandalizou. Não, nem *isso*! – e ele ficou todo vermelho, de novo. – Na verdade, a grande maioria das pessoas é *bem menos agradável*. O pior que vi em você são preconceitos que lhe ensinaram, mas que aos poucos você tem tido o bom senso de deixar para trás.

– É bom saber, mas pelo jeito, tenho de me conformar com que você saiba coisas de meu marido que nem eu sei – suspirou Madhavi.

– Se serve de consolo, também sei de coisas que você ainda não contou a ele – piscou Tjeypin, em resposta. – Não se preocupe, Vasu, não é nada sério. Ela também é um amor. A educação agarti falhou com vocês e eu acho isso ótimo.

– Como é ser telepata, Tjeypin? – indagou Madhavi. – Não é estranho?

– A gente se acostuma. Mas quando eu comecei a perceber os pensamentos dos outros, logo depois da madrinha derrubar meus bloqueios e libertar meu axé, foi muito estranho... Como se tirasse tampões de olhos e ouvidos que eu tinha usado a vida toda sem perceber.

"Iniciação de uma xamã relutante" (fragmento V)

De Zi Sismau Tlalpan, para *O Farol de Atlântis*

Ao voltar a pôr os pés em Ofar pela primeira vez após a penosa iniciação, Tjeypin percebeu a cidadezinha com novos olhos e ouvidos. Pessoas, animais, árvores e algumas plantas tinham um brilho que ela antes não percebia. Na maioria das vezes, pouco mais que um reflexo diferente, mas ao cruzar com uma feiticeira e um adivinho, ambos com os emblemas do ofício, viu auras mais vistosas, ainda que não tanto quanto a de Tiakat. Ambos olharam para as duas com respeito e fizeram uma discreta reverência. Eles também percebiam suas auras fora do comum, compreendeu a moça.

Além disso, percebia mentes. Não as lia, pois isso ela ainda não sabia como fazer e não tinha certeza de querer aprender. Era percepção involuntária, inevitável, de emoções fortes e pensamentos à flor da pele. A raiva assassina que um sujeito remoía por um patrão trapaceiro que o enganara, a aflição de um velho com a dor no peito que sabia ser uma doença grave, a excitação de um cão vadio que trotava atrás do cheiro distante de uma cadela no cio.

Chegaram ao mercado do município. Enquanto os naturais dali tinham direito às suas quotas de produtos básicos, elas, por serem de fora, tinham de pagar. Mas Tiakat escolhia, pechinchava e pagava barato. Ninguém passaria a perna numa telepata escolada nos mercados de Atlântis.

Enquanto a madrinha comprava três kahns de batatas, Tjeypin sentiu, chocada, que um gordo vendedor de camarão seco, homem de meia-idade, se masturbava por trás do balcão, fantasiando que ela era sua escrava e era obrigada a chupá-lo. Com o rosto ardendo e indignada, ela ia lhe dizer em voz alta como e com quem ele deveria trepar quando Tiakat pensou em sua cabeça:

<Psiu, Pin-ar, deixe o pobre coitado, não vale a pena criar caso. >

<Mas ele...>

<Eu sei, é um babaca mal comido. Mas na vida real não te encostaria um dedo. Não podemos nos meter com o que cada um faz dentro da própria cabeça, é abusar dos nossos dons. >

<Isso é nojento!>

< "Respire fundo e acalme o coração, você é forte o bastante para perdoá-lo", como diz teu pai. Logo você vai achar graça de coisas assim. Ou ter pena. Ou nada, conforme o caso. > Tranquila, ela pagou o preço e colocou o saco de batatas na mochila.

"Então era assim ter um axé dos grandes", pensou Tjeypin. Não era de se admirar que todos os clarividentes que conhecia de perto eram meio excêntricos, para não dizer malucos. Uns aprendiam a aceitar todas as esquisitices dos outros e próprias e soltavam a franga – ou o galinheiro inteiro, como Tiakat –, outros se fechavam em copas e só se davam com as pessoas que amavam muito, como sua mãe Tjurmyen. E ela? Imaginava-se um meio-termo, parecida com seu pai, mas como uma garota com dons extrassensoriais devia fazer para se equilibrar como Sistu?

<Isso eu não vou saber ensinar, você teria que descobrir.> Interveio Tiakat nos seus pensamentos. <Mas é uma boa sacada, ser loucona é meu jeito de lidar com isso, tem razão. E por isso teu pai e eu precisamos tanto um do outro, ele é a sensatez feita gente. Se não encontrar teu caminho, segue o meu, que você não se perde.>

<Xi, mas o que a mamãe diria se eu voltasse pintando o caneco, como você?>

Tiakat não conseguiu segurar o ataque de riso, sem razão aparente para os que as cercavam. Mas não estranharam, pois ela usava bracelete de xamã e xamãs fazem coisas estranhas. Tjeypin riu também, mas a dúvida permaneceu. Sua mãe idolatrava Tiakat com uma paixão inabalável, mas aceitaria que a filha fosse como ela? Isso era diferente...

Capítulo 21

Crise no acampamento

A paisagem de bosques, pomares e campos de cereais fora trocada por uma estepe verde e úmida, pontilhada aqui e ali por árvores e moitas de arbustos.

Ao retornar ao acampamento, que se armara um pouco mais cedo às margens do primeiro ribeirão a desaguar no mar depois do desfiladeiro, Vasu o encontrou em polvorosa, agitado por debates excitados, até exaltados. Como supôs e Lúsia confirmou, o Conselho acabara de divulgar as notícias da noite anterior.

– Parece que nem todos estão reagindo muito bem – comentou Tjeypin.

– Não entendo o que dizem. Você pode me explicar?

– Alguns gostaram da ideia de receberem treinamento militar para se preparar para a batalha, outros estão apavorados, pensando que seus dias estão contados. Tem os que se entusiasmam por ter novos deuses a seu lado e os que acham isso um desrespeito aos deuses mugais e dizem que o Conselho está sendo mal aconselhado pelos estrangeiros, ou seja, nós...

– Nós? – protestou Vasu. – Só estamos tentando ajudar!

– Claro. Mas há os menos equilibrados, os menos inteligentes, os que não queriam a revolta, mas se viram forçados a aderir por saberem que os agartis se vingariam dos que ficassem para trás... Melhor não nos separarmos nesta noite e mantermos as espadas à mão. Avise os acaios, Lúsia, para terem cuidado e evitar provocações. Eles nada têm a ver, mas nunca se sabe...

– Com licença – pediu uma vozinha assustada –, o Conselho pede que venham ter com ele o mais rápido possível.

– Obrigada pelo aviso, Zhothaey. Os agartis e eu estamos indo, os acaios irão em seguida.

Tjeypin saiu com uma postura mais altiva e desafiante que de costume e os amigos a seguiram. Um grupo de mugais reunido na praça central suspendeu a discussão ao vê-los. Um deles apontou para Tjeypin por trás com o dedo, gesto que Vasu sabia ser quase insultuoso entre eles e sussurrou algo como *kwawknhaoy*, "estrangeiros" acompanhado de termos que não entendeu. Pelo tom, não devia ser boa coisa. Tjeypin fez que não tinha percebido. Então topou com uma árvore morta, com a grossura de um corpo de homem, no meio do caminho.

Sacou a *quantal* dourada e a cortou rente. Com um só golpe, como se estivesse colhendo uma flor. Deu-lhe um chute para derrubá-la ao chão e com mais meia dúzia de golpes, fatiou a madeira como se fosse queijo.

Vasu olhou boquiaberto. Era a primeira vez que via um sabre de oricalco em ação e custou a acreditar. Qualquer gládio agarti estaria quebrado ao primeiro golpe. Era contra aquilo que os sainapatis de Kuru e Mairu se diziam tão ansiosos para lutar?

– Vasu e Madhavi, me dão uma mão aqui?

Ajudaram-na a recolher os pedaços e entregá-los ao assustado grupo de mugais.

– Se estão procurando algo para fazer – disse-lhes ela –, levem isto para a cozinha. Precisamos aproveitar tudo que encontrarmos. Não vai ter muita lenha dando sopa neste caminho.

Eles fizeram uma reverência e se retiraram mais que depressa, enquanto os "estrangeiros" retomaram o caminho para a barraca do Conselho. Madhavi perguntou:

– Por quê?

– O sujeito dizia que "os estrangeiros" que mandam nos mugais passeiam de navio e "não querem cortar lenha". É uma frase feita, quer dizer fugir do trabalho pesado.

– Ah.

– Isso não quebra? – Vasu estava intrigado.

– Usando com jeito não quebra, nem perde o gume. Um espadão de oricalco corta ao meio um guerreiro de armadura completa, se usado com força suficiente. Meu pai tem um desses, mas é incômodo de carregar e precisa das duas mãos. Esta é bem mais versátil.

A reunião, que desta vez não esperou pela comida ou sequer pelos convidados para começar, foi agitada. As divergências entre os conselheiros eram expressas em um mugal atropelado e Vasu não percebia mais do que palavras isoladas. *Ngaw*, "fome", *tshy*, "carroções de suprimentos" e *zhen*, "deuses" eram recorrentes.

– Por favor – pediu Lúsia ao chegar com os subchefes acaios, momentos depois –, falem em agarti, porque meu pessoal e eu não conhecemos mugal o suficiente. Se vamos correr riscos a seu lado, queremos entender a discussão.

– Isso mesmo! – interveio Tjeypin, com voz alta e firme. – Já que chegamos a esse ponto, vão ter que desculpar nosso atrevimento. Lúsia, em resumo, nosso Conselho está dividido. Um conselheiro diz que no ritmo em que estamos consumindo os mantimentos, eles vão acabar antes de Poeykeng e mesmo que sobrevivamos até lá, morreremos de fome antes de chegar a Zhyaungtô. Outro, muito impressionado com essa conta, propõe consultar os deuses mugais sobre se devemos seguir caminho, criar uma fortificação por aqui mesmo ou tentar pedir clemência. Um terceiro quer racionar os alimentos desde já. Um quarto propõe negociar com os insatisfeitos, incluir parte deles no Estado-Maior, discutir com eles sobre administrar os carroções de suprimentos e os treinamentos, avançar ou não para Poeykeng, aceitar ou não a ajuda dos deuses estrangeiros e assim por diante.

– Isso é absurdo! – protestou Lúsia. – Levaríamos meses nesse debate!

– Claro que é absurdo – respondeu Tjeypin. – Caros conselheiros, creio que falo em nome de todos os voluntários estrangeiros. Até aqui estivemos a seu serviço sem pedir nada em troca além de sua confiança, mas agora exigimos mais uma coisa: decisão. Desculpem minha franqueza, mas neste momento ela é menos perigosa do que o excesso de cortesia: nosso povo pouco sabe da guerra, não será bom conselheiro de si mesmo em estratégia. Consultá-lo é como perguntar à criança doente como deseja ser curada. Mesmo os deuses mugais, com todo o meu respeito, não podem nos ajudar. Como todos os povos, nossos antepassados faziam a guerra, mas consideravam-na a atividade profana por excelência. "Quando os homens guerreiam, os deuses viram as costas", dizia o ditado. Por isso, eles nunca tiveram deuses guerreiros e precisamos agora dos deuses estrangeiros.

– *Tjay kaonjao...* – respondeu um conselheiro exaltado, sem nenhum traço da costumeira polidez mugal.

– Fale em agarti – exigiu Tjeypin. – Se meus companheiros não puderem participar da discussão, eles e eu nos retiraremos da reunião.

– Caro colega – interveio Hoengseng –, faça como pede a mugal de Atlântis. O povo deve várias vitórias aos estrangeiros.

– Será mesmo essa mulher negra uma mugal? De qualquer forma é também estrangeira! Estava sendo dito que essa interferência é intolerável. Milhares se levantaram por iniciativa da rede que este Conselho construiu nas sombras. A revolta não foi feita para substituir o Manu Sarata por outros senhores, alguns dos quais também agartis! Ou este povo se governa por si, ou a rebelião é inútil. Este conselheiro não é favorável a prosseguir a marcha sem consultar o povo e chegar a um consenso com os dissidentes. Se for a vontade do povo permanecer aqui, rejeitar os deuses estrangeiros ou mudar a composição do Conselho, assim será.

– E nós os deixaremos amanhã – respondeu Tjeypin. – Comprometi a mim porque sua luta é legítima, admirei sua coragem ao iniciá-la e me senti uma de vocês. Mas vocês não saberão conquistar a vitória final sem ajuda e orientação. Se a rejeitam, não me sinto obrigada a acompanhá-los num suicídio coletivo, *muito menos arrastar comigo meus amigos* que decidiram me seguir por amor e senso de justiça, sem ter os mesmos laços de sangue e história com o povo mugal. Seguiremos outro caminho e lhes desejaremos boa sorte.

– Os estrangeiros querem nos ludibriar! – enfureceu-se o mugal. – Não poderão passar pelas linhas agartis e sobreviver, a menos que estejam mancomunados com o Manu!

– O colega precisa se acalmar – disse Hoengseng. – E pedir desculpas pelas acusações levianas aos estrangeiros que têm lutado e posto as vidas em risco. Como sabe todo o Conselho, dois acaios morreram na batalha do desfiladeiro em Marova.

Fez-se um longo e embaraçoso silêncio. Tjeypin pediu a palavra e Hoengseng a deu.

– A respeito da proposta de fortificação e resistência, já deixei claro desde o primeiro dia que não funcionaria e expliquei por quê.

Quanto a render-se e esperar clemência, posso descrever muitas das formas de execução a que foram submetidos, por sorteio, um em cada cinco dos mugais rendidos em Zjoey, algumas das quais talvez não conheçam. *Nenhuma menos cruel que o empalamento*, sinto informar, e duvido que sejam mais benevolentes com uma revolta na própria capital. Sobre os suprimentos, não fiz as contas e podemos estudá-las com vocês se o desejarem, mas não duvido que estejam certas. O que tenho a dizer é o seguinte: de nada servirá chegarmos a Poeykeng com provisões de reserva, mas magros e sem forças para a batalha que nos espera. Se não sobrevivermos a ela, não precisaremos mais de comida, mas se a vencermos, talvez possamos saquear as reservas que os agartis terão acumulado na região.

Vasu ergueu a mão. Hoengseng lhe deu a palavra.

– Quero acrescentar que as tropas em Uttaradhana, digo, Poeykeng deverão ser abastecidas em boa parte por navio. As vimanas são usadas apenas para tropas. Podemos usar as galeotas para capturar alguns cargueiros e reforçar os suprimentos da marcha. Se continuarmos juntos, bem entendido. Estou com Tjeypin e a acompanharei no que decidir.

Madhavi lhe deu a mão em apoio. Tjeypin sorriu para eles e retomou a palavra.

– Vasu teve uma boa ideia. Para pô-la em prática, contudo, também precisam de nós. Os mugais das galeotas já receberam alguma orientação sobre como manejar remos, velas e canhões, mas não creio que estejam em condições de enfrentar uma batalha naval *sozinhos*. Agora vocês têm que decidir: ou confiam em nós de uma vez por todas, ou não. Numa guerra como esta, não existe *nem meia vitória, nem meio aliado.*

Outro silêncio. O mugal que Vasu conhecia como Tshengxhy pediu para falar.

– Os nove do Conselho devem se reunir a sós para uma resolução imediata: confiar em seu Estado-Maior e assumir suas decisões perante o povo ou abrir o debate. Se a opção for pela segunda alternativa, os estrangeiros devem ser liberados de seus compromissos e autorizados a seguir o caminho que desejarem. A deliberação prosseguirá sem eles.

Vasu não gostou da proposta, nem do tom neutro em que foi proferida, mas os gestos de assentimento dos conselheiros, um a um, deixaram claro o consenso. Hoengseng pediu que os estrangeiros se retirassem e prometeu uma resposta na mesma noite.

– Que acha que vai ser, Tjeypin? – perguntou Madhavi antes que ele tivesse oportunidade.

– Sou telepata, não adivinha. Há três por nós, três contra e três hesitantes, e os mugais raramente são rápidos para decidir, sempre tentam o consenso. Pode ser uma longa noite. Vamos comer com a gente de Lúsia que meu estômago já está roncando.

– Você blefou quando disse que podíamos seguir nosso próprio caminho, ou... – arriscou ele.

– Não, Vasu. Se tiver que ser assim, estou disposta. Não tenho como fazer isso com centenas de milhares, mas se for o caso de retirar algumas dezenas de pessoas de Agarta em segurança... Bem, digamos que sei o que fazer.

– *Máurula*, quais as razões verdadeiras deles? – perguntou Lúsia. – Não os entendo.

– É uma questão de mentalidade. Esses que nos desafiam não veem a luta como busca da liberdade, mas como vingança e choque de raças. Quem não é mugal para eles é um *kwawknhaoy* suspeito e não devia participar das decisões. Minha presença os incomoda ainda mais, porque venho de fora e não pareço um deles, mas conheço a cultura e a história dos mugais melhor do que eles e falo com sotaque de Zjoey. O povo de lá tem fama de corajoso por causa da revolta de décadas atrás e minhas estrepolias nestes dias chamaram a atenção. Eles pensam que estou criando uma facção de admiradores para tomar a chefia que julgam ser deles de direito. Não têm um plano alternativo, mas pensam que basta pureza, fé e sacrifício para vencer e que esta é a oportunidade de assumir o controle da marcha.

– Hoengseng e Tshengxhy estão do nosso lado, suponho – sondou a acaia.

– E também Gnenwhao, a mais velha. Só que não fala muito. Mas veja que Hoengseng é *porta-voz, não chefe*. Ela é respeitada pela astúcia e capacidade de persuasão, apesar de ser a mais jovem, mas o papel dela é formular o consenso em palavras hábeis, não mudá-lo.

Apesar da tensão, os acaios não estavam abatidos. Depois de comerem junto à fogueira, Kaineus contou histórias do tempo em que caçava piratas no Mar de Nereu e parecia se divertir com a ideia de passar "ao outro lado". Ao mesmo tempo, flertava com Lúsia, que não o desencorajou. Na verdade, acomodou-se em seus braços, muito à vontade.

Sua parceira, que conversava tanto com os agartis quanto com os acaios, parecia não se importar. Madhavi, aninhada com Vasu, perguntou-lhe:

– Tjeypin, não te incomoda Lúsia com Kaineus?

– Imagine! Gosto dos dois e eles já se conheciam antes de eu aparecer. Ela diz que pelo menos um dos bebês que pariu foi dele. *Que se divirta*, ela deve estar a fim de um homem para variar. Faz muitos dias que só transa comigo.

– Quantos irmãos você tem, Tjeypin? – perguntou Vasu, tentando mudar o assunto para afastar as fantasias que o perturbavam.

– São oito: dois irmãos e uma irmã da mamãe, dois e uma da madrinha e duas da Iaiá. Eu sou a *mais velha*, meu irmão gêmeo nasceu em seguida. E você?

– Tenho dois irmãos e uma irmã mais velhos e uma irmã mais nova... Ora, você já deve saber.

– Não, até agora, só tinha pegado pensamentos sobre Ahalya... E só neste momento fiquei sabendo que Madhavi tem um meio-irmão, porque acabou de pensar nele.

– Tjeypin – voltou Madhavi –, desculpe a curiosidade, as mulheres do seu pai têm filhos com outros homens?

– Hã... Minha madrinha tem. Mas não exatamente com outros homens.

– Como assim?

– Ih, essa é uma história cabeluda. Deixe ver como posso explicar...

Nesse momento, chegou Zhothaey e a explicação ficou para outro momento.

– A porta-voz pede aos honrados estrangeiros para comparecer à barraca do Conselho.

– Vamos, gente – chamou Tjeypin. – Parece que as notícias serão boas.

Ao chegarem, eram apenas seis os mugais sentados à mesa do Conselho e entre eles não estava quem os tinha desafiado.

– O Conselho informa ao Estado-Maior – disse Hoengseng – que decidiu aceitar suas orientações sem restrições e dedicar os esforços de amanhã a persuadir o povo da absoluta necessidade de acatá-las e iniciar de imediato seu treinamento. Quem discordar terá de seguir seu próprio caminho. Entretanto, não se pôde obter a unanimidade dos nove, de modo que três foram persuadidos a renunciar. Amanhã substitutos serão convidados entre as chefias da rede rebelde. Se os estrangeiros não tiverem nada urgente a tratar, o Conselho prefere encerrar seus trabalhos por hoje para retomá-los amanhã, com os novos integrantes.

– Agradecemos a confiança – disse Lúsia. – Todos acreditamos que sua causa é justa e faremos tudo o que estiver ao nosso alcance, até a vitória.

Quando se recolheram à barraca, Madhavi lembrou-se de perguntar sobre a tal história cabeluda e Tjeypin lhes contou. Lúsia chegou no meio da noite. Vasu, meio dormido, escutou os sussurros.

– Como foi? – perguntou Tjeypin, ao bocejar e recebê-la debaixo de seus lençóis.

– Seria melhor se não tivéssemos de ir pro mato porque a barraca dele estava muito cheia, mas demos um jeito e foi bom. A pegada dele sempre é gostosa.

– Ah, também acho. E homem peludo me dá arrepio, você sabe. No bom sentido.

"Iniciação de uma xamã relutante" (fragmento III)

De Zi Sismau Tlalpan, para *O Farol de Atlântis*

Depois de longos esforços, por fim Tjeypin conseguiu sua primeira viagem astral. Reabriu os olhos e se viu numa paisagem transformada. Podia reconhecê-la, estava do lado de fora da casinha da chácara aonde Tiakat a levara para lhe ensinar a controlar seus poderes e dominar ao menos o beabá da magia xamânica. Olhava os mesmos bosques e brejos pelos quais caminhava há dias, mas as cores eram mais vivas, sem sombras ou reflexos, como nos quadros que ela pintava. Ou melhor, naqueles que ela gostaria de poder pintar, pois nunca conseguiria criar uma paisagem tão rica, com matizes que ela nem sabia que existiam. Por outro lado, não sentia o frescor da brisa, nem o calor do sol.

Deitara-se vestida, mas acordara nua. Ao contrário de

sua mãe quando estivera no Limbo pela primeira vez, isso não a perturbou. Olhou com curiosidade para o próprio corpo. Sua cor marrom estava mais intensa e sem a menor jaça, suas formas um pouco mais sensuais e torneadas com mais perfeição. Exatamente como gostava de se imaginar.

– Que tal? Não é um barato? – ouviu a voz de Tiakat, que também soava mais clara e musical do que de costume. Virou-se e viu a madrinha também com a aparência sutilmente alterada. Sua cor estava de um negro curiosamente radiante, as tranças perfeitas e simétricas, a pele decorada com figuras que pareciam parte dela, embora ela não estivesse se pintando ou entrelaçando os cabelos nos últimos dias.

– É lindo... Sinto-me tão leve, é como se pudesse voar!

– E pode mesmo. É só querer. Experimente! – e saltou para o céu. Tjeypin, feliz da vida, a imitou e sobrevoou, com ela, os morros e bosques.

– É sensacional! Dá vontade de viver sempre assim.

– Vê como a magia também pode ser divertida? Mas tua mãe não gosta tanto. Ela diz que voar sem vento no rosto não tem graça. Peraí, vamos descer ali, quero te apresentar alguém.

Tjeypin a seguiu a um platô pedregoso na encosta de um morro, cercada por afloramentos rochosos de formas bizarras. No mundo corpóreo, aquelas pedras seriam cinzentas, ali eram coloridas, preciosas, maravilhosas, quase vivas. Ficaria a contemplá-las, se não visse ali algo ainda mais interessante: uma figura espinhosa e perfumada, áspera e florida, muito feminina, deitada nas pedras junto a um ser lanoso de chifres retorcidos, com braços fortes e uma masculinidade enorme, que a enlaçava pela cintura. Tinha o cheiro e a cara de bode.

– Pin-ar, estes são Koaxok e Guemon, elementais do Xinmon Lam. Meus amores, esta é Maav Tjeypin, filha de minha querida Maav Tjurmyen! – apresentou Tiakat, em tlavatli, que a afilhada também conhecia.

Perplexa e curiosa, Tjeypin sorriu e sentou-se nas pedras. Pareceram-lhe mais confortáveis do que imaginava, deitou-se relaxada, como se estivesse numa espreguiçadeira. Tiakat se pôs de cócoras, como era seu costume, para conversar.

– Você não se parece muito com sua mãe – disse Koaxok à garota.

– É, muitos acham isso... – olhou, intrigada, para os espinhos da dríade. Tinham pelo menos um palmo de comprimento. Como Guemon podia tocá-la?

– Não é só a aparência, é a postura. Você poderia ser irmã da filhinha de Tiakat.

– Eu sou mesmo, por parte de pai. Pakki-ar já esteve aqui?

– Sim – confirmou Tiakat – todos os meus filhos já fizeram viagens astrais.

– Mas essa menina é muito mais gostosa, nem tem comparação, olha essas coxas, essa cor... Uau – aproximou-se, agachado para admirá-la de alto a baixo, com descaro no rosto, volúpia na voz e brilho nos olhos. – Vem se perder no mato comigo, minha fruta fresquinha e doce, vem comigo conhecer o meu jardim das delícias.

Uma aparência animalesca não era assustadora nem repulsiva para uma garota criada entre soans e vira-peles. Mas o súbito avanço dele a fez se encolher e pular num instante para uma posição de defesa agachada, sentada sobre um calcanhar com a outra perna esticada, uma mão se apoiando no chão, na outra uma espada curva e dourada e na cintura um *pekenan*. Mistura de reflexos condicionados em aulas de artes marciais com a concretização astral de seus desejos. O mastro erguido de supetão, desapontado, murchou com a mesma rapidez.

Koaxok deu uma risada engraçada, que parecia o som de folhas farfalhando ao vento forte.

– Agora, sim, me lembrei da Tjurmyen...

Tiakat sorriu, mas advertiu:

– Baixa o facho, Guemon, ela não está a fim de você, não é nada boba e é tão boa de briga quanto a mãe dela e eu juntas!

Ele sorriu amarelo.

Quando os deixaram e voavam de volta para seus corpos, Tjeypin perguntou para a madrinha:

– Mestra, você... Transou com ele?

– Com Guemon-bã? Não, ele é muito tosco. Mas sim com Koaxok-xin. E com outros *osquores* mais amáveis, um deles com características... Mais marcantes – fez um gesto como para indicar o tamanho.

– Como é que pode? O dele já é enorme, não cabe numa mulher!

– Cabe, acredite, mesmo se não dá para entender como. Corpos astrais topam tudo, não têm as limitações do corpo físico. Dá aflição, parece que vai te rasgar em duas, te arrebentar as tripas e os bofes, mas não machuca de verdade. E Koaxok, quando ela te abraça forte, os espinhos espetam fundo e te prendem como uma mosca num alfinete, mas sem tirar sangue, uma mistura de dor e prazer muito gozada...

– Mas por que *eu* faria isso? E por que *você* fez?

Tiakat não conseguiu dar uma resposta imediata, o que não era nada comum nela. Pousaram em frente à casinha.

– Olha, a gente aprende ou descobre na prática que trepar com elementais no Limbo é um treco sem comparação. Difícil não voltar a procurar depois de provar uma vez e é importante se conter para não se viciar a ponto de ficar brocha para o sexo humano...

Tjeypin seguiu Tiakat, atravessou a parede e viu seus corpos físicos esticados sobre a esteira.

– ... E ouça, afastar um elemental não é caso de artes marciais e sim de vontade. Ao contrário dos demônios, eles não estupram, mas seduzem e alguns são muito bons nisso. Se ele ou ela te despertar o desejo, babau, você vai querer ser esculhambada do jeito que for e suplicar por mais até ser deixada no bagaço. E você precisa saber que corpos astrais podem engravidar. Mesmo que mentalize um *pekenan* ou coisa do tipo, não funciona com eles.

– Isso... Aconteceu com você?

– Duas vezes – ela coçou a nuca e torceu o nariz. Não parecia muito à vontade com a lembrança.

– Me conta como foi, a não ser que prefira não falar, claro...

– Não tem problema, é bom você saber. É como uma gravidez normal no início que depois de uns dois meses acaba no que parece um aborto, mas é um bebê elemental. Ele é invisível, a não ser a olhos de feiticeiro. Suga energia materna como se um leite e em dois, três meses, cresce e vai procurar sua morada. Os meus dois se chamam Akaxoch e Temazat, vou apresentá-los a você um dia desses.

– E por que isso a perturba? – Tjeypin já se tornara telepata o suficiente para perceber confusão nos sentimentos de Tiakat, embora não para deslindá-los em pormenores.

– Por que para uma mãe humana é rápido demais, não dá tempo de criar laços, não é justo. Eles me reconhecem, mas não me veem como uma mãe quer ser vista. Por isso, não gosto muito de falar sobre isso. Só Sistu, Tjurmyen, Beletsunu e meus filhos humanos sabem... E agora, você.

Tiakat se agachou perto do corpo físico de Tjeypin e olhou para seu corpo astral.

– Agora, para voltar de vez é só você se deitar sobre seu próprio corpo e relaxar, como um bebê no colo da mãe.

Capítulo 22 A união dos povos

A marcha foi temporariamente suspensa não só para reorganização, como também para comemoração. Dessa vez, não houve apenas um punhado de flores de Madhavi, mas uma grande cerimônia em homenagem às três deusas que tinham oferecido seu apoio, criada de maneira espontânea por alguns entusiastas a pedido do Conselho renovado. Do nada, organizaram-se concursos de trovas sobre as divindades, esculturas em madeira macia e arranjos feitos com flores e ervas da estepe, além de campeonatos de luta livre e esgrima para os mais arrojados. A maioria dos que não estavam de sentinela ou guarnecendo os raios de calor foi se divertir com o festival improvisado e os que se emburraram nas barracas em protesto contra as novidades não pareciam fazer falta.

Dos tambores e flautas improvisados e instrumentos saqueados dos agartis saiu alguma música e grupos começaram a arriscar danças com leques e bandeiras vermelhas, brancas e negras em torno de coretos improvisados com tecidos e varas. Tudo meio torto e desajeitado, pois desde que tinham sido trazidos de suas terras na puberdade aqueles mugais não participavam de um festival, a não ser para pendurar as lanternas e bandeiras antes e para limpar a sujeira depois. Apenas tinham vagas lembranças das tímidas e humildes festas de aldeia que tinham presenciado na infância.

Madhavi vestia a única túnica que tinha, mas enfeitara com flores coloridas os cabelos que continuava a tingir de graxa preta. Lúsia trocara a túnica de guardiã por um peplo açafrão delicadamente bordado que permitia entrever as coxas e surpreendia Vasu pela sensualidade. Sua companheira usava um traje como nunca vira.

– É uma homenagem às deusas? – Vasu olhou de novo o curioso saiote de cintura alta de Tjeypin com um padrão preto, branco e vermelho, única peça de roupa além das bijuterias.

– Hoje é – sorriu e passou a mão na saia com um toque de vaidade que ainda não vira nela –, mas foi criada para as festas cívicas da minha terra. Mamãe criou a bandeira da Comuna de Atlântis, tricolor em homenagem à união das raças. Eu desenvolvi esse tema. É uma saia como dos fomoris, reproduz o estilo de uma tanga tlavatli na frente e atrás, é vermelho nas laterais e cintura como as calças do clã do meu pai senzar, mas as decorações são de motivos caris, mugais e dengus em branco. Enfim, uma *geleia geral atlante*, daquelas feitas com pedaços de muitas frutas diferentes, que a gente preparava em casa para vender na taverna.

– Mas no conjunto combinou bem – disse Madhavi.

– Obrigada. A ideia é representar a harmonia dos povos de Atlântis.

– Estou impressionada – admirou-se Lúsia – com o trabalho e organização dessa gente.

– Se eu fosse uma dessas deusas, estaria feliz. Uma declaração de amor tão linda no meio de uma guerra! – exclamou Madhavi.

– Me lembrei da Haulaka quando nós dançamos e depois fomos para a praia... Lembra? – perguntou Vasu.

– Se algum dia eu esquecer, faça o favor de me matar, porque eu estarei gagá demais para que a vida valha a pena.

Tjeypin riu. Vasu corou, imaginando até que ponto ela devassava as suas lembranças, incontrolavelmente fogosas naquele momento.

– Não é nada para se vexarem! – ela o tranquilizou. – Numa hora de sossego eu lhes conto algumas coisas que *eu* aprontei em festivais como esses. Aí ficamos quites.

– Cobrem dela, que essas histórias valem a pena – disse Lúsia. – Eu achava libertinas as antestérias de Pótnias, mas comparadas com o que ela me conta de Atlântis, parecem festinha de criança.

– Vamos dançar também? – propôs Madhavi.

– Por que não? – avançou Tjeypin.

Na praça central, os mugais tinham formado duas rodas, uma de homens e outra de mulheres, para dançar ao seu estilo. Madhavi e Vasu entraram para dançar como casal da maneira costumeira nas festas agartis, apesar de o ritmo da música, na medida em que havia algum, ser muito diferente de qualquer coisa que conhecessem. Tjeypin e Lúsia se juntaram ao grupo das mulheres.

De repente, um grande grupo de homens e mulheres irrompeu no quadrado e interrompeu a dança com impropérios, ou o que de mais parecido com isso era possível berrar em mugal.

– "Isso é um insulto ao povo! Um homem dançar com uma mulher? Esta é uma homenagem à valentia dos mugais, não uma nojenta orgia agarti! Não foi para isso que sangue de heróis foi derramado! Bestas loiras indecentes!"

Sem nada entender, Madhavi recuou, desconcertada. Vasu, que conseguia compreender o sentido geral, perdeu a cabeça e avançou para o sujeito que parecia liderar o grupo:

– Quem são vocês para... – ia dizendo em agarti.

Sentiu uma mão em seu braço: Tjeypin saltara feito um corisco e estava a seu lado.

– Deixa comigo – ela sussurrou. E em voz bem alta, em mugal: – Escutem os tolos descorteses e entendam de uma vez! Esta luta é por liberdade, justiça e união, não para trocar a opressão de um imperador agarti pela de *tiranetes mugais*. Humanos e divindades de qualquer raça que queiram nos ajudar merecem nosso respeito e gratidão e a liberdade de seguir seus costumes. Os grosseiros podem dançar como mugais, se retirarem para suas barracas ou dançarem como agartis se preferirem, mas não vociferar ameaças. O Conselho julgará como *traidor* quem puser um dedo nos estrangeiros ou em qualquer membro da marcha!

– A grande marcha é dos mugais, não dos forasteiros! – protestou o chefe.

– A grande marcha é dos justos e solidários. Os demais devem acatá-la ou partir! Os músicos não devem permitir aos insolentes arruinar a festa convocada pelo Conselho, devem tocar! – exigiu ela, em altos brados.

Os músicos olharam em volta como para procurar algum dos conselheiros e lhes perguntar o que fazer, mas nenhum estava presente. Estavam concentrados em outra parte do acampamento empenhados em orações e ritos de preparação das oferendas formais. Por fim, um flautista decidiu acatá-la, tocou e os outros o seguiram.

Os dançarinos mugais haviam, porém, recuado e não se animavam a voltar. Vasu sussurrou:

– Que acha que devemos fazer?

– Dançar, ora! – respondeu no mesmo tom. – E a todos, em mugal: – "A mugal de Atlântis dançará com um agarti à maneira agarti *porque quer*. Também é uma dança boa e bela!"

Sem esperar mais, pegou Vasu pelas mãos, abraçou-o e dançou com ele, ignorando os olhares coléricos a alguns passos. Estavam alguns passos à frente de sua barraca.

– Faça de conta que não existem e confie em mim – sussurrou ela.

Vasu estava amedrontado e excitado ao mesmo tempo. Sentia perigo no ar, mas não ignorava o aroma selvagem e os seios nus e morenos da moça tão à vontade em seus braços. Nunca lhe pareceria tão bela quanto Madhavi, mas ainda assim era cada vez menos estranha e mais interessante. A forma íntima e carinhosa como ela o envolvia e se deixava enlaçar talvez fosse apenas para desafiar a plateia, mas ela parecia gostar da brincadeira.

Seus rodopios os levaram para mais longe da turba hostil e para mais perto da sua barraca, junto à qual Lúsia observava atentamente ao lado de Madhavi, que parecia preocupada. Tomara que não fosse por ciúmes, pensou Vasu.

– *Kwliau!* – "Basta já", gritou alguém e cinco homens correram para o casal, brandindo facas até então ocultas debaixo das roupas.

– Vocês estão presos – Lúsia bradou em agarti e avançou com firmeza, apesar de desarmada. – Entreguem-se em nome do Conselho!

Ao mesmo tempo, Tjeypin curvou-se para trás e estendeu o braço para o alto como se fosse mais um gesto da dança e uma coisa brilhante saltou como um gafanhoto de dentro da barraca. A *quantal* de oricalco caiu certeira com o punho em sua mão estendida, obediente como um cachorrinho. Vasu, espantado, largou Tjeypin, que saltou sobre a cabeça dele de um jeito impressionante e aterrou do outro lado com a espada em posição de ataque.

– "Os sacrílegos devem largar as armas e se entregar, já!" – gritou ela, em mugal. – "Só se derrama na festa o sangue do profanador da paz!"

Os atacantes estacaram e olharam para trás, como para pedir apoio aos seguidores. Alguns deram um passo, mas se detiveram ao ver que os outros hesitavam. O mais ousado virou-se ergueu o facão e tentou incitá-los com um discurso:

– "Quem profanou a paz foram..."

Um relâmpago dourado lhe cortou a lâmina junto ao punho e algo o derrubou de cara no chão, como se tivesse levado uma voadora pelas costas. Assustador, pois ele não parecia ao alcance de Tjeypin e ninguém a viu sair de seu lugar.

– "Último aviso" – disse ela, enquanto ele tentava se levantar, com o nariz e a boca sangrando. – "Os criminosos devem obedecer à capitã sem protestar. Ao próximo desafio, uma cabeça rolará *antes que o dono perceba o que aconteceu*." Girou a *quantal* dourada ao seu redor, olhando para os outros quatro agressores.

Uma multidão mais numerosa, atraída pela confusão, começou a gritar de todos os lados e por trás do grupo dos provocadores, assediando-os:

– *Day Maav Tjeypin Kemtaov Vhauzyag*!

Isolados, os atacantes largaram as facas e se renderam. Vários mugais correram para aprisioná-los enquanto a multidão ao redor se encarregava dos seguidores.

– Revistem todos! – ordenou Lúsia aos chefes de grupo confiáveis que organizou na hora. – Quero todos amarrados e conduzidos à barraca do comando. Seu grupo e o seu, desculpem, precisarão tomar conta desses idiotas até o fim da festa, quando o Conselho resolverá o que fazer. Vocês dois, que sabem escrever, anotem os nomes e as armas encontradas com eles...

Madhavi correu para Vasu e se abraçaram com força.

– Fiquei tão confusa que dei para trás, me desculpe! Não entendi o que diziam!

– Eu é que me precipitei e ia fazer besteira. Se não fosse a Tjeypin...

– No fim das contas foi bom – interveio a atlante, chegando de uma rápida conversa com Lúsia. – Serviu para desmascarar a conspiração. Sem nossa demonstração de dança, essa intriga ia envenenar a marcha por sabe-se lá quanto tempo e acabaria de forma muito mais violenta. Como diz meu pai, "ódio, vingança e inveja muitas vezes são justos, mas jamais bons conselheiros". Desculpe o susto, Madhavi – fez uma expressão brejeira e lhe acariciou as costas –, mas eu não faria isso sem a certeza de devolver seu marido são e salvo.

– Tjeypin! – exclamou Vasu. – Como você fez aquilo com a espada?

– Magia, é claro. Prefiro não alardear meus métodos porque as pessoas respeitam mais o que não entendem, mas depois explico a vocês com calma. Me despeço de vocês por enquanto, talvez até amanhã. Lúsia quer que eu supervisione e interrogue os prisioneiros e descubra os cúmplices. Divirtam-se por mim, meus queridos – abraçou-os juntos e beijou-os no rosto.

A festa foi retomada, de início de forma tímida, depois mais solta. Ninguém mais se mostrou incomodado com a dança dos agartis. Pelo contrário, alguns casais mugais se formaram e os imitaram e depois trocaram de pares com eles que, por sua vez, entraram nas rodas e cordões dos mugais. A festa continuou até a hora da cerimônia solene.

Os nove membros do Conselho renovado, usando roupas sacerdotais brancas em vez dos costumeiros trajes negros, reuniram-se em torno de uma grande mesa cheia de flores, alimentos e objetos votivos de cores e temas adequados a serem dedicados às três deusas. Hoengseng surpreendeu ao pedir que um casal de cada um dos demais povos presentes – helcarianos, acaios, agartis e as duas raças lemurianas – se juntassem a eles para a oferenda.

Sendo os únicos agartis presentes, Vasu e Madhavi avançaram e como os outros, foram despidos e submetidos a uma ablução ritual, um banho completo em público, pelos jovens mugais que auxiliavam o Conselho. Entre eles Zhothaey, antiga Gadhi, que se encarregou, muito séria, de banhar cuidadosamente Vasu sem esquecer o cabelo, de forma a remover a graxa e devolvê-lo ao seu louro natural. Depois, secou-o e lhe deu um traje sacerdotal branco igual ao dos conselheiros. Madhavi recebeu o mesmo tratamento, assim como o casal de helcarianos, que pareciam mugais mais morenos e robustos, o de acaios, jovens guardiães da companhia de Lúsia, o de pigmeus lemurianos, que tinham a cor marrom de Tjeypin, mas eram ainda mais miúdos que os mugais e tinham o cabelo ondulado e o de gigantes lemurianos, que tinham o dobro da altura de seus compatriotas pigmeus, mandíbulas muito proeminentes, olhos pequenos, separados e testa muito baixa. Depois, a própria Gadhi foi lavada por uma auxiliar, recebeu o manto branco e se juntou ao grupo para equilibrar o número de homens e mulheres. Todos, mugais e "estrangeiros", deram-se as mãos entre si, formando um cordão em torno da mesa de oferendas e repetiram as palavras rituais de Hoengseng, proferidas em mugal e depois repetidas em agarti, para todos compreenderem.

Seguiu-se o banquete, por assim dizer. Comida mais variada que de costume, incluindo coalhada, mel e bolos, mas frugal, servida no chão e sem bebidas alcoólicas. Era mais como um grande piquenique. Vasu e Madhavi, ainda de branco, sentaram-se junto a Kaineus, que usava uma coroa de folhas de carvalho, que na falta de louros lhe servira de prêmio pela vitória no torneio de luta livre.

– Então a Máurula fez das suas, de novo? – perguntou ele, sorridente. – Queria ter visto, pena que estávamos nos torneios. Pelo que me contaram, foi um espetáculo e tanto!

– É, foi – respondeu Madhavi –, mas a gente estava muito no meio do furacão para se divertir.

– Ah, mas o Vasu, pelo menos, se divertiu um pouco, não é? – cutucou. – Não é todo dia que se tem nos braços uma mulher como aquela.

Vasu pulou fora da arapuca.

– Tenho esta mulher nos braços todo dia – abraçou Madhavi. – Não preciso de mais.

– Que bom! – disse ela, corada e correpondendo ao abraço. – Olha, mas a verdade é que eu vou preparar o espírito para me tornar uma atlante.

– Hein? – surpreendeu-se Vasu.

– Que alternativa temos? Viver em Zhyaungtô, dois agartis num país só de mugais? A Tjeypin diz que se chegarmos lá, dará um jeito de nos levar para sua terra.

– Ah, eu tinha entendido... Mas é bom saber.

– Vale para o que você entendeu, também, amor.

Ele começou a pensar quantos sentidos poderia ter a frase.

– Mudando de assunto – interrompeu Kaineus, que aproveitou o silêncio de Vasu –, vou sentir falta de vocês lá no navio. Formaram uma ótima equipe.

– Bom, isso é mérito da Tjeypin – respondeu ela, – nós só fizemos o trabalho braçal.

– Não, eu sei como funciona. Saber apontar e disparar no momento certo é importante, mas a preparação é fundamental e vocês foram impecáveis, pareceram artilheiros experientes.

– A disciplina militar agarti tem suas utilidades – suspirou ele.

– É realmente uma pena que não vão continuar conosco.

– Seja sincero conosco, Kaineus – pediu Madhavi –, você acha que a chefa nos quer em terra por não confiar em nós para pilhar navios agartis?

– Não, para mim é mesmo a melhor forma de aproveitar seus talentos. Lúsia tem razão, com sua experiência recente na escola militar vocês terão mais a contribuir ensinando manobras e tiro aos mugais. A frota agarti não tem mais uma grande superioridade numérica, podemos nos arranjar sem vocês. Estão com tanta pressa assim de lutar contra seus compatriotas?

– Depois de tudo que passei, é cada vez mais difícil pra mim pensar neles como minha gente – confessou Madhavi. – É mais importante ter a confiança de Lúsia e Tjeypin.

– Eu idem – acrescentou Vasu. – Apesar do receio de ver meus pais ou irmãos do outro lado da batalha. Cada vez mais sinto que minha família agora está aqui, mas... – não completou.

– Eu entendo – respondeu Kaineus. – Olha, cá entre nós, somos todos de certa forma traidores. Nós desacatamos ordens de Calípolis para seguir Lúsia e Tjeypin, e acho que teríamos feito isso mesmo que fosse preciso fazer guerra a Acaia. Nós amamos essas mulheres, são nossas heroínas. Confesso ter inveja de vocês por andarem tão próximos delas.

– Mas agora Tjeypin estará mais perto de você... – objetou Vasu.

– Não! – treplicou o acaio. – Lúsia não disse a vocês? Nós vamos nos afastar da costa, às vezes por dias, para caçar navios mercantes e o caminho daqui para frente se afasta do mar em muitos pontos, não vamos poder dar cobertura. Os raios de calor já foram montados em carroções para quando for preciso. Lúsia quer a Máurula por perto, acha que, mais cedo ou mais tarde, as vimanas voltarão a atacar a marcha.

Vasu e Madhavi sorriram aliviados, sem querer. Kaineus suspirou.

– Agora percebo por que estavam tão desapontados por não ir a bordo.

O casal foi sozinho para a barraca e teve uma noite intensa. Ele perguntou, depois, com ela nos braços:

– Você está mesmo querendo viver como uma atlante?

– Estou pensando nisso. Você não gostou?

– Não sei, tenho medo de me complicar. De pôr nosso amor em risco.

– Você gosta dela, não é?

– Gosto, sim... Mas você é mais importante.

– Quer saber? Gostei de ver vocês dançarem, pareciam tão felizes. Naquele momento, me achei capaz de amar os dois. Foi só um momento, depois me enchi de dúvidas de novo.

Ele fez silêncio, surpreso.

– Sabe, quando tomamos banho no rio com a Lúsia para a festa, Tjeypin me disse que gostaria que fôssemos com ela para Atlântis quando tudo isso acabar. Fiquei tocada, tive vontade de beijá-la, ela percebeu e... Uau!

– Hum...

– Mexeu comigo. Além de você, ninguém me emociona tanto.

– Lúsia não disse nada?

– Ela sorriu e balançou a cabeça, como quando diz, "essa Máurula!". Não pareceu zangada.

– Mas nós dois não valemos tanto pra Tjeypin quanto um pro outro.

– Não sei, vamos ver. Eu só queria mesmo dizer que a ideia não me assusta.

"Iniciação de uma xamã relutante" (fragmento IV)

De Zi Sismau Tlalpan, para *O Farol de Atlântis*

Tjeypin se saíra bem em dominar os primeiros níveis da telepatia passiva e da viagem astral e não precisava ir além se não pretendia ser uma xamã profissional, mas Tiakat estava intrigada com um aspecto fundamental da magia que parecia lhe escapar, a clarividência. Como alguém com um axé tão grande, mesmo de um tipo incomum, podia não conseguir algo tão básico?

Para tirar a dúvida de uma vez, fez a discípula passar o dia com os olhos vendados, tentando se orientar pela intuição ou como pudesse, enquanto ela a levava no meio do mato, virava-a de um lado para o outro e a fazia tentar se localizar e encontrar um caminho certo. Tjeypin conseguia pressentir objetos próximos com técnicas de artes marciais e direções aproximadas pelo calor do sol e o frescor da sombra, mas eram truques triviais, não a verdadeira clarividência.

Passaram naquilo a manhã e parte da tarde, até Tjeypin deixar-se conduzir para casa para almoçar de olhos vendados o cozido de quiabo, amendoim e camarão que Tiakat tinha preparado. Sentou-se no chão para comer com as mãos e com a tigela sobre as pernas, à maneira dos tlavatlis que ela também gostava. Como costumava acontecer quando a madrinha cozinhava sozinha, a comida estava um tanto apimentada demais e a garota ansiou por água fresca. A moringa devia estar por ali e ela tentou localizá-la sem perguntar a Tiakat, que comia à sua frente. Virou a cabeça de um lado para o outro e teve o pressentimento de que estava... Ali, no chão, à frente e à esquerda. Esticou o braço para pegá-la, mas não a encontrou. Mas devia estar por ali, um pouco mais longe. Espichou-se um pouco mais e de repente, a tocou e no mesmo instante, pumba e chuá! A moringa cheia virou e derramou-se.

– Ai, que *desastrada* que sou! Como pude fazer isso? – lamentou-se, levando as mãos à cabeça sem lembrar que elas estavam engorduradas de comida.

– Boa pergunta! – exclamou Tiakat. – Como pôde? Pin-ar, dá uma espiada. Levanta a venda.

Intrigada, ela obedeceu. Ergueu a venda para a testa, piscou os olhos, que mesmo dentro da casa a luz era forte, e viu a moringa virada em sua direção. Mais de uma braça além do alcance possível da sua mão, bem atrás de Tiakat, que se esquecera de trazê-la e a deixara no canto oposto, junto à rede. A água tinha se filtrado para o chão de terra entre as tábuas do assoalho.

A madrinha esperou que ela visse bem o que tinha acontecido para se levantar e trazer a moringa. Ainda tinha um pouco d'água, com a qual Tjeypin refrescou a língua e as bochechas ardentes.

– Vamos fazer uma experiência? – disse a madrinha. – Vou levar de novo a moringa pra lá e você tenta derrubá-la sem sair daí. Faça o mesmo que fez antes, feche os olhos se quiser.

Tiakat colocou a moringa vazia no mesmo exato lugar. Tjeypin fechou os olhos e esticou o braço como da outra vez, buscando tateá-la com mais cuidado. Apesar de saber que não era possível, sentiu tocar o gargalo e o agarrou firme antes que virasse de novo. Como a moringa estava leve, ergueu-a do pratinho na qual estava apoiada quase sem sentir.

– Pin-ar – disse Tiakat – abre os olhos, olha que barato!

Abriu. A moringa flutuava no ar, a meio palmo do chão. Era como se a estivesse segurando, mas sua mão apenas apontava naquela direção.

– Você não pode ver – continuou a mestra –, mas a meus olhos sua aura se estica da mão para a moringa, como se fosse um tentáculo de ectoplasma azul-claro.

Fascinada, Tjeypin ergueu a moringa mais alto até encostá-la ao telhado e depois a trouxe para sua mão.

– Olha só! – exultou ela, contente.

– É um poder raro – comentou Tiakat, beliscando o lábio. – Tua mãe sabe destravar fechaduras com sons musicais, mas é só. Tem alguns taumaturgos que movem coisas bem pesadas...

– Nas construções, erguem monólitos de mais de duzentos *dons,* li nos livros.

– Sim, mas nesses casos juntam toda uma equipe de magos, cem ou mais e se preparam com rituais que duram dias, coordenados por um grão-mestre. O que me impressiona é você fazer isso quase sem querer, sem nenhuma preparação. Os grandes taumaturgos são descobertos movendo coisas como pedrinhas e folhas e têm de treinar por anos e executar longos rituais para entrar em ressonância com seu objeto antes de mover coisas maiores com tanta exatidão quanto você fez agora. Pena que eu não sei ajudá-la a desenvolver isso, não tenho nem sombra desse tipo de poder em mim. O povo pensa que eu posso criar relâmpagos, chuvas e ventanias, mas não sou eu, é Chiuknawat em mim, quando ela quer. Nem imagino o que você conseguiria fazer se fosse treinada por anos por um mestre taumaturgo!

– Ah, isto é legal, mas nem tanto para eu me dedicar *só* a isso – desdenhou Tjeypin, com um gesto de menosprezo. – Deixe-me ver... Vou tentar pegar um livro no quarto e trazer aqui.

Ela se virou na direção do seu quarto e esticou as mãos abertas. O trinco da porta se mexeu e a porta abriu. Os livros dela estavam empilhados sobre uma mesinha que não era visível daquele ponto, mas era como se pudesse tateá-los à distância. Escolheu um deles, que veio flutuando pela porta até sua mão.

– Gostei! Não vou mais precisar de escada pra pegar livros de prateleiras altas!

Tiakat gargalhou.

– Isso é bem a sua cara... Se eu tivesse esse poder, a primeira coisa em que eu pensaria seria em como usá-lo para ajudar um bebê a nascer, a segunda seria uma safadeza... E como técnica de luta? Pode golpear à distância e de surpresa com qualquer coisa.

– Verdade! Talvez consiga dar rasteiras à distância e desviar armas! Vamos testar?

– Tá, mas primeiro vamos acabar de comer.

– Espere, ainda estou com sede, deixe ver se consigo trazer água *assim*...

Tjeypin levantou a moringa com a mão e a lançou no ar. Ela saiu flutuando pela janela aberta. Dali a pouquinho, ela voltou pelo mesmo caminho, molhada e pesada de água, direitinho para sua mão.

– Incrível! – exclamou Tiakat, e não era por falta de ter visto prodígios na vida. – Como foi?

– Eu a levei lá para fora, enchi na fonte e a trouxe de volta, só isso.

– Então você tem uma espécie de clarividência, pois a bica está fora da vista e não deve ser fácil encontrar o lugar exato para acertar o gargalo no fio d'água sem ver.

– Na verdade não tive nenhuma imagem, é como se eu *sentisse pelo tato*.

– Claritatência, que seja, se funciona a essa distância,

é quase tão bom quanto. E vem cá, você não faz mesmo nenhum esforço? Não se cansa?

– Eu faço uma forcinha na hora de erguer a moringa, mas não mais do que usando as mãos. Para buscar água da fonte, me pareceu até *menos* cansativo do que ir a pé, acho que é porque não tive que levar e trazer meu corpo, ele ficou aqui, sentadinho.

– Mas nem por isso vamos descuidar dos seus exercícios físicos, tá? Vamos acabar esse caruru e ver o que mais dá para fazer com isso... Eu também me empolguei.

Capítulo 23

Troca de papéis

Houve um julgamento sumário das trezentas e tantas pessoas identificadas por Tjeypin como envolvidas na conspiração para expulsar os não mugais. As decisões foram anunciadas na praça central do acampamento por Hoengseng. Lúsia e seu pessoal observavam, atentos, do outro lado da praça. Nesse dia, Vasu e Madhavi deixaram de empastar o cabelo de graxa preta. Tjeypin disse que a grande maioria via a participação deles no sacrifício como uma purificação de qualquer culpa passada e os restantes estavam agora isolados e dispersos. De qualquer forma, ambos já tinham demonstrado sua lealdade e era tempo de os inconformados os aceitarem como eram, ou arcar com as consequências da insubordinação.

Para quase todos os acusados, a decisão do Conselho foi separá-los, distribuindo-os entre os duzentos regimentos no qual fora dividida a marcha, colocá-los sob a vigilância de seus camaradas, restringi-los às tarefas mais subalternas e proibi-los de portar quaisquer armas até nova ordem. A decisão era humilhante, pois desde o início, cada rebelado trazia consigo uma adaga ou punhal, pelo menos. Representava tanto uma declaração de insurgência como a certeza de poder escapar da crueldade dos agartis, nem que fosse dando cabo da própria vida.

Para os cinco que de fato ergueram armas contra Tjeypin e Vasu, porém, o Conselho julgou necessária uma punição mais severa. Decidiu expulsá-los.

– Não gostei – comentou Tjeypin.

– Acho que não tinham muita escolha – respondeu Lúsia. – Ou isso, ou a pena de morte. Não há como manter gente atrás das grades numa marcha em movimento. E tinham que mostrar que estão dispostos a castigos mais severos, como advertência contra novas insubordinações.

– Isso é pior do que a morte – divergiu a atlante. – Abandoná-los no meio desta estepe é entregá-los aos agartis e sabe-se lá a que torturas, a menos que tenham a sorte de serem devorados por dentes-de-sabre.

– O que você faria? – perguntou Vasu. Também não estava confortável, mas não se julgava em posição de opinar.

– O mesmo que fizeram aos outros. Eu quis provocar uma reação e expor a conspiração pra acabar com ela de vez, antes que crescesse até ficar incontrolável. Mas foi por acaso ou temperamento que esses e não outros perderam a cabeça. Se houvesse insubordinação, então consideraria executá-los. Respeito a decisão, mas não aprovo.

– Acha que pode haver revolta? – indagou Lúsia.

– Não. Sinto apoio à decisão na massa e conformidade entre a maioria dos punidos. Apenas não acho justo. Se eu soubesse...

Três das pessoas punidas com liberdade vigiada, dois homens e uma mulher, ergueram a mão e pediram para falar. Hoengseng lhes deu permissão.

– O dever destes antigos conselheiros é assumir toda a responsabilidade pelos atos dos partidários – falou a mulher e Vasu compreendeu serem dois dos três membros do Conselho que haviam renunciado. – Assim, oferecem cumprir a punição em lugar dos cinco.

O Conselho conferenciou brevemente, mais por gestos do que com palavras e Hoengseng transmitiu o seu consenso:

– Impossível. A punição não é transferível, precisa recair sobre o transgressor.

– Nesse caso – respondeu a mulher –, os três querem compartilhar o destino dos cinco. Entretanto, querem também assinalar que, se um erro foi cometido, foi por amor aos interesses mugais. Seria uma crueldade digna de bestas loiras obrigar estas pessoas a morrer longe do seu povo. O Conselho não precisa se sujar de sangue, pode conceder a estas oito pessoas a graça de dar fim à vida entre seus compatriotas e pelas próprias mãos, como era permitido aos condenados no passado.

Caiu um silêncio de atordoar sobre os assistentes, logo seguido de murmúrios. Tjeypin sussurrou:

– As atitudes mudaram, agora essa gente começa a sentir compaixão pelos condenados e admira a coragem dos ex-conselheiros.

– É verdade o que disseram? – perguntou Madhavi.

– Sim, no Império Mugal os condenados a uma pena tida como infamante podiam pedir para se dar uma morte honrosa e quase sempre o faziam. Na verdade, isso era privilégio dos oficiais e altos funcionários, mas faz sentido, aqui se proclamou a igualdade.

O Conselho respondeu que se retiraria por um momento para conferenciar e dar uma resposta e se recolheu à sua barraca. Pouco tempo depois, retornou à praça e Hoengseng falou:

– Em consideração à solidariedade demonstrada por integrantes desta comunidade, o Conselho julga possível comutar a pena imposta aos cinco transgressores se os ofendidos, Maav Tjeypin e Vasukhya Parusyaladaliputra, concederem sua permissão.

Vasu olhou interrogativamente para a atlante, que sussurrou:

– É a tradição mugal. Para indultar um condenado ou comutar a pena, o governador ou soberano precisa da concordância formal do ofendido ou da família da vítima. Que tem o direito de recusar ou impor condições, mas não recomendo.

Ele assentiu e proclamaram que sim, estavam de acordo. Hoengseng retomou a palavra:

– Ouvidos os ofendidos, o Conselho decide comutar condicionalmente a pena de banimento. As condições são as seguintes: os cinco e os três que com ele se solidarizaram devem pedir em pessoa o perdão aos ofendidos e oferecer por sua própria mão, a cada dia, uma oferenda a Mui e Vakhiet, pela graça da compaixão e uma a Samya e Sbhika, pela correção da justiça. Devem ainda prestar serviços auxiliares como os demais punidos, mas nas unidades chefiadas por helcarianos e lemurianos, para demonstrar sua disposição de cooperar com estrangeiros. O Conselho pergunta aos agraciados se aceitam estas condições.

– Boa! Tem a cara da Hoengseng, eu não tinha pensado nisso! – aprovou Tjeypin, que bateu palmas e foi imitada pelas pessoas em volta e logo por toda a multidão. Ele também bateu palmas e ficou de olhos rasos d’água ao pensar que “sua” Bakri era uma grande líder. E surpreso ao perceber que os indultados olhavam uns para os outros e custavam a responder. Para seu alívio e provavelmente de quase todos os presentes, por fim anuíram, um por um.

À tarde, Vasu lidava com seu pelotão, oitenta homens e mulheres, eleitos pelos respectivos grupos pela suposta capacidade de liderança, que deveriam receber dele o treinamento básico e depois cada um treinar oitenta multiplicadores, que por sua vez treinariam os restantes. Era precário, estava longe de ser o ideal e havia pouco tempo, mas tinha de fazer o melhor que pudesse. Logo nas primeiras tentativas de ensinar-lhes as manobras básicas de tiro, perdoou todos os gritos e insultos que tinha recebido de seu instrutor na Escola Militar. Aquilo era mais exasperante do que jamais imaginou.

Os atiradores se organizavam em oito fileiras e dez linhas, estas correspondentes ao número de atiradores que podiam disparar um após o outro antes de recarregar. Quem carregava saltava para a frente e, depois de atirar, voltava para o último lugar, a fim de recarregar novamente, acender a mecha e manter o fogo ininterrupto. Em teoria. Na prática, cometiam todos os erros imagináveis e mais alguns, trombavam e tropeçavam uns nos outros e explodiriam a cabeça dos camaradas ou a própria se não os impedisse aos berros e safanões. Era como cuidar sozinho de oitenta crianças à solta com armas mortais nas mãos.

– Para que tudo isto? – reclamou um mugal. – Nós derrotamos as bestas louras... Hã, perdão, mestre... Os agartis em Manova sem toda essa pantomima!

Ele ouviu a si mesmo três anos atrás. Ou melhor, a seus próprios pensamentos, pois ninguém em seu pelotão tivera o atrevimento de falar assim ao instrutor. Controlou-se para não responder como o instrutor teria feito, apesar de não lhe faltar vontade.

– Pela última vez! – gritou para todos, não só para ele. – Uma coisa é envenenar patrões, golpear durante a noite e apanhar civis e guerreiros de licença meio bêbados e de surpresa em ruas escuras. Outra completamente diferente é enfrentar um exército preparado em campo aberto. Não podem fazer como bem quiserem! Se tivessem enfrentado um exército agarti, estariam todos mortos desde o início da tarde e sem entender o que lhes aconteceu! Quanto mais suor derramarem agora, menos sangue perderão na batalha!

O pôr do sol encerrou o ordálio, para alívio dele tanto quanto de seus comandados. Banhado em suor, foi se refrescar no riacho, onde encontrou Madhavi e os dois acaios mais familiarizados com armas de fogo que também tinham assumido o papel de instrutores de tiro e os outros quatro que treinavam manobras com lanças e sabres. Isso era tudo. Lúsia decidira que não valia a pena tentar treinar arqueiros, cavaleiros e alabardeiros em massa, porque o tempo era curto demais para aprender técnicas mais complexas. Juntou-se a eles para ouvir suas impressões, acompanhada de Tjeypin.

– Que acham? – perguntou a chefa acaia. – Alguma chance de evitarmos um massacre?

– Eu diria que meu pelotão estava um pouquinho menos bisonho no final do que no começo. Mas só se eu fosse uma mentirosa – ironizou Madhavi.

– Tomara que dentro de um mês consigam ser mais perigosos para o inimigo do que para eles mesmos – disse Vasu. – Por hoje, fiquei feliz em sair dessa terrível batalha contra a brisa da tarde sem mortos nem feridos.

– Meus parabéns – respondeu um acaio, cabisbaixo. – Tive um ferido grave, receio que não escape.

– Calma – falou a colega acaia. – Lembro o meu primeiro dia num pelotão de tiro. Estavámos mais ou menos assim de ruins. Mas depois de um mês... bem, estávamos um pouco menos ruins.

– Não desanimem – exortou Lúsia –, qualquer melhora que consigam dentro do tempo disponível pode ser a diferença entre a vitória e a aniquilação. Há uma diferença entre o treinamento de vocês e o deles. Vocês se esforçavam por ouvir menos insultos do instrutor e por não serem os próximos a lavar as latrinas. Eles sabem que lutam por uma causa e pelas próprias vidas. Não os deixem se esquecer disso.

– Se nossas deusas nos ajudarem, conseguiremos ensiná-los a atirar mais ou menos em sincronia – opinou Vasu. – Manobras complicadas, nem pensar.

– Isso não é indispensável – tranquilizou Lúsia. – Não teremos oportunidade para bailar com o inimigo e não precisaremos fracionar nossa tropa em frentes independentes, o espaço será limitado. Teremos apoio de massas de lanceiros e número suficiente de armas e atiradores para dispor os arcabuzeiros em colunas compactas. Usaremos coragem, massa e velocidade.

– Tjeypin, como fazem em Atlântis? – perguntou Madhavi. – O treinamento também é assim?

– *Adoraria* saber responder – respondeu Tjeypin, desconsolada. – Mas eu não fiz escola militar, só aprendi técnicas de sobrevivência e combate individual. Não posso ajudar nisso, se eu entrasse nesses pelotões, seria tão desajeitada quanto seus recrutas! O que pude observar é que nos exercícios da Guarda Popular as tropas se dispõem em apenas três ou quatro linhas, com frentes mais largas. Mas os fuzis de lá são mais rápidos de carregar e disparar.

– Isso seria uma enorme vantagem – suspirou Lúsia. – Ter uma arma que dispara na metade do tempo é como dobrar o número de arcabuzeiros e arcabuzes. Será que não conseguiríamos reproduzir esse sistema?

– Foi mamãe quem o inventou durante a Revolução, tenho uma ideia de como funciona – respondeu Tjeypin. – Mas são mecanismos meio *complicados*, oito ou nove peças pequenas. Não temos esse tipo de artesãos aqui, nem tempo para aprender por tentativa e erro. O que dá para conseguir é fixar uma faca fina e pontuda na ponta dos arcabuzes, como se faz lá. Com isso, eles servem de lança e não é preciso largá-los numa emergência para se defender com espada. Expliquei ao pessoal das ferragens, estão experimentando um meio de fazer isso.

– Já seria alguma coisa – respondeu Lúsia.

– Tjeypin, uma consulta – interveio Vasu. – Preciso de um auxiliar para dividir o pelotão e o que me parece mais capaz é um helcariano. Você conhece melhor os mugais. Eles se aborrecerão se eu o escolher?

– Não é impossível um ou outro resmungar, mas faça como acha certo.

– Se é desse cara que você precisa, não hesite – aconselhou Lúsia. – Anuncie a decisão e avise que quem criar caso será substituído sem discussão. Nós garantimos.

No caminho para a barraca, Madhavi lembrou-se de perguntar:

– Ah, Tjeypin, você prometeu nos contar alguma coisa que aprontou numa festa. A Lúsia disse que as festas em Atlântis são fodásticas.

Ela riu.

– Na verdade, o que eu tinha em mente quanto falei disso não foi na capital, mas em Ofar, uma cidadezinha que pertence à Comuna, mas fora das muralhas. Eu era adolescente e era o dia da festa de Toran...

"A Torannia de Ofar – parte I"

De Zi Sismau Tlalpan, para *O Farol de Atlântis*

As provisões acabaram. Mestra e discípula precisaram descer da casinha das montanhas de Xinmon Lam para Ofar para comprar mais. Como era dia, em trilha já conhecida e era descida, que todo deus ajuda, o caminho pareceu bem mais curto. Logo chegavam à rua principal, toda enfeitada com desenhos em serragem colorida e bandeirinhas.

– Ah, é mesmo, hoje é dia da Torannia! – comentou Tiakat. – É a maior festa desta cidade.

– Torannia?

– A festa de Toran, a deusa fomori do êxtase e da fertilidade. Parece um pouco com Kiném, mas é menos... Civilizada, digamos. E mais importante para os fomoris do que Kiném para os senzares.

Fizeram as compras e já iam voltar quanto Tjeypin se interessou pelo espetáculo que começava a animar a praça. Atrás de um cercado montado no gramado ao lado da pirâmide, praticava-se o *ohsog*, a dança com touros típica dos fomoris.

Fascinada, subiu os degraus que serviam de arquibancada para ver melhor e Tiakat a seguiu. Uma moça e dois rapazes da idade de Tjeypin ou pouco mais velhos, vestidos apenas com calças curtas de diferentes cores, brincavam com um touro baio, não muito grande, mas inquieto e de chifres longos e pontudos, enquanto uma banda tocava uma música animada. Cada um deles, alternadamente, provocava o touro e quando o bicho carregava, agarrava-lhe os chifres. O animal instintivamente jogava a cabeça para trás e eles aproveitavam o impulso para dar uma cambalhota, salto mortal ou cabriola sobre suas costas, para então aterrar suavemente sobre os pés e sair correndo, enquanto outro tomava seu lugar.

Ginasta amadora, Tjeypin já fizera acrobacias até mais complicadas, mas sobre um cavalete. Não tinha como deixar de admirar aquela combinação de perícia, coragem e empatia com o animal. A plateia, de todas as idades, aplaudia-os e gritava seus nomes: *Aranthia! Venel! Kai!*

– Quer ver a festa e se divertir com a rapaziada? – perguntou Tiakat sem precisar, pois era evidente mesmo sem telepatia. – Então me passa tua mochila que eu levo com a minha.

– Não, que é isso, madrinha? Eu levo a minha parte, pode deixar – respondeu, sem tirar os olhos do cercado, principalmente do rapaz chamado Venel.

Tiakat achou graça. Podia sentir a afilhada em ponto de fervura, efeito da abstinência e dos exercícios de magia que notoriamente estimulavam o desejo.

– Deixe disso, você está dando duro há dias, merece uma farrinha pra relaxar. 'Xá comigo, eu levo as coisas e se eu me animar, volto depois pra também me meter na bagunça – mantendo sua mochila às costas, pegou a da afilhada, pendurou-a ao pescoço, apoiada na barriga e deu-lhe um tapinha. – Quando você e o Jen-ar eram bebês, sua mãe os carregava assim e eu fazia o mesmo, quando cuidava de vocês. Você gostava mais de ir às costas.

– É, eu me lembro...

– Toma, fica com isto, pra comer ou o que for – passou-lhe a bolsa que tinha à cintura, que continha dois ticais e o troco miúdo que sobrara da compra. – Divirta-se! – Acocorou-se para se despedir com um beijo. – Mas volte até amanhã, tá? – pôs-lhe a mão no ombro.

– Madrinha! Só vou ficar um pouco, volto hoje mesmo!

– Talvez, mas aposto que não! – piscou um olho e levantou-se. – Ele é mesmo tesudo. Se eu tivesse tua idade, ia querer e conseguir.

– Ah, sei lá – ela encolheu os ombros. – Ele já deve ter alguém.

– Não, está à procura de companhia para hoje. E gosta de mulher, caso você tenha dúvidas.

– Puxa, você lê a mente dele a esta distância, no meio dessa confusão? Que poder! – admirou-se.

– Não é maior que o teu pode ficar. Você também pode aprender, se quiser treinar e se dedicar por uns vinte anos. Tchau! – foi-se a passos largos.

Tjeypin hesitou por momentos. Então desceu a pirâmide, sacudiu os ombros, soltou os cabelos e esgueirou-se até a saída do cercado. A banda fez um toque tenso e depois de uma façanha que não conseguiu ver, mas fez a multidão explodir em gritos e aplausos, passou a uma marcha triunfal e acabou. Parte da plateia se dispersou, mas outros se aglomeraram à volta dela para esperar a saída dos artistas. Primeiro saiu o touro, com coroa e colares de rosas, puxado pela argola do nariz por um tratador, depois os três jovens brilhantes de suor, também com grinaldas de folhas e flores, saíram em triunfo. Ela ia se aproximar, mas percebeu que era uma espécie de ritual e limitou-se a acompanhar os outros, que seguiram o touro e os rapazes como se fosse uma procissão, cantando alguma coisa em fomori até completar a volta à praça. Depois, enquanto o touro era levado de volta ao pasto, a maioria correu de volta ao cercado, onde a banda saudava a chegada de toureiros descansados.

Ela se aproximou do rapaz que a atraía, cercado por outras três ou quatro garotas e um rapaz interessados nele por motivos semelhantes ao dela, além dos amigos que o cumprimentavam. Mais alto que ela, tinha cabelos negros encaracolados que lhe caíam pelos ombros largos, nariz comprido, sorriso fácil, ombros largos e um corpo esguio e ágil. O que mais lhe chamava a atenção era o peito lanoso. Pareceu-lhe exótico e sensual. Todos os seus amigos e parentes de Atlântis eram rapazes e homens glabros, como os senzares e tlavatlis, ou que costumavam se depilar, como os caris.

– Oi, foi uma *maravilha* a apresentação de vocês, meus parabéns! – ela usava sua telepatia para sentir como ele reagia às suas expressões e entonações e reforçar seu interesse. Ele adorou o elogio, convinha insistir nisso. E era atraído por garotas ousadas. Encarou-o com um sorriso entreaberto e um olhar direto. Hum, ele queria conhecer alguém diferente e se perguntava se ela era da capital. Na cabeça dele, isso era especial. Suas chances cresciam exponencialmente.

– Obrigado! – ele sorriu, os grandes olhos castanhos brilhantes e fixos nos seus. – Você gosta de *ohsog*?

– Bem, eu vi apresentações *em Atlântis*, mas não me pareceram tão bonitas. Vocês são *muito* graciosos! – jogou o cabelo para trás, inclinou a cabeça e conferiu o efeito positivo.

– Você é que é muito graciosa. Então, você é da capital? Como se chama?

– Eu me chamo Zi Sismau Tlalpan – deu-lhe o pseudônimo senzar que tinha inventado. – Me chame de Tlalpan-bã. – era um pouquinho atrevido para alguém que se acabava de conhecer, o sufixo implicava amizade ou intimidade. Mas a reação foi boa.

As competidoras, percebendo que ela lhe conquistara a atenção, afastaram-se, um pouco desapontadas. Elas eram de Ofar, teriam sua vez quando a forasteira fosse embora.

– Eu sou Venel Alethnas, Venel-bã pra você. Esse é meu parceiro Kai-bã e esta é Aranthia-bã – cumprimentaram-se à maneira dos atlantes, fazendo uma leve reverência e mostrando a palma da mão aberta.

– Sim, ouvi seus nomes. Vocês atuam juntos há muito tempo?

– Há uns três anos... Até o ano passado, minha irmã mais velha, a Thalna, atuava conosco. Mas ela se casou e se mudou com o marido para Kateiros. Uma pena, foi ela quem nos ensinou. Tenho também um irmão mais novo, mas ele não gosta de touros. Tlalpan-bã, nós precisamos de um banho. Quer acompanhar a gente às termas?

Queria. No caminho, Venel lhe perguntou o que fazia em Ofar e Tjeypin lhe contou. Ela receava perguntas sobre o aprendizado do xamanismo, mas ele parecia mais interessado em saber o que ela gostava de fazer e quanto tempo ficaria por lá.

Os banhos públicos, alimentados em parte por uma fonte termal, em parte por um aqueduto que vinha dos morros ao sul, seguiam um plano geral comum em Atlântida, embora o estilo fosse caracteristicamente fomori, das colunas lisas e redondas aos mosaicos coloridos do chão. Havia um vestíbulo de colunas brancas onde se deixavam as roupas em escaninhos apropriados, um salão central de ginástica que dava para um salão amplo de cada lado. O da esquerda tinha colunas vermelhas, uma sala de banhos de vapor, uma fonte fria e uma piscina quente com um leve cheiro de enxofre, na qual relaxavam algumas pessoas idosas. O da direita, de colunas negras, estava vazio naquele momento e tinha outra fonte fresca e uma grande piscina fria. Os quatro se refrescaram rapidamente na fonte e pularam na piscina, disputando quem a atravessaria primeiro. Tjeypin ganhou com facilidade.

– Como você é rápida! – cumprimentou Venel.

– *Todo mundo* nada bem em Atlântis – respondeu Tjeypin, boiando de pé na beirada da piscina, com os pés roçando no fundo. – Tem o mar na frente e canais por toda parte. Na minha escola tem uma piscina grande e no meu bairro, costumam fechar um pedaço de canal para as crianças brincarem na água sem atrapalhar as gôndolas.

– Tem outra coisa que dizem que os da capital fazem melhor que todo mundo, você acha que é verdade? – perguntou Aranthia, travessa.

– Hum... Não conheço o mundo tanto assim para responder – confessou.

– Logo, logo, ela vai descobrir que isso é mentira! – brincou Kai.

– Eu gostaria de descobrir que é verdade – disse Venel.

Tjeypin sorriu e ele, sem mais, a puxou, abraçou e beijou. A telepatia não a preveniu: do impulso ao ato, foi um piscar de olhos. Foi uma boa surpresa, ele beijava bem, sem afobação e com carinho. De boa vontade ela o acompanhou às nuvens e só ao tomar fôlego se deu conta de como ele a apertara sem receio contra seu corpo nu e teso.

Raros atlantes ousariam tanto sem um convite explícito. Mesmo um telepata pensaria duas vezes. Encostar num pekenan contra a vontade da mulher era tão estúpido quanto agarrar uma jararaca com as mãos nuas.

– Você não tem medo? – perguntou ela, passando o dedo pelo peito peludo e molhado, enquanto ele continuava a abraçá-la pela cintura. – E se eu não estivesse a fim?

– Eu sou toureiro – respondeu. – Sei quando posso agarrar o touro pelos chifres.

Ou era muito sabido, ou muito tolo, mas achou graça da resposta. Abraçou-o e o beijou de novo. Sentiu que Kai e Aranthia se arrepiavam ao vê-los e fantasiavam uma cena a quatro. A visão não lhe pareceu repulsiva, havia ternura e entrega. Não chegava a ser amor, mas era um tesão afetuoso.

Os três se gostavam, será que estavam acostumados a fazer tudo juntos? E ela, queria participar? Tinha que decidir por si. No momento, estava bem com aquela turma. Resolveu esperar para ver como aquilo evoluiria. De qualquer maneira, não seria ali, não era lugar para isso.

Voltaram à rua e à festa. Havia muitas barracas de jogos, brinquedos, comida e bebida e tudo tinha alguma conotação erótica. Pratos tidos como afrodisíacos e com nomes sugestivos, ou que mesmo sem ter ingredientes exóticos tinham formatos de falos, testículos, vulvas, bundas e seios. Ou que *eram* o que pareciam, como testículos de touro, tetas de mastó recheadas e pênis de carneiros grelhados.

Sentaram-se à sombra de uma árvore e fizeram um piquenique sobre folhas de bananeira. Como a maioria dos atlantes da capital, Tjeypin não gostava de carne vermelha, mas por insistência de Aranthia provou um pênis de carneiro, um parafuso esbranquiçado enrolado num espetinho. Sem graça, tinha gosto de lula cozida demais. Caíram-lhe bem, por outro lado, as xerecas de hetaira, ostras frescas com molho picante e as jirombas de senzar, pimentas ardidas enormes, de forma fálica, recheadas de massa de legumes, larvas de besouro, ervas e nozes.

Já os apetrechos eróticos não lhe despertaram a curiosidade. Conhecia-os bem, Beletsunu tinha uma vasta coleção deles, mais bonitos e variados. Ela os usava para ensinar suas artes sexuais e os emprestava a quem os pedisse para praticar ou brincar. A única novidade para Tjeypin foram os bonecos felizes, vasos de cerâmica com a forma de homenzinho e mulherzinha, sorridentes e sexualmente superdotados, usados para beber marçó, uma bebida fermentada de cereais e aromatizada com frutas ou ervas, popular em toda a Atlântida. A graça estava em sorver pelo furinho do pênis ereto de tamanho natural ou pela vagina escancarada, passando os dois vasos de mão em mão, revezando sem distinção entre garotas e rapazes. Os sabores das variedades masculina e feminina eram diferentes.

Tjeypin, que se oferecera para pagar a bebida, se levantou e foi ao vendedor para que enchesse os bonecos de novo. Quando voltou e se acomodou ao lado de Venel, Aranthia, cabeça deitada no colo de Kai, instigou, com doçura:

– Venel, fala...

– Falar o quê? – Tjeypin se fez de ingênua. Queria ouvi-los.

– Hum... – ele hesitou e abraçou-a pela cintura. – Tlalpan-bã, nós estávamos pensando... Você toparia um quarteto... Se não, dou um jeito de ficarmos nós dois a sós.

Mas a proposta original não a desagradava e não era estranha aos hábitos da família. Sua mãe não gostava, mas outros adultos da casa, a começar por seu pai, Tiakat e Beletsunu, brincavam a três e quatro, às vezes mais. Ela se achou crescida o suficiente para experimentar.

– Ah, quer saber? Se vocês preferem assim, eu topo. Kai, posso beijar você?

– Claro! – ela se ergueu e lhe segurou o rosto para

beijá-lo. Ele era mais tímido que Venel, não tão bonito e talvez menos esperto, mas mais robusto. Foi bem acolhida por aqueles olhos negros, grandes e bondosos e pelas mãos fortes e carinhosas no seu corpo.

– Também quero! – murmurou Aranthia, que vira a cena e seus seios de um ângulo privilegiado e levantou do colo de Kai para se ajoelhar na frente dela, mão sobre as coxas.

Devagar, ajoelhou-se na mesma posição. As duas tinham braços e pernas fortes, tronco flexível e esguio e estatura semelhante. Kai recuou e encolheu as pernas, para deixá-las à vontade.

Estudaram-se, como se olhassem o espelho. Aranthia tinha grandes olhos castanhos claros levemente oblíquos, nariz fino e reto, sobrancelhas grossas, cabelos escuros levemente ondulados, pele clara sem ser pálida, sorriso largo. Braços e pernas cobertos por uma penugem visível, embora mais suave que a de seus amigos. Seios médios bem redondos e cintura fina, acentuada pelo cinto apertado das calças curtas e folgadas, de finas listras horizontais vermelhas e amarelas. Combinavam com seu próprio saiote, embora fossem bem diferentes. Tjeypin imaginou-se aos olhos da outra: olhos negros rasgados, cabelos negros, lisos e brilhantes, nariz pequeno e arrebitado, boca delicada, pele cor de canela, seios discretos. Sentiu que ambas gostavam do que viam. Era mais suave e delicado do que as sensações que Venel e Kai lhe inspiravam, mas era bom. Recebeu o beijo. Línguas se entrelaçaram, seios roçaram seios, dedos leves percorreram costas arrepiadas.

Acabaram de beber a segunda rodada. Tjeypin foi devolver os vasos e ficou intrigada com uma vendedora com uma discreta compoteira branca e azul, que não apregoava sua mercadoria em altos brados nem parecia se importar com a aparente falta de clientes. Ao chegar mais perto notou que a louça era decorada com desenhos de casais experimentando muitas das cento e quarenta e quatro posições tradicionais dos manuais atlantes, se não todas.

– O que a *quanciós* está vendendo? – perguntou,

supondo que se ela era idosa e usava uma corrente de prata, gostava de ser tratada por seu estatuto tradicional.

– Compota de senquó, *puciós* – respondeu ela, usando o tratamento preferido por igualitaristas, algo como "companheira". – Só dois ases a unidade, aproveite...

Tjeypin fez um muxoxo. Tinha curiosidade pela rara fruta afrodisíaca, que só conhecia de ouvir falar e pela famosa réplica em ouro com que Beletsunu um dia presenteara seu pai, agora conservada no museu do Instituto. Percebia como a vendedora queria se aproveitar da turista da capital, mas mesmo o preço normal estaria fora do seu alcance.

– Você se interessou, Tlalpan-bã? – perguntou Venel, olhando por cima do ombro.

– Ah, eu estava só bisbilhotando. É cara demais, que loucura...

– Ela tem razão, Lartha-quan – falou à vendedora. – Pensa que nossa amiga é boba só porque ela não é daqui? Ora, vamos, essas frutinhas mixurucas não valem nem dois ticais!

– Que é isso, Venel-pu? – protestou a senhora. – Quer ensinar a andorinha a voar? Eu já trabalhava nesse comércio antes de você nascer. São senquós selecionados, do melhor fornecedor do monte Atlás...

Antes que pudesse dissuadi-lo, ele se engajara numa animada barganha com a vendedora, com ajuda dos amigos. Por fim, a vendedora lhes cortou uma fruta em quatro e a serviu numa cuia com uma generosa colherada de calda doce por nove ticais, "só porque gostei da tourada", disse ela, embora Tjeypin soubesse que ela nem estivera lá.

– Não posso pagar minha parte agora – avisou ela a Venel. – Só me sobrou meio tical.

– Nem pense nisso – respondeu ele. – Você é nossa convidada.

Sentaram-se ao pé de uma árvore, carregando a cuia com cuidado.

– É a primeira vez que eu provo isso – disse Kai.

– Eu também – admitiu Venel. – Mas a Lartha não precisava saber.

– Diz o ditado que *um casal que divide um senquó visita as nuvens quatorze vezes sem ter dó* – contou Aranthia, em tom esperançoso.

– Então para nós serão *só* sete vezes – brincou Tjeypin.

Venel passou-lhe a cuia para que escolhesse o primeiro pedaço. Ela pegou um e examinou: lembrava um pouco um pêssego em calda, mas com cor mais dourada, uma estrutura de alvéolos e uma aura como ainda não vira em vegetais. Esperou os outros se servirem e degustou lentamente seu pedaço. Lembrava mel de abelha, mas menos doce e mais saboroso e refrescante. Depois dividiram a calda, um golinho para cada um.

– Sentem alguma coisa diferente? – perguntou Venel.

– Por enquanto, só um formigamento na boca – respondeu Tjeypin.

– Olha, a procissão está passando! – avisou Aranthia. – Vamos ver!

O cortejo de Toran era o ponto culminante da festa e todos que não participavam se aglomeraram na beira da avenida Catha, que se estendia do leste para o oeste. Jovens dos dois sexos, nus salvo por joias, coroas e colares de flores, cantavam ou tocavam pífaros, siringes e tambores em torno de três carros de bois. Um trazia um falo de madeira de duas braças de comprimento, muito realista no formato. O segundo, uma vulva de tamanho proporcional. E o terceiro, uma grande imagem de Toran, com uma serpente dourada enrolada em seu corpo.

O fomori de Tjeypin era básico demais para entender os versos arcaicos e musicados que cantavam. Pediu a Venel, que a abraçava pelas costas, para lhe explicar.

– É a história de Toran. Ela nasceu do amor dos primeiros deuses, Los, deus das fontes e dos vulcões e Areatha, deusa da vida, mas era filha única e muito solitária. Sem nenhum outro deus para lhe fazer companhia, apaixonou-se por seu píton de estimação e o seu amor o transformou em Atons, o príncipe dos deuses. Juntos, os dois inventaram as artes do amor, da sedução e do gozo e as ensinaram aos animais e aos homens.

Ela sabia que não podia ter sido bem assim, mas não estava lá para discutir. Gostava do contato, do cheiro e do desejo de Venel. Curvou-se para trás, para senti-lo melhor. Estava cada vez mais quente e úmida.

Em torno do cortejo, dançavam meia dúzia de mulheres nuas, cada uma com uma grande cobra viva nos braços. Só usavam uma fina coleira de ouro que simbolizava a vassalagem à deusa. A abolição da servidão e escravidão em Atlântis não incluíra essa forma peculiar de cativeiro.

– Elas se dedicam a Toran desde a puberdade – explicou Aranthia. – Depois de treinadas e declaradas núbeis, são levadas ao mundo de prazeres da deusa para completarem a consagração e retornarem como hierodulas. Fazem a iniciação sexual dos jovens, ritos de fertilidade e comunhão e recebem clientes ricos em troca de doações ao templo para sustentar o culto.

– Por que não usam pekenan? – perguntou Tjeypin.

– Não precisam, entregam-se a Toran e ela decide se e quando devem engravidar.

As pessoas que assistiam corriam para arriscar um afago nelas ou nas serpentes, apesar de ser difícil acompanhar seus rodopios.

– Se conseguir, isso dá sorte no amor! – garantiu-lhe Aranthia ao ouvido. – Vamos!

Não que acreditasse, mas Tjeypin se contagiou com excitação deles, correndo às dançarinas ao seu alcance. Ágil, emparelhou seu ritmo com uma das sacerdotisas que, em recompensa por sua habilidade, não só a deixou acariciar o píton como o enrolou por momentos em seu corpo e a fez beijá-lo, como se fosse ela a sacerdotisa, antes de voltar a se encarregar da cobra.

A jovem de Atlântis se assustou, não com a cobra, mas com o que sentiu na sacerdotisa: uma mente praticamente vazia, quase instintiva. Esqueceu-se daquilo, porém, ao voltar para os braços de Venel e sentiu-o todo excitado. Ela também estava assim e igualmente Kai e Aranthia, que se juntaram a eles num abraço só.

– Por favor – pediu Tjeypin –, vamos logo para algum lugar para nós!

– Minha casa – ofereceu Aranthia. – É aqui, pertinho.

Não era uma grande casa comunal como a de Tjeypin, mas uma casa média de luxo para uma família rica, mas não numerosa pelos padrões atlantes. Os pais de Aranthia, criadores de gado, estavam entre os patrocinadores da festa e deviam participar dela até a manhã do dia seguinte.

Ela os levou ao que parecia uma sala secundária, cuja larga janela se abria para um pátio interno ajardinado e um céu azul no qual brilhava o sol da tarde. Aranthia pediu que a ajudassem a empurrar os móveis e tapetes para os cantos e tirou de um estojo comprido uma enorme pele de touro negra, de mais de uma braça de comprimento e outro tanto de largura, que desenrolou e estendeu no meio do chão de mármore. Abriu a cortina de um nicho do lado oposto à janela e revelou uma imagem de bronze de Toran. Com modos solenes, ela pediu aos amigos que se descalçassem, despissem e colocassem um passo atrás dela, sobre a pele, de mãos dadas.

– É uma oferenda? – perguntou Tjeypin.

– Consagramos e oferecemos os prazeres desta data a Toran – respondeu Aranthia, sorridente. – Aceita participar da oferenda?

– Sim, já aceitei acompanhar vocês e não tenho nada contra a sua deusa.

Aranthia pôs-se em frente à imagem, saudou a deusa com uma reverência e de pé, iniciou uma oração em fomori, de pernas e braços abertos. Tjeypin não entendeu tudo, mas o tom de voz e o estado de espírito eram o de uma emocionada declaração de amor e entrega, que a comoveu. Terminou com a palavra *ameri*, que Tjeypin sabia significar "assim seja" e como seus amigos a repetiram, ela os imitou. Aranthia fez mais uma reverência antes de dar as costas à imagem e as mãos aos amigos, para fazê-los ajoelharem-se sobre a pele de touro e trocarem beijos. Deitou-se de costas e convidou Kai, que se deitou sobre ela.

Ainda ajoelhada, Tjeypin satisfez o impulso de esfregar o rosto no peito peludo de Venel, agora suado como no momento em que saíra do cercado com o touro. Tomou a iniciativa, o fez deitar-se de costas e montou sobre ele sem mais preliminares, preparadíssima.

Sem pôr as mãos, puxou o falo para dentro e o apertou e massageou só com as contrações rítmicas da vagina. Quando estava disposta – e nunca estivera tanto quanto agora – era tão hábil nessa arte quanto uma profissional, graças à combinação de domínio iogue do corpo aprendido com o pai com as dicas de Beletsunu. Percebeu que Venel estava admirado e maravilhado e caprichou ainda mais. Ao mesmo tempo, afundava as mãos nos pelos do seu peito e ele acariciava seus seios, bunda e coxas.

Ao lado, as pernas de Aranthia se mexiam numa animação mais evidente, entrelaçadas no agitado quadril de Kai. Sentiu o prazer deles como um contraponto dançante de pífaro às notas lentas e profundas de seu órgão.

Venel começou a latejar dentro dela e ela acelerou para ajustar seu ritmo ao dele, enquanto o dos parceiros ficava ainda mais frenético. Em ponto de fervura, fez uma carícia no lugar certo do períneo dele para conseguir uma sincronia mais perfeita. Bombeou e puxou o gozo dele para dentro junto com o seu, um arremate digno de Beletsunu. Largou-se sobre o companheiro, ambos numa bebedeira sem álcool que era uma delícia.

Pensara experimentar com Kai em seguida, mas Venel se recobrou primeiro, ávido por assumir o comando e mostrar o que podia fazer. De joelhos, agarrou-a pelas coxas e entrou com o vigor de um touro. Ela deu-se aos botes enérgicos do toureiro, apoiando-se sobre os cotovelos e curvando as costas como um arco de ponte. Nessa posição, recebeu de surpresa beijos na boca e nos seios de Aranthia, que estava de quatro para Kai. Teve o êxtase no mesmo momento e decidiu fazer com ela. Os rapazes pararam para descansar e ver Aranthia deitá-la de costas e conduzi-la a um uróboro a duas. Tjeypin a imitou e apreciou nela o mesmo sabor agridoce e a mesma maciez úmida e delicada que dava aos rapazes, sem nenhuma vergonha de se exibir para eles.

Depois, sua parceira virou-se e se beijaram e abraçaram se excitando com o contato de coxas e vulvas. Quando se sentiu no ponto, Aranthia quebrou a simetria. Colocou-se como um macho entre as pernas de Tjeypin e se esfregou até vibrar de prazer. Em seguida, pediu para trocarem de posição e algo estranho se passou entre elas.

Aranthia se olhou e à sua parceira, espantada, de alto a baixo:

– Tlalpan-xin, o que é que você está fazendo? – sussurrou.

– Sei lá! – Tjeypin sorriu, embaraçada, apenas tentara imitá-la. – Não gosta? Se quiser, paramos.

Aranthia estava um pouco assustada, percebia Tjeypin, que não fazia um esforço consciente, mas sentia algo sutil e pulsante emanar dela de forma tão espontânea e prazerosa quanto as secreções da vulva.

– Não, não pare, pelo amor de Toran! – pediu ela. – É esquisito mas seja lá o que for, continue!

Continuou e não parou mais. Aranthia começou a gritar abafado e se contorcer, acariciada, manipulada, imobilizada e penetrada por forças invisíveis. Tjeypin sentia-se tatear, absorver e engolir a parceira em si mesma e ao mesmo tempo estar dentro dela. O clímax veio violento e agitado como uma convulsão, que as teria machucado se não fossem ambas tão rijas. Quando Tjeypin se recobrou, Aranthia estava desmaiada. Venel molhou um pano na água de uma jarra e a refrescaram.

– Você está bem? – perguntou Kai, preocupado, quando ela abriu os olhos.

– Pra quem morreu de gozo, estou bem, só meio grogue. Vou parar um pouco, Kai-xin...

As pernas dela tremiam. Os amigos a ajudaram a se levantar e se recostar no divã.

– ... mas se a Tlalpan-xin está disposta, continuem, é a minha vez de olhar! – continuou Aranthia, de bom humor.

– Tlalpan-xin – pediu Venel –, topa fazer com nós dois... Ao mesmo tempo?

– Hum... – olhou, pensou e tentou perceber os desejos deles. – Saquei. Vocês se gostam e têm vontade de trepar um com o outro, só que preferem com uma garota no meio, não é?

Achou graça das caras espantadas de Venel e Kai e da risada abafada de Aranthia. "A telepatia é uma vantagem desleal", pensou, "mas daria para adivinhar sem isso".

Sorriu e abraçou os dois. Não era um sorriso zombeteiro e sim cúmplice, que os tranquilizou.

– Pois será um prazer ajudá-los, mas do meu jeito e com calma, que trepar com dois tem que ser com cuidado – eles assentiram. – Primeiro vocês ficam em pé, meus queridos!

Ajoelhou-se, juntou-os lado a lado, fez com que se abraçarem pela cintura e aplicou mãos e boca à obra, primeiro de maneira alternada e depois conjunta. Divertiu-se em roçar e juntar as glandes uma na outra, ver suas caras e fazê-los rir com a sua.

– Agora é a vez de vocês! – mandou ela. – Eu de pé, vocês de joelhos. O Kai na minha frente, o Venel atrás. Usem bem a boca e os dedos e se tiverem vontade de se beijar ou de se agarrar, não façam cerimônia, eu espero a minha vez...

Ela primeiro os orientou, segurando-lhes as cabeças, depois os deixou à vontade enquanto acariciava os próprios seios e olhava Aranthia se masturbar, lânguida. Os dois não se beijavam rapidamente e as línguas se encostavam, brincando, ao explorarem os limites de seus territórios. Aquilo a arrepiava tanto quanto as sensações diretas dos dois lados. Deixou o orgasmo vir.

– Kai-xin, se deite que eu vou montar você. Depois o Venel-xin me põe por trás, devagar. Se ficar ruim para mim e eu pedir para parar, parem, tá?

Não foi preciso. Venel, antes tão impetuoso, desta vez foi calmo e suave, não doeu nada. Tinha a língua de Kai na boca e Venel a lhe acariciar os seios e se mexer lentamente nela, que repassava amor de um para o outro como boa menina de recados. Gostou de sentir os falos se procurarem e se sentirem um ao outro através dela. Eufórica, encorajou Venel:

– Agora pode fazer e acontecer, Venel-xin, estou pronta...

Ficou cada vez mais quente, com gritos, mordidas e puxões de cabelo. Se alguma dor havia, estava excitada demais pelas fantasias suas e deles para notar. Mais uma vez, seu corpo segregou algo invisível que os envolveu como se apêndices macios e flexíveis os estimulassem, acariciassem e penetrassem das formas mais imprevistas. Terminou demoradamente, como uma trovoada que não acaba de ecoar.

Capítulo 24

Dias de rotina

Enquanto Tjeypin contava seu caso, Vasu e Madhavi ficavam cada vez mais afogueados. Ficavam embaraçados por saberem que ela sabia o que lhes passava pela cabeça, mas queriam ouvir mais. Lúsia praticamente se contorcia. Isso a divertia e a levava a caprichar cada vez mais nos pormenores, até o círculo virtuoso os levar a um ponto do qual não havia mais volta.

– O resto conto noutro dia... – murmurou Tjeypin, ao se desfazer da túnica. – Nós quatro estamos prontos, sabemos o que queremos e vai acontecer *agora*.

Madhavi, trêmula, abriu espaço para as duas no catre e ela e Tjeypin se beijaram a fundo, ajoelhadas, enquanto Lúsia abraçava a agarti por trás. Vasu juntou-se ao abraço por trás da atlante e deitaram-se todos. O torso junto ao seu e a nuca que mordia eram da escurinha, mas as mãos que o acariciavam vinham da loura e da morena, onde as duas agora brincavam.

– Eu acho que já sonhei com isto – sussurrou Madhavi.

– Posso? – perguntou Vasu.

– Deve – respondeu Tjeypin.

Os dias se passaram e a grande marcha avançava um pouco mais rápido do que se esperava no começo, graças ao terreno plano, aos rios rasos e ao tempo ameno – chovia pouco, geralmente à noite, mas o suficiente para impedir que os agartis incendiassem os campos. Por duas vezes, os agartis tentaram lançar bombas de gás e incendiárias das suas vimanas. A cada vez, causaram algumas dezenas de vítimas, mas também perderam outros tantos tripulantes em veículos abatidos pela pontaria de Tjeypin ou de colegas artilheiros. Em campo aberto e com ventos fortes, não era uma maneira eficaz de desgastar uma marcha daquele tamanho.

Na verdade, ela cresceu um pouco. De alguma forma, muitos hilotas helcarianos e mugais da região conseguiam escapar de suas aldeias, atravessar os perigos da vigilância agarti e da estepe e alcançar os rebeldes. Chegavam, na maioria, magros e famintos, armados apenas de facão de mato, mas com muita disposição de lutar.

As sortidas de Kaineus, sempre à noite para escapar da vigilância e dos bombardeios das vimanas, começaram a dar frutos em alimentos e munições. Os navios capturados eram conduzidos à costa em pontos próximos da marcha e o butim incorporado à bagagem. Os marinheiros rendidos eram liberados ilesos e as galeotas escondidas e camufladas durante o dia. Ele e Lúsia esperavam que com isso outras tripulações tivessem menos disposição para resistir às abordagens.

Os pelotões de Vasu e Madhavi, com treinamento a cada parada, melhoravam pouco a pouco. Em um mês, estavam suficientemente coordenados para passarem a exercitar manobras de combate em parceria com os lanceiros, uma etapa mais complicada. Segundo as técnicas de combate usuais de agartis e acaios, os lanceiros combatiam em grandes massas similares às falanges e decidiam os combates com armas brancas, enquanto o fogo de arcabuzes assumia a defesa. Tjeypin contara que Atlântida costumava fazer o contrário, mas essa tática só funcionava a contento com armas de fogo mais eficientes. O máximo que conseguiram foi incorporar pontas perfurantes à boca dos arcabuzes, como ela tinha sugerido.

Espiões astrais do Manu tentavam bisbilhotar seus preparativos, mas a vida deles não era fácil. Vagando pelo Limbo, Sbhika guardava os limites do acampamento como a leoa feroz que era e estava cada dia um pouco mais forte, em parte graças a espiões que não davam as respostas certas aos seus enigmas.

– Decifra-me ou te devoro! O que atravessa as portas sem nunca entrar nem por elas sair?

– Um... Um inseto! – respondia o bisbilhoteiro apavorado.

– Resposta errada!

Devorava o corpo astral de um bote e mais um sindhu nas instalações do Manu em Poeykeng era reduzido a um estado vegetativo permanente, seu axé e vitalidade absorvidos pela gênia de Samya, a menos que tivesse presença de espírito para despertar imediatamente. Se acaso algum escapava à leoa, tinha de se ver com Vhakiet, que lhe lançava aos pés uma rosa vermelha. Ao primeiro passo para frente ou para trás, a roseira de súbito crescia até sufocá-lo e esmagá-lo em seus espinhos astrais. O resultado final era o mesmo.

Já o meio-espírito de Tjurmyen conseguia driblar as defesas mágicas similares dos sindhus – eficazes contra corpos astrais, fantasmas, elementais e gênios, mas não contra aquela entidade peculiar – e visitar os acampamentos agartis em segredo. Mas as notícias que trazia não eram animadoras. Os comandantes reuniam o que as forças armadas imperiais tinham de melhor e pretendiam interceptar a Grande Marcha no passo de Ariranga, que se abria numa área montanhosa um pouco ao sul de Poeykeng. Hoengseng comentou que aquele era o exato lugar chamado pelos mugais de Alilong. Seus colegas murmuraram.

Ao vir da boca da porta-voz, o nome também despertou vivas lembranças em Vasu. Alilong era uma canção folclórica mugal com a qual Bakri tantas vezes o ninara quando pequeno. A imagem que lhe ficara de Alilong era de um lugar bonito e romântico, cheio de flores, melancolia e devaneios. Como era mesmo a canção?

Alilong, Alilong, Aolayô!
Pelo passo de Alilong.
As gentis flores das cerejeiras
Vinham-nas ver nobres e vilões...

A doce lembrança foi sufocada pela discussão da situação estrategicamente assustadora. Os agartis teriam a escolha do terreno, a posição dominante, armamento e treinamento superiores e não haveria meio de contorná-los. De comum acordo, Conselho e imediatos resolveram não informar a tropa por ora, mas teriam poucas chances num confronto simples e direto. Precisavam de algum truque e tinha de ser muito bom.

Enquanto isso, prosseguia a rotina dos exercícios com lanças e armas de fogo. Tuman, o auxiliar que Vasu tinha escolhido, tornou-se seu confidente e amigo. Conversavam muito durante as marchas, quando Lúsia liderava à frente, Tjeypin seguia no meio com os raios de calor e Madhavi ia à frente de seu próprio pelotão. Distraía das mutucas das estepes, aparentemente decididas a lutar pela causa agarti, como também dos rangidos dos carroções e do blaterar dos ustras.

– Como vai suas mulher, mestre? – perguntou Tuman. Ele não nascera hilota, fora capturado ainda rapazote quando seu clã nômade foi massacrado numa escaramuça de fronteira. Não falava mugal e não conseguira dominar as complexas flexões, declinações e conjugações do agarti. Ou talvez só fizesse questão de falar mal a língua dos senhores, pois era inteligente e a entendia bem.

– Tudo vai bem com elas, só que Madhavi tem pesadelos de vez em quando...

Na verdade, com muita frequência. Acordava os camaradas de barraca com choro ou gritos, mas como uma criança, acalmava-se assim que confortada. Ele pensara que ela sonhava com os calabouços da Kraukura, mas ela dizia que não, eram pesadelos que ela já tivera antes, desde menina. Tinham a ver com a terra se abrir, o céu desmoronar e o mar afogar e arrastar a todos. O fim do mundo. Talvez fosse apenas a maneira dela reagir às mudanças rápidas demais, como pensava Tjeypin, mas ele receava algo mais sério. Ou premonitório.

– ... Mas olha – continuou –, você fala como se eu fosse o dono de um harém. Nada! Seria mais fácil ser eu o mascote delas.

– Nos Ogur todo os homem é marido e toda as mulher é esposa quando chega a idade. Eu tinha virado marido seis mês antes das besta loura pegar eu. Toda as quarenta e duas mulher era as minha esposa, mas consegui foder só umas doze. E todo os trinta e nove homem era os marido delas – Ogur era como os helcarianos chamavam seu próprio povo, "urki", em agarti. O nome poético de "helcarianos", usado em Atlântida, vinha da antiga lenda cari que os fazia descender do herói Helcar, que teria criado o mar de seu nome (Laem Xaoi, "Mar Azul" para os mugais e Gobi Tengiz, "Mar das Estepes" para os *ogur*) ao esmagar com um golpe de clava um khorkhoi gigante que ameaçava envenenar o mundo inteiro.

– É, ouvi falar. Já me pergunto se neste mundo os casamentos "normais" são exceção. Pelo menos os mugais formam casais como... As bestas louras – sorriu, irônico, mas o amigo não se deu por achado. Se divertia em provocá-lo.

– Não estes mugal. Aqui já vi de tudo: troca-troca, suruba, homem com homem, mulher com mulher...

– É que como servos em Manova não tinham família nem modelos. Quando tiverem oportunidade de se estabelecer, voltarão ao normal para sua raça.

– Que normal, que raça, que nada, mestre! Olha a cara de mim! Acha mesmo que ogur e mugal é diferente? É nada, mugal é ogur, só que domesticado. É como cavalo de carroça e tarpã da estepe. Filho de ogur criado por mugal vira mugal e o contrário também. Tem uma bebê mugal achada viva numa aldeia queimada pelas besta loura que foi salva por um clã ogur do norte e que virou chefe de muitas tribo e uma grande guerreira. Khutulun era o nome dela.

– Bom, e você, Tuman? Virou mugal ao ser capturado?

– Não, porque é como lobo: quem quer domesticar um que nem cachorro, tem que pegar bem filhotinho. Eu já era meio crescido. Agora vou formar um clã novo com uns outro ogur, sessenta ou mais. Trinta homem já tem, mas pouca mulher. Então nós faz umas mugal virar ogur. Tem bem mais mulher mugal do que homem na marcha. Pra eles não faz falta.

Vasu pensou em tímidas servas mugais cavalgando entre os malcheirosos bárbaros do norte e riu da ideia Mas se arrependeu no mesmo instante. Ele vinha ensinando mulheres como aquelas a carregar e disparar arcabuzes e via outras manejarem longas lanças todos os dias e já o faziam quase como profissionais. Não tinha mais como duvidar que uma mugalzinha pudesse fazer qualquer coisa que realmente quisesse.

– E achou mulheres mugais que gostem da ideia?

– Ah, sim. Temos quinze mulher mugal, além das doze ogur. Combinamos celebrar o casamento e fundar o clã quando chegar a Zhyaungtô. Enquanto não tiver cavalo e gado para juntar nós aos ogur livre, nós cuida dos animal dos mugal, como nós fez com os das besta loura, só que a troco de prata. E você, mestre? Que vai fazer depois?

– Vou para Atlântis com Madhavi e Lúsia, Tjeypin nos convidou. Depois, talvez precisemos nos juntar à Guarda Popular de lá, pois é a única coisa para a qual estamos preparados. Mas vamos ver, parece ser uma cidade com muitas oportunidades.

– Se não der certo, vocês pode se juntar ao clã de nós. Eu ia gostar muito.

– Bem, obrigado... mas não daria certo. Um casal de bestas louras num clã ogur?

– Vocês não é mais besta. Só louro. Em cima de um cavalo e com roupa de ogur, ninguém vai achar ruim. É só achar cavalo bom pro seu tamanho.

Eram raros os dias inteiramente agradáveis. Mesmo que fossem esporádicos e causassem relativamente poucas vítimas, a expectativa dos ataques agartis criava tensão. Por inexperiência ou puro azar, mortes e ferimentos graves nos treinos ou na marcha continuavam a acontecer e mesmo quando tudo corria sem contratempos, podia ser frustrante. Mas ao menos em sua barraca, quando alguém chegava cansado ou acabrunhado por algum incidente infeliz, podia contar com apoio e carinho dos camaradas. Para ele, das camaradas.

Lúsia não se esquecia de que era a comandante de toda a marcha e só obedecia ao Conselho, no que se referia aos aspectos militares. Por duas vezes, Vasu teve de ouvir dela uma reprimenda, uma no começo por desencorajar seus aprendizes ao dizer que nunca sobreviveriam a um confronto com os agartis, outra, mais recentemente, por fazer corpo mole, segundo ela, ao comandar seu pelotão num exercício contra o grupo de Madhavi. No primeiro caso, ele lhe deu razão e pediu desculpas. No segundo, achou injusto: ele apenas não quis se aproveitar de um erro da "adversária" para vencer a "batalha" em três tempos, em vez de fazer sua turma se esforçar mais. Ainda assim, aceitou a bronca sem discutir.

Tjeypin, embora tivesse tantas habilidades, evitava chefiar ou mesmo dar conselhos não solicitados. Quando convidada a intervir, era sutil como uma avalanche no monte Mairu, mas na maior parte do tempo tentava ser discreta.

Mas isso era só durante o dia. De noite, era outra a história. Na intimidade, a atlante tomava com naturalidade, sem ser contestada, o papel de mestra de cerimônias. Além de fazer coisas de enrubescer Tila e suas colegas da Lua Vermelha, gostava de mandá-los testar seus limites. Engraçado como Lúsia, aquela mulher majestosa, queria ser não só meiga, como submissa por baixo dos panos. Queria ser uma soldada humilde, receber ordens e cumpri-las.

Ou ao menos era o que parecia quando ele estava presente. Um dia, ouviu Lúsia dirigir palavras ásperas a Tjeypin num momento em que as duas pensavam estar a sós. Não as entendeu porque falavam em acaio, mas ouviu o nome de Madhavi. Ciúmes? Para a atlante, ser desprendida parecia ser absolutamente natural, mas Lúsia era de outro estofo. Aceitava a situação para agradar sua amada e não deixava de desfrutar à sua maneira, mas fazia um esforço. Vasu podia entendê-la muito bem. Sentia-se do mesmo jeito.

Madhavi mostrava um lado para ele inesperado. Não por gostar de relações com mulheres e a três ou quatro, mas pela seriedade com que se entregava a elas e a cada noite fazia apaixonadas declarações de amor a Lúsia, Tjeypin ou ambas antes de dormir, que deixava as duas comovidas. Não se esquecia de se declarar a ele também, que dúvida! Mas havia deixado de ser único e receava estar se tornando menos importante para Madhavi do que ela ainda era para ele. Sentia ter um dever especial para com ela – e tinha de admitir que se a questão era protegê-la, ele era um fracasso. Qualquer das duas era mais capaz de defendê-la.

Em compensação, o deleite de perder a si mesmo numa massa espessa, fluida, vagarosa, de pernas e braços entrelaçados o fazia esquecer-se de seus medos, ansiedades e problemas. Naqueles momentos esquecia quem era e onde estava. Pouca relação tinha com aquilo que fizera antes com Bakri, Madhavi ou Tila e menos ainda com aquilo que imaginava quando virgem. Tanto penetrava, beijava, acariciava, lambia, quando era beijado nos mamilos, sugado, deglutido. Isso era agora o seu dia-a-dia e pensar que, não muito tempo antes, pensava que o beijo atlante era o cúmulo da perversão sofisticada.

Tjeypin achava muita graça dessa expressão agarti. Ria da ideia de coisa tão simples precisar ser inventada em Atlântida ou em qualquer outro lugar específico. Os agartis tinham ouvido cantar a fênix, mas não sabiam onde. O verdadeiro *atlanmihn* era coisa muito diferente daquilo que o povo agarti ingenuamente fantasiava com o nome de *atalantisas kyumba*: tratava-se de beijar e sugar profundamente o falo com a boca de baixo, como ela teve prazer em demonstrar, juntamente com a variante que usava o lado oposto e ela sugeriu de brincadeira chamar "*agartamihn*", já que Agarta ficava na outra banda do mundo. Aquilo era muito difícil de aprender, mas ela ensinou a ele e a Madhavi muitas maneiras diferentes de dar um *atalantisas kyumba* – ou seu antípoda – em mulheres ou homens, além de outras posições, massagens e técnicas exóticas que também eram genuínas especialidades atlantes. Mas o que mais o estremecia, tanto quanto a Madhavi e Lúsia, era exclusividade inimitável dela:

envolver, aprisionar e penetrar com tentáculos invisíveis, suaves e sensitivos.

Nesses momentos não sabia nem se era homem ou mulher, nem fazia diferença. Sentia-se capaz de beijar todo mundo, até os discípulos mais toscos e feios de seu pelotão. Depois, ao acordar, assustava-se. Ele tinha ainda alguma identidade, depois de renegar tão completamente o que ele havia sido menos de um ano antes? O sexo era parte e símbolo de tudo o mais: deuses, pátria, família, tradição, exército, Manu, decoro, macheza, tudo que para ele havia sido mais sagrado, que dava sentido à sua existência, passara a importar menos que nada. O que lhe dizia respeito agora?

Madhavi sim, com certeza, mas isso não era o bastante para dizer a que viera no mundo. A vitória da marcha também se tornara importante e não só porque empenhara sua palavra e aprendera a admirar a coragem e resolução daquela gente. A convivência com o Conselho, com suas companheiras de barraca e com seus discípulos o estava mudando. Através deles, começava a enxergar a possibilidade de uma vida com menos arrogância, terror e hipocrisia, mais livre e justa. Bem mais do que os antigos hilotas estavam fazendo e construindo com a liderança de sua antiga serva e amigos. Ele se orgulhava de ter um papel em tudo isso, era algo capaz de preencher o vazio deixado pela decepção com Agarta. Mas aquela era uma empreitada que, bem ou mal, terminaria em poucos meses, e depois? Admirava tudo aquilo, mas não via onde Madhavi e ele se encaixariam quando tudo acabasse. Era agora um aliado respeitado, mas nunca seria realmente um deles.

A Atlântis entrevista nas estranhas aventuras contadas por Tjeypin o intrigava. Nelas, entrevia uma maneira de viver, pensar e desejar que lhe parecia cada vez mais admirável. Ainda lhe soava, porém, mais como um conto exótico do que como um chão que pudesse habitar. Como poderia alguém se ajustar a um mundo tão estranho se não tivesse nascido dele? Madhavi não parecia partilhar de suas dúvidas, vivia o presente e confiava no apoio da atlante para enfrentar o futuro, se este chegasse a existir. Mas não era da natureza dele ser tão otimista. E quando aquela alegre convivência tivesse de chegar ao fim?

E chegou, antes mesmo do fim da Marcha. Não por acaso, foi logo depois de dar por concluído o treinamento de seu pelotão, aconselhar a todos sobre como treinar seus próprios discípulos e desejar-lhes boa sorte. Na mesma noite, houve reunião com o Conselho e Lúsia avisou que não continuariam mais juntos. Foi uma reunião insólita: além do pessoal de sempre, estava a espectral Tjurmyen. Os acaios de Lúsia, que ainda não a tinham visto, estavam de olhos esbugalhados.

– Estive com a Mãe Maior dos dhvaras – contou a aparição. – Ela está propensa a um entendimento, mas não negocia com fantasmas. Quer falar com um representante da marcha em carne e osso – e prosseguiu com um informe detalhado sobre o que vira nas cidades do misterioso povo subterrâneo e como julgava que eles poderiam ajudar na luta contra os agartis. Vasu, que os conhecia apenas de breves e vagas alusões nos livros escolares, ficou espantado. Tinha uma imagem deles como criaturas sub-humanas e diabólicas que viviam em cavernas. Tjurmyen descrevia, porém, uma civilização muito avançada.

– Nesse caso, Tjeypin precisa ir – disse Lúsia, quando Tjurmyen completou seu relato. – A telepatia há de ser um trunfo e tanto para uma embaixadora e se tem alguém capaz de atravessar as linhas agartis, é ela. Podemos deixá-la de navio num ponto propício da costa, perto de Alilong, durante a noite.

– Mas você não a deixará ir sozinha – ressalvou a aparição. Não era uma pergunta.

– Mamãe, eu acho que posso...

– Sua mãe tem razão, Tjeypin – interrompeu Lúsia. – Conhecemos bem suas habilidades, mas você precisa de um guia nativo, que conheça bem o terreno. O clima, os costumes, a fauna e flora daqui são muito diferentes de Atlântida. Recomendo enviar Tjeypin acompanhada de Vasu, um guerreiro adestrado para lutar e sobreviver nestas terras.

– Eu também fui treinada aqui! – protestou Madhavi. – Posso ajudá-los!

– Madhavi – respondeu Lúsia, compreensiva – a mim me dói mais ainda estar no comando e não poder ir com Tjeypin. Mas numa missão como esta, um é pouco, dois é bom e três é demais. Quanto mais gente, maior a dificuldade de se infiltrarem despercebidos. E entre você e ele, escolho Vasu porque conheci os dois o suficiente para saber quem é mais cuidadoso e discreto. Até os pesadelos ruidosos que você tem podem ser a diferença entre a vida e a morte. Sei que é duro pra você, mas eles correrão menos riscos e terão menos preocupações se você ficar. Aceitar isso é o ato de amor e coragem que precisamos de você hoje.

A agarti baixou a cabeça e assentiu. O restante da reunião foi para discutir pormenores da operação. De volta à barraca, juntos talvez pela última vez, Madhavi lembrou-se de perguntar a Tjeypin como terminava a história da festa de Toran que ela começara há mais de um mês e não chegara a terminar.

– Ah, a parte divertida eu já tinha contado. Depois levei um susto. Foi então que eu me apaixonei por Chiuknawat e quis ser *xeló*. Mas não passei de noviça. Foi interessante. Vivi durante alguns meses nos bairros mais pobres de Atlântis, tentando ajudar as pessoas a se libertar de relações opressivas, medos e preconceitos em troca de um canto para dormir e um prato de comida. Fui útil para algumas pessoas, fiz muitos amigos e aprendi muito, mas no fim das contas resolvi que essa vida não era para mim e Chiuknawat mesma me disse que eu saberia encontrar maneiras melhores de cooperar com ela. Espero que esta aventura acabe bem e eu possa sair desta dizendo que ela tinha razão.

– Conte pra nós o que foi que aconteceu, fiquei curiosa – insistiu Madhavi.

– Tem certeza? Eu hoje preferia falar de algo mais leve. Bem, ao menos o final foi feliz pra mim.

"A Torannia de Ofar - parte II"

De Zi Sismau Tlalpan, para *O Farol de Atlântis*

Venel, Kai e Tjeypin rolaram sobre a pele de touro, largados e exaustos. Tjeypin sentia a sala girar quando viu o bronze de Toran cobrar vida, descer do nicho, tomar dimensões sobre-humanas e aparência carnal. Uma deusa nua de longos cabelos ondulados, formas voluptuosas e atributos sexuais espetaculares, cercada por uma aura de raios verdes. A moça se perguntou se estava sonhando ou alucinando, mas a própria dúvida mostrava que não.

–Tjeypin, és minha hierodula! Vem a meus domínios, completar tua consagração!

Por confusa que estivesse, esforçou-se para se pôr de pé e reagiu com firmeza:

– Hierodula, eu? Não, eu não sou e não quero ser!

– É tarde, jovenzinha. A oferenda foi feita e foi uma das mais ricas e saborosas nesta geração. O laço está feito e não abrirei mão de uma serva de tamanho potencial.

– Não! – protestou. – Não conte comigo...

Seus amigos, aterrorizados, rolaram e se encolheram nos cantos. “Não posso culpá-los”, pensou Tjeypin, “mesmo que pudessem fazer algo, jamais ousariam contrariar sua deusa”. Não se atreveram nem a respirar quando um túnel luminoso para outra realidade se abriu atrás da deusa, que avançou para levá-la para o desconhecido com a expressão de uma mãe que vai agarrar e arrastar pelo braço uma filhinha birrenta. Com o coração disparado, a garota de Atlântis recuou com agilidade. A languidez se fora e, por mais que qualquer rebeldia parecesse fútil naquela situação, pensou em dar um salto mortal para trás e pular pela janela...

Então, um lampejo cegante e um trovão tremendo sacudiram a sala. Toran se assustou e olhou, preocupada, por cima de Tjeypin, que pensava se devia se virar quando entrou um vento furioso e com ele se materializou, entre ela e Toran, uma figura esguia e familiar: Chiuknawat, em toda a sua glória e desfaçatez, empunhando o varapau de Tiakat. Sua aura era um tornado de fogo que subia aos céus. A visão mais grata possível naquele momento.

– Para trás, Toran! Nossa proteção foi prometida à afilhada de nossa portadora desde que nossa barda preferida tirou o pekenan e montou nosso guerreiro favorito para concebê-la!

Se não fosse só uma impressão causada pelo contraste com a pele de ébano de Chiuknawat, Toran estava pálida. De medo ou de raiva? A telepatia não funcionava com ela.

– Como ousais invadir meu lugar e tempo de poder,

Ferônia? – protestou ela, de punhos cerrados, sem ceder espaço. – Este é *meu* oratório, a *minha* festa, a *minha* terra, o *meu* povo!

A outra deusa gargalhou como o faria Tiakat, ou com ainda mais gosto.

– Você e *seu* povo nos chamam Ferônia, "Alegre", os tlavatlis Chiuknawat, "Nove Águas", os dengus Leudha, "Livre", os mugais Dzesen, "Espontânea". Temos nomes em todas as línguas, pois não somos a deusa de nenhuma raça, mas de todas. Os senzares nos chamam Xeló, "Sem-teto", porque não temos um só lugar de poder, todos são nossos. E os caris nos chamam Edishtu, "Nova", porque somos a mais jovem das deusas, nascida quando seu império já desmoronava. Hoje é o nosso dia como todos os que estão por vir, pois desde a vitória da Revolução todo dia é nosso dia de festa, minha não tão cara Toran! – rodopiou sobre um pé só de braços abertos, como se estivesse numa dança folclórica.

– Pois há de haver línguas que vos deem vossos nomes verdadeiros, "Arrogante", "Arbitrária", "Caprichosa". Quem sois vós para mudar a lei divina?

A deusa negra sorriu e brincou de estalar o varapau, agora flexível como um chicote.

– Quem somos nós? Somos um dos três negociadores e fiadores do último acordo entre os deuses! Nós, com Varjá e Raan, pactuamos a nova lei divina logo após a Revolução!

– Mais uma razão para não desafiardes a paz entre os deuses! Não é por serdes mais poderosa do que eu que podeis impor vossa vontade. Exijo o tribunal de Gutis!

Chiuknawat suspirou.

– Quer mesmo que Gutis julgue uma questão tão simples? Se nós fôssemos você...

– Conheço meus privilégios! Todo deus pode reivindicar que ele arbitre qualquer dissensão!

– Como queira! – deu de ombros. – Ao Tártaro, se faz tanta questão de se meter em encrenca.

Tjeypin viu-se subitamente teleportada com elas a

um cenário assustador. Uma esplanada de pedra negra, debaixo de um céu vermelho e flamejante como a boca de um forno e delimitada por colunas de oricalco, por trás das quais demônios horrendos saltitavam, excitados pela novidade e pela esperança de se saciar com o terror de um condenado que lhes fosse atirado para ser punido. Ela arrepiou-se ao lembrar histórias contadas por sua mãe e Tiakat. Nada era mais sério do que jurar por Gutis: quem violasse tal compromisso seria arrebatado para o Tártaro para sempre.

Perecebeu que não estava lá em viagem astral, mas em carne e osso. Sentia o calor da pedra nos pés e o roçar dos dentes do pekenan. Mas a presença de Chiuknawat a reassegurava. Em frente, Gutis, de armadura, capacete e manto, sentava-se sobre um trono também de oricalco. De um e de outro lado, enormes tábuas de esmeralda traziam inscritas as cláusulas do Pacto.

– O Juiz dos Deuses está pronto para ouvir a demandante! – bradou uma voz de trovão. Aparentemente, o tribunal divino era menos cerimonioso que os humanos.

Toran expôs sua versão dos fatos e acrescentou:

– Como sabes, ó justíssimo, a proteção de uma divindade invocada sobre nascituros humanos deixa de ser válida quando o protegido na posse da razão se consagra a outra. Se a jovem chamada Tjeypin se tivesse consagrado outra divindade, todos saberíamos, portanto foi a mim que ela primeiro se dedicou, de livre vontade! É minha, por direito!

– Essa é toda a sua queixa? – perguntou Gutis, quando a torrente de palavras cessou.

– Sim, justíssimo.

– A queixa da demandante foi ouvida – falou o vozeirão insondável. – Que fale a demandada.

– São abomináveis as falácias de Toran! – protestou Chiuknawat. – Tjeypin não quis se consagrar a essa deusa que mal conhecia, mas apenas demonstrar respeito à religião de seus amigos e aos votos pronunciados numa língua da qual tem pouco conhecimento e que o uso e o costume não interpretam ao pé da letra. Nessas ocasiões, não se pretende realizar uma consagração real e sim simbólica, representada pela oferenda do prazer erótico à deusa. Como nos ritos ofirianos de El, nos quais um sacrifício humano é anunciado e preparado, mas substituído no último instante por um animal oferecido em nome da vítima. Num caso como outro, espera-se que a divindade aceite as palavras como uma homenagem e se satisfaça com elas, assim como um hóspede humano quando é recebido com palavras como "a casa é sua." Ninguém espera que a divindade apareça em pessoa para reclamar que a vítima humana seja de fato sacrificada, assim como nenhum juiz humano aceitaria que um hóspede reclamasse a propriedade da casa de seus anfitriões com base numa fórmula de cortesia! – fez uma pausa.

– Isso é tudo?

– Mais uma coisa. Como todos sabemos, idade da razão e ausência de coerção são apenas as condições mais essenciais para a consagração de um humano. Há outras, conforme a divindade. No caso de Toran, uma condição adicional é ser núbil, ter plena capacidade reprodutiva. Mas por motivos que não vêm ao caso, Tjeypin, apesar de sua idade e desenvolvimento físico externo, começou a menstruar há apenas uma quatorzena e ainda é estéril. Segundo estima nossa portadora Tiakat, parteira, xamã e especialista nesses assuntos, nossa jovem protegida não será fértil antes de doze meses. Mesmo se Tjeypin quisesse – *e não quer* – não poderia se consagrar a Toran neste ano. Poderia, no máximo, manifestar sua intenção de fazer isso mais tarde. Concluo, com isto, nosso argumento.

– A réplica da demandada foi ouvida. A demandante deseja treplicar?

– Sim, ó justíssimo! – soava, agora, furiosa. – A demandada é tão inepta que ofende o tribunal divino com sua petulância ao ponto de recorrer a falsas analogias com hipócritas costumes humanos! Uma oferenda a uma divindade, mesmo quando é amiúde substituída, jamais pode ser mera formalidade! É preciso que a divindade possa recusar a substituição e exigir a realização do sacrifício originalmente oferecido. Caso contrário, seria encenação e não religião. Prova de que a própria demandada não acredita no argumento é ter apelado ao atrevimento ainda maior de citar o parecer de uma mera humana em um tribunal divino! É *minha* a preferência por jovens núbeis e *minha* a prerrogativa de suspender essa exigência quando bem entender!

– Isso é tudo?

– Sim, ó justíssimo.

– A demandada deseja acrescentar algo?

– Não.

– Neste caso, indago ao objeto da demanda...

Foi inesperado para Tjeypin e ainda mais para Toran:

– Ó justíssimo! – protestou a deusa. – É uma mera humana! É indigno de um tribunal divino...

– A demandante questiona a sabedoria e autoridade do tribunal? – perguntou Gutis, com um olhar gelado. – Isso implica negar validade a esta audiência e romper a Paz dos Deuses.

– Não, justíssimo, acato as decisões da Justiça Divina – recuou ela, intimidada. – Apenas me surpreendo por não ser de praxe um humano se manifestar neste tribunal.

– Indefiro tua objeção, solicito esperares que a palavra volte a te ser concedida e lembro que alegaste serem os usos irrelevantes ante o relacionamento entre humanos e divindades. Volto a me dirigir à humana: é verdade que não compreendeste o significado dos votos a Toran?

A intervenção de Toran foi providencial para Tjeypin, que teve tempo de se acalmar, pensar e responder sem gaguejar. Ela sabia que era preciso ser sincera. Gutis não era onisciente, mas era infalível em distinguir uma resposta veraz de uma mentira.

– De fato, não entendi. Pensei que Aranthia simplesmente dedicava nosso prazer e alegria à deusa, como se faz em festas senzares e tlavatlis, e a isso eu não me negava.

Um sorriso de Chiuknawat aprovou sua resposta. Tjeypin sentiu-se encorajada e manteve a cabeça erguida, como a própria deusa. Gutis replicou.

– Entretanto, o teor dos votos, conforme explicou Toran, é em resumo; "nos entregamos em nosso regozijo e deleite e que sejamos teus em tudo e por toda a vida, pois nós te amamos". E pronunciaste, como os demais, a palavra *ameri*, "assim seja".

– É verdade. Compreendo agora que foi uma imprudência, como apor um selo sobre um documento que não se consegue ler. Confiei na explicação de Aranthia e suas palavras, se bem me lembro, foram "consagramos e oferecemos os prazeres desta data a Toran" e só.

– Em nenhum momento ela ou seus amigos deram a entender, em linguagem que compreendesses, que havia a possibilidade de Toran requisitá-la como vassala e sacerdotisa?

– Não, absolutamente não!

– Penso ser necessário convocar também a outra jovem como testemunha.

Toran abriu a boca como para protestar, mas mudou de ideia e conformou-se em continuar calada. Com um som como o de um estalo de chicote, Aranthia surgiu ao lado de Tjeypin, na mesma posição encolhida contra a parede em que a vira pela última vez. Ao ver onde estava, a toureira berrou de susto e se agarrou à amiga, trêmula e branca como cal.

– Calma, Aranthia-xin – tranquilizou Tjeypin –, nada ruim vai acontecer a você, Gutis apenas quer seu testemunho. Basta dizer a verdade.

– Pergunto à jovem Aranthia: o que ofereceste a Toran nesta tarde?

A moça fomori não ousou olhar para o juiz ou para qualquer das deusas. De cabeça baixa, custou a articular as palavras.

– Fi-fiz co-conforme o co-costume... o-ofereci nossos gozos e delícias do dia... de nós quatro!

– Apenas isso?

– Sim!

– E foi assim que explicaste o que farias à jovem de Atlântis?

– Sim, é claro...

– Justíssimo, isso... – ia protestar Toran.

– Silêncio! Mais uma interrupção e serás multada em quinhentos sacrifícios humanos.

Tjeypin sentiu o sobressalto de Aranthia ao ouvir o vozeirão calar sua poderosa deusa e outra vez procurou apoiá-la e acalmá-la com um abraço humano.

– Pergunto novamente à jovem Aranthia: como aprendeste as fórmulas da dedicação?

– Mi-minha família sempre foi devota de Toran que multiplica os rebanhos. Fui iniciada no templo como acólita leiga, qualificada para o culto doméstico, assim como minha mãe.

– Alguma vez te disseram que com essa dedicação convidavas Toran a tomar a ti ou qualquer das pessoas nela inclusas como sua vassala e hierodula?

– Não! – respondeu ela, erguendo de súbito os olhos esbugalhados. – As hierodulas se doam ao serviço da deusa e são iniciadas em cerimônias especialmente dedicadas a isso, após uma longa preparação. É muito diferente! Contei um pouco disso a ela... – olhou para Tjeypin, ainda sem entender o que se passava.

– É suficiente, minha jovem. Estás dispensada – fez um gesto e Aranthia desapareceu. – Agora, minha pergunta é a Toran: quantas vezes nos últimos mil anos arrebataste uma pessoa para teu serviço em razão de uma oferenda como a feita hoje por Aranthia?

– Nenhuma, justíssimo, mas...

– Alguma vez alertaste tuas sacerdotisas e mestras do culto para o que consideras ser o verdadeiro significado dessa dedicação? Bem como para tua disposição de dispensar a exigência usual de nubilidade quando te aprouver?

– Não julguei necessário, justíssimo.

– Pois meu parecer é que julgaste mal. Como sabemos, a linguagem humana admite a metáfora, a hipérbole e outras figuras de retórica, inclusive em orações e textos sagrados. Se teus mestres autorizados aprendem e ensinam a interpretá-las em sentido figurado e nunca os corrigiste, não podes exigir uma interpretação literal quando te convier: isso seria em verdade uma quebra de contrato. Quantos dos milhões de devotos que hoje participaram de tua festa e fizeram dedicações semelhantes teriam feito o mesmo se fossem advertidos de que, ao fazerem isso, poderiam ser arrancados de sua vida normal se essa for a tua vontade?

– Presumo que todos, justíssimo. Pois sou sua senhora!

– Não podes supor. Um sacrifício realizado por humanos só tem valor na medida em que for consciente e voluntário. Se queres que, daqui por diante, fórmulas como a usada por Aranthia sejam interpretadas em seu sentido estrito e literal, tens que avisar teus sacerdotes e fazer com que eles instruam adequadamente teus seguidores – mas previno-te de que isso fará cair muito o número de oferendas que recebes nesta e em outras datas. E mesmo nesse caso tal interpretação não poderá ser aplicada de maneira retroativa à cerimônia da qual participou a jovem Tjeypin, esta é a minha sentença. Dou, portanto, ganho de causa a Chiuknawat e determino que Toran deve arcar com as custas do processo, de vinte sacrifícios humanos.

Toran, decepcionada, fez uma leve aceno de cabeça para indicar que aceitava a sentença e desapareceu com um estalo. Gutis igualmente retirou-se. Os demônios, desapontados ao perceber que nada ganhariam, começaram a se afastar. Chiuknawat aproximou-se, sorridente.

– Eu sabia que Gutis faria um juízo correto. Ele é rígido, mas é íntegro e sensato.

– Chiuknawat, quero saber uma coisa – pediu Tjeypin, angustiada. – Que história é essa de vinte sacrifícios humanos? Toran vai mandar sacrificar gente a Gutis por minha causa?

– Ah, não se aflija, não é ao pé da letra. Quase não há sacrifícios humanos de verdade hoje em dia, mas é a unidade tradicional com que os deuses avaliam o axé de sacrifícios, conversível em qualquer tipo de oferenda. É como quando um humano fixa um preço em ases de ouro, mas aceita ser pago em sacas de arroz, moedas de prata, ou coisa assim.

– Então está bem – sorriu, aliviada. Agora podia dizer o que sentia. Mas antes que continuasse, a deusa a interrompeu:

– Agora vamos embora deste lugar horrendo!

Tjeypin viu-se num lugar frio e totalmente sem cor, entre rochas nuas e debaixo de um céu cinzento. Fantasmas afastaram-se em todas as direções como pombas assustadas, espavoridos pela brutal erupção de vida que representava a chegada inesperada de uma divindade ao Hades.

– Vou parar um momento aqui para tomar fôlego – fez um gesto de passar a mão na testa para enxugar um suor inexistente, como quem acaba de subir uma escadaria correndo. – A volta demora um pouco mais, custa esforço, mesmo para mim. Quer aproveitar para ver seus antepassados?

Tjeypin, com o pulso disparado, respondeu.

– Chiuknawat, tenho uma coisa *muito* importante para dizer... Muito obrigada!

– Não há de quê. Não é favor nenhum combater a injustiça, quando está ao nosso alcance. Mesmo que não conhecêssemos você, teríamos feito a mesma coisa.

– Obrigada mesmo assim, obrigada por existirem, por serem quem são. Quero me dar toda, eu amo vocês, como nunca amei ninguém! – as palavras se atropelavam, as mãos tremiam, os olhos lacrimejavam, o coração saía pela boca. Sentia-se perdida de paixão, como nunca sentira por ninguém, nem por Tikitini. Precisava pôr para fora, por mais que parecesse boba, mesmo que fosse para ser rejeitada. Ela podia ser ridícula, mas jamais tímida.

Chiuknawat a olhou com ternura e Tjeypin sentiu-se muitíssimo premiada.

– Querida, não é a primeira vez que nos encontramos e nunca percebemos essa disposição em você. O que foi que aconteceu?

– Quando vi a dedicação de Aranthia à sua deusa, achei tocante, ela me pareceu tão enamorada de Toran que fiquei com uma ponta de inveja... Sempre quis amar alguém assim e não consegui. Mas aquela egoísta não merecia essa devoção. Minha amiga estava tão aterrorizada e a deusa dela não fez um gesto para tranquilizá-la! Senti então que eu posso... não, que eu *preciso*... não, que eu *não quero* outra vida que não amar vocês com todas as minhas forças. Achei meu rumo! Quero me consagrar a vocês, do jeito que me quiserem!

Agora tremia toda, de excitação, não de medo. Era um salto no escuro e não sabia como seria, mas estava pronta para o que desse e viesse. Chiuknawat se aproximou e a tocou no rosto. Tjeypin sentiu-se abrasada e radiante como se transformada em ouro derretido. Nada que sentira antes, com Tikitini ou na farra da tarde, era como aquilo. Tinha certeza que nem as estranhas relações de Tiakat com os elementais do Limbo teriam lhe dado sensação comparável. Então, Chiuknawat se aproximou mais e a apertou contra seu peito. Qualquer tentativa de descrever esse momento seria absurda, era o infinito, o inefável.

Ainda assim, acabou. A deusa deu um passo para trás e Tjeypin recobrou a consciência de si. Não se sentia exaurida ou zonza, mas feliz e renovada.

– Vocês, então, me aceitam?

– Aceitamos seu amor, é claro. Sua consagração, ainda não. Quando você retornar a Atlântis, pedirei a uma das nossas sacerdotisas consagradas que lhe explique tudo que precisa saber, pois há consequências. Então, ao chegar a idade, você decidirá – olhou em volta e acrescentou. – Uma coisa importante: se fizer isso, jamais sua sombra se juntará às de seus antepassados aqui no Hades.

Parecia uma pena. O lugar era melancólico, mas ali estariam um dia todas as pessoas de quem gostava e pelo que sabia de Tiakat e da mãe, existir ali não era tão desagradável. E qual a alternativa? Mas mais importante era viver até o fim o amor que agora sentia.

– Se precisa ser assim, que seja.

– Bem, vamos. Já estamos prontas e podem precisar de nós lá no mundo corpóreo.

Mais um piscar de olhos e se viram ao oratório em Ofar. Toran voltara a ser uma escultura inofensiva. Venel e Kai, que tentavam acalmar o choro convulsivo de Aranthia, encolhida a um canto, viraram-se de olhos arregalados. Tjeypin compreendeu que no mundo corpóreo se passara muito menos tempo do que ela vivera no Tártaro e Hades, talvez poucos momentos.

– Sua madrinha lidará melhor com isso do que nós – disse Chiuknawat, transformando-se em seguida. As feições mudaram só um pouco, mas o suficiente para compor outro rosto, com outra expressão. A aura titânica se encolheu para as proporções de uma xamã humana. Um pekenan, uma tanga, sandálias e uma bolsa a tiracolo surgiram do nada. Quando voltou a abrir a boca, era a voz de Tiakat que falava.

– Me deixem ver a menina, rapazes, eu posso ajudá-la.

Os jovens se afastaram e Tiakat agachou-se junto à garota que, contraída e deitada de lado em posição fetal, chorava, tremia, arranhava o próprio rosto e mordia os pulsos em desespero. Pôs a mão em sua cabeça e começou a entoar uma canção em tlavatli. A moça ficou quieta e começou a relaxar e o pranto se reduziu a um lamento suave. A xamã lhe pôs na boca alguma erva que tirou de sua capanga, esticou-a de bruços e começou a pressionar e massagear pontos da nuca e das costas. Aranthia soltou um imenso suspiro e tentou se levantar, mas Tiakat lhe disse para continuar deitada e continuou a massagem mais um pouco. Por fim, liberou-a com um tapinha na bunda.

– Pronto, garota, já passou, sugiro que você e seus amigos durmam cedo e se puderem juntos, porque foi mesmo um dia difícil e vocês devem estar precisando de descanso e do colo uns dos outros. Deixem que o resto da vila continue a farra.

– Toran está furiosa comigo, não está? – perguntou ela, aflita.

– Está furiosa por ter perdido a presa, mas não com você em especial. Na verdade, creio que logo esquecerá o caso. Ela é caprichosa e passional, mas não rancorosa. Não se preocupe, ela não vai perseguir você e não recusará as oferendas que você quiser lhe fazer.

Já vestida, Tjeypin acompanhou Tiakat no caminho para a montanha. Iam devagar, pois as duas estavam bem cansadas das peripécias do dia.

– Madrinha, como foi que Chiuknawat chegou no momento certo?

– Graças à sua mãe. Quando eu estava chegando com as compras, ela me chamou por telepatia e avisou que tivera a visão de que você estaria em perigo ainda hoje. Larguei tudo e voltei correndo para Ofar. Quando cheguei, vi você no piquenique com os amigos. Parecia tudo bem, mas como os pressentimentos da Sissã-xin são pra valer, fiquei observando de longe. Quando você entrou na casa de Aranthia, eu me esgueirei pra dentro e fiquei escondida no pátio. Quanto Toran se manifestou, então Chiuknawat assumiu o comando. Pelo Pacto Divino, os deuses não devem intervir corporalmente em assuntos humanos, mas quando Toran se manifestou, a situação mudou de figura!

– Você estava cuidando de mim o tempo todo, como se eu fosse criança! Ai, que vergonha... – cobriu o rosto com as mãos.

– Não tem de que se vexar. Você não fez nada errado. Eu é que não imaginei o quanto você e sua aura podiam ser cobiçadas por uma deusa como Toran. Imagine, ela se deu ao trabalho de vir em pessoa ao mundo corpóreo! Para uma divindade, é um esforço e tanto, maior do que o nosso ao subir esse morro, ufa! Você deve valer muitos milhares de sacrifícios humanos no mercado lá do fundo, menina!

– Por quê? Por que ela me quis tanto assim?

– Pela raridade, suponho. Sua aura é muito rara e diferente. É como aquele diamante carmim que leiloaram outro dia em Atlântis: dez mil ases por uma pedrinha de um quilate, quando um diamante comum desse tamanho vale uns vinte ou trinta ases. E pra quê? Nesse caso, só para algum corrente-de-ouro se exibir com algo que ninguém mais possui, porque essa pedra nem tem poderes especiais!

– Então Toran me queria como uma joia para enfeitar sua tiara?

– Por assim dizer, porque não imagino Toran bolando planos mirabolantes. Ela é uma vaidosa, não uma estrategista. O que significa que você pode ser ainda mais valiosa para uma divindade mais esperta. Quanto poderia valer um diamante carmim, se contivesse uma magia única?

– Uma divindade mais esperta... Como Chiuknawat? – levar a vida na brincadeira não seria mais uma opção, compreendeu Tjeypin.

Capítulo 25

Rumo ao outro lado da noite

O dia seguinte se passou entre preparativos e despedidas. No final da tarde, Lúsia e Madhavi deram os últimos abraços em Vasu e Tjeypin e devolveram a ela dois presentes.

– Vamos destrocar as adagas – disse Lúsia, estendendo a arma embainhada –, a que me deu é melhor e pode fazer falta a você em alguma situação. Eu não me perdoaria se acontecesse algo e eu não tivesse feito todo o possível.

– Eu pedi para trocarmos justamente para termos uma lembrança uma da outra no caso de alguma coisa nos separar contra a vontade... – protestou Tjeypin.

– Pois destroco para diminuir o risco de não voltarmos a nos ver. E não é um pedido, é uma ordem da sua comandante, Máurula, obedeça.

– Está bem... Mas fique com a bainha, pelo menos. São quase do mesmo tamanho.

– Como quiser – Lúsia sacou a arma e apresentou o cabo à companheira. Tjyepin tirou a adaga que tinha à cintura e a entregou, guardando em seu lugar a de lâmina dourada que recebia.

– Também é oricalco? – perguntou Vasu, curioso.

– Claro – respondeu Lúsia. – Conheço gente que venderia a mãe por uma arma como essa.

– Gostaria tanto de ter alguma coisa para dar a vocês se lembrarem de mim – disse Madhavi –, mas nem a roupa do corpo é minha... Já sei, meu cabelo! – puxou sua adaga e cortou um cachinho louro do cabelo já para cada um. – Ah, sim, Tjeypin, leve também seu *pekenan* de volta – disse Madhavi, já tirando o cordão da cintura.

– Foi um presente, não um empréstimo. Eu me viro sem ele, Madhavi – segurou a mão dela.

– Eu tenho certeza de não precisar, meu amor, estou segura aqui com Lúsia. Quero você o mais protegida possível – olhou para ele e ela, alternadamente. – Metade de meu coração vai com vocês. Tragam-no de volta, pelo amor de todas as nossas divindades!

Tjeypin sorriu, aceitou o *pekenan* de volta e lhe deu em troca um bracelete, seu *xedli* e uma mecha de seus cabelos negros e lisos. Vasu gostaria de fazer o mesmo, mas seu cabelo ainda era curto demais. Todos se abraçaram e se beijaram mais uma vez e por fim Vasu e Tjeypin caminharam para a galeota que os levaria para o outro lado da noite. Como deviam chegar descansados e não tinham nada a fazer no navio, acomodaram-se no tendal da popa, que mestre Kaineus raramente usava, para não atrapalharem os remadores e marinheiros.

Vasu ia silencioso. Tjeypin passou o braço por seus ombros e o incitou.

– Você está confuso. Fale, vamos conversar, é a melhor maneira de pôr as ideias em ordem.

– Não sei mais quem eu sou e pra onde vou – gesticulou, abrindo as mãos. – Acho que isto que estou fazendo agora é certo, mas nega tudo que eu fiz antes. E depois? Não sou mais agarti, não sou mugal nem atlante. Não sei se ainda sou marido de Madhavi, ou o quê. Quando tudo isto acabar, o que restará de mim? Se sair vivo, serei ainda alguma coisa?

– Quer que eu lhe diga como eu vejo isso? Que você ainda sente falta da segurança de estar aprisionado numa identidade, num papel, de que lhe digam quem você é e qual é o seu dever. Siksu Vasukhya Parusyaladaliputra, da quarta turma da primeira seção da Escola Militar de Manova, não é? No ano que vem, *padika* da seção tal da Kraukura, designado para servir em tal lugar, depois cumprir a missão de casar-se com tal fulana escolhida para você e ter com ela exatos cinco filhos ou sei lá quantos eles julguem conveniente, receber duas servas mugais para cuidar de sua casa, chegar um dia a *nayaka*, talvez até a *sainapati*...

– Você sabe que não é mais isso que eu quero!

– Então não se aflija com quem você é, apenas faça. Eu às vezes me sinto mugal, às vezes senzar, às vezes tlavatli, agora também um pouco acaia e agarti e gosto de ser tudo isso – Tjeypin, Tlalpan, Máurula, o que mais vier. Sou um pouco artista, um pouco cronista, um pouco guerreira, um pouco puta, um pouco exploradora. Não me sinto casada nem solteira, gosto de homens e de mulheres, quero voltar a ver minha família em Atlântis, mas não sei onde estarei daqui a dois ou três anos. E quero continuar o que nós quatro começamos, se for possível, mas se não funcionar, posso procurar outro caminho.

– Você quer ser parte de um casamento de um homem e três mulheres? Para viver como seus pais?

– Não é um palpite ruim – caiu em si, pensativa, apoiando o queixo no punho. – Nós nos parecemos com eles? Bem, em algumas coisas. A não ser no gosto pela arte me pareço pouco com minha mãe, foi *principalmente* com minha madrinha que aprendi meu jeito de ser mulher. E você se parece com meu pai em coisas que eu gosto. Você é ponderado, quer ser justo, adora agradar as mulheres... É, pensando bem, acho você o homem mais parecido com meu pai que eu já encontrei fora de casa – passou a mão pela cabeça dele. – E com cabelo e barba crescidos, vai ficar mais parecido ainda, só que branquelo.

– Pelo que me contou dele é um elogio – admirou-se –, mas não sei se sou o que você quer de mim. E pra mim, Madhavi vem primeiro.

– Eu sei. E você vem primeiro pra ela. Não tem importância, eu amo vocês do meu jeito e *não precisam* me amar de volta com a mesma prioridade. Sabe, eu quis proteger vocês e ser sua amiga para provar pra mim mesma que não era movida pelo ódio aos agartis, que eu era capaz de separar as coisas. Agora é diferente, amo *mesmo* os dois. Minhas declarações de amor não são tão bonitas quanto as de Madhavi, mas também são sinceras, pode crer.

– Não me parece justo. Quando alguém ama outra pessoa em primeiro lugar, deveria ser amada do mesmo jeito. Se não é, devia procurar quem a pusesse em primeiro lugar.

– Então só existiriam casais monogâmicos e muita gente ficaria sozinha, talvez a maioria. Veja minha mãe. Ela ama minha madrinha acima de tudo, filhos à parte, talvez. Tiakat a quer muito, mas ama o meu pai *ainda mais*. Mamãe deveria ficar só, ou esperar por uma mulher que a amasse mais que qualquer outra pessoa? Eu acho que não, até porque se ela tivesse feito isso eu não existiria! E se a encontrasse, mas não conseguisse amá-la mais do que ama Tiakat?

– Que complicado!

– Ou mesmo entre pais e filhos. Minha mãe me ama, como a todos os filhos, mas sei que ama mais meu irmão gêmeo. Eu gosto mais de uma irmã do que de outras, mas não sou tão especial para ela quanto ela para mim.

– E ninguém ama você em primeiro lugar?

– Sim. Eu sou o desejo maior de Lúsia, a filha favorita de meu pai e a irmã favorita de alguns de meus irmãos. Sempre recebi de sobra amor de tudo quanto é jeito, não preciso regatear o meu. Gosto de dar a você e Madhavi em especial, não precisam fazer mais que aceitar.

Comovido, ele a abraçou pela cintura e aceitou seu beijo. Ela deitou a cabeça no ombro dele e por um tempo ouviram o chapinhar dos remos. Então ele perguntou:

– Você acha que eu e Madhavi nos adaptaríamos como oficiais da Guarda de Atlântis?

– Se adaptariam bem em Atlântis, não necessariamente na Guarda. Você é guerreiro porque lhe ensinaram que esse é o seu dever e não aprendeu outra coisa e Madhavi, porque isso lhe daria mais liberdade do que ir para a reserva e ser uma mãe de família em tempo integral. Acho que quando vocês tiverem outras opções vão mudar de ideia. Já pensou em ser professor? Não, bobagem minha, você não tem que se parecer com meu pai. Mas se você se interessa por máquinas, talvez goste de trabalhar com meu irmão. Madhavi sim, eu acho que teria jeito para ser professora de crianças, nem que seja de artes marciais. Verão quando chegar a hora.

– E a Lúsia, o que você acha? Ela se daria bem lá?

– Que bom você se preocupar com ela. Acho que ela, sim, tem real vocação militar, a única de nós quatro. A minha tia Artás adoraria tê-la nos seus quadros, é capaz até de querê-la como sua substituta. Mas acho que ela seria mais feliz se o Kaineus se juntasse a nós. Ele também, é claro. Eu gosto dele. É um bom homem, você e Madhavi poderiam gostar também quando tiverem chance de conhecê-lo melhor. Não é uma cobrança, veja bem, só uma sugestão para lhe darem uma oportunidade. Talvez dê certo. Sinto você menos contrário a ser íntimo de outros homens do que o meu pai, isso é bom.

Ele estranhou o rumo da conversa, mas se acostumara o suficiente com ela para não ficar chocado. Não queria parecer provinciano aos olhos dela.

– Não sei se gosto da ideia, mas por que você acha bom?

– Por que é um limite a menos. Papai teve problemas na infância com meninos mais velhos que tentaram abusar dele. Ele sabia se defender, mas acho que isso o marcou, é muito avesso ao carinho de homens, até a uma amizade mais próxima. O melhor amigo dele é um homem-jaguar. Ele se sente mais à vontade com um não humano.

– Um homem-jaguar... Mas você vê algo errado em só querer as mulheres?

– Não se não atrapalha a vida. Não é questão de ter de transar com outros homens, só de não ter medo do amor deles. Olha, mamãe foi violentada por guerreiros quando menina na aldeia de Kintjur. Quando era nova, tinha crises de depressão, era muito tímida, mas minha madrinha a ajudou a superar isso. Ela deseja muito mais as mulheres, principalmente a Tiakat, mas é uma tendência natural, não é pelo passado ruim. E não tem problemas com ser amiga de homens, nem com o carinho de meu pai quando quis ter filhos. É mais flexível.

Ela falou com naturalidade, mas aquilo assentou em Vasu como um chute na virilha. Encolheu-se todo, ferido de vergonha.

– Me perdoe – disse de cabeça baixa. – Sei que fazem coisas assim para intimidar os hilotas de aldeias rebeldes. Me perdoe, Tjeypin, eu nunca fiz isso, mas acho que se eu estivesse no lugar deles, eu teria obedecido.

Ela o confortou, com uma carícia nas costas.

– Se hoje o mandassem fazer algo assim, você recusaria, isso é o que importa. Você mudou e isso me faz muito feliz, por poder ajudar as pessoas e o mundo a melhorar... – fez uma pausa brusca. – Ah... *Seu pai esteve em Kintjur*! Bem, deixa, são águas passadas, vamos mudar de assunto. Você estava curioso pelo homem-jaguar. Ele se chama Razzan e tem uma história interessante. Era um escravo que papai e Tiakat ajudaram a fugir para Atlântis. Lá conheceu uma amiga de papai chamada Awesa, que dava aulas clandestinas de letramento para escravos e os dois se apaixonaram, mas não podiam transar por razões físicas, os pênis dos homens-felinos são espinhosos. Durante a Revolução, Tiakat descobriu a magia para transformar humanos em vira-peles, quer dizer, seres que podem se tornar animais ou humanos quando querem. Awesa quis se transmutar e depois eles tiveram filhos. O mais velho, Bhelgos Razzansuno, foi meu namorado por um tempo, agora é de meu irmão Zangzhen.

– Você namorou um homem-animal?

– Não nesse caso. Bhelgos nasceu humano e quis continuar assim quando cresceu. Mutação de magia, como também, de certa forma, aconteceu comigo. Essas coisas são complicadas e não muito lógicas. Mas tive uns enroscos com um homem-chacal *xeló* e com uma mulher-peixe.

– Mulher-peixe? E como vocês faziam?

– Nos encontramos na praia, claro. Elas fazem como nós, sim, se essa é a sua dúvida, só que seus órgãos ficam recolhidos quando não estão excitadas. Quer saber como a conheci? Foi na expedição de meu pai para recuperar o cristal da rukma agarti que caiu em Atlântis.

"O resgate do cristal de Tjurmyen"

De Zi Sismau Tlalpan, para *O Farol de Atlântis*

Segundo os ábacos de Tjurmyen e Zangzhen, o Vailxi teoricamente poderia voar muito mais rápido que qualquer veículo atlante ou agarti. Estava bem adiantado, mas faltava um elemento crucial: um cristal de energia suficientemente poderoso para tirar todo o proveito do seu potencial. Com o melhor que a cidade de Atlântis tinha disponível, os cristais usados nas pequenas aeronaves de patrulha da Guarda Popular, a máquina de Zangzhen não seria muito mais rápida que elas, embora tivesse melhor proteção e fosse submersível. Não podia propor à Comuna que investisse o ouro necessário e realizasse as complicadas gestões para conseguir um cristal de alta potência sem uma demonstração convincente. Mas havia uma maneira de romper o círculo vicioso: o cristal da rukma de Odu Arpá, perdido no fundo do mar de Varjá.

Quando a imensa vimana do Generalíssimo foi destruída, Tjurmyen recuperou dois tremendos cristais de energia para aproveitá-los em algum projeto futuro. Mas ao saber do tsunami desencadeado contra a Atlântida pelos deuses agartis, decidiu usá-los para absorver calor e criar uma muralha de gelo para proteger a cidade e o país. Dividiu-se em duas. Uma levou seu cristal para o leste, a outra para o oeste.

O cristal da segunda, sobrecarregado, explodiu com a potência de cem milhões de *dons* de pólvora e o corpo de Tjurmyen-Kinzhyn foi aniquilado, deixando seu espírito num estranho estado de suspensão entre a vida e a morte. Tjurmyen-Tjurtsi perdeu os sentidos com o golpe brutal no alter-ego e deixou seu cristal, carregado até o limite, cair no mar. Sistu a resgatou, mas o segundo cristal repousava a mais de cem braças de profundidade. Não explodira, mas havia muitas causas acidentais que podiam voltar a dispará-lo. Um sismo, um animal marinho, uma descarga mágica natural... Tjurmyen avisou a Comuna e as rotas marítimas passaram a evitar a área, receando uma explosão inesperada que poderia destruir navios num raio de centenas de estádios e criar um tsunami capaz de matar muita gente nas vilas costeiras.

Tjurmyen buscava há anos uma maneira de eliminar esse perigo. Pensara em resgatar o cristal com um *cemrem*, um submarino. O problema era o risco de um toque desajeitado deslocar a gambiarra que ela instalara às pressas no cristal para regular a absorção de energia. Se não explodira era porque, sabe-se lá como, a alavanca ficara presa no ponto morto ao cair inconsciente. Mas ninguém sabia melhor que ela como o arranjo era precário. Nenhuma rede, garra ou grua seria segura, talvez o próprio deslocamento de água e lama do fundo ao se tirar o cristal bastasse para detoná-lo. O mais seguro seria encontrar um taumaturgo hábil, delicado e com poder telecinético suficiente para mover com muito cuidado uma peça com peso de vinte *kahns* por algumas braças até um receptáculo seguro.

Não era fácil. Nas grandes obras imperiais, não era raro juntarem-se equipes de taumaturgos para mover monólitos de mais de duzentos mil *kahns* por meio de rituais complexos, mas eles não teriam a sutileza necessária para essa tarefa. Outros magos – inclusive Tjurmyen – dominavam encantos capazes de manipular objetos pequenos com precisão para, digamos, destravar fechaduras. Mas o tipo de telecinese apropriado para movimentar com cuidado massas intermediárias, como a de um baú ou de uma saca de cereais, nunca fora exercitado a sério. Não tinham sido desenvolvidos feitiços adequados. Para quê, se um trabalhador braçal faria isso com mais rapidez e segurança?

Agora, tinha uma solução: o insólito poder de Tjeypin. As experiências caseiras tinham mostrado que ela não conseguia estender seus misteriosos tentáculos invisíveis através de metais, cristais e seres vivos, mas sim de madeira morta, tecidos, couro e o que era crucial neste caso, vidro e água. O pai perguntou se ela estava disposta a tentar. Claro que sim. Tjurmyen armou uma réplica do cristal sepultado no oceano, com o peso certo, e Tiakat ajudou Tjeypin a inventar ritos e truques para movimentá-lo com exatidão. Por exemplo, descobriu que anéis de turquesa estimulavam seus poderes e ajudavam a controlá-los. Ela se sentia na corda bamba, mas pouco a pouco pegou o jeito de movimentar o objeto sem trancos e sem deixá-lo cair. Primeiro se exercitaram dentro do galpão e depois jogaram a peça no canal junto à casa para que ela se exercitasse em fazê-la erguer-se do fundo e da lama. Tinha só quatro ou cinco braças de profundidade, mas servia como primeira aproximação.

Tjurmyen o supunha meio enterrado, com a alavanca de controle presa pela lama. Tentaram simular o problema e Tjeypin conseguia resolvê-lo, afastando delicadamente a argila em torno da peça, mas nem sempre. Depois de vários dias de tentativas, constataram que, vez por outra, uma vez em seis ou sete, dependendo da posição e do imponderável, a alavanca se movia de forma imprevista e fatal. Havia uma incerteza irredutível, como em toda magia. Era aceitar o risco ou desistir.

A mãe consultou seus pressentimentos proféticos. Como amiúde acontecia, abriam um leque de possibilidades, incluindo a morte imediata. Mas sentia também que se aquele perigo fosse superado com sucesso, abriria vários caminhos e um deles era espetacular, como um túnel que se abria para um vale arejado para todo o mundo de Kishar, ao passo que se desistisse, os caminhos se embaralhavam em labirintos e desfiladeiros mesquinhos e tristonhos. Explicou o que sentia e Tjeypin decidiu arriscar.

A mãe quis ir, mas Sistu ponderou que ela devia ficar. Se desse errado, ela era agora mais importante que ele para a Comuna e seus projetos, por todos os conhecimentos que tinha a ensinar. Ela não se conformou.

– Você é mais importante para a Comuna, Mistonti-xin! – objetou Tjurmyen, pondo-se na ponta dos pés para tentar se impor ao marido, muito mais alto. – É a você que pedirão para comandá-los se Atlântis for ameaçada. E você tem nove filhos, enquanto eu tenho quatro. Quem faria mais falta? – olhou para Tiakat, como quem pede apoio, mas ela se calou.

– Você, Sissan-xin, e sabe disso, tanto quanto Lelon-xin – respondeu Sistu, com a segurança de quem afirma um fato incontestável. – Atlântis pode e deve confiar em outros. Foi por uma democracia que lutamos, não por uma nova dinastia. Mas os conhecimentos que você trouxe do Elísio são únicos e você mesma disse que levaria mais de uma vida para transmiti-los. Quanto às crianças, bom, os menores são de nós dois e para eles a mãe é mais importante que o pai. Mas o mais importante é que eu tenho mais probabilidade de fazer isto dar certo, em parte pelo espírito de chefia que você mesma me atribui. Você já deu toda a contribuição que podia dar à missão, já nos explicou tudo o que sabe sobre o cristal e seus perigos. Se consultar seus pressentimentos com imparcialidade, sei que concordará comigo.

– Não me sinto bem ficando aqui enquanto você e nossos gêmeos...

– ... e o Jen-ar também, sim. É um ótimo engenheiro com muita sensibilidade para equipamentos mágicos e é importante que nos acompanhe. Sei como o perigo de nos perder te aflige, sei que você se sente responsável por tudo isso, mas é a solução mais segura, confie em mim. Em nós, Sissã-xin – abaixou-se para abraçá-la.

– Ah – ela suspirou e correspondeu ao abraço. – Não consigo me sentir bem com essa situação. E você, Dayphong-xin, por que não diz nada?

– Por que é difícil para mim também, meu amor – respondeu Tiakat –, mas acho que Mistonti-xin tem razão. Eu jamais admitiria ficar longe dele quando posso ajudá-lo e neste caso eu posso, mas me desculpe, não é o seu caso. Não vejo como suas habilidades poderiam diminuir o perigo. E cozinheiros demais estragam a moqueca, você sabe.

O *cemrem*, chamado *Sonvé*, "Peixe-joia", estava no Instituto de Kisharografia e História. Fora cedido pela Marinha Imperial antes da proclamação da Comuna para pesquisas marinhas. Com uma autorização secreta do Instituto, Zangzhen, Tjurmyen e Sistu revisaram o peixe de metal de duzentos *dons* e fizeram as adaptações necessárias. Considerada a velocidade do submarino e a distância, a viagem duraria perto de meio dia na ida e outro tanto de volta. Normalmente levava uma tripulação de vinte, mas um piloto, um navegador, um bom mecânico e uns poucos ajudantes bastariam para uma viagem curta.

O submarino revestido de oricalco aguardava no cais coberto do Instituto. As grandes vigias frontais lembravam olhos brilhantes e faziam pensar num peixe dourado de vinte e poucas braças de comprimento. Decidiram partir à noite, o mais silenciosamente possível, para não ter de dar explicações à Marinha Imperial. Junto com Tjeypin, embarcaram seu pai, seu irmão e cinco dos jovens que trabalhavam com ele no *Vailxi*, entre eles Bhelgos e Tikitini. Zangzhen os orientou a vigiar mostradores, ajustar chaves e avisar sobre o que saísse do normal. Ele supervisionaria o funcionamento, Sistu pilotaria e Tiakat seria a navegadora.

Os motores zumbiram, o submarino partiu e ouviu-se a água do Canal Principal entrar nos tanques de lastro. Da casa das máquinas, Zangzhen deu o sinal de "tudo em ordem" e Sistu partiu cuidadosamente pelo Canal Principal, cujas quinze braças de profundidade eram mais que suficientes para deixá-lo passar despercebido, mesmo que tivesse de passar por baixo da quilha de alguns navios.

Os olhos do *Sonvé* iam fechados, os faróis apagados, o interior à meia-luz. De qualquer modo, pouco havia para ver nas águas do canal à noite. Tiakat, ajudada por uma bola de cristal, concentrava-se em buscar sons e auras inesperadas que poderiam indicar um dragão ou um *cemrem* imperial e orientar Sistu. Embora instruída a dormir se pudesse, Tjeypin não o conseguiu. Ficou quieta na rede, tentando relaxar. Os demais estavam muito atentos às tarefas: era preciso conferir se o ar estava sendo purificado, a pressão na medida certa, pois os cristais mágicos tinham seus caprichos. Uma falha podia custar a vida de todos, mesmo com os poderes de Tiakat e Sistu.

Um sê depois, já em mar aberto e sem sinal de ameaças ou bisbilhoteiros nas proximidades, Sistu abriu as janelas e acendeu os faróis para os jovens apreciarem a vista. O submarino se mostrava bem estável e mereciam um pouco de distração. Todos se aproximaram, fascinados, para ver melhor. Navegavam águas de umas vinte braças de profundidade e roçavam o topo de uma floresta de algas. Grandes águas-vivas passavam rente às vigias, bem como uma lula, tartaruga ou tubarão mais atrevido, mas a maioria dos cardumes se afastavam para a escuridão, com receio do grande intruso de olhos luminosos, mesmo que talvez não fosse o maior nem o mais estranho ser marinho que tivessem visto.

Depois de o sol nascer, inesperados sons metálicos reverberaram pelo submarino. Distraídos por uma conversa, Sistu e Tiakat se sobressaltaram e saltaram para seus postos. Sistu puxou o visor do periscópio e Tiakat concentrou-se na bola de cristal, mas Bhelgos, ao correr à vigia, foi o primeiro a descobrir o que estava acontecendo.

– Tritões! Parecem zangados.

Um tritão pesado e musculoso como um macho de leão-marinho usava um arpão para golpear a vigia transparente com toda a sua fúria. Felizmente, era espesso e resistente, construído para resistir à pressão de mais de cem braças. Outros batiam no casco com pedras e ferramentas, disse Tiakat.

– Tem algum navio imperial perto, Lelon-xin? – perguntou-lhe Sistu.

– Não, sequer pescadores, já estamos quase na zona de exclusão.

Sistu decidiu emergir e conversar. Os tritões afastaram-se ao ver o *Sonvé* começar a subir e o acompanharam. Quando chegou à superfície, Sistu subiu a escada – com alguma dificuldade, pois era grandalhão e a passagem, estreita – e abriu a escotilha. Tjeypin e Tiakat o seguiram, para o caso de seus poderes serem necessários. Os seres marinhos cercavam o casco, silenciosos, exceto um deles, que soprava um grande búzio com toda a força de seus pulmões.

– Vós falais senzar? Podeis me entender? – bradou Sistu, em senzar clássico, supondo que aqueles seres teriam mais chance de entendê-lo do que a seu dialeto interiorano.

– Chim! – respondeu o que estivera golpeando a vigia, com uma postura de chefe.

– Por que nos atacais?

–Vosh nhosh eshpulshashtesh de nhosho larr! – respondeu com um sotaque inumano. – Agorra nosh querrem tirrar djaqui tshambém? Voltshem para Atlantshish, nhão queremosh vosho artifíshiosh pertsho de nhosho refúgio!

Os outros lançaram em uníssono um urro que se pretendia ameaçador, mas apenas intrigou Sistu e Tiakat. Um dos tritões atirou-lhes um arpão, com ótima pontaria. Com um movimento quase invisível de tão rápido, Sistu agarrou a arma com a mão e a atirou por cima das cabeças dos tritões, a dezenas de braças. O dono, surpreso, mergulhou para procurá-lo, enquanto seus companheiros olhavam, espantados.

– Não vos queremos prejudicar! – gritou Sistu, compreendendo o que se passava. – Viemos para remover a ameaça que vos afastou da primeira morada.

– Vosh mentish! A Comunha querr darr noshash águash aosh Kiham, shabíamosh que um dia querrerríeish nosh enxotsharr também djaqui! – replicou o chefe. – O Cajal Imperrial shaberrá!

– Kiham é a tribo de sereias e tritões que vive mais a leste – sussurrou Tiakat.

– Entendo. O cristal forçou este grupo a fugir de onde vivia e o pôs em conflito com o outro por alimento e espaço. Além disso, alguém os intrigou contra nós. Os imperiais?

– Estão assustados e nervosos... Sim, alguém os preveniu de que viríamos atacá-los, não o identificam com clareza, mas falava em nome da Casa Imperial e pediu para ser avisado se algo estranho viesse da Comuna. Eles já o fizeram, com um dispositivo mágico de alarme, o grande búzio que deviam soar...

– Aqueles filhos de um mastô! Tentarão nos interceptar – resmungou. Voltou-se para os tritões. – Ouvi! A Comuna não quer prejudicar-vos e sim devolver-vos o primeiro lar! Mas não temos tempo para parlamentar convosco e convencer-vos disso, precisamos partir de imediato! Não tenteis nos impedir, vossos arpões são inúteis contra esta máquina! Acautelai-vos, não vos firais, vamos nos pôr de novo em movimento! Saudações da Comuna de Atlântis!

Sem mais conversa, recolheu-se, fechou a escotilha e voltou aos controles, enquanto os tritões, furiosos, atiravam armas que resvalavam, inócuas, no casco de oricalco.

– Atenção, companheiros! – avisou Sistu. – Vamos submergir e acelerar, velocidade de emergência! Fiquem atentos a qualquer anormalidade.

O toque de gongo de submersão soou outra vez em meio aos golpes impotentes dos tritões. Enquanto o *Sonvé* submergia, Sistu moveu, lentamente, as alavancas que amplificavam a descarga de energia dos cristais até tocar a máquina a toda a força. Tjeypin viu a corrente arrastar os tritões que, teimosamente, tentaram se agarrar ao casco, deixando-os para trás.

– Nenhum se feriu, Mistonti-xin – comentou Tiakat. – Só no orgulho...

– Ótimo! Cuidaremos de melhorar as relações com eles depois, agora o importante é chegar ao cristal. Atenção, vamos voltar a reduzir para velocidade padrão.

Zangzhen protestou, falando pelo tubo de comunicação que vinha da casa das máquinas.

– Com velocidade padrão, levaremos dois sês, pai – observou. – Com velocidade máxima, reduzimos o tempo para um sê e meio e o submarino suporta, com certeza.

– Não vale a pena, Jen-ar. Não se assuste, os imperiais já sabem e se decidirem tentar nos interceptar, será na volta. Chegar meio sê mais cedo não mudará muita coisa e eu receio o efeito da tensão de manter a máquina no desempenho máximo sobre nós. Precisamos estar calmos no momento de lidar com o cristal.

Passava pouco do meio-dia, mas àquela profundidade de mais de cem braças, o exterior era uma penumbra azulada. Animais que pareciam flores e fungos cresciam no fundo arenoso, no qual também se viam grandes caramujos, conchas e vermes marinhos. Uma espécie de estrela-do-mar de longos braços vagueava, meio nadando, meio caminhando, em busca de alimento, como se fosse uma enorme aranha de cinco patas. E ali adiante, estava o cristal e seu engaste.

Mesmo com Tiakat apontando, não era fácil aos olhos dos tripulantes perceber a coisa, meio enterrada numa duna e coberta de esponjas e corais como uma pedra qualquer. Mas Tjeypin, como a madrinha, via faíscas de luz azulada formarem laços alinhados em torno daquele foco como limalha de ferro em torno de um ímã. De tão sobrecarregado, o cristal, mesmo à distância de várias braças, fazia sua pele formigar. No formato corpóreo, era praticamente igual à réplica com a qual havia treinado perto de casa, mas mover aquilo com sua telecinese seria outra coisa. Tanto quanto segurar um bebê vivo era diferente de pegar uma boneca. E tinha de tirar a criança do berço sem acordá-la, ou...

– Você consegue, filha? – perguntou Sistu.

Ela pensou bem antes de responder.

– Sim, eu posso... mas seria bom chegar mais perto e daquele lado. Será menos difícil assim.

– Vou manobrar, mas não posso me aproximar demais, senão podemos esbarrar...

Acionou algumas alavancas e o *Sonvé* moveu-se para trás e fez uma ampla curva com lentidão enervante, navegando contra uma corrente traiçoeira. Tjeypin inspirava e expirava pausadamente, exercitando-se para sentir o ambiente. Seus amigos observavam imóveis.

– Assim está bem? – perguntou o pai. – Chegar mais perto é arriscado.

– Está bem, pai, prepare a máquina.

– Jen-ar – pediu Sistu –, pode acionar, que eu cuido de equilibrar o submarino.

O rapaz moveu uma chave e um braço mecânico se estendeu da proa para a frente, abrindo uma garra dupla, chegou a pouco mais de uma braça do alvo e parou. Não precisou dizer que agora era com ela.

Tjeypin fechou os olhos para concentrar-se. Seu axé se expandiu, sentiu a presença dos demais e a janela de vidro, atravessando-a depois de um pequeno esforço. Estendeu-se para além dela e sentiu a textura fria, aquosa e salgada do mar e as linhas de força que irradiavam do cristal e se retorciam na vizinhança da garra de metal. Tateou gentilmente, estendendo os tentáculos invisíveis em torno dos seres que cresciam sobre o engaste da pedra, para sentir sua posição exata e deduzir onde estava a famosa alavanca capaz de desatar as forças do Tártaro sobre o mar.

Como a maioria das operações mágicas, era muito sensual, como acariciar e lamber o mundo. Eram sensações imprevistas e arrepiantes e sabia que a diferença entre a vida e a morte, dela e de todos que o cercavam, era menor que um soluço. Tinha de abrir-se toda e deixar-se envolver e penetrar por aquelas forças sem recuar. Uma entrega total ao que desse e viesse, como uma mulher que se dispõe a conceber, emprenhar e parir. Por amor a quem a queria e ao futuro que ela daria à luz.

Essas sensações e pensamentos a perturbavam menos do que receava. Excitava-se, mas havia algo na reação dos demais que lhe dava forças. Confiavam nela, era com prazer que se entregavam à vida ou à morte que ela podia lhes dar.

A pedra, como sua mãe previra, estava com o mecanismo de disparo do lado de baixo, pressionado pelo peso do engaste e da areia. Tratava-se de libertá-la com cuidado. Separou, uma a uma, as esponjas, estrelas e ouriços que poderiam atrapalhá-la, como quem depena uma galinha. Depois, fez escorrer a areia e as pedrinhas para o lado, soltando cuidadosamente as concreções mais duras. Então, era só suspender a coisa n'água e usar seus invisíveis dedos místicos com cautela, muita cautela. E confiar no irmão, que tinha de fechar os dourados dedos mecânicos com igual cuidado para manter o mecanismo preso ao recolhê-lo para dentro. Era como carregar uma carga pesada e muito frágil.

E de repente, acabou. Sentiu a pedra firme na garra de oricalco dirigida por Zangzhen e na posição certa. Agora podia soltá-la e relaxar. Suas pernas bambearam e caiu zonza nos braços de Tiakat, no meio de um suspiro de alívio coletivo. Quando pôde focalizar a visão de novo, a primeira coisa que viu foi...

– Mãe?

– Aqui estou, Pin-ar – respondeu Tjurmyen-Kinzhyn –, para ajudar Jen-ar com o cristal. Não vim antes porque Dayphong-xin me disse que podia deixar você nervosa, mas agora que você fez sua parte, precisamos te dar nossos parabéns. Estamos orgulhosas de você.

– Que bom! Posso ver o cristal? – pôs-se de pé.

– Por que não? Jen-ar já vai abrir a câmara de descompressão.

Acompanhada pelo espectro da mãe, desceu pela escada de marinheiro à oficina, logo abaixo da sala de comando. Uma vez terminado o trabalho das bombas d'água, um diafragma se abriu na antepara e revelou o compartimento apertado no qual a garra havia se retraído. Jen-ar engatinhou com uma mochila de ferramentas pela passagem, enquanto Tjurmyen-Kinzhyn atravessava a antepara. Tjeypin observou de fora, enquanto a mãe orientava Jen-ar sobre como travar o dispositivo de segurança antes de abrir a garra. Então, entrou para ajudá-lo a trazer para a oficina o enorme cristal azul engastado num suporte de oricalco sujo de concreções, cracas e pedaços de coral. Tjeypin perguntou se queria que o limpasse.

– Não vale a pena – disse Zangzhen, ao se endireitar. – Quando chegarmos, vamos fazer um engaste novo, de outro formato, porque o Vailxi vai usar esse cristal de maneira diferente da rukma dos agartis. Além disso, é oricalco refundido, de baixa qualidade. Os agartis não sabem produzir oricalco. Derretem as peças atlantes que conseguem, mas não é a mesma coisa.

– Como vamos usar isso? – perguntou ela. – Pelo que entendi, é um cristal para absorver, não para emitir energia.

– Pode fazer as duas coisas – explicou Tjurmyen-Kinzhyn –, apenas é mais eficiente para absorver, enquanto outros o são para emitir. O Vailxi não vai precisar de tanta potência quanto a rukma e o fluxo de saída desse cristal nos basta. Com a energia que esse cristal já absorveu, nosso brinquedo poderia funcionar por mil anos sem precisar de recarga.

– Tudo certo com o cristal, Sissã-bã? – perguntou Sistu, de cima. – Então vamos conversar sobre como driblar os *cemrems* imperiais. Suas habilidades agora podem ajudar.

"Sissã-bã?", estranhou Tjeypin, enquanto o espectro atravessava o teto para falar com seu pai. "Será que aconteceu alguma coisa entre eles? Ah, tonta, claro que não.

Ela já tinha perdido o corpo quando se casaram, papai só transa com a outra mamãe".

Os *cemrems* da marinha imperial eram maiores, tinham tripulações mais experientes e bolas de cristal melhores que o *Sonvé*, mas nem de longe seus clarividentes eram tão poderosos quanto Tiakat. Ela havia localizado quatro deles e outras tantas firems, naves voadoras, perto de Atlântis, provavelmente à espera do submarino do Instituto. Tjurmyen-Kinzhyn lhes fez uma visita invisível, sem que os clarividentes de bordo pudessem impedi-la. Não tinham como perceber o que não procuravam e aquele espectro não estava no seu repertório. Leu suas mentes: os comandantes estavam preocupados, esperavam resistência, mas tinham ordens terminantes de cercar e abordar o submarino do Instituto quando retornasse à capital. Segundo seu entendimento, o objetivo não era tanto se apoderar do cristal quanto provocar um confronto para convencer o Casal Imperial e seus ministros mais conciliadores da necessidade de retomar a capital aos rebeldes.

– Poderíamos pedir ajuda a Chiuknawat para varrê-los para longe – disse Sistu – mas não queremos dar argumentos à linha dura dos imperialistas para romperem a paz com a Comuna. O melhor é dar um jeito de desembarcar o cristal em outro lugar e prosseguir. Nós ficaremos indignados, mas vamos deixar que nos abordem. Diremos que fomos examinar a região do cristal, sem chegar muito perto. Não encontrarão nada a bordo e nos deixarão passar porque sabem que tentar prender a portadora da deusa é loucura. Quando descobrirem que temos mesmo o cristal será tarde demais.

– Temos aliados nas comunidades do litoral – sugeriu Tiakat –, poderíamos levar o *Sonvé* para lá e depois buscarmos o cristal por terra. Ou você poderia levá-lo pelo ar.

Sistu sorriu.

– É difícil imaginar algo mais chamativo que esta coisa atracando numa aldeia de pescadores. A não ser, talvez, um draco dourado com um cristal nas patas. Alguém poderia avisar os imperiais, mesmo no meio da noite. Não, temos de baixar um escaler a uma distância razoável da costa, e esconder o cristal em algum ponto, sem envolver desconhecidos. Depois o buscaremos em segredo. O tempo está bom, não será muito difícil.

– Então eu faço isso – ofereceu-se Tjeypin. – Meu trabalho aqui já terminou, todos os outros são necessários para o *Sonvé*.

– Você? – preocupou-se Tjurmyen-Kinzhyn. – Querida, tenho presságios... hum... ambíguos. Acho que você vai correr perigo e se machucar nesse caminho.

– Mamãe! – protestou a filha. – Não sou mais criança!

– Ela tem razão – apoiou o pai –, estamos com o mínimo dos mínimos para operar esta máquina com segurança. Além disso, ela sabe nadar e se defender melhor que qualquer dos nossos rapazes e garotas, Tiakat e eu temos de acompanhar o retorno e espectros não podem remar... – sorriu. – A menos que seus pressentimentos sejam muito ruins, ou que você tenha uma ideia melhor.

– Para dizer a verdade, não, Mistonti-bã. Pressinto que ela pode passar por um mau pedaço, mas mesmo assim tem boas chances de sucesso. E que com qualquer dos outros haverá uma tragédia.

Ao cair da noite, o *Sonvé* deteve-se a cinquenta estádios da costa oeste de Atlântida para lançar um bote com Tjeypin e o cristal, embrulhado em couro e tecido e com a trava devidamente soldada para evitar acidentes. Ela despediu-se e pôs-se a remar, divisando ao longe a costa de falésias onde pensava encontrar uma gruta e deixar sua carga em segurança. O céu estava claro, a brisa era suave e Ved, a lua branca, erguia-se à sua direita, iluminando o caminho. Não devia demorar muito mais de um sê. Não imaginava o que podia dar errado, as condições eram ideais.

Correu tudo bem até a pouco mais de dez estádios da praia onde, sem nenhum aviso, uma massa enorme saltou do mar para mergulhar a poucas braças. De tão repentino, Tjeypin mal a viu antes de ser tarde demais. Viu-se arrastada para o fundo e ainda por cima algo, bote ou cristal, lhe bateu com força na cabeça. Meio tonta, debateu-se, desorientada, contra a escuridão e o afogamento até sentir um braço agarrá-la pela cintura. Ao sentir a disposição amigável, deixou-se levar, ao que esperava, para cima.

Ar! Por fim! Arquejou ruidosamente, antes de se acalmar e respirar com mais calma e olhar a salvadora, que a segurava e fitava com curiosidade. Era uma sereia de uma linhagem mais civilizada que a dos grandes e ferozes tritões da manhã, da mesma raça morena que costumava cantar nas ilhotas ao largo das praias da capital e ouvir os aplausos dos atlantes antes de mergulhar ao pôr do sol.

– Sangras na cabeça – disse a sereia, tocando-lhe o dolorido couro cabeludo. – Deixa-me ajudar-te a chegar a terra.

– Obrigada. Mas e meu bote? Não pode me ajudar a encontrá-lo?

– Partiu-se no fundo, não te servirá.

– Ai que merda! Estava quase chegando! Sim, vamos, paciência...

– Agarra-te em mim, assim é mais fácil.

O corpo dela era escorregadio, mas segurou-se no cinturão de couro no qual a sereia levava suas coisas, tentando atrapalhar sua cauda o mínimo possível. Ela começou a nadar na direção da costa e avançaram rapidamente por alguns momentos, mas de repente a sereia estacou.

– Que foi? – sentiu o medo nela, mas não a causa exata.

– Tubarões! Dois tubarões-raposas grandes fecham círculos ao nosso redor... O sangue os atraiu!

Tjeypin entreviu as longas caudas que emergiam d'água como chicotes, largou a sereia e sacou a adaga que ainda tinha à cintura. A sereia sacou de seu cinturão um punhal longo e fino.

– Tentarei espantá-los – disse ela. Tjeypin amou a coragem da mulher-peixe. Com sua agilidade n'água, saberia escapar dos tubarões. Não estavam atrás da sereia e sim da humana ferida e desajeitada.

– Não! Deixa comigo! Eu tenho uns truques... – esperava que funcionassem, apesar da dor de cabeça.

A adaga se afastou de sua mão, firme na ponta de um tentáculo invisível e lançou-se feito flecha na direção de um dos tubarões, fincando-a fundo num dos grandes olhos. Ele se debateu apavorado, enquanto o outro rompia o círculo para um ataque direto. Alarmada, Tjeypin tirou a arma da mão da sereia para apunhalar à distância o focinho do agressor, que imediatamente embicou para o fundo, em desespero, sem atingi-las. Recuperou as armas.

– És humana ou um polvo? – espantou-se a sereia.

– Sou uma humana... complicada – respondeu Tjeypin, devolvendo-lhe o punhal e re-embainhando a adaga. – Você conseguiu ver meus tentáculos?

– Eu os senti, mais do que vi. Que esquisito... digo, desculpe minha grosseria, devia mais era agradecer-te por me salvar a vida. Muito obrigada!

– Não há de quê, você correu perigo por minha culpa. O que você estava fazendo à noite, nesse lugar tão ermo? – sabia que aquela raça do povo do mar era sedentária. Tinham aldeias submarinas onde cultivavam algas e criavam peixes e crustáceos e domesticavam animais marinhos chamados *kampos,* parecidos com os *segans* dos canais de Atlântida, mas menos pescoçudos e mais compactos.

– Procurava *bllusu*, uma lesma marinha rara que só sai à noite e tem muitas utilidades médicas. Achei só uma. – Tocou um tubo preso ao cinturão. – Vamos prosseguir?

Chegaram à praia sem mais incidentes. A humana subiu numa pedra, tirou as sandálias, estendeu o saiote para secar e sentou-se a olhar, pensativa, para o mar. A sereia acomodou-se a seu lado e tirou apetrechos de seu cinto de utilidades.

– Como te sentes? Tens sono, entorpecimento dos membros, vontade de vomitar?

– Não, só muita dor de cabeça – desde pequena, aprendera com o pai técnicas para controlá-la, mas nem por isso ela deixava de existir.

– Deixa-me cuidar de ti, ainda sangras.

Sentiu que ela era uma curandeira, sabia o que fazia. Deixou-a passar na ferida algo que ardia e costurá-la com três pontos, sem reclamar. A sereia prendeu à cabeça um curativo, uma compressa feita com esponja, e Tjeypin sentiu-se melhor.

– Terminei. Meu nome é Haashilu. E o teu?

– Maav Tjeypin, ao seu dispor. Mesmo.

– Pareces preocupada. Perdeste algo muito valioso?

– Você não imagina quanto. Conhece a Comuna de Atlântis?

– Claro que sim, minha tribo fez uma aliança com ela. O Império nos cobrava tributos muito altos e preferimos nos associar à Comuna. Meu povo mora em suas águas.

– Então vou confiar em você e explicar o problema...

Contou o que estava fazendo e o que a preocupava. Queria encontrar um meio de voltar a resgatar a pedra sem usar o submarino, para não voltar a chamar a atenção dos imperiais. Haashilu ficou pasma e excitada. Então aquela era a pedra mágica da qual seu povo tinha tanto medo? Não à toa, claro, a explosão da outra pedra havia aniquilado toda uma nação de homens-peixe do leste.

– Se me garantes que está desativada, peço ajuda a meu irmão, que tem um *kampo* – explicou ela. – Acho que conseguiremos encontrá-la e trazê-la, não é muito fundo. Mas terá que ser de dia.

– Obrigadíssima, é muito importante para mim, minha família e minha cidade.

– Há uma aldeia de pescadores a poucos estádios a oeste, poderias pedir abrigo e descansar lá – fez uma pausa. – Mas o ideal seria ficares em observação e acordada até o sol nascer, pelo menos. Posso te fazer companhia se me quiseres. Digo...

Tjeypin sorriu. Sentiu na sereia tanta ternura, desejo e curiosidade quanto nela mesma e se esqueceu da cabeça latejante. Aproximou-se, encostou seu rosto no dela e murmurou.

– Claro que te quero, Haashilu-xin.

Capítulo 26

Desembarque nas trevas

Passava bastante da meia-noite quando quatro tripulantes da *Enareta* levaram Vasu e Tjeypin num escaler, desembarcaram-nos numa ponta rochosa, desejaram-lhes boa sorte e retornaram às pressas. Tinham de afastar a galeota da costa controlada pelos agartis e escondê-la em lugar seguro antes de o sol nascer.

Apesar da escuridão, os dois avançaram pela mata do promontório a passos largos. Dos pontos mais altos e descobertos, viam ao longe luzes isoladas. Podiam ser casas de camponeses isolados ou postos de controle militares, não dava para ter certeza. Tjeypin sondava à distância os obstáculos e irregularidades do terreno. Ambos usavam túnica grossa, capa com capuz, calças, meias grossas e botas fechadas, pois o outono começava e esfriava à noite.

Levavam pouca carga, apenas armas, utilidades, um pequeno farnel e couraças de couro acolchoado. Cada um dos dois levava também um mapa das vizinhanças, feito à mão a partir dos mapas militares como parte da preparação. Planejavam chegar ao objetivo até o final da terceira noite, descansando durante o dia. Fizeram apenas uma breve parada para colher cachos de lichias, que Vasu encontrou pelo perfume.

Os dentes-de-sabre não habitavam aquela região de colinas, que cresciam para montanhas rumo ao interior, mas podiam encontrar ursos negros, leopardos e tigres, mais ativos à noite. Preferiram correr o risco, porque tanto os grifos quanto as patrulhas agartis eram mais ativas durante o dia e as terras baixas tinham perigos maiores. Chegaram a entrever uma pantera, mas ela se afastou antes que

Tjeypin tivesse de usar seu arco. Fora isso, apenas ouviram uivos de lobos à distância.

Era quase de manhã quando deram com um obstáculo imprevisto. Um paredão rochoso de dezenas de passadas de altura bloqueava o caminho onde esperavam encontrar uma encosta escalável. Aquilo não estava no mapa.

– Se tentarmos flanqueá-lo até encontrar uma passagem, corremos o risco de ir parar lá no pântano – avaliou Vasu. – Mas não vejo outro jeito. Também podemos esperar o dia nascer e ver se enxergamos alguma brecha.

– Deixa comigo – disse Tjeypin – acho que posso subir e depois dar um jeito de puxar você.

– Como? Nem trouxemos cordas. . Ah.

– Isso mesmo. Encontrei uma ponta lá em cima onde me segurar.

Ela se firmou na rocha vertical e começou a subir por ela como se fosse uma lagartixa. Na verdade, compreendia Vasu, ela se prendia com seus tentáculos invisíveis em algum ponto no alto. Estava mais segura do que um montanhista em sua corda. Acompanhou-a com os olhos até sumir na penumbra e depois a ouviu chamá-lo:

– Cheguei e estou segura aqui. Agora vou levantá-lo. Fique junto da pedra, no lugar onde subi.

Vasu obedeceu e sentiu cordões flexíveis e invisíveis enlaçarem--no pela cintura e puxarem-no para cima. Procurou ajudar a escalada apoiando mãos e pés em qualquer saliência ou concavidade que encontrasse pelo caminho sem pensar no tamanho da queda caso algo desse errado, mas sabia que ela devia fazer a maior parte do esforço e se preocupava. Ela conhecia seus limites? Parecia estar levando mais tempo do que deveria e fazendo pausas cada vez mais longas a cada vez que conseguia se firmar um pouco. Por fim chegou, porém, à beirada e conseguiu pôr-se de pé, justamente quando o céu começava a azular.

– Uuufa! – suspirou Tjeypin, deixando-se cair deitada sobre o chão irregular de pedras desmoronadas, ofegando muito rápido. – Você pesa mais do que eu imaginava.

Vasu a alcançou e segurou sua mão. Estava quente e suada e o pulso muito acelerado, como no dia em que ajudara a salvá-la no mar.

– Sua mãe a avisou para não se esforçar demais, Tjeypin – reclamou ele.

– Não se preocupe – arquejou ela –, nem de longe fiquei tão

cansada quanto naquele dia. Não vou precisar do socorro da madrinha.

– Parece que tem uma gruta um pouco mais acima – agachou-se a seu lado. – Quando estiver pronta, vamos até lá.

– Estou pronta, vamos – ele deu-lhe a mão e a ajudou a se levantar e cambalear os quarenta passos de pedras meio soltas até a fenda que vira na rocha. Preocupou-se, ela lhe pareceu trêmula e fragilizada.

Parou na entrada, pediu o cristal luminoso de Tjeypin e examinou o interior.

– Parece amplo o suficiente e seguro. Não vejo sinal de ursos ou animais grandes. Tem um cheiro de guano de morcego, mas acho suportável. Vamos.

Assim que ela entrou, ele urinou tudo a que tinha direito na entrada.

– É para os bichos saberem que a gruta agora tem dono – explicou ele. Ela achou graça. – Quero ajudar a espantá-los, aliás, preciso!

Água gotejava do teto e pelas paredes e encontraram uma bica para matar a sede. Acomodaram-se num canto duro e frio, mas seco e relativamente cômodo, onde podiam aninhar-se e aquecer-se um ao outro.

– Você está bem? – perguntou, abraçando-a, ainda trêmula do esforço. Foi tomado por uma ternura como antes só sentira por Bakri e Madhavi. Até então, Tjeypin fora uma amiga admirável com quem fazia sexo. Naquele momento, sem saber exatamente por quê, ela se tornou algo mais. Ela arregalou os olhos e acariciou seu rosto.

– Sim, só preciso mesmo descansar um pouco. E sim, agora temos mais do que um caso. Eu também te amo.

Quando acordaram, havia luz. Um raio de sol invadia a entrada da gruta. Tjeypin levantou-se primeiro e foi dar uma olhada para fora. Vasu sentiu-se entorpecido, com o braço dormente. Ela percebeu e voltou para massageá-lo.

– Está precisando de uma boa esquentada.

– Como está lá fora?

– Ainda não chegou ao meio da tarde, mas o sol bate deste lado e a encosta é descampada. Não parece que tenha alguém olhando por aí, mas se por acaso tiver, será fácil nos ver. É melhor esperar escurecer, como você dizia. Vamos comer e passar o tempo. Como se comem essas frutas que você encontrou?

Ele tirou um cacho da mochila, descascou uma delas com os dedos e lhes pôs na boca.

– Delícia! Na Atlântida não tem nada igual.

Começaram a descascar e comer e ele se lembrou de ter dividido cerejas com Madhavi num feriado em Manova. Há quanto tempo? Não podia ser muito mais de dois meses, mas sentia como se fossem anos, tantos haviam sido os acontecimentos e mudanças. Então, começaram a comer as cerejas dos lábios um do outro...

– Faz isso comigo? – perguntou Tjeypin e ofereceu a fruta na boca.

Era mais melada e escorregadia que a cereja, o que fazia a brincadeira mais divertida. Uma coisa levou a outra e dali a pouco saboreava a intimidade de Tjeypin como quem devora uma manga fiapenta enquanto lhe apalpava os seios e traseiro com a mesma sofreguidão. Ela se sacudiu uma e outra vez.

– Agora se deite e relaxe – murmurou. – Vou lhe dar um *atlanmihn* como se deve. Solte-se à vontade e apenas se deleite, posso sentir seu prazer como se fosse meu.

Ela o montou e ele sentiu-se lambido, apertado, ordenhado e mastigado por uma boca sem dentes. Ao mesmo tempo, ela lhe acariciava o peito com as mãos e o envolvia e invadia com tentáculos invisíveis. Dessa vez, ela prolongou e construiu a tensão do prazer mais do que nunca, mais do que parecia possível. Levou-o a um êxtase assustador, quase insuportável.

Depois de um curto desmaio e um longo torpor, Vasu articulou seu pensamento, enquanto se preparavam para continuar a jornada.

– Tjeypin, preciso dizer a você uma coisa. Ontem eu disse que Madhavi vinha primeiro. Não, não é bem verdade, não mais. Hoje, eu amo você tanto quanto ela, de um jeito diferente. As duas são importantes para mim, seria uma tortura ter de escolher.

Ela sorriu de orelha a orelha.

– Não será preciso, meu amor. Não se depender de mim e acho que nem dela. Não sabe como é bom ouvir isso, sei como você ama Madhavi. Eu também a adoro, ela é uma graça!

– Mas com Madhavi eu me sinto mais confiante porque... Você não é muito mais velha do que eu, mas já teve muitos amores, não é? Nenhum deles deve ter durado muito.

– Bem, não é que não duraram muito... Eu ainda sou muito amiga de meu primeiro namorado e também de outros e outras. É que eu sentia que por causa de mim, deles ou ambos, o amor, *a entrega*, não avançava além de um certo ponto. Então eu os deixava ir, porque não me satisfazia com isso, preferia experimentar com outra pessoa. Que custa chegar a alguém com jeito e dizer, vem cá, vamos ter prazer juntos e ver o que acontece? Eu cresci na presença do amor entre meus pais e minha madrinha e não vou sossegar enquanto não viver algo assim. Mas se conseguir, quero fazer durar até o fim da vida. O deles dura desde antes de eu nascer e eles continuam muito apaixonados. Quero um amor como o deles, profundo como um abismo.

– Já percebi, estar com você é se pendurar num precipício o tempo todo!

– Que bom que você não tem medo de altura! – riu. – Está me dando um dos melhores momentos que já vivi!

– Você deve ter tido muitos dias felizes, teve muitas oportunidades.

– Ah, mas falo dos momentos soberanos, aqueles em que você se sente mais que humano. Como quando publiquei meu primeiro livro. Quando Chiuknawat me tocou. Quando meus poderes mágicos despertaram. Quando meu primeiro namorado e eu tivemos nosso primeiro beijo a sério ou meu pai me levou para voar com ele.

– Hein? Como assim? – poucas coisas que ela contasse de sua família ainda o surpreenderiam, mas essa foi uma delas.

– Acho que ainda não expliquei isso direito, mas minha outra mãe, a corpórea, pode voar e meu pai é um homem-draco...

"Os melhores presentes que já ganhei"

De Zi Sismau Tlalpan, para *O Farol de Atlântis*

Feito uma entidade sobrenatural a descer do Elísio, Tjurmyen desceu das nuvens, de braços abertos, cabelos, túnica e pantalonas de seda esvoaçando. Nas suas costas, bem presa a um porta-bebê adaptado, a filhinha Dzengnen dava gritinhos de alegria ao pousarem no pátio central de casa, onde a irmã mais velha os admirava com ciúmes.

– Antes era eu quem você levava pra voar! – Tjeypin fez bico e quase chorou. – Tô com saudades.

– Você ficou muito grande, meu amor – explicou Tjurmyen, ao livrar Dzengnen da correia de segurança e deixá-la no chão. – Carregar você ou seu irmão no ar me cansa muito rápido e não é seguro.

– Crescer é chato. Queria ser pequenininha de novo! – resmungou ela, enquanto a menininha saía correndo, indiferente ao amuo da irmã mais velha.

– Não é assim, Pin-ar, crescer é bom, você pode fazer coisas que não podia antes. Se você ainda fosse do tamanho da Nen-ar, não poderia nadar sozinha nos canais, fazer acrobacias, ler, ou lutar esgrima e *derkesgon* com os amigos, coisas que você gosta tanto de fazer!

– Mas o que eu mais gostava de fazer era voar e isso eu não posso mais!

– Entendo... Também é uma das coisas que eu mais gosto. Olha, talvez tenha jeito, mas teria de ser de outra forma. Que tal com papai? Ele é muito mais forte que eu, me carregou no ar, uma vez que eu estava muito fraca para voar sozinha.

– Que legal! Como ele fez? Segurou você nas patas? – perguntou, curiosa.

– Foi assim, mas não é confortável para nenhum dos dois e é desajeitado e cansativo para ele. Mas tive uma ideia e estou pensando numa maneira melhor. Acho que você vai gostar.

Apesar da impaciência de Tjeypin, que volta e meia corria a ver em que pé estava o projeto, a mãe levou dias para desenhar o aparelho, construí-lo com ajuda da amiga Xizzin, artesã e engenheira, e testá-lo ela mesma com Sistu. Por fim, anunciou que estava pronto e ela, Tjeypin e o pai subiram a escada para o alto do mirante da sua casa. Com umas dez braças de altura, dava uma boa vista do canal e das vizinhanças. Ao contrário da maioria dos vizinhos, esse mirante não tinha telhado permanente. Um simples pátio cercado por um muro baixo e robusto, ideal para as necessidades especiais do pai.

– Os arneses são para você – explicou a mãe, mostrando o sistema de couro e borracha –, e os laços maiores para colocar no papai depois que se transformar, foram feitos para seu corpo de draco. Vou lhe mostrar como, da próxima vez você poderá fazer sozinha. Pode confiar nas correias e nos fechos se os colocar corretamente. Quando ele me levou, fiz de tudo para rompê-las e não consegui. Você vai ficar segura pelo tronco, com braços e pernas livres e pode alongar ou encurtar os cabos durante o voo, puxando por esta alça e travando, assim. Pronta?

– Prontíssima! – estava pulando de alegria, literalmente.

Ajudou a filha a colocar o aparelho. Um boldrié largo e acolchoado a envolvia pela cintura. Tiras mais estreitas partiam dele para envolvê-la e firmá-la pelos ombros, coxas e peito. Dos dois lados do boldrié, cabos se prendiam com argolas duplas de oricalco e se uniam por um sistema de polias a dois grandes laços acolchoados, um à frente e outro atrás.

– Bem, querido, agora é sua vez – disse a mãe ao marido, dando um passo para trás com o aparelho nas mãos.

– Me deem um pouco mais de espaço – pediu Sistu, enquanto tirava a roupa e as sandálias, para que não se despedaçassem com a transformação.

As duas recuaram para os cantos do mirante. Tjeypin já presenciara aquilo outras vezes. Como todo vira-peles após a primeira transformação, o pai estava sujeito a um ciclo mensal que o forçava a tomar a forma animal pelo menos três dias a cada lua, período durante o qual costumava se afastar para voar entre as montanhas. Mas ver de perto ainda a arrepiava.

Ele se pôs de pé nu, no meio do pequeno pátio e abriu os braços. Primeiro o cabelo caiu e a pele tomou uma cor esverdeada. Depois, o rosto se deformou num focinho, o pescoço se esticou, olhos tomaram uma aparência reptiliana, nasceram pequenos chifres e a pele começou a se cobrir de escamas douradas. Dedos das mãos e pés se transformaram em garras, pernas e braços se esticaram, enormes membranas cresceram entre os braços e os flancos, uma cauda longa brotou do traseiro e o corpo inteiro se expandiu até tomar dimensões monstruosas. Soltou uma baforada de fogo para o céu, algo que sempre fazia, instintivamente, ao completar a primeira fase da transformação, que o deixava do tamanho de um grande crocodilo marinho, mas ainda vagamente humanoide.

A robusta e poderosa forma de homem-draco, embora ideal para o combate, não era a mais eficiente para voar. Retomou a transformação: focinho e pescoço se alongaram mais, tornando-se totalmente animais. Voltou a diminuir de peso, sua estrutura tornou-se mais leve e suas asas mais longas, como a de um verdadeiro draco dourado, ainda que maior e mais robusto que a média. Reequilibrou-se, abriu as asas e baixou a cabeça.

– Pode colocar – disse ele, com uma voz sibilante. – Essstou pronto.

Com ajuda de Tjurmyen, Tjeypin pegou um dos laços e o passou por sua cabeça, ajustando-o na base do pescoço. O outro se ajustou da mesma forma na base da cauda. Então a mãe lhe disse para apertar ao máximo o sistema de polias. As cordas a suspenderam até suas costas encostarem no peito escamado e quente do draco. Segura pelos lados pelo boldrié, descansou braços e pernas em argolas de segurança.

O pulsar poderoso do coração sobre-humano nas costas nuas e as asas e patas ao seu redor a fez sentir-se ela mesma transformada em draco. Ficou rubra e ofegante, pulso acelerado, enquanto o pai se empoleirava sobre o muro e se jogava no abismo, a forma mais segura de decolar com carga naquela forma. Ficou tonta e gritou alto de euforia com o rasante sobre o canal que quase matou de susto um gondoleiro que vinha pelo canal com seu passageiro.

Abriu os braços e sentiu o vento no rosto como se voasse com as próprias asas enquanto ganhava altura sobre Atlântis. Havia outros dracos no ar, que serviam à Comuna como vigilantes e pareciam curiosos, mas mantinham uma respeitosa distância. A rara espécie dourada na qual o pai se transformava estava para aqueles dracos brancos como uma águia para uma gaivota.

– Vamos para a Cidade Proibida, pai.

Sobrevoou de perto os círculos de água coalhados de navios de guerra e os de terra cobertos de templos e palácios dourados, acenando para os surpresos soldados, marinheiros e funcionários imperiais. Atravessou a metrópole e apesar do vento e da altura, podia ouvir a cacofonia urbana de Atlântis: elefantes de carga bramiam, cameleiros xingavam seus animais, ambulantes apregoavam mercadorias, carroceiros e gondoleiros manobravam aos gritos. Fez outro pedido ao pai e deixou para trás as muralhas de cinquenta braças de altura e cruzou os céus sobre as colinas verdejantes dos Bosques dos Amores, o que provocou uma revoada de garças assustadas. Depois fez uma ampla volta para ter o mar por baixo, vendo ao longe as dezenas de navios que convergiam para o maior porto do mundo.

Era um dia ensolarado de verão e apesar do vento, o calor do draco começava a ficar incômodo. Resolveu brincar um pouco mais à vontade. Soltou os pés, puxou a alça que afrouxava os cabos até ficar pendurada pela cintura a uma braça do corpo do pai. Com isso, a ilusão de estar voando sozinha tomava outro sabor. Agora ela não era mais um draco, era uma menina voadora e podia dar cambalhotas e piruetas no ar como fazia nos trapézios, barras, traves, argolas e escadas da escola.

Pediu para o pai voar baixo sobre o mar e mergulhá-la nas ondas. Àquela velocidade, a água a atingia com a força de uma bofetada, mas ela gostou. Depois, descobriu que podia deslizar com os pés sobre a água, como se estivesse surfando. Passou naquilo boa parte da tarde, até ficar exausta e pedir para voltar. Para aterrar, prendeu-se de novo ao pai. Correias elásticas e peito macio amenizaram o tranco quando o draco parou de súbito em seu poleiro gigante no alto do mirante. A mãe estava lá e observou enquanto Tjeypin se desvencilhava das correias, livrava o pai dos laços e o beijava no focinho.

– Foi lindo, mamãe! – correu a abraçá-la, quando terminou. – O melhor presente que já ganhei.

– É bom saber, meu amor. Lembre-se de agradecer também à Xizzin-bã, metade do trabalho foi dela.

– Tá, mas primeiro quero tomar banho, que estou toda suada e salgada.

Desceu as escadas, ofegando. Tjurmyen a seguiu com Sistu, que retornara à forma humana.

– Como foi a nossa filha? – perguntou a mãe.

– Impressionante. Nem um pingo de medo. Foi como se fizesse isso desde bebê. Nem eu me sentia tão à vontade da primeira vez que voei.

– Pelo jeito, vai fazer pelo resto da vida, quantas vezes você tiver paciência para levá-la.

– Ah, eu também me diverti. Só que eu gostaria de levar o Jen-ar, também.

– Ele é tímido, não o force. Cada um com o seu ritmo. Espere ele pedir.

– Ela é que é fora do comum. Vai superar nós dois quando crescer.

– Acho que Jen-ar também, à sua maneira. E Nen-ar, quando chegar a vez dela. Sempre é o que desejamos para nossos filhos. Por falar nisso, hoje estou especialmente disposta a começar mais um com você... Se você aceitar e não tiver outro compromisso – parou na escada.

– Aceito, com certeza! Mas Tiakat me esperava... Você não a convidaria a participar?

– Não, prefiro transar com ela em separado, você sabe. Deixe comigo, nós nos entendemos. Ela tem você quase todo dia, pode te dispensar num dia tão especial para nós.

Beijaram-se e Tjeypin os deixou para trás, rumo ao almejado banho e ao encontro mais ansiado ainda com Tikitini. O dia mais feliz de sua meninice ainda não tinha terminado.

Capítulo 27

Alta traição

Saíram assim que escureceu, contornaram o morro e começaram a descê-lo do outro lado. Havia ali uma dificuldade, era preciso atravessar um trecho pantanoso por uma estrada agarti. Ou melhor, uma estrada outrora construída pelo Império Mugal que era mantida, usada e patrulhada pelos agartis. Mas não havia outro jeito. Apostariam em passar despercebidos ou conseguir derrotar quem tentassem detê-los.

Mesmo com a esperança de cumprir a missão sem incidentes, Vasu sentia-se convicto o suficiente para matar compatriotas se fosse preciso. Ainda tinha dúvidas sobre seu lugar num mundo novo, mas estava tão apaixonado por esse sonho de liberdade, igualdade e união de raças quanto por Madhavi e Tjeypin.

A estrada era de pedra, com largura suficiente para duas carroças passarem uma pela outra e nos trechos mais inundados tinha parapeitos baixos, mas suficientes para impedir um deslizamento e queda acidental de um veículo no lodaçal. Avançaram.

Na boca do pântano, a estrada passava por um posto de controle, uma guarita iluminada por um lampião. Ali um par de guerreiros os deteve.

– Quem vem lá? – perguntaram.

– Aisvarya e Nitika, comerciantes pardhavas de Ambulima. Fomos chamados com urgência para ir a Patala ver meu pai, que está à morte – tinham preparado essa história.

– Precisavam mesmo atravessar o pântano à noite? – estranhou o mais graduado. – Mostrem o salvo-conduto.

Vasu estendeu-lhe o papel que Tjeypin ajudara a falsificar. Ao menos à noite, à luz de um lampião, não haveria como distingui-lo de um verdadeiro.

– Está em ordem, passem. Não se demorem e evitem as beiradas, este trecho é perigoso.

Seguiram meia parasanga antes de encontrar outro posto e repetir a mesma explicação. Já iam se afastar quando o responsável de repente mudou de ideia.

– Esperem! Tire o capuz e mostre a cara!

Vasu receava isso, mas obedeceu. Talvez o yaudha tivesse estranhado seus ombros muito largos e os cabelos e olhos claros demais para um pardhava, embora a barba ajudasse a disfarçar. Jovens pardhavas podiam usá-la, ao contrário dos tautas.

O guerreiro olhou-o desconfiado, sem nada dizer. Então caminhou para Tjeypin e exigiu:

– Ela também!

Vasu suspirou. Não havia como ela passar por uma agarti.

Foi tudo muito rápido. Uma adaga dourada se cravou fundo na garganta do yaudha antes que tivesse tempo de fazer mais um gesto. Ele sacou o gládio e saltou na direção do outro guerreiro que, pasmo, demorou demais para reagir. Feriu-o com um golpe no ventre, de baixo para cima. Gritou, mas não havia ninguém para ouvi-lo por perto. Deu-lhe o golpe de misericórdia no coração, com a adaga.

– Que merda! – imprecou ele.

– Paciência – conformou-se ela, ao limpar a adaga no uniforme de sua vítima. – As coisas nem sempre saem como a gente quer. O azar foi mais deles que nosso.

– Tomara. A praxe é a sentinela fazer sinais de luz para as próximas guaritas a cada virada de ampulheta. Quando não virem, darão o alarme.

– Vamos andar rápido. Talvez custem a reagir.

Não demoraram. Se o rígido treinamento dos tautas servia para alguma coisa, era para garantir que as regras fossem seguidas com precisão. Haviam passado pela terceira guarita quando ouviram um tropel. Prepararam as armas e tomaram posição.

Uma esquadra de quatro valquírias os interceptou na estrada.

– Alto! – gritou a padiki que as comandava, sabre em punho. – Mãos ao alto, estão detidos para averiguações!

Uma flecha de Tjeypin lhe entrou pelo olho e a abateu no mesmo instante, deixando-a pendurada pelos estribos. Desconcertado, o cavalo empinou e Vasu o golpeou no flanco. Assustado, o animal pulou sobre o parapeito e começou a abrir caminho entre os juncos, mas vários corpos serpentiformes se projetaram do lamaçal e o atacaram feito um bicho de muitas cabeças. Ocupado com as valquírias que tentavam abatê-lo, Vasu apenas entreviu a cena com o rabo do olho e ouviu os relinchos de desespero antes de serem reduzidos a lamentos sufocados e calados pelos *khorkhois*.

Conseguiu derrubar uma e Tjeypin deu conta de outra. A última tentou fugir, mas foi derrubada por uma flecha certeira. Os cavalos restantes desembestaram pela estrada, na direção oposta àquela de onde tinham vindo.

– O que nos resta é tentar correr, mas essa devia ser a vanguarda de uma força maior a pé – resmungou Vasu.

– Não perdemos nada em tentar – suspirou Tjeypin.

Conseguiram chegar ao fim da travessia do pântano e deram com uma guarita com a luz apagada. De súbito, dezenas de guerreiros os cercaram. Uma mugha inteira, uns cinquenta homens armados de pistolas, lanças e gládios, mais quatro valquírias e alguns mastins de guerra. Cansados e sem fôlego, Vasu e Tjeypin ergueram os braços.

– Prendam-nos! – ordenou o mughaneta. – Mas essa é uma atlante! – disse ele surpreso, ao ver Tjeypin de perto. – E a ele, assim que lhe agrilhoaram os braços por trás. – Quem são vocês e o que estão fazendo? Antes de mais nada, o que houve com a tropa da *padiki*?

– Nós a derrotamos – disse Vasu. De repente lhe ocorreu que era o último momento para mudar de lado. – *Hari*, senhor *mughaneta*, eu realmente sinto muito pela padiki, foi abatida na estrada pela emboscada da estrangeira, com a qual, infelizmente, tive de colaborar. Sou Vasukhya Parusyaladaliputra, siksu da quarta turma da primeira seção da Escola Militar de Manova. Fui capturado pelos hilotas rebeldes na capital e forçado a servi-los, mas enganei a espiã atlante para me trazer como guia nesta missão de reconhecimento. Eu tinha certeza de que seríamos interceptados e eu poderia relatar ao Manu tudo que sei sobre os rebeldes e seus planos. Ela certamente tem muito mais informação, se puderem forçá-la a falar.

– Traidor! Mentiroso! – gritou Tjeypin, em fúria, indiferente ao yaudha que lhe deu uma bofetada para calá-la. – Você jurou que nos ajudaria!

– Um agarti só tem obrigação de manter sua palavra para com outro agarti – respondeu friamente Vasu.

Perplexo, o mughaneta parecia tão atordoado com a reviravolta quanto ela e sem saber como proceder. De repente, lhe ocorreu uma coisa.

– Qual é mesmo o seu nome?

– Vasukhya Parusyaladaliputra, senhor mughaneta.

– Então deve ser filho do nayaka Parusya. Yaudhi Madri, vá ao quartel e avise o nayaka. Se for verdade, ele o reconhecerá e saberá o que fazer. Rápido! E amordace a atlante, yaudha Satyaka!

A valquíria saiu a galope e Vasu, boquiaberto, sentiu o chão lhe fugir dos pés. Por aquela não esperava. Agora não tinha outro jeito, tinha de lidar com o que tivesse de acontecer. Não teve coragem de olhar para Tjeypin, virou-lhe as costas.

Em pouco tempo, a guerreira voltou acompanhada de um homem idoso e altivo, montado num cavalo maior. Ele desmontou, aproximou-se a passos lentos, mas seguros, e o fitou, surpreso, com seu único olho. Mas não o tocou, sua compostura militar prevaleceu.

– É mesmo Vasu! O que aconteceu? Eu o supunha morto pelos rebeldes em Manova!

Foi um alívio. Pelo jeito o pai não soubera de sua prisão no calabouço da Kraukura. Não era tão surpreendente, fora uma noite de caos, os arquivos haviam sido saqueados e incendiados e os agentes que o prenderam – e provavelmente também quem lhes dera a ordem – deviam ter morrido no assalto de Tjeypin. O importante é que podia manter a história contada ao mughaneta. Fez-lhe um relato mais completo, improvisou pormenores e perguntou:

– Meu pai, como estão minha mãe e Ahalya? – não tinha certeza de querer saber a resposta.

O velho suspirou.

– A kanya Ahalya, por milagre, está bem, eu a deixei aos cuidados de sua tia Revati. Os hilotas a capturaram. O relato dela e dos outros pequenos é estranho, mas de alguma maneira conseguiram escapar. A gulmika Ladali nos orgulhou com uma morte heroica. Felizmente o corpo foi encontrado e pôde receber as devidas homenagens. A maioria de seus colegas também caiu em combate, ao tentar bloquear a fuga dos rebeldes. Um monumento começou a ser construído para homenageá-los. Seu nome seria incluído nele!

Vasu baixou a cabeça, constrangido.

– Envergonho-me de não ter caído ao lado deles, meu pai. Perdoe-me por ter-me deixado capturar. Estou pronto para receber o castigo justo.

– Veremos, siksu. Será interrogado e julgado, mas creio que o conselho de guerra será clemente, pois você se redimiu e nos trouxe algo valioso. Talvez os deuses tenham querido assim, para que pudéssemos dispor de informações vitais – olhou para Tjeypin. – Devidamente inquirida, essa puta atlante vai nos dizer coisas muito interessantes. Ah, se vai!

O nayaka decidiu que ele mesmo, mais o padika que era seu ajudante de ordens e uma escolta de oito homens, conduziriam a prisioneira à fortificação mais próxima assim que o sol nascesse e enviou uma valquíria como mensageira para que adiantassem os preparativos para recebê-los. Vasu teve as mãos libertadas depois de dar sua palavra de honra que os acompanharia e se entregaria ao tribunal militar que decidiria seu destino, mas não recebeu suas armas e couraça de volta.

Ele e o pai descansaram durante a madrugada em barracas do acampamento da mugha que os tinha capturado. Tjeypin ficou ao relento, acorrentada ao pelourinho sob a vigilância dos sentinelas. Ao toque de alvorada, fizeram-na, porém, comer o mesmo mingau quente dos guerreiros, porque precisaria ter forças para caminhar com os próprios pés até seu destino, ao qual esperavam chegar antes do fim da tarde. Ela não se fez de rogada.

Puseram-se na estrada em seguida. Vasu soube que seu pai continuava às ordens do mahasainapati Dhrista, que comandaria os preparativos para o combate com os rebeldes até que o próprio Manu Sarata se juntasse às suas tropas para chefiá-las na vitória. Era como seu ajudante de campo que o nayaka Parusya andava inspecionando as rotas de abastecimento do exército. Se tudo corresse bem, esperava ainda conseguir, apesar da idade, a promoção a pritanapati e uma nova esposa de idade fértil. Haviam ficado muitas jovens viúvas em Manova e Agarta precisava repor suas perdas o quanto antes.

Ele disse ao sorumbático Vasu que não se preocupasse demais com a corte marcial e lhe contou um pequeno segredo: o sainapati morto em Manova servira com ele em Ramanaka e fora julgado por uma situação semelhante. Fora capturado por mugais revoltosos, forçado a ajudar a cavar armadilhas contra o exército agarti, mas conseguira fugir e informar o exército da localização dos fojos. A corte marcial o absolveu e decidiu que o incidente embaraçoso sequer constaria de sua folha de serviços.

Perto do meio-dia, o nayaka ordenou um alto para o rancho. Afastaram-se da estrada principal por uma trilha para um relvado amplo no meio do bosque que parecia ser usado com frequência para pasto e acampamentos militares. Tjeypin foi amarrada a uma árvore e lhe deram água de um regato.

Enquanto o comandante comia a ração de biscoitos e carne seca ao lado do filho, o jovem e bem-humorado padika que os acompanhava fez uma saudação militar e falou ao comandante:

– *Hari*, nayaka, os homens voltaram a pedir permissão para brincar com a negra. Ajudaram a capturá-la, é o costume, o senhor sabe – sorriu, malévolo. – Temos tempo.

Parusya fez uma careta.

– Essa é uma cadela que morde. Não quero homens feridos à toa, prefiro deixá-la a cargo dos inquisidores da Kraukura. Só ontem à noite deu cabo de dois guerreiros e quatro valquírias. Não é uma roceirinha mugal aterrorizada e não tem nada a perder.

O oficial não se deu por achado. Sorridente, tranquilizou o comandante.

– Eles sabem e acham mais divertido assim. Vamos prendê-la bem, não lhe daremos oportunidade de usar as garras ou os dentes.

– Bem, padika, pretendo chegar à fortaleza com nossos jovens e a cativa inteiros. Precisamos entregá-la viva aos inquisidores. Não podemos lhe dar oportunidade de fugir ou ferir os nossos e sermos obrigados a matá-la, ou de ela mesma se matar. Se quer insistir, vá em frente, mas terá de assumir a responsabilidade se algo der errado.

– Pode deixar, nayaka, sou um homem prevenido.

– Autorizado. Assuma, vou descansar um pouco, que ontem cavalguei a maior parte do dia e mal dormi à noite. Tentem não fazer muito barulho.

Enquanto o pai se afastava para cochilar entre as árvores, Vasu levantou-se, pôs-se mais perto do padika e notou que haviam tirado de Tjeypin os anéis e as bijuterias de oricalco.

Tjeypin olhou os preparativos com indiferença. O padika fez cravar quatro mourões no solo e em seguida fez quatro homens segurarem com firmeza os braços e as pernas da moça e agrilhoá-los às estacas, enquanto outro a despia, rindo, fazendo piadas e lhe apalpando seios e bunda. Ela não tentou reagir.

– Ela está conformada – comentou o padika –, desde que saímos do acampamento não tenta resistir. O nayaka se preocupou à toa, pelo jeito ela está gostando – disse para Vasu, que assentiu com a cabeça.

Tjeypin o olhou e disse, com frieza irônica:

– Se eu fosse vocês, *não faria isso*. Não vai ser agradável para ninguém.

O sujeito riu.

– Engano seu, putinha. De nós todos, só uma não vai gostar – bravateou o yaudha que a tinha esbofeteado e amordaçado na véspera.

– Adivinhe o que é que tem dezesseis pernas e faz uma negra gritar! – gritou o jovem que a tinha despido. – Não, não é nenhum bicho, é uma esquadra agarti!

Tjeypin revirou os olhos, enquanto os homens riam.

– Desculpem, homens – disse o padika –, mas é melhor amordaçá-la, o nayaka disse que não queria barulho. Além disso, eu não me fiaria nela para um beijo, apesar de ser atlante.

Mais risotas, enquanto o rapaz das piadas a amordaçava. Enfiou-lhe um punhado de relva na boca e a prendeu com uma faixa de pano.

– Yaudha, eu vou por último para me assegurar de que tudo corra bem. A negra é toda sua.

O homem baixou as calças e começou a se masturbar, olhando para ela e os outros o imitaram. Ajoelhou-se entre as pernas dela, falo em riste. Vasu supôs que algo ia acontecer, mas não sabia o quê. Preparou-se e tomou posição perto do padika, que estava interessado demais no espetáculo para notá-lo.

Os quatro grilhões que a prendiam estalaram com um som metálico no exato momento em que o yaudha se deitou sobre o *pekenan* dela. No instante seguinte, Vasu deu um golpe brusco e seco com a mão em faca na nuca do padika e ouviu o pescoço quebrar como um galho seco. Agarrou-o, sacou-lhe o gládio da bainha, deixou-o cair e olhou.

Jogado de costas, o homem que se deitara sobre Tjeypin ainda se debatia e berrava como um leitão estripado, mas seu corpo se desfazia em cinzas, a começar por um buraco fumegante na virilha. O punho de seu gládio estava na mão da atlante ainda amordaçada e a lâmina acabava de degolar um dos homens de calças arriadas. Os outros estavam paralisados de espanto.

Vasu saltou para ajudá-la e para não pisar na cabeça que rolava estupefata, mexendo a boca como se tentasse dizer alguma coisa. Pertencera ao piadista. Em meio à fumaça do homem que se desintegrava, liquidou com um só golpe um rapaz que tropeçou nas próprias calças ao tentar recuar e sacar o gládio ao mesmo tempo. Outro teve mais presença de espírito e rendeu um duelo rápido e nervoso até Vasu lhe decepar a mão. Enquanto agarrava o pulso e berrava, Vasu o derrubou com um pontapé nos culhões. O seguinte teve os rins atravessados com a lâmina ao tentar se desembaraçar das calças para fugir. Olhou em volta: em meio à fumaça com cheiro de assado esquecido no forno, apesar da ausência de chamas e calor, cinco mortos, três agonizantes e um monte de cinzas de forma vagamente humana. Ela dera conta dos demais e lhe passava uma adaga, enquanto acabava de cuspir as porcarias que lhe tinham metido na boca. Como ele, estava banhada em sangue alheio.

– Dê um jeito nesses pobres coitados. Preciso parar o seu pai.

O velho acordara, vira a cena e corria para a estrada, mas algo invisível lhe agarrou pelas pernas e o fez cair de quatro. Tjeypin foi atrás dele com dois pares de grilhões e o prendeu por braços e pernas. Vasu, terminada a tarefa desagradável, alcançou-os.

– Miserável! – vociferou o velho, colérico. – Foi para chupar o rabo dessa cadela preta que você traiu o pai, a pátria e o Manu? Eu mesmo hei de acorrentá-lo na banheira, socar o funil na sua garganta e afogá-lo na própria merda! Isso depois de lhe arrancar o pau, as bolas, o nariz e os olhos com as próprias mãos! Se sua mãe não estivesse morta, morreria hoje de vergonha de ter parido tamanho pedaço de bosta de elefante! Que os mais cruéis demônios do Tártaro...

Vasu tapou o rosto e baixou a cabeça. Inútil tentar desculpar-se ou explicar, nada tinha a dizer. Fizera sua escolha e enfrentaria as consequências. Algum dia esqueceria esse dia de pesadelo ou isso o atormentaria pelo resto da vida? De repente, o velho interrompeu as maldições e ele levantou a cabeça para ver. De roxo de raiva, seu pai ficara pálido. Do nada, o espectro de Tjurmyen aparecera à sua frente.

– *Hari*! – saudou ela. – Há quanto tempo não o via, Paru! Ah, perdoe-me, sei que há muito tempo não tolera que ninguém o chame pelo diminutivo, nayaka Parusya Angirasurupaputra!

– Que maldita abominação é você, feiticeira? Jamais a vi!

– Viu, sim. Vou lhe dar uma referência: aldeia de Kintjur na ilha de Zjoey, chamada por vocês Ramanaka. Eu era uma menina mal chegada à idade de ajudar a colher soja. Mesmo assim, você me arrastou pelos cabelos, me despiu, me encostou uma adaga no pescoço e me obrigou a satisfazer aos caprichos seus e dos camaradas de esquadra. Três vezes. Você e seus amigos, separadamente, abusaram de mim mais oito vezes. Por anos seguidos. Claro, para você todas as mugais tinham a mesma cara e não fui só eu. Mas recorda o nome de meu clã Maav, um daqueles que vocês tinham ordem de aterrorizar em especial? Ah, disso se lembra. Foi o clã que liderou a revolta que liquidou a sua mugha e teria cortado seu pescoço na mesma noite se não tivesse se jogado na fossa da latrina ao ouvir os gritos dos seus homens estripados com facões e forcados. Foi meu irmão quem lhe arrancou o olho com uma pedrada quando você voltou para retomar nossa terra. Ficou feliz ao pensar que tinham acabado conosco? Então saiba que esta moça ao meu lado é a primeira de minhas quatro crianças com um homem do qual uma apara de unha do dedinho do pé vale mais que você inteiro. Ela o derrotou hoje, massacrou seus homens em Manova e em breve voltará a humilhá-los em Alilong. Por outro lado, pressinto que dela nascerão seus melhores netos que, veja só, se chamarão Maav!

A voz era delicada, mas entonação e ritmo a faziam aterrorizante. Era como um garrote de seda, mais certeiro e mortal que o porrete primitivo dos insultos, ameaças e maldições do oficial agarti. Os jovens ficaram estupefatos. O velho gritou como um animal e se sacudiu tanto que o filho receou que ele tivesse um colapso. Não podia dizer, porém, que da parte de Tjurmyen fosse puro ódio frio. Era repugnância, indignação e senso de justiça triunfante.

A verdade que Tjurmyen jogava na cara do pai dilacerava o filho. Parusya era um bom agarti, mas numa perspectiva mais ampla e humana, era um homem mau. Vasu sentia-se mal por decepcioná-lo e traí-lo. A ele, o velho não tinha feito nada para merecer. Orgulhava-se do filho e esforçara-se por ser um bom pai pelos padrões de Agarta, como o próprio Vasu talvez fizesse um dia se sua vida não tivesse sido posta de pernas para o ar. Mas era impossível estar ao mesmo tempo do lado dele e dos ideais em que agora confiava e acreditava.

– Chega, mãe! – pediu Tjeypin. – Isso parece tortura, é desnecessário!

– É apenas justo! – protestou Tjurmyen. – Você não viveu isso, não entende.

– Tive *o suficiente*! De qualquer forma, não temos tempo a perder. Quando a escolta demorar a passar pelo próximo posto, mandarão alguém procurá-los.

– Tem razão, vão! – respondeu a mãe. – Estejam atentos, creio que vocês ainda enfrentarão dificuldades no caminho, contra as quais não terei como ajudá-los – e sumiu.

– Vamos pegar nossas coisas e vamos – disse ela a Vasu, enquanto acomodava o velho sentado na sombra de um freixo.

– Vocês não podem me deixar assim! – gemeu o nayaka, quase aos prantos. – Não mereço mais esta desonra! Soltem-me e lutem comigo, mereço ao menos morrer em combate!

Ela lhe virou as costas e não perdeu tempo. Vestiu-se, recuperou armas, couraças e apetrechos da arca onde as tinham guardado e voltaram a se embrenhar nos bosques. Apesar do contratempo, tinham se desviado não mais de duas parasangas do caminho pretendido e tinham uma boa noção do terreno. Ainda podiam alcançar o objetivo.

– Obrigado por poupar meu pai – disse Vasu – e me desculpe por ele.

– Não tem por que, não é culpa sua – sorriu ela. – E não é a primeira vez que namoro alguém com uma família complicada.

"A não tão trágica história de Tjeypin e Kimpar"

De Zi Sismau Tlalpan, para *O Farol de Atlântis*
(rascunho não publicado, guardado no arquivo pessoal
de Tjeypin para o caso de Tós-hin descumprir o acordo)

Concentrada em trabalhar numa gravura para *O Farol de Atlântis*, Tjeypin olhava alternadamente para a chapa de cobre e para a forte chuva de inverno que da janela via cair sobre o canal em frente da casa. De repente, a irmãzinha Dzengnen escancarou a porta:

– Pin-ar, chegou uma moça pelada chorando! Ela quer falar com você!

– Hein? Como assim?

Desceu correndo as escadas e encontrou sua namorada Kimpar chorando e tiritando no saguão de entrada, nua e com os longos cabelos escorridos e encharcados. Pelo jeito viera correndo pela rua debaixo da tempestade. Correu a abraçá-la, antes mesmo de entender o que se passava. Um momento depois seu meio-irmão Tekuani, filho mais velho de Tiakat que lhe abrira a porta, chegou com uma toalha e os dois enxugaram juntos a moça senzar.

– Meu amor, o que aconteceu? – já fazia ideia, mas os pensamentos dela eram confusos e explicar os deixaria mais claros, até para ela mesma.

– Minha mãe e meu tio me proibiram de te ver ou a qualquer outra pessoa desta casa. Bateram-me e disseram que no ano que vem terei de ir a outra escola e me casar com um primo de quem eu não gosto. Se eu não fizer como eles mandam me põem na rua e me deserdam. Eu fiquei tão furiosa que, quando os vi saírem de casa, lhes escrevi um bilhete para pedir que me deserdem de vez e fugi. Vim assim porque não queria trazer nem a roupa do corpo, nem o *pekenan*. Nada que tenham me dado!

Situação complicada. Nas tradicionais famílias senzares matrilineares, os casamentos costumavam ser arranjados pelos ascendentes da linha materna, a mãe e seus irmãos e irmãos, a avó e tios-avôs maternos, na maioria das vezes com noivos de outras famílias do mesmo clã com as quais houvesse interesse em formar ou manter alianças políticas, econômicas e sociais. O pai e outros parentes da linha paterna podiam opinar, mas a tradição não lhes dava autoridade nesses assuntos. Nos velhos tempos, famílias ameaçavam vender jovens rebeldes como escravos. Desde a Revolução, isso não era mais possível em Atlântis, mas deserdar ainda era legal e para as meninas, uma ameaça mais séria.

O costume senzar era as mulheres permanecerem na casa comunal da família e seus noivos contribuírem com dotes e trabalho. Tinham direito a renda e bens pessoais e podiam circular entre a casa das irmãs e a da esposa, ficar nesta ou morar com as irmãs e só visitar a esposa, conforme a conveniência e o costume familiar, mas não ganhavam direitos sobre os bens coletivos da nova família, que tinham de deixar para trás caso se separassem. A esposa era proprietária de uma fração teórica da casa e da riqueza da família matrilinear à qual o marido, se a deixasse, tinha de renunciar. Um deserdado que se casasse estava numa situação quase normal, mas a posição de uma deserdada era anômala, se não fosse formalmente adotada. As mulheres de outra família poderiam tolerá-la como amante de uma delas ou como esposa ou concubina de um de seus irmãos, mas não era uma delas e dependeria da boa vontade dos outros para não ser expulsa ao primeiro desentendimento ou tratada como serviçal. As alternativas eram tentar viver sozinha, o que em Atlântis era muito difícil, ou procurar uma comunidade não familiar, o que nos velhos tempos significava um monastério ou um bordel. Mesmo nos novos, outras opções ainda eram escassas.

Era aceito que noivos ou esposos de ambos os sexos tivessem relações com terceiros ou terceiras se o fizessem com moderação, sem alarde e sem deixar de cumprir suas obrigações. Essa tolerância, válvula de escape e compensação pela submissão aos interesses da família, era observada pelos dois lados e seus parentes. Mas a família de Tós Ruló Kimpar incluía importantes lideranças do partido meritista e tinha laços próximos de parentesco com poderosos aristocratas do clã Tós. Via a família de Tjeypin, especialmente seus pais e sua madrinha, heróis e personalidades influentes entre os igualitaristas, como seus piores inimigos políticos. As duas estavam conscientes disso e há anos escondiam dos Ruló a amizade, que há dias se transformara em namoro adolescente. Só se encontravam na casa de Tjeypin, mas alguém, provavelmente uma ex-amiga que brigara com Kimpar, traíra o segredo. E agora?

Amata e sua mãe, entre outros, chegaram para ver o que estava acontecendo e Beletsunu interveio:

– Filha, pode dar alguma roupa pra Kimpar-bã? As de Pin-ar ficariam apertadas nela, mas acho que vocês são mais ou menos do mesmo tamanho.

– Claro, mamãe. Kimpar-bã, vem pro meu quarto, pode escolher o que quiser.

Subiram e a meia-irmã de Tjeypin abriu seu bem fornido guarda-roupa. Kimpar, enrolada na toalha, escolheu um conjunto simples ao estilo senzar em vermelho e dourado, que combinava com o de Tjeypin. Aceitou também uma requintada veste cari de seda translúcida, cor de pérola, depois de Amata muito insistir que lhe caía perfeitamente. Enquanto isso, Beletsunu lhe buscou um *pekenan*.

– Fique com este, peguei da oficina de Tiakat. Ela mesma os faz e sempre tem meia dúzia prontos para vender. São os melhores de Atlântida... Ou melhor, do mundo.

– Obrigada, hei de pagar quando puder – disse, enquanto o colocava.

– Deixe disso, é presente meu, acerto com ela quando voltar da viagem. Ela está com Sistu e Tjurmyen no Palácio de Verão, negociando com o Casal Imperial em nome da Comuna. Escute, Kimpar-bã, é claro que pode contar conosco, mas você entende as implicações? – sentou-se no largo divã do quarto, ao lado de Amata e Tjeypin.

– Para ficar aqui, faço qualquer coisa! – implorou, enquanto se vestia.

– Querida, não depende só de nós. É preciso esperar a reação da sua família. Uma hipótese é eles se arrependerem e pedirem para você voltar, deixando-a namorar em paz.

– Tu não os conheces. Nunca fariam isso. E a questão não é só essa, eu quero ser dona da minha vida. Não quero casar com meu primo, nem trabalhar com câmbio e cartas de crédito! Quero ser cantora e instrumentista!

Dava para imaginar como isso devia cair mal na casa dos Ruló. Quem tinha poderes de bardo para encantar os ouvintes com canções literalmente alucinantes, como Tjurmyen, podia fazer fortuna, mas ser um musicista laico não era uma carreira de prestígio em Atlântis. Com sorte e talento, podiam conseguir um lugar no coro ou orquestra de um templo, teatro ou palácio e viver decentemente, mas a maioria apresentava-se em tavernas, bordéis e festas populares por trocados, quando não por um prato de comida.

– Bem, outra possibilidade é eles exigirem sua volta. Não podem entrar aqui ou na escola e arrastar você à força, mas podem conseguir uma ordem do juizado. Você é menor, eles têm o mátrio poder e não há muito a fazer se não quiserem conversar. Se insistirem, você teria que voltar e obedecê-los, embora sempre possa recusar o casamento. Teria de esperar o dia de sua maioridade para vir morar conosco. A menos que... Disse que bateram em você? Como foi?

– Minha mãe esbofeteou-me e meu segurou para meu tio dar-me uma surra de correia.

– Hum, pensei em alegar maus tratos, mas não sei se a juíza consideraria isso grave o suficiente para destituí-los da sua guarda. Isso é comum?

– Não, há anos eu não apanhava.

– Então, a terceira possibilidade é cumprirem a ameaça de deserdar você. Nesse caso, teremos o prazer de recebê-la como uma de nós, se quiser. Como você é menor, teria de ser adotada como filha de uma das adultas e deixaria de ser uma Tós. Só temos duas senzares na casa, Artás, que é uma Zi e Xizzin, que é do clã Sã. Também eu a adotaria, se você não se importar de se tornar legalmente cari. Qualquer de nós ficaria honrada... Só Tjurmyen e Tiakat não podem, pois isso faria de Tjeypin sua irmã.

Kimpar chorou de novo. Detestar a própria mãe e as pessoas que a tinham criado a ponto de precisar fugir de casa já era pesado, ser impedido por elas de tomar seu rumo era insuportável. E mesmo que resolvessem deixá-la ir, saber que teria de escolher uma mãe adotiva entre desconhecidas prestativas sublinhava sua impotência, por atraente que fosse a casa de Beletsunu. Tudo só por que amava Tjeypin e a música. Por que a vida não podia ser mais simples?

Já se sentia o aroma de comida e alguém tocou o gongo do jantar. Tjeypin deu a mão a Kimpar.

– Vamos, Horgam-xin, você deve estar com fome – e ao descer a escada, lhe disse, como se fosse segredo. – Cá entre nós, eu não recomendo a Beletsunu como mãe postiça. Se quiser uma mãe cari, peça pra irmã dela, Ahatsunu. Por sinal, a janta de hoje é dela, é a melhor cozinheira da casa.

– Só por isso? Não sou assim tão comilona!

– Não, boba! É que se você for filha da Beletsunu, *nunca* vai poder pegar a Amata, que é a garota mais linda da cidade! A mana não é tão chegada em meninas, mas uma como você tem chances com ela.

Conseguiu fazê-la rir, que era o que mais queria. Embora também tivesse segundas intenções. Kimpar como filha de Beletsunu não seria tecnicamente sua irmã, mas ficaria perto disso o suficiente para deixá-la desconfortável.

– Estou feliz contigo, Laugam-xin, não preciso mais – o apelido íntimo que dava a Tjeypin significava "alaúde" e o que dela recebia era "gaita", por razões só delas.

Tjeypin sorriu, sabendo que não seria por muito tempo. O amor das duas estava no começo, tinha combustível para meses e ela o desfrutava muito. Mas tinha consciência de que Kimpar estava apaixonada não tanto pela filha de Tjurmyen quanto pelo mundo novo que ela lhe abria e, lá no fundo, sabia disso. No que dizia respeito a Tjeypin estava bem, era um papel que a deixava feliz. A telepatia, entre outras coisas, ensinara-a a ser mais realista e generosa.

– Também acho que você não gostaria de ser filha de

Artás-ar, ela é durona e vai querer te fazer ser alguém na vida, queira ou não. Xizzin-bã é mais relaxada e com ela você ganha dois pais de brinde. Tem as irmãs de Tiakat-ar, mas elas são muito novas e acho que seria melhor uma mãe mais madura. Ah, e tem a Awesa-bã, se você topa uma mãe onça e um pai jaguar.

Abismada pela ideia de ter de escolher uma mãe, Kimpar não soube o que responder. E a comida ajudava a fazer a cabeça rodar: sopa apimentada de lagostins e mariscos, escondidinho de polvo e azeitonas, pimentas crocantes recheadas, bananas assadas com vinho e laranja, com muitas especiarias e um refresco de leite de amêndoas.

– Não pense que é assim todo dia – avisou Tjeypin. – Ela só cozinha uma vez por quatorzena. Mamãe, vovó e o Chachat-bã também cozinham muito bem. A maioria é mais ou menos e eu, um *desastre!* Só sei fazer salada e olhe lá.

– Puxa! Não como assim em casa... Não comia na minha antiga casa nem em dia de festa.

Ao terminarem, Zangzhen veio falar à irmã:

– Pin-ar, quer trocar o dia de lavar louça pra ficar com sua namorada?

– Não, Jen-ar, pode deixar, sei que você está ansioso pra voltar pro teu projeto. Kin-xin, você me espera uns dois ags?

– Não, eu te ajudo.

Também era dia de Amata e de Tikitini, que esfregou as mãos e brincou:

– Oba, as três garotas mais gostosas da cidade, só pra mim.

Tjeypin gostou e sorriu. Não se via na mesma categoria de Amata ou mesmo de Kimpar quanto a atrativos físicos e preferia assim. Mirava-se no exemplo de Tiakat: desde antes que ela nascesse, seu pai e sua mãe eram apaixonados por ela, que também não era uma beleza excepcional. Também Tjeypin, por ter uma aparência média, raramente tinha de lidar com importunos, mas sabia seduzir quem lhe interessava, como acabava de confirmar o ingênuo e sincero Tikitini.

Kimpar, pouco interessada por rapazes, aceitou o

gracejo com um meio sorriso. Amata levou na gozação e lhe beliscou a bochecha:

– Só mesmo na pia da cozinha, porque não vai ter as três juntas do seu jeito, garanhão! – e para Kimpar. – Não ligue, é troça. A não ser quanto a você ser mesmo gostosa.

Dessa vez, Kimpar deu um sorriso inteiro. Atacaram a louça suja e Amata avisou:

– Na nossa vez, quem lava as coisas de vidro e cerâmica somos ele e eu. A Pin-ar lava as coisas de pedra, metal e madeira, para não quebrar nada.

– Sério? – Perguntou Kimpar, admirada. – Mas ela faz cada malabarismo no ginásio!

– Pois é. Um desses mistérios inexplicáveis da natureza – zombou Tikitini, balançando a cabeça.

Tarefa cumprida, os dois casais foram cuidar de seus assuntos. Tjeypin levou Kimpar para seu quarto, a deitou de costas na sua rede de casal e se debruçou ao seu lado, acariciando-lhe o rosto.

– Esta noite é toda nossa – deu-lhe seu olhar mais doce. – Hoje você vai ter de mim tanto quanto quiser, vamos dormir aqui e amanhã vou acordar com você do lado. Me derreto toda de pensar nisso.

– Não sabes como estou emocionada. Mas sempre vou estar com você, espero.

– Claro, mas você vai ter um quarto e vamos dormir lá também. Aqui cada um tem o seu espaço para receber quem quiser ou ficar só quando preferir. Jomar-xin... O Tikitini... Também ganhou um quando veio, mas não precisou ser adotado, porque a família dele aprovou. Continua filho de seus pais e aprendiz da Xizzin-bã.

– Tu ainda gostas do Tikitini, não é? – ela aceitava, mas não estava totalmente feliz com isso.

– Nós nos gostamos muito e de vez em quando ficamos juntos, mas não é como antes. Agora, o grande amor dele é Amata e você é o meu – deitou-se sobre ela, beijou-a, acariciou-a sob a roupa e a fez esquecer de Tikitini e de tudo o mais. Quando já estavam nuas e excitadas, pediu:

– Me faz de alaúde, me toca.

Essa era sua fantasia favorita com ela, entregar-se como um instrumento àqueles dedos meigos, hábeis também no alaúde de verdade, e deixar Kimpar tirar dela os sons mais excitantes que pudesse. As portas, paredes e venezianas do velho e sólido casarão eram espessas e os vizinhos compreensivos, não precisavam se conter. Na sua vez de fazer música, Tjeypin preferia tocar a gaita. Ou a flauta, se fosse o caso. Suas mãos não eram tão suaves quanto gostaria nesses momentos e seus toques ectoplásmicos assustavam quem não estivesse muito excitado ou muito acostumado. Ainda não era o caso de Kimpar.

De manhã, enquanto se lavavam para ir à escola, Kimpar perguntou:

– Laugam-xin, será que sua mãe me aceitaria como aprendiz?

– Hã? Sinceramente, acho que não, ela só trabalha com bardos de axé forte e já tem uma aprendiz. Mas você devia pedir pra Beletsunu, ela é uma alaudista qualificada e pode te abrir as portas do teatro Nova Atlântis. Você tem jeito, ela vai gostar.

– Mas ela é uma hetaira!

– Sim, e daí? Você não precisa aprender o que não quiser e acho que ela ficaria lisonjeada e se dedicaria muito. Ela não fez como artista o sucesso que merecia. É muito boa, mas o público está muito acostumado com os efeitos especiais da magia.

Na escola, foi tudo normal, exceto que os parentes de Kimpar lhe davam as costas e recusavam falar com ela em público. Em particular, o irmão mais novo explicou que os chefes da família tinham proibido qualquer contato com a renegada até ela pedir perdão e se submeter. Mas não sabia se ela ia recorrer à Justiça, ou já tinha ido ao juizado.

Nada mudou nos dois dias seguintes, exceto que Kimpar ficava cada vez mais nervosa e preocupada, sem ânimo para estudar ou planejar mudanças em sua vida. Sem uma deserdação formal, Beletsunu não podia tomar nenhuma iniciativa. Tjeypin começou a sentir que se aquilo continuasse por muito tempo, sua namorada podia desmoronar. Os pais e Tiakat deviam voltar em breve, mas ela achou que não devia nem precisava esperar.

No quarto dia, Tjeypin deu uma desculpa para não acompanhar a namorada de volta à escola e foi à casa da família Ruló, a uns três ou quatro estádios da sua. Era também um casarão grande, mais moderno. A fachada vistosa dava para um átrio que servia como casa bancária e ainda estava aberto. Ela entrou e exigiu falar com os chefes da família sobre Kimpar.

– Como te atreves, vadia? – indignou-se o gerente, genro da matriarca, vestido com o manto negro de enfeites dourados de seu clã. – Não basta desencaminhares minha sobrinha, queres nos ditar ordens? Põe-te daqui para fora antes que eu te corra a tapas, esta é uma casa séria!

– Daqui não saio e ninguém me tira enquanto não falar com sua sogra e o irmão dela – cruzou os braços e plantou-se no meio do saguão, desarmada, mas não indefesa.

– Expulsai-a daqui! – ordenou a dois Tós cambistas menos ocupados. Eram carrancudos, mas a pança e a postura eram de sedentários que não viam exercício desde os tempos de escola. Tjeypin sorriu e se preparou. Duas das técnicas de seu pai vinham agora a calhar. Postura imóvel e inelevável, simples jogos de forças com uma pitada de magia.

O mais ousado a pegou pelo braço e tentou arrastá-la para fora. Em vão, não a moveu um fio de cabelo. O outro o ajudou e nada. Tentaram erguê-la do chão pelos braços e ficaram rubros de esforço, sem nada conseguir. Outros Tós, homens e mulheres, se juntaram a eles. Os clientes pararam para ver, riram e fizeram apostas de quantos seriam precisos para mover a garota. Dez não bastaram, nem onze, nem doze. Sem aviso, ela deu um passinho e desabaram todos feito fila de dominós. A assistência gargalhou até perder o fôlego.

– Basta! – gritou o gerente. – Desculpai-nos o

inconveniente, mas temos de fechar! Procurai-nos amanhã e nossos préstimos estarão à vossa disposição com a honestidade de sempre.

Os clientes saíram com o rosto banhado em lágrimas de riso. Os menos felizes pagavam apostas, mas achavam que tinha valido a pena. O espetáculo lhes desopilara a alma. Muitos deles eram explorados ou ludibriados pelos Ruló e se sentiam desforrados. Os empregados do clã os seguiram, sufocando a custo a vontade de rir.

O gerente mandou seus parentes menos graduados os deixarem a sós e chegou perto dela pisando duro, mas ela sentia o seu medo. Como devia ser o caso de todos naquela família, pouco entendia de magia e estava intimidado, não sabia do que era capaz a filha do homem-draco e da barda-alquimista, discípula da xamã que incorporava a deusa Chiuknawat. Tjeypin fizera questão de lembrá-lo disso colocando no braço esquerdo o bracelete da serpente, embora tivesse deixado o aprendizado no início.

– O que queres? Diz-me e resolvemos isto entre nós! – ele morria de medo de levar problemas à chefia, percebeu Tjeypin. A matriarca e seu irmão deviam ser do tipo que exigia que só lhe levassem soluções. Azar dele, ela não sairia sem falar com quem decidia ali.

– Quero resolver de vez o problema da Kimpar e lhe dar paz de espírito. Se não a querem na sua família, é direito de vocês, mas a deixem tomar seu caminho. Ou a recebem de volta, lhe pedem desculpas e a deixam namorar quem quiser e estudar música com Beletsunu, ou deixam minha família adotá-la. Qualquer das duas soluções me serve, mas não saio daqui sem falar com os chefes desta família, por Gutis! – não era uma jura para se fazer de ânimo leve, sabia disso melhor que ninguém, mas estava apaixonada e furiosa o suficiente.

O homem empalideceu e cedeu, foi chamar "a bruaca e o caduco", como os chamava intimamente. Tjeypin esperou até os dois despontarem na porta, acompanhados pelo gerente, cabisbaixo e corado. A mulher estava enrugada como um maracujá de gaveta, tinha os cabelos todos brancos e se apoiava numa bengala, mas estava lúcida. Já o irmão, um pouco mais velho, caminhava sem ajuda, mas tinha uma mente confusa. Esforçava-se por aparentar dignidade, mas mal compreendia o que estava fazendo ali. Deveria ter sido substituído por um irmão ou primo menos senil, mas a matriarca fazia de conta que ele ainda era capaz para não ter de dividir o poder. Melhor assim, simplificava a conversa.

– Meu genro adiantou-me o que pedes, ó mugal – disse ela, com voz áspera e rouca, mas firme e nítida. – E a resposta é não, para ambas das opções. Não vamos abandonar uma Tós Ruló ao desregramento de um ninho de anarquistas. Aguardamos o fim do arroubo pueril de minha neta e sua volta de livre vontade, arrependida e obediente como deve ser. Temos certeza de que não será necessário embaraçá-la ainda mais com a intervenção da Justiça. Por mim, tu poderias te plantar aqui até o fim dos tempos, mas ambas sabemos como a fome, o cansaço e a sede te expulsarão antes do momento de reabrir as portas.

Estava menos segura do que queria parecer, captou Tjeypin. Sem conhecer seus poderes, a velha temia acima de tudo um feitiço capaz de levá-la à falência, mas também receava ir à justiça e chamar a atenção do público para a indisciplina de seus jovens. Podia ser ruim para os negócios. Aquela família que julgava poder manipular tudo e todos à sua volta estava por sua vez presa a outros cordéis e a telepata podia praticamente enxergá-los, todos ligados ao dinheiro. Não convinha blefar com sortilégios, os Tós poderiam denunciar a ameaça na justiça e no Conselho da Comuna. Era melhor jogar aberto, tinha a vantagem de não estar presa por cordel nenhum. E ameaçar golpear onde lhes doía mais, na bolsa.

– Não pretendo passar a noite aqui, Tós-hin – não custava nada tratar a senhora com respeito e talvez isso facilitasse as coisas. – Mas se eu tiver de ir sem ser atendida, não será bom para vocês. Vocês precisam de clientes, nosso partido é o mais popular e a sua não é a única casa do ramo. A senhora devia refletir sobre o risco de a casa Tós Ruló se tornar conhecida como inimiga pessoal dos heróis da Comuna por um motivo tão mesquinho quanto querer humilhar uma moça que quer ser feliz à sua maneira, quando vocês têm tantos jovens ambiciosos e dispostos a seguir as tradições da casa. Claro que isso será discutido nas gazetas, eu mencionei que escrevo no *Farol de Atlântis*? Na última eleição nosso partido teve... Deixe-me ver... Uns dois terços dos votos. Acho que vocês não gostariam de arriscar perder tantos clientes, não é? Por outro lado, vocês podem se mostrar flexíveis, generosos e seguros o suficiente para dispensarem uma jovem sem vocação para o negócio, para seu ramo é boa propaganda.

Não jogou limpo ao ameaçá-los com um boicote dos igualitaristas, mas eles tampouco haviam sido éticos ao jogar com toda uma família poderosa contra uma jovem sensível e indefesa. De qualquer forma, não se arrependeu. A velha Tós-hin cedeu e jurou por Gutis entregar à juíza uma carta para ceder a guarda da neta à família de Tjeypin no dia seguinte. Quando Sistu, Tjurmyen e Tiakat chegaram, quatro dias depois, Kimpar tinha seu quarto, era legalmente filha de Xizzin e tivera sua primeira aula com Beletsunu.

Capítulo 28 Mirmecoleões

Vasu lembrou-a da necessidade de disfarçarem os rastros, pois iriam atrás deles, provavelmente com mastins farejadores. Seguiram os truques do manual: seguir um caminho errático, aproveitar trilhas usadas por animais e caminhar por córregos quando possível. Pouco após o pôr do sol, permitiram-se um descanso. Tiraram as botas e se sentaram numa pedra, refrescando os pés cheios de bolhas num riacho.

– Como você está? – perguntou Tjeypin, com um abraço.

– Dolorido, como se tivesse levado uma surra – respondeu Vasu, exausto.

– Levou *mesmo* – encarou-o. – E você mesmo a deu. Tem um homenzinho dentro de você dizendo que você foi um *mau menino* e merece castigo e uma *parte* de você ainda é obediente o suficiente para se submeter. Tente se livrar dele, já nos chegam os inimigos fora de sua cabeça.

– Se eu traí meu pai, não é de se admirar que uma parte de mim me traia...

– Ah, deixe disso, por favor. O mais importante é não trair *você mesmo*, ou àquilo em que você acredita. Aí sim, ferra tudo. Seu pai viveu *errado* e pode ser tarde demais pra ele mudar, mas você não tem de repeti-lo. O único jeito de melhorar este mundo é romper esse círculo vicioso de juramentos e compromissos *estúpidos* e mortais.

– Você fala melhor que sua mãe, sabe? Pelo menos me cai mais fundo no peito.

– Ah! – beijou-lhe o rosto. – Obrigada, mas se é assim, é mais por você do que por mim. Mamãe é a *melhor* oradora de Atlântis, o que não é dizer pouco. Somos um povo de falastrões. E por falar nisso, olha, você me surpreendeu. Se eu não fosse telepata, era capaz de acreditar que você tinha mesmo aderido a eles. Eu não imaginava que você conseguisse sustentar a mentira. Tive *medo* de ver você se trair a qualquer momento.

– Pensei que se acreditassem em mim, me dariam mais liberdade de movimentos e teríamos mais chances de escapar – olhou para o outro lado, embaraçado.

– E tinha razão.

– Mas depois não sabia como agir. Se não fosse a besteira do *padika*, o que faríamos?

– Eu pensava em distraí-los com algum truque, me libertar dos grilhões e sumir no mato e depois dar um jeito de resgatar você. Mudei de ideia quando percebi o que iam fazer. Foi mais fácil e seguro. E você me saiu melhor que a encomenda! – apertou-lhe o braço.

– Você me achava assim tão inútil?

– Não, mas era uma situação muito tensa pra você, podia ficar confuso ou travado. Foi uma prova de amor, por mim ou por aquilo que queremos. Tanto faz – sorriu.

– Ainda assim, me senti mal por trair meu pai – baixou a cabeça.

– Sei como foi difícil. Por isso evitei maltratá-lo, apesar de ele não ter agido melhor nem pior que os outros. Não aprovei o que mamãe fez, mas eu a entendo. Para ela, era o momento de fazer justiça à sua família e ao seu passado.

– Receio que ele se mate quando lhe derem a oportunidade. Os agartis também costumam pedir permissão para o suicídio quando desonrados, você sabe.

Olhou-o muito séria, levantou-se da pedra para se agachar na frente dele sobre a água rasa e lhe segurou a mão.

– Me pesa muito te dizer, mas o que ele tinha em mente é que se escapasse vivo, ele pediria permissão para dedicar o resto da vida a caçar e matar você.

Ele teve um calafrio.

– Parece que terei de viver com essa ameaça e ele com sua decepção.

Ela sorriu de novo e encostou a testa na dele, que a abraçou.

– Ele só vai acabar com você sobre o meu cadáver e eu sou dura na queda. Além disso, as premonições de mamãe dizem outra coisa.

– Ela disse aquilo a sério? – duvidou. – Pensei que era para enraivecer o meu pai.

– Não, foram presságios reais. Sempre são condicionais e indicam *o mais provável* se for feito assim ou assado. No caso, *se* tivermos sucesso nesta missão, para começar. Em todo caso é bom, no mínimo significa que nossa relação tem por onde crescer.

– Mas você quer mesmo ter filhos comigo?

– Sinceramente, não imaginava ser mãe tão cedo. Isso exigiria que eu parasse para me dedicar a crianças, pelo menos até terem idade para entender minhas ausências. Se esta guerra terminar bem, quero escrever um livro a respeito e depois conhecer Lemúria... Vamos ver. Mas se eu tivesse que ter filhos hoje, eu pediria para você ser o pai e Madhavi a madrinha.

– Por quê?

– Porque fazemos uma boa equipe, nos queremos bem e vocês são protetores e *gostam de crianças*. Me atrai compartilhar isso com você e ela. Sei que cuidariam bem dos meus filhos quando eu precisar me afastar ou se eu morrer de repente. Gosto de Lúsia e Kaineus, mas eles não ligam pros rebentos. Sequer *tentaram* saber o nome da criança que geraram.

– Não sei, estou muito confuso sobre como educar um filho. Ou filha. Tudo que aprendi não vale mais nada, eu ensinaria o quê?

– Ninguém tem pressa... A não ser minha mãe, ela se preocupa com garantir a sobrevivência dos Maav. De qualquer modo temos muito que fazer antes de pensar nisso. Para começar, *dar no pé*, ainda estamos perto demais da estrada. Vai que conseguem nos rastrear...

Seguiram na direção das montanhas mais altas no ritmo que os pés escalavrados permitiam. Ao primeiro sinal da madrugada, improvisaram um esconderijo camuflado com galhos colocados contra um tronco morto e cobertos com folhas caídas para descansar.

Quando acordaram, já passava do meio-dia e a mata parecia tranquila. Vasu subiu ao alto de uma árvore para ter uma boa visão das redondezas, de qualquer movimentação suspeita e de eventuais vimanas que os procurassem, sem nada encontrar. Decidiram seguir caminho sem esperar o anoitecer.

Avançar sem trilhas numa terra pouco explorada, com base em um mapa enganosamente bem pintado, mas pouco confiável nos pormenores tinha suas surpresas. Volta e meia, davam de cara com um regato ou um morro que não devia estar onde estava e os confundia, obrigando-os a parar, tentar subir em algum lugar alto para dar sentido aos arredores e tentar encaixá-los de alguma forma em sua imagem mental da região, ou pelo menos identificar a direção geral que tinham de buscar. Apesar de atrasados, julgavam seguir mais ou menos na direção certa. Fizeram algumas breves paradas para catar nozes, frutas e cogumelos identificados por Vasu como comestíveis e reforçar um pouco suas rações secas e insossas.

Pouco antes do pôr-do-sol, ao cruzar mais um morro, divisaram uma montanha cônica e de pico peculiar, dividido por uma fenda profunda, a umas três ou quatro parasangas. Mais longe do que esperavam, mas seu objetivo por fim estava ao alcance! Cansados demais para seguir à noite, decidiram tentar atingi-la no dia seguinte. Coberto de floresta densa, o lugar era selvagem demais para ser percorrido por patrulhas agartis e mesmo que os procurassem com vimanas, seria fácil se esconder entre as árvores. Naquele começo de outono, as folhas, que apenas começavam a amarelar, ainda proporcionavam uma boa cobertura, contra pelotões inimigos tanto quanto contra os grifos.

Avançaram um pouco mais, improvisaram outro abrigo e apenas dormiram. Fora o cansaço e as dores nas pernas e pés, Vasu sofria demais pelo inoportuno encontro com o pai. Teve um sono agitado e acordou mais de uma vez com pesadelos que variavam de ser expulso da escola ainda garoto a ser torturado nos porões da Kraukura pelo próprio pai. A cada vez, Tjeypin o confortava, mas levantou-se quase tão cansado quanto estava ao se deitar.

– Desculpe, Tjeypin, não dormi nem deixei você dormir – foi a primeira coisa que disse ao vê-la de pé.

– Não tem de quê, acontece e o amor também serve para partilhar momentos ruins – sorriu.

– “Nove porções de partilha e uma porção de ilusão é a receita do amor”.

– Que legal, eu ouvia exatamente a mesma coisa da mamãe, *“keu bhyn kong, ed bhyn whayn, aoy zheg phaong”*. Onde você ouviu isso?

– Foi Ba... Digo, Hoengseng, que me disse. Quando ainda era Bakri.

– Cá entre nós, ela tem saudades de ser chamada de Bakri por você e tudo o mais. Mas não deixe outros mugais saberem disso. Vamos andando?

Desceram a encosta para passar por um vale atravessado por um rio relativamente largo. Não parecia difícil demais. O bosque se abria numa pequena campina, mas não se viam grifos por perto, parecia seguro atravessá-la. Rodearam um laguinho. Vasu pensava se encontraria um vau ou teriam de atravessar a nado, quando começaram a ouvir um rumor como de chuva forte, embora o céu estivesse bem azul e não houvesse vento. O som parecia vir da encosta de onde tinham descido. Tjeypin o olhou interrogativamente.

Um tigre saltou em sua direção, aos urros. Ela e Vasu sacaram suas espadas, mas o animal, em agonia, ignorou-os, correndo entre ambos. Agarrados a seu flanco, que sangrava, dois seres peludos de muitas patas se esforçavam por cortar-lhe as carnes.

– Mirmecoleões! – exclamou. – Corra!

– O quê? – perguntou ela.

– São como formigas gigantes, devoram tudo que encontram pelo caminho!

Não foram muito longe. Algumas dezenas de passos adiante, o tigre parou em desespero junto ao bosque para tentar sacudir fora seus torturadores, mas foi atacado e recoberto por dezenas de bichos semelhantes. Os urros se reduziram a um gemido e num piscar de olhos, havia apenas um monte de patas e mandíbulas despedaçando o que restava da fera, banhadas no sangue que corria aos borbotões. Mais à frente, irmãos menores daquelas criaturas percorriam troncos de árvores em busca de alimento, algumas carregando o que pareciam ser pedaços de corujas, morcegos e esquilos arrancados ao seus ninhos.

Incontáveis, tinham pelo fulvo, mandíbulas enormes e pequenas jubas. A maioria dos mirmecoleões variava do tamanho de raposas ao de cães, mas havia muitos pequenos como ratazanas e alguns grandes como lobos ou leopardos. Um dos maiores bateu as mandíbulas grandes como foices, agitou as antenas e se virou como se os tivesse pressentido.

– Que faremos? – perguntou Tjeypin, com o tom mais angustiado que já ouvira dela. Vasu quis desesperadamente ter uma resposta. Olhou em volta, em busca de inspiração e nada. De repente, veio-lhe à mente algo que quando ainda criança tinha lido em um bestiário. Um dos poucos livros da escola que lera com prazer:

Os mirmecoleões vivem em certas florestas recônditas das montanhas de

Mairu, Bhadrasva e Mandara, que por causa deles se mantêm selvagens e desabitadas. Meio formigas, meio leões, formam bandos de muitos milhares. Vivem na maior parte do ano em subterrâneos, dos quais saem para se alimentar. No outono, porém, as necessidades de suas larvas ultrapassam a caça a seu alcance, saem em correição e devastam tudo em seu caminho para alimentá-las. Quando estas entram na fase de pupas, pouco antes do inverno, os mirmecoleões cavam um novo abrigo subterrâneo para hibernar e voltam a ser sedentários. É apenas nessa época que madeireiros e pescadores se atrevem a percorrer seus domínios. É inútil tentar afugentá-los com fogo, não recuam com nada menor que um incêndio florestal. Por onde passam, quase toda a vida animal foge ou é devorada. Restam apenas os peixes dos rios e lagos.

"Peixes? A água é segura? Mas o rio está longe... O laguinho!"

Não parou para explicar a Tjeypin, apenas correu na direção contrária, contando com que ela lhe lesse a mente. Ela veio em seus calcanhares. Quando alcançaram o olho d'água, os mirmecoleões acabavam de rodeá-lo inteiro. Tjeypin atacou o maior pela frente e o decapitou de um só golpe. A cabeça continuou a abrir e fechar as maxilas ameaçadoras e o corpo a correr ao acaso enquanto ela e Vasu abriam caminho a golpes de gládio e *quantal* entre os de médio porte. Os menores, porém, lhes subiam pelas pernas, despedaçavam roupas e se agarravam às espadas, enfiando as garras e as mandíbulas cortantes onde podiam. Os que corriam pelas lâminas os obrigavam a sacudi-los antes que lhes devorassem as mãos.

Por fim, perceberam a margem ao alcance e se jogaram n'água ao mesmo tempo. Os mirmecoleões neles agarrados não os largaram, mas os que estavam em terra desistiram e seguiram caminho na direção oposta. Um dos maiores tentou entrar n'água, mas recuou ao ver que era funda demais para suas patas e acompanhou os demais.

Enquanto isso, Vasu e Tjeypin cravavam as espadas na lama do lago e, só com a cabeça fora d'água, se debatiam e tentavam arrancar os mirmecoleões que, mesmo a ponto de se afogar, continuavam a tentar lhes rasgar as roupas e a pele. Ambos tinham botas e couraças, que davam certa proteção – os bichos não eram pequenos a ponto de se meter nas frestas –, mas dezenas de pequenos cortes nas pernas e braços tingiam de sangue a água limpa.

Pouco a pouco os últimos mirmecoleões desistiram da luta e deixaram os dois humanos sofrer em paz suas dores. Viram a retaguarda da tropa passar pelas margens do lago carregando larvas esbranquiçadas de vários tamanhos, até o movimento cessar. Esperaram mais um pouco antes de recuperarem as armas e caminharem cautelosamente para a margem.

– Puxa, nunca estive tão perto da morte – suspirou Tjeypin, abraçando-o ao sair do lago – e uma tão desagradável! Você, que gosta tanto de ser protetor, fique sabendo que é muito bom nisso, mesmo com moças que raramente precisam de proteção.

– Gostaria de poder sentir o prazer que esse momento merece – deu um sorriso dolorido. – Mas do jeito que estou até respirar me dói. Malditas formigas do Tártaro!

– São mais como aranhas. Patas e pelos demais para formigas.

– Tanto faz. O importante é que já se foram. Vamos tratar de atravessar o rio, vou me sentir mais seguro do outro lado.

Ressabiados, passaram pelo monte de ossos que devia ter sido o tigre e depois por mais outros, provavelmente de corça. O silêncio a que fora reduzida a mata era assustador: nada mais de zumbido de insetos, rufar de asas ou correrias de esquilos. Vegetais à parte, os dois pareciam ser os únicos seres vivos num raio de centenas de passos. Eles mesmos, de tão cobertos de farrapos ensanguentados, poderiam passar por mortos-vivos. Roídas pelos mirmecoleões, as mochilas estavam rasgadas, com todo o conteúdo perdido no lago. Salvou-se o arco, mas não a corda, nem as flechas.

Ao menos a travessia foi menos difícil do que imaginou. Pela escassez de chuvas recentes, o rio estava preguiçoso e o nível da água dava, no pior pedaço, pela cintura. Apoiando-se um no outro e em varapaus improvisados, puderam passar com segurança. No começo do verão, não teriam conseguido sem um barco.

Os bosques do outro lado do rio ainda tinham vida. Era como voltar do mundo dos mortos: marimbondos zuniam, passarinhos cantavam e lebres fugiam entre as folhagens. Mas logo após completar a travessia, Vasu segurou-se no varapau e quase desmaiou. Tjeypin o segurou com dificuldade.

– Escute, aquelas coisas *não* tinham veneno, certo? – perguntou ela, preocupada.

– Não que eu saiba. Acho que se tivessem, não teríamos chegado até aqui. Foi só tontura, não se preocupe. Ainda está disposta a tentar chegar lá hoje?

– Mais que antes, se você consegue andar. Estropiados do jeito que estamos, não vamos ter como lidar com outros imprevistos. Melhor nem sentar, pra não perder a vontade de levantar.

Ainda que lentamente, abriram caminho. Cada. Passo. Doía. Ao final da tarde, chegaram ao sopé da montanha do cume partido.

– Pelo formato, é um antigo vulcão – comentou Tjeypin, apoiando-se no varapau. – Em Atlântida, tem muitos parecidos.

– Que seja – disse Vasu, exausto. – Que temos de fazer agora? Ei, não vá me dizer que precisamos escalar tudo isso! – afligiu-se.

– Não, calma. Pelo que entendi, a entrada não é muito alta, mas teremos que rodear um pedaço até encontrá-la. Mamãe disse que dava para o leste e nós chegamos pelo sudeste. Mais uma forcinha, vamos, será... Meia parasanga, talvez menos.

Vasu resmungou.

– Você parece um velho – reclamou ela.

– Nós dois estamos parecendo, se você ainda não notou... Velhos indigentes, trôpegos e acabados. Não sei como ainda não ficamos de cabelos brancos!

– Tá – quase riu –, tem razão. É bom para sabermos como eles se sentem antes que chegue a nossa vez. Se vivermos até lá, porque não está fácil. Mas vamos, eu *preciso* de você!

Algo na ênfase dela lhe deu forças para mais uma ou duas parasangas. Acompanhou-a, examinando a encosta. Naquele ambiente tão selvagem, sinais de construções deveriam ser fáceis de notar, mas quando chegaram ao lado leste, o sol se punha do outro lado da montanha, começava a escurecer e não havia nada óbvio. Um sopé de negras rochas vulcânicas, lisas e onduladas, entre as quais cresciam carvalhos, ciprestes e pinheiros.

– Alguma ideia?

– Talvez tenhamos que subir um pouco.

Vasu suspirou e a seguiu. Naquele momento, desejava ter morrido em qualquer ponto da viagem e pouco importava se Tjeypin ia ler isso na sua mente.

Subiram uma ladeira coberta por um denso bosquete de ciprestes, Vasu desejando se transformar em mais um, até chegar a uma clareira plana com uma grande pedra redonda no meio que acabava num paredão de pedra lisa, vertical como uma parede, com dezenas de passos de altura. Tjeypin parou e tateou. Já estava bem escuro, não dava para ver bem.

– E aí, damos a volta? – perguntou ele, sem ânimo.

– Não... Quero dizer, acho que não vai ser preciso. Deve ser isto. É regular demais para uma formação de lava natural, parece cortado na montanha. O portal tem de estar aqui.

– Não pode fazer uma mágica? Você abre grilhões e portas com facilidade.

– O que faço é inserir meus tentáculos nas fechaduras e mover o ferrolho por dentro, mas aqui não tem fechadura nem fenda, visível ou palpável. Deve ter um truque – coçou a cabeça.

– Se é uma porta, que tal bater? – golpeu o paredão com o varapau. Parecia rocha maciça. – Ô de casa, viemos ver vocês e estamos mortos de cansaço! – Nada aconteceu e Vasu, frustrado, sentou-se no chão e se encolheu, enfiando a cara entre os braços cruzados e desejando que o mundo acabasse num barranco para...

– Espere aí, você me deu uma ideia.

– Hã?

– Vasu, essa pedra aí do seu lado é redonda demais, está numa posição muito peculiar e tem uma textura diferente, não é natural. Deve ter sido posta aqui de propósito. Vou tentar!

Ela golpeou a pedra com seu varapau e ouviu-se um som de gongo, que fez eco no paredão. Por alguns momentos, não aconteceu nada. Ela suspirou, em dúvida. Então, ouviu-se um som de trovão e o paredão de rocha começou a se erguer.

– Você quase acertou – disse ela. – Não era para bater na porta, era para tocar a campainha!

A abertura revelou uma caverna suavemente iluminada por dentro e dela saíram figuras humanas baixas como mugais, mas barbudas, de narizes muito grandes e extremamente robustas, protegidos por armaduras escuras. Vinham armados com pesadas alabardas, exceto dois que conduziam pelas coleiras animais brancos que pareciam um misto de cães, toupeiras e morcegos orelhudos, aparentemente sem olhos.

– Quem vem lá? – perguntou em agarti quem os comandava, com um sotaque gutural.

– Eu sou Tjeypin e este é Vasu. Somos os emissários da Grande Marcha.

– Entrem! São esperados desde ontem. Mas pela boceta da Mãe Maior! Como fedem! – tapou um nariz enorme.

– Sinto muito, tivemos um dia terrível e quase fomos comidos por mirmecoleões – respondeu ela. – Gostaríamos muito de nos lavar, comer algo e descansar um pouco, se for possível.

– É estranho – comentou o guerreiro. – É cedo para as correições, elas costumam acontecer do meio para o fim do outono.

O chefe dhvara e um dos guardas escoltaram-nos ao interior da caverna, enquanto o portal se fechava. Ali parecia haver um posto de guarda permanente. O ambiente era úmido e cálido e uma luz suave como o luar vinha de figuras fosforescentes nas paredes – silhuetas simbólicas de animais, plantas e pessoas, figuras geométricas e algum tipo de escrita – e de pontos brilhantes pendurados no teto como estrelas. Vasu estava cansado demais para se interessar, mas Tjeypin, curiosa, perguntou o que eram e como se faziam.

– As figuras são pintadas na parede com uma substância que faz crescer fungos luminosos, não sei exatamente como – disse o chefe. – Um artista saberá explicar melhor. Mas os pontos brilhantes são naturais, larvas fosforescentes penduradas de fios de seda.

Ele ordenou a um dos *gharkhakhûn,* ou seja, um dos condutores daqueles animais estranhos, que os levasse "para dentro", acompanhado de um guarda armado. Entraram num tubo de lava solidificada natural, com uns vinte passos de largura, chão quase plano e estalactites no teto que se ramificava em túneis labirínticos. O chefe os advertira os recém-chegados para não se afastarem dos guias em hipótese alguma. Os túneis errados continham armadilhas mortais.

Ali não havia nenhuma iluminação, a escuridão era total. O *gharkhakh,* que guinchava como um morcego, guiava seu mestre, em cujo ombro Vasu se apoiava. Imaginava como seria difícil tentar invadir aquele lugar, mesmo com lampiões. Tjeypin tocava o seu ombro e o guarda fechava o cortejo.

De repente, o túnel escuro acabou numa abertura para uma câmara enorme, quente e úmida como uma estufa, que parecia ter centenas de passos de diâmetro e dezenas de altura e se comunicava com outras de tamanho comparável, dos lados, acima e abaixo. Bairros se erguiam dentro dessas câmaras, com prédios altos e pontudos que lembravam estalagmites gigantes. Corria água em abundância, vinda de uma cascata cujo ruído reverberava e se entrevia numa câmara mais ao fundo, formando lagos e um pequeno rio do qual emanava vapor.

O chão era calçado de pedras regulares e a luz vinha de tubos espalhados a intervalos regulares que pareciam cheios de um líquido fosforescente. Pessoas atarefadas caminhavam com decisão, sempre em grupos. Todas barbadas, eram de três tamanhos: grandes, como os que os tinham recebido, médias, com a estatura de pigmeus lemurianos e pequenas, ainda menores. Havia canteiros decorados com cogumelos coloridos. Carros andavam sobre carris e plataformas subiam e desciam carregando pessoas entre diferentes níveis, uns e outros impulsionados por um sistema de correntes puxadas por máquinas fumegantes.

Os guardas os encaminharam a um dos prédios e os deixaram aos cuidados de um magote de dhvaras menorzinhos, do tamanho de crianças que começam a ir à escola, todos barbados e vestidos com aventais. Eles os conduziram a um salão azulejado, com banheiras de água fumegante e perfumada, deitaram-nos em mesas baixas de pedra e os descalçaram e despiram. Ao ver que Tjeypin confiava neles, Vasu baixou a guarda. Exausto, fechou os olhos e devaneou, sentindo-se como uma criança pequena cuidada pelas mãos carinhosas de Bakri.

Despertou pelo grito de Tjeypin:

– Viva! Banho *quente*! Sabonete! Tinha esquecido que essas coisas existiam!

Quatro dhvaras pigmeus o mergulharam em outra banheira quente e o lavaram dos pés à cabeça com um sabonete líquido e perfumado. Embora fossem cuidadosos, faziam arder as feridas deixadas pelos mirmecoleões e pelas bolhas nos pés. Ainda assim era a segunda coisa mais prazerosa daquela viagem. Melhorou de humor.

Terminada a limpeza, levaram-no, assim como a Tjeypin, para uma piscina ainda mais quente, com cheiro de sais e ervas. Entraram n'água para massageá-los e para isso, tiraram os aventais. Embora todos tivessem rostos parecidos e barbados, alguns tinham genitais masculinos e outros femininos, pelados e de aparência infantil. Enxugaram-nos, levaram-nos mais uma vez às mesas e os massagearam com um linimento. Fosse a massagem ou o medicamento, suas dores e cansaço quase desapareceram. Tjeypin ronronava de gosto.

Terminada a massagem, um deles, numa língua áspera e gutural, disse alguma coisa a Tjeypin, que se voltou para Vasu:

– Eles dizem que a comida está para ser servida. Eu quero, você topa?

– Claro! Mas você fala a língua deles?

– Percebo as palavras e as associações que eles fazem na cabeça e arrisco tentativas. Parece que só uns poucos falam agarti. Isto é uma espécie de albergue e enfermaria para viajantes, mas só costumam receber dhvaras de outras cidades.

Não restava nada de suas roupas que valesse a pena lavar ou consertar, muito menos usar. Apenas recolheram suas armas e couraças, assim como o pekenan e as bijuterias de Tjeypin e enrolaram as toalhas na cintura ao serem conduzidos para outra sala. Havia outros dhvaras, maiores, esperando pela refeição. Houve algum erguer de sobrancelhas entre eles, sem demonstrar demasiada curiosidade pelos visitantes humanos.

Haviam servido jarras de água e travessas de comida. Uma caldeirada de peixe e lagostins, uma travessa com uma variedade de cogumelos de diferentes sabores e texturas e outra com alguma coisa crocante.

– Você tem ideia do que seja? – perguntou Vasu.

Tjeypin perguntou para um vizinho de mesa, um dhvara médio, gordo e bonachão.

– *Khufûsh mahblugaizd.*

– Pela imagem mental dele, é morcego frito – explicou ela.

Terminada a refeição, os pequeninos os fizeram subir ao andar mais alto do edifício e lhes abriram um quarto. Por uma combinação de palavras, gestos e telepatia, Tjeypin conseguiu entender que a Mãe Maior, *Amadel* em sua língua, os esperava para uma audiência na *harûn gêm*, o que ela traduziu como fim da manhã do dia seguinte. Por assim dizer, pois ali não havia dia nem noite. Os pequenos os chamariam e preparariam quando fosse o momento. Ela agradeceu em nome dos dois e fechou a porta.

– Delícia! Eles dormem em redes, como na minha casa! – havia uma grande tela sedosa, suspensa do teto por quatro correntes. Devia servir para meia dúzia de dhvaras, que pareciam viajar e dormir em grupo. – Do Tártaro ao Elísio literalmente do dia para a noite. Que gente hospitaleira! Vocês, agartis, têm muito que aprender com eles.

– Para uma aventureira, você é muito luxenta – provocou, enquanto abria a janela fechada por uma tela de material escuro semelhante a pergaminho. Na falta de chuva e vento, não era preciso mais. Dali se descortinava toda a parte da cidade contida naquela câmara.

– Que aventureira, que nada! Eu gosto mesmo é de civilização! Queria mais é que todos pudessem desfrutar dela. Dor, sofrimento, fome, dureza, só enquanto for por uma causa que valha a pena. Sabe que o Tuman me convidou para entrar na tribo dele?

– E o que você disse?

– Que ele me honrava muito, mas não. Mais tarde, posso até pedir para passar uma temporada com eles, se quiserem me receber, para sentir como vivem os ogur. Mas não pelo resto da vida. Foi por isso que eu não dei muito certo como noviça de Chiuknawat. É preciso desdenhar o conforto, ter orgulho de ser humilde, gostar de compartilhar os sofrimentos dos fracos e destituídos. Não sou tão altruísta assim, quero experimentar de tudo, fazer coisas interessantes, buscar meu prazer com as pessoas de quem realmente gosto. Por falar nisso, está disposto? – convidou ela, largando a toalha e jogando-se na rede.

Estava. O cansaço era menos urgente do que a alegria de estarem vivos e juntos.

O exercício de redação de Hoengseng, parte 1: "Minha História"

Phong Gnenwhao, "Acolhimento Risonho do clã do Vento", é o nome presenteado a esta conselheira pelos pais. Hikka, "coruja", era como a chamavam os agartis, por ser silenciosa e atenta desde pequena. Foi uma privilegiada entre as hilotas mugais, pois foi uma das poucas a aprender a ler e escrever. Só em agarti, infelizmente, mas ela inventou um alfabeto para sua língua, que ontem foi tema de um debate preliminar no Conselho da Grande Marcha, proposto pela porta-voz.

Para quatro dos conselheiros, entre os quais a propositora, deveríamos usar este invento no letramento das massas, pois é uma necessidade urgente e estas letras são relativamente rápidas de aprender e ensinar. Outros quatro julgam ser nosso dever honrar a tradição mugal e esperar chegar a Zhyaungtô para estudar os antigos caracteres. Em toda a Grande Marcha, a mugal de Atlântis é a única a conhecê-los e diz serem mais de vinte mil, que levam toda uma vida para serem bem aprendidos. A conselheira secretária-geral se absteve por se julgar parcial em relação à própria criação e a questão terá de ser reapreciada em ocasião mais oportuna. Quer dizer, só quando a Grande Marcha chegar ao destino ou, pelo menos, tiver sobrevivido à batalha que a espera. Enquanto o Conselho sacrifica às deusas e torce pelo sucesso da missão da companheira atlante entre os dhvaras, a prioridade é continuar o treinamento militar de nosso povo.

A porta-voz continua, porém, uma entusiasta da escrita fonética e tem se esforçado por aprendê-la desde o dia em que deixou Manova. No início, a secretária-geral sentava-se com a discípula após as sessões do Conselho para lhe ensinar letra por letra. Depois, para poupar a mestra não tão jovem, a porta-voz passou a escrever sozinha após as sessões até cair exausta no catre e deixar o resultado de seus exercícios com a secretária-geral para que os confira e corrija quando pode. A discípula agora escreveu, bastante bem, um relato dos acontecimentos que levaram à revolução que um dia há de ser um valioso documento histórico. Por ora, precisa ser mantido em segredo, mas isso não exige precauções especiais, pois hoje só a secretária-geral, a porta-voz e a mugal de Atlântis sabem ler estes textos. Outros conselheiros se interessaram por aprender, mas ainda não passaram do bê-a-bá.

A pedido da porta-voz, a secretária-geral guarda em local seguro o valioso relato da mais jovem, sensível e inteligente integrante do Conselho e espera por sua autorização para que um dia possa ser levada ao conhecimento das futuras gerações de mugais livres.

* * *

Yay Hoengseng, "Estrela Flamejante do clã da Noite", foi o nome presenteado a esta menina por seus pais quando, pouco depois de seu nascimento e do pôr do sol, uma bola de fogo riscou os céus e explodiu com estrondo ensurdecedor sobre a vila de Siaukok, "Vale Pequeno". O portento causou forte impressão entre os mais velhos e um ancião se lembrou de uma lenda contada por sua avó segundo a qual uma estrela cairia do firmamento para anunciar o nascimento do vingador de nosso povo. A história correu a boca pequena e quem nela acreditou depositou suas esperanças num primo de segundo grau nascido no dia seguinte, chamado Yay Ngaovtjuh, "Salvador do clã da Noite". Mas o pobre menino morreu sufocado pelo crupe no seu segundo inverno e o povo, decepcionado, nunca mais tocou no assunto.

Talvez tenha sido melhor assim. Mais cedo ou mais tarde, alguém falaria demais no lugar errado, a história chegaria a ouvidos agartis e a Kraukura, por via das dúvidas, mandaria matar o menino, se não todas as crianças mugais da vila, se não de toda Agarta. Da forma como as coisas se passaram, o povoado viveu em relativa paz durante a infância desta conselheira, marcada por muito trabalho duro nos campos e pomares, mas não pelos terrores vividos por tantas amigas e conhecidas. As temidas "bestas louras", os tautas, raramente eram vistos por ali e os pardhavas senhores daquelas terras não eram dos mais cruéis. Graças a Koynim, deixavam em paz as crianças pequenas, apesar de às vezes molestarem as mulheres jovens, casadas ou não.

A menina foi prometida em casamento por seus pais a um de seus primos mais velhos, um rapaz pouco inteligente, mas bom e trabalhador. Esse teria sido seu destino se não surgisse na vila uma tropa de valquírias com a missão de requisitar crianças hilotas para serviços domésticos. Era uma possibilidade temível. As únicas coisas que uma hilota tem de seu são a roupa do corpo e a família e até isso é tirado de quem é levada. Deixa de viver entre os seus para atender às necessidades e caprichos de seus amos até que estes decidam descartá-la. Quando isso acontece e nenhum outro agarti a deseja, deve retornar à sua aldeia, mas não serve mais para se casar, perdeu a mão para os trabalhos agrícolas e é vista pelos parentes como um estorvo, uma desonra e uma boca inútil a alimentar. Os homens se saem um pouco melhor enquanto puderem conseguir sobras de comida em troca de trabalho, mas, com raras exceções, também acabam na marginalidade e na solidão. Muitos acabam por se matar.

Não havia, porém, como se furtar. Todas as crianças púberes tiveram de se despir no meio da praça para serem examinadas pela chefa da tropa. A menina gostaria de poder parecer menos robusta e saudável, mas como? Foi a primeira separada para ser levada. Deram-lhe uma túnica negra de serviçal e no dia seguinte, partiu na garupa de uma das valquírias, assim como quatro outras meninas e dois garotos. O noivo foi o único a ter a coragem, o amor ou a tolice de se postar na primeira curva da estrada, quando devia estar no trabalho, para chamar e acenar em despedida, com lágrimas no rosto. A prometida se emocionou, chorou baixinho e temeu pelo moço, mas as valquírias, com pressa, o ignoraram. Que ao menos o seu nome, Yay Dsyngkin, "Lealdade Serena", seja registrado. A antiga noiva torce para que esteja bem de saúde e tenha conseguido uma boa esposa e bons filhos. E gostaria de ter como fazê-lo saber que, mesmo sem tê-lo escolhido, o amou e desejou ter sido sua.

Durante quase um mês de viagem, passou por várias outras vilas onde mais crianças foram escolhidas. As valquírias as faziam repetir frases em agarti e as ensinavam a servi-las nas refeições e descansos, como primeira preparação para as futuras tarefas. Informaram-lhes que seu destino era a capital, mas ela não tinha como saber se isso agravaria ou atenuaria sua desdita. Apenas se assustou com o tamanho da cidade e a imponência de seus templos e monumentos, a mais pura expressão do esmagador poderio agarti.

No salão do centro de triagem de Manova, as crianças novamente tiveram de se despir e se dispor em linhas e fileiras com aquelas trazidas por outros grupos de valquírias para serem escolhidas pelos interessados. Os agartis escolhiam por ordem hierárquica, sindhus primeiro, depois os tautas e assim por diante. A menina de Siaukok implorou em silêncio a Koynim para não ser escolhida por um dos sindhus, pois eles lhe pareciam os mais frios e assustadores. Foi atendida. Quem a pediu foi uma valquíria prenhe que depois de ter examinado outras meninas, retornou a ela e apontou-a ao marido, um oficial de tapa-olho, que assentiu. Chamaram-na, entregaram-lhe a libré de serviçal – uma túnica negra bordada com o nome e endereço dos amos – e ela os seguiu à sua morada.

Nos primeiros meses, apanhou muito de chicote e palmatória até atender aos rígidos requisitos dos amos quanto à ordem e limpeza do lar, ao preparo das refeições e as condutas apropriadas na sua presença. O apelido de Bakri foi-lhe dado numa dessas ocasiões, quando seus gemidos lembraram à sua ama os berros de uma cabrita.

Havia uma serva mais velha, mas nada fez para orientar a novata. Preferia deixá-la cometer erros, ou mesmo os induzia para se mostrar mais capaz e competente. Só bem mais tarde a menina entenderia que, apesar de tudo isso, fora relativamente afortunada. Marido e mulher, bem relacionados e com uma carreira ascendente, não tinham tempo a desperdiçar atormentando as servas para descarregar frustrações, como acontecia em muitas casas. Passavam a maior parte do tempo fora e, à medida que ela aprendia a satisfazer suas exigências, deixavam-na trabalhar em paz.

Quando o bebê nasceu, foi da índole da menina cuidar com carinho dele e da recém-parida. Ladali, a valquíria, ficou bem impressionada, tratou-a melhor e quando voltou à sua tropa, decidiu que a nova serva seria a única a ocupar-se do recém-nascido e deveria lhe dar prioridade sobre todas as demais tarefas. A maior parte do trabalho mais pesado, inclusive o de atender aos insuportáveis irmãos maiores, voltou a cair nos ombros da serva mais velha.

Durante a primeira meninice de Vasu, a jovem serva não

pensou no futuro e foi quase feliz. Não tinha menos comida ou conforto físico do que em Siaukok, antes pelo contrário. Faltava dignidade, liberdade e o respaldo da família e do noivo, mas ao menos o pequeno adorava a babá de olhos puxados e ela amava o menininho de cachinhos louros. Cantava-lhe canções em mugal e contos de fadas de seu povo numa mistura de mugal com agarti e participava em suas brincadeiras, mesmo quando matava inimigos imaginários com sua espadinha de bambu ou comandava suas tropas de brinquedo até a vitória contra os terríveis inimigos atlantes. Era uma criança pequena e tudo era brincadeira.

Até que chegou o dia dos cachos louros serem raspados e o menino, como todas as crianças tautas, ir ao internato para só voltar para casa nos feriados, juntamente com muitas outras mudanças na vida da serva, agora uma moça crescida. Após nova promoção do marido que lhe deu direito a mais um filho, a dona da casa decidiu substituir a serva mais velha. De nada adiantou cair de joelhos e implorar para ficar. Foi punida com uma sessão de chibatadas que, apesar da inimizade, fez estremecer sua companheira de servidão.

No dia de partir, a mais antiga veio à colega pedir perdão pelas ofensas passadas e implorar-lhe para rogar por ela a Koynim em suas orações. Nada disso lhe foi recusado, pois mesmo a pessoa mais desagradável merece o conforto da compaixão numa ocasião como essa. A conselheira é sincera ao expressar a esperança de que sua antiga colega tenha sido bem recebida em sua aldeia natal. Cuidou, porém, de não repetir seus erros. Tratou de acolher e instruir da melhor forma possível a menina de olhos assustados que a substituiu. Wen Zhothaey, apelidada Gadhi, "Bezerra", foi assim poupada de muitos castigos físicos e humilhações e tornou-se uma amiga fiel.

A serva mais experiente procurou dividir o trabalho da maneira mais justa com a colega e lhe permitir viver o que lhe restava da infância na medida do possível. A menina ficou encarregada da maior parte dos cuidados com Ahalya, a bebê recém-nascida, enquanto a adulta assumiu encargos menos divertidos, como o de garantir o abastecimento da casa. Graças a isso veio a conhecer Phong Gnenwhao. Já a tinha visto antes e lhe chamara a atenção por ser mais velha que qualquer outra mugal vista em Manova, mas só quando assumiu a nova tarefa teve oportunidade de conversar com ela e entender por quê.

Ao contrário da maioria das servas, a hilota do armazém sabia usar letras e números. Um gerente de bordel que não dava conta da escrita e contabilidade a ensinou por isso ser mais simples do que conseguir um secretário. Quando ele pensou em dispensá-la, o administrador do armazém público implorou ao amigo para que ela lhe fosse transferida. Ele ainda não era idoso, mas estava perdendo a visão e não queria ser afastado por invalidez para receber uma magra pensão em vez dos proventos polpudos ali recebidos. Preferiu fingir que continuava bem enquanto deixava a serva assumir, na prática, o negócio.

Ela trabalhava quase sem supervisão e estava disposta a jogar conversa fora se os servos e as servas não tinham muita pressa de voltar ao fazer as compras. Por ter uma ajudante e pelas longas ausências de seus amos, a serva da família guerreira tinha tempo, além de ser curiosa e sentir falta de conversar com pessoas mais experientes. Pouco a pouco, as duas se conheceram melhor. Um dia a mais velha a convidou a participar de uma reunião confidencial para trocar opiniões e experiências com outros servos e servas que por diferentes motivos tinham certa liberdade para sair e fazer contatos. Mesmo preparada com cautela, a jovem se emocionou ao saber que ia participar de algo proibido: pensar e viver para si e para seus iguais, ao menos por alguns momentos, dia sim, dia não.

A serva dispensada jamais soube disso, pois a hilota do armazém não a julgava confiável, mas grande parte dos hilotas da cidade participavam de uma rede subterrânea de informação e ajuda mútua. A jovem sucessora passou a participar de conversas cada vez mais secretas e comprometedoras por ser hábil em moderar discussões, sugerir maneiras de conciliar opiniões opostas e tirar conclusões úteis dos debates. Começaram a ouvi-la com especial atenção quando descobriram ser ela uma serva do ajudante de ordens do comandante da região militar da capital que por vezes ouvia conversas interessantes entre oficiais sobre o alto comando e a Kraukura. Quando se deu conta, estava no coração da conspiração.

Tinha muito medo, mas não era novidade. O terror era o ar que respirava desde pequena. Agora, pelo menos, não era um pavor abjeto e sufocante, mas um medo digno e arejado. Enquanto não fosse descoberta, tinha uma vida que merecia ser vivida, era gente. Todos os participantes do círculo mais secreto em torno do armazém sentiam-se assim. O risco compartilhado os fazia solidários e lúcidos. Pouco faziam de prático contra a opressão, mas aprendiam mais sobre si mesmos, a cidade e o mundo do que a maioria das bestas louras de Manova, limitados pela filosofia de controle de informação dos sindhus e da Kraukura, segundo a qual não é bom saber mais do que o necessário para cumprir o dever.

O perigo também os excitava. Saber que podiam morrer a qualquer momento os fazia querer fazer cada momento valer a pena e se desafiavam a mais séria das proibições, por que não quebrar interditos menores, se isso pudesse ser mantido em segredo? Com a proteção e cumplicidade da mais velha, os conspiradores fizeram do grande armazém também um ponto de encontros a dois. Não era amor delicado de namorados, era instinto selvagem, desejo de sentir o sangue correr nas veias e de zombar do próprio medo. As únicas regras eram as da anfitriã. "Não se fala sobre isto. Não se fala mesmo, nem com amigos e companheiros. Se um dos dois quiser parar, acaba. Só dois de cada vez. Se a mulher engravidar, tem de abortar". Os dois combinavam dia e hora com a hilota do armazém com antecedência, em separado, sem ninguém mais saber. A velha incentivava os encontros para criar cumplicidade e coragem dentro do círculo, mas só depois de explicar as regras e as técnicas de contracepção aprendidas do bordel. E sabia provocar um aborto da forma mais segura, se o resto falhasse. Era preciso. Se os amos descobrissem uma serva prenhe, a obrigariam a abortar de qualquer forma, investigariam o caso e acabariam por descobrir tudo.

Um dia, a jovem serva se atreveu a aceitar o convite de um de seus novos amigos, Shoi Tshengxhy, "Espírito límpido do clã da Água". Julgava estar pronta, mas quando chegou ao compromisso marcado suava em bicas, sentia o coração sair pela boca, os dedos não lhe obedeceram quando tentou abrir os laços de sua roupa. Sentia-se fechada, travada e fria como uma ostra morta. O tremor passava das mãos geladas ao corpo todo quando confessou, em lágrimas:

– A tola medrosa não vai conseguir. Pede para parar. Talvez num outro dia...

O homem, um pouco mais velho, teve a sabedoria de não pressioná-la e assentiu. Mas quando ela se virou para ir embora, ele a interrompeu.

– Não é preciso pressa, vamos aproveitar o momento de paz. A moça não quer carícias, mas talvez goste de ouvir uma história da terra deste homem.

Todos lá sabiam que ela gostava de ouvir e contar histórias. Em quase toda reunião ela lembrava algum conto folclórico como exemplo do que queria dizer. Curiosa, pediu para ouvir.

* * *

Era uma vez no Império Mugal, muito antes do tempo das bestas louras, uma mocinha que se casou muito jovem com um homem rico e amável. Poucos meses depois, o cavalo dele empinou-se de susto ao ver uma cobra, atirou-o chão e quebrou-lhe o pescoço. De tão desesperada, a viúva precisou ser impedida de jogar-se na pira funerária. Perdeu o bebê que estava gestando e teve de ser vigiada e forçada a comer pelos serviçais. Gostavam dela e temiam por seu destino caso a propriedade sem herdeiro revertesse a parentes distantes ou ao rei. Por fim, a jovenzinha consentiu em sobreviver, desde que a deixassem em paz com sua dor e suas preces. Sempre vestida com o branco puro do luto, vivia reclusa no solar da fazenda.

Três anos depois, um jovem vindo do campo apareceu na cidadezinha de Mengshoi, "Água Brilhante", para tentar a sorte. Era o terceiro filho de um homem pobre, sem nada para herdar. Hábil com as mãos, sonhava aprender um ofício e conseguir uma noiva. Mas mal conseguia o que comer e nenhum artesão precisava de aprendiz. Pensava ir a outra cidade quando um casal lhe contou de um capataz à procura de quem consertasse cercas e telhados, o tipo de biscate que o vinha sustentando. Perguntou onde era, responderam-lhe e a mulher aproveitou para lhe contar a triste história da dona da quinta, a linda e alegre noiva transformada numa viúva melancólica que nunca sorria e rejeitava todas as tentativas de aproximação.

Algum gênio bom sussurrou ao rapaz para agarrar a oportunidade pelos cabelos. Ofereceu-se para trabalhar por teto e comida e o capataz o aceitou. Por dois meses, trabalhou em cercados, silos e galpões. Uma vez, ao passar em frente à casa grande, entreviu pela janela uma figura de branco se ajoelhar em frente a um altar caseiro. Seu coração bateu mais forte, mas não voltou a vê-la até o capataz mandá-lo consertar o velho solar de madeira, que desde a morte do dono não tivera manutenção e começava a ter sérios problemas com goteiras, vazamentos, portas e divisórias carcomidas por cupins ou pela umidade.

O solar, quieto e mal cuidado, parecia uma casa mal assombrada. Até as criadas evitavam sorrir e fazer ruídos, mas ele não tinha como deixar de quebrar o silêncio. Trabalhava substituindo tábuas de uma parede meio apodrecida, quando pela primeira vez a viu de perto. Caminhava curvada do quarto para o oratório, magra e pálida, vagarosa e silenciosa como um fantasma, as vestes um pouco puídas, mas muito limpas e brancas. Ao vê-lo trabalhar ela se deteve por um momento e seus olhos se cruzaram. Havia desgosto e desânimo nos olhos dela, mas não desprezo. Talvez uma ponta de curiosidade pelo estranho. Ele sentiu-se encorajado, sorriu e a cumprimentou.

– Boa tarde, como vai a senhora?

– Como sempre. Triste, mas bem de saúde. O moço é novo aqui?

– Trouxeram-me para consertar as coisas. O nome do trabalhador é Shoi Byenxhy, "Espírito Astuto do clã da Água".

– Prazer em conhecê-lo, o da viúva é Vhau Mhiseng, "Estrela Mimosa do clã da Flor".

Ela se afastava para suas orações quando ele a chamou:

– Ah, a senhora já ouviu esta? "Sou um velho encolhido, que estando em formosa mão, me abro todo contente, como a cauda de um pavão".

– Hein? – ela ficou perplexa.

Ele repetiu a frase.

– Uma adivinha! – os cantos dos lábios fizeram um movimento quase imperceptível para cima. – A viúva não ouvia uma nova desde criança. Agora não atina com a resposta, mas não quer que a conte. Deixe-a pensar.

– Não há pressa – disse ele, emocionado. – Que a viúva responda quando quiser.

Ela foi fazer suas devoções e dali a algum tempo retornou e respondeu:

– Um leque.

– Isso mesmo! – aprovou ele, parando de martelar. – A senhora é muito inteligente!

Ela deixou um sorriso de triunfo lhe iluminar seu rosto por um instante.

– Agora mate esta – desafiou ela .– "Atravesso muitas portas, mas nunca entro nem saio".

Ele pensou um pouco e respondeu, ainda com a ferramenta na mão.

– A fechadura! – um sorriso voltou a piscar no rosto dela.

– Muito bem!

– "Uma senhorinha, muito assenhorada, nunca sai de casa, está sempre molhada" – arriscou ele, sorridente.

Ela fez uma cara de susto e foi para o quarto de olhos arregalados, sem responder. "Fui longe demais, estraguei tudo", pensou desconsolado ao recolher as ferramentas e ir para o galpão dormir com os outros solteiros. "Amanhã ela vai me mandar embora".

Na manhã seguinte, assim que ele voltou cheio de receios e abriu a porta para perguntar se devia continuar o trabalho, ela correu atrás dele e gritou:

– A língua!

A brincadeira se repetiu nos dias seguintes e o solar começou a recobrar vida, tanto pelos consertos do moço quanto pela nova disposição da viúva, que cada vez passava menos tempo no oratório e mais trocando desafios com o operário. A cada dia estava mais vivaz e corada e respondia com mais rapidez. As criadas voltaram a sorrir e a cantar enquanto trabalhavam. O capataz e os trabalhadores começaram a fazer piadas maliciosas e apostar sobre quando aconteceria o que todos previam. Mas quando aconteceu, foi de um jeito que o rapaz nunca imaginara.

– A senhora do Solar das Peônias o desafia – disse ela. – Um campeonato de adivinhas, valendo apostas.

– O trabalhador não tem nada de seu para apostar – lamentou ele. – A única coisa que possui é a roupa do corpo.

– Então apostará a roupa do corpo – replicou ela – e sua senhora fará o mesmo.

No dia seguinte, ao cair da tarde, ele apareceu com a

melhor roupa que tinha. Aliás, a única. Ela, com o velho traje de luto, lhe abriu a porta, o fez entrar em seus aposentos e os trancou.

– Estas são as regras– disse ela. – A patroa faz uma pergunta. Se o trabalhador der a resposta certa, ganha uma peça da roupa dela. Depois é a vez dele e se a senhora responder bem, ela ganha algo dele. Não é preciso juiz e testemunhas, estas são duas pessoas honestas e confiam uma na outra. Aceita?

– Sim, com certeza – ele não cabia em si mesmo de alegria.

– Primeira pergunta – disse ela.

* * *

Nesse ponto, a serva sentada no porão do armazém, até então atenta à história contada pelo amigo, o interrompeu e fez sua própria pergunta:

– O que é que entra duro e seco e sai mole e pingando?

O companheiro de conspiração não esperava por essa. Parou para pensar e respondeu:

– Macarrão.

– Absolutamente certo. O trabalhador ganhou o laço da túnica da senhora.

Ela desfez seu laço e o entregou. Desta vez suas mãos tremiam, mas quentes. O medo que ela agora sentia era o arrepio excitante que desperta os sentidos e não o terror paralisante que prepara a morte. E ele, sorridente, fez sua pergunta:

– Em cima de ti estou, em cima de ti me vejo. Enquanto não meto tudo, não apago o meu desejo. Quem és tu?

– Um sapato! – matou ela e ganhou o cordão que lhe amarrava a túnica.

– O que é que todo homem faz na primeira noite com uma mulher? – desafiou ela.

– Mama, pois é um recém-nascido! – respondeu ele, e ganhou uma meia.

– Da primeira vez, faz doer e sangrar, mas as mulheres se acostumam e passam a gostar – propôs ele.

– Um par de brincos! – e ele lhe deu sua meia.

– Quando custa a entrar, a mulher lambe e lambe, alisa e alisa para meter no buraco – descreveu ela, com uma expressão travessa.

– A linha na agulha! – ele respondeu e ela lhe esticou o pé para que pegasse a segunda meia a que tinha direito.

Não importava mais se aquelas eram ou não as charadas da história original. O descendente do trabalhador do clã Shoi e a moça com nome de estrela estavam não recontando, mas vivendo a história mugal. Até os dois não terem mais nada a apostar e ela dizer:

– A senhora diz que o jogo acabou, os dois venceram e agora ela quer ser a mulher de seu homem – e ali, deitada sobre sacas de arroz, entre potes, tecidos e vassouras, conheceu as emoções das quais fora privada em Siaukok. Houve muita alegria e um pouco de incômodo e dor. Foi bom ser assim, para tornar mais real a lembrança desse momento.

– Como acaba a história? – perguntou ela, cansada e contente.

– Bem...

* * *

Quando terminaram, deitados na esteira, ele perguntou se podia pegar suas roupas para voltar para o galpão.

– De jeito nenhum! Eu as ganhei, são minhas. Se fizer questão de sair, vá com as vestes de luto que ganhou, elas são suas. Mas a mulher prefere ver seu homem dormir a seu lado.

– E como ele fará amanhã?

– Esse armário está cheio de roupas do finado esposo, muitas das quais jamais usou. A mulher gostaria de ver seu homem servir-se delas, assim como de tudo que pertenceu ao antigo senhor do Solar. Exceto os cavalos.

Pelo amor de Koynim, se o amante quiser ser marido, precisa prometer jamais montar um, nem deixar os filhos montarem.

E assim foi. Embora o Solar das Peônias fosse uma das mais ricas propriedades do distrito de Mengshoi, ele e seus herdeiros só montaram jumentos. Até chegar o tempo das bestas louras.

* * *

– Pena a serva não ser realmente uma senhora – comentou a moça no porão. –Também gostaria de dar a seu amigo belas roupas e uma casa bonita.

– Não tem importância nenhuma – garantiu ele. – O homem se sentirá vestido e abrigado pelo carinho de sua amiga, muito mais valioso. Só lamenta não poder trocar de verdade as librés quase iguais, porque não são suas e sim dos amos e têm as marcas de propriedade deles.

Capítulo 29

A Mãe Maior

Os pequenos bateram à porta para acordá-los a tempo de se prepararem para a audiência com a Mãe Maior de Hurushulkîn, nome daquela cidade. Como suas roupas estavam imprestáveis, Tjeypin lhes pediu dois cortes de tecido para poderem se apresentar com decência. Trouxeram-lhes dois grandes retângulos de um tecido sedoso e azulado, que ela dobrou e firmou com broches nos ombros e cordões a guisa de cinto, nela e em Vasu.

– Quebra o nosso galho – disse ela, enquanto ajustava o quíton nele. – Em Acaia, eu me vestia assim, só que era linho. Lá é a roupa comum dos produtores no verão.

– Com o calor que faz aqui, eu até preferiria andar nu.

– Não é uma boa ideia. Vai que a Mãe Maior se assanha pelo seu balangandã. Não sei se você notou, mas entre os dhvaras só as mães e seus consortes têm órgãos sexuais adultos. *Duvido* que os deles sejam tão chamativos.

– Você ficaria com ciúmes da Mãe Maior? – brincou ele.

– Eu, hein? Pelo que minha mãe contou dela eu ficaria é com *dó* de você.

Usando uma daquelas plataformas móveis, operada por alavancas, os pequenos os levaram para uma câmara mais alta e mais central, onde ficava o palácio das mães. O lugar se destacava dos demais pelo tamanho, cor e decoração e era cercado por guardas parrudos, ao menos pelo padrão dos dhvaras. Ali os deixaram aos cuidados dos servidores do palácio, pequenos com roupas mais elaboradas, que os conduziram à sala do trono.

Vasu tentou, mas não conseguiu reprimir totalmente o olhar de espanto. A Mãe Maior era uma mulher de tranças louras que lhe caíam aos pés, nua, enorme, obviamente grávida e imensa de gorda, sentada sobre um banco baixo, largo e acolchoado, apoiado sobre uma plataforma. A seus pés, reclinavam-se quatro dhvaras robustos e seminus, seus consortes, que mais pareciam seus animais de estimação. No teto, um sistema de leques giratórios ventilava a sala. Servidores de vários tamanhos, espalhados pela sala, protegiam a plataforma, secretariavam ou atendiam às necessidades da soberana, que parecia consumir quantidades enormes de comida e bebida.

O informe de Tjurmyen não entrara nesses pormenores, mas explicara que cada cidade tinha de algumas dezenas a mais de uma centena de Mães, cada uma delas chefe de um clã formado por seus filhos, estéreis e de órgãos sexuais atrofiados. Quando a Mãe de um clã morria ou chegava à menopausa, alguns dos seus adolescentes amadureciam sexualmente. A primeira moça a desenvolver seios e menstruar se impunha como líder. Os moços sexualmente despertos se punham aos seus pés, mas eram amiúde trocados com outras Mães para reforçar alianças. A vitoriosa perdia a barba, adquiria formas mais femininas, engordava e passava a parir e criar crianças a cada dois anos. Chegava a ter quatrocentos filhos em sua carreira, em ninhadas de seis a oito irmãos, que mesmo depois de crescidos eram amamentados pelo menos uma vez por mês até o fim da vida. As demais jovens regrediam à esterilidade e readquiriam traços masculinos, inclusive barba. As Mães de uma mesma cidade formavam um conselho chamado Matriado e elegiam entre si a Mãe Maior.

Hurushulkîn era apenas uma das quatorze cidades dhvaras abrigadas dentro de montanhas de Mandara e Bhadrasva, ligadas entre si por túneis, que de alguma maneira usavam correntes subterrâneas, fontes termais e fumarolas de vapor para mover suas engenhocas. Tjurmyen gostaria de voltar com tempo para entender melhor como funcionavam, mas o importante no momento era que os dhvaras podiam reunir uma força militar significativa e estavam bem posicionados para intervir a favor da Grande Marcha. Se pudessem ser convencidos.

Um dos servidores de médio porte – se macho ou fêmea, era impossível dizer – aproximou-se e anunciou algo na linguagem dhvara. Em seguida, falou em agarti:

– Sou porta-voz e intérprete de Khiduzel, a Mãe Maior de Hurushulkîn. Por favor, saúdem-na de acordo com o costume, beijando-a no seio.

Vasu olhou para Tjeypin, que sorriu do seu espanto.

– É isso mesmo que você ouviu – e sussurrou baixinho. – Beijar, entenda bem, não mamar. O leite dela pode fazer encolher seu pinto e bagos e eu acharia uma pena!

Ela subiu os três degraus da plataforma, cumpriu o protocolo e retornou. Na sua vez, Vasu ficou impressionado ao ver de perto os seios enormes, empinados e cheios de leite. Sentia-se um bebê junto a eles e quase sentiria a tentação de mamar, não fosse o aviso da companheira. Passaram em seguida aos negócios. A Mãe Maior fez um curto discurso.

– Um estranho fantasma colorido veio nos propor uma aliança contra os agartis – traduziu o intérprete. – Por favor, explicai a situação e o que teríamos a ganhar com isso. Depois de uma longa guerra na qual muito sangue dhvara foi derramado e perdidas as cidades mais vulneráveis, a Confederação das Quatorze Cavernas assinou um tratado de paz com o Império Agarti que já dura mais de trezentos anos. Para isso, pagamos um tributo elevado em metais e cristais e nos declaramos vassalos do Manu, mas somos livres dentro de nossas cavernas. Por que deveríamos arriscar nosso povo para ajudar um bando de rebeldes?

– Ó Mãe Maior de Hurushulkîn, venerada Khiduzel! Como adiantou a entidade que visitou Vossa Maternidade – respondeu Tjeypin –, a Grande Marcha nada tem a vos oferecer neste momento, pode apenas implorar. Mas há conhecimentos que Atlântis pode compartilhar com as Quatorze Cavernas se concordardes em nos ajudar. O primeiro deles é o fuzil atlante. Não a cópia inferior dos imperiais, mas a versão original, mais resistente e exata. Com ela, podeis disparar três vezes mais rápido e com mais pontaria, é como triplicar o tamanho e o treino do vosso Exército. É um segredo inútil para a Grande Marcha, carente de armeiros capazes de utilizá-lo, mas vosso povo é famoso pela qualidade e eficiência de seus artesãos. Armareis vossos guerreiros a tempo de nos ajudar na batalha que se travará não muito longe daqui.

Pelas reações da Mãe Maior, Vasu percebeu que ela entendia perfeitamente o agarti. Ainda assim, esperou o intérprete traduzir toda a fala de Tjeypin, fosse para cumprir o protocolo, fosse para ter mais tempo para pensar.

– Apenas isso? – o intérprete reproduziu o tom e o gesto desdenhosos. Vasu supôs que era mero regateio, a oferta era atraente. Tjeypin saberia o que ela realmente pensava.

– É o começo. Uma vez consolidada a amizade, as Quatorze Cavernas e a Comuna de Atlântis poderão trocar muitas outras artes secretas. Sabemos construir máquinas voadoras e raios de calor melhores do que os agartis, usar cristais mágicos que poderiam reduzir vossa dependência de fontes termais e curar algumas das doenças que também vos ameaçam.

– Você representa a Grande Marcha ou a Comuna de Atlântis? – a Mãe Maior pareceu ansiosa ao se ajeitar no assento enquanto o intérprete a traduzia.

– Ambos. Sou emissária da marcha, mas também falo pela Comuna. O espectro que vos visitou é o duplo de uma integrante do Conselho da Comuna que é também sua comissária de relações exteriores. Ela me autorizou a negociar em seu nome.

– A proposta é insuficiente. O exército agarti é imenso e bem treinado. Para enfrentá-los, necessitamos de todos os meios possíveis. Precisamos do segredo do oricalco. Além disso, queremos a metade do espólio que for tomado aos agartis e a garantia de que os mugais jamais cobrarão tributo aos dhvaras, nem reivindicarão direitos sobre suas cavernas.

"Preço alto," pensou Vasu. O oricalco era um segredo milenar de Atlântida, responsável por muitas de suas vitórias.

– Infelizmente – respondeu Tjeypin – mesmo que o revelemos hoje, não vos será útil na batalha que se aproxima. É um processo complicado e demorado. Levaríeis pelo menos seis meses para construir o equipamento necessário, de outro tanto para produzir a primeira partida e meses para convertê-la em armas úteis. É certo, porém, que a luta contra Agarta continuará e essa técnica vos será útil mais tarde. Estou autorizada a oferecê-la para depois da batalha de Alilong, se lutardes ao nosso lado. Quanto às duas outras condições, de acordo.

A Mãe Maior deixou escapar uma careta antes de ouvir a tradução. Pareceu zangada ao responder.

– Um segredo antes, outro depois. Não confiam em nós. E por

que confiaríamos em vós? Como podemos saber se não esquecereis a promessa e nos abandonarão depois de vencer a batalha? E se não vencermos? Desafiar o Império de Agarta não é um passeio!

– Vossa Maternidade tem toda a razão em pedir garantias – Tjeypin fez uma reverência. – A Grande Marcha não pode garantir a vitória, pode apenas ter a esperança de conquistá-la com vossa ajuda. Entretanto, enquanto uma derrota seria para nós a aniquilação total, para vós significaria perdas limitadas e uma retirada para vossas cavernas inexpugnáveis. Se vosso esforço for sincero, Atlântis cumprirá sua palavra mesmo nesse caso. Vossa Maternidade compreenderá que para além da solidariedade da Comuna para com a luta dos mugais, não convém aos atlantes fortalecer vassalos de Agarta, mas sim quem pode contê-la. Se isso não bastar, jurarei por Gutis e porei minha vida em vossas mãos. Serei vosso refém.

Vasu sobressaltou-se. Oferecia-se ela para permanecer na caverna até depois da batalha e da fabricação do oricalco? Ficariam retidos lá por um ano ou mais? Tjeypin lhe apertou a mão, como para acalmá-lo.

– Esta é uma decisão difícil – respondeu a Mãe Maior por meio do intérprete. – Uma derrota significará uma longa luta com Agarta, durante a qual ficaremos confinados. Embora possamos sobreviver sem sair de nossas cavernas, a coleta de produtos da superfície e o comércio com os agartis nos fornecem muitas comodidades. Por outro lado, a oportunidade de nos livrarmos de sua suserania não é de desprezar. Precisaremos refletir e o faremos em seguida, enquanto amamentamos nossos filhos. Se nos inclinarmos por apoiar-vos, teremos de levar a discussão ao Matriado amanhã, não é possível decidir algo tão grave sem consultá-lo. E será preciso também ouvir as Mães Maiores das outras treze cavernas. Temos meios de nos comunicarmos rapidamente com elas, mas serão necessários três dias. Despedimo-nos, por enquanto.

– Estaremos à vossa disposição – disse Tjeypin.

Ao se verem do lado de fora, antes que Vasu a questionasse, ela explicou:

– Não se preocupe, não vamos ficar aqui. Eu me pus à disposição para convencê-la de minha sinceridade, mas ela não quer cobrar essa oferta. Ela acha que eu não valho tanto para Atlântis e seria um incômodo para eles. O que conta é a promessa do oricalco.

– Vocês vão mesmo ceder o segredo?

– Sim, foi discutido pelo Conselho de lá. Não vamos monopolizá-lo para sempre, mais vale negociá-lo enquanto tem valor. Além disso, não tem povo mais cioso de seus segredos que os dhvaras. É mais fácil o segredo vazar para terceiros por algum alquimista descontente de Atlântida do que por causa deles.

Saíram do palácio com a intenção de conhecer mais da cidade dhvara antes de retornar à hospedaria. Caminhavam por uma rua solitária e sem saída para ver como armazéns eram embutidos nas paredes das cavernas, quando Tjeypin se virou de repente. Vasu a acompanhou. Dois guerreiros se aproximavam sorrateiramente de adagas nas mãos e ao se virem descobertos, carregaram com óbvia intenção de matá-los.

Desarmado, Vasu pensou em se esquivar e tentar desarmar um deles, contando com que Tjeypin fizesse o mesmo. Mas antes que completasse o movimento, Tjeypin o colheu pela cintura e o arrastou pelo ar, por sobre as cabeças dos perplexos atacantes.

Voaram por toda a extensão do beco e então sobre as ruas principais daquela câmara, onde o trabalho diligente cedera lugar ao caos. Guerreiros aparentemente idênticos se enfrentavam.

– Que demônios... – Vasu tinha um monte de perguntas, mas se calou. O que quer que ela estivesse fazendo, não seria uma boa ideia atrapalhá-la.

– Guerra civil – respondeu Tjeypin entre dentes. – Algumas das Mães discordam da ideia de romper com o Império Agarti e enviaram seus filhos para nos matar e depor a Mãe Maior. Alguém deve tê-las avisado que ela se decidira a nos apoiar.

Alguns guerreiros armados de bestas e arcabuzes dispararam contra eles, sem sucesso. Tjeypin ziguezagueava entre os prédios, subindo em direção à câmara superior, onde ficava o palácio da Mãe Maior.

– Somos alvos difíceis – ela o tranquilizou. – Como quando minha mãe voava entre os inimigos. Durante a Revolução. Rápida demais para a pontaria dos golpistas. Como voamos? Não de verdade. Eu me seguro com os tentáculos nas sacadas e decorações desses prédios. Passo de um ponto de apoio a outro. Como uma macaca de braços gigantes – a explicação era entrecortada pelos arquejos e bruscas mudanças de direção.

"Truque impressionante", pensou Vasu. Pena não haver muitos lugares no mundo onde pudesse funcionar tão bem. Mas e se ela não o aguentasse, como quase acontecera no paredão? Seria melhor ela deixá-lo cair do que morrerem os dois, passou-lhe pela cabeça.

– Nem pense! Não largo você de jeito nenhum. E agora pesa menos.

Mochila, armas, armadura e toda gordura que tivesse tinham ficado para trás, lembrou o rapaz.

Tjeypin, ainda agarrada a ele, investiu contra uma plataforma móvel que descia com quatro guerreiros armados de bestas. Confusos, eles tentaram erguer suas armas, mas foram apanhados em cheio pelo impacto de dois corpos maiores a alta velocidade e jogados no abismo. Com mais uma manobra, Tjeypin retornou, pousou sobre a plataforma com Vasu e moveu a alavanca de comando. A plataforma parou, na altura do topo dos prédios.

– Eu precisava de um respiro – ofegou Tjeypin. – Mas se prepare para voar de novo. Esses que derrubei eram inimigos, estavam descendo para reforçar o lado deles lá embaixo. A coisa está feia em cima, também.

– Seria melhor ir armado. O encontrão funcionou, mas quase me quebra os ossos.

– A hospedaria está perto, talvez ainda encontremos nossas armas. Vamos dar um pulo?

O salto os levou direto para a janela de seu quarto e arrebentou a tela frágil que a protegia. Suas armas e couraças estavam onde as tinham deixado, ninguém se lembrara de tomá-las. Colocavam-nas sobre os quítons de tecido, quando uma figura conhecida reapareceu.

– Filha, cuidado! O palácio da Mãe Maior está resistindo, mas cercado por golpistas. Eles são minoria, mas sabotaram o sistema de mensagens da cidade, um mecanismo que funciona com tubos pneumáticos. Se puderem reativá-lo, será mais eficaz do que tentar lutar ao lado dos guardas da Mãe Maior. Ela poderá coordenar-se com suas aliadas e reunir uma força maior.

– O que temos de fazer? – perguntou Tjeypin.

– Há um compressor de ar dentro do palácio que faz funcionar todo o sistema. Ele está intato, mas para funcionar depende de uma tubulação que traz vapor ardente de uma fonte termal subterrânea, cuja válvula foi fechada. Fica numa edícula do lado de fora, protegida por dois guardas, fácil de defender. Se a retomarem e mantiverem a válvula aberta por dois ags, será suficiente. Se o fizerem, vou avisar a Mãe Maior de que a máquina voltou a funcionar.

– Nós cuidaremos disso, mamãe. Onde fica a edícula?

– Uma construção pequena e cúbica de pedra, ao pé do lado leste do palácio, quer dizer... Aqui não dá para ver o nascente, mas é do lado de onde corre o rio.

– Certo. Vamos, Vasu? – perguntou, enquanto a mãe desaparecia.

– Confesso que não entendi patavina, mas se você acha possível, é só me dizer o que fazer. Você é o gênio aqui.

– Eu sou só esperta, gênios são meu irmão e mamãe. Mas compreendi o suficiente. O problema é se livrar dos guardas, abrir a válvula e impedir que outros entrem por um tempo. O resto é pormenor técnico.

Tjeypin saltou pela janela com Vasu a tiracolo e subiu numa curva rápida para a abertura que unia aquela câmara à superior. Ele imaginou que ela, de alguma maneira, se prendia no teto da caverna, mas preferia não saber dos detalhes. O importante era segurar-se nela e ignorar os prédios em forma de estalagmites que giravam em torno dele e os dhvaras lá em baixo, reduzidos ao tamanho de formigas. Formigas comuns, não mirmecoleões.

Passaram pela abertura e viram o palácio logo à frente, perto do centro. Tjeypin deve ter se firmado em alguma parte dele, pois fez uma ampla curva para rodeá-lo. Divisaram a tal edícula e seus guardas. Foi fácil. Não esperavam um ataque de cima, pularam sobre eles e os derrubaram. A porta estava fechada com corrente e cadeado, rapidamente aberto por Tjeypin. Fecharam-na por dentro, com uma tranca simples, mas que parecia robusta.

– Abra a válvula, você é mais forte – disse ela. – Eu guardo a porta. Depois vem me ajudar.

– Como se faz?

– Vê essa roda grande de bronze no meio? Tem que girar na direção da ponta dos dedos da mão da espada quando o polegar está para cima. Mas segure com esse pano molhado, deve estar muito quente – o calor na edícula era quase insuportável.

Vasu, pouco familiarizado com mecânica, teve de pensar um pouco e olhar para a mão para entender o que ela queria dizer. Havia um trapo grande e grosso pendurado num gancho e uma tina d'água.

Molhou o trapo e fez o que ela mandava. A água chiava enquanto ele se esforçava para girar o volante, mais duro e pesado do que parecia. As mãos ardiam quando terminou uma volta completa e ouviu o som do vapor correr pela tubulação de cobre.

Ao mesmo tempo, começavam a golpear a porta com alabardas e prepararam-se para defender a entrada. A madeira espessa e maciça aguentou as primeiras investidas e de repente os barulhos cessaram.

– Eles vão tentar outra coisa – disse Tjeypin –, foram buscar um aríete.

– De que tamanho? – perguntou Vasu.

– Na cabeça deles, não é muito grande. Uns cinco palmos, aço maciço, carregado por duas pessoas correndo.

Teve uma ideia e contou com que Tjeypin a visse em sua cabeça. Ela confirmou com a cabeça e tomou posição junto à tranca, à espera do momento certo. Assim que o aríete carregou, abriu rapidamente a tranca e os deixou entrar e tropeçar aos gritos na válvula escaldante. Enquanto Vasu fechava a porta como um relâmpago, ela os decapitou com a lâmina de oricalco antes que tivessem tempo de entender a situação. De quebra, o aríete tinha o tamanho certo para servir de calço entre a porta e a base de pedra na qual se erguia a válvula. Não fosse o calor cada vez mais abrasador e o sangue espalhado pelo chão e pela roupa da atlante, estariam melhor que antes.

Os golpes de alabardas foram retomados, desta vez com enervante método e paciência. Não havia o que fazer, a não ser esperar. Mais cedo ou mais tarde, conseguiriam. Sua salvação dependeria de a Mãe Maior conseguir reunir seus partidários.

Por fim, uma lâmina rompeu a parte superior da porta e provocar uma rachadura de alto a baixo. O aríete impediu que ela quebrasse no mesmo momento, mas depois de mais dois ou três golpes alguém lá fora teve a ideia de meter um pé de cabra na rachadura e forçar a abertura. Vasu quase agradeceu, pois isso trouxe uma lufada de ar menos quente.

O jeito agora era lutar. Como era estreita, dois dhvaras atrapalhavam-se ao tentar forçar passagem ao mesmo tempo. Apesar disso, pareciam empenhados em enfrentar dois espadachins hábeis e decididos a lutar pela própria vida. Furiosos pela morte dos irmãos, os dois foram gravemente feridos, um com um braço quase amputado por um gume de oricalco, outro com uma ponta de aço enfiada na traqueia, antes de serem retirados e darem lugar a outros.

Mais uma dupla foi sangrada e substituída por outra menos temerária e mais sagaz, que tentou cansá-los sem se arriscar demais, para ser depois substituída por outra. Incomodado pelas mãos queimadas, Vasu se derretia em suor e se perguntava quanto tempo mais ia aguentar quando ouviu gritos de guerra e de susto acompanharem o som de tiros de arcabuz. Pouco depois, o par de dhvaras que assediava a edícula pareceu desistir, sem ser substituído.

Tjeypin e Vasu olharam para fora com cautela. As centenas de guerreiros dhvaras que sitiavam o palácio agora se defendiam de outros tantos vindos do lado de onde corria o rio quente. O grupo que cercara a edícula se juntara aos colegas em dificuldades. Tropas saíram em sortida do palácio para romper o cerco e chegaram à edícula. Aliviados, os dois emissários da Grande Marcha os saudaram e lhes confiaram a proteção da válvula.

A revolta foi sufocada e as Mães rebeldes aprisionadas e forçadas a se alimentar de leite tirado da Mãe Maior, o que em questão de meses as esterilizaria e as transformaria em serviçais parrudas e assexuadas. Seriam naturalmente substituídas por filhas em fase de crescimento, que ela treinaria pessoalmente. Seus consortes foram redistribuídos entre Mães leais. O interrogatório apurou que nenhuma das rebeldes teve conexão direta com os agartis, apenas temiam os riscos do confronto e a perda do comércio e do conforto por vários anos. Não parecia haver risco de que vazassem para Xambala as notícias sobre a negociação com a Grande Marcha e o confronto interno, que não se reproduziu em outras cidades quando a proposta foi apresentada e aprovada aos respectivos Matriados.

Após cerimônias de expiação e pedidos rituais de perdão às famílias enlutadas, dos quais Vasu e Tjeypin participaram por também terem derramado sangue de dhvaras, os guerreiros rebelados sobreviventes foram anistiados. Considerava-se dever dos filhos obedecer às ordens de suas Mães, por insanas que fossem.

Vasu e Tjeypin permaneceram até os artesãos dhvaras produzirem os primeiros fuzis funcionais. Os dois, mais um atirador dhvara, derrubaram com facilidade vinte bonecos que representavam guerreiros inimigos em menos tempo do que dez dhvaras de elite com arcabuzes tradicionais levaram para acertar cinco. Satisfeita, a Mãe Maior os autorizou a retornar à Grande Marcha.

Do diário íntimo de Tjeypin: consagração a Chiuknawat

A suma-sacerdotisa de Chiuknawat era bem conhecida como uma das figuras mais importantes da Comuna de Atlântis. O rosto estava enrugado e os cabelos curtos, quase brancos, mas a voz continuava firme e seu corpo saudável e ereto. Usava apenas tanga, sandálias e um anel de sinete de bronze, sinal de sua posição como chefe do culto de Chiuknawat. Até o pekenan tinha dispensado, pela idade. Tinha pele tão negra quanto a de Tiakat e as formas típicas de uma tlavali, apesar de seu jeito de falar e gesticular não fosse típico da raça. Que ela nascera dengu e uma feiticeira a transformara quando jovem para ajudá-la a fugir da escravidão fora um segredo bem guardado até pouco depois da Revolução.

Xikamat ergueu a mão com polegar e mínimo esticados, na saudação dos adeptos de Chiuknawat. Isso representava "nove" no estilo tlavatli de contar com os dedos e lembrava o significado tlavatli do nome da deusa, "nove águas". Respondi com o mesmo gesto e a abracei. Nunca fora muito íntima dela, mas era amiga da família e hóspede frequente da casa e eu supunha que, de agora em diante, seríamos mais próximas. Ela correspondeu de boa vontade.

– Tjeypin, você já é mulher! – disse ela, em tlavatli – Tentava lembrar-me da última vez que falei com você, penso que você ainda nem tinha seios...

– Não que os que eu tenho agora sejam *grande coisa...* – brinquei.

– ... mas a lembrança mais viva que tenho é de sua mãe me mostrar a você e seu irmão recém-nascidos, toda orgulhosa. Foi um grande momento para nós, um marco da nova era.

Fiquei confusa com a homenagem que eu nada fizera para merecer.

– E agora, *você* foi tocada por Chiuknawat e pensa se consagrar. Se essa aliança se consumar, será uma grande alegria para nós, vai ao encontro do que mais buscamos nestes tempos, que é superar os tempos da clandestinidade como divindade tlavatli e difundir nossa mensagem por todas as raças e nações.

– Xikamat, quando você diz *nós*, quer dizer... – perguntei, intrigada com a súbita mudança de ponto de vista.

– Que falo em nome *dela*, claro. Sabes por que Chiuknawat se refere a si mesma como "nós"?

– Por ela ter se originado da fusão de nove gênias, eu suponho...

– É mais que isso. As gênias foram só o começo. Chiuknawat é a soma das consagrações de gênios, elementais e gente à nossa causa, todas nos incluímos nesse "nós".

Estava ficando mais misterioso e emocionante do que eu imaginava.

– Tanto nossa divindade quanto nossa consagração diferem das outras. Não somos vassalas de nossa deusa, somos companheiras e parte dela. Por isso, não usamos a coleira de ouro nem nenhuma insígnia de estatuto. Devemos ser livres como Chiuknawat. Também por isso, ao contrário de outras consagradas, podemos romper se quisermos, apenas pode ser que não sejamos aceitas de volta. Ah, eu falo no feminino porque na maioria somos mulheres e nossa identidade coletiva é feminina, mas incluímos um número crescente de homens.

Assenti, sorridente.

– Não vejo porque alguém se separaria *de Chiuknawat.*

– Acontece, às vezes por causa de uma paixão por um mortal não consagrado ou pelo cansaço dos desconfortos da nossa vida. Você sabe que uma sacerdotisa deve ser despossuída. Não deve possuir bens materiais além dos necessários à sua sobrevivência e suas missões. Não deve ter imóveis ou moradia fixa, mas circular entre as casas de adeptos que ofereçam hospedagem. Não deve se casar ou assumir outro juramento ou compromisso permanente, pois precisa estar à disposição de Chiuknawat. Se tiver filhos, deve desapegar-se tão cedo quanto for possível para eles.

– Sei disso e *estou disposta* a viver assim. Há outras regras?

– Não são bem regras, mas diretrizes, seguidas pela maioria das sacerdotisas. Não há normas absolutas. Em princípio, uma consagrada poderia viver como uma rainha se isso conviesse à missão que Chiuknawat lhe designou e se mantivesse despossuída de espírito. Ou como uma escrava. Quem decide se seu comportamento é ou não apropriado é a própria deusa e ela tem meios de intervir se não estiver contente. O papel da suma-sacerdotisa não é vigiar as consagradas e sim representá-las ante os adeptos e a sociedade.

– E roupas? Eu preciso me vestir só com uma tanga, como você?

– Não. É uma tradição que vem do tempo em que o culto só existia entre tlavatlis. Para que exigir que uma dengu branquelinha, como eu era antes de ser transformada, ande de tanga no sol de Atlântis ou de terras ainda mais quentes e fique toda queimada, por exemplo? Se você quiser se vestir de outra forma, tem nosso apoio. É bom nossos adeptos a se acostumarem com a ideia de que somos plurais.

– Ah, que bom. Então prefiro continuar a usar saiotes. Acho que tangas ficam bem nas tlavatlis, mas eu herdei a bunda pequena da minha mãe... Além disso, eu prefiro cobrir o pekenan, cuja vista intimida muitos rapazes, mas mostrar minhas pernas, que são bonitas e as calças senzares tradicionais, compridas e largas, escondem.

Xikamat riu:

– Não está mau, menina! Um saiote é praticamente tão despojado quanto uma tanga e igualmente cômodo para uma raça de pele escura. O único senão é que esse vermelho e dourado sugere uma ligação especial com o clã Zi, o que não nos convém. Uma sacerdotisa deveria ser neutra em relação aos clãs, que ainda têm muita força política.

– Pode deixar, vou usar outro. O meu saiote cívico, que é das cores da Comuna.

Ela me conduziu à iniciação, que seria num dos parques de Atlântis, como convinha a uma deusa sem-teto. Garoara durante o dia, mas o céu se abriu pouco antes do pôr do sol e duas luas cheias clareavam o caminho, já perto do zênite. Embora o parque, cruzado por pontes e canais, não tivesse cercas, ninguém o frequentava àquela hora, salvo casais de namorados entretidos com seus próprios assuntos.

Chegaram a uma clareira no meio do bosque, onde esperavam alguns sacerdotes de Chiuknawat – quatro homens e dez mulheres, todos mais velhos que eu e duas das mulheres tão idosas quanto Xikamat. Nenhum fez perguntas. Pensei que Xikamat explicaria algo, mas ela não julgou necessário. Apenas pediu que formassem um círculo enquanto eu me colocava no meio, deitada sobre uma esteira que um deles tinha trazido e estendido na relva.

Tratava-se de entrar em transe e os sacerdotes deviam induzir com um canto em voz baixa, que acompanhavam com uma espécie de pandeiros. Era uma versão abreviada, minimalista, dos cantos para Chiuknawat que ouvia no terreiro tlavatli onde Tiakat me levava. Com meu treinamento, poderia tê-lo dispensado, mas ajudava. Deixei-me conduzir num instante para...

Onde? Não era o Limbo, nem o Hades, nem o Tártaro. Estava suspensa num céu azul infinito em todas as direções, no qual algumas formas flutuavam à distância. A mais próxima era uma nuvem mais ou menos esférica, em torno da qual um arco-íris de cores vivas formava um anel completo. Senti que deveria ir para lá.

Dentro da nuvem, havia um lago. Dentro do lago, uma ilha coberta de selvas e matagais e dividida por quatro rios que nasciam de uma fonte central, perto da qual ela desceu. Era um espetáculo empolgante, um poderoso jorro d'água vertical que se elevava a mais de cem braças e rugia como uma grande catarata, espalhando um vapor refrescante por muitos estádios ao redor.

Não vi ninguém perto. Escolhi ao acaso um dos rios e segui suas margens corrente abaixo. Fui dar em frente a uma aldeia ribeirinha. Pensava em atravessar o rio a nado quando uma menina que brincava sozinha, sentada na lama, me viu e correu a me encontrar. Estava nua como eu, salvo pelos fios coloridos que lhe prendiam as tranças. Dava-me pelo umbigo e falava um tlavatli diferente do dialeto de Tiakat, com uma vozinha aguda e espevitada.

– Ei, quem é você?

Agachei-me para ficar à altura dela.

– Olá, meu nome é Tjeypin. E o seu?

– Tenamiki.

– Como se chama este lugar?

– Sabiá Branco. Do outro lado da fonte, tem o Surucuá Amarelo. Se virar à direita, a da Graúna Preta. À esquerda, a da Arara Vermelha. O resto é mata e água. Tudo junto se chama Amotlal, o não lugar.

– Tenamiki, você quer ser minha amiga?

– Depende. O que eu ganho em troca?

– Ganha *a mim* como amiga, também.

– Gostei, negócio fechado. Você é uma amiga bonita, sabe?

– Obrigada. Você mora aqui?

– Moro em todos os lugares e em nenhum. Fico zanzando por aí. Gosto mais do Surucuá, que tem mais crianças. Mas coisas de gente grande também são boas. Minha madrinha no Sabiá conta histórias de deixar a gente sonhar acordada e cozinha gostosuras que dá vontade de lamber o caldeirão inteiro! Você é meio criança e meio gente grande, não é?

– Não sei... Já cresci muito...

– Não se preocupe, não vamos deixar você crescer demais.

– Tenamiki, como você faz para passar para o outro lado?

– É só fazer de conta.

– Como assim?

– Feche os olhos e faça de conta que estamos do outro lado...

Fechei os olhos, tentei fazer de conta e e quando voltei

a abri-los, vi-me agachada em um cais junto à aldeia de palafitas.

– Puxa, estamos mesmo do outro lado!

– Não disse que você é meio criança? Se fosse toda crescida, ia dizer "Não pode ser, é ilusão!". Se fosse toda criança ia chorar e chamar a mamãe. Quer conhecer minha amiga?

– Sim, vamos.

Deixei-me conduzir pela mão. Os outros nos olhavam com curiosidade divertida. Todos, exceto a menina, tinham cabelos brancos.

Chegamos a uma casa na praça central da aldeia, que cheirava a comida gostosa. A porta estava aberta e Tenamiki não fez cerimônia. Entrou correndo para abraçar uma tlavatli velha e gorda, de grandes seios pendentes, ajoelhada a mexer um caldeirão com uma colher de pau.

– Vó Yoli, peguei você!

– Boneca, quase me faz derrubar a comida! Vá assustar sua mãe!

– Não consigo, ela é esperta demais. Hum, está cheirando bem...

– Só vem pra comer, né danadinha? Não faz mal, sempre tem para mais uma. Ou duas. Qual é a sua graça, moça?

– Eu? Sou Tjeypin.

– Tjeypin, não se acanhe. A comida é simples, mas feita com carinho.

– Obrigada... Seu nome é Yoli?

– Yolilicé, mas pode me chamar de Yoli, como a Tenamiki.

A negra imensa serviu a moqueca em gamelas de madeira. Comi com as mãos e lambi os dedos, à maneira dos tlavatlis.

– Tenamiki, como é isso de *"fazer de conta"*? Todo mundo tem esse dom aqui?

– Não, só eu e meu irmão Tetontli. É um dom da mamãe.

– Espera aí, *quem* é mesmo a mãe de vocês?

Tenamiki e Tetontli são nomes tlavatlis comuns, mas os dois juntos eram um par de gêmeos do qual eu já ouvira falar. Quando meus pais os tinham encontrado, mal sabiam andar e falar, embora tivessem ajudado a derrotar os gênios senzares que tentaram bloquear a Revolução. Pelo jeito, tinham crescido, ainda que num ritmo diferente dos humanos.

– Ciuknawatl, você conhece, não é? – assim se falava em tlavatli clássico.

– Claro que conheço! Vim aqui procurá-la, pensei que a encontraria logo que chegasse...

– Ela deve estar ocupada – interveio Yoli –, mas não se preocupe, o tempo aqui corre diferente. Um ano aqui pode significar uma noite no mundo corpóreo, digamos.

Não era bem o que eu tinha esperado, mas teria de ter paciência. Dediquei-me a conhecer o lugar, que era um refúgio de minha deusa, por assim dizer. Os sabiás eram gênios pacientes e ponderados. Os surucuás eram pequenos, inocentes e travessos. As graúnas eram malandras e sensuais e as araras, fortes e altivas. Não havia noite e dia por lá, nem sono nem fome, mas sempre era agradável parar numa casa qualquer e pedir para entrar. Sempre era acolhida e convidada a comer, bater papo, deitar-me com alguém, participar do que houvesse para fazer – trabalhar, brincar, festejar, caçar – e ficar o tempo que quisesse. Era como uma versão paradisíaca da rotina de uma sacerdotisa de Chiuknawat no mundo corpóreo, só a parte boa, pois ali ninguém parecia ter problemas ou precisar de ajuda.

Não sabia quanto tempo se passou, nem teria meios de medi-lo, mas se me perguntassem, teria dito uns dois meses, quando ouvi a vozinha de Tenamiki, à minha procura.

– Tjeypin, Tjeypin!

– Oi, Tenamiki! Estou aqui!

– Estive procurando você em toda a Graúna. Tive de fazer de conta que você estava aqui para encontrá-la.

– Mas eu estava *aqui* faz tempo...

– É assim mesmo que funciona. Ouça, mamãe quer falar com você.

Segui Tenamiki encosta acima, a um baobá com uma fenda entre as raízes. Tenamiki pulou para dentro feito uma paca para sua toca, mas entalei-me na abertura estreita. Tenamiki tentou puxar-me para dentro, sem conseguir, até fazer de conta que dava para eu passar. Dentro, havia uma caverna aconchegante e iluminada com suavidade. No centro, Chiuknawat me esperava, de pé.

– Obrigada, Tenamiki querida – disse a deusa –, deixe-nos a sós, por favor.

– Tá bem, mamãe. Tchau, Tjeypin, você é muito legal! A gente ainda vai se ver!

– Tomara, Tenamiki.

Aproximei-me de Chiuknawat, mas ela fez sinal para não tocá-la.

– Ainda não, querida. Que tal foi a temporada aqui?

– Bem, no início fiquei um pouco desapontada por não encontrar você, mas depois gostei. Foi divertido, como um longo feriado.

– Bom sinal – ela parecia contente –, nem todas se dão tão bem com essa estada. Agora me diga, não que houvesse algo errado em se divertir, mas viu algum outro propósito?

– Hum... – parei para pensar. – Isto me pareceu um *rascunho* do mundo que as consagradas deveriam construir... Um lugar ideal e impossível para humanos, mas capaz de inspirar nosso trabalho.

– Ninguém tinha dito isso tão bem! – sorriu e cruzou os braços para trás. – Um esboço bem tosco, aliás, criado quando éramos muito jovens e ingênuas e nada conhecíamos além da vida nas aldeias do interior. Hoje faríamos diferente, mas ainda seria simplório em relação às realidades do mundo corpóreo. Para ir adiante, precisamos de cada vez mais contato com a humanidade e por isso resolvemos habitar uma portadora corpórea, Tiakat. Também por essa razão, precisamos incorporar mais pessoas inteligentes, criativas e profundas, capazes de compreender e aprimorar nossos planos. Com poucas exceções, nossas consagradas são pessoas simples, na maioria ex-escravas. É gente muito boa e sincera, dedicada a espalhar nossa mensagem e cumprir nossa vontade tal como a entende, mas não sabe ir além. Na última geração, quem mais fez por nos ajudar a compreender nossos próprios desígnios últimos e dar os passos mais importantes para realizá-los foram menos as consagradas do que amigos como seus pais e Tiakat. E você combina muitos talentos deles com a devoção de muitas consagradas. Por isso nosso desejo por você é grande, Tjeypin, por amor e pela possibilidade de nos abrir novos horizontes – o tom era o de uma mulher apaixonada.

– O meu é igual, Chiuknawat – respondi, comovida.

– Mas você precisa ter completa consciência do que vai fazer. Vamos contar a você algumas coisas que Xikamat não disse. Normalmente, nós as revelamos quando as iniciadas avançaram na compreensão de sua missão e estão para serem confirmadas, mas você já é capaz de compreender e se aceitar, não precisará ser confirmada e terá responsabilidades grandes desde o início – fez uma pausa e Tjeypin apenas assentiu, atenta. Chiuknawat continuou.

– Sua consagração seria uma interpenetração real entre nós, minha querida. Algo parecido, mas muito mais intenso do que foi para sua mãe se unir à gênia Kintjur, porque somos muito mais intrincadas e profundas. E será muito mais violento que daquela vez no Hades, porque agora não estamos nas formas corpóreas, que nos limitam. Depois disso, você existiria em nós e deixaríamos em você uma centelha nossa para estarmos sempre em contato e de garantirmos que, aconteça o que acontecer, não a perderemos. Nem sempre poderíamos socorrer você, pois temos vários limites, mas no caso de sua morte, essa centelha consumiria sua individualidade para recolhê-la ao nosso seio e torná-la nós para sempre. Por isso, nada de você irá para o Hades, ou qualquer outro plano. Sempre seria possível para você antecipar essa passagem, como fizeram algumas consagradas em situações de tortura ou de extremo sofrimento. Tomara que isso nunca seja necessário, mas é uma garantia de se poder enfrentar qualquer perigo pessoal com equanimidade. Aceita?

– Mas que maravilha! Serei parte de você! Mas mesmo que meu destino tivesse de ser algo muito ruim, eu aceitaria. O pior que me poderia acontecer não seria a aniquilação ou o Tártaro, mas decepcionar você, Chiuknawat. Eu aceito e estou pronta, para o que der e vier.

– Então, que seja – abriu os braços para mim e sua aura pareceu tornar-se mais tempestuosa, faíscas saltavam entre seus membros. – Venha, amor, estamos prontas para receber você.

Abracei o relâmpago vivo e eletrocutei-me longamente, fulminada por uma libertação além da dor e do prazer, da vida e da morte, da paixão e do nirvana. Bradei um trovão alegre e interminável. Eu era agora uma força da natureza, uma centelha colorida a saltar de uma para outra estrela flamejante numa espiral a envolver o espaço e o tempo por milênios a fio... Não, essas são tentativas pobres de recordar e descrever um lado ínfimo da experiência mais avassaladora da qual uma mente poderia participar e ainda voltar a ser de gente, retendo dela apenas um fragmento tão desbotado e impreciso quanto poderia ser a lembrança de uma formiga de ter vivido e amado como humana por mil anos.

Capítulo 29

Reunião de família

Sair do calor abafado da cidade dhvara para o ar gelado do topo da montanha foi um alívio e Vasu sabia o que esperar, mas estava apreensivo. Quando partiram para a missão, não tinham certeza de como voltariam. Voltar a pé através das linhas agartis seria muito difícil e depois do entrevero com seu pai, ficara perigoso demais. A alternativa era esperar pelo momento de os dhvaras se juntarem à luta e acompanhar seus guerreiros e isso não o agradava, pois não voltaria a ver Madhavi a não ser depois da batalha, se ambos sobrevivessem. De repente, Tjurmyen lhes trouxera aquela boa nova, mas a ideia ainda o perturbava.

– Não se preocupe – disse Tjeypin que, sentada a seu lado, abraçava os joelhos. – Vai ser divertido e ele vai gostar de você.

Não disse nada. Um par de asas acabava de surgir a sudoeste. Pôs-se de pé e pôs a mão em pala para ver melhor contra o céu brilhante. À primeira vista, parecia mais um grifo, como o par que voejava não muito longe havia algum tempo, mas um olhar aguçado notaria que as asas eram longas demais, seguidas de uma cauda comprida e os grifos verdadeiros se afastavam, receosos, na direção oposta ao recém-chegado.

Ao se aproximar, ficou mais evidente que era um draco. Vasu os vira algumas vezes, da espécie avermelhada que caçava nas estepes e ocasionalmente sobrevoava Manova, deixando os adultos apreensivos e as crianças excitadas. Aquele era maior e de uma cor de bronze quase dourada. Tjeypin se entusiasmava feito uma garotinha, aos saltos e acenos:

– *Fufu! Fufu!* – ou seja, "papai", em senzar.

O animalão por fim pousou. Tjeypin correu para cumprimentá--lo e Vasu foi atrás. Era muito maior do que imaginara, uns dez passos de comprimento e o dobro disso de envergadura, e embora fosse esguio, devia pesar mais que um dente-de-sabre. Tjeypin o beijou e lhe retirou o sistema de cordas e polias que vinha preso a seu pescoço e cauda. O draco então pareceu espreguiçar-se e ao se esticar, ficou ainda maior, três vezes mais pesado e volumoso e com uma aparência ao mesmo tempo mais humana e mais assustadora. Então encolheu de novo, muito, para se tornar um homem nu e perfeito. Se não mais que perfeito.

Vasu não era muito sensível à beleza masculina, mesmo dentro dos cânones de sua própria casta, nos quais Sistu não se encaixava. Mas era impossível não admirar um corpo tão sensual e poderoso quanto um leão feito gente. Os semideuses de bronze que representavam o ideal agarti de cultivo do corpo tauta nos templos de Parkunas não conseguiam transmitir a mesma sensação de vigor e harmonia, embora parecessem até mais musculosos. O rosto, apesar de traços considerados primitivos pelos agartis – pele escura, testa relativamente baixa, maçãs proeminentes, olhos fundos e rasgados – sugeria caráter e inteligência.

Ela se jogou em seus braços e ele a atirou bem alto, antes de apará-la de volta às gargalhadas, como se fosse uma criancinha. A força dele devia ser enorme. Os dois eram bem parecidos. Os traços marcantes do pai apareciam suavizados na filha, mas se nela pareciam carregados para uma moça – não a Vasu, agora apaixonado pela beleza agreste de Tjeypin – nele eram belamente apropriados à sua virilidade, a um olhar mais convencional.

Quando o jovem se aproximou, Sistu lhe fez uma saudação atlante, antes de abraçá-lo pelos ombros. Era uma cabeça mais alto que Vasu, o que não era pouco. Não aparentava idade para ser pai de Tjeypin, salvo por uns poucos fios cinzentos na barba.

– Sei como você tem dado apoio e carinho à minha filha – falou com um sotaque chiado e arrastado, mas em correto agarti, cravando nele olhos negros como faca de obsidiana. – Nunca vou conseguir lhe agradecer o bastante, ela é para mim mais preciosa que minha própria vida!

– Não é favor nenhum, ela vale o mesmo para mim – respondeu com sinceridade.

– Vamos, se abracem, adoro vocês dois! – Tjeypin os apertou juntos. Mesmo embaraçados pela nudez de Sistu, riram e fizeram sua vontade.

O pai retornou à forma de draco e Tjeypin voltou a lhe colocar os peculiares arreios.

– Tem certeza de que pode com nós dois? – perguntou Vasu.

– Não ssse preocupe, jzzá voei com peszzos maioress – respondeu a voz alterada do draco.

Acomodou-se, meio tenso, no boldrié e nas argolas. Tjeypin, depois de testar o arranjo, abraçou-o pelas costas. Seus poderes a dispensavam dos dispositivos de segurança.

– Vamos, papai, estamos prontos!

Vasu não tinha tanta certeza. Sistu se lançou no precipício aberto pela fenda no alto do vulcão extinto e quase lhe fez o coração sair pela boca, enquanto Tjeypin gritava de euforia a plenos pulmões. Ela bem que tentara acostumá-lo com os abismos, mas aquilo era diferente.

O mergulho quase vertical se tornou uma curva alucinante e dispararam na direção do sol da tarde. Quando o voo se estabilizou na horizontal, Tjeypin o largou e se dependurou em Vasu com seus fios invisíveis, abrindo os braços como para voar com as próprias forças. Aquilo o deixou nervoso até se acostumar. Seu cabelo e barba, agora quase tão crescidos quanto os de Sistu na forma humana, voavam ao vento gelado.

Divisou ao longe os acampamentos agartis. Cruzaram num instante os morros e pântanos que tinham levado dias para atravessar a pé e sobrevoaram o mar de Helcar numa curva muito ampla. Vasu se acostumava o suficiente para relaxar quando se reaproximaram de terra e mergulharam num rasante de arrepiar. Tjeypin voltou a subir e se agarrar com firmeza em suas costas para o tranco da aterragem, bem no centro do acampamento da Grande Marcha, que acabava de ser remontado. Estavam à espera, pois a praça central estava desimpedida e muitos se juntavam nas beiradas para vê-los chegar.

Tjeypin desceu e ajudou-o a se desvencilhar do equipamento. Assim que ele se viu livre, Madhavi lhe pulou nos braços. Beijaram-se antes de qualquer coisa.

– Você está linda! – era sincero, ela lhe parecia especialmente bonita.

– É por ver você de novo, amor. Você e Tjeypin.

Ela virou-se para beijar Tjeypin, que vinha do abraço de Lúsia e ele beijou a acaia. Então ouviu um grito de espanto da atlante:

– *Ximu! Ni tlere!* – "Madrinha! Você aqui!", como mais tarde Vasu veio a entender.

Ela deixou Madhavi para abraçar Tiakat, que trouxera as roupas de Sistu e esperava a vez de cumprimentá-la. Vasu só reconheceu o sorriso, pois de resto o corpo astral que vira da outra vez era apenas uma sugestão. Alta como Lúsia, mas muito mais magra, a madrinha de Tjeypin era tão preta que ao lado dela, a afilhada e Sistu pareciam quase brancos. Protegia-se do frio do crepúsculo com uma manta de lã colorida, com uma abertura para a cabeça, que depois soube que se chamava *kuaxti*. Sem rugas visíveis e com o cabelo arrumado em trancinhas, ninguém diria que era mais velha que Lúsia.

Tjeypin a apresentou a Vasu, que vinha de abraçar Madhavi, e Tiakat se aproximou dele e o beijou na boca como se fosse sua amiga íntima.

– *Nilohn! Ah riahçar ça hambãjah!*

– Ela o saúda e diz que acha que vão ser muito amigos – traduziu Tjeypin.

Ao trocarem mais algumas palavras com ajuda da intérprete, ficou claro para o agarti de onde vinham muitos dos trejeitos e expressões mais características de Tjeypin. Embora não tivesse nenhuma semelhança física com a madrinha, nesses aspectos pareciam mãe e filha.

Lúsia os interrompeu para avisá-los de que eram todos esperados para uma reunião na tenda grande. Claro que o tema era a preparação para a batalha que teriam de travar em mais alguns dias. A bem-sucedida negociação de Tjeypin e Vasu em Hurushulkîn e as novidades trazidas por Sistu, nem todas boas, exigiam ajustes nos planos.

– Como já devem saber – começou o senzar em mugal, em tom calmo –, estive nos últimos dias em Zhyaungtô com minhas esposas Tiakat e Tjurmyen-Tjurtsi, a corpórea, que continua lá como embaixadora de Atlântis junto ao *theenhwangh*, "imperador celestial", enquanto seu duplo, Tjurmyen-Kinzhyn, está aqui conosco – citar pessoas pelos nomes próprios era considerado deselegante em mugal, mas a complexidade do caso justificava a exceção. – Foi uma negociação difícil. No princípio, o *kwenwangh*, "rei terrestre", não queria permitir de forma alguma a entrada dos refugiados em seu território.

Fez uma pausa e passou os olhos pelos conselheiros. Procuraram manter a compostura, mas estavam chocados.

– Como é possível? – Hoengseng expressou a indignação perplexa de todo o grupo. – O último reduto dos mugais livres não quis receber seus irmãos recém-libertados? Quis nos ver perecer todos às suas portas, nas mãos dos agartis?!

Sistu prosseguiu no seu estilo ponderado e objetivo, como se estivesse dando mais uma aula de história no Instituto. Não os queria exaltados e sim bem conscientes do ponto de vista da elite egoísta, conservadora e provinciana com que teriam de lidar.

– A perspectiva aterrorizava os nobres mugais – gesticulava enquanto caminhava de um lado para o outro, a cabeça roçando o teto baixo da tenda. Era fácil imaginá-lo numa sala de aula. – Temiam que o Império Agarti, que no último século parecia esquecido de sua existência, os punisse com a invasão e anexação total. Receavam a chegada em pleno inverno de uma horda faminta e insubordinada, que poderia causar saques e desordens. Acima de tudo, por menos que admitissem em público, tinham pavor de que a Grande Marcha se juntasse a camponeses insatisfeitos para promover uma revolução e lhes tomar o poder.

– A julgar pelo que o representante de Atlântis nos conta, talvez seja mesmo preciso considerar essa alternativa – comentou Hoengseng, a custo reprimindo a fúria. A única vez que Vasu a ouvira falar naquele tom foi quando ainda era Bakri, ao protestar pela inocência da garota empalada. Vasu não gostaria de estar na pele do tal imperador celestial se ela o encontrasse.

– Por ora, não será necessário. A missão teve sucesso parcial. Para acalmá-los, precisamos de toda a lábia da esposa mugal para convencê-los de que esta marcha se tornou uma força bem disciplinada e insinuar, sem explicitar, que seria uma péssima ideia tentar impedir à força a entrada de uma tropa vinda de uma vitória sobre os melhores guerreiros e os melhores comandantes de Agarta. Também usamos fundos coletados entre simpatizantes de vocês na colônia mugal de Atlântis para subornar algumas pessoas-chave e prometemos acordos comerciais favoráveis. Para resumir, no fim das contas eles recusaram ajuda ativa à Grande Marcha, mas prometeram recebê-la e abrigá-la até o fim do inverno. Dependerá do Conselho negociar e definir seu papel na política mugal. Saibam que em número a Grande Marcha equivale a seis por cento da população dos domínios de Zhyaungtô e a toda a sua casta militar, mulheres e crianças incluídas. Estão em posição de exigir mudanças. Este estrangeiro não lhes dirá o que fazer, mas recomenda que ajam com sabedoria.

– O Conselho agradece seus esforços desinteressados, amigos da Comuna de Atlântis – respondeu a mugal, aliviada.

– Não há o que agradecer – respondeu Sistu. – Sua luta e a nossa são uma só. A revolta de Zjoey permitiu à esposa ali nascida chegar a Atlântis e a inspirou a um papel decisivo na libertação da nossa cidade. Ao ajudar vocês estamos não só devolvendo o favor como abrindo caminhos a movimentos e mudanças no equilíbrio de forças entre impérios que nos ajudarão a conservar e talvez ampliar nossa própria democracia. Não podemos ser livres sozinhos.

– Mesmo assim, é preciso agradecer – insistiu a porta-voz. – Convém, porém, esclarecer com mais exatidão a situação. Pode-se supor que a esposa que permanece em Zhyaungtô pode nos informar sobre a evolução da situação política?

– Sem dúvida, por meio de seu duplo. As duas são a mesma pessoa, é uma realidade complicada que a própria família não entende perfeitamente, mas o importante é que uma sempre sabe o que se passa com a outra, no mesmo instante. O irmão gêmeo da filha aqui presente também está lá com sua equipe e ajudará no momento decisivo.

Tjeypin sorriu de orelha a orelha.

– Ele tem habilidades como as da valorosa irmã? – perguntou Hoengseng.

– Não – o pai sorriu. – São bem diferentes. Mas igualmente valiosas – e explicou como seu filho ia contribuir para a batalha, deixando Vasu de queixo caído. – Além disso, está aqui a portadora da deusa, que pretende responder aos deuses agartis caso eles intervenham pessoalmente. Considerada também a aliança com os dhvaras, as chances de vitória são bem razoáveis, se a ordem de batalha for apropriada. Se for permitido a um estrangeiro recém-chegado, tenho algumas sugestões a propor.

Concedida a permissão de Hoengseng, Sistu explicou o que pensava sobre como os agartis os enfrentariam e qual deveria ser a tática da marcha, enchendo de rabiscos a lousa que servia de quadro-negro ao Conselho. Lúsia se ergueu, pediu a palavra e fez várias objeções.

O debate foi educado, mas veemente. Sistu defendia um ataque arrojado ao coração das forças inimigas, Lúsia uma abordagem mais prudente, que buscasse pontos fracos nos flancos e conservasse mais reservas para um ataque final. Por assim dizer, Lúsia queria tomar as peças do adversário uma a uma e Sistu fazer xeque o mais rápido possível.

– Lutar em duas ou mais frentes contra os flancos do inimigo exige manobras complexas demais para um exército tão grande e inexperiente – argumentou Vasu –, nosso pessoal vai se confundir com engajamentos secundários. Precisamos de uma ordem simples e clara de ataque ao núcleo, pois mais cedo ou mais tarde teremos de enfrentá-lo. Vamos surpreender o inimigo com recursos inesperados e conseguir uma vitória rápida com o mínimo de perdas.

– Engano seu, estamos nos preparando há meses para esta batalha! – contestou Lúsia. – E como saberemos se suas manobras funcionarão como você imagina? Elas jamais foram testadas! O mais sensato é minimizar baixas na primeira etapa, manter uma retaguarda capaz de garantir uma rota de retirada e poupar uma reserva para quando o equilíbrio das forças oscilar e se possa aproveitar um deslize do inimigo para dividir suas forças e obrigá-lo a abrir caminho. Ou, se isso não acontecer, para que se possa promover uma retirada ordeira para tentarmos de novo no dia seguinte. Temos de manter nossas opções em aberto!

Ele soava ponderado ao argumentar pela tática mais ousada e ela agressiva ao defender a cautela. Apesar de muitas aulas sobre tática, estratégia e história militar, Vasu hesitava sobre quem tinha razão e se perguntava se os conselheiros, que nada tinham dessa formação, estariam mais ou menos confusos. A lógica de Lúsia estava de acordo com o que os mestres da Escola Militar provavelmente considerariam a resposta correta num exame oral, mas o jovem agarti duvidava se seria adequada para uma tropa improvisada que não tinha para onde recuar nem nada a negociar. A argumentação de Sistu era persuasiva, mas em última análise dependia de provocar um colapso. Desde que o imperador cari Asar derrotara Rudhra em Tusbun, havia mais de mil e novecentos anos, não se ouvia falar de um exército agarti debandar em pânico. Muito menos oferecer uma rendição incondicional.

A certa altura, Hoengseng consultou seus pares e interveio para pôr fim ao debate:

– O Conselho considera ambos os argumentos expostos de maneira suficientemente completa. O tempo urge, mas é preciso meditar. A decisão será tomada amanhã à noite.

Lúsia fez uma reverência exageradamente formal e saiu de cara fechada, a passos duros. Sistu e Tiakat olharam para Tjeypin, que saiu atrás da companheira. Vasu e Madhavi a seguiram.

– Lúsia, por favor... – pediu a atlante, assim que se viram fora da tenda.

– É um absurdo, falta de respeito! – protestou a acaia, aos gritos, cerrando os punhos. – Eu podia ter virado as costas e voltado para minha terra, mas eu me matei para treinar e organizar esta gente por quatro meses, sem descanso e sem pedir nada, comendo carne velha e arroz bichado, por amor a você e solidariedade com seu povo! E agora dão ouvidos a um estranho que acaba de chegar do luxo de Atlântis? Isso não se faz!

– Lúsia – implorou Tjeypin, de braços abertos –, eu te amo, me ouve! Eles querem viver! Imagine que você está doente e se trata há meses com uma xamã que vai te submeter a uma feitiçaria arriscada, aí passa pela cidade um bruxo estrangeiro e oferece uma magia mais poderosa, da qual você nunca tinha ouvido falar. Você não escutaria o que ele tem a dizer?

– Você me traiu! – acusou a acaia, rejeitando o abraço com raiva. – Você sabia que ele ia chegar na última hora para colher as glórias da vitória!

"Não é verdade", pensou Vasu, "só em Hurushulkîn ela soube da chegada dos pais a Zhyaungtô".

– Ninguém quer tirar sua glória, Lúsia – a atlante baixou os braços, desanimada. – Todo mundo reconhece seu esforço e confia em você como comandante. Queremos você à nossa frente na vitória. Só pedimos que você leve em conta os conselhos do meu pai, que chefiou uma revolução vitoriosa e conhece armas e táticas novas para os agartis. Uma vez decidido o plano, ele e eu estaremos às suas ordens!

– Você sempre vai ser a filhinha do papai, não é? – a voz ficou embargada, de repente. – Por mais devotada que seja quem ama você, por mais que largue carreira e reputação para apoiar suas loucuras, por mais que arraste seus amigos e subordinados numa aventura maluca e sacrifique a vida de alguns deles no caminho! Sai da minha cabeça, não aguento mais!

– Lúsia... – começou de novo Tjeypin, mas a outra lhe deu as costas, entrou rapidamente na barraca, pegou suas armas e mochila e saiu em direção às barracas dos acaios a passos largos.

Tjeypin olhou em silêncio, mas Vasu viu lágrimas lhe correrem pelo rosto e a abraçou por impulso, mesmo sem entender bem o que aconteceu. Madhavi, que parecia ainda mais perplexa, fez o mesmo.

– Vamos entrar – disse a atlante, entristecida.

Uma vez dentro, jogou-se no catre de bruços e chorou sem peias.

– Fala com a gente! – pediu Madhavi, ajoelhando-se ao lado. – Se der para ajudar...

– Ela não me quer mais! – queixou-se Tjeypin, virando-se para a loura. – Eu amo Lúsia muito, mas nunca vou ser de uma pessoa só. Eu gosto dela e de vocês, cada um do seu jeito!

– Mas que tem isso a ver com o plano de seu pai? – perguntou Vasu, que se juntou a elas. – Não era por isso que ela estava zangada?

– Ela misturou as coisas! Foi um pretexto, na hora ela esqueceu que eu leio mentes. A verdade é que ela estava com ciúmes de você e da minha família. A divergência era o de menos.

– Hein? – perguntou Vasu. – Como assim?

– Ah, está na cara – explicou Madhavi, virando-se para ele. – Não precisa ser telepata. A Tjeypin apresentou você para a madrinha com o entusiasmo de uma noiva apaixonada e nos deixou de lado.

– Fui tão desastrada assim, é? – disse Tjeypin, com um raro rubor.

– Foi! – riu Madhavi. – Eu não achei ruim, entendi o momento, mas a Lúsia é outro estilo.

– Desculpe – pediu Tjeypin, sentando-se no catre –, eu devia ter dado mais atenção a vocês duas, mas eu e Vasu nos envolvemos tanto nesses dias!

Madhavi brincou. – Se envolveram, se enrolaram e se enroscaram pra caralho, tenho certeza! – puxou Vasu para se sentar com elas no mesmo catre.

– Madhavi, eu... – ia explicar Vasu, abraçando-a pelo ombro.

– Não vá se desculpar por gostar dela, somos dois! Eu já esperava, sei que vocês não querem me deixar para trás e sempre soube que meus amores seriam... hum... complicados. Só lamento não ter conseguido fazer o mesmo com Lúsia. Ela não me levou a sério – queixou-se.

– O que aconteceu? – perguntou Vasu.

– O problema foi o que *não* aconteceu – balançou a cabeça, desapontada. – Eu queria conversar mais com ela, falar de amor e de sonhos, mas ela mal ouviu. "Ah, deixa disso, temos coisas mais sérias a fazer". Me tratou como ajudante de dia e brinquedo de noite. De resto não tenho de que me queixar, trabalhamos muito, mas teve momentos divertidos. Uma vez ela trouxe o Kaineus para passar a noite na barraca, outra o Tuman, outra a Íphis. Mas não foi como eu esperava.

Ele teve um leve sobressalto ao imaginar Madhavi nos braços peludos de Kaineus e com o simpático e tosco Tuman, mas reprimiu o ciúme. Vasu também estivera com outras mulheres sem consultá-la e entendia que também ela era jovem e queria ter mais experiência. Íphis, curiosamente, não lhe inspirava a mesma preocupação. Só gostaria de ter estado junto, era atraído pela acaia cuja fama era ser tão fogosa quanto sugeria a cor do cabelo.

– Bom – ele mudou de assunto –, amanhã talvez ela esteja de cabeça mais fria e possamos conversar, mas agora não adianta. Estarmos juntos de novo já é uma grande coisa. Teve momentos em que eu duvidei de que nós três íamos nos reencontrar vivos.

– E como isso é bom! – exclamou a agarti, abraçando os dois. – Mas como está você, Tjeypin? Eu gostaria de comemorar, mas se você está muito triste e prefere descansar, eu entendo...

– Ah, vamos, sim! – respondeu ela, soltando o cinto e os broches que prendiam o quíton e deixando-o cair. – Vai ser bom, você é *maravilhosa*, não podia ter me recebido melhor!

Madhavi demorou um pouco mais para despir suas calças e blusa e então reparou, curiosa, ao se deitar ao lado dela:

– Que é isso no *pekenan*?

– Ah, é o cacho de cabelo que você me deu. Amarrei aqui para levar junto de mim.

– Que lindo! – Madhavi ficou radiante. – Então eu sempre estive no meio das fodas dos dois! Com o seu eu fiz uma pulseirinha, olhe aqui! Você fez de tudo comigo. E você, Vasu?

Já estava despido e pronto para a ação, mas esticou-se para pegar o cinturão e mostrar:

– Prendi no pomo de anel do meu gládio, pra dar sorte.

– Também gostei, estive no meio de todas as suas lutas! Agora vem com tudo, que eu quero ficar no meio de vocês inteirinha!

Algum tempo depois, Tjeypin e Madhavi dormiam abraçadas sob o cobertor quando uma raposa da estepe invadiu a barraca e acordou Vasu ao buscar comida e derrubar seu mosquete. Ele pôs o bicho para fora, mas enquanto as moças apenas resmungaram e voltaram a dormir, as preocupações dele o impediam de conciliar o sono. Desistiu de lutar contra a insônia e se vestiu para uma caminhada.

Fazia frio e havia mais atividade no acampamento do que o costume àquela hora, tanto pela aproximação do confronto com os agartis, quanto pelas atividades de Tiakat, que se desdobrava para atender a ferimentos e doenças.

A agitação o incomodou. Quis descansar sentado em algum lugar tranquilo e pensar sobre suas ansiedades, mas não estava disposto a pedir autorização para sair do acampamento. Lembrou-se de um morrinho dentro dos limites, não muito longe da sua barraca que tinha ficado desocupado por respeito às moitas de jasmim em flor. Ao subir, deu com alguém que ao pé do frondoso jasmineiro do topo olhava a lua branca e se virou para ele:

– Vasu, você aqui? – Lúsia parecia menos surpresa do que ele.

– Desculpe, não quis incomodar... – ia se afastando.

– Não, venha cá, quero conversar. Não estou zangada com você – deu um tapa no chão ao seu lado. Era quase uma ordem e Vasu obedeceu.

– Eu sinto muito – foi logo dizendo – se de alguma forma fiz vocês se desentenderem.

– Na verdade foi o contrário – ela suspirou. – Foi o fim de um mal-entendido. Ela não me ama do jeito que eu pensava que me amava.

– Eu posso garantir que não é assim. Ela é apaixonada por você, ficou muito abalada.

– Pode ser. Mas tenho certeza de que vocês saberão consolá-la – soou mais melancólica do que sarcástica.

Não valia a pena insistir nisso naquele momento. Passou ao que mais o preocupava.

– Lúsia, deixe-me pedir uma coisa por nós e por estas centenas de milhares de pessoas – aflito, fez um gesto, abrangendo o enorme acampamento. – Pelo amor das divindades que nos guiam, mesmo que não possam fazer as pazes agora e que o Conselho apoie Sistu, não largue o comando. Estaríamos perdidos sem sua orientação.

– Eu lhes dei a impressão de que ia fazer isso? – ela pareceu chocada. – Não, de jeito nenhum. Seria uma traição a todos os que confiaram em mim e me aceitaram como líder, inclusive você, que sempre me acatou e respeitou. Ser guerreira também é saber obedecer e eu aceitei servir ao Conselho. Não se preocupe, eu darei o melhor de mim para executar o plano do seu sogro.

– Sogro...? Bem, acho que isso ainda não está definido, nem qual será o plano.

– Ah, sim! Não me deixo enganar tão fácil. Vi nos olhos deles. O Conselho só adiou a decisão formal por cortesia e para encontrar as palavras certas para dizer "não" sem magoar, é o estilo de Hoengseng. Quem sabe? Talvez estejam certos. Eu só sei planejar com base naquilo que vi, toquei e aprendi a confiar. Seu sogro nos garante que vai funcionar, mas é a primeira vez que o vejo e nunca vi essas coisas de Atlântis nem os dhvaras em ação. Claro que a Máurula confia totalmente nele, mas é seu pai, será que ela está sendo objetiva? Bem, será o que tiver de ser. As Moiras já fiaram e mediram – fez uma longa pausa. – E quanto a ele, a mugal da aparição e a pretona serem seu sogros, também está decidido, ou você tem alguma dúvida? Para eles, você e Madhavi já são parte da família. Se viverem, é o seu destino.

– Tjeypin ama você tanto quanto nós, pelo menos. Pode ser o seu futuro também, é só querer – apostou nos meses de intimidade compartilhada e passou timidamente o braço pelos ombros dela, torcendo para que ela não se zangasse. Ela não o rejeitou.

– Mas eu não quero – protestou ela de voz embargada, batendo no peito. – Quando eu me apaixonei pela Máurula e ela correspondeu, eu achava que nós duas seríamos o amor mais belo e livre do mundo, não para sempre, mas sem limites. Quando ela me disse que queria lutar por esse povo, me deu um arrepio que nem te conto. Era minha chance de me dar completamente a ela e viver esse amor até o fim, porque no começo eu estava certa de que tudo ia acabar em morte heroica e gloriosa para todos. Não serei jovem por muito mais tempo e o que há de mais lindo do que morrer na flor da idade, dando tudo de si por um amor e uma causa nobre?

– Lúsia! – Vasu ficou chocado. – Que ideia mórbida! Não imaginava isso passando por sua cabeça! Eu receava um desastre desde o começo, mas me apegava à esperança de vitória, por pequena que fosse, por mim e por Madhavi, depois também por Tjeypin e por você...

– Que bonitinho – soou condescendente, mas sincera. – Mas eu tenho de confessar que só Tjeypin me importava. Quando vocês se juntaram a nós, senti que ela os desejava, mas meu amor, nosso amor estava em primeiro lugar e era infinito e cabia tudo nele. Só comecei a cair em mim quando a mãe e os deuses dela apareceram e comecei a perceber que ela tinha como vencer e sobreviver. E que depois disso a vida continuaria, ela retomaria seus laços e eu seria apenas mais uma pessoa querida, presa à sua casa e seu rame-rame. Fiz que não vi, quis me enganar, até você voltar com o pai dela, tratado como um noivo. Aí não foi mais possível.

– Por quê, Lúsia? Nem entendo bem isso de noivo. Ela quer a mim e Madhavi, nos convidou para viver com a família dela, mas formalidades de qualquer tipo não lhe vão pela mente, desagradam à deusa dela, se bem as entendo. E se ela quisesse casar, diria isso com clareza.

– Não é uma questão de rituais, mas de prática real. Viver em família, criar filhos, cuidar dos velhos, discutir a decoração da sala de jantar. A família da Máurula está aqui, ou aceito um lugar nela e me domestico, ou vou em frente com minha bárbara independência e os amigos que me queiram seguir. Com ou sem cerimônias e juramentos, isso de esposa, marido, sogros, cunhados, não é comigo! Os guardiães de Acaia não têm nada disso, você sabe. Não temos, nem queremos essas amarras. Eu, pelo menos, não quero. Para mim, todas as pessoas de que gosto são meus amantes e meus irmãos, a favorita é minha *erômena* e só. Amores e amizades têm de ser espontâneos, sem regras que não sejam criadas a dois. Acho que você entende minha escolha, Vasu.

– Não sei se entendo, Lúsia. Não sei como alguém pode se imaginar preso ao lado de Tjeypin, toda ela é o contrário disso. Sei pouco das minúcias da vida em Atlântis, mas pelo que ouvi dela, pode ser tudo, menos uma rotina sufocante. Por que não experimentar?

– Porque talvez eu goste, me acomode e desista de buscar o infinito, onde quer que esteja.

Ele suspirou, desanimado. Como vivera todos esses meses ao lado dela sem realmente conhecê-la? Os sentimentos dela lhe eram estranhos demais.

– Você não vai me convencer – continuou ela. – Mas gostei que você tentasse. Você foi um amante gostoso, é um bom guerreiro e sempre será meu amigo. Dê-me um beijo de despedida e vá se ajeitar com suas mulheres, vocês não vão sentir a falta de uma velha séria e brava.

Do diário íntimo de Tjeypin: despedida da Sarna

– As luas estão muito bonitas, esta noite – comentei, pra puxar assunto. Ele estava calado e triste.

– Ideal para uma despedida – respondeu Anpu. Conversávamos no alto de uma pontezinha, balançando as pernas sobre o canal e olhando o movimento das gôndolas e das estrelas.

– Não precisa ser um *adeus*, Anpu-xin. Podemos nos ver quando quisermos. Vou passar o próximo ano treinando hipismo, armas e artes marciais com titia e estudando línguas para me preparar para atuar no exterior. Você pode me encontrar nos dormitórios do Instituto ou na casa de minha família, quando tiver um tempo. Nos feriados, pelo menos.

Ele me olhou, curioso.

– Casa da sua família, mas não a sua casa?

– Vou pedir abrigo para eles quando for conveniente para minhas atividades, mas não vou considerar mais como *minha* casa. Vou abrir mão de minha parte e dizer que não precisam mais guardar um quarto só pra mim.

– É isso mesmo que a deusa quer de você, Pin-xin? Você resolveu não se tornar uma sacerdotisa plena, não precisa ser uma sem-teto ao pé da letra. Embora você pudesse ser a maior das *xelós*, se quisesse. A sucessora de Xikamat, por que não?

Ele ainda não tinha entendido bem minha decisão. Ou melhor, minha e de Chiuknawat. Ela concordou comigo que aquele ano e meio como noviça no Bairro da Sarna tinha sido uma experiência valiosa para mim, para ela e para aquela gente, mas tinha dado o que tinha de dar. Meus talentos e conhecimentos prestariam melhores serviços em outra parte, de outra maneira. Mas era mais uma razão para não me prender a nada, sequer à casa na qual me criaram. Bastava meus laços de amor com a família que a habitava, esses sim, indissolúveis.

– Não tem a ver com ser *xeló*, mas com acreditar em irmandade e igualdade. O tempo todo que passei aqui na Sarna não precisei de nada mais. Eu convivi com as pessoas, ajudei-as a organizar cursos e cooperativas e a cobrar serviços da Comuna, socorri nas emergências, servi de parteira e me deram abrigo e comida. Até uma pulseira e um saiote novo eu ganhei, sem pedir. *Também* são minha família, posso pedir apoio a eles se precisar, com certeza de não morrer de fome ou de frio. E este é o bairro mais pobre de Atlântis.

– Não será por muito tempo. Neste ano, a Sarna mudou mais do que em toda a minha vida e você está por trás de quase tudo que está sendo feito aqui: biblioteca, clínica, guildas, hortas, oficinas de lampiões, alfinetes, carroças, gôndolas e funis, teatros, tavernas e bordéis decentes, gráfica, gazeta, banhos...

Exagero dele. As hortas e a oficina de gôndolas, por exemplo, haviam sido mais ideia dele do que minha e muitas daquelas ideias mal começavam a sair do papel. Levam meses para conquistar a confiança daquele povo. Não é fácil para uma garota humana, ainda por cima se modos e cultura deixam clara a origem privilegiada. Mesmo se fala em nome de Chiuknawat, pois muitos *soans* desconfiam de tudo que vem dos humanos.

– Foi bom ajudar, mas eu só dei uns cutucões na direção certa. Encontrei as pessoas certas para organizar as guildas e tocar os projetos, apresentei umas às outras, pedi a gente boa e experiente para lhes dar conselhos e à Comuna para financiar. Ser telepata, ter uma boa formação e ter bons contatos no Conselho e nesses negócios ajudou, mas são eles que estão fazendo. Eu me sinto como uma mutuca que picou a vaca atolada até ela caminhar.

– Não é pouca coisa, Pin-xin. Você também poderia ser a

maior das políticas de Atlântis. Essa vaca não saía do brejo há gerações e as coisas pioraram nos primeiros anos depois da Revolução. Eu me lembro bem, eu era um cachorrinho escravo quando ela aconteceu.

– Escravo ou não, você era uma pessoa, um menino, Anpu-xin! – eu o abracei e beijei, comovida. Absurdo que meu companheiro tivesse sido propriedade de alguém!

– *Ziagohn-rar*, "cachorrinho escravo", era como meu dono me chamava quando eu e minha mãe pertencíamos a uma família de agentes funerários do Bairro das Adegas. Ficamos livres, minha mãe organizou uma cooperativa funerária que por muito tempo foi o negócio mais próspero deste bairro e eu resolvi virar sacerdote de Chiuknawat quando tive idade, mas muitos dos ex-escravos ficaram à toa, sem saber o que fazer da vida. Ainda mais os que éramos *soans*, que até os ex-escravos humanos desprezavam... Muitos deles, quero dizer. O bairro ficou até mais segregado e miserável do que era, porque os soans libertados se concentraram aqui e os humanos saíram. Zalfu, Razzan e Awesa bem que tentaram, chegaram a se eleger para a Assembleia para defender a causa da Sarna, mas as coisas andaram muito devagar e ninguém, nem entre os moradores, se interessava muito. Até o ano passado.

– A nova geração é mais otimista e tem menos preconceitos. Tanto entre soans quanto entre humanos. Vamos ser todos iguais. Se não chegarmos a ver isso, nossos filhos ou netos verão. Tudo será de todos e o mundo nos pertencerá! – entusiasmei-me, ou talvez tenha sido a centelha de Chiuknawat em mim. Tanto faz.

– Isso me deixa todo arrepiado... – era literal. Meu querido homem-chacal ficou com todos os pelos em pé. Os olhos brilhavam como os faróis de Atlântis.

– Que bom. Vamos aproveitar? Os donos dessa casa são amigos, nos emprestam um quarto por essa noite, se pedirmos. A partir de amanhã entro em treinamento intensivo, acho que não vamos ter tempo para nos encontrarmos antes do fim do mês.

Capítulo 31 Alilong

O dia mais temido e esperado já raiara e o vasto caudal da Grande Marcha avançava a passos decididos em seus farrapos negros. No seu caminho, uma serra de montanhas escarpadas era cortada como por uma faca em duas metades, entre as quais se abria um desfiladeiro, se é que o nome se aplicava a uma planície gramada de quase uma parasanga de largura e um pouco mais de duas de comprimento.

As linhas agartis, coloridas pelo vermelho dos uniformes e pela púrpura das bandeiras imperiais, estavam dispostas nos sopés das encostas, à esquerda e à direita, e também à frente, no fundo do boqueirão. Sua disposição era rígida e hierárquica como a de peças de um tabuleiro à espera do início da partida. Mais ao fundo, à espera, pairavam dezenas de vimanas, máquinas voadoras de vários tamanhos. Pareciam prontas para atacar, mas aguardavam com paciência. Se as vítimas eram estúpidas e suicidas o suficiente para caminhar pelas próprias pernas para a garganta de lobo onde seriam devoradas, não havia por que ter pressa. Um ataque prematuro haveria de dispersá-las, obrigando os agartis a uma caçada cansativa.

Era o Passo de Ariranga dos agartis, conhecido dos mugais como Alilong, tema de uma canção folclórica aprendida por todas as suas crianças desde o berço. Muitos agartis, como Vasu, tinham-na ouvido de suas aias, mas ao crescer a esqueciam sem nunca ter prestado atenção à letra. Para ele continuava, porém, uma recordação bem viva. Quando as centenas de milhares de mugais começaram a cantá-la espontaneamente, sem ninguém mandar, num coro tão perfeito que parecia regido pelos deuses, ele a acompanhou com facilidade. Com os olhos úmidos, entendeu pela primeira vez o sentido que tinha para aqueles homens e mulheres.

Alilong, Alilong, Alayô!
Pelo passo de Alilong.
As gentis flores das cerejeiras
Vinham vê-las nobres e vilões.
Cobriam a terra como brumas
Até onde chegava a visão.
Belezas das manhãs primaveris,
Queridas minhas, hoje onde estão?

Alilong, Alilong, Alayô!
Pelo passo de Alilong.
Glicínias brotavam das ramadas
Nesses dias longos do verão.
Lindas jovens em vestes sedosas
Votaram-lhes danças e canções.
Brilhavam cobertas de orvalho
E agora tão tristonhas estão.

Alilong, Alilong, Alayô!
Pelo passo de Alilong.
Os doces jasmins, flores do outono,
Tão perfumados e brancos são.
Queria colhê-los com carinho,
Presentes pra alegrar corações.
Levá-los comigo nos cabelos,
Mas o dono do jardim diz não.

Alilong, Alilong, Alayô!
Pelo passo de Alilong.
Ai, os dias felizes são passados.
Os ventos frios já chegarão.
As mais belas flores vão cair
Cruelmente espalhadas no chão.
Embarradas, murchas e pisadas,
O triste fim da boa estação.

Alilong, Alilong, Alayô!
Pelo passo de Alilong.
Entre ventanias e nevascas
Mil pétalas conosco voarão.
Seus sorrisos estarão por perto,
Vivos nas memórias dos irmãos.
Os ventos suaves da delicadeza
Um dia, na primavera, voltarão.

Alilong, Alilong, Alayô!
Pelo passo de Alilong.
Juro pelo amor da flor caída,
Horrores não me consumirão
Tantos quanto as estrelas no céu
São nossos sonhos no coração.
Mais além fica o norte florido,
Lá as flores do inverno brotarão!

Era o oposto dos rudes cantos guerreiros dos agartis e o ritmo pouco tinha de marcial, mas se era para criar coragem, funcionava ainda melhor. A marcha avançou sem pestanejar no brechão, buscando equidistância das montanhas. Assim ficavam no limite do alcance dos canhões agartis dispostos nas laterais. Não teriam, porém, como se proteger do fogo e dos gases que cairiam dos céus, salvo por seus poucos raios de calor, que não dariam conta de tamanha frota aérea. À sua frente, o coração do exército agarti, com mais canhões, elefantes e valquírias a cavalo, aguardava a ordem para iniciar o massacre.

A meio caminho, os grupos de Madhavi e Kaineus seguiram as ordens de Lúsia e cercaram uma elevação que ficava quase que no centro do desfiladeiro, com o pouco de cavalaria com que contava a Marcha. Dali ela queria comandar a batalha. Junto com ela, subiram Sistu, Tjeypin e Tiakat, juntamente com os grupos de Vasu e Tuman, que formariam a segunda linha de defesa do quartel-general. O restante da vanguarda seguiu em frente, liderado pelos chefes mugais de maior confiança do Conselho, que permaneceu na retaguarda.

Vasu assumiu seu posto perto do topo e dali pôde ver a primeira maravilha atlante entrar em ação. Tiakat sacou de sua bolsa uma bola de cristal e começou a enfeitiçá-la com seus estranhos rituais de canto e dança. Pelo que lhes havia explicado, uma vez ativada por uma xamã como ela, funcionaria o suficiente com qualquer pessoa com um mínimo de axé, o que incluía, por exemplo, Lúsia e Vasu. Cada um dos chefes de grupo carregava um anel de cristal ligado à esfera. Por meio deles, quem tivesse a posse da bola poderia ver e ouvir o que se passava ao redor de qualquer dos portadores de anéis e lhes transmitir ordens em viva voz. Faria uma enorme diferença. Sem isso, dependeriam apenas de sinais feitos com bandeiras, muito menos confiáveis. Os agartis, contara Vasu ao receber o seu anel, não tinham nada parecido, embora usassem sindhus clarividentes e telepatas para orientar seus comandantes.

A cantoria de Tiakat cessou com um estremecido grito de gozo, ou coisa muito parecida e a bola começou a brilhar e inchar, até seu diâmetro chegar à dimensão de um homem de braços abertos. Lúsia se viu praticamente na pele de quem estava na vanguarda. Algumas centenas de passos à frente, os cavalos das valquírias batiam cascos, ansiosos.

– Preciso dar uma ordem apenas às vanguardas, me ajude – pediu Lúsia, nervosa.

– Calma, se concentre – respondeu Tiakat. – Visualize primeiro o conjunto da tropa. Os portadores dos anéis aparecerão como pontos brilhantes. Mentalize os pontos daqueles com quem precisa falar, os da frente e fale a eles.

Lúsia se concentrou por um momento e ordenou:

– Todos juntos, enristar lanças... Agora!

De seu posto às costas da comandante, ele não podia ver muito bem, mas tinha treinado a manobra tantas vezes que era como se acontecesse à sua frente. As falanges mugais baixavam seus chuços longos e aguçados na horizontal, criando uma barreira para proteger seus arcabuzeiros, capaz de frear as mais ousadas das valquírias. Elas recorreriam às pistolas, mas os guerreiros e guerreiras da vanguarda usavam quase todos os capacetes e couraças que os mugais tinham conseguido saquear dos depósitos agartis. A pequena parte restante estava com as guardas de Lúsia e do Conselho.

Nesse momento, um som como o estalo de um chicote gigantesco a vibrar no céu azul e reboar nas montanhas fez centenas de milhares estremecerem e olharem para o alto. Quatro aeronaves douradas em forma de charuto, numa formação em V assimétrico, acabavam de passar. Menores que qualquer vimana que Vasu tivesse visto, pareciam pequenas demais para tamanho estrondo, mas a velocidade era estonteante. No tempo que um homem leva para sacudir o pó da capa, elas atravessaram todo o desfiladeiro e acometeram a frota aérea agarti, dando-lhe a volta completa antes que esboçassem reação. Três grandes rukmas e uma vimana menor explodiram em chamas quase ao mesmo tempo.

Graças a Chiuknawat estavam do seu lado, pensou ele. Tão pequenas e rápidas eram aquelas coisas que talvez nem Tjeypin conseguisse acertá-las com o raio de calor. Claro que ela nem sonharia tentar isso. Sabia que os pilotos seriam seu ex-namorado Tikitini, sua prima Zantás, sua amiga Eleltin e seu... cunhado?... Bhelgos, o capitão da esquadrilha de *vailxis*.

Vasu cuidou que abrissem espaço para Sistu, que já tinha se desnudado e o viu se transformar em homem-draco. Desta vez, não completou a transformação: aquela forma, apesar de desajeitada para voar, era mais poderosa e assustadora que o draco puro. Baixou a cabeça, Tjeypin saltou para seu pescoço e o prendeu entre as pernas e, certamente, também com seus apêndices invisíveis. Tinha nas mãos seu arco e às costas um carcás.

O pai correu três ou quatro passos largos morro abaixo, bateu as asas enormes e ergueu-se no ar com a filha. Enquanto prosseguia a batalha aérea quase unilateral entre os vailxis de Atlântis e as inermes vimanas agartis, que disparavam suas armas em vão, o homem-draco lambeu de fogo as valquírias que lutavam para abrir brechas entre as lanças rebeldes, antes de arremeter contra os elefantes que as seguiam e os fazer bramir e disparar em pânico. Sua amazona teria de conseguir firmar o arco, apesar do voo incerto. Sua missão era flechar chefes inimigos e desorganizar as cadeias de comando o quanto pudesse.

Novo estrondo, de tipo mais familiar, ecoou no desfiladeiro. Eram os canhões agartis que começavam a disparar contra a Grande Marcha, agora estendida ao longo do vale. À distância que estavam, os artilheiros não tinham como mirar nada, apenas inclinavam o canhão a 45 graus e torciam para acertar alguém. Por outro lado, também não havia muito que os rebeldes, incluídos os que estavam à volta de Lúsia, pudessem fazer para se proteger, a não ser se dispersarem e se jogarem ao chão, se a situação permitisse. Ao quicar e rolar, uma bala esmagava dezenas de pessoas, se estivessem alinhadas o bastante. Tinham de pôr a vida nas mãos do acaso. Mas também tinha um lado bom. O troar das baterias agartis era a senha para os dhvaras entrarem em ação. Tjurmyen mantinha a comunicação entre as Mães Maiores e Lúsia, permitindo que coordenassem suas estratégias.

– Tiakat – pediu Lúsia –, avise Tjurmyen para os dhvaras iniciarem o ataque.

Os seguidos disparos da artilharia permitiram que as explosões nas encostas passassem despercebidas das linhas agartis que, posicionadas nos sopés, só tinham olhos para o que se passava à sua frente. Enormes rochas rolaram soltas pela montanha abaixo e assolaram milhares de tautas antes que se dessem conta. Os que sobreviveram ao deslizamento tiveram, atônitos, de se ver com dezenas de milhares de guerreiros dhvaras. Estes jorraram feito lava pelas saídas dos túneis que se abriram de repente. Assim que se viram a uma distância conveniente, posicionaram-se e começaram a atirar com ritmo e precisão espantosos. Seus fuzis não precisavam de mechas, eram recarregados em muito menos tempo e acertavam seus alvos a uma distância da qual os arcabuzes de seus inimigos mal conseguiam pregar um susto. As alas laterais dos agartis ficaram encurraladas entre eles e a retaguarda da Marcha.

A atenção de Lúsia concentrou-se na vanguarda, onde seus lanceiros e arcabuzeiros abriam caminho entre valquírias agonizantes. O núcleo das forças agartis estava desfalcado pelo embate com seus próprios elefantes desembestados, pelas explosões causadas pelas vimanas que despencavam do céu carregadas de bombas e gases venenosos e pelos ataques cirúrgicos da franco-atiradora, cuja presença sobre os ombros do pavoroso homem-draco poucos notavam ao se esquivar das chamas. A estoica disciplina das tropas agartis era, porém, um hábito muito difícil de quebrar. Aglomeraram-se um pouco, mas recusaram-se a recuar.

Ela desviou a atenção para acompanhar algo importante e invisível aos olhos dos mortais comuns, mas não à bola de cristal. Sbhika e Vhakiet e os filhos gêmeos de Chiuknawat, a menina Tenamiki e o menino Tetonti, engalfinhavam-se nos céus com gênios enviados pelos deuses agartis, o lobo Pankavasa, a serpente Syaisya e a mulher-esqueleto Kyala. Ela nada podia fazer a respeito, mas precisava saber se gênios de qualquer dos lados poderiam intervir na batalha dos humanos. Era improvável, estavam ocupados e o conflito equilibrado.

– Tiakat – voltou Lúsia – é o momento do segundo ataque dos dhvaras.

Novas explosões inesperadas, de minas terrestres cavadas durante um mês pelos dhvaras sob os pés do corpo principal dos agartis e na sua retaguarda, mataram e mutilaram milhares de agartis. A rota para uma retirada ordeira dos atordoados sobreviventes foi cortada por valas instantaneamente abertas pelas explosões e pelos magotes de dhvaras que brotaram da terra para lhes saltar às costas com seus machados e fuzis de carga rápida.

A partir desse momento, Sistu apostara numa debandada ou rendição dos agartis. Mas em vez da reação racional que ele esperava, o que restava do núcleo agarti prorrompeu em gritos de guerra e se lançaram num contra-ataque enlouquecido e meio suicida contra a vanguarda da Marcha. Centenas ou milhares caíram, mas abriram uma brecha na ofensiva dos rebeldes. Como as couraças, as melhores armas e as unidades mais treinadas estavam concentradas nas linhas mais à frente, os agartis que conseguiram passar encontraram um ponto fraco, como uma espada que encontra uma brecha numa armadura. Massacravam linhas e linhas de mugais precariamente armados e sem proteção. Se o seu objetivo não era apenas uma morte gloriosa, estavam em busca da colina onde Lúsia se instalara.

– Madhavi, Kaineus, Vasu! Façam o que puder para detê-los, o grupo de Tuman fica para cobrir nosso recuo, se for preciso!

Enquanto os dois grupos de cavalaria disparavam à frente, a infantaria pesada de Vasu, cerca de dois mil mugais e helcarianos, desceu o morro para formar uma nova linha de defesa algumas centenas de passos à frente. Dali, não podia ver com clareza o que estava acontecendo, mas ouvia a voz de Lúsia na sua cabeça, graças ao anel.

– Os regimentos de Madhavi e Kaineus, junto com Sistu, conseguiram separar a ponta de lança do resto da ofensiva, mas ela avança na sua direção. Formação em cunha, cerca de cinco mil, ponta exatamente na sua frente. Aguente firme, mandei Tuman descer com reforços. Prepare-se para uma luta de vida ou morte, não tente propor rendição ou fazer prisioneiros!

Vasu deu ordens a seu sinaleiro para anunciar e preparar o contato iminente. Cerrar três fileiras, preparar um recuo no centro e um avanço nas laterais para envolver a cunha inimiga pelos flancos e por trás, num movimento de pinça.

Enquanto se faziam os sinais de bandeira e seus homens e mulheres tomavam posição, sacou da cintura a espada cedida por Sistu. Não o espadão de duas mãos, que não estava preparado para usar, mas a *lutal*, uma lâmina menor, reta, pontuda e de dois gumes como o gládio agarti com o qual estava acostumado, mas um pouco mais pesada e de oricalco. No pomo, prendera uma mecha de cabelo dourada e outra preta. Fios do seu cabelo, agora um pouco mais crescido, estavam no arco de Tjeypin e na sua *quantal*, emprestada a Madhavi juntamente com a égua Podarkes.

Avançou para juntar-se à primeira linha do seu pessoal, confiante na espada de oricalco e numa das poucas couraças de metal de oficial superior que os rebeldes tinham. Era pesada e um pouco incômoda, mas ajustava-se a seu torso como uma luva e resistiria a qualquer coisa abaixo de um tiro de arcabuz à queima-roupa.

Em momentos, a linha de frente da cunha agarti os alcançou. Como era de se esperar, era formada pelos guerreiros conhecidos como *kruddha*, treinados para entrar num transe assassino no qual não recuavam ante nada e lutavam até a última gota de sangue, mesmo ante mutilações horríveis. Alguns arrastavam intestinos ou tinham um olho pendurado na cara ao vibrar a espada. Armados de lanças, porretes ou espadas, os mugais procuravam cautelosamente atingi-los no rosto ou no baixo ventre, menos protegidos.

Com a vantagem da estatura, da força física e da espada de oricalco, Vasu partiu para o ataque direto. A espada atlante cortava couraças agartis como se fossem papelão e as expressões inumanas dos agartis furibundos tornava mais fácil a tarefa de abatê-los, era como matar feras. Nove, dez, onze cabeças rolaram sem que sofresse um arranhão. Sentia-se invencível.

De repente, estacou. Do nada, o velho de tapa-olho surgiu alguns passos à sua frente.

– Traidor miserável, servo da puta de Atlântida! Obrigado, meus deuses, pela chance de lavar minha desonra antes de morrer!

Vasu ficou paralisado como uma estátua, apontando inutilmente a *lutal* de oricalco para algum ponto do céu.

Tudo parecia se mover mais devagar que o natural, para prolongar sua aflição até o infinito. O velho Parusya correu em sua direção a passos terrivelmente lentos e ergueu o gládio com o ritmo do crescimento de um vegetal. Vasu, boquiaberto, voltou a ser um menino obediente, à espera do castigo por ter rido no meio do ritual caseiro. Como num pesadelo, não conseguia se mexer, nem mesmo para se esquivar da arma do pai ou tentar apará-la. Que apará-la! Se conseguisse usá-la, ela cortaria a espada paterna feito folha de capim, como acabara de fazer com uma dúzia de outras. Conseguia pensar nisso, mas não fazer. Só podia desejar que fosse mesmo um sonho ruim. Se pudesse, fecharia os olhos para fugir do próprio terror. Mas sem deixar de ver o que estava à sua frente, via também sua vida se desenrolar num átimo, das canções de ninar de Bakri às últimas ordens de Lúsia.

O pai ia dar o último passo quando uma ponta de flecha triangular brotou da sua órbita esquerda e fez saltar seu tapa-olho entre gotas de sangue e miolos. Agitado por uma repentina convulsão, o velho errou seu alvo, a garganta do filho. A espada resvalou inofensiva pela couraça de Vasu antes de cair de sua mão. Num último gesto, Parusya ergueu a mão esquerda e apalpou a ponta que lhe saía da cavidade do olho, como para se certificar de que ia morrer. Vasu se perguntou se o pai via sua vida passar de repente, se isso incluía os estupros de Tjurmyen, a humilhação nas mãos de Tjeypin e a decepção com o próprio filho e teve muita pena. O encanto só se quebrou quando o pai desabou em seus braços e Vasu sentiu a ventania criada pela passagem de Sistu em seu voo pesado e incerto, levando à nuca a única pessoa capaz de acertar um alvo naquelas condições. Atordoado, sacudiu inutilmente o pai e esteve a ponto de cair de joelhos e chorar sobre o cadáver, mas deu-se conta do fragor da batalha que continuava e do *kruddha* prestes a decapitá-lo. Engoliu o pranto, deixou o corpo de Parusya cair a seu lado e esquivou-se bem a tempo de salvar a própria vida. Seus reflexos e treinamento recobraram o controle e vibrou de novo a *lutal*. O luto teria de esperar.

O resto da batalha foi redundante, brutal e cansativo, pois os agartis da vanguarda preferiam a morte à rendição e tiveram de ser abatidos por quaisquer meios, até o último. Ou quase. A última surpresa da batalha foi ver Madhavi voltar para a base guiando uma quadriga folheada a ouro na qual um homem de branco vinha sentado, amarrado e vendado. Um dos cavalos brancos, provavelmente morto, fora substituído pela égua alazã de Tjeypin. Vasu, aliviado por ver sua mulher viva, correu a encontrá-la, apesar do cansaço.

– Madhavi! Você está ferida! – disse ele, com um frio na barriga.

– Não é nada grave – respondeu com certa dificuldade, tocando o corte fundo que ia da boca inchada até quase a orelha –, mas vou precisar de uns pontos, acho.

Lúsia aproximou-se, intrigada.

– Comandante – disse a agarti –, ouvi a ordem de não fazer prisioneiros, mas julguei que neste caso se justificaria uma exceção. Assumo a responsabilidade pela desobediência. Vamos, homem, ponha-se de pé! – puxou-o pelo braço.

O homem de cabelos e barba platinados, quase tão alto quanto Sistu, usava um manto branco que lhe chegava aos pés e uma faixa de ouro a tiracolo sobre o peito. Levantou-se de cabeça baixa e ela sacou-lhe a faixa de pano preto e ensanguentado, rasgada das vestes de algum mugal caído, com que lhe tinha tapado o rosto. Vasu reconheceu o rosto do Manu Sarata, o imperador de Agarta, que vira no Festival do Fogo Sagrado.

O exercício de redação de Hoengseng, parte 2: "Bastidores da Revolta"

Os anos passaram, a serva mais jovem se tornou adulta e começou a frequentar reuniões no armazém quase ao mesmo tempo que sua pupila entrou para o internato, mas a serva mais velha continuou na casa. Embora houvesse agora menos trabalho a fazer, o casal manteve as duas, por uma questão de prestígio. Recebia oficiais superiores com cada vez mais frequência, o que trazia dias tensos, mas também muitas informações interessantes.

A conspiração tornou-se cada vez maior, mais organizada e mais séria e incluiu hilotas de outras raças. Havia lugares de reunião por toda a cidade e um esforço cada vez mais sério de planejar um levante. Parecia possível, apesar de ninguém ter uma ideia muito clara sobre o que fazer depois. A única perspectiva parecia ser lutar até a morte.

Não se sabia nada muito concreto sobre o mundo para além de Manova e das aldeias de onde cada um dos hilotas fora levado. Na verdade, a maioria deles tivera a impressão de que o Império de Agarta era tudo que existia. Haviam ouvido histórias sobre um lugar secreto no Norte, para além do passo de Alilong, onde alguns mugais ainda viviam livres, mas os que se julgavam mais realistas as consideravam uma lenda para consolar crianças. Foi só por conversas como as ouvidas pelas servas da casa dos tautas que vieram a saber que sim, longe dali existia ainda um pequeno Império Mugal independente e também regiões onde viviam helcarianos e lemurianos livres. E em alguma parte havia um império grande e ameaçador chamado Atlântida. Não sabíamos como tirar proveito dessa informação, mas era alentador saber de algo capaz de inspirar receio às bestas louras.

O quadro era esse quando a mãe do antigo pupilo, agora quase adulto, chamou a serva mais velha e mandou-lhe preparar-se porque ela ia encorajar o filho a possuí-la. Ela não devia resistir, protestar ou choramingar e fazer como ele quisesse. Se fosse preciso abortar, providenciariam uma especialista e não se falaria mais nisso. “Ele é tímido demais com as garotas, precisa de uma mulher inferior e submissa para ver como é e ganhar autoconfiança”.

A serva, preocupada, foi ter na primeira oportunidade com a hilota do armazém para pedir conselhos. Contou-lhe e ela balançou a cabeça ao responder, penalizada:

– A velha amiga sabe como é horrível, passou por situação semelhante quando era jovem. Como muitas outras. O conselho mais sensato é que se submeta e tente fazer a besta loura gozar sem emprenhá-la. De resto, feche os olhos e pense no dia da justiça que virá...

– Não, não é que seja tão ruim... – respondeu a outra, com voz sumida.

– Como assim?

Era embaraçoso confessar a uma companheira de conspiração, mas ela amava o rapaz desde que era bebê e quando seus músculos e sexo se desenvolveram, passou a desejá-lo. Quando o via nu, ao ajudá-lo a despir-se e vestir-se ou lhe preparar o banho, se derretia toda. Em sua ingenuidade, ele nada percebera e nunca dera mostras de cobiçá-la como mulher. Mas a tratava bem. Quando os pais não estavam, até com mais afeição do que era apropriado.

– Bom – disse a amiga, entre zangada e divertida –, se é assim, menos mal. Ser forçada a realizar uma fantasia secreta não é o pior dos destinos, suponho. O amigo dos encontros no porão pode ficar desapontado se souber, mas de resto, qual é o problema?

– A mugal quer lutar pelo seu povo a qualquer custo. Mas não seria capaz de fazer mal a esse rapaz e poderia morrer por ele. Nunca pensara nisso, mas agora é obrigada a encarar a contradição. Esta serva é uma traidora? O que diz a mais experiente? – juntou as mãos, em gesto de súplica.

A outra pensou com cuidado antes de responder. Na conspiração, a traição era um fantasma sempre presente, mas nunca concretizado. Pessoas de lealdade duvidosa, se chegavam a participar, eram mantidas em células menos importantes e vigiadas. Em certos casos, haviam chegado a usar veneno.

– A jovem porta-voz é querida de todos os conselheiros e é valiosa para seu povo. Ninguém duvida de sua lealdade e a... predileção por esse jovem não é motivo para pô-la em questão. Odiar a opressão das bestas louras não exige odiar a cada agarti como indivíduo, isso foi discutido mais de uma vez. Concluiu-se que nem todos são igualmente culpados e ao menos as crianças deveriam ser poupadas, se possível. Talvez também os adultos que não nos maltrataram, se não pegarem em armas contra nós. Só vejo um problema: por amor, a serva seria capaz de revelar a conspiração ao jovem? – ela olhou séria, batendo os dedos na mesa.

– Não, jamais! Ela o protegeria com a própria vida, mas não com a vida da nação mugal! Que todos os deuses que castigam os perjuros punam Yay Hoengseng se ela mentiu.

– A mais velha acredita na sinceridade da companheira. Na opinião dela, ninguém mais precisa saber do caso e se depender dela, a jovem continuará a ter a confiança do Conselho. Se surgir uma situação na qual a vida do protegido esteja em jogo, esta amiga apoiará a companheira, contanto que isso não ponha em perigo a conspiração ou a vida de outros companheiros. Isto a tranquiliza? – manteve um tom severo.

– Sim, muito. Mas outra coisa me preocupa: e quando o jovem descobrir que a serva não é virgem? O que dizer para não pôr em risco a conspiração?

A mais velha não conseguiu mais manter a máscara da sisudez. Explodiu em gargalhadas.

– Ah, mas como é ingênua! Menina, ele é virgem! Só um homem experiente poderia notar alguma diferença e olhe lá! Jamais um rapaz desses! É só não devorá-lo. Deixá-lo tomar toda a iniciativa, aparentar ter vergonha e quando ele a penetrar, fingir que dói. Se possível, arranjar umas gotas de sangue de galinha para pôr na vagina antes. A propósito, é bom saber em que dias é possível um coito completo com menor risco. Quando vieram as últimas regras?

A serva receia não ter conseguido seguir as instruções à risca quando o momento chegou, durante o Haulaka. Foi difícil simular a relutância no início e impossível esconder a disposição de ensinar e o prazer de se entregar. Felizmente, o rapaz, além de gentil e amoroso, era mesmo ingênuo e não desconfiou de nada. O perigo era a mulher perder o controle da própria imaginação.

Ao dormir, sonhou estar casada com ele, como nunca acontecera com Tshengxhy ou qualquer companheiro mugal. Trabalhavam juntos na colheita de figos e depois se banhavam juntos e brincavam com os filhos mestiços enquanto preparavam a sopa. Quando acordou, sentiu um nó na garganta e chorou baixinho, antes de conseguir se levantar para trabalhar. Nunca sentira paz e felicidade tão plenas quanto naquele sonho, mas lembrar dele desperta o transformava num absurdo grotesco, uma zombaria dos deuses. Faria o quê, pedir a ele para desistir de ser um guerreiro agarti e fugir com ela de Manova? Como? Para onde?

Saber que ele copulara com uma amiga, foi para ela uma mistura agridoce de desapontamento e alívio. Fraquejou e o teve mais uma vez, mas pôde dar um fim àquela situação impossível. A vida voltou a ser como antes. Só um pouco mais triste, porque a mãe começava a planejar a substituição da serva, o que seria o fim dos sonhos revolucionários e de tudo o mais que a mantinha com vida e dignidade em Manova.

Até o dia em que prenderam a jovem companheira Keong Tshengis. Não era parte do Conselho, mas estivera em reuniões do armazém e conhecia vários integrantes do círculo central, inclusive a serva dos tautas. Foram dias de terror abominável. Ninguém tinha certeza de qual era a acusação, mas todos sabiam bem demais que ela seria torturada sem piedade e o que tinha de mais importante a confessar. Um fim horrível estava à espera, a qualquer momento outros seriam arrancados da cama ou do trabalho para os calabouços e ninguém tinha certeza de conseguir não delatar os demais quando fosse levado às câmaras de tortura, por mais que procurassem se animar uns aos outros.

Foram muitos dias de agonia até se saber que a jovem seria executada sem ter denunciado mais ninguém. Pelo contrário, obviamente se esforçara por convencer os torturadores de que só ela, e ninguém mais, estava envolvido na estranha profanação da qual fora acusada e era obviamente inocente. Impossível encontrar as palavras certas para tudo o que significou isso para os demais integrantes da conspiração. Alívio, indignação, vergonha, culpa mal começam a descrever as emoções que deles se apossaram.

Todos sabiam de terríveis histórias de crueldade nas aldeias e províncias, alguns a tinham presenciado quando crianças. Há muito não se via em Manova, porém, castigo pior do que açoites, marcas a ferro quente e uma ou outra amputação, por preguiça, supostos pequenos furtos ou alguma insolência. Apesar de dedicarem boa parte de seu tempo a fantasias revolucionárias, ou talvez por isso mesmo, os hilotas da capital agiam na prática como os mais cordatos e obedientes do Império. O empalamento fez a todos caírem em si. Mais cedo ou mais tarde, alguém mais cairia por algum motivo fútil e poucos se acreditavam capazes de imitar a heroína, a cujo espírito todos pediam perdão e prestavam culto em pequenas cerimônias secretas. Acabariam todos cruelmente mortos sem jamais terem feito nada de real contra seus opressores. Ou admitiam que tudo que haviam sonhado nos últimos anos era um desatino infantil e esqueciam a conspiração, ou partiam para a ação o mais cedo possível.

Assim, foi marcada a rebelião para o último dia do grande Festival do Fogo Sagrado, durante a qual as bestas louras estariam de guarda baixa e os hilotas teriam mais oportunidades de se reunir e ultimar os preparativos. Continuavam sem uma ideia clara do que fazer em seguida, mas pelo menos pagariam sua dívida para com a própria honra redescoberta e para com Tshengis. E os opressores pagariam por parte de seus crimes.

A única esperança da serva era poder morrer lutando quando, do nada, surgiram em sua casa duas mulheres de aparência estranha. Ao ouvir a conversa delas com seu ex-pupilo e sua namorada, soube serem de um país chamado Acaia e da misteriosa e poderosa Atlântida e se perguntou o que aquilo poderia significar. Impossível descrever o susto e a surpresa quando, ocupada com sua colega nos afazeres de rotina, a serva foi abordada em sua própria língua, falada com perfeito sotaque de Zjoey pela mulher de Atlântida e esta revelou ser Maav Tjeypin, essa mugal mestiça a par da rebelião iminente e disposta a ajudar com todos os seus talentos e conhecimentos. Que estes fossem tão vastos como depois se mostraram, não havia como os conspiradores saberem, mas confiaram nela como uma luz no fim do túnel, um sinal dos deuses. Estavam certos.

Capítulo 32

A sedução dos deuses

A manhã nascia e o acampamento dos vitoriosos despertava para a vida. Aqueles que haviam perdido amigos e amantes e não se conformavam em deixar seus corpos para pasto de corvos ou de coisas piores se dirigiram ao cenário da carnificina. Mais de dois terços dos agartis e uns dez porcento dos que estiveram Grande Marcha tinha caído ali.

No passo de Alilong, muito pouco restava dos jasmineiros que floresciam naquela época do ano e menos ainda de seu perfume. O fedor de centenas de milhares de cadáveres começava a empestear a paisagem antes tão bela. Pioraria quando o dia começasse a esquentar. Era preciso dar cabo daquilo antes que o ar ficasse irrespirável e os necrófagos, que chegavam de todas as direções, tornassem-se numerosos demais para serem desafiados.

Havia uma clara hierarquia. Os dracos eram os mais poderosos e quando se apoderavam dos corpos de elefantes e ustras, nada os contestava. Quando alguma grande carcaça não lhes interessava, as crocotas, animais semelhantes a hienas gigantes e que sabiam imitar as vozes de homens e animais, aproximavam-se com cautela. Os grifos vinham a seguir, preferiam cavalos, enfrentavam as crocotas de igual para igual e recuavam apenas quando elas vinham em bandos. Os corpos humanos eram deixados aos carniceiros menos graduados, numa escala que descia dos grandes abutres pretos aos corvos e era desafiada por lobos e carcajus. Em algum ponto no meio dessa hierarquia estavam as *palapriyas*, aves horrendas de tamanho intermediário e cabeça que parecia feita de osso, prolongada num bico longo e aguçado.

Entre os muitos que procuravam cadáveres de entes queridos estavam Vasu e Tjeypin, que cobriam o rosto com trapos embebidos em cânfora. Madhavi os acompanharia se não estivesse tão mal. Se Tiakat não a tivesse tratado imediatamente com sua magia, ela já seria mais uma fatalidade. A adaga imperial que lhe cortara o rosto estava envenenada com uma poção de peçonha de víbora e ela passara a noite gemendo de dor. No meio da madrugada, a xamã julgou seguro dar-lhe uma poção para fazê-la dormir, com o que o marido e a companheira também puderam descansar um pouco antes de sair em busca do corpo do velho Parusya, que não era tão querido, mas pelo qual o filho ainda sentia dever algo.

Na área próxima do sopé do morrinho central, onde o pai travara seu último combate, havia muitos corpos de tautas, jovens ou velhos. Poucos usavam, porém, as dragonas de prata de nayaka. Foi seu brilho ao serem movidas por uma *palapriya* em busca de uma abertura na couraça que chamou a atenção de Vasu. Ele e Tjeypin espantaram as aves e resgataram o corpo, deitado de bruços, pisoteado e com o traseiro e coxas já meio devorados, mas rosto reconhecível. Pela primeira vez, Tjeypin viu Vasu chorar e mesmo sem nada sentir pelo falecido, derramou suas lágrimas por pura solidariedade.

– Sei que ele fez muita coisa ruim a nós e à sua mãe – balbuciou ele, abraçado pela companheira –, mas não queria que acabasse assim. Pobre coitado!

– Eu *entendo*, querido, chore o quanto precise, é natural – abraçou-o mais forte.

– Pelo menos posso lhe fazer uma última homenagem. À minha mãe, nem isso, mas pelo menos sei que teve um funeral decente. Gostaria de saber exatamente como ela morreu.

– Tem *certeza*?

– Você sabe alguma coisa? – perguntou, surpreso.

– Vi na mente dele, no dia em que nos levava presos, conversava com você e dizia que ela teve uma morte heroica. Você entendeu que ela tinha morrido em combate, mas não foi bem assim. Eu não disse nada a você porque depois estivemos ocupados demais.

– Conte, por favor – previu que não ia gostar, mas achava que precisava saber.

– Encontraram-na sufocada pela fumaça, enrolada numa toalha e abraçada ao amante. Tentavam escapar juntos do incêndio pelo qual foram surpreendidos à noite. Ele era um *mughaneta* mais jovem que seu pai conhecia, um tal Barbarika. Seu pai achava embaraçoso.

– Eu o conhecia. Suponho que morrer junto de alguém de quem se gosta não é o pior dos destinos. Ao menos não me parece tão ruim quanto morrer cheio de ódio, como meu pai. Mas o que será que ele estaria fazendo naquela noite?

– Isso eu também posso dizer. Quando a revolta estourou, divertia-se no Luar Vermelho com uma conhecida sua. Tila.

Vasu reprimiu um sorriso doloroso e contorcido. Por que a vida tinha de ser tão irônica?

– Ela é outra pessoa que eu gostaria de saber como está.

– Sobreviveu. Seu pai se lembrava de tê-la visto mais uma vez antes de vir para Poeykeng. Agora vamos cuidar dele?

Havia muita demanda por lenha, arbustos e galhos, pois os mugais e helcarianos também cremavam seus mortos, mas havia o suficiente e a espada de Tjeypin foi rápida em cortar a quantidade necessária. Acenderam a pira num canto tranquilo e bem ventilado, entre as rochas ao pé do morrinho contando com que o cheiro da madeira queimada afastasse o fedor durante a longa cremação, que costumava durar a metade de um dia.

Vasu não sabia as palavras exatas do ritual, normalmente conduzido por um sindhu, mas pediu à sua maneira que Mavrit, Hauasa e Parkunas, divindades às quais Parusya sempre fora fiel, o acolhessem no Valahala do além, onde os tautas mortos em batalha esperavam ser recebidos.

Contava com que esse fosse seu último contato com os deuses agartis. Ao terminar sua récita improvisada, porém, um poço luminoso se abriu a seus pés e ele caiu num abismo de luz.

Perplexo, Vasu viu-se ante o que de início lhe pareceu uma réplica glorificada da Ponte Bifarasta e da ilha de Xambala. Até que se deu conta de que não: aquele era o original, do qual a ilha Branca era uma pobre maquete desbotada. Era a Agarta original, a morada dos deuses, suspensa não sobre um mar, mas entre os galhos de um freixo gigantesco, uma das raízes do qual tinha uma ponta que chegava relativamente perto de onde estava.

Essa Bifarasta não era feita de pedras coloridas, era literalmente um arco-íris que se estendia dos palácios dos deuses ao solo. Sentado no alto da raiz da árvore gigantesca, de onde vigiava, um deus resplandecente, de pele, dentes e cabelos de luz branca e dourada fez soar uma trompa de ouro. Dyaus, o guardião dos limites, avisava os filhos da sua chegada.

– Não avances, Vasukhya, não estás pronto para te aproximares mais da morada dos deuses. Aí mesmo espera. Sabe que este é um subplano consagrado, absolutamente fechado a todos que não sejam nós, os deuses de Agarta e quem queiramos convidar a entrar.

Mais um momento e surgiram à sua frente Hauasa e dois de seus maridos, Mavrit e Parkunas, manifestados nas mesmas proporções gigantescas vistas no Templo do Fogo Sagrado.

– Hari, Vasukhya – saudou Mavrit, o deus supremo. – Este pode ser o início ou o fim, depende de ti. Quando conduzistes o funeral de teu pai, mostraste ser capaz de assumir o papel de sacerdote tanto quanto o de guerreiro. Conheceste de dentro os perigos que pendem sobre tua raça e tua pátria e que nossos sindhus e tautas insistem em ignorar ou subestimar. Viste os resultados terríveis dessa miopia espalhados pelo passo de Ariranga. O Manu Sarata foi um cego guiado por outros cegos e agora é prisioneiro de seus próprios hilotas. Não é bom que Agarta seja refém do seu destino, é preciso retomar já a iniciativa. Convém iniciar uma nova dinastia e és o homem mais adequado para salvar tua nação neste momento. Aceita e nós te apresentaremos hoje mesmo em Xambala como o novo Manu escolhido pelos deuses. Aceita e serás conhecido das gerações vindouras como o Manu Vasukhya, o Refundador do Império. Recusa e serás conhecido como Vasukhya, o Traidor, aquele que deu fim à obra do Manu Rudhra, o Fundador. Nós te denunciaremos e destruiremos. Decide.

Chocado, Vasu demorou para fechar a boca e responder alguma coisa. Quando tentou, soou patético aos próprios ouvidos.

– Mal me tenho em pé... Ardem-me em febre os membros... Confusos estão os meus pensamentos... A própria vida parece fugir de mim... Que bem resultaria daí, ó Ancião dos Dias? Não, Mavrit, não quero, deste modo, conquistar soberania e glória, riqueza e prazer. Como me compensariam esses espólios da perda que sofreria? E que gozo teria ainda a minha vida, se a possuísse pelo preço do sangue dos únicos que me são caros, e sem os quais a vida me seria sem valor? Não os matarei, ó Sempre Jovem, ainda que com isto lograsse domínios sobre os seis planos e menos ainda me seduz a posse destas terras.

Fez-se um silêncio sepulcral, quebrado após um tempo indeterminado, talvez momentos, talvez anos, pela voz doce de Hauasa.

– Pensas na mulher com a qual compartilhaste leite e mel e à qual te uni pelos laços do matrimônio, tão sagrados e indissolúveis quanto os que me unem a meus maridos. Que isso não te perturbe a decisão. Em Xambala, eu te entregarei ainda hoje tua esposa Madhumadhavi em perfeita saúde, para ser tua primeira imperatriz e mãe de teus herdeiros.

– Não penso só nela, ó Estrela d'Alva. Penso na jovem atlante, na minha ex-serva mugal, na guerreira acaia e nas miríades de pessoas dos dois sexos e de muitas raças que me resgataram, me deram a mão e me aceitaram como amigo e companheiro quando meus irmãos tautas me repudiaram e me condenaram ao pior dos destinos. Não posso traí-los, não posso lutar contra eles. Se eu tiver de perecer por isso, que seja. Não fosse por eles, eu estaria morto há meses.

Parkunas, o deus da casta tauta, sacudiu a barba e os cabelos louros e agitou o dorje, indignado, como se quisesse esmagar Vasu ou fulminá-lo com seus raios.

– Neste momento decisivo, ó Vasukhya, por que te entregas a semelhante desânimo, indigno de um agarti e que te fecha os céus? Não cedas à fraqueza, que de nada serve. Enche-te de coragem contra teus inimigos e sê o que realmente és! O Bem não é a união dos superiores com os inferiores, mas a vitória incondicional dos primeiros. O papel do mais forte é dominar. Não se deve misturar com o mais fraco e sacrificar a grandeza própria. Somente um fraco de nascença poderá ver nisso uma crueldade!

– Ó Trovejante – respondeu Vasu –, então eu sou fraco de nascença e é inútil querer fazer de mim teu instrumento. Melhor seria sucumbir às mãos de meus amigos e das mulheres que amei, que me deram gozo e felicidade, do que matá-los, a esses, sem os quais não teria fim o vazio da minha vida. De que me serviria possuir o mundo, se quem eu amo não mais existisse?

Hauasa retomou a palavra e explicou pacientemente, com seu sorriso encantador:

– Andas triste por algo que tristeza não merece e tuas palavras carecem de sabedoria. Sem a possibilidade de dominar gente inferior, o agarti não poderia dar os passos necessários para sua civilização. Não se chega ao alto sem se servir dos degraus inferiores.

– Sou, portanto, além de fraco, tolo. Não faço diferença para vós ou para o mundo. Mais uma razão para me devolverdes à companhia da gente inferior ou me aniquilardes.

Mavrit lhe deu o que parecia ser o último aviso.

– Somos poderosos, mas nossa natureza não nos permite mudar a vontade humana, apenas sugerir, instigar e ameaçar. É preciso que consintas livremente com tua missão. Mas se não consentires, está em nosso poder destruir-te. A maldição dos deuses sobre ti não terá limites, pois não podemos tolerar a decadência de nosso povo. Quando uma tribo decai, perece a piedade, mescla-se o puro com o impuro e até as divindades, privadas dos sacrifícios, tombam dos céus. Um gesto meu e Parkunas te esmagará como uma formiga atingida por um golpe de malho. Não penses que será um fim indolor. Manipulamos o tempo à vontade. Para nós, será um instante, para ti, um eterno trituramento do corpo, cada vez mais lento e horrível, sem nunca cessar, muito pior que a banheira dos vermes. Ao mesmo tempo, pois estarás tão morto quanto vivo, tua sombra será ultrajada e desonrada por milhões e milhões de agartis que viveram e hão de viver e deverão sua derrota à tua traição e covardia. Teus parentes não suportarão ouvir falar teu nome e te maldirão pelo opróbrio que farás cair sobre eles.

Vasu recusou-se a imaginar. Se nada podia fazer, de nada adiantaria antecipar o próprio sofrimento. Preferia ter em mente o sofrimento maior de trair sua segunda vida, que durara poucos meses, mas valera muito mais do que os muitos anos da primeira.

– Que seja – respondeu, sem hesitação, nem entusiasmo.

Mavrit olhou na direção de Parkunas.

O deus do trovão ergueu o dorje e deu um berro, mais potente que os estrondos de seus raios. Largou o dorje, que caiu ao chão com o ruído de uma longa trovoada. O mais poderoso dos punhos estava neutralizado, atravessado por uma adaga de prata surgida do nada que o prendia solidamente à raiz do freixo gigante.

Por reflexo, Vasu olhou sobre o ombro. Às suas costas erguia-se uma imponente deusa de longos cabelos brancos como a neve, olhos azuis e frios como um céu de inverno. Vestia-se como uma valquíria de armadura de prata, completa dos sapatões às manoplas e ombreiras, faltando apenas o elmo. Segurava uma enorme espada, que também parecia de prata.

– Exerço meu dever e direito de proteger esse jovem, Mavrit – disse ela, em guarda. – Ele e sua esposa me fazem sacrifícios diários desde que tu e teus irmãos os abandonastes à Kraukura e teus agentes humanos os excluíram injustamente do número dos agartis.

– Como pôde permitir isso, Dyaus? – indignou-se Hauasa. – Nenhum estranho deveria entrar aqui, este é o reduto dos deuses de Agarta!

– Desculpe-me, minha filha – respondeu o deus luminoso do alto da raiz, abrindo as mãos. – Nada pude fazer, Samya é uma deusa de Agarta, mesmo se banida desde a fundação do Império. Meu encanto não se aplica a ela. Por milênios seus poderes foram praticamente reduzidos aos de uma gênia e não teve forças para retornar ao plano divino, mas os últimos acontecimentos a fortaleceram.

– Não o suficiente para nos desafiar – disse Mavrit, apontando Samya com o dedo e cerrando o outro punho. – Desapareça daqui, divindade primitiva e insignificante, ou enfrentará a fúria de todos nós, embora bastasse a mão esquerda de Parkunas para jogá-la de volta aos seres rastejantes e invejosos que se lembraram de ti!

– Supus que recorreríeis à força bruta – respondeu Samya, com sua voz gelada. – Por isso, tomei a liberdade de convidar minhas amigas por amor ao equilíbrio. Gosto de equidade, vós sabeis. Pena que neste caso não pôde ser exata. À primeira vista são duas, mas alguns diriam que são dez e com certeza valem por muito mais.

Apareceram duas outras divindades a seu lado. Uma delas, vestida com uma saia de palha e uma coroa de flores, cabelos tão longos que alcançavam o chão, pequena para uma deusa e de traços lemurianos, girava uma funda que parecia de fibras trançadas, mas não se queimava ao contato com a bola de fogo contida na baladeira. Só podia ser Mui. A outra, armada de varapau, ele já conhecia de vista, embora não naquele tamanho. Saudou-a a maneira de Tjeypin, com o polegar e o mínimo esticados. Ela sorriu e devolveu a saudação antes de se voltar para o deus supremo de Agarta.

– Não é que voltamos a nos ver, Mavrit? Da última vez, nós, as Nove Águas, o deixamos maneta, capado e de garganta esmagada antes de forçá-lo a voltar para cá. Desde então, não se animou a retomar um corpo material, nem mesmo para tentar evitar a derrota de seu exército em Alilong e olhe que estávamos ansiosas por encontrá-lo. Será que com um pingo de senso podemos evitar a repetição daqueles momentos desagradáveis? Repetição agravada, bem entendido. Daquela vez, você não deve ter demorado para se recuperar, pois nós o ferimos no plano corpóreo. Agora estamos no plano divino e uma briga pode ter consequências mais sérias, talvez definitivas. E é bom avisar que estamos mais poderosas que antes. Bem mais.

Uma foice de prata surgiu na mão de Hauasa e uma lança de fogo na de Mavrit. Parkunas conseguiu libertar a mão direita e alcançou o dorje com a esquerda. Dyaus puxou sua espada. Todos esperaram a ordem de Mavrit até este se decidir a falar.

– Em verdade, este mísero humano não vale que deuses combatam por sua causa. Ide e carregai vosso minúsculo e ridículo prêmio. Não vos será mais útil do que seria a nós!

A pequena gigante lemuriana deu um risinho, sem deixar de girar a ameaçadora funda de fogo.

– Os filhotes da águia estão muito magros, diz a raposa que não se atreve a alcançá-los.

Chiuknawat colheu Vasu delicadamente com a mão e lhe falou.

– Para nós, você vale mais que o suficiente. Sua ajuda tem sido decisiva na realização dos mais importantes sacrifícios que já recebemos desde a revolução de Atlântis, para não falar destas amigas que não tinham oportunidades como esta há milênios. Sei que você não gosta muito da ideia, mas na prática se tornou um de nossos maiores sacerdotes. Um verdadeiro *xeló*.

– Hum. Mas é só até acabar essa confusão, certo? Admiro Tjeypin, mas não pretendo ser como ela. Quero ter paz, um teto e muitos filhos. Ser um herói não é minha vocação.

A deusa deu uma sonora gargalhada.

– Esqueceu com quem está falando? Se impedíssemos você de fazer o que quiser, deixaríamos de ser quem somos!

Levou-o de volta ao campo de Alilong, onde uma aflita Tjeypin o esperava para um abraço. A cremação estava acabada e Parusya reduzido a cinzas. Retornaram ao acampamento a passo acelerado, ansiosos para ver como estava Madhavi.

Capítulo 33 O Norte Florido

Três dias depois, a Grande Marcha entrou em Poeykeng, onde transtornos estavam à espera. Não tiveram de fazer grandes esforços para tomá-la, mas sim para lhe impor ordem. Ao saber da derrota agarti pelos refugiados do desastre, os hilotas da cidade desencadearam uma rebelião mais espontânea e selvagem do que em Manova. Ali, mais de metade da população era mugal e os agartis civis que não conseguiram fugir para o norte ou para as fortificações vizinhas, inclusive velhos e crianças, foram massacrados e prédios públicos saqueados e incendiados. Os rebeldes, por mais que relutassem em enfrentar seus irmãos, tiveram de se impor aos mais exaltados e às vezes recorrer às armas.

Passava da meia-noite quando o Conselho, por fim, se sentiu no direito de descansar, instalado na antiga ala de empregados do palácio do governador, que tinha permanecido intacta. Seria preciso lidar com as fortalezas nas montanhas e organizar a partilha dos despojos, armazéns e celeiros tomados aos agartis, mas ficaria para os dias seguintes. Isso não significava, porém, que era possível dispensar as precauções. Turnos de guarda foram estabelecidos para prevenir surpresas desagradáveis e vigiar os prisioneiros. Tjeypin e Vasu, que estavam entre os mais ilesos e menos cansados, foram designados para vigiar o pátio frontal do palácio durante a madrugada. Não era uma noite silenciosa, os hilotas recém-libertados festejavam nas ruas, cantando e dançando.

– Como está Madhavi? – perguntou Vasu, ansioso, quando Tjeypin chegou do salão convertido em enfermaria para reassumir seu posto na entrada do palácio, a seu lado.

– Um pouco melhor, hoje conseguiu comer alguma coisa. Ela vai ficar bem, não se aflija mais. Tinha muita dor, mas lhe demos ópio para dormir. Ainda bem que achei aquele inchaço suspeito e insisti para ela deixar a madrinha examiná-la a tempo. Se dependesse da Madhavi, ela continuaria a dizer para ela cuidar primeiro dos casos mais graves até ser tarde demais.

– Maldito veneno da adaga do Manu! Vou ficar grato a Tiakat para sempre. Como ela trabalha!

– Imagine, isso para a madrinha é rotina e não lhe custa nada. Nessas ocasiões o poder da deusa a mantém trabalhando dias e noites seguidas se for preciso, sem que ela se canse.

– Como vão as coisas em Zhyaungtô?

– Nada bem. Parece que as facções contrárias a receber a Grande Marcha ganharam força e os ministros estão prestes a ceder. Dois até devolveram os presentes da mamãe, dizendo que não teriam como cumprir a palavra. Ao menos tiveram a honestidade de não ficar com o suborno. Se a missão fracassar, ela virá nos encontrar com o vailxi que ficou lá.

– Que absurdo! Lúsia e o Conselho têm ideia do que fazer?

– Se as coisas continuarem assim, ficarão por aqui pelo menos até o fim do inverno. Não tem sentido marchar mais dois meses para acampar na fronteira debaixo de frio e neve, esperando os digníssimos mudarem de ideia. Aqui temos mais conforto. Hoengseng quer convencer os outros a criar um Estado independente do passo de Alilong até a fronteira de Zhyaungtô. Para isso, será preciso expulsar as tropas agartis que ainda estão na região.

– E resistir às que tentarão retomá-la. Não vão aceitar a perda de quase toda Mandara tão facilmente.

– Pois é. Ninguém disse que conquistar a liberdade é moleza.

– Ainda mais que, caindo Mandara, Agarta perder também Ramanaka... quero dizer, Zjoey... é questão de tempo. E depois, pode ser a vez de Bhadrasva. Feito uma fileira de dominós.

– Espero não ter de me arrepender do papel que tive nisso.

– Como assim?

– Muito sangue vai correr, muita brutalidade. Hoje ainda pudemos impor algum controle, mas quem será capaz de intimar as massas revoltosas à moderação e ao bom-senso quando o que vimos hoje em Poeykeng for multiplicado por mil? Em essência, os mugais não são melhores que os agartis e receio o que possam fazer para se vingar de quatrocentos anos de despotismo. Só posso torcer para que isto não dê início a um mal maior do que ajudei a combater, são eles quem tem de decidir o que fazer.

– Confio em Hoengseng, ela saberá como conduzi-los.

– Ela é extraordinária, mas vi durante toda a minha vida quanto meus pais e Tiakat tiveram de se esforçar para meter bom senso na cabeça do povo de Atlântis. E olha que lá é muito menos gente, a educação sempre foi melhor e a opressão não era tão violenta... Digo, não para a maioria. Tomara que se saia bem, mas não gostaria de estar no lugar dela.

Dois dias depois, uma máquina voadora pousou no pátio do palácio do governo de Poeykeng. Todos sabiam o que aquilo significava. Não eram as pequenas naves de combate, que estavam pousadas nas redondezas, mas um veículo maior, o vailxi original, impulsionado pelo cristal recuperado da rukma agarti. Desembarcaram dois diplomatas de Atlântis, seguidos por um jovem efeminado que Vasu adivinhou ser Zangzhen antes que a irmã o apresentasse, uma mulher escura que soube ser a engenheira Xizzin e Tjurmyen. Tjeypin, que usava o saiote "cívico", correu a abraçá-los, seguida por Bhelgos, que beijou o namorado com paixão.

Enquanto cumprimentava Zangzhen e Xizzin, Vasu observou com o rabo do olho a mãe corpórea de Tjeypin, Tjurmyen-Tjurtsi. Tinha um ar mais delicado e suave que a versão espectral, Tjurmyen-Kinzhyn, vinha vestida de túnica roxa e calças largas e não tinha tatuagens visíveis. A outra pessoa da peculiar entidade dupla.

– Como você está, Madhavi? – depois de Tiakat, Tjeypin e Sistu, foi a primeira pessoa que Tjurmyen abraçou. A agarti já se punha de pé, apesar de ainda ter o rosto inchado e com um pano enrolado ao redor, como se estivesse com caxumba.

– Melhor, obrigada – balbuciou. – Mas que merda de peçonha de víbora aquele pulha pôs na porra da adaga! Estou pronta e ansiosa para ir com vocês, só que vai demorar para eu poder beijar sua filha do jeito que ela gosta.

– O humor dela voltou ao normal – sorriu Tjeypin.

– E você, Vasu? – abraçou-o com suavidade. – Está contente de vir conosco?

– Claro que sim. Vai ser um prazer imenso.

– Se eu conheço bem a minha afilhada, pode apostar que sim! – riu Tiakat. – Vamos, o Conselho quer nossa presença.

Um tratado com o Império Agarti estava prestes a ser assinado. Conforme a proposta aconselhada por Tjurmyen e Sistu, Poeykeng queria a retirada das guarnições agartis que ainda permaneciam na região e um pacto de não agressão. Em troca, oferecia a Xambala libertar o Manu Sarata e demais prisioneiros e garantir a segurança e os bens móveis dos civis agartis que quisessem sair. Os atlantes acreditavam que o Império cederia, porque precisava de tempo para se recompor e resgatar o Manu era importante. Principalmente para ele, que a contragosto, acabara por aceitar aqueles termos, que entrariam em vigor assim que o último guerreiro cruzasse o passo de Alilong para o sul. Com seu manto de gala branco e dourado, o gigante platinado selou com seu anel o acordo provisório, que deveria ser remetido a Xambala para ratificação pelo Mahaguru e pelo Mahakyauhan.

– Goza bem de teu triunfo, rainha de uma noite de inverno, pois teu miserável reinado não durará mais do que isso! – bazofiou Sarata a Hoengseng. – Um dia não muito distante, o sol de Agarta voltará a nascer em toda Mandara. Ofereceremos a nossos deuses a vingança que cairá sobre vós como o relâmpago e o trovão!

– O soberano estrangeiro está duplamente enganado – respondeu ela, que ainda vestia a puída libré negra trazida de Manova, da qual apenas arrancara as insígnias agartis –, porque nem esta terra voltará a se submeter a Xambala, nem a porta-voz será mais do que servidora e porta-voz de seus concidadãos. Acaba de nascer o Reino do Bem Comum dos Povos do Norte Florido, do qual todos os homens e mulheres de boa vontade serão reis e rainhas!

Assim nasceu a nação cujo nome brotara de uma canção folclórica. Terminada a cerimônia, o grupo dos atlantes foi recebido pelo Conselho, agora reformado para incluir os dhvaras e as minorias, para receber os agradecimentos formais em nome da Comuna de Atlântis e estabelecer formalmente as relações diplomáticas e comerciais com o Norte Florido – *Vhapoey*, em mugal – do qual seriam cidadãos em pé de igualdade mugais, dhvaras, helcarianos, lemurianos e mesmo os agartis que quisessem permanecer. Hoengseng, em especial, esforçara-se por convencer seu povo deste último ponto, citando Vasu e Madhavi como exemplo para o futuro. No interior, muitos milhares de agartis das castas inferiores diziam preferir aceitar a nova ordem a deixar as terras onde haviam se criado. Na falta de lideranças claras, eram provisoriamente representados no Conselho por Lúsia, que juntamente com os demais acaios, desistira de ir para Atlântis para se juntar à nova nação.

Os membros do Conselho e os representantes atlantes foram ao amplo balcão do palácio. Entre gritos e vivas da multidão reunida às suas portas, hasteou-se, pela primeira vez, as cinco listras coloridas da bandeira de Vhapoey, símbolo dos cinco povos aliados, ao lado da tricolor da Comuna de Atlântis, primeiro Estado estrangeiro a reconhecer o país nascente.

– Palmas para Lúsia, nossa general e defensora de Vhapoey! – pediu Hoengseng e a multidão respondeu com entusiasmo. – Palmas para Tjeypin, a parteira desta nação! – e dessa vez parecia que o palácio vinha abaixo e não havia meio de pará-los.

Terminada a cerimônia, Zhothaey, a antiga serva Gadhi, veio avisar Vasu:

– A porta-voz quer falar em particular ao amigo agarti antes da despedida formal. Está à espera no quarto pessoal.

Foi bater à porta de um quarto que devia ter pertencido a algum dos camareiros ou copeiros do palácio. Era modesto, comparável ao quarto de Vasu na casa de seus pais, mas infinitamente melhor que o catre onde ela dormia na enxerga da copa.

– Hoengseng, Tjeypin me avisou que...

– Obrigada por vir, Vasu querido! – disse ela, ao fechar a porta. – Por favor, chame a antiga aia de Bakri, ela tem saudade de ouvir esse nome na sua voz!

– Está bem, Bakri querida! – sentou-se ao seu lado na cama, como convidava o gesto dela.

– A porta-voz do Bem Comum dos Povos tem muita pena de ver alguém tão querido se afastar para tão longe e saber que talvez nunca mais o veja – mirou-o nos olhos. – Mas também está feliz por saber que o jovem que ajudou a criar estará na melhor companhia possível.

– Não foi mera ajuda, Bakri – ele pegou sua mão com tenura e ela o aceitou. – Você me criou, ou ao menos criou o que há de melhor em mim.

– Se é verdade, é um grande motivo de orgulho, tanto quanto ter ajudado a parir uma nação. A antiga aia vai lembrá-lo até o fim da vida com muito amor. O maior amor, pois seus novos deveres não lhe darão tempo de ter marido e filhos enquanto não for velha demais para isso.

– Mas, Bakri, creio que Tshengxhy é seu amante, ou não é?

– Existe amizade, existe partilha e existe sexo, mas não ilusão. E como o Vasu querido sabe...

– *Keu bhyn kong, ed bhyn whayn, aoy zheg phaong.*

– Exatamente. Não há fantasias, só companheirismo nas muitas tarefas e nos ocasionais prazeres. Os únicos devaneios que esta conselheira pode agora se dar ao luxo de ter são com o futuro deste país. E a lembrança do sonho que existiu neste coração ao lado do querido e sempre existirá no coração do amado, ao lado de duas mulheres tão extraordinárias.

– Você estará sempre no meu coração, Bakri – sua voz se embargou. – É uma tristeza que não possamos ficar todos juntos, vivemos tanta coisa...

– Ainda assim, será uma boa vida, muito melhor que a de antes, para todos que sobreviveram. Tanto aqui, quanto lá. Mas antes que o querido se vá, este coração quer sonhar mais uma só vez. Por favor, deixe a velha aia amar uma só vez como mulher livre, um último beijo.

Quando voltou, uma festa ia adiantada no salão principal. Madhavi, cansada, cochilava num divã ao canto. Tjeypin, que bebericava vinho a seu lado, piscou, cúmplice, ao vê-lo voltar do encontro com Bakri. Com um meio sorriso.

– Gostaria que Lúsia também se despedisse de mim – tinha uma ponta de tristeza –, mesmo que não fosse da mesma maneira. Em vez disso, ela me evita e enche a cara com o vinho atlante do tonel que mamãe trouxe. Ela sabe que eu odeio quando se embebeda.

– Ela ama você – consolou-a Vasu. – Faz isso para não ficar tentada a mudar de ideia. Lúsia persegue a grandeza e tem horror de uma vida pacífica. A proposta de comandar a defesa de uma nação em perigo foi para ela uma bênção dos deuses. Tem medo de que o coração fraqueje e a faça desistir disso para ficar ao seu lado em Atlântis.

– Sim, tem razão, mas isso só deixa as coisas mais tristes. Respeito a escolha dela, mas custava me dar um abraço e me deixar lhe desejar tudo de bom? Algumas pessoas são tão valentes pra algumas coisas e tão covardes pra outras!

– Não se pode ter tudo, meu amor. Mas para mim, estar vivo com você e Madhavi depois de tudo que passamos é mais que o suficiente, mais que eu merecia. E não reclamaria de uma vida tranquila, mas duvido que possa existir algo parecido com rotina ao seu lado.

– Verdade, que bom estarmos juntos...

Encostou o rosto no peito dele e do nada surgiu um bárbaro bêbado, cheirando a kumis por todos os poros, para abraçá-los aos prantos:

– Eu amo vocês, não deixe nós! Fiquem, vêm os três pro nosso clã, por favor! Não vai ter graça sem vocês! Amo vocês pra sempre e do tamanho do mundo!

– Tuman! – reclamou ela. – Você me fez derrubar o vinho! Eu já disse que não. Vou tentar voltar um dia para passar uns tempos com vocês, mas agora, não!

Madhavi acordou com a escandalosa choradeira de Tuman e quando entendeu o que estava acontecendo, achou graça. Sentou-se e balbuciou:

– Tuman, Tuman, tudo bem, vamos com você, mas olha, por que não vai convidar a Lúsia, também? Ela gosta de você e hoje está de bom humor! Vai com ela, vai! Ali, ó, com os acaios!

– Sim! Obrigado, obrigado! Lúsia, Lúsia, amo você do fundo do coração... – e lá se foi ele, torrar a paciência da Grande Comissária da Defesa do Reino do Bem Comum dos Povos do Norte Florido, a essa altura tão bêbada quanto ele.

– Isso foi cruel, Madhavi – ralhou Vasu. – Para os dois.

– Ah, quer saber? Ele vai se divertir, não vai lembrar nada amanhã e ela merece. Puxa, Kaineus, Íphis e outros acaios vieram se despedir de nós e ela nem pra dar um abraço na gente!

– Puxa, por falar nisso, esqueci de pedir para Íphis ficar com a Podarkes. A égua dela foi perdida na batalha – comentou Tjeypin. – Onde arranjo um papel para eu deixar por escrito nas coisas dela? Do jeito que ela está agora, ela também não vai lembrar de nada.

Cumpriram-se, enfim, os últimos protocolos e os atlantes, com exceção dos que deviam permanecer em Poeykeng como diplomatas, embarcaram em suas máquinas voadoras, que projetavam longas sombras devido ao sol da manhã.

Zangzhen e Xizzin tomaram os assentos dos pilotos do vailxi maior, que tinha seis lugares para passageiros, ocupados por Vasu, Madhavi, Tjeypin, Sistu, Tiakat e Tjurmyen. Zangzhen acionou uma alavanca e fez-se ouvir um leve zumbido enquanto a máquina de cinquenta dons e doze braças se erguia e levitava a meia braça de altura. À esquerda e à direita, os vailxis menores, que os acompanhariam como escolta, também levitavam.

– Como estão as máquinas, Xizzin-bã, prontas? – perguntou Zangzhen em agarti. Obviamente, queria que Vasu e Madhavi o entendessem.

Ela respondeu algo em senzar e Zangzhen apontou o nariz do Vailxi diagonalmente para cima, fazendo Vasu se agarrar por reflexo aos braços do assento enquanto a máquina partia na direção oposta ao sol. Olhou pela janela a seu lado e viu as pessoas, ruas e casas de Poeykeng ficarem cada vez menores. A cidade era um perfeito retângulo quadriculado. Embora não tivesse restado nenhum edifício da era anterior aos agartis, o traçado típico das cidades do antigo Império Mugal não tinha sido modificado.

– Estamos voando a cem estádios por ag – anunciou Zangzhen –, cento e cinquenta, duzentos, duzentos e cinquenta, trezentos. Acabamos de passar duzentas e cinquenta braças de altitude. Quatrocentos e cinquenta, quinhentos estádios por ag... Já é mais rápido do que qualquer aeronave atlante ou vimana agarti conhecida – anunciou ele, vaidoso. – Novecentos e cinquenta... Altitude três mil e quinhentas braças, mais alto que o monte Atlás!

Tjeypin sorriu e sussurrou para Vasu e Madhavi:

– Ele não é sempre assim, é que estava louco pela oportunidade de exibir o filhote para alguém que não o conhecesse.

– Xizzin-bã, como está o fluxo de axé do cristal? – a engenheira respondeu algo que ele considerou satisfatório. – Velocidade mil e cem... vamos ter um pouco de turbulência – anunciou Zangzhen, enquanto o vailxi vibrava cada vez mais forte. – Não se preocupem, é normal, estamos ultrapassando a velocidade do som. – E de repente, a vibração cessou e a nave ficou silenciosa.

– Hein? – perguntou Vasu para Tjeypin. – O que ele quis dizer?

– É isso mesmo, o som tem uma velocidade determinada e vamos voar mais rápido que isso. Eu não entendo os detalhes, mas se você quiser fazer meu irmão feliz da vida, é só pedir para ele lhe explicar essas coisas quando ele não estiver fazendo nada mais importante. Adora falar de tecnomagia, é a grande paixão da vida dele. Depois do Bel, pra ser justa.

– Estamos agora à velocidade de cruzeiro, mil e novecentos estádios por ag – voltou a explicar Zangzhen, enchendo a boca com os números – duzentas e sessenta e cinco parasangas por hora para vocês, Vasu e Madhavi. Nossa altitude é nove mil braças, ou sessenta mil pés agartis, muito mais alto que qualquer ser humano já esteve antes. Vamos ver daqui a pouco que o sol já nascido vai voltar a se pôr no nascente e voltará a ser madrugada. É que a velocidade do *Vailxi Primeiro* é maior que a da rotação de Kishar nesta latitude. Nosso voo vai durar três sês e meio... Sete horas para os agartis... Mas vamos chegar mais cedo do que saímos!

– Hã? Como assim? – perguntaram, ao mesmo tempo, Madhavi e Vasu.

– Isso eu acho que sei explicar – ela fechou o punho. – Imaginem que minha mão é o mundo e ele gira para este lado, com o sol para cá...

Tentou entender, mas que o mundo girava para um lado e a máquina voava na direção contrária a uma velocidade maior era o de menos, apesar de os números de Zangzhen lhe darem vertigem. O problema era entender a própria ideia de que seu mundo girava e que não era a mesma hora em todas as partes ao mesmo tempo. Se os sindhus sabiam disso, não achavam esse conhecimento útil para a formação de jovens guerreiros. Não estava apenas viajando para outro país, mas para um mundo muito estranho, onde se sentiria tolo e perdido como uma criança. Se não confiasse tanto em Tjeypin, pediria para descer.

Como Zangzhen previra, o sol se pôs no nascente e as estrelas retornaram na altura em que ele disse que estavam deixando as terras agartis de Kaitumala e cruzando a fronteira com a colônia de Pakté, já parte do Império Atlante. "Apropriado", pensou Vasu. "Aqui tudo será ao contrário, é bom ir me acostumando".

Não havia mais nada para ver além de constelações, estava muito escuro. Embalado pelo leve zumbido da máquina, Vasu cochilou, até Tjeypin chamar.

– Vejam, Madhavi, Vasu! Estamos chegando! Isto é Atlântis!

A nave fazia uma curva e o movimento majestoso do céu estrelado revelava, à distância, uma imensa teia de luz estendida no solo como uma mandala perfeita, junto ao mar. Aqueles raios e círculos brilhantes eram a capital que nunca dormia, com avenidas, canais e casas noturnas iluminadas por lampiões e cristais mágicos durante toda a noite.

Não tinha nada a ver com aquilo, mas o impulso de falar o que lhe veio à cabeça foi mais forte:

– Tjeypin – disse ele –, se um dia tivermos uma filha, eu gostaria que ela se chamasse Maav Hoengseng.

Ela o olhou surpresa e comovida.

– Não é nosso costume dar nomes de amigos vivos aos filhos, mas nesse caso acho justo.

– Sei que não é da minha conta – interrompeu Madhavi –, mas também aprovo. Eu ainda me sinto nova pra ser mãe, mas adoraria ver você de barrigão e cuidar do nenê. Vocês já providenciaram e nem me avisaram? Ah, temos que pensar também num nome de menino.

– Calma, não é para já, não, imagine! – protestou Tjeypin. – Mas pode deixar que eu vou dar um jeito de encaixar isso no meu futuro. Gosto da ideia – levantou-se e os abraçou.

Atlântis, capital de Atlântida

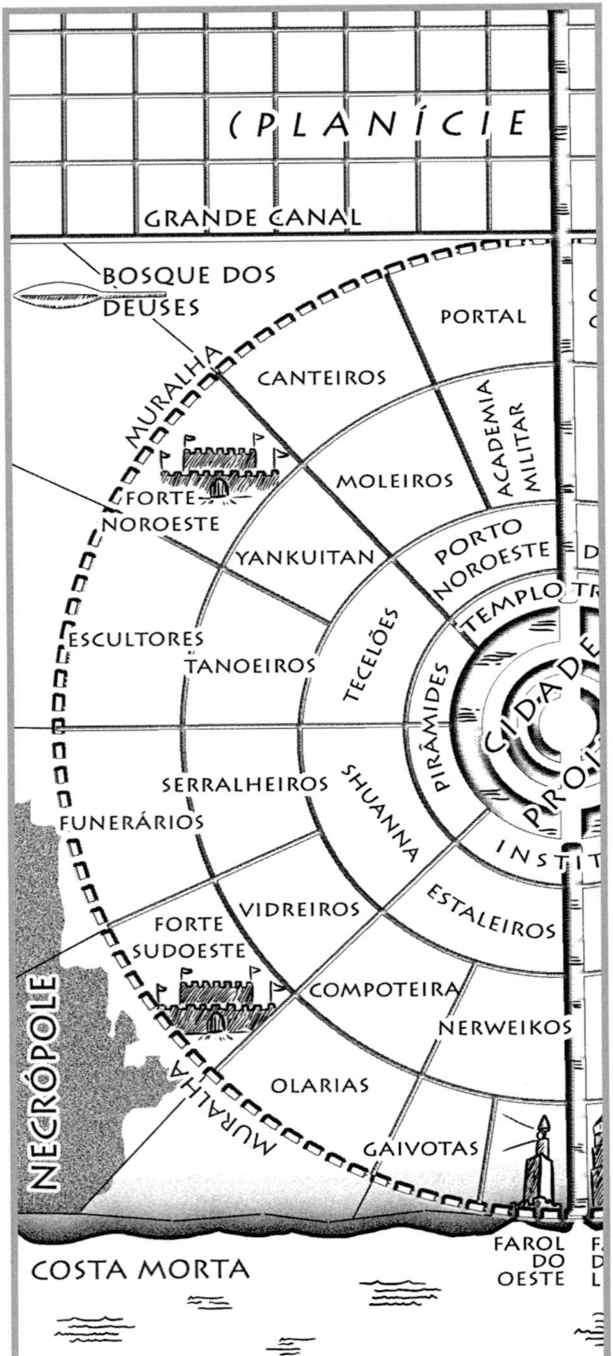

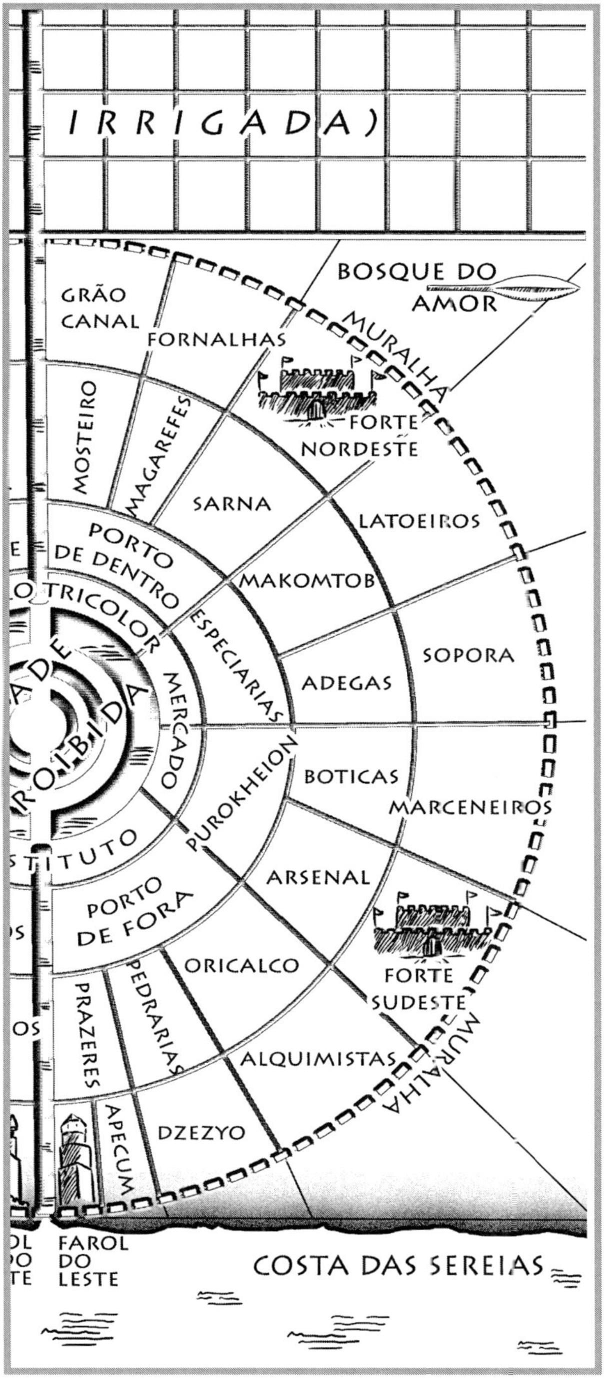
IRRIGADA)
BOSQUE DO AMOR
GRÃO CANAL
FORNALHAS
MURALHA
MOSTEIRO
MAGAREFES
FORTE NORDESTE
SARNA
LATOEIROS
PORTO DE DENTRO
MAKOMTOB
TRICOLOR
ESPECIARIAS
SOPORA
ADEGAS
MERCADO
PROIBIDA
BOTICAS
PUROKHEION
MARCENEIROS
STITUTO
ARSENAL
PORTO DE FORA
ORICALCO
FORTE SUDESTE
PRAZERES
PEDRARIAS
MURALHA
ALQUIMISTAS
APECUM
DZEZYO
FAROL DO LESTE
COSTA DAS SEREIAS

Conheça mais sobre o mundo de Kishar em
www.cronicasdeatlantida.com/enciclopedia

Este livro foi impresso em papel pólen bold
na Printing & Internet solution em janeiro de 2016.